TAYLOR CALDWELL

IN EINEM GROSSEN HAUS

Roman

WILHELM HEYNE VERLAG
MÜNCHEN

HEYNE-BUCH Nr. 5043
im Wilhelm Heyne Verlag, München

Titel der amerikanischen Originalausgabe
THE WIDE HOUSE
Deutsche Übersetzung von Josef Tichy

2. Auflage

Genehmigte ungekürzte Taschenbuchausgabe
des Paul Neff Verlags, Wien
Copyright © by Janet M. Reback
Alle deutschen Rechte by Paul Neff Verlag, Wien
Printed in Belgium 1974
Umschlagfoto: Gilles Lagarde, Paris
Umschlaggestaltung: Atelier Heinrichs, München
Gesamtherstellung: Marabout s.a., Verviers

ISBN 3-453-00364-0

ERSTES BUCH

WER SCHÄTZE SAMMELT

I

„Mit zwanzig Koffern und Reisetaschen, drei Buben und einem kleinen Mädchen bin ich hier gelandet, eine junge Witwe, ohne Beschützer, nur auf Gottes Beistand angewiesen. Ach, wenn nicht der liebe Herrgott mir geholfen hätte, was wäre aus mir geworden, aus einer armen Witwe, mutterseelenallein in einem wildfremden Land?" So pflegte später Janie Cauder oft zu erzählen. Wenn sie dabei die Lippen zu einem gezierten Lächeln kräuselte und den Kopf kokett zur Seite neigte, mußte ihre Tochter Laurie, um den Anblick ertragen zu können, die Fingernägel in die Handflächen pressen.

Natürlich sagte Janie im Kreis ihrer Bewunderer nichts davon, daß sie außer den zwanzig Koffern und Reisetaschen, den drei Buben und dem kleinen Mädchen auch runde fünfzehntausend Pfund, eine Zuwendung ihrer liebevollen irischen Mutter, mitgebracht hatte. Die Erwähnung dieser Geldsumme wäre ja entschieden ein störender Klecks in dem Bild von der bedauernswerten Witwe gewesen, die, umringt von ihren Kindern und ihren vielen Gepäckstücken, den winzigen Fuß ebenso mutig wie anmutig auf das fühllose Gestade eines ‚wildfremden Landes' gesetzt hatte. Immer schilderte Janie die äußeren Umstände dieses Augenblicks als gewaltig und überwältigend; vom düsteren, grauen Hintergrund eines New Yorker Märztages des Jahres 1850 sollte sich um so heroischer ihr eigenes Persönchen abheben: so klein, so schmächtig, so kindlich und doch so unverzagt, ein gebrechliches, empfindsames Geschöpf, aber das Kinn hoch über die Haubenbänder vorgestreckt und die lustigen Augen in quecksilbrigem Frohsinn strahlend.

In New York hatte am Vortag ein Blizzard gewütet, und auf dem hölzernen Pier lag der Schnee in schmutzigen, rußgestreiften Haufen. Mit einem Gewirr von Tauen behangen, ragten die Masten des großen Schiffes in den bleiernen Himmel, und zwischen ihnen kauerten die breiten Schornsteine, die auf der Fahrt über den brodelnden Atlantik so kraftvoll, aber so stoßweise geraucht hatten. Hunderte von Einwanderern strömten vom Schiff auf den Pier, bepackt mit ihrem aus den feuchten Laderäumen geholten Bettzeug, mit abgescheuerten Reisedecken und höckerigen Bündeln aller Art, umgeben von kreischenden und quengelnden Kindern, die ihre roten Hände unter Schürzchen oder verschlissenen Halstüchern zu wärmen suchten.

Im Gegensatz zu diesen armen Teufeln bot Janie in ihrem Zobelmantel, dem schmucken grauen Wollkleid und dem mit Samtveilchen verzierten französischen Haubenhut einen herzerquickenden Anblick. Selbstverständlich war sie erster Klasse übergefahren und hatte wie gewöhnlich eine Schar von Bewunderern und Verehrern — ausschließlich Männer; denn die Herzlichkeit der Damen pflegte sich nach kurzer Bekanntschaft mit Janie merklich abzukühlen — um sich versammelt, die ihr jetzt beim Ausladen des Gepäcks halfen und ein paar kleinere Stücke sogar den Stewards aus den Händen rissen. So hüpfte inmitten hoher Hüte und breiter Pelzkrägen ein einziges Damenhäubchen lebhaft umher, und Janies unüberhörbar lautes, heiseres, fröhliches Lachen klang übermütig aus der Runde. Gelegentlich zog sie ein behandschuhtes Händchen aus der Wärme ihres großen Zobelmuffs und versetzte einem zudringlichen Verehrer strafend einen festen Klaps auf den Arm oder streifte einem andern mit koketter Gebärde den dicken schottischen Schal von den Schultern.

Ihre Kinder standen etwas abseits, adrett gekleidet, hübsch anzusehen, schweigend. Der älteste Knabe, Angus, hielt seine kleine Schwester an der Hand. Dreizehn Jahre alt, war er von der Natur in seiner äußeren Erscheinung stiefmütterlicher als seine Brüder bedacht: ungewöhnlich groß, dunkelhaarig, von kantigem, hartem Gepräge. Sein Ausdruck war verschlossen, kalt und finster, die Haut fahl, das Gesicht mager und klein, die Nase kurz und scharf mit flachen, schmalen Flügeln, der Mund dünn und zusammengekniffen. Allerdings hatte er ein gutgeformtes, festes Grübchenkinn, und wenn man sich die Mühe nahm, nach einem ersten flüchtigen Blick genauer hinzusehen, bemerkte man, daß die Farbe der Augen rauchgrau war, ein kristallklares, sehr verhaltenes Grau.

Seine kleine Schwester, die sich dicht an ihn schmiegte, war ein schönes, ungefähr sechs Jahre altes Kind. Unter ihrer Biberfellhaube mit den breiten braunen Bändern flutete das Haar in so leuchtend flachsblonder Fülle hervor, daß es sich wie ein mattgoldener Umhang über den Pelzkragen ihres gebauschten Mantels legte. Die großen, lächelnden Augen waren durchscheinend blau, von goldenen Wimpern beschattet; das hübsche runde Gesichtchen hatte den Schimmer von Milch und Teerosen und trug ein breites Lächeln, das gemächlich in viele Grübchen versickerte. Auch jetzt, da ihr der schneidende Meereswind das Stupsnäschen gerötet hatte und sie schnüffeln mußte, verlor sie nichts von ihrem rührenden Liebreiz und ihrer scheuen, aber lebenshungrigen Fröhlichkeit.

Die vier Kinder standen zwar nahe beieinander; dennoch hätte ein scharfes Auge gewahrt, daß sie in Wirklichkeit zwei Gruppen bildeten: Angus mit seiner Schwester, und Bertie mit Robbie. Auf Fremde machte Bertie, der Liebling seiner Mutter, gewöhnlich einen besonders guten Eindruck; der elfjährige Junge war fast so groß wie Angus, aber besser gebaut, außerordentlich kräftig und sehr hübsch. Er hatte ein großes rundes Gesicht, lebhaft, rot, strahlend; wenn er immer wieder in harmloser Bosheit lächelte, blitzten große weiße Zähne auf. Die leuchtend blauen Augen waren eine Spur zu klein; den massigen Rundschädel bedeckten kastanienbraune, goldig schimmernde Locken. In allen seinen Bewegungen war er rasch, lebhaft, fast fahrig.

Robbie war, wie seine Mutter mit unverhüllter Mißgunst zu sagen pflegte, ein ‚Waldschrat'. Er hatte ihren kleinwüchsigen, kräftigen Körperbau geerbt und schien kaum älter als seine Schwester Laurie. Dennoch machte der gedrungene, schmächtige Junge keinen kindlichen, hilflosen Eindruck; zeitweise glich er eher einem sehnigen Gnom.

Als Janie unbeirrt mit ihren Verehrern weiterschäkerte und ihre Stimme, heiser und übermütig, rauh und herzlich, weiterhin das allgemeine Stimmengewirr übertönte, versank sogar der zapplige Bertie in fröstelnde Starre. Der Wind wurde stärker; die Wolken sanken tiefer. Es war fast fünf Uhr nachmittag; in langen Wellen lief das Abenddunkel vom Meer her über das Häusergedränge hinter dem Pier. Ein dumpfes Brüllen drang von der See; der Wind pfiff durch die Masten des Schiffes, und die Matrosen huschten eilig über die Decks. Allmählich begann sich die Menschenmenge auf der Lände zu zerstreuen. Von den niedrigen, steilen Ufern New Yorks blinzelten gelbe Lichter auf. Die Bohlen des Piers schwangen und knarrten von hastigen Schritten.

Ein junger Mann, hochgewachsen, schlank, mit langem, rehbraunem, zobelbesetztem Mantel und modisch schief auf dem stark gewölbten, schmalen Schädel sitzendem hohen Hut, schlängelte sich durch die Menge. Sein Schlendergang war anmutig; alles an diesem Manne atmete Eleganz und Wohlstand. Seine engen rehbraunen Hosenröhren waren mit Stegen unter den feinen, blankgeputzten schwarzen Schuhen befestigt. Er hielt einen sehr dünnen, goldbeknauften Ebenholzstock, mit dem er nachlässig Kinder und frierende Frauen und sogar Männer beiseite schob. Sein offener, beim Gehen hin und her baumelnder Mantel ließ eine geblümte Seidenweste und eine straffgestärkte weiße Halsrüsche sehen. Der junge Mann hatte ein strahlendes, scharfgeschnittenes Gesicht, braune, volle Wangen, einen feingeformten, lächelnden Mund und schwarze, sehr große, durchdringend blickende Augen. Seine glatt zurückgebürsteten schwarzen Haare liefen in sehr gefällige Locken aus. Sein ganzes Gehaben war unbekümmert, gelassen, fast anmaßend; zwischen den behandschuhten Fingern der linken Hand hielt er eine lange Zigarre. Sicher ein hoher Herr! dachten viele der Frauen, die ihm unterwürfig Platz machten.

Er blieb nicht weit von Janie Cauders vier Kindern stehen und musterte sie. Er führte die Zigarre zum Mund und machte gemächlich einen Zug. Dann rief er: „Du meine Güte!" Er setzte sich wieder in Bewegung, diesmal etwas rascher. Er schritt zu den Kindern und lächelte sie an. „Seid ihr Janies Küken?" fragte er aufgeräumt und tastete mit seinem flinken Blick die vier Gesichter ab.

Sie starrten schweigend, in fröstelnde Armseligkeit versunken. Nur Robbie trat höflich und beherzt vor, lüftete den Hut und sagte in seiner ruhigen Sprechweise ohne eigentlichen Frageton: „Sind Sie vielleicht unser Vetter Stuart?"

„Der bin ich", erwiderte der Mann leichthin mit einer spöttischen tiefen Verneigung. „Genauer gesagt, der Vetter eurer Mutter, Stuart Coleman."

Die kleine Laurie knickste mechanisch, und die anderen Kinder verbeugten sich steif. Bertie hatte seine robuste Fröhlichkeit wiedergefunden. Er trat an Stuart heran und hängte sich bei ihm ein. „Uns ist scheußlich kalt", erklärte er offenherzig. „Würden Sie nicht Mama von ihren Bekannten loseisen wollen?"

Aus Stuarts Gesicht verschwand das Lächeln; nachdenklich blickte er Bertie an. Dann tätschelte er die bei ihm eingehakte kleine, feste Hand. „Das will ich tun", erwiderte er sehr freundlich. Er wandte seine Aufmerksamkeit Laurie zu, die ihn mit ihren großen blauen Augen so verwundert und so ruhig anstarrte. „Guten Tag, kleines Fräulein!" rief er und kniff sie behutsam in die kalte, runde Wange. Sie lächelte ihm strahlend zu, wurde rot und barg den Kopf an Angus' Arm.

„Sagt mir, wie ihr heißt, schön der Reihe nach!" verlangte Stuart. Robbie übernahm wie gewöhnlich das Kommando. Er zeigte auf seinen ältesten Bruder und sagte mit ruhiger, entschiedener Stimme: „Das ist Angus." Er wies auf den so liebevoll an Stuart geschmiegten Bruder: „Das ist Bertie, Bertram Cauder. Ich bin Rob Roy, Robbie. Und das ist Laurie, unsere Schwester", schloß er mit einer nachlässigen Handbewegung.

„Viere seid ihr also, wie?" murmelte Stuart in Gedanken. „Das wußte ich gar nicht." Er lächelte leise. „Janie hat sich offenbar undeutlich ausgedrückt. Ich dachte, sie bringt höchstens zwei mit. Erwähnt hat sie nur Bertie und Laurie."

Robbie zuckte gleichgültig die Achseln, und Stuart beäugte ihn mit raschem Kennerblick. Er wandte sich ab und nahm Janie in Augenschein, die mit ihrem Gefolge jetzt ganz abgesondert auf dem Holzpier stand und unentwegt heiser lachte. „Sie ist noch immer die alte", stellte der junge Mann fest. Er nickte und lächelte die Kinder aufmunternd an; dann schlenderte er belustigt auf seine Base und ihren Anhang zu. Am Rande der angeregt plaudernden Schar blieb er stehen, schwang seinen Stock und rauchte. Schließlich rief er unvermittelt mit beängstigender Lautstärke: „Janie! Um Gottes willen!"

Die Männer schreckten wie aufgescheuchte Rehe und öffneten unwillkürlich den Kreis, so daß die kleine, lebhafte Frau in ihrer Mitte sichtbar wurde. Sie starrte Stuart an; dann schrie sie auf, stürzte mit kleinen, raschen Schritten auf ihn zu und streckte ihm die rechte Hand hin, während sie mit der linken den großen Zobelmuff festhielt. Ihr Zobelcape bauschte sich hinter ihr, ihre kleinen französischen Sandalen blinkten unter dem grauen Rock hervor, ihr purpurroter Schleier wehte von den Samtveilchen des Haubenhuts rückwärts. Sie warf sich dem lachenden Stuart in die Arme, während ihre Verehrer unschlüssig, mit finsteren Mienen dastanden. Sie fand kein Ende an heißen Küssen, kleinen heiseren Ausrufen und parfümduftenden Umarmungen. „Ach, Stuart, mein Lieber!" rief sie, und die locker sitzenden Tränen liefen ihr über die Wangen. „Wie ist es dir denn die ganze lange Zeit ergangen?"

Er schob sie freundlich von sich. „Laß dich anschauen!" sagte er liebevoll. „Ja, du bist die gleiche alte Janie. Dabei habe ich dich seit deinem Hochzeitstag nicht gesehen."

Stuart Coleman war jetzt achtundzwanzig Jahre alt, und mit vierzehn hatte er seine Base zuletzt gesehen. Aber er erinnerte sich genau an das kleine dreieckige, etwas fahle Gesicht und an die Unmenge brauner Sommersprossen auf einer beachtlich langen Krummnase. Er entsann sich des breiten, beweglichen Mundes mit seinem kecken und fröhlichen Grinsen ebenso wie der kleinen, makellos schimmernden Zähne. Er sah die langen, glitzernd grünen, unbarmherzig pfiffigen, unter den schrägen Strichen der rotbraunen Brauen immerfort lachbereit zwinkernden Augen vor sich mit ihren scharfumgrenzten Bernstein-flecken, die ihnen etwas Katzenartiges, jeder Zähmung Trotzen-des gaben. Und unvergessen blieb ihm ihr leuchtend rotes, schulterlanges Haar, dessen natürliche Glätte stets um das leb-hafte Gesicht herum in mattglänzende Würstchen gezwungen war. Janie hatte sich nicht sehr geändert. Jetzt zählte sie zwei-unddreißig Jahre und war nicht im mindesten schön, trotz ihres hübschen, adretten Figürchens und der geschmackvollen, aller-dings etwas übertriebenen Aufmachung und der unverhüllten Verwendung von Rouge und Puder.

Stuart Colemans Scharfblick durchschaute Janie. Aber sie ge-fiel ihm, entzückte ihn. Während sie sich an ihn schmiegte, küßte er sie herzlich, obwohl er wußte, daß ihre Freudentränen nicht echt waren. So eine Schwindlerin! dachte er. Aber eine unterhaltsame Person! fügte er bei sich hinzu. Mit einem Male wurde ihm klar, warum sie eigentlich nach Amerika gekommen war. Sie hatte vor, ihn zu heiraten! Er lachte im stillen.

„Komm, ich habe einen Wagen hier und bringe euch alle in euer Hotel", sagte er und kraulte sie unter dem Kinn. „Dieser ganze Haufen Gepäck gehört dir? Das alles hier? Du lieber Gott!" Er zeigte mit dem Stock auf die Koffer und Reisetaschen. Achtlos streifte sein Blick die enttäuschten, abgeblitzten Ver-ehrer, die sich in die zunehmende Dunkelheit zu verziehen begannen.

Janie stützte sich anlehnungsbedürftig auf seinen Arm und sah ihn mit ihren grünen, unsteten Augen bewundernd an. Plötz-lich wurde sie schwach und sehr frauenhaft. Sie seufzte und betupfte sich die trockenen Augen mit dem Taschentuch. „Lieb-ster, was hätte ich jetzt ohne dich angefangen?" stöhnte sie.

Stuart lächelte vergnügt. „Das kann ich dir wirklich nicht sagen, meine Teure. Aber wir müssen rasch machen. Der Wagen wartet. Nimm deine hübsche Brut unter deine Fittiche, und wir ziehen los."

II

Während Janie mit sichtlichem Erfolg bemüht war, auf ihren Vetter Eindruck zu machen, plagten sie verschiedene Befürchtungen. Ihre Mutter war eine Base von Stuarts inzwischen gestorbenem Vater gewesen, und dieser Gordon Coleman hatte von Janie keine sehr hohe Meinung gehabt. Mit einem verstohlenen Blick auf Stuart fragte sie sich, was der junge Mann wohl über sie gehört haben mochte.

Er hatte allerhand gehört; aber als kluger Mann ließ er Janie ‚in ihrem eigenen Saft schmoren‘, wie er es im Geiste ungalant ausdrückte. Er wußte über Janie genau Bescheid. So starrte er unverwandt durch die schlammbespritzten Fenster der großen Postkutsche, die sie alle an seinen Wohnort Grandeville im Staate New York heranbringen sollte, und tat so, als betrachtete er interessiert das unter den ächzenden Rädern davongleitende bräunliche Flachland.

Sein Vater, ein launenhafter Vielredner und nach Ansicht der Familie ein ‚toller Ire‘, mit dem es kein gutes Ende nehmen konnte, war seiner Base Bridget Murphy, Janies Mutter, sehr zugetan gewesen; als sie ‚diesen verdammten Schotten‘, Duncan Driscoll, heiratete, packte ihn die Wut. Er nahm sich ein anderes Mädchen zur Frau — Stuarts inzwischen gleichfalls verstorbene Mutter — und wanderte später, als Stuart vierzehn Jahre alt geworden war, mit Gattin und Sohn nach Amerika aus, um dort sein Glück zu versuchen. Die Familie mochte zwar den Jungen gut leiden, war aber froh, seine Eltern, die ihnen ständig auf der ängstlich gehüteten Tasche lagen, loszuwerden; aufatmend trugen die Verwandten deshalb freigebig zu dem Reisegeld bei, das die Auswanderung ermöglichte. Als sie in der Folge von Gordons erstaunlichen Erfolgen in Übersee hörten, änderten sie nicht ihre persönliche Meinung über ihn, sondern erklärten neidisch, in Amerika könne offenbar auch der größte Tölpel Geld machen. Aus den kleinlichen Schmähreden seines Vaters aber hatte Stuart mancherlei über Janie und ihre Leute erfahren.

Janies Vater Duncan Driscoll, ein schottischer ‚Tiefländer‘ aus

Barhead, hatte mit Hilfe einer ansehnlichen Erbschaft nach einem Onkel ein ungewöhnlich großes Landgut knapp jenseits der Landesgrenze erworben. Daß er sich in England angekauft hatte, war anstößig genug; daß er aber als ehemaliger Seemann vielberedete Leistungen in der Landwirtschaft erzielte, mußte jeden Schotten, der etwas auf sich hielt, empören. Was konnte er schon von Rindern und Schafen und sonstigem Getier verstehen? Offenbar verstand er einiges davon, und dank seiner Entschlußkraft und Klugheit kam er von Anfang an gut vorwärts. Als er schließlich gar die dralle Irin Bridget Murphy heiratete, wandte sich seine Familie gründlichst und eiligst ganz von ihm ab.

Duncan ließ sich dadurch nicht beirren, sondern bewahrte sich den unerschütterlichen Frohsinn des erfolgreichen Schotten. Er war zu jedermann freundlich, obwohl mit niemandem gut Freund. Den Verwandten seiner Frau begegnete er zuvorkommend und höflich. Ihrem Vetter Gordon Coleman samt Weib und Sohn überließ er sogar ein Torhäuschen auf seinem Grund und Boden. Gordon wurde Pförtner und betätigte seine irische Vorliebe für Aufsehertum an dem Gutsgesinde, ohne aber über die sonst den Iren eigene Heiterkeit, Freundlichkeit und Kameradschaftlichkeit zu verfügen. So machte er sich bei den Landarbeitern verhaßt.

Duncans Gattin schenkte ihrem Mann siebzehn Kinder, von denen Janie das letzte war. Gordon Coleman, der Duncan mehr haßte als sonst irgendwen — wahrscheinlich, weil er von ihm ständig Wohltaten genoß —, empfand auch gegen Bridgets Kinder eine dumpfe, starke Abneigung; besonders Janie verabscheute er. Sein vier Jahre nach Janie geborener Sohn Stuart freundete sich jedoch bald empörend eng mit der Kleinen an, und umgekehrt. Immer wieder entwich Janie aus dem großen grauen Herrenhaus am Hügel und stürzte mit flatterndem Rothaar, funkelnd grünen Augen und breit grinsendem Mund in das graue Pförtnerhäuschen.

Für den schwermütigen, von Enttäuschungen niedergedrückten Gordon wurde Janie zum Alptraum. Mit der unbegrenzten

Merkfähigkeit, die dem Haß ebensosehr wie der Liebe zu Gebote steht, legte er sich ein ganzes ‚Dossier' über das Mädchen an. Diese Aufzeichnungen zeigte er viele Jahre später in Amerika seinem Sohn. Er hatte nichts vergessen. Manches also, was Stuart nicht aus der persönlichen Bekanntschaft mit Janie wußte, erfuhr er nachher von seinem Vater.

Janie war von ihrem Vater und ihren älteren Geschwistern verhätschelt worden, obwohl seit ihrem ersten Plappern alle wußten, woran sie mit ihr waren. Ihre Mutter jedoch vergötterte ihr jüngstes Kind, und nichts war ihr zu teuer, zu ausgefallen für das schlaue kleine Ding. Die dick gewordene, alternde, ungebildete und anbetungswillige Frau fand nichts auf der Welt entzückender als diese letzte Frucht ihres Schoßes, und in ihren einfältigen Augen schien alles, was Janie tat, wohlgetan. Kaum war die Tochter fünf Jahre alt, bekam sie schon eine kleine Pelzgarnitur mit Mantel, Stola, Haube und Muff. Sie hatte ihre eigenen Shetlandponies, ihren eigenen Garten, ihre eigene Zofe, ihre eigene goldene Uhr, ihre eigene kleine Schmuckschatulle voll prächtiger Ringe, Armbänder und Ketten. Ihre Samte und Seiden kamen, ebenso wie die feinen Spitzen ihrer Batistwäsche, aus Frankreich, ihre Schuhe aus London. Bald lernte sie den Gebrauch von Essenzen für die Gesichtshaut, die aber, trotz aller Mühen der Zofen, ausgesprochen gelblich blieb. Und ihre große Raubvogelnase bekam jedes Frühjahr, sosehr die Haut vor der Sonne geschützt wurde, dichte braune Sommersprossen, gegen die auch das eifrige Bestreichen mit Buttermilch nichts nützte.

Die Bediensteten, von der niedrigsten Küchenmagd bis zu dem eigens aus Oxford bezogenen Hauslehrer, haßten und fürchteten die kleine Janie. Sie steckte voll grausamer Schelmenstücke, die sie, wenn die Mutter ihr unter Tränen behutsame Vorwürfe machte, entschiedenst ableugnete. Sie vermochte einem Ankläger fest, ohne Wimperzucken, in die Augen zu sehen und zu erklären, sie hätte nie etwas dergleichen getan. Einmal, nach einem besonders schändlichen Streich gegen einen Stallknecht — durch einen Stier, den sie heimlich aus seinem Pferch freigelassen hatte, wäre der Mann fast zu Tode gespießt worden — verabreichte

Duncan ihr eine gehörige Tracht Prügel. Daraufhin sprach Bridget einen Monat lang kein Wort mit ihm und ließ sich erst umstimmen, als er, des Unfriedens müde, seinem Töchterchen ein Hermelincape und Samt für drei neue Kleider schenkte.

Wenn Janie aber jemanden versöhnen wollte, gab sie sich so gewinnend, so lammfromm und machte ein so unschuldiges Gesicht, daß sie jeden herumkriegte. Sie hatte kleine Schmeichelgesten und konnte gelegentlich sogar die laute, rauhe Heiserkeit ihrer Stimme zu fast sanften Tönen dämpfen. Ob sie nun ihrer Mutter, wenn die dicke, gutmütige Frau in ihrem Lehnsessel beim Feuer schlief, die Bänder der Morgenhaube unter dem Kinn hervorzog und hoffnungslos verknotete oder in ihr Lieblingssitzkissen Nadeln steckte, so daß die Mutter mit einem Schmerzensschrei aufsprang und sich die ausladenden Hinterbacken hielt, oder ob sie sonst irgendein Spitzbubenstück ausheckte, sie ging immer wieder straflos aus, sobald sie eine große Träne hervorpreßte und über die Wange rollen ließ oder mit ihrem schmallippigen breiten Mund zu zucken anfing.

Kaum war sie zehn Jahre alt, da machte die Mutter in ihrer Affenliebe sich schon eifrig daran, die Gutsherrensöhne der Umgebung auf ihre Eignung als Freier zu prüfen. Die älteren Töchter waren alle vor Erreichung des siebzehnten Lebensjahres an kräftige, wohlhabende, auf reichen Farmen der Gegend ansässige Jünglinge verheiratet worden. Die heranwachsende Janie zeigte jedoch zu Bridgets wachsendem Mißbehagen kein besonderes Interesse an Freiern. Erst mit achtzehn warf sie ein besitzlüsternes Auge auf den jungen Robin Cauder und wandte es nicht mehr von ihm ab.

Bei ihrer abgründigen Habsucht war diese Zuneigung unverständlich. Robin besaß nur die Kleider, die er auf dem Leibe hatte, und ein bißchen Kleingeld in der Tasche seiner zu engen, abgetragenen Hose. Er war als einer der zahlreichen Söhne eines armen Schafhirten im düsteren, naturgewaltigen schottischen Hochland zur Welt gekommen und sehr jung selbst Hirte geworden. Auch in tiefem Schnee führte er zu finsterer Morgenstunde die Tiere auf die Weide, wo sie das spärliche Moos freischarrten. Dann ließ er seine Lieder zu dem einsamen Morgenstern erschallen, und seine Stimme war so rein und stark und fest, daß ihr die zackigen Felsen und knorrigen Bäume zu lauschen schienen. Sogar die Schafe hoben wie verzaubert die Köpfe. Er sang die Hochlandsballaden, voll wilder Schwermut, voll liebeskranker Jungfrauen und todgeweihter Jünglinge, voll Krieg und Ruhm und Haß gegen England. Ohne des Sturms zu achten, der ihm den Schottenkittel um die frostroten jungen Beine wirbelte, zog er bloß den Umhang straffer, hob den Kopf zum dämmernden Morgen und sang mit der Stimme eines Engels.

Er hatte auch die Schönheit eines Engels: hochgewachsen, stämmig, anmutsvoll, mit dunkler, reiner Haut, schönen schwarzen Augen, der Judennase des echten Hochländers und einem Schopf schwarzer Lockenhaare. Bald verschossen sich die Mädchen in ihn. Er aber liebte nichts als seine wilden Berge und den Klang seiner Lieder. Mit sechzehn verließ er das Hochland und zog als fahrender Sänger durch die schottischen Dörfer und Weiler. Seine ungeschulte Stimme entzückte und berauschte seine ärmlichen Zuhörer derart, daß zahlreiche Penny- und sogar Shillingstücke für ihn abfielen. Auch sein herzhaftes, übermütiges, lebensfrohes Lachen hatte jeder gern.

So durchwanderte der junge Stromer ein ganzes Jahr lang singend das Land und hauste wohlgemut bei Fremden, die ihm Unterkommen boten, mochte es oft auch bloß an dem spärlichen Feuer der Kochgrube oder im Stall neben dem Vieh sein. Er war siebzehn Jahre alt, als er in Barhead ankam und neugierig über die Grenze blickte. Die Engländer waren, wie er wußte, freigebiger mit Münzen als seine knauserigen Landsleute. Er wanderte hinüber und sang in den Schenken, bis sogar die nüchternen englischen Pächter die Köpfe von ihrem warmen Bier hoben und offenen Mundes lauschten.

In einer solchen Schenke hörte ihn der leichtlebige Sohn des Ortsgeistlichen und brachte ihn zu seinem Vater, der ihm unter dem Eindruck seiner prächtigen Stimme vorschlug, sich bei ihm als Kirchensänger zu verdingen. Robin fand das Erlernen der

‚langweiligen' Hymnen und auch das Festsitzen an einem Ort —
er war ein ausgesprochener Herumstreuner — sehr lästig. Aber
er beschloß zu bleiben, bis er sich zehn Pfund erspart hätte.
Unterdessen schlief er im Hause des Geistlichen auf dem Dach-
boden unter sauberen, warmen Decken.

Und in der Kirche hörte Janie ihn singen. Sie beobachtete ihn
vom Familien-Betstuhl aus. Vom ersten Tage an begehrte sie
ihn mit wahrem Heißhunger. Diesen siebzehnjährigen Burschen
wollte sie heiraten und keinen anderen, so beschloß sie. Gelassen
brachte sie die Schreckenskunde ihren Eltern bei und stürzte sie
damit in Verzweiflung und Verwirrung. Duncan raste und wütete; Bridget vergoß Tränenströme; die Geschwister saßen in
ihren Wollgewändern ringsumher und rangen jammernd die
Hände. Janie blieb fest. Wenn sie ihren Robin nicht haben
konnte, würde sie eine alte Jungfer werden, zum Gespött der
Nachbarn.

Robin ahnte glücklicherweise nichts von den Wogen der Erregung, die Stronghold, das Landgut der Driscolls, überfluteten.
Er hatte Janie in ihrem Betstuhl bemerkt, das schmächtige Figür-
chen, in Samt und Seide und Pelze gekleidet, königlich mit Geschmeide behangen, verräterische Röte auf den fahlen Backen.
Er hatte auch bemerkt, daß sie ihn unverwandt mit ihren großen
grünen Augen anblickte und ihm während seines Gesanges affektiert zulächelte. Aber sie weckte in ihm keine Empfindung.
Auf Geld war er nie aus gewesen. Er wollte nichts als sorglos
und lustig umherwandern und sich durchs Leben singen. Janies
Wohlhabenheit machte nicht den geringsten Eindruck auf ihn.

Erst als sie ihm auf der Straße zum Haus des Geistlichen
auflauerte, erwachte sein Interesse. Er war nicht der Mann, der
sich ein angebotenes Vergnügen hätte entgehen lassen wollen.
Aber sie blieb besonnen: Heirat oder nichts. Sie kleidete sich
aufs schönste und gab sich so fröhlich, so unterhaltsam, so voll
heiteren Lachens, daß der Junge sie nach kurzer Zeit selber auf
der Straße abpaßte. Janie hatte rasch heraus, daß Zobel und
Seide und die feinsten Biberfellhauben ihm nicht imponierten,
und fand in gewohnter Schläue bald den richtigen Weg zu

seinem unsteten Herzen. Sie fing an zu seufzen und flüsterte, sie sei nur ein flatterndes Vöglein in einem goldenen Käfig, wolle nichts sehnlicher als die Welt sehen, ihre Seele ersticke in Stronghold. Wenn Robin von fernen Gegenden, von seinem heimatlichen Hochland sprach, brachte Janie es geschickt zuwege, daß ihre Augen in grünem Glanz oder in Tränen schimmerten, und erklärte, sie wolle unbedingt dieses Hochland besuchen.

Trotzdem wäre es vielleicht zu nichts gekommen, hätte nicht Duncan in seiner Wut den achtungsvoll erschauernden Geistlichen aufgesucht und ihn angebrüllt, dieser Laffe dort unter dem Dach müsse sofort erscheinen, sonst werde er mit eigenen Händen die Balken der Zimmerdecke abtragen. Robin hatte das Geschrei gehört und kam in nachlässiger Haltung aus seiner Dachkammer herunter. Er ließ sich von Duncan nicht einschüchtern. Als er schließlich aus den Flüchen und Drohungen das eigentliche Ansinnen des alten Mannes herausschälen konnte, warf er den Kopf zurück und lachte höchst belustigt.

Aber auch Zorn erfüllte ihn; denn er war ebenso trotzig wie stolz. So, nicht gut genug war er für Janie? So, augenblicklich verschwinden sollte er, die Tasche mit Pfundnoten gefüllt? Robin mußte wieder lachen. Als er sich das nächstemal mit Janie auf der Straße traf, bat er sie um ihre Hand.

Bis zur Hochzeit aber dauerte es noch zwei Monate. Nachdem Duncan sich gegen Bridgets Tränen und Bitten durchgesetzt hatte, erhielt Janie zunächst Hausarrest. Da trat sie in eine Art Hungerstreik. Weinend erklärte sie, weder essen noch schlafen zu wollen, bis sie ihren Robin habe. Die tränenreichen Vorstellungen der Mutter blieben wirkungslos. Janie sperrte sich in ihrem Zimmer ein, während draußen der Herbststurm welke Blätter gegen die geschlossenen Fensterläden trieb. Sie schluchzte laut und horchte dann. Wenn sie nach einiger Zeit nicht mehr das verzweifelte Schlurfen der Mutter vor der Tür und ihre Seufzer hörte, versetzte sie sich in einen richtigen Koller, kreischte und brüllte wie eine Besessene, warf sich mit einem Krach auf den Fußboden und bearbeitete die Bohlen mit Händen und Füßen.

Der sonst recht zähe Duncan gab schließlich nach.

„Nimm dir also deinen kostbaren Landstreicher, und der Teufel soll euch beide holen!" schrie er eines Morgens vor Janies Tür. Dann trappte er geräuschvoll aus dem Haus, schwang sich auf sein Pferd und ritt zur nächsten Schenke. Als er wohlig benebelt heimkam, saß Janie vor dem Feuer und schluckte Milch mit Brandy, während die Mutter um ihr wiederversöhntes Kind geschäftig umherschusselte.

Nach ein paar Tagen erhielt Robin den Besuch zweier Brüder Janies, die ihm zähneknirschend die Einwilligung ihres Vaters zur beabsichtigten Heirat überbrachten.

Nun hatte Robin seine Janie fast zwei Wochen lang nicht gesehen und inzwischen eigentlich fast vergessen. Er starrte ihre Brüder bestürzt an, und dann übergoß sich seine dunkle Haut scharlachrot. Im stillen verwünschte er seinen unbändigen Trotz, der ihn in diese Sackgasse geführt hatte. Er äußerte sich den Besuchern gegenüber nicht; als sie jedoch gegangen waren, beschloß er zu fliehen. Ein Mädel heiraten und sich hier festnageln lassen? Das tat ein Robin nicht!

Am nächsten Morgen machte er sich aus dem Staube. Aber auf der Straße nach Schottland traf er den ältesten und kräftigsten Bruder Janies, hoch zu Roß. Robin musterte das große, braune Gesicht mit den unerbittlichen Augen und brach in ein Gelächter aus. Er schob seinen Ranzen auf die andere Schulter, machte kehrt und schlenderte pfeifend in das Haus des Geistlichen zurück.

Nach sechs Wochen heiratete er Janie. Gordon Coleman kam nicht zur Hochzeit, wohl aber seine Frau mit ihrem Sohn. Mit dem tiefen Interesse des Schuljungen, in das sich belustigte Zuneigung für seine Base mischte, hatte Stuart die Werbung Janies verfolgt. Eigentlich freute er sich darüber, daß sie so geschickt und schlau ihren Willen durchgesetzt hatte. Sie war doch, dachte er, eine kecke, verwegene Person, und es stand dafür, ihren weiteren Lebenslauf zu verfolgen. Allerdings würden er und Janie jetzt niemals mehr im Sommer durch die Wälder streifen oder in der Wintersonne auf dem Fluß Schlittschuh laufen. Wahrhaftig, Janie war flink gewesen wie ein Laufkäfer, lärmend wie eine Grille und dreist wie ein Eichhörnchen! Mit ihr konnte sich niemand langweilen. Übrigens hatte sie bei all ihrer hinterhältigen Bosheit, ihren Quälereien, ihren grausamen kleinen Sticheleien und Gehässigkeiten immer eine rauhborstige Zuneigung für Stuart an den Tag gelegt.

Wenn er daran dachte, wie sie ihn ununterbrochen in Atem gehalten, eben noch mit den Fäusten auf ihn losgeschlagen und sich im nächsten Augenblick an ihn geschmiegt hatte, wenn er an ihr heiseres, übermütiges, manchmal fast unflätiges Lachen dachte, das in den dunklen Wäldern widerhallte, oder an ihre Habsucht und die plötzlichen Anwandlungen von Freigebigkeit, wurde er immer trauriger.

Robins und Janies Hochzeit fand an einem düsteren, unfreundlichen Herbsttag statt, und über die schmalen Fensterscheiben rieselte bleifarbenes Wasser. Mit Ausnahme der Küche mit ihren im Widerschein des Feuers schimmernden Kupfertöpfen war es in dem großen grauen Hause wie gewöhnlich überall finster und roch nach feuchter Kälte. Auf einer breiten Fensterbank des Salons saß gähnend Stuart und wartete mit anderen zusammen auf das Erscheinen des Brautpaares.

Die Fenster des Raumes gingen auf einen hinter dem Haus gelegenen, von einer grauen Steinmauer umgrenzten Gemüsegarten. Mitten in dem wuchernden, ungepflegten Garten wuchs ein Baum, knorrig und verkrümmt. Von zerzausten, welken Pflanzen umgeben, lagen kleine Weiher, im kalten Wind zitternd, gekräuselt und gefurcht wie sturmgepeitschte Zwergseen. Schmutzigbraune Wolken trieben über den sich verdunkelnden Nachmittagshimmel. Für eine Weile setzte der Regen aus. Durchnäßte Tauben hatten sich aus ihrem Schlag hervorgewagt und hockten nun aneinandergereiht, mit jämmerlich gesträubten Federn, auf der niedrigen grauen Mauer. Sie sahen tiefbetrübt aus und gaben unendlich schwermütige Klagelaute von sich. Ein Hund bellte jämmerlich. Von weiter her drang das dumpfe Brüllen von Rindern, die zum Stall zurückkehrten. Und während Stuart hinausblickte, begann von dem dunklen, absterbenden

Garten ein blasser, brodelnder Nebel aufzusteigen und ringelte sich zwischen toten Stengeln und Halmen empor; dann hob er sich ein wenig, in Streifen, wie vom Wind hochgewehte Halstücher, oder in pilzförmig ausladenden Gebilden.

Es war kein glückverheißender Tag. Der jetzt geheizte Salon wurde meist nur bei besonderen Gelegenheiten benutzt; deshalb waren sogar die Wandtäfelungen feucht, und weiter weg vom Kamin schlug sich diese Feuchtigkeit auf dem polierten Holz in Tröpfchen nieder. Die Mahagonimöbel schimmerten schwärzlich im Feuerschein, und der breite Orientteppich streckte sich trübselig von Wand zu Wand.

Die zahlreichen Gäste spürten diese entmutigende Atmosphäre und kauerten, mit den Whiskygläsern in den Händen, vor dem riesigen schwarzmarmornen Kamin. Die Männer hatten sich schon ausgiebig gestärkt, und ihre heiseren Bauernstimmen wurden auffallend laut. Die Damen in ihren weiten Samtröcken und pelzbesetzten Mänteln oder Überwürfen hatten sich sittsam von ihrem männlichen Anhang zurückgezogen und schwatzten in dem für Trauungen und Begräbnisse vorbehaltenen Flüsterton. Die sparsamerweise noch nicht angezündeten Lampen warteten auf die Berührung mit dem Wachsstock. Düsternis verdichtete sich in jeder Ecke.

An einer Zimmerwand saß die älteste Tochter des Geistlichen, ein mageres, schwindsüchtiges, in mattes Braun gekleidetes junges Ding. Vor ihr stand eine kleine Orgel, und neben der Orgel hockte der einzige Sohn des Geistlichen, ein dicker, etwa zehn Jahre alter Junge, der die Bälge treten sollte, wenn das Instrument den Hochzeitsmarsch von sich gab. Niemand beachtete die beiden, obwohl der Knabe laut mit der Nase schnüffelte und seine Schwester ihm unter tadelndem Glucksen ihr Taschentuch reichte.

Einer der Brüder, dem die zunehmende Dunkelheit lästig wurde, wagte es, eine einzige Lampe in einer entfernten Ecke anzuzünden; aber diese dürftige Beleuchtung hob die sonstige Finsternis nur noch stärker hervor. Auch das Feuer vermochte den großen Raum nicht zu erwärmen.

Als der alte Geistliche mit trauriger Miene eintrat, in seinem regennassen, schlammbespritzten Kapuzenmantel, den Hut in der Hand, starrten alle Anwesenden ihn irgendwie vorwurfsvoll an, als läge nicht bei ihnen, sondern bei ihm die Schuld an seiner bitteren Armut.

Den Bräutigam, den wilden, siebzehn Jahre alten Burschen, hatte bisher niemand gesehen. Als die Zeit verging und im Obergeschoß Geräusche ertönten, wurde die Gesellschaft ungeduldig. Einige Männer traten an die Fenster und spähten in den sinkenden Abend. „Er nimmt einen langen Anlauf, bevor er hineinspringt, was?" raunte einer der jüngeren Gäste seinem Nebenmann zu. „Ich kann's ihm kaum verübeln." Der Geistliche bemerkte stammelnd, der Bräutigam sei mit ihm zugleich gekommen und werde sofort erscheinen.

In diesem Augenblick trat Robin ein, zum allgemeinen Erstaunen sehr adrett gekleidet, in feinem perlgrauem Rock und hellgrauer Hose. Auf dem Unterarm lag ihm ein großer grauer Biberfellhut, und die weißen Rüschen um seinen kräftigen Hals schimmerten steifgestärkt. Seine jugendlich frische Erscheinung schien den ganzen Raum zu erhellen. Mit einer gewissen Gelöstheit und Eleganz bewegte er sich zwischen den Pferdezüchtern und Landwirten. Seine Miene war zwar ernster als gewöhnlich und sehr nachdenklich; aber nichts konnte seine natürliche Lebenskraft unterdrücken. Der Geistliche trat an den jungen Mann, den er liebgewonnen hatte, heran und lächelte ihm freundlich zu.

Alle Anwesenden erschraken, als die Orgel mit mächtigen Akkorden einsetzte. Und jetzt hörte man von der Holztreppe her Schritte. Alles erhob sich. Würdevoll und finster dreinblickend, erschien Duncan mit seiner jüngsten Tochter am Arm; dahinter kam die dicke Bridget, in Tränen aufgelöst, von den übrigen Kindern begleitet.

Janie hatte sich mit einem Stück feuchtem, rotem Flanell die Wangen fest frottiert, bis sie trügerisch glühten, und die trockenen Lippen gerieben, bis sie wund waren; aber nichts konnte ihr Gesicht wirklich hübsch machen. Am Arme ihres stämmigen Vaters nahm sie sich ungewöhnlich kindlich aus; demütig und bescheiden schien sie in sich zusammenzusinken, als wäre ihr die Last der allgemeinen Aufmerksamkeit zu schwer. Da man schon die ganze Zeit über auf Janies Toiletten höchst gespannt gewesen war, richteten sich jetzt die Blicke aller Frauen auf sie, und die Münder spitzten sich neidisch.

Janies gerade noch mit der letzten Postkutsche aus London angekommenes Hochzeitskleid war französischer Herkunft. Sie hatte immer Schick und modisches Auftreten gehabt. Ihr kleiner, aber wohlgeformter Körper brachte die ganz aus weißem Satin und Nadelspitzen bestehende Toilette voll zur Geltung. Von der schmalen Taille wölbte sich der Rock wie eine schrägwandige Glocke und floß ihr mit perlenbestickten Spitzenvolants um die Füße. Das wie gedämpftes Mondlicht schimmernde Leibchen war mit Kristallknöpfen eng geschlossen. Die groben roten Lokken bargen sich fast völlig in einer Wolke feinster Spitzen, über denen künstliche Orangenblüten schwebten. Bis hoch auf die kleinen Arme streckten sich brandneue weiße Glacéhandschuhe.

Und dann wurde plötzlich die ganze Herrlichkeit dieses Einzugs zerstört. Duncan blieb so jäh und so gewaltsam, fast noch auf der Schwelle des Salons, stehen, daß Janie wankte und gegen ihn stieß.

„Was ist denn mit den verdammten Lampen, he?" schrie er. Und er stampfte wütend auf, mehrere Male.

Ein verlegenes Murmeln lief durch die Schar der Gäste und Angehörigen. Bridget hörte zu weinen auf; den Töchtern glühten vor Zorn die Wangen. Dann stürzte eine Magd in Haube und Schürze, mit wehenden Unterröcken, herein, einen Wachsstock in der Hand. Sie rannte zum Kamin, wohin sich sofort eine Gasse für sie geöffnet hatte, entzündete den Wachsstock und eilte von Tisch zu Tisch. Alle sahen ihr zu. Die Tochter des Geistlichen war durch Duncans Fluch und die allgemeine Aufregung derart außer Fassung geraten, daß sie in Tränen ausbrach; ihr Bruder vergaß die Bälge zu treten, ließ die Orgelmusik mit einem letzten Quietschen ersterben und stieß einen Schreckensschrei aus.

Durch die nun eingetretene Totenstille brach ein ganz merkwürdiger Klang. Es war Robins lautes Lachen, ungebärdig, aber fröhlich. Er lehnte an einem Tisch und wurde von seiner Belustigung derart geschüttelt, daß er sich an der Platte festhalten mußte, den Kopf zurückgeworfen, den Mund so weit offen, daß alle seine weißen, schimmernden Zähne zu sehen waren. Jetzt wandte sich die Aufmerksamkeit der bestürzten Gesellschaft voll Staunen dem jungen Mann zu, und das Lampenlicht zeigte ringsum weit aufgerissene, glänzende Augen. Stuart, der neben seiner Mutter stand, begann zu kichern.

Und dann wurde Robin, so unvermittelt, wie er zu lachen begonnen hatte, wieder still und sehr blaß. Er richtete sich kerzengerade auf und starrte ins Nichts. Eine von Janies Schwestern hatte die weinende Tochter des Geistlichen in den Arm gekniffen, und die so zu ihrer Pflicht Gerufene begann mit fieberhaftem Eifer die Orgeltasten zu bearbeiten. Ihr Bruder trat die Bälge. Alles kam wieder in Ordnung. Aber Janie zitterte vor Wut, und Duncan hatte den starren, ausdruckslosen Blick jemandes, der einen schmerzhaften Fußtritt erhalten hat.

Nach diesem Vorfall mußte alles schiefgehen. Stuart ahnte, daß Janie ihrem Gatten nie diesen Ausbruch gefühlloser, aber unbezähmbarer Heiterkeit verzeihen würde. Die in recht würdiger Form vollzogene Vermählungszeremonie, das anschließende, besonders von den Herren freudig begrüßte Hochzeitsmahl mit mächtigen Schinkenkeulen, kaltem Rindfleisch, Bier und Whisky — nichts konnte die erlittene gröbliche Beleidigung aus dem Gedächtnis der jungen Frau tilgen. Sie lächelte krampfhaft und gezwungen, während sie mit einem Funkeln ihrer grünen Augen Küsse und Händedrücke entgegennahm. Aber sobald sie ihren jetzt sehr blassen und verhaltenen Gatten ansah, wurde ihr Blick bitterböse.

Sie zahlte ihm heim. Zwei Monate lang enthielt sie ihm das einzige vor, worauf er sich in dieser Ehe gefreut hatte. Während dieser Zeit begann er, sie zu hassen.

III

Bald nach Janies Vermählung mit ihrem ‚kostbaren‘ Robin wurde Stuart von seinen Eltern nach Amerika mitgenommen. Von nun ab bezog er alle seine Nachrichten von seinem Vater. Der haßverblendete Gordon stand in Briefwechsel mit seiner Base Bridget, Janies Mutter, und von dieser zur Not schreibkundigen armen Frau stammten die Scharen von Geschichten, die über den Ozean schwammen und sich für immer in Gordons wutentbranntem Hirn einnisteten.

Duncan Driscoll empfand anscheinend eine Art verdrossener Zuneigung für den jungen Cauder, der so gegen seinen Willen in die Familie geraten war. Jedenfalls drängte er eine Zeitlang nicht darauf, daß Robin seinen ‚gehörigen Platz‘ in dieser Familie einnehmen und sich mit den Obliegenheiten eines reichen Gutsbesitzers vertraut machen sollte. Robin ging in dem großen Steinhaus ruhelos aus und ein und verbrachte seine Zeit großenteils in den Schenken. Nur manchmal folgte er mit seltsamer Willfährigkeit seinem Schwiegervater durch die Ländereien und hörte sich zerstreut dessen vielfältige, aber knappe Erläuterungen über die Landwirtschaft im allgemeinen an. Duncan übte keinerlei Druck aus. Robin konnte nach Belieben kommen und gehen. Oft kehrte er aus dem Gasthaus etwas angesäuselt heim. Von Tag zu Tag wurde er schweigsamer. Aber erst gegen Ende des ersten Ehejahres fiel auf, daß er jetzt nur mehr selten — und da bloß in leisen, schwermütigen Tönen — sang.

Dann trat ein anderer Zug an ihm zutage, der tief unter seiner sorglosen Jungenhaftigkeit begraben gewesen war. Nach zweijähriger Ehe bekam er heftige Anfälle tiefer Schwermut, bei denen er tobte und schrie. Und nachher verharrte er mehrere Tage lang in düsterem Schweigen. Sein junges Gesicht wurde massiger, aber blässer; das Blitzen seiner dunklen Augen war nicht mehr heitere Feurigkeit, sondern leidenschaftliche, böse Erbitterung.

Daran trug Janie nicht alle Schuld. Sie hatte diesen wilden jungen Falken mit ihren räuberischen Händen gefangen und hielt ihn nun fest, bestürzt und empört über seine Gegenwehr, sehr bemüht, ihn zu hätscheln und zu verzärteln. Jedenfalls verdiente sie einiges Mitleid für die Wunden, die er ihr mit seinem von der Verzweiflung geschärften Raubvogelschnabel beibrachte. Nicht nur sie haßte er. Er haßte diesen warmen, heimeligen Ackerboden, diese stille Landschaft, die grünen Wiesen und die Sonne, die Ausweglosigkeit dieses Friedens. All das hatte ihn gefangengenommen und eingekerkert. Er haßte Kerker und Kerkermeister. Anfangs hatte er mit achselzuckender schottischer Ergebung versucht, geduldig, ja gelehrig zu sein. Doch es ging über seine Kraft; er war zu jung dazu.

„Eines schönen Tages wird er sich aus dem Staube machen, meine Liebe, paß nur auf!" sagte Duncan zu seiner Frau, und in seiner bedauernden Stimme klang Hoffnung mit.

Doch Robin blieb, und niemand kannte die Gründe, weder seine Schwäger und Schwägerinnen, die ihm wegen seiner Unbändigkeit und Geldverachtung grollten, noch die arme, dicke, liebevolle Bridget noch auch Janie. Nur Duncan verstand ihn: Auch wenn Robin jetzt wegginge, könnte er nie mehr ein freier Mensch werden. Die Erinnerung an seine Gefängniszeit würde ihm bleiben. Seine Schwingen waren gebrochen. Wilde Geschöpfe, das begriff Duncan, dürfen nicht der Freiheit beraubt werden. Ihr Gedächtnis ist zu treu. Schotten vergessen nie Kummer und Qual und Verzweiflung, Ungerechtigkeit und Bedrängnis, so weit zurück solche Dinge auch liegen mögen.

Das erste Kind kam dreizehn Monate nach der Heirat: der dunkelhaarige, langbeinige, schwache, kleine Angus. Robin beguckte ihn trägen Blicks und wandte sich ab. Aber später wurde seine eigene Jungenhaftigkeit von diesem kleinen schnobernden Geschöpf angerührt, und er begann mit dem Kinde zu spielen, weil er selbst so jung und so vereinsamt war. Als Angus zwei Jahre alt war, liebte ihn Robin heiß; er trug ihn auf den Armen weit vom Hause in den Wald und blieb stundenlang aus. Im Dorf munkelte man, Robin singe im Walde; manchmal trage er das Kind auf einen fernen Hügel und erfülle die klare, leere Luft mit seinen wilden Liedern. Janie scherte sich nicht darum.

Sie hatte den kleinen Angus nie recht gemocht; und da sie Robin haßte, redete sie sich ein, das Kind gleiche ihm. Außerdem hatte sie inzwischen einen anderen Sprößling in den Armen, ihr Herzblättchen, ihren Benjamin, den rotblonden Bertie mit den lachenden blauen Augen.

Zwei Jahre, und noch immer traf Robin keine Anstalten, seinem Schwiegervater irgendwie in der Arbeit zu helfen; er wurde dazu auch nicht aufgefordert. Ihm genügte es, wenn er den ‚Buben‘ in den Wald und auf die Berge mitnehmen konnte. Seine trübselige Schwermut legte er nie ab; aber nun hatte ihn eine Art Frieden überkommen. Von Rob Roys Geburt schien Robin nichts zu merken. Als er später doch gewahr wurde, daß er ein drittes Kind hatte, schien er ganz verstört und sagte kein Wort. Er zählte erst dreiundzwanzig Jahre; aber aus seinem Gesicht war jede Spur von Lebhaftigkeit gewichen. Er zeigte die armselige, hilflose Friedfertigkeit wilder Geschöpfe, die gebändigt, aber nicht gezähmt worden sind. Selten wurden nun seine wütenden Streitigkeiten mit Janie. Selten sprach er zu ihr, selbst im Bett. Tage vergingen, ohne daß zwischen ihm und den Verwandten seiner Frau ein Wort fiel. Unterdessen hatte die Familie ihn als ‚Versager‘ aufgegeben, ließ ihn in Ruhe und vergaß ihn.

Als Laurie kam, war Duncan schon sehr alt und fand Kindergeschrei unerträglich. Janie hatte sich zu einer Xanthippe entwickelt und zankte sich verbissen mit ihrem Vater. Bridget war so wie immer allen zugetan, und stets lag eines der Kinder in ihren Armen.

An Laurie erwachte Robins Interesse für seine Umgebung zum zweitenmal. Das schöne kleine Mädchen mit dem goldenen Haar und der an nordische Winterhimmel gemahnenden Augenfarbe entzückte ihn, erregte und fesselte seine Aufmerksamkeit. Der schon acht Jahre alte Angus war noch immer der ständige schweigende Begleiter seines jungen Vaters, und nun schritt er neben ihm durch die Wiesen, während Robin sein Töchterchen trug und ihm leise vorsang.

Außer den beiden Kindern wußte niemand, was er sang, oder

wie fröhlich er mit ihnen, wenn sie allein waren, spielte. Manchmal sah man von weitem Robin mit zerzausten schwarzen Haarsträhnen dahinrennen, während die Kinder, unter schrillem Lachen und voll wilder Freude, stolpernd so rasch hinter ihm herhetzten, daß Lauries lange goldene Locken im Wind flatterten und Angus' schmächtige Beine nur so flitzten.

Aus irgendeinem Grunde sang Robin den Kindern nie seine schottischen Balladen vor. Er sang andere Lieder, liebliche und erschreckende, spaßige und erhabene. Erst als Laurie eine reife Frau geworden war, erkannte sie, daß diese Lieder aus Robins eigenem Herzen entsprungen waren und nicht irgendeiner Volksüberlieferung oder der Feder eines Komponisten entstammten. Jedes der Kinder hatte ein Lieblingslied. Für Angus war es ‚O Morgenstern!', für Laurie ‚O Liebe, stärker als das Leben!'.

Laurie zählte vier Jahre, als Robin starb. Er hatte sich ‚erkältet' und war in zwei Tagen tot. Seine Krankheit war nicht schwer gewesen; die Ärzte konnten sich vor Staunen kaum fassen, als er plötzlich nicht mehr sprach und sie feststellen mußten, daß er sein Gefängnis für immer verlassen hatte. Nicht einmal seine beiden Lieblingskinder konnten ihn halten. Knapp vor seinem Tode hatte er nach dem kleinen Angus geschickt, der stundenlang im erschütternden, tränenlosen Schweigen der tiefsten Traurigkeit vor der Tür gewartet hatte. Robin faßte bloß die schmale, magere Hand seines Sohnes und sagte: „Du wirst dir ja unsere Lieder merken, mein Junge, was? Und wirst sie auch deiner kleinen Schwester einprägen, nicht wahr?"

Angus hatte wortlos genickt und sich gebückt, um seinen lächelnden Vater zu küssen. Als der Knabe den Kopf hob und zu reden versuchte, lächelte Robin noch immer und blickte ihn noch immer an. Aber er war tot. Nur Duncan wußte, warum er gestorben war. Nur Duncan freute sich, als er das jugendliche, lebhafte, merkwürdig wilde und jetzt freie, glückliche Gesicht betrachtete. Nur Duncan weinte, während Janie vergebens mit einer Zwiebel Tränen hervorzulocken suchte.

Sie konnte sich ja über den Tod dieses haßerfüllten jungen Mannes, den sie geheiratet hatte, unmöglich kränken. Jahrelang war er für sie eine Last und eine Schande und eine schwärende Wunde gewesen. Jetzt hatte sie ihn los. Mit einer für sie bezeichnenden Tatkraft begann sie, ein neues Leben zu planen.

Zwei Jahre lang wohnte sie noch bei ihren bejahrten Eltern; aber ihr besitzlüsterner und lebensgieriger Geist ruhte keinen Augenblick. Sie war eine geborene Abenteurerin. Ihre Unrast und Übellaune wuchsen zusammen mit ihrer Unternehmungslust. Nichts schien ihr recht. Duncan ließ überall Andeutungen fallen, jeder Mann, der sich getraue, seine jüngste Tochter zu heiraten, werde sein Glück machen. Viele erboten sich dazu. Aber Janie hatte das ruhige Leben satt.

Noch immer kamen Briefe von Stuart aus Amerika. Seine Eltern waren gestorben. Von seinen Lebensumständen berichtete er wenig, und nur gelegentlich erwähnte er einen gutgehenden ,Kaufladen' in der um ihre Geltung noch ringenden, aber vitalen Stadt Grandeville im Staate New York, in der Nähe irgendwelcher Wasserflächen, die er ,die Großen Seen' nannte. Ein Kaufladen? fragten seine Verwandten abschätzig. Wer hatte schon je gehört, daß man von einem Kaufladen gut leben könne? Als jedoch Stuart ganz nebenher erwähnte, im letzten Jahr habe er mehr als zehntausend Dollar — das waren ja, rasch umgerechnet, offenbar zweitausend Pfund! — verdient, da verschlug es den Verwandten die Rede. Janie war sehr stolz auf diese Briefe. Sie trug sie tagelang in ihrem Handtäschchen herum. Sie dachte voll Liebe an Stuart. Als er ihr zu Weihnachten eine Porträtminiatur schickte, war sie entzückt von seiner Stattlichkeit, von der Schalkhaftigkeit in seinen schwarzen irischen Augen.

Und an einem stürmischen Januarmorgen verkündete Janie, sie werde ihre Kinder nehmen und nach Amerika fahren.

Bridget war sehr traurig. Aber Duncan hörte mit griesgrämiger Anteilnahme und aufkeimender Hoffnung zu. In den letzten Jahren hatte Janie ihm mit ihren Zänkereien, ihrem Geschrei, ihrer Mißlaunigkeit, ihren Streichen und ihrer Habsucht das Haus zur Hölle gemacht. Sie hatte sein Heim mit Kindern gefüllt, die ständig weinten oder quengelten oder schmollten.

Duncan betete zu seinen Göttern, Janie möge es mit ihrer Ankündigung ernst meinen; zum erstenmal seit vielen Jahren war er liebevoll zu seiner Tochter und fing an, mit ihr große, umfassende Pläne zu besprechen.

Janie verbarg ihre Wut und Enttäuschung. Eigentlich hatte sie alle ihre Kinder bis auf ihren Liebling Bertie bei den Eltern lassen wollen. Mit vier Kindern nach Amerika! Sie war fest überzeugt gewesen, wenigstens die Mutter würde Einspruch erheben und verlangen, daß ihnen die Enkelkinder als Trost ihres Alters belassen würden. Aber Duncan hatte seine Frau angeschnauzt, darauf lasse er sich unter keinen Umständen ein; Janie müsse entweder mit ihren Kindern, mit allen, abreisen oder mit ihnen allen zu Hause bleiben. Unter vier Augen mit Bridget hatte er seinem greisenhaften, aber heftigen Zorn freien Lauf gelassen. „Das fehlte gerade noch, daß sie ihre Brut in meinem Hause läßt!" schrie er. „Damit sie die Verantwortung los ist, diese Beißzange! Ich habe ihre Faxen gründlich satt, meine Liebe, und möchte in Frieden in meinem Bett sterben, ohne ihr Gesicht sehen zu müssen!"

Als Janie von dem Ultimatum ihres Vaters erfuhr, war sie nahe daran, ihre kühnen Pläne aufzugeben. Sie hatte aber vor einiger Zeit Stuart geschrieben, und gerade jetzt kam der Antwortbrief, voll Fröhlichkeit, voll von Aufforderungen, sie möge doch kommen. So erklärte Janie, nichts könne sie von ihren Kindern trennen, und sie werde auswandern, als verlassene, heimatlose Witwe.

Bridget gab ihr die ganzen fünfzehntausend Pfund, die ihr eigener Vater ihr hinterlassen hatte. Und Janie fuhr nach Amerika, begleitet von den herzlichsten Segenswünschen ihrer Eltern.

IV

Während der ersten Stunden der Postkutschenreise hatte Janie ihrem Vetter die Ohren vollgejammert mit Schauergeschichten über ihre Mühsalen während der Überfahrt. Von schrecklicher Seekrankheit geplagt, in schwarzen, stürmischen Nächten auf ihrer harten Koje hilflos hin und her geschüttelt! Das Essen ein abscheulicher Fraß; die Stewards gefühllose Kerle, die sie unbekümmert stundenlang in ihrer Verzweiflung an der Schwelle ihres Todes liegen ließen! Sie malte für Stuart ein ganz schauerliches Bild, voll finsterer, gespenstiger Schatten des Leids, voll unsagbarer Qualen, die sie, ein tapferes, beherztes Frauchen, ohne Klage mit Engelsgeduld ertrug. Ein Steward, der ihr schön getan und ihr Vertrauen gewonnen hatte, stahl ihr einen wertvollen Ring. Ihre Kinder liefen unbeaufsichtigt auf dem Schiff umher, während die arme Mutter in ihrem Bett stöhnte und schluchzte, empört über die ihr zuteil gewordene Behandlung, bekümmert über die Hartherzigkeit ihrer Eltern, gepeinigt vom Heimweh und dem Gefühl der Verlassenheit, aber voll demütiger Ergebung in ihr Schicksal.

Stuart setzte eine höchst teilnehmende Miene auf und drückte Janies Hand. Nach Kräften verbarg er das spöttische Funkeln seiner Augen. Diese Janie war recht unterhaltsam! Noch interessanter aber waren ihre ‚Küken'! Während sie schluchzend ihre Geschichte erzählte und immer wieder in rührender Geste die ganz trockenen Augen mit ihrem parfümierten Taschentuch betupfte, studierte Stuart die Gesichter ihrer vier Kinder.

Angus hatte sich aus seiner eigenartigen, dumpfen Lethargie gerissen und sah die Mutter an; seine schmalen schwarzen Brauen waren in verdutzter Bestürzung zusammengezogen, seine kleinen weißen Zähne an die Unterlippe gepreßt, seine Hände nervös in den Schal vergraben. Bertie grinste. Robbie musterte seine Mutter achselzuckend mit gleichmütiger Verachtung; als er Stuarts Blick spürte, lächelte er belustigt und geringschätzig, wandte sich aber sofort ab und schaute durch die staubigen, klirrenden Fenster. Die kleine Laurie starrte bloß, rasch zwinkernd, die Mutter an; trotz ihrer Jugend schimmerten ihre blauen Augen von trauriger Verlegenheit.

Als Janie, durch die Tragik ihres Berichtes selbst überwältigt, sich unterbrechen mußte, um Atem zu holen, stammelte Angus leise: „Aber Mama, du warst doch nicht so krank. Nur in der ersten Nacht. Dann hast du getanzt. Erinnerst du dich nicht, Mama? Wie alle die Herren vor der Kabinentür zusammenkamen und sich um die Ehre des ersten Tanzes stritten. Und du hast" — fügte er hinzu, in sich zusammensinkend, als ihr unheilkündender, mörderischer Blick mit voller Wucht auf ihn fiel — „so schöne Kleider und Ringe und Armbänder und Ketten angehabt und bist erst gegen Morgen zurückgekommen. Ich kann mich genau erinnern", fuhr er mit hysterischer Lautstärke und Hast fort, als in Janies wütenden Blicken sich immer stärker Haß und Tücke ausprägten, „daß es oft schon Morgen war. Und du hast gesungen, und die Dame von nebenan hat an die Wand geklopft, und du hast zurückgeschrien und gelacht, und der Herr vor der Tür hat auch gelacht. Und den Ring hat man dir nicht gestohlen. Du hast ihn bald wieder gefunden."

„Ach, halt doch den Mund!" rief Robbie angewidert, ohne den Blick von der Winterlandschaft draußen zu wenden. Bertie kicherte, stieß seinem älteren Bruder fest auf das Schienbein und zwinkerte ihm eine gutmütige Warnung zu.

Aber der arme Angus war offenbar überzeugt davon, die Mutter habe die Dinge wirklich vergessen und werde ihm dankbar sein, wenn er ihrem Gedächtnis nachhelfe. So blickte er sie ernst an und fuhr mit noch größerer Hast und Lautstärke fort:

„Erinnerst du dich denn nicht, Mama? Und die Stewards waren sehr nett zu uns; sie haben uns das Frühstück in die Kabine gebracht, wenn du uns nicht in den Speisesaal geführt hast, weil du so fest schliefst. Und du hast ihnen Trinkgelder gegeben; und am letzten Tag haben sie geweint, und du hast sie alle der Reihe nach abgeküßt und ihnen gedankt. Und alle haben gefunden, du warst die Schönheitskönigin des Balls; und der Kapitän hat dir ein Obstkörbchen geschickt, mit seinen besten Grüßen!"

Also, dieser Bub — dachte Stuart, sein Lachen verbeißend — ist ein arger Naivling, der nie klug werden wird, nie im Leben! Mitleidig betrachtete er das vor Eifer glühende Gesicht, die beschwörenden grauen Augen und den zitternden Mund des Knaben. Er sah, daß seine Knöchel ganz weiß geworden waren, daß seine Finger sich in den Schal verkrampften und daß er am ganzen Leibe bebte. Sein Bekennermut war erstaunlich.

Aber Janie blickte ihn wütend an. Ihre schmalen, fahlen Wangen waren gerötet. Sie brachte kein Wort hervor; nur ein heiseres, tierhaftes Krächzen, einem Heulen ähnlich, entrang sich ihrer Kehle. Dann sprang sie unversehens auf und schlug mit geballter Faust auf Angus' Kopf ein. Er versuchte auszuweichen, schrie auf, hob die mageren Arme über den Schädel; aber sie fand geschickt immer wieder ungeschützte Stellen und puffte und knuffte ihn weiter. Unter ihren Locken und den hüpfenden Purpurveilchen der Haube funkelten die Augen in grüner Tollheit; sie hatte die Unterlippe zwischen die Zähne geklemmt und stieß in ihrer wilden Verbissenheit häßliche Keuchtöne hervor. Ihre Röcke flatterten und schwangen. Wie durch ein Wunder hielt sie sich in der holpernden Kutsche aufrecht, deren einzige Fahrgäste glücklicherweise die Cauders und Stuart waren. Ihre Behendigkeit war beachtlich; man konnte kaum ihren Bewegungen folgen.

Während dieser ganzen Szene hatten die beiden anderen Knaben sehr flink die Füße von dem schmutzigen Kutschenboden gehoben und die Knie bis zum Kinn hochgezogen. Die kleine Laurie, die neben Angus saß, rührte sich nicht. Sie blieb ganz still und blickte nur, starr und totenbleich, die rasend dreinschlagende Mutter an. Und nun trat auf ihr kleines Gesicht ein Ausdruck des Grauens, jenes versteinerten, entsetzten Grauens, das nichts mit Furcht zu tun hat und dem Ekel verwandt ist.

Angus selbst jammerte nicht. Er hielt nur schwach die Arme über den Kopf und zog ihn ein wenig ein. Als Stuart seine ergreifende, in demütige Verzweiflung ergebene Haltung sah, klopfte ihm das sonst so sorglose Herz vor leidenschaftlicher Wut über Janie. Immerhin hätte er vielleicht fatalistisch die

Achseln gezuckt und nichts unternommen, wäre sein Auge nicht auf Lauries Gesicht gefallen, in dem sich die Erinnerung an viele solche Szenen zu spiegeln schien.

So aber packte er den breiten, dicken Volant von Janies Unterrock und zwang die Furie mit Gewalt auf ihren Sitz zurück. Genau im gleichen Augenblick stießen die Räder der Kutsche auf einen besonders widerspenstigen Stein, und die Fahrgäste wurden umhergeschleudert wie Puppen in einer Schachtel. Janie landete etwas hart auf ihrem Sitz, und da ihre Wut noch keineswegs erloschen war und sie offenbar Stuart für den Urheber der Kutschenkapriole hielt, fiel sie in blinder, sinnloser Raserei über ihn her und versetzte ihm eine heftige, schallende Ohrfeige. Unwillkürlich holte auch er aus, zahlte ihr mit gleicher Münze heim und stieß sie mit einem Ausruf des Abscheus von sich.

Sie sank auf ihren Platz zurück und zerrte verzweifelt an dem Haubenhut, der ihr über die Stirn geglitten und mit seinem spröden Rand an der dadurch abgeplatteten Nase hängengeblieben war. Ihre Bemühungen begleitete sie mit steifen, krampfartigen Zuckungen ihrer weit gespreizten Beine und mit einem heiseren Fauchen. Ihre Röcke hatten sich bis über die Knie hinaufgeschoben und enthüllten kurze, aber hübsche, geschmackvoll in weißen Seidenstrümpfen steckende Waden, auf die Stuart, seines Zornes ledig, unwillkürlich einen kurzen bewundernden Blick warf. Und plötzlich fand er das Bild dieser sich wie toll umherwälzenden, mit ihrer ungebärdigen Haube kämpfenden Frau urkomisch und brach in lautes Gelächter aus. Er faßte Janies Röcke und zog sie herab; dann schob er ihr das Häubchen zurecht, so daß es das verzerrte, ganz verschmierte Gesicht und die böswillig funkelnden grünen Augen freigab.

„Du bist jetzt schon ein großes Mädel, Janie", sagte er höchst wohlgelaunt. „Laß also deine Röcke unten, zumindest in der Öffentlichkeit! Und sei dankbar dafür, daß du eine so große Nase hast! Dieser Erker hat dich vor einem jämmerlichen Erstickungstod bewahrt." Er strich sich über die brennende Wange und schnalzte. „Du verdammtes kleines Biest! Dir gebührt eine gehörige Tracht Prügel, Janie."

Keuchend lag Janie zurückgelehnt in ihrer Ecke und starrte den Vetter haßerfüllt an. Er erwiderte den Blick mit einem unbefangenen Lächeln. Dann schnalzte er nochmals und schüttelte den Kopf. „Wahrhaftig, du mußt etwas wegen deiner Gesichtsfarbe unternehmen, Liebling. Gelblichgrün paßt so gar nicht zu der Karottenfarbe deiner Haare."

Janie öffnete den verzerrten Mund und stieß Fluchworte hervor, eine Kette häßlicher, unflätiger Ausdrücke. Unwillkürlich war Stuart trotz seiner Belustigung entrüstet. Er legte ihr die Hand auf den Mund, und sie biß ihn prompt in den Finger. Mit einem Aufschrei zog er die Hand zurück und hob sie zum Schlag, hemmte sie aber, während sie noch niedersauste. Er murmelte nur etwas ihr Unverständliches. Dann rückte er plötzlich mit finsterer Miene und zusammengezogenen Brauen so weit wie möglich von ihr ab und starrte vor sich hin.

Janie brach in lautes, herzzerreißendes Schluchzen aus. Balgereien waren für sie nichts Besonderes. Oft hatte sie mit ihren Geschwistern, wenn der Altersunterschied nicht zu groß war, gerauft und sie regelmäßig niedergerungen, eingeschüchtert oder zu unterwürfiger Friedfertigkeit gezwungen. Nie aber war sie auf jemanden gestoßen, der so verächtlich wie jetzt Stuart von ihr abgerückt und ihrem Schluchzen mit so angewiderter Gleichgültigkeit begegnet wäre. Sie weinte noch lauter. Stuart zuckte nicht einmal die Achseln. Er sah die Kinder an.

Bertie und Robbie hatten die Handgreiflichkeiten zwischen ihrer Mutter und ihrem Vetter mit lebhaftestem Interesse verfolgt, ohne sich im mindesten darüber aufzuregen. Zu oft hatten sie erlebt, wie die Mutter gegen einen Onkel oder eine Tante bei Meinungsverschiedenheiten oder Einmischungsversuchen tätlich wurde. Nicht auf diese beiden Knaben richtete sich deshalb jetzt Stuarts besondere Aufmerksamkeit, sondern auf Angus und Laurie.

Angus schien in ein Häufchen Elend geschrumpft; er war zurückgesunken, in einer Haltung verzweifelten Zusammenbruchs. Sein kleines, düsteres Gesicht war gespensterhaft; in dem durch die Fenster dringenden unheimlichen Zwielicht meinte man unter der Gesichtshaut das Knochengerüst durchscheinen zu sehen. Die grauen Augen waren halb geschlossen. Anscheinend atmete er kaum. Die Arme hingen ihm schlaff herab. Er machte den Eindruck eines Bewußtlosen. Aus seiner Nase troff ein dünnes Rinnsal von Blut, das er überhaupt nicht zu spüren schien. Janie mußte ihm außerdem die rechte Wange arg zerschunden haben; denn dort sickerten kleine Blutstropfen hervor, und ein häßlicher Fleck auf der rechten Schläfe wurde immer dunkler. Stuart empfand ein merkwürdiges, ungewohntes Mitleid; er ahnte, daß weniger die körperlichen Mißhandlungen als Janies offenkundig gewordener mörderischer Haß und Zorn den Zusammenbruch des armen Jungen verschuldet hatten.

Die kleine Laurie kniete zitternd neben ihren Bruder hin und versuchte, sein Nasenbluten mit ihrem kleinen Taschentuch zu stillen. Die Biberfellhaube war ihr auf die kindlichen Schultern zurückgerutscht, und über ihr langes goldenes Haar breitete die durch einen Spalt in der dichten grauen Wolkenschicht durchbrechende Untergangssonne einen kupferroten Nimbus. Die Kleine war ganz ruhig; alle ihre Bewegungen waren erwachsen, zart und gütig. Sie wischte dem Bruder das Blut weg, drückte das Taschentuch fest an die Nasenlöcher und hielt es dort. Stuart war verblüfft und schmerzlich berührt. Als Angus träge die Augen öffnete und benommen seine Schwester ansah, lächelte sie ihm beredt zu und küßte ihn liebevoll auf die Wange, ohne den Druck des Taschentuchs gegen die Nase zu lockern. Angus seufzte und schloß wieder die Augen. Laurie murmelte immer wieder etwas.

Mein Gott, dachte Stuart mitleidig, so ein liebes Ding, so ein liebes Ding!

Er bemerkte, daß Janies Schluchzen und Stöhnen immer wilder wurde, daß sie sich auf ihrem Sitz zu winden begann, daß sie alles Erdenkliche tat, um seine Aufmerksamkeit zu erregen. Er wandte sich ihr mit einer heftigen, drohenden Geste zu. „Sei still, du Drache!" schrie er.

Über diese ganz ungewohnte Reaktion auf ihre Wut und Hysterie erschrak Janie derart, daß sie augenblicklich verstummte. Das war also, sagte ihr der eigene kluge Verstand, nicht die richtige Art, Stuart zu gewinnen! Willfährig setzte sie sich auf und blickte ihn mit flehentlicher Demut an. Sie ließ ihre Lippen erzittern. Ihr Kopf sank auf die Brust. Sie weinte leise. Stuart fixierte sie mit blitzenden Augen und zusammengekniffenem Mund.

Mit hilfeheischender, einschmeichelnder Stimme schluchzte sie: „Stuart, mein Lieber, du weißt nicht, was ich durchzumachen habe mit diesem Schnüffler, diesem Heuchler und Lügner! Das weiß nur der liebe Gott! Was habe ich angestellt, daß der Himmel mich so straft? Es ist wahrhaftig kein Wunder, wenn ich mich manchmal vergesse. Dreizehn Jahre lang mache ich das jetzt mit. Seinen armen Papa, Gott hab ihn selig, hat er gegen mich aufgehetzt, bei meinen eigenen Eltern hat er mich angeschwärzt, beleidigt und herabgesetzt."

Schüchtern legte sie ihm die Hand auf den Arm. Er hielt sich starr, schüttelte sie aber nicht ab. Sie faltete die Hände und beschwor das Holzdach der Kutsche; das Weiße ihrer Augen schimmerte boshaft im Halbdunkel. Sie geriet in eine dumpfe, aber beharrliche Erregung.

„So ein Lügner, Stuart! Das kannst du dir nicht vorstellen. Einfach unfaßbar! Ein frömmelnder Lügner! Jeden Sonntag verdrückt er sich mit dem Gebetbuch unter dem Arm in seine Kirche! Immerfort beten und schnüffeln und herumschleichen mit seinen listigen Augen und mir die liebsten, teuersten Menschen abspenstig machen mit seiner falschen Biederkeit!"

Sie wandte sich an ihren Liebling Bertie. „Mein Herzchen, sag doch deinem Vetter, daß ich die reine Wahrh   rede, daß dein Bruder, dieser ... Mogler, mir das Leben ver llt mit seinen Petzereien und Frechheiten! Sag's deinem li en Vetter, Bertie!"

Bertie hatte der Mutter mit breitem Grinsen zugehört. „Widersprechen tut er dir oft, das stimmt", gab er zu, und sein Grinsen wurde noch breiter.

„Widersprechen!" schrie Janie. Wie in tiefer Vergrämung legte sie stöhnend die Hand aufs Herz. „Das hält weibliche Feinfühligkeit einfach nicht aus, so wahr mir Gott helfe! Ich war die beste aller Mütter für meine vaterlosen Kinder, und jetzt muß ich entdecken, daß ich eine Schlange an meinem Busen genährt habe!"

Ihre heisere, krächzende Stimme war in den rauhen Tonfall ihrer Ahnen verfallen. Als Stuart diesen Tonfall hörte, der ihm gegen seinen Willen die junge Janie und die dunklen Hügel seiner Heimat ins Gedächtnis rief, spürte er seinen Abscheu und Zorn verebben. Das ärgerte ihn. Er wollte Janie hassen. Aber bei ihren Worten roch er wieder die glosenden Torffeuer seiner Jugend, sah den dämmrigen Abendhimmel mit seinem einzigen weißen Edelstein von Stern, die großen, einsamen, unter flackernden Purpurschatten schweigsam daliegenden Moore und hörte im Zwielicht den schwermütigen Klang von Kuhglocken und das Lachen der von den Feldern heimkehrenden Landleute. Sein Heimweh stimmte ihn weich gegen die Spielgefährtin seiner Kinderjahre, und er seufzte leise.

Janie hörte diesen Seufzer, und ihr zusammengekrampftes Herz hüpfte ihr im Leibe. Verschmitzt blickte sie den Vetter an.

„Jedenfalls", betonte Stuart mit einem Anlauf zur Strenge, „warst du viel zu hart gegen den Jungen, auch wenn das stimmt, was du erzählst."

Janie weinte. „Du kannst dich darauf verlassen, Stuart, daß es stimmt. Mir ist einfach mein Temperament durchgegangen. Ich bin eben seit jeher, Gott verzeih es mir, impulsiv und kann mich nicht beherrschen, wenn ich jemanden lügen höre. ‚Sprich stets die Wahrheit, und wenn's den Kopf kostet!' pflegte mein lieber Papa zu sagen. Und meine teure Mama hat dann jedesmal erklärt: ‚Janie wird immer bei der Wahrheit bleiben. Eher läßt sie sich umbringen, als daß sie lügt.' O Mama, Mama!" schluchzte Janie mit rührendem Augenaufschlag. „Wenn du wüßtest, liebe Mama, daß deine Tochter jetzt in der Fremde ist, unter wildfremden Leuten, verwaist, von zu Hause vertrieben, auf der Suche nach einem neuen Heim für ihre hilflosen Kinder, eine alleinstehende Witwe!"

„Na, na", beschwichtigte Stuart und tätschelte ihr die Hand. „Du hast ja, scheint's, wirklich viel mitgemacht. Jetzt aber hör auf zu flennen! Und nimm dir mein Taschentuch. Deines ist schon patschnaß."

Ihm lag jetzt bloß daran, die Gemüter zu beruhigen. Wenn er hartherzig und verächtlich und kalt bliebe, würde Janie zweifellos ihren Haß und ihre Enttäuschung an Angus und Laurie auslassen. Er rückte deshalb seiner Base näher, trocknete ihr mit gespielter Zärtlichkeit die Tränen und sagte: „Es ist schon ein schweres Schicksal, so eine Auswanderung, das verstehe ich. Aber du mußt versprechen, mit dem kleinen Kerl milder zu sein. Los, versprich mir das! Wenn ich noch einmal von solchen Ausbrüchen höre, setz ich dich an die Luft, mitten in den Schnee, so wahr mir Gott helfe." In scherzhaftem Tone fügte er hinzu: „Schau dir nur den Buben an! Er blutet wie ein Fuchs, den die Hunde angefallen haben. Für solche Sachen hängt man hierzulande auch Frauen, Janie."

Jetzt zeigte die schlaue Janie ihr bewundernswertes Schauspielertalent. Sie verzichtete auf alle spitzfindigen Rechtfertigungen. Wie aus einer Betäubung erwachend, riß sie die Augen ganz verdutzt weit auf, richtete den Blick auf Angus und murmelte mit erstickter Stimme: „Nein, nein! Ich kann das nicht glauben! Um Himmels willen, das hab doch nicht ich getan! Sag mir, daß nicht ich es war!" Und sie packte Stuart leidenschaftlich am Arm, sank ihm entgegen, in Tränen der Verzweiflung aufgelöst, und beschwor ihn mit ihren grünen Augen, die jetzt geschickt vorgetäuschtes Entsetzen spiegelten. „Ach, das ist ja unverzeihlich! Stuart, mein Teurer, hilf mir!" Sie lebte sich so in ihre Rolle ein, daß sie unter ihrer gelblichen Gesichtsfarbe tatsächlich kreideweiß wurde und daß ihr die Wangen zitterten und zuckten. „Mein Temperament, mein unglückseliges Temperament! So zugerichtet, der arme kleine Bub!" Sie schlug die Hände über dem Gesicht zusammen und stöhnte heiser: „Ach, sag mir, daß nicht ich es war!"

Stuart genoß zwar diese kleine Szene sehr und beglückwünschte im stillen Janie zu der ausgezeichneten Darbietung. Aber vor Berties tanzenden Augen und Robbies kühl beobachtendem Abscheu fühlte er sich unbehaglich. Am liebsten hätte er ihr zugerufen: ‚Also, genug jetzt, Mädel! Du machst dich lächerlich.‘ Aber das wagte er nicht. Statt dessen sagte er sehr würdevoll: „Natürlich warst du es, Janie. Und ich schäme mich deiner. Also, jetzt spare deine Tränen für die Kinder und beruhige sie!"

Obwohl er Janies Art, sehr rasch zu reagieren, kannte, war er erstaunt über die Geschwindigkeit, mit der sie von ihrem Sitz buchstäblich aufflog und vor ihren verschreckten Kindern auf die Knie sank, wobei sie allerdings Sorge dafür trug, daß ihr Kleid und ihr Mantel sich in anmutige Falten legten und daß ihre dichten roten Locken verführerisch auf die Schultern fielen. Sehr rührend! fand Stuart. Sie breitete Angus und Laurie die Arme entgegen. Sie schluchzte laut. Dann umschlang sie Angus und drückte ihn mit aller Kraft an die Brust, legte sich seinen wunden, blutenden Kopf auf die Schulter, tätschelte und küßte ihn leidenschaftlich und bat mit tränenerfüllten Augen Gott um Verzeihung.

Stuart musterte die anderen Kinder. Bertie kicherte leise. Robbie hob die Brauen und zuckte die Achseln. Die kleine Laurie aber hatte sich so weit wie möglich von ihrer stürmischen Mutter zurückgezogen und in der Sitzecke zu einem Häuflein zusammengerollt. Dort hockte sie, sichtlich zitternd, mit totenblassem Gesicht und tiefblau in die Dämmerung leuchtenden Augen. Das goldblonde Haar fiel ihr zerzaust über Nacken und Schultern. Ach, du liebes kleines Ding! dachte Stuart mitleidig.

Er wandte seine Aufmerksamkeit wieder Janie und Angus zu. Der Knabe lag auf dem Rücken in den Armen der Mutter, ließ sich von ihr in ihrer rauhen, schusseligen Art betreuen und duldete ihre Küsse.

Dann brach er plötzlich, zu Stuarts maßloser Verwunderung, in wildes Schluchzen und Weinen aus und erwiderte die Liebkosungen seiner Mutter mit verzweifelter Hingabe.

„O Mama, Mama!" rief er. „O Mama!"

V

Janie wußte zwar, daß Amerika ein ‚Koloß‘ war, beträchtlich größer als England und Schottland zusammen; als aber Tag um Tag in immer wieder anderen Postkutschen und unter immer wieder anderen Unannehmlichkeiten verging, wurde ihr vor den anscheinend endlosen Entfernungen angst und bange. Ihr insularer Geist konnte weite, ewig wechselnde, grenzenlose Horizonte nicht fassen.

Am fünften Tage der anstrengenden Reise begann sie, alle Amerikaner, die ganz offenkundig keine Gentlemen waren, zu verachten. Und die Ehefrauen! Farblose und langweilige, dünnlippige und dünnstimmige Geschöpfe, die alle Widrigkeiten gottergeben trugen und starr dasaßen, die behandschuhten Hände im Schoß, die schwarzen oder braunen Hauben peinlich ebenmäßig auf den Köpfen, die blassen, schmalen Gesichter unbewegt und grimmig, während ihre Männer, der Zweisamkeit offenbar überdrüssig, in jeder Schenke oder Gastwirtschaft, wo die Kutsche hielt, ausgiebig der Flasche zusprachen. Wenn jedoch diese Männer schließlich mit erfreutem Staunen die wandlungsreiche, lebenssprühende Janie mit ihrer vorgetäuschten Züchtigkeit und den sprühenden grünen Augen entdeckten, tranken sie weniger und glotzten sie hingerissen an. Sie machten ihr sogar zaghafte, ungelenke Avancen, trotz der Anwesenheit der vier Kinder und des belustigt zusehenden Stuart.

Jetzt, da sie wußte, was ihr Vetter gern sah, war sie den Kindern gegenüber ganz Zärtlichkeit und Milde und Fürsorglichkeit. Wenn Angus ihr schüchtern ‚widersprach‘, was er offenbar nicht lassen konnte, drohte sie ihm nur mit dem Finger und flötete schelmisch: „Also, liebes Kind, vielleicht irrt sich Mama; aber es ist sehr ungezogen, wenn ihr kleiner Bub ihr das ausstellt.“ Und wenn Laurie sie auf ihre seltsam unkindliche Art anstarrte, schnauzte sie die Tochter nicht wie gewöhnlich an: ‚Du kleine Kröte, ich werd dir’s geben, mich so frech anzuglotzen!‘ Sie lächelte der Kleinen bloß zärtlich zu und fragte, ob sie Kopfweh habe.

Ihre Lebenslust überdauerte alle Reisestrapazen, und bei ihrer allumfassenden Neugier wurde ihr selten langweilig. Auch körperlich erschöpfte die Reise sie nicht, weil sie trotz ihrer Kleinheit und Magerkeit sehr zähe und widerstandsfähig war. Sogar ihre Zornausbrüche schienen eine robuste Naturanlage zu verbürgen. Ihre Gesichtsfarbe wurde zwar stark gelblich, und ihr unterdrücktes Temperament führte zu außerordentlicher Galligkeit; aber sie ertrug Unbilden bemerkenswert gut. Während anderen Damen oft übel wurde, wenn die Männer die Luft mit Zigarren und Pfeifen und Whisky verpesteten, machte ihr das alles nichts aus. Stuarts Bewunderung wuchs.

Unterdessen wurde die schon von Anfang an trübselige, gleichförmige und tote Landschaft mit ihrem braunen Märzschlamm und den Streifen ölig schimmernden bleifarbenen Wassers zunehmend trostloser. Je weiter die Reise nordwärts ging, desto düsterer und verwunschener wurde das Flachland, über das Schauer trockenen, wirbelnden Schnees stoben. Auch die fernen Vorberge waren kohlschwarz, niedrig und kahl. Nur hier und dort führte eine dunkle Kiefer ihren Daseinskampf, aufrecht vor einem grauen, nebligen Himmel. Wie schutzsuchend duckten sich neben der Landstraße die Bauernhäuser; ihre Holzwände schienen in dem scharfen, heulenden Wind zu zittern. Aus den Schornsteinen brodelte traurig der Rauch und legte sich flach, in langen Fahnen, an die Dachrinnen.

Die Postkutschen fuhren an gefrorenen Teichen und Seen vorbei, deren dunkles Wasser eben erst durch das graue Eis zu sickern begann. Knorrige, entlaubte Bäume glitten träge vorbei. Die Luft wurde ständig kälter, so daß die Fahrgäste fröstelten und die Damen in den Gasthöfen heiße Ziegelsteine zur Linderung ihrer Leiden verlangten. Die Straßen wurden holpriger, voll von Frostrillen oder von dickflüssigem Schlamm; und die Kinder, die den Atlantik ohne Übelkeit gequert hatten, erbrachen sich nun jämmerlich in ihren Ecken. Die Fahrzeuge schlingerten und stampften, begleitet von den Zurufen und Flüchen der Postillione, und manchmal wurden an einem Tag nur fünfzehn Kilometer zurückgelegt. So arg die Tage waren, noch ärger waren die mondlosen und sternenlosen, von bleigrauen Dämmerschatten erfüllten Nächte. Oft verloren die Reisenden schließlich jedes Zeitgefühl und meinten, sie ratterten seit unvordenklichen Zeiten so in Düsternis, Kälte und Jämmerlichkeit.

Als die pennsylvanische Grenze näher kam, wurde die Gegend noch unwirtlicher. Jetzt sahen die Reisenden im kümmerlichen Tageslicht entfernte Ketten schwarzer, schneegestreifter Berge, über denen purpurrote oder aschgraue Wolken brauten. Die Straße stieg hoch an, so daß manchen Reisenden bange wurde, wenn sie in enge, sich zwischen den Bergen windende Täler oder auf schemenhaft vereiste, im quecksilbernen, flüchtigen Licht der spärlichen Sonne schimmernde Seen blickten. Manchmal sanken bei Sonnenuntergang violette Nebelschatten über die gewaltige, einsame Landschaft und gaben ihr den gespenstigen, beklemmenden Anstrich der Hoffnungslosigkeit und leeren Weite, während die Berge sich von dem matt scharlachroten Westhimmel wie entflammt abhoben. Nichts deutete mehr auf menschliche Siedlungen; man sah nur die öde, furchtbare Großartigkeit weißgefrorener Erde, mächtiger schwarzer Berge und grau erstarrter Flüsse, und abends jenes unheimliche Feuer, das die Welt in rötlichen Nebel und gestaltloses Chaos verwandelte.

Janie, die selten mehr zur Kenntnis nahm als den warmen, heimeligen, unmittelbaren Augenblick, verfiel nun in Schweigen und starrte mit furchtsamer Miene auf die Landschaft. Die Inselseele der Tiefländerin war von namenlosem Grauen erfüllt. Sie mußte an die niedrigen, sanften Hügel der Heimat denken und erschrak über die riesenhafte Großartigkeit, die sich ihr hier bot. Ihre Stimme klang gepreßt, als sie zu dem neben ihr sitzenden Stuart sagte:

„Das verschlägt mir wahrhaftig den Atem."

Stuart blickte durch das Fenster und erwiderte mit der Gönnerhaftigkeit des erfahrenen Reisenden: „Ach, das ist noch gar nichts. Bescheidenes Mittelgebirge. Voriges Jahr, auf meiner Kalifornienreise, habe ich die Rockies gesehen. Ich bin schon viel in der Welt herumgekommen."

„So hoch! So mächtig!" murmelte Janie. „Mein Gott, nimmt denn dieses Amerika kein Ende?"

„Liebste, du hast erst einen Zipfel gesehen", erklärte Stuart nachsichtig. „Dieses verdammte Land ist so breit wie der Atlantik. Da machst du dir keine Vorstellung."

Er hoffte, in Janie Interesse und Bewunderung zu wecken. Aber sie erschauerte nur, verkroch sich in ihren Pelz, seufzte und schien nach Atem zu ringen. Das blutrote Licht des Sonnenuntergangs hob ihre Gesichtszüge hervor, die große Raubvogelnase und den breiten, dünnlippigen Mund mit seinem grausamen Ausdruck. Sie flüsterte: „Daheim sind jetzt die Wiesen voll Stiefmütterchen, und auf den Hügeln weiden die Lämmer."

Diese Worte riefen in Stuart plötzlich und schmerzlich das helle, gedämpfte Licht des britischen Frühlings wach. So lebhaft, als stünden sie wirklich vor seinem Auge, sah er die sanften grünen Hügel, gegen die träumerische Stille eines heliotropenen Himmels abgehoben. Er sah das breite, friedliche Tal mit seinen niedrigen, kalkgetünchten Bauernhäusern. Er roch Weißdorn und den frischen Duft des Ackerbodens und hörte das ferne Bimmeln wohltönender Kuhglocken. Er vernahm das schwache Blöken von Lämmern und das schwermütige Antworten der Mutterschafe, das in der zärtlichen Stille widerhallte. Ach, England, England! seufzte dieser junge Ire, der nie das Land seiner Vorfahren gesehen hatte.

Dachten auch die Kinder mit Schmerzen an die Heimat? Laurie schlief an Angus' Schulter, und der Knabe starrte traurig durch das Wagenfenster. Plötzlich fuhr Stuart betroffen auf. Das schmale, unbewegte Gesicht des Jungen trug ja einen völlig abgekehrten, versonnenen Ausdruck, als sähe er nichts von der wilden, einsamen Szenerie draußen! Seine Miene war die eines Träumers — unkindlich, still und sorgenschwer.

Bertie döste, und ein heiteres Lächeln wölbte seine Lippen. Unwillkürlich mußte Stuart schmunzeln. Er hatte diesen Jungen schon liebgewonnen, der so viel lachte und, auch wenn er noch so müde war, nicht jammerte, der alles unterhaltsam fand und dessen gute Laune nie versagte. Sein rötliches Haar breitete sich zerzaust über den hübschen Kopf. Er schlief wohlig und fest; nur ein paar tiefe Grübchen an Wange und Kinn zitterten.

Als Stuart den Blick auf Robbie richtete, wurde sein Schmunzeln breiter. Robbie versuchte nämlich, bei dem schwindenden Licht zu lesen. Der Knabe las ja immerfort! Er las kühl und planmäßig, in sich zurückgezogen. Dabei machte er nicht den Eindruck eines von Natur aus Lernbeflissenen. An seinem Lesen war etwas Erzwungenes, eine unliebsame Verbissenheit. Stuart reckte den Hals, um den Buchtitel ausnehmen zu können. Erst wunderte er sich, dann wurde er sehr belustigt. Der Titel lautete: ‚Berühmte Rechtsfälle vor den Assisen von Old Bailey.‘

Juristerei! Stuart kicherte in sich hinein, betrachtete aber jetzt Robbie teils mit erhöhtem Interesse, teils mit einem merkwürdigen, mißtrauischen Widerwillen. War das ein komisches Bürschchen! Sein Widerwille wuchs.

VI

Am Morgen des vorletzten Reisetages waren die Berge niedriger geworden und sahen wie ferne Mauern aus; aber die Kälte nahm zu. Jetzt lag ringsum Flachland, starr und düster und totenstill. Immerhin sah man häufiger Ansiedlungen, kleine Marktflecken und Dörfer. In dem Bewußtsein, daß die lange Fahrt zu Ende ging, begann Janie, sich für Stuarts Lebensverhältnisse zu interessieren. Bisher hatte sie ihn nicht viel nach seinem Hause und seiner Tätigkeit gefragt. Sie war zu sehr damit beschäftigt gewesen, sich bei ihm einzuschmeicheln, ihn zu unterhalten, zu zerstreuen und zu fesseln. Nun setzte sie zwar auch, wenn er sich ihr plötzlich zuwandte, rasch ein bezauberndes Lächeln auf; sonst jedoch musterte sie ihn kritisch.

Sie wollte jetzt alles, was mit ihm zusammenhing, genau wissen. Grandeville — was war das für eine Stadt? Stuart erklärte es ihr. Eher ein übergroß gewordenes, aber kulturlos gebliebenes Dorf als eine Stadt. Jedoch ungestüm und lebenskräftig, rasch weiterwachsend, am unfreundlichen, stürmischen Eriesee gelegen. In diesem Bereich habe man die berühmte Wells-Fargo-Expreß-kompanie ins Leben gerufen, durch die zu Janies bewunderndem Staunen schon achtzehn ihrer großen Koffer nach Grande-ville vorausgeschickt worden waren. Eine sehr rege Stadt, dieses Grandeville, Umschlagplatz zwischen dem endlosen Westen und dem Osten. Viele Händler seien dort ansässig; und immerfort kämen Frachtführer, um sich selbst und ihre Waren auf die Großen Seen einzuschiffen.

Ja, erwiderte Stuart auf eine von Janies Fragen, Indianer könne man dort schweigsam umhergehen sehen, und jenseits eines schmalen Wasserlaufs liege Kanada. Kanada! Janie fühlte sich erleichtert. Ein Außenposten Englands, wo noch der alte Union Jack wehte! „Oh, das ist piekfein, das ist piekfein", sagte sie im Tonfall ihrer Vorfahren, in den sie bei Wut, in Bedrängnis und in Erregung immer verfiel. Stuart versprach ihr, gelegentlich ein Boot zu mieten und mit ihr das kanadische Ufer zu besuchen.

Für alle Fälle bereitete er sie darauf vor, daß sie in Grandeville nicht die Verfeinerung und Weltläufigkeit englischer Städte finden werde. Trotz lebhaften Verkehrs und Handels und Wachstums sei es eine rückständige, ungepflegte Ortschaft. Die Straßen seien zum Teil noch ungepflastert und schlammig, die Gehwege bestünden vielfach aus rissigen, windschiefen Bohlen. Auch die meisten Häuser seien aus Holz und scheußlich anzusehen. Es gebe nur wenige Ziegel- oder Steinbauten, darunter, so fügte er selbstgefällig hinzu, sein eigenes Haus. „Und einen prächtigen Ausblick auf den Fluß hat es überdies", betonte er.

Janie fand das Bild, das Stuart ihr von Grandeville zeichnete, nicht bedrückend. Ihr Herz schlug im Gegenteil höher, als sie von den rauhen Männern hörte, die in diesem Neulande bedenkenlos auf neues Gold aus waren, von den Kneipen und wüsten Weibern und scharfen Schnäpsen, von Raufereien und Gewalttaten und Ausgefallenheiten jeder Art. Sie war von Natur aus eine robuste, vor nichts zurückschreckende Abenteurerin, und nun regte sich ihr Vagantenblut. Der Schilderung, die Stuart von seinem Hause gab, lauschte sie freudig. Es sei, so prahlte er, voll Mahagonimöbel und feiner Orientteppiche, und sie werde sich darin ‚zu Hause' fühlen.

„So ganz unzivilisiert sind wir ja auch wieder nicht", schwadronierte er. „Und auch nicht gerade eine Grenzersiedlung. Für amerikanische Verhältnisse ist Grandeville alt und war schon alt, als die Briten es 1812 niederbrannten." Wenn man hier von dem ‚wilden, ungezähmten Westen' spreche, so sei das eine gönnerhafte Wendung. Grandeville sei sehr kosmopolitisch. Janie werde dort nicht nur Indianer finden, sondern auch Deutsche, ein paar Juden und komische Käuze aus Osteuropa, Händler und Geschäftsleute, Schneider und Mechaniker; alle aber arbeiteten sie begeistert daran, aus Grandeville eine emsige Handelsstadt zu machen.

Er erzählte ihr auch von zwei Freunden: von einem katholischen Geistlichen namens Houlihan — scherzhaft nenne er ihn nach der bekannten Personifikation der sittenstrengen öffentlichen Meinung ‚Grundy' — und von Sam Berkowitz, einem deutschen Juden, seinem Teilhaber, der es an Geschäftstüchtigkeit mit ihm aufnehme.

Janie zog die rötlichen Brauen hoch und sah den Vetter achselzuckend mit einem überlegenen, verwunderten Lächeln an. „Ein Papist und ein Jude!" rief sie. „Um Himmels willen, lieber Stuart!"

Stuart wurde ärgerlich. „Zum Teufel, du bist doch selber eine halbe Irin, meine kleine Angeberin!" brummte er. „Deine Mama hat — erinnere dich nur! — ebenso zu den Papisten gehört wie mein Vater." Und was Sam Berkowitz betreffe, der sei wahrhaftig ein heller Kopf; und im Pokern sei er ganz groß, da gewinne er gegen Vater Houlihan von zehn Spielen acht. Mit den beiden verbringe er, Stuart, viele Abende, und verdammt lustige Abende seien das! Seine beiden Freunde seien gescheite, lebenskluge Leute; ohne sie wäre er ganz verlassen und hätte keine intelligente Seele zur Gesellschaft für seine Mußestunden.

Ach ja, gab er verdrossen zu, ‚feine Leute' wohnten auch in Grandeville; aber die seien schrecklich langweilig und kaltschnäuzig. Zum Beispiel ein gewisser Joshua Allstairs, ein habgieriger alter Schurke, der auf fast alle Liegenschaften in der Stadt Hypotheken habe. Ein Engländer! Was könne man sich schon Besseres von einem Engländer erwarten? Stuarts Wangen verfärbten sich, als er Mr. Allstairs erwähnte, dem er zehntausend Dollar schuldete.

„Und elegante, modische Damen gibt es gar keine?" fragte Janie verschmitzt und beobachtete ihren Vetter scharf.

Stuart schwieg. Sein Gesicht blieb verfärbt. Dann zwinkerte er Janie zu. „Aber natürlich gibt es welche!" sagte er. „Ein ganzes Haus voll. Und die Damen dort sind sehr flott und hübsch." Er räusperte sich anzüglich. Janie quiekte geziert und verdeckte schamhaft das Gesicht mit einer Hand, blickte ihn aber zwischen den gespreizten Fingern mit kecker Züchtigkeit an. Dann stieß sie ihn in die Seite und krächzte: „Du schlechter Kerl du!"

Sie erkundigte sich, ob es Ballveranstaltungen in der Stadt gebe, und Stuart strich heraus, es fänden viele Soireen statt, die Musikkapellen seien ausgezeichnet und die Toiletten der Damen höchst beachtlich. „Wir haben eine richtige Aristokratie. Meiner Treu, die Damen lassen ihre Kleider vielfach direkt aus Paris kommen."

Er erwähnte weiter, in Grandeville sei eine Station der sogenannten ‚Untergrundbahn', jener Geheimorganisation, die flüchtige Plantagensklaven aus den Südstaaten nach Kanada durchschleuse. „Ein glänzendes Geschäft", fügte er mit einigem Bedauern hinzu.

Um mit seiner Weltkenntnis auf Janie Eindruck zu machen, erzählte er ihr von den virginischen Patriziern, den feinen Leuten und den stattlichen, anmutigen Wohnhäusern des Südens. „Wir fahren einmal hin, auf Besichtigungsreise", versprach er und fuhr geheimnisvoll fort: „Ich habe meine Pläne. Vor einem Monat hat Sam etwas vorgeschlagen ... Es ist natürlich noch nicht ganz ausgereift; aber die Idee ist fabelhaft. Sam steckt voller Ideen."

Dann verstummte er und sah Janie eine ganze Weile merkwürdig an, prüfend und nachdenklich. Manchmal lächelte er, und seine schwarzen Augen schienen boshaft zu funkeln. Irgendwie übertrug er seine Gedanken auf Janie; denn sie fragte jetzt in sehr uninteressiertem Tone:

„Und du hast dir noch niemanden unter den Grandeviller Damen gefunden, mein Lieber?"

Stuart hüstelte. Er tat schüchtern. Er wandte den Blick von seiner Base ab.

„Nein", murmelte er bedächtig. „Allerdings scheint Miß Marvina Allstairs, die einzige Tochter und der Augapfel des alten Joshua, ziemlich in mich verschossen zu sein. Und sie ist eine junge, vermögende Dame."

Janie war außer sich. Forschend musterte sie Stuart. Aber der Halunke summte nur vergnügt vor sich hin!

Da er Janie im Grunde schätzte, wurde er plötzlich niedergeschlagen. Voll Schadenfreude hatte er auf diesen Augenblick gewartet und war neugierig gewesen, was für ein Gesicht sie machen würde, wenn er ihr von Miß Allstairs erzählte. Das mußte höchst unterhaltsam sein, hatte er gedacht. Aber plötzlich kam es ihm gar nicht mehr unterhaltsam vor. Janie war von weit her zu ihm gekommen; sie hatte diese armen Bälger über den endlosen Ozean herübergebracht. Dann wappnete er sich wieder mit Unmut gegen sie. Sie hatte doch um Gottes willen nicht ernstlich geglaubt, ein um so viel jüngerer Mann würde um sie anhalten! Sie hatte doch nicht gedacht, gemeinsame Kindheitserinnerungen und ein ansehnliches Vermögen würden ihn ihr Alter, ihre frühere Ehegemeinschaft mit einem anderen Mann. und ihre Kinder vergessen lassen! Es war unverschämt von ihr, und schamlos! Überdies aber dumm! Sie war eine alberne Person.

Indessen hatte Janie die Sprache wiedergefunden. Mit einem betont milden Klang ihrer heiseren Stimme fragte sie:

„Ist diese Miß Marvina hübsch?"

Stuart setzte eine ernste, nachdenkliche Miene auf. Ohne Janie anzusehen, erwiderte er dann: „Ja, das ist sie allerdings. Eine ausgesprochene Schönheit sogar! Eine sehr angesehene, erstklassige junge Dame."

Stuart dachte an den widerlichen Joshua Allstairs, der seine

Bewerbung nicht sehr freundlich begrüßt hatte. Joshua war ein Engländer, dem alle Fremden verhaßt waren, insbesondere aber alle Iren, die für ihn noch um eine Kleinigkeit tiefer standen als ‚Nigger‘ und Indianer. Er empfing Stuart nur deshalb als Besucher in seinem Hause, weil er ein unternehmender, zum Geldverdienen begabter junger Mann und trotz seiner Herkunft kein Papist war. Überdies spielte der alte Joshua gerne Whist, und Stuart war ein blendender Partner, wußte auch guten Whisky von schlechtem zu unterscheiden und gab einen passablen Gegner am Schachbrett ab. Um sich lieb Kind zu machen, hatte Stuart alle möglichen illustren schottischen und irischen Vorfahren erfunden, und sogar einen ‚Ahnensitz‘. Mr. Allstairs, dessen Stammbaum nur Krämer und kleine Handwerker in London aufwies, war unwillkürlich beeindruckt gewesen, besonders von dem ‚Ahnensitz‘.

Trotzdem reagierte der alte Joshua, der seine schöne Marvina eifersüchtig hütete, sauer auf Stuarts Werbung. Man könne, fand er, nicht über die schandbare Tatsache hinwegkommen, daß Stuart ein Ire sei, also einer minderwertigen Rasse von Intriganten, Lügnern, Landstreichern und Halsabschneidern angehöre, ja, was für ihn als sehr frommen Presbyterianer noch schwerer wiege, einer Rasse, die weiterhin unter dem Einfluß ihrer abscheulichen katholischen Kirche stehe und ‚Götzenbilder‘ verehre. Trotz aller Vorzüge, die Stuart als Freiersmann hatte — seiner Whist- und Schachkenntnisse, eines ständig wachsenden Vermögens, seiner Eleganz, Wohlerzogenheit und Gescheitheit —, verhielt Joshua sich abwartend. Er hatte sich in diesem verhaßten Amerika dadurch, daß er selbst ein Ausbeuter, Scharlatan und herzloser Schurke war, ein Riesenvermögen gemacht; er wollte mit seinem ‚Augapfel‘ nach England zurückkehren und die Tochter dort an einen Angehörigen des hohen oder zumindest des niederen Adels verheiraten.

An alles das dachte Stuart jetzt, und sein bisher heiteres, lebhaftes Gesicht verdüsterte sich. Janie bemerkte es. Ihr beklommenes Herz schlug wieder höher. Ihr flau gewordener Magen beruhigte sich. Mit schlauem Blick musterte sie ihren

Vetter. Es war also nicht alles eitel Wonne bei dieser Marvina! Ihr stets hervorragend starker Behauptungswille kam Janie zustatten. Man soll die Hoffnung nie aufgeben, dachte sie und lächelte verstohlen. Über Joshua Allstairs hatte Stuart wenig gesagt; aber aus seiner Miene erriet seine kluge, verschlagene Base, daß der Alte der Werbung nicht gerade wohlwollend gegenüberstand. Janie spann ihr Netz weiter, und nun spielte sogar sichtbar ein verträumtes Lächeln um ihre Lippen.

Zuvorkommend lenkte sie das Gespräch auf einen anderen Gegenstand. Jetzt war sie die Umgänglichkeit selber und sprühte von anzüglichen Scherzen, traktierte Stuart mit koketten Blicken und kräftigen Klapsen, bis er wieder lachte und von ihr entzückt war.

Am späten Abend hörte er durch die dünnen Holzwände des Hotels Janies schrilles Schelten, dann Schläge, die auf ein stummes Opfer fielen, und schließlich Lauries entsetztes Kreischen: „O Mama, Mama, du hast ihm weh getan! Hör auf, Mama!"

Stuart wußte Bescheid. Er kochte vor ohnmächtiger Wut und verachtete sich selber wegen der Qualen, die durch seine Schuld dem hilflosen kleinen Angus und seiner Schwester bereitet wurden. Ein dutzendmal war er nahe daran, in Janies Zimmer zu stürzen, sie beiseite zu stoßen und den Kindern Ruhe zu schaffen. Dann zuckte er verzweifelt die Achseln. Das hatte keinen Sinn. Er konnte nichts tun.

Aber mit zusammengebissenen Zähnen murmelte er immer wieder: „Oh, diese Schlampe! Oh, diese Petze!"

Das Mitgefühl für Janie war ihm gründlich vergangen. Jetzt haßte er sie von ganzem Herzen.

VII

Am letzten Reisetag erwachte Stuart lange vor der Morgendämmerung aus seinem Dösen und schob den schmerzenden Körper auf der lederüberzogenen Sitzbank zurecht. Um rascher heimzukommen, hatte er im Einvernehmen mit Janie beschlossen, die letzte Nacht nicht in einem Gasthof zu verbringen, sondern durchzufahren, um vor Sonnenuntergang in Grandeville anzukommen.

Die stickige und staubige Luft in der Postkutsche war durchdringend kalt. Trotz mehrerer Decken fror Stuart und fühlte sich elend. Am schwarzen Himmel standen eine Andeutung von Mond, eine ganz schmale Sichel, und strahlende Sterne. In ihrem Lichte sah er auf der Bank gegenüber unter Decken die zusammengekauerten Gestalten von Robbie, Angus und Laurie, sichtlich erschöpft, schlafen. Stuart konnte ihre im Schatten liegenden Gesichter nicht ausnehmen; aber eine lange Strähne von Lauries goldblondem Haar schimmerte in dem unbestimmten Licht. Neben Stuart, an ihn gelehnt, schlief Janie und neben ihr Mutters Liebling Bertie.

Bis auf das Rumpeln des Wagens auf der holprigen Straße war es ganz still. Sogar die Postillione dösten auf dem Kutschbock, eingeschläfert von der Finsternis, dem Rollen der Holzräder und dem dumpfen Klappern der Pferdehufe. Von Zeit zu Zeit rasselte das Zuggeschirr. Die Kutsche schlingerte wie ein Schiff; die Fenster klirrten ein wenig in ihren Rahmen; die Türen knarrten leise.

Plötzlich wurde Stuart mutlos und niedergeschlagen. Seine überaus wandelbare Stimmung schwankte stets zwischen himmelhoch jauchzend und zu Tode betrübt. Obwohl er diesen Wellengang von Hochgefühl und Verzagtheit gewohnt sein mußte, hielt er jeden dieser Seelenzustände immer wieder für bleibend. Auch jetzt war er überzeugt davon, daß seine tiefe Schwermut ihn dauernd beherrschen würde. Er hob den benommenen Kopf und versuchte, durch das schmutzstarrende Fenster zu blicken. Er sah nur den Sternenhimmel und die gestaltlose Dunkelheit der flachen Erde. Er seufzte, rückte behutsam von Janie ab, die im Schlaf murrte, und lehnte sich an die Seitenwand der Kutsche.

Wie ein zermalmendes Gewicht senkte sich auf ihn die schwere, namenlose Verzweiflung des Kelten. Er wußte schon lange, daß es müßig war, Gründe oder doch zureichende Gründe dafür zu suchen. Während bedeutsame, schlimme Ereignisse ihn oft belebten, weil er mit ihnen ringen und ihrer Herr werden konnte, genügte häufig die geringste Kleinigkeit — eine Mücke, die ihm ins Ohr flog, ein leichter Schmerz, ein Windstoß oder ein Wort, ein Blick, ja manchmal das Flattern eines Frauenrocks — dazu, um ihn mit dem unverständlichen Schauder völlig wort- und grundloser Niedergeschlagenheit zu erfüllen. Bisweilen glaubte er, verrückt zu werden.

Da er nicht verschlossen war, hatte er über diese Anwandlungen seinen Freunden, Vater ,Grundy' Houlihan und Sam Berkowitz, ausführlich geklagt.

„Weltschmerz", war Sams seufzende Diagnose gewesen. Weltschmerz? Lächerlich! Was hatte er, Stuart Coleman, mit Weltschmerz zu schaffen? Er liebte die Welt und fand sie voller Freuden.

Vater Houlihan hatte ganz nüchtern erklärt: „Das kommt von der Seele in Ihnen, Stuart." Darüber lachte er kaum weniger verächtlich als über Sams Diagnose. Seine Seele! Er spürte nichts als seinen kräftigen jungen Körper und dessen Gelüste; falls er überhaupt eine Seele hatte, war sie in ihm versteckt wie ein schlummernder Same oder ein Steinchen, und seinetwegen mochte es so bleiben! „Ich bedauere nie etwas, was ich getan habe, weil ich nichts tue, was ich bedauern könnte", behauptete er zwinkernd dem Geistlichen gegenüber und kam sich wer weiß wie klug vor.

Seine beiden Freunde dagegen schienen ihm jetzt sehr ledern und sehr alt, obwohl bei dem Geistlichen der Altersunterschied weniger als zehn, bei Sam sogar nur sieben Jahre betrug. Überhaupt hatte Stuart begonnen, gönnerhaft die Denkart anderer Leute als ,fremdländisch' zu bezeichnen. ,Fremdländisch' waren in seinen Augen alle jene seltsamen Menschen, die sich mehr mit ihrem eigenen Ich und ihren Erinnerungen befaßten als mit dem Geldverdienen.

Unangenehm hellwach geworden, ließ er die Vorfälle der letzten Tage Revue passieren. Er sah Lauries schimmerndes

Haar und die Gestalten der Knaben. Dann ballte er die Fäuste. An allem war diese Janie schuld!

Ich überlege mir die Dinge nie, sagte er wütend zu sich selber. Ich setze mich in die Nesseln und wundere mich dann, wenn's mich brennt. Ich bin wahrhaftig ein Dummkopf. Was soll ich jetzt mit dieser Frau anfangen? Mein ganzes Leben lang habe ich mich jeder Verantwortlichkeit anderen gegenüber entzogen; am Heiraten habe ich hunderterlei auszusetzen gehabt. Immer bin ich der leisesten Gefahr, mit den Problemen anderer Menschen befaßt zu werden, in elegantem Bogen ausgewichen. Und jetzt habe ich diese überspannte Frau und ihre Kinder auf dem Hals. Was fange ich jetzt an? Ich hätte nie gedacht, daß sie meine Einladung ernst nimmt.

Mit Bestürzung und Zorn erinnerte er sich, daß ihn Janies Ankündigung, sie würde kommen, gefreut hatte. Als handelte es sich um einen Tagesbesuch in einer Kalesche mit gemeinsamer Mahlzeit und anschließender Heimfahrt der Gäste! Er hatte nur an Janies Ankunft gedacht. Und an die Kinder überhaupt nicht.

Halt! rief ihm eine innere Stimme zu und hemmte seine Gedankenflucht. Janie hatte doch Geld! Fünfzehntausend Pfund! Das war ihm entfallen. Einen Augenblick lang verspürte er eine Art begründete Selbstzufriedenheit. Dann aber spitzten seine Lippen sich zu einem unhörbaren Pfeifen. Janies Vermögen belief sich ja umgerechnet auf mehr als fünfundsiebzigtausend Dollar! Es würde ihn wenig Mühe kosten, ihr zehntausend davon als Darlehen abzuknöpfen und damit diesen Blutsauger von Allstairs auszuzahlen. Wenn Joshua den ganzen Betrag auf einmal zurückerhielt, würde der Freier seiner Tochter in seiner Achtung gewaltig steigen!

Stuart geriet in Erregung; die Kälte wich aus seinem Körper. Plötzlich sah er alle Möglichkeiten, die eine Summe von fünfundsiebzigtausend Dollar bot.

In seinem jubelnden Frohlocken schob er den warnenden Gedanken von sich, Janie könnte sich vielleicht zu dem Darlehen nicht verstehen, wenn das Geld seiner Vermählung mit der schönen Marvina diente. Ach, er wußte Janie schon zu behandeln!

Er wollte sich des Betrages einfach vor seiner förmlichen Verlobung mit Marvina versichern! Der grünäugigen Petze brauchte man nur schön zu tun und konnte sie um den kleinen Finger wickeln. War sie nicht mit der Absicht hierhergereist, sich ihn zum Ehemann zu ködern? Wenn nun umgekehrt er sie hineinlegte, hatte eben der Schlauere gesiegt. Übrigens würde sie schließlich mindestens das Doppelte der Darlehenssumme zurückbekommen, und das war mehr, als der schlechten Person gebührte.

Stuart fühlte sich neubelebt. Seine Niedergeschlagenheit schien wie weggeblasen. Er war wieder von pulsender, warmer, draufgängerischer, mächtiger Lebenskraft erfüllt. Ungeduldig blickte er durch das Fenster und konnte die Gelegenheit, seine Pläne auszuführen, kaum erwarten.

Im Osten hatte unterdessen der Himmel seine Farben verändert: reinstes, sanftestes Mattblau ging nach oben zu in Indigotöne über. Längs des Randes der dunklen Erde zog sich ein Band leuchtenden Feuers, unbewegt, aber von Augenblick zu Augenblick stärker aufflammend. Mitten in dem durchscheinenden Blau schwebte ein großer, leuchtender Funke, der helle, weiß erstrahlende Morgenstern. Und darüber stand die Mondsichel, silberblaß, die Spitzen aufwärts gerichtet, überstrahlt vom Glanz der Venus. Wie reglos lag die schlafende Erde da, wie düster und öde in ihrer Gestaltlosigkeit, und wie still! Als hätte sie noch nie Leben hervorgebracht und wüßte noch nichts von Beseelung. Diese Stille war tiefer als Nacht oder Schlaf. Etwas von Vorahnung schwang in ihr, ein unbestimmtes, nicht mehr ganz starres, schon zum Leben bereites Warten auf das Wort, das Schöpfung und Formung bringen würde.

Die schweigende Majestät des Himmels ergriff Stuarts leichten Sinn; seine keltische Seele empfand seltsame Rührung und ehrfürchtige Scheu. Plötzlich schien ihm, nichts sei von Belang, vor allem er selber nicht. Seit seiner Kindheit hatte er nicht mehr gebetet; nun rang sich etwas in ihm empor, als höben sich schwere, rauhe Hände zitternd zum Gebet. Leise kamen ihm Worte aus der Kinderzeit über die Lippen: „Wenn ich den Blick zu Deinen Himmeln wende, dem Werk Deiner Hände, wenn ich den Mond betrachte und die Sterne, die Du schufst: Was ist dann der Mensch?"

Stuarts Betrübnis steigerte sich zu tiefer Traurigkeit. Aber dann kam ihm seine gesunde Widerstandskraft zu Hilfe, und er zuckte die Achseln. Er hörte ein Geräusch. Angus und Laurie waren erwacht und starrten mit entrückten, bleichen Gesichtern den Osthimmel an. Stuart beobachtete sie verstohlen; ihm war unbehaglich zumute. Er sah Lauries unschuldiges Gesichtchen, den offenen Mund, die in ein unbestimmtes Dämmerlicht blickenden blauen Augen. Er sah das bekümmerte Gesicht des so jungen und schon so leidgezeichneten, scheuen Knaben. Die beiden Kinder hielten sich fest an der Hand. Über Lauries Schultern wallte, wirr und zerzaust, ihr goldenes Haar. Sie war nur ein Kind, machte aber den Eindruck einer erwachsenen Frau.

Janie begann gähnend und stöhnend zu erwachen. Bertie war schon wach und rieb sich heftig die Augen. Angus und Laurie aber sahen nichts anderes als den Morgen; sie beugten sich zum Fenster, mit der traurigen Gespanntheit Verbannter angesichts der schattenhaften Umrisse des fernen Heimatgestades.

Und dann erschrak Stuart unwillkürlich. Laurie hatte zu singen begonnen, ganz leise, aber klar und deutlich. Sie hatte eine überaus schöne Stimme, sehr kindlich, doch merkwürdig stark und sicher für ihr Alter. Sie sang für sich selber, ein fremdartiges gälisches Lied, als wiederholte sie im Geist Worte, die jemand anderer ihr vorsprach. Das wenige seinerzeit erlernte Gälisch hatte Stuart fast völlig vergessen; aber einzelne Worte erfaßte er. Es war offenbar eine Hymne an den Morgenstern.

Die junge Stimme erfüllte mit ihrem Schmelz und ihrer Schönheit die Postkutsche wie mit sanften Harfentönen. Sogar die verschlafene Janie bezwang ihre Ungehaltenheit und hörte zu. Stuart beachtete sie nicht. Er sah nur das Kind, das ganz versunken und versonnen sang. Auch Angus hörte zu, die Augen auf den Morgenstern und den verblassenden Mond gerichtet.

Angus hatte eine merkwürdige Vision. Er sah im ersten Morgenlicht schwarze, wirr aufgetürmte Berge, die einsam und verlassen von schneeigen Nebeln und Wolken dampften. Er sah Himmel, Sterne und Mond, schweigend und erhaben. Und er sah einen singenden Menschen, nicht Laurie, sondern einen kräftigen, schlanken jungen Mann, der mit erhobenem Kopf, wilden, verzückten Augen, erfüllt von der Demut und Hingerissenheit grenzenloser Bewunderung, dem Morgenstern entgegensang. Plötzlich begann Angus lautlos zu weinen, und die Tränen rollten ihm über die Wangen. Er verspürte keine Hingerissenheit; er fühlte sich nur verwaist und verbannt und schmerzerfüllt. Er war bloß ein Kind und hatte keine Worte für sein Leid. Er wußte nur, daß ihm das Herz schwer war vor Qual.

Jetzt endete die Kleine ihr Lied, lehnte sich an die Schulter ihres Bruders und blieb so, unbewegt. Janie gähnte umständlich und brummte übellaunig: „Laß dein Jaulen, Laurie! In aller Frühe! Das weckt ja die Toten auf!"

Stuart beugte sich zu der Kleinen. Er hatte das ganz starke Bedürfnis, sie zu streicheln; aber etwas hielt ihn zurück. Freundlich fragte er: „Was ist denn das für ein hübsches Lied, mein Kind?"

Laurie wandte ihm langsam den Kopf zu. Das hellere Licht des aufsteigenden Tages fiel auf ihr liebliches Gesichtchen. Ihre Augen waren wie verzaubert, als erblickten sie, durch den Fragenden hindurch, irgend etwas anderes. Trotz ihres unbestimmten Lächelns wußte Stuart, daß sie ihn nicht wirklich sah.

„Dieses Lied hat Papa uns gelehrt", antwortete sie. „Es war Papas Lied. Er hat es für Angus gemacht. Auch für mich hat er ein Lied gemacht."

„Ja?" erwiderte Stuart noch freundlicher. „Und welches?"

Laurie zögerte. Eine Spur von Röte huschte ihr über die Wangen. Sie senkte den Blick. „Es hieß: ‚O Liebe, stärker als das Leben!' "

Stuart zog die Brauen hoch. Seine alte Scherzlust meldete sich wieder. „Ist das aber ein merkwürdiges Lied für ein kleines

57

Mädchen!" neckte er gutmütig. „Was es bedeutet, weißt du natürlich nicht, was?"

Aber die Antwort gab Janies schneidende Stimme: „Robin hat die Bälger verzogen. So ein Unsinn! Er war nie ein Familienvater, kann ich dir sagen. So, und jetzt kämm dich, Laurie, und setz dich hin wie eine Dame! Und du, Angus, hörst jetzt auf, durchs Fenster zu glotzen und wie ein Schoßkind zu greinen. Wo ist denn dein Taschentuch?"

Stuart hatte während der ganzen Reise Robbie nicht viel Beachtung geschenkt. Nun aber heftete sich sein Blick unwillkürlich auf ihn. Der Knabe lächelte sein ungutes, verzerrtes Lächeln, höhnisch, fast unflätig. Es war ein Gnomengesicht, das Stuart anstarrte, alt und spöttisch, belustigt, unpersönlich grausam, als fände er Stuart sehr interessant und sehr naiv und ein klein wenig albern.

Bertie gähnte mit weit offenem Munde. Seine rötlichen Locken hingen wirr durcheinander; sein hübsches, angenehmes Gesicht war freundlich wie gewöhnlich. Er schaute seine Geschwister an, und für einen Augenblick verfinsterte sich seine Miene, wie vor Mitleid! Unglaublich! Stuart vermochte das alles kaum zu fassen. Er fand sich nicht zurecht, als wäre er in ein unbekanntes Land mit höchst fremdartigen Bewohnern geraten.

Der Tag wollte nicht vergehen, und die Reisenden wurden immer müder, je näher sie ihrem Ziele kamen. Im Nordosten verdunkelte sich der Himmel zusehends. In der Postkutsche wurde es von Stunde zu Stunde stiller, als hätten die Insassen die Sprache verloren. Selbst die redselige und lebhafte Janie war in tiefes Schweigen versunken.

Stuart kauerte in seiner Ecke und grübelte mit düsterer Miene. Im allgemeinen war er kein Freund langen Nachdenkens. Aber jetzt nahm ihn das Bemühen, mit seinen schwankenden, unsicheren Eindrücken zurechtzukommen, merkwürdig stark in Anspruch. Und seltsamerweise dachte er dabei weniger an die hübsche kleine Laurie oder an Janie, Angus und Bertie als an Robbie. Er konnte den eigenartigen Gesichtsausdruck, mit dem der Knabe ihn am Morgen angesehen hatte, ebensowenig vergessen wie das Gefühl einer unbestimmten Demütigung.

Voll Zorn darüber, daß er sich so intensiv mit diesem Bürschchen beschäftigen mußte, stellte er fest, wie selten er eigentlich im Lauf der Reise mit ihm gesprochen hatte. Robbie war so wortkarg, so selbstgenügsam, so nachdenklich und verschlossen, daß man ihn leicht übersah. Dazu trugen auch seine kleine, schmächtige Statur, seine Farblosigkeit und Zurückhaltung bei. Er setzte sich nie in Szene. Tagelang war er in der Kutsche gesessen, als gehörte er nicht zu den übrigen Reisenden. Nie hatte er sich beklagt oder kindisch aufgeführt, nie um Süßigkeiten oder Gunstbeweise gebettelt wie Bertie; nie war er verzweifelt zusammengeklappt wie Angus oder in ängstlicher Verwirrung hin und her gerückt wie Laurie.

Immer mehr verlor Stuart seinen Gleichmut und Wirklichkeitssinn; er konnte den Blick nicht von der unbewegten Gestalt in der Wagenecke wenden. Ihm fiel Janies Bemerkung ein, Robbie sei ein ‚Waldschrat‘. Ja, dachte Stuart, an dem Knaben war alles dunkel und düster, von seinem schwarzhaarigen Schädel bis zu den schräggeschnittenen, mit so erschreckender Kälte und so menschenfernem Grimm blickenden Augen, von seiner glanzlosen Haut und den kleinen, fahlen Händen bis zu den blutleeren, fest zusammengekniffenen und sehr verletzlichen Lippen. Er machte überhaupt nicht den Eindruck eines Kindes; dafür war er zu gesammelt, zu wachsam und zu still. Wieder blickte Stuart auf Robbies Hände, die das dicke Buch geschickt hielten. Der Waldschrat! Offenbar, dachte Stuart, war auch sein Herz gnomenhaft und nachträgerisch.

Was tat der Knirps mit diesem unsinnigen Buch? Alles nur Angeberei natürlich! Eindruck schinden wollte er mit seinem großartigen Bildungsdrang!

Erst gegen Abend zwang Stuart sich, ein paar Worte an den ‚widerlichen kleinen Kerl‘ zu richten.

„Na“, sagte er lächelnd in spöttischem Tone, „was ist denn so Interessantes an deinem Riesenschmöker? Der ist ja viel zu schwer für so einen Knirps.“

Robbie hob langsam die schwarzen Augen. Teilnahmslos und wortlos musterte er den Frager, dem der Widerwille auf den Magen schlug und die Röte in die Wangen trieb. Dann erklärte der Junge mit seiner festen, ruhigen Stimme: „Das ist ein sehr interessantes Buch, Vetter Stuart. Ich habe es dir, glaube ich, schon gesagt. Ein Buch über die Mordprozesse in Old Bailey."

„Mordprozesse!" rief Stuart mit hochgezogenen Brauen, um einen belustigten, nachsichtigen Ulkton bemüht. „Wie kann denn so etwas einen Knirps interessieren, der fast noch feucht hinter den Ohren ist?"

Er hatte gemeint, Robbie dadurch in Verlegenheit und kindliche Hilflosigkeit versetzen zu können. Aber der Knabe sah ihn bloß mit seiner rätselhaften, aufreizenden Nachdenklichkeit an. Ein ganz schwacher Anflug von Lächeln spielte um seine starren Lippen. Fast unmerklich zuckte er die Achseln, als fände er Stuart öde und kindisch.

„Es interessiert mich eben", entgegnete er mit ruhiger Zurückhaltung. „Ich will Anwalt werden. Mordprozesse zu studieren macht mir Spaß. Die Richter und die Verteidiger sind so täppisch. Die wichtigsten Dinge übersehen sie." Ein Hauch von Wärme überkam ihn jetzt, und der kühle Ingrimm seiner schwarzen Augen erglühte. „Zum Beispiel liegt es auf der Hand, daß Jervis seine Frau ermordet hat!" Er klopfte mit dem Finger auf das Buch. „Trotzdem hat man ihn freigesprochen, ‚mangels an Beweisen'! Dabei hätte jeder Dummkopf erkennen müssen, daß Jervis dem Gerichtshof blauen Dunst vorgemacht hat."

Stuart war sprachlos. Mit offenem Munde lehnte er sich zurück. Robbie nahm gelassen seine Lektüre wieder auf. Janie kicherte heiser, stolz auf die Frühreife ihres ‚Waldschrats'. Sie hatte gefühlsmäßig nicht das geringste für ihn übrig, hegte aber eine ruppige Bewunderung für ihn und seine Zielstrebigkeit, die ihr viel Verantwortung abnahm.

„Köpfchen!" lobte sie.

Wieder war Stuart verdutzt darüber, wie unsicher er sich Robbie gegenüber fühlte und wie wütend er ihn haßte. Eine weitere halbe Stunde grübelte er darüber nach.

Dem gutartigen, sanftmütigen Bertie wurde es langweilig. Zuerst hänselte er die Mutter; als sie ihm fluchend einen festen Klaps versetzte, ließ er sie in Ruhe und gähnte. Dann fiel sein Blick auf Robbie; er holte aus, entriß dem Bruder das Buch und warf es auf den staubigen Kutschenboden. Mit einem gedämpften Wutschrei sprang Robbie auf und fiel über den Missetäter her. Während die beiden sich raufend vor den Füßen der Mitfahrenden in einer Staubwolke auf dem Boden wälzten, schlug Janie schreiend aufs Geratewohl auf sie ein. Stuart half ihr, den Knäuel kleiner Arme und Beine zu entwirren. „Aufhören! Aufhören!" rief er, riß Robbie von seinem unterliegenden Bruder los und schleuderte ihn heftig auf seinen Platz, während Janie ihren Liebling mit behutsamen Schlägen traktierte, wieder auf die Bank neben sich schob und vom Staub reinigte.

Keuchend saß Robbie da und rückte sich in stummem Zorn die Kleider zurecht. Mit unmenschlicher Wut starrte er den Bruder an. Er strich sich die schwarzen Haare glatt. Er zitterte.

Bertie lachte noch immer unbändig und erwiderte Robbies Blick. So glotzten die beiden einander eine Zeitlang an. Dann trat, zu Stuarts Verblüffung, auf Robbies Gesicht ein Lächeln. Mit pedantischer Sorgfalt klopfte er sich die letzten Kehrichtreste von der Hose. Sein Lächeln wurde breiter. Seine kalten schwarzen Augen funkelten. „Das zahl ich dir schon noch heim!" sagte er, und seine Stimme war die eines Kindes.

Er las nicht weiter. Die beiden Brüder fingen an, einander mit Sticheleien und Drohungen zu überbieten, in den wilden, bedeutungslosen Wendungen der Kindersprache.

VIII

Janie war keine Nörglerin, mochte sie sich auch oft im stillen ihr Teil denken. Jetzt, da sie ein Ziel vor Augen sah, zerfloß sie vor Umgänglichkeit und Sanftmut. Unbilden tat sie mit einem rauhen Scherz ab und fand sich in alles.

Vom ersten Augenblick an haßte sie Amerika, nicht leidenschaftlich oder ausfällig, sondern sachlich und nüchtern. Dennoch gewöhnte sie sich bald ein und versuchte, aus den gegebenen Umständen soviel wie möglich für sich herauszuholen.

Von Stuarts Hause, wo sie jetzt mit ihren Kindern wohnte, war sie angenehm überrascht gewesen.

„Es muß ja wohl nach etwas aussehen!" brummte Stuart unwirsch, als sie sich hellauf begeistert zeigte. „Für den Bau habe ich mir vom alten Allstairs zehntausend Dollar ausgeborgt."

Janie erwiderte nichts. Sie war ebenso erstaunt wie empört darüber, daß sich jemand zum Hausbau Geld ausleihen sollte. Für ein Grundstück oder eine Geschäftsgründung — ja; aber für den Bau von solchem Firlefanz! Das war geradezu lästerlich. Ein Mann, der schöne Dinge gern hatte und sich für ihre Beschaffung in Ungelegenheiten stürzte, galt ihr als weibisch. Ihre geheime Verachtung für Stuart verhalf ihr zu einem Gefühl der Überlegenheit ihm gegenüber und zu neuem Selbstvertrauen. Während der Reise hierher hatte sie viele böse Stunden durchgemacht. Jetzt schwanden ihre Besorgnisse fast völlig. Sie war wieder Stuarts ältere Freundin, die Nachsicht mit ihm übte, ihn liebevoll auslachte und gewagte Geschichten mit ihm tauschte.

Es war tatsächlich ein auffallend hübsches Haus, aus rein weißem Steine am Flußufer erbaut, überraschend geräumig und schön gegliedert, mit sechzehn Zimmern, von denen eines einladender und gemütlicher war als das andere. Es gab drei Geschosse mit hohen, schmalen, gitterbewehrten Fenstern. Von außen sah das Haus einem antiken Tempel gleich, weil acht weiße Säulen bis zur Gesimshöhe aufragten und einen anmutigen Balkon trugen. Die Bausteine hatte man zu Schiff auf einer schwierigen Kanalfahrt, von der zu erzählen Stuart nie müde wurde, nach Grandeville gebracht. Die Blöcke waren so sorgfältig aneinandergefügt, daß man nur bei genauer Betrachtung die Fugen bemerkte. Der Stein glänzte derart, daß man ihn für reinsten weißen Marmor gehalten hätte.

Wenn man den Mittelflur betrat, sah man das prächtig geschwungene Treppenhaus, das bis ins dritte Geschoß reichte. Von der Decke hing ein riesiger, von Kristall und Vergoldung schimmernder Kronleuchter, der jeden Abend, ob man Gäste erwartete oder nicht, im Schein seiner Kerzen erstrahlte. Janie bekrittelte diese Verschwendung. Aber Stuart sagte ärgerlich: „Ich habe mir das Haus zu meinem Vergnügen gebaut, und nicht, um damit vor fremden Leuten zu protzen."

Besonders erstaunlich war der Fußboden der Flurhalle; er bestand nämlich scheinbar aus einem einzigen Stück leuchtend polierten schwarzen Granits, der, ähnlich wie die Hauswände, den Eindruck von Marmor weckte. Viele Bekannte des Hausherrn waren durch die auffällige Gegenüberstellung von reinem Weiß und reinem Schwarz in diesem Haus unangenehm berührt und stießen sich an diesem merkwürdigen Einfall. Das nehme sich grotesk aus, fanden sie; nur ein Ire könne sich etwas so Ausgefallenes ersinnen.

Die Vertäfelung war in makellos schimmerndem Weiß gehalten; die Kamine waren aus poliertem schwarzem Stein, sehr groß, aber bemerkenswert zierlich in Aufbau und Schmuckwerk. Die hohen Zimmerdecken zeigten weißen, mit Mattgold gehöhten Stuck. Der große Salon wirkte kühl, aber erlesen. Den Parkettboden bedeckte zum Teil ein in gedämpften Blau-, Rosa- und Scharlachtönen gehaltener Aubusson-Teppich. Die gleichermaßen vortrefflichen Möbel boten einfache, vollendet schöne Umrißlinien. Die hübschen Sofas und Sessel waren mit Seidendamast und matten Samten in teppichgerechten Farben überzogen. Auf jedem geschnitzten Tisch standen Kristallampen und glitzernde Kassetten. An den weißen Wänden hingen ausgezeichnete Blumenstücke und Landschaftsbilder. „Keine Ahnenporträts", bemerkte Stuart grinsend. „Aber ich gedenke mir in London welche zu kaufen, um den hiesigen Snobs zu imponieren."

Der große Speisesaal war mit hellem Holz getäfelt, die Einrichtung auf Karminrot und Mattblau abgestimmt. Die Möbel waren bestes, untadeliges Chippendale. Auch eine Bibliothek gab es, mit Regalen voll eindrucksvoller Bücher, von denen Stuart offen bekannte, daß sie ihm ‚zu hoch' seien, weil er ‚kein Gelehrter' sei. Die roten und blauen Buchrücken entsprachen den Farben des Teppichs und der Samtvorhänge. Im Kamin brannte ständig, sommers und winters, Feuer. „Ein verdammt kaltes Klima hier", erläuterte Stuart. „Und elend feucht."

Es gab acht, meist auf den Fluß hinausgehende große Schlafzimmer, je vier im zweiten und dritten Geschoß. Zu jedem gehörte ein Ankleideraum, zu den beiden größten auch noch ein kleiner Salon. Alle Räume waren mit Kaminen ausgestattet; aber wegen der langen, erbarmungslosen Winter dieser nördlichen Breiten standen überall auf den Feuerstellen Eisenöfen. Die Ausstattung war durchwegs sehr geschmackvoll: mächtige Himmelbetten, weiche Teppiche, beste Täfelungen und Vorhänge. Die Gesamteinrichtung des Hauses stammte aus England und Kontinentaleuropa.

Leider konnten Stuarts ehrgeizige Pläne für das Haus sich nicht auch auf ein ausgedehntes Umland erstrecken. Seine Geldmittel waren erschreckend rasch zusammengeschmolzen. Als die Schätzung für die Kosten von Bau und Einrichtung des Hauses vorlag, reichte der Rest des Geldes nur mehr dazu, zwei Joch Grund von Joshua Allstairs zu kaufen. Indes hatte Stuart selbst auf diesem kleinen Fleck Erde erstaunlichen Geschmack bewiesen. Er ließ nicht durch Bäume oder hohes Strauchwerk die Aussicht zum Fluß verstellen, der am Fuße der steilen Böschung unterhalb des Hauses vorbeifloß. Von der Eingangstür wand sich ein mit weißen Steinfliesen belegter Fußweg hinunter, so daß der Wasserlauf in den Hausbereich einbezogen schien. An den beiden Flanken des Hauses und hinter ihm aber standen hohe, vornehm aussehende Ulmen und Kastanienbäume, die dem Gebäude etwas von festgegründeter Alterslosigkeit gaben. Am meisten hatte Stuart aus dem Bodenstück hinter dem Hause herausgeholt; dort waren Gärten und Pfade und Grotten so kunstvoll angelegt, daß alles größer und geräumiger erschien, als es war.

Übrigens lag das Haus ziemlich weit von der Stadt in einer noch unbewohnten, naturbelassenen Gegend. Neuen Besuchern band Stuart natürlich nicht auf die Nase, daß diese Wälder und buschbestandenen Flächen nicht ihm gehörten. Er freute sich ihrer und hatte tatsächlich vor, sie allmählich aufzukaufen. Er jagte in ihnen mit gutem Gewissen, trotz Joshuas strenger Verbotstafeln, und führte seine Gäste durch die Vielfalt von Urwald, Busch und Heide.

Die Stallungen hatte er am äußersten Rande seines Grundstücks, und sogar ein Stückchen darüber hinaus, gebaut. Er liebte Pferde und besaß deren acht, von edler Rasse. Auch vier Kutschen bester Ausführung nannte er sein eigen. Neben den Stallungen stand ein Gesindehaus für die fünf Bedienten.

Stuart kümmerte sich wenig um die Ansicht von Leuten, die ihm weder nützen noch schaden konnten, und gab jedem, der so unverschämt war, danach zu fragen, freimütig die Kosten von Haus und Einrichtung bekannt. Als daher Janie diplomatisch bemerkte, alle diese Pracht müsse doch mehr als zweitausend Pfund gekostet haben, gab er das ohne weiteres zu. „Zehntausend Dollar hatte ich selber", erklärte er, „und weitere zehntausend habe ich mir von dem alten Schurken Joshua geborgt. Als erste Hypothek auf mein Haus", fügte er bedauernd hinzu. Taktvollerweise behielt Janie ihre Meinung darüber bei sich. Allerdings fiel ihr ein, was ihr Vater einmal über einen verschwenderischen neuen Nachbarn von undurchsichtiger Herkunft gesagt hatte: „Wenn ein Bettler ein paar Pfund geborgt bekommt, baut er sich immer gleich ein Palais."

Für Stuart war das Bewußtsein, das schönste und prunkvollste Haus in der ganzen Gegend zu besitzen, eine Quelle ständiger Freude und Selbstbestätigung. Wenn sonntags hübsche Kutschen gemächlich längs des Flußufers vorbeifuhren und die Insassen absichtlich keinen Blick auf das hübsche Herrenhaus oben am Hang warfen, schmunzelte Stuart und rief höchst belustigt: „Ah, sie schauen nicht hinauf, die Dummköpfe! Aber sie sehen es auch so vor ihren Augen!"

Wurden ihm böswillige Bemerkungen hinterbracht, etwa, er sei ein Narr und werde Pleite machen und an den Bettelstab kommen, so war er nicht ärgerlich, sondern vergnügt. Nur als-

er von einer galligen Äußerung Joshuas hörte, die Eingangshalle mit dem schwarzen Granitboden gefalle ihm nicht, er werde
sie umbauen, sobald das Haus in sein Eigentum übergehe,
knirschte Stuart mit den Zähnen. Er hing so sehr an dem von
ihm erbauten Hause, daß er sich schwor, er würde es bis auf die
Grundmauern niederbrennen, ehe es in Allstairs' Hände fiele.
„Wenn die Flammen aufsteigen, wird mir das Herz brechen",
flüsterte er, im Bette liegend, ins Dunkel. „Aber ich tu's."

Doch im Innersten glaubte er nicht ernstlich an die Möglichkeit, daß sein geliebtes Haus ihm verlorengehen könnte. Er
wollte sich mit Händen und Füßen dagegen wehren. Dieses Haus
war sein wertvollstes Gut, der Schatz seines Herzens. Es schenkte
ihm Freude wie ein Eheweib; es füllte sein Leben aus wie ein
Dutzend Kinder. Es war ihm Daseinszweck und Arbeitsziel,
Ausdruck seiner Seele. Er wurde nie müde, durch alle Zimmer
zu wandern und sich jeder Einzelheit zu freuen, die Täfelungen
zu betasten und die Möbel zu bewundern. In gewissem Sinne
war das Haus seine Religion, sein Trost in mutlosen Stunden,
die Befriedigung verborgenster Wünsche. Auch hatte der Besitz
des Hauses ihn auf seltsame Art innerlich so abgerundet, daß er
kein Bedürfnis verspürte, es mit einer Frau zu teilen. Manchmal stand er minutenlang vor einem großen vergoldeten Pfeilerspiegel und lächelte sich selber zu, mit Tränen in den Augen.

Janie ahnte viel von diesen Dingen. Insgeheim machte sie
sich erbarmungslos lustig über diese Torheit, über diese innige
Liebe eines Mannes zu einem Haus. Schließlich aber mußte
sie sich eingestehen, daß offenbar hinter dieser Pracht und Schönheit mehr stak als Auflehnung gegen eine entbehrungsreiche
Kindheit. Irgendwie war das Haus die Seele des Erbauers, Verkörperung ihrer Visionen, ihrer mystischen, traumhaften Artung.
Stuart mochte hart und gewinnsüchtig, sogar habgierig sein,
wenn es um Geld ging. Aber diese Härte und Habgier dienten
einer lebendigen Schönheit.

Stuart hatte den Geschäftsladen seines Vaters geerbt. Von Natur aus unstet und leichtherzig, hätte er sich mit kleinen, mühelos zu erzielenden Profiten begnügt, die er in fröhlicher Gesell-

schaft verspielt oder bei gelegentlichen Lustreisen verjubelt oder für Frauen ausgegeben hätte. Seiner Gemütsanlage nach war er kein schlauer Geschäftsmann, kein Feilscher und Schacherer. Erst der Besitz des Hauses änderte sein Wesen, weckte in ihm rastlosen, schlaflosen, gnadenlosen Ehrgeiz. Nicht er besaß das Haus; er war von ihm besessen.

Die besten Zimmer hatte er Janie und ihren Kindern überlassen. Ihre Anwesenheit bedrückte und ärgerte ihn maßlos. Ihn schauderte, wenn einer der Knaben scharrend über glänzendes Fußbodenparkett schlitterte. Er war unglücklich, wenn die Kinder in den Salon oder in sein Arbeitszimmer drangen. Es trieb ihm fast den Angstschweiß aus den Poren, wenn sie sich auf Tische und Stühle setzten. Er wurde sich schlüssig darüber, daß er die Einquartierung loswerden mußte — aber natürlich erst dann, wenn Janie ihm das bewußte Darlehen gegeben hätte. Bis dahin behielt er zähneknirschend seine Gedanken bei sich.

Grandeville war eine häßliche Stadt mit etwa fünfundzwanzigtausend Einwohnern. Es bestand aus einer langen Hauptstraße, der Main Street, mit regellos abzweigenden Seitengassen. Auch die ‚Altstadt‘ lag — wie Stuarts Haus, allerdings etwa fünf Kilometer entfernt — am Fluß; dort wohnten die ‚alten‘ Familien, die rasch reich wurden durch Gerbereien und Schlachthäuser, durch Pferdehandel und den Vertrieb von Gebrauchsgegenständen. Bei manchen, wie bei Joshua Allstairs, blieben die Quellen des Reichtums verborgen. Manche waren Händler und brachten auf eigenen Schiffen Waren aus oder nach anderen Uferstädten der Großen Seen. Die ‚alten‘ Familien waren keine Abenteurer mehr; sie bildeten eine wohlgenährte, gutsituierte, selbstzufriedene Bourgeoisie, die aber habgierig und raublustig blieb, und wetterwendisch obendrein.

Sie wohnten in häßlichen, hohen und schmalen, mit Kuppeln, Türmchen und breiten, finsteren Veranden ausgestatteten roten Backsteinhäusern mit Stallungen und Gärten dahinter und umgitterten Rasenflächen davor. In diesem Viertel hatten sie auch ihre unansehnlichen Kirchen aus Tuffstein oder Ziegeln oder Holz, die mit schrillem Blechgeläute die Luft des von alters her

„Sabbat" geheißenen puritanischen Sonntags erfüllten. Auf den kopfsteinbelegten Straßen fuhren ihre prunkvollen, lackglänzenden Kaleschen mit ihren hochmütigen, unfrohen Frauen. Die gepflasterten oder aus Bohlen bestehenden Gehsteige wurden verhältnismäßig rein gehalten. Das einzige Schöne waren die mächtigen alten Ulmen und Kastanienbäume, die die Straßen säumten und den nordischen Sommer zwar mit ihrem wohltönenden Rauschen erfüllten, aber eine an sich schon düstere Szenerie noch mehr verfinsterten, die Gebäude noch unfreundlicher und abstoßender machten.

Die Inneneinrichtung der Häuser wetteiferte an Geschmacklosigkeit mit den Fassaden. Die Bewohner bevorzugten dunkle Nuß- und schwere Mahagoni-Möbel, Roßhaarpolsterungen mit karminroten Plüschüberzügen, abscheuliche Wand- und Deckenverzierungen, Brüsseler Teppiche, Vorhänge aus steifen Nottinghamer Maschinenspitzen oder Ballensamt.

„Diese Leute wollen sich partout als Manchester-Engländer aufspielen, und wenn sie an Luft- und Lichtmangel ersticken", hatte einmal Stuart spöttisch in bezug auf die Buntglastüren und auf die schlitzartig schmalen Fenster gesagt, deren Draperien noch den letzten Rest von Sonnenlicht, der durch die dunklen Baumkronen drang, zurückwarfen. Ihn schauderte, wenn er an die eichengetäfelten Speisesäle, an die hohen und schmalen, gruftähnlich düsteren Zimmer, an die altmodischen Eichenholz-Treppenhäuser und die beklemmend engen Korridore dachte oder an die öden Winterabende, die er in vielen dieser Häuser zähneklappernd zugebracht hatte, krampfhaft einem kärglichen, tief im Marmorkamin glosenden Feuer entgegengebeugt. Sogar die Gärten waren, selbst an den wärmsten Sommertagen, dumpfig; sie rochen nach Mulm und fauliger Erde und nach muffiger Vornehmheit.

Das größte und häßlichste dieser roten Backsteinhäuser, auf der hochnoblen River Road, war Joshua Allstairs' Wohnhaus; alle Greuel der Nachbarhäuser fand man hier ins Gigantische gesteigert. Stuart behauptete seinen vertrauten Freunden gegenüber, jedesmal, wenn er bei den Allstairs' Besuch gemacht habe,

müsse er sofort nach Hause und sich umziehen, weil sein Gesell-
schaftsanzug in Joshuas Salon vor Mief schimmelig grün geworden sei. „Und eine Stunde lang muß ich mir nachher die Würmer
aus den Haaren klauben", pflegte er zu sagen.

Getrennt von diesem Nobelviertel lag, jenseits der Main
Street, die ‚Neustadt‘ mit wenigen kleinen Backsteinhäusern
und vielen bretterverschalten, schindelgedeckten Buden oder
Hütten. Hier hausten die Neuankömmlinge: die vielfach unbeliebten Deutschen, die lärmenden, trinkfreudigen Iren und die
anderen, meist verachteten Fremdländer. Hier gab es Leute, über
deren seltsame Namen die überheblichen Nachfahren englischer
oder schottischer Abenteurer, die sich hier um sechzig Jahre früher angesiedelt hatten, die Nase rümpften. Hier wohnten die
anspruchslosen Werktätigen, die in den stinkigen Gerbereien
und Schlachthäusern und den beiden kleinen Eisengießereien und
den Kaufläden arbeiteten, die Stallungen betreuten, die Gassen
und Gossen reinigten, sich in den eisfreien Zeiten auf den Docks
plackten, als Dienstpersonal in den großen Häusern angestellt
waren und alle die anderen niedrigen Berufe ausübten.

Da sie erst kürzlich aus Europa gekommen waren, bezeigten
sie ihren hochmütigen Dienstherren noch die ihrer Gesellschaftsklasse ‚angemessene‘ biedere Mischung von Knechtseligkeit und
Hingabe. Da zu dieser Mischung noch eine gehörige Prise Angst
vor der stets drohenden, im Belieben des Herrn stehenden Ver-
hängung des Hungertodes kam, konnte man sich auf ihre Füg-
samkeit verlassen. In diesem Viertel gab es auch die gutgehenden,
im Eigentum der großen Herren stehenden Schenken, wo sich
Männer — und manchmal auch Frauen — jene Gefühlsbetäubung
antrinken konnten, die ihnen das Dasein erträglich machte. Joshua besaß eine ganze Anzahl solcher Schenken.

In diesem bedrückenden Stadtviertel stand ein einziges hübsches Gebäude: die kleine Mariahilfkirche. Stuart hatte, obwohl
er nicht katholisch war, mit einer seiner so unbekümmerten und
freigebigen Gesten der verschüchterten kleinen Katholiken-
gemeinde für ihren Kirchenbau den gleichen weißen Stein, aus
dem sein eigenes Haus errichtet worden war, zur Verfügung ge-

stellt. Dabei spielte seine neue Freundschaft mit Vater Houlihan ihre Rolle; der Hauptgrund für diese Geste war jedoch seine Abneigung gegen die ‚Altstädter' und gegen die von ihnen geübte Bedrückung des schwachen, stummen, ihm selber übrigens nicht minder unsympathischen ‚Pöbels' der Neustadt.

Berauscht von seiner für ihn selbst überraschenden Großherzigkeit, übernahm er blindlings die Hälfte der Kirchenbaukosten. Vater Houlihan war so verdutzt und gerührt darüber, daß er gegen den verschwenderischen Entschluß des jungen Mannes nur wenig einwandte. Mosaiken wurden aus Italien herbeigeschafft, feine Spitzen für die Altartücher und eine hübsche, kleine Orgel aus New Orleans. Erst als Stuart voll Begeisterung gar noch für den Fußboden Carraramarmor bestellen wollte, erwachte der Geistliche aus seiner Betäubung und wies das Angebot rundweg zurück, allerdings mit Tränen in den Augen. Stuart versuchte auch, das Gelände, auf dem die Kirche stand, dem alten Allstairs abzukaufen. Joshua lehnte glatt ab, fand sich aber schließlich bereit, das Landstück gegen Zahlung eines bestimmten Jahresbetrages, für den Stuart sich verbürgte, zu verpachten.

Später fragte Joshua mit einem Seitenblick aus seinen bösen grauen Augen den jungen Mann mürrisch: „Warum sind Sie eigentlich so liebevoll gegen diese heidnischen Papisten?"

Stuart zuckte nachlässig die Achseln, konnte aber nicht verhindern, daß seine Wangen in einer Art linkischer Verlegenheit rot wurden. „Was weiß ich?" erwiderte er. „Jedenfalls ist Grundy ein Freund von mir, ein guter Freund, und der arme Kerl hat nicht einmal ein richtiges Obdach."

Er konnte nicht eingestehen, daß er sich wegen seiner unbedachten Freigebigkeit schon selber verwünscht und daß er ganz betreten begonnen hatte, den Ursachen dieser gefühlsbedingten Verblendung nachzuforschen. Er hegte den nicht unbegründeten Verdacht, daß sein Hauptmotiv eine trotzige, verächtliche Herausforderung der ‚Altstädter' war, die ihn nicht für voll nahmen und noch immer naserümpfend schnitten. Als der Geistliche einmal andeutete, der wahre Grund für jede — gute oder schlechte — Tat liege zu tief in der Seele, als daß er sich erfassen ließe, machte Stuart eine spöttische Miene, obwohl ihm eigentlich dieser zunächst überraschende Ausspruch gefiel. Er hatte gehofft, wenn auch nicht recht geglaubt, der wahre Antrieb zu seiner blindwütigen Freigebigkeit gegenüber den ‚heidnischen Papisten‘ sei durchaus achtbar und stamme aus den Tiefen irgendeiner unbekannten Seelenschicht. Diese einzige leise Hoffnung verlor er, als er beim Anblick des Kontoauszugs seiner Bank sich selbst verwünschte. Weshalb er bestimmte Dinge tat, ließ sich, so dachte er resigniert, einfach nicht feststellen.

Dennoch gab es kaum einen Sonntag, an dem er nicht zur Zeit des Hochamtes langsam an der Kirche entlangfuhr und seine Pferde in der Nähe des Portals anhielt. Dann saß er in seiner Kutsche, mit einem merkwürdigen Lächeln auf den Lippen, und lauschte den frischen Stimmen des Kirchenchors und dem edlen Wohlklang der aus seiner Orgel in den Raum dringenden Musik. Er sah das Sonnenlicht auf dem goldenen Kreuz glitzern und die kleinen bemalten Glasfenster in buntes Feuer tauchen. Aber trotz Vater Houlihans Mitteilung, an einer der Wände hänge ein Täfelchen mit seinem Namen darauf als Kirchengönner, konnte nichts ihn dazu bewegen, die Kirche zu betreten. Warum das so war, wußte er wiederum nicht. Er wußte nur, daß die edelsteingleiche Schönheit des Kirchleins in ihm die gleichen leidenschaftlichen Gefühle, wenn auch in schwächerem Ausmaße, wachrief wie sein prächtiges Wohnhaus. Beide waren seine Schöpfung, sein Denkmal.

Stuarts Gewissensbisse wegen seiner Verschwendung dauerten nie lang. Kaum hatte er wieder flüssige Gelder, so bezahlte er die italienischen Statuen der Jungfrau Maria und des heiligen Joseph. Ihm genügte, daß die Kirche schön war und wie ein weißes Kleinod aus dem Schmutz der Umgebung hervorleuchtete.

Übrigens verschloß er sich keineswegs der Tatsache, daß sein Edelmut dem Geschäft zugute kam. Die Leute, denen er seine freundschaftliche Gesinnung erwiesen hatte, kauften ausschließlich bei ihm ein. Um ihm Gerechtigkeit widerfahren zu lassen, muß gesagt werden, daß er anfangs daran nicht gedacht hatte.

Später allerdings nahm er mit dem erstaunten Lächeln vorgetäuschter Bescheidenheit die Glückwünsche zu seiner ‚schlauen'
Handlungsweise entgegen, Glückwünsche, die viele Leute ihm
aussprachen, sogar der gestrenge Joshua selbst. So, so, für einen
gefinkelten Kerl hielten sie ihn! Sieh mal an!

Der untere Teil der ‚Main Street' beherbergte vielerlei Läden
und Schenken. Da gab es Sattlereien und Kleiderhäuser, Futter-
mittelhandlungen und Werkzeuggeschäfte, Schuhläden, Lebens-
mittelgeschäfte und Metzgereien. Aber alle waren Zwerge gegen
Stuarts Unternehmen, das von Sam Berkowitz geführt wurde.
Es hieß ‚Großkaufhaus Grandeville'.

IX

Im Anfang war es nicht das ‚Großkaufhaus Grandeville' gewesen, sondern einfach ‚Sams Laden' oder, ohne verächtlichen
Nebensinn, der ‚Judenladen'.

Vor fünfzehn Jahren war Sam Berkowitz nach Grandeville
gekommen, mit seiner alten Mutter und mit einem geschulterten
Hausierersack. Schon damals hatte die Stadt eine Atmosphäre
der Geschäftigkeit und Unternehmungslust gehabt, und der
wandermüde Sam beschloß, hier zu bleiben. Er mietete einen
kleinen, unansehnlichen Sattlerladen und legte seine bescheidenen Waren aus. Er fand gerade zur Not sein Auskommen;
denn trotz seiner später von Stuart verwerteten Ideenfülle war
er eigentlich kein Geschäftsmann. Nicht, als hätte ihm der Erwerbssinn gemangelt; die Sache war einfach die, daß geschäftliche Betätigung in ihrer handfesteren Form, nämlich durch Einkauf zu möglichst niedrigen und Verkauf zu kundengerechten
Preisen, ihm nicht lag. Überdies war er seelisch zu alt, als daß er
sich aus Profiten viel gemacht hätte. Ein Dach über dem Kopf,
Ruhe, Brot und ein bißchen Fleisch genügten ihm. Seine ständige Müdigkeit war mehr seelischer als körperlicher Art. Und
seine alte Mutter konnte ihm nicht mehr behilflich sein.

Weshalb die Familie Coleman sich in Grandeville niedergelassen hatte, blieb unerfindlich. Es gab größere und blühendere Städte. Aber da waren sie nun einmal: Gordon mit etwa zweihundert Dollar in der Tasche, seiner Frau und einem jungen Sohn.

Vielleicht hätte er Sam Berkowitz nie kennengelernt, wenn er nicht an einem heißen Sommertage lustlos zu den Kanaldocks gewandert wäre, um zuzusehen, wie eine große Bark aus dem Osten des Staates ihre Ladung löschte. Schließlich hörte er in der Nähe streitende Stimmen, und als er hinblickte, sah er, vor einem Stapel entladener Waren, einen hageren, rothaarigen Mann in erregtem Wortwechsel mit einem wendigen kleinen Händler. Gordon schnitt eine Grimasse. Der schäbig gekleidete Rothaarige redete ungelenk mit ausländischem Akzent; er hatte die scharfen, ausgeprägten Gesichtszüge eines Juden. Dem gerissenen Händler, der ihm achselzuckend den Rauch seines Glimmstengels ins Gesicht blies, war er sichtlich nicht gewachsen. „Der Preis ist hinaufgegangen", erklärte der Händler sehr gleichmütig. „Sie können ihn bezahlen oder auch nicht. Das ist mir schnuppe, mein lieber Herr!"

Sam hob Hände und Schultern in einer Gebärde hilfloser Verzweiflung. Er blickte auf den Warenstapel und schüttelte den Kopf. „Ich kann das nicht zahlen", murmelte er.

Der Händler grinste, schob sich herausfordernd den Hut ins Genick und rief sehr überheblich: „Tun Sie nur nicht so! Ihr Juden seid alle steinreich. Als ob ich das nicht wüßte!"

Sam schwieg. Er hob traurig den Kopf, strich sich mit der Hand über das Gesicht und wandte sich zum Gehen. In seinen tiefliegenden braunen Augen malten sich Leid und Hoffnungslosigkeit und uralte Schicksalsergebung.

Gordon Coleman war ein schweigsamer, unfreundlicher, mißtrauischer Mann. Wäre der Händler weniger frech und spöttisch, weniger selbstgefällig und verschlagen gewesen und weniger durch seinen Tonfall als Engländer aufgefallen, so hätte Gordon sich unbekümmert abgewandt. So aber haßte er den Mann augenblicklich, weil er seit jeher die neunmalklugen und von sich eingenommenen, die harten und die erfolgssicheren Menschen nicht leiden konnte. Dieser Haß trieb ihn dazu, zögernd zu brummen: „Um was geht's denn da, he?"

Sam, der schon im Weggehen war, blieb stehen und blickte ihn scheu an. Er berührte grüßend die Tuchmütze auf seinem Kopf und erwiderte sehr höflich: „Das ist meine Ware. Versprochen für fünfzig Dollar. Jetzt ist der Preis fünfundsiebzig Dollar." Er schüttelte den Kopf. „Ich habe nur fünfzig Dollar."

Gegen seinen Willen empfand Gordon eine Art Zuneigung zu dem freundlichen, traurigen, schlichten Mann. Er fragte: „Was für Waren sind das?" Er hatte sich nur aus Neugier erkundigt und warf dem Händler, der die beiden mit breitem Grinsen beobachtete, einen mürrischen Blick zu.

Sam hob beredt die Hände und ließ sie wieder sinken. „Ich hab einen kleinen Laden. Waren für die Küchen von den Frauen. Töpfe, Pfannen, Zwirn, Kattun. So Sachen. Jetzt hab ich keine Waren. Morgen hab ich keinen Laden."

Gordon machte eine finstere Miene und schwieg. Mit seinen etwa zweihundert Dollar hatte er nichts Bestimmtes vor. Sein Interesse war erwacht. Wenn er dem Mann fünfundzwanzig Dollar borgte, mochte ein Nutzen für ihn herausspringen. Er zögerte. Dann zog er aus seiner Hosentasche Geld hervor. Sorgfältig und bedächtig zählte er die abscheulichen amerikanischen Scheine. Sam sah ihn erstaunt an. Der kleine Händler huschte näher heran, wie eine feiste Ratte, ganz Flinkheit und Aufmerksamkeit.

„Das haut hin! Zwei Fliegen auf einen Schlag!" rief er. „Einem Landsmann helfen und einen Profit machen! Schönen Dank, mein Herr! Schönen Dank! Und was belieben Sie nächstens zu bestellen, Mr. Berkowitz?"

Es juckte Gordon, dem Händler einen Fußtritt zu versetzen; aber er hielt sich zurück.

Zunächst hatte er nur so lange in Grandeville bleiben wollen, bis Sam ihm das Darlehen mit angemessenen Zinsen rückerstattete. Er kam oft in den Laden, weil er, von Heimweh geplagt, sich sehr einsam fühlte. Sam wurde sein einziger Freund. Er setzte sich in dem jämmerlich kleinen, von Staub und Hoffnungslosigkeit erfüllten Geschäftslokal in die Nähe des abgeschabten Ladentisches und hörte dem Feilschen der behaubten, Einkaufkörbe tragenden Hausfrauen zu. Da er grundsätzlich alle Menschen haßte, schloß er auch diese hohlwangigen Frauen mit ihren knausrigen Augen in eine Ablehnung ein, die angenehm bestätigt zu finden er hierherkam. Aber den kampfmüden Sam haßte er nicht.

Und das war sonderbar. Vielleicht kam es daher, daß der freundliche, höfliche Sam gegen die hageren Frauen immer den kürzeren zog. Vielleicht erinnerte Gordon sich daran, daß er selbst einst verachtet und von den Verächtern obendrein ausgenützt worden war. Jedenfalls begann er, sich für den Geschäftsladen zu interessieren. Die Gespräche mit Sam, der ihm unendlich dankbar war und ihn als höheres Wesen behandelte, entspannten ihn. Er schalt Sam aus, wenn er sich immer wieder hineinlegen ließ und seine Ware mit Verlust verkaufen mußte. Sein so lange unterdrückter Geltungsdrang wuchs und gedieh.

Und dann schob er eines Tages Sam beiseite und bediente die nächsten Kundinnen selbst. Die Frauen waren an Sams schüchterne, furchtsame Bittstellerrolle gewöhnt. Nun sahen sie sich einem ruppigen Iren mit hartem, gerötetem Gesicht und kampflustigem Blick gegenüber. Am Ende des Tages triumphierte Gordon hemmungslos, trunken von seinem Erfolg. Er hatte die Welt herausgefordert, bekämpft und überwunden. Überdies hatte er die Tageslosung fast verdoppelt.

Er wurde Geschäftsteilhaber. Sam fühlte sich überglücklich. Sobald er der ihm lästigen Kundenbedienung enthoben war, kam ihm ununterbrochen eine glänzende Idee nach der anderen. Nach den Verkaufsstunden saßen er und Gordon in dem winzigen Wohnzimmer hinter dem Laden und diskutierten. Die alte Mrs. Berkowitz rührte in einem verheißungsvoll duftenden Blechtopf auf dem Eisenofen und beobachtete die beiden Männer mit liebevollem Blick.

Nach ein paar Monaten übersiedelte Gordon mit seiner Familie aus der schmutzigen Herberge, wo sie jämmerlich gehaust hatten, in ein hübsches Häuschen nicht weit vom Geschäftsladen. Der junge Stuart wurde zur Kundenbedienung und Waren-zustellung eingespannt. Alle Regale waren jetzt voll; die Güte und Auswahl der Waren wuchsen ständig. Stuart und sein Vater standen hinter dem Ladentisch; Sam besorgte, über Katalogen und Preislisten brütend, die Einkäufe.

Eines Tages begann für den jungen Stuart der Besuch einer ‚vornehmen‘ Knabenschule, wo er die wohlgenährte ‚Altstadt‘-Jugend, zugleich aber auch die Klassenunterschiede und den Rassenhaß kennenlernte, die später mit dem Namen Amerikas verbunden sein sollten. Er war ein ‚dreckiger Ire‘. Er war ein ‚lausiger Papist‘. Er war eine ‚Slum-Ratte‘. Daß er kein ‚Papist‘ war, konnte er seinen Peinigern vielleicht klarmachen; seine väterlicherseits irische Abstammung ließ sich nicht ableugnen. Erst als er mit Fäusten und Flüchen seinen Mitschülern ein-gebleut hatte, daß er in Schottland zur Welt gekommen war und eine Schottin zur Mutter hatte, wurde sein Dasein erträglicher. Aber seine Widersacher wußten ebensogut wie er, daß sein Vater doppelt soviel Schulgeld zahlte wie die Eltern der vornehmeren Kinder.

Schon von Natur aus kein Mauerblümchen, wurde er aus purer Selbstverteidigung zum Großsprecher. Er war stämmiger und kräftiger als seine Altersgenossen; durch seine körperliche Überlegenheit hatte er sich durchgesetzt. Von einem Umgang mit diesen noblen Söhnchen aus Familien, die ihren Wohlstand von Gerbereien, Schlachthäusern und noch anrüchigeren Häu-sern herleiteten, hielt er nichts. Aber Gordon zwang seinen Sohn, aus dem er unbedingt einen vornehmen jungen Mann machen wollte, in der Schule zu bleiben. Stuart selbst hätte viel lieber Kunden bedient, mit Sam geredet und sich an den fremd-artigen Leckerbissen gütlich getan, die Mrs. Berkowitz auf ihrem Kochherd bereitete.

Als Stuart achtzehn Jahre alt wurde und hocherfreut die Schule verließ, wo er sich weder in Latein noch in Literatur noch auch in den Geisteswissenschaften hervorgetan hatte, war aus dem Geschäftsladen unterdessen das ‚Großkaufhaus Grande-ville‘ geworden, ein blühendes Unternehmen, das zwei Nachbargeschäfte geschluckt hatte. Es besaß sogar ein Obergeschoß, eine unerhörte Neuerung. Sam war ein kluger, instinktsicherer Einkäufer, Gordon ein zielbewußter, aber rechtschaffener Verkäufer. Es war Sams Einfall gewesen, daß die Grandeviller Damen vielleicht gern auch feinere, bisher an ihrem Wohnort nicht erhältliche Artikel hier kaufen würden. Warum sollten sie solche Sachen unbesehen aus Chikago, New York oder Philadelphia beziehen, wenn es das gleiche billiger in Grandeville selbst gab und sie vor dem Einkauf noch gustieren, überlegen und feilschen konnten?

Versuchsweise tauchten im Kaufhaus feine Spitzenvorhänge auf. Nur ein paar Stück. Sie waren in zwei Tagen abverkauft. Später bot der wagemutige Sam ausgezeichnete kleine Orientteppiche und einige Sätze Tafelgeschirr aus französischem Porzellan. Die Damen waren begeistert und drängten sich vor den Verkaufspulten. Überdies stand jetzt hinter diesen Pulten außer dem mürrischen Gordon, der nie den Kundenfang erlernt hatte, ein hübscher junger Mann. Kaleschen verstellten die Straße vor dem Kaufhaus, und die Damen sagten sich nicht gerade Freundlichkeiten, wenn sie beim Besichtigen der Waren Ellbogenfühlung bekamen. Eines Tages erschien sogar die Gattin des Bürgermeisters höchstpersönlich, in vollem Staat, und rauschte siegessicher mit einem Limoges-Service und einer silbernen Toastgabel davon, sehr zur ehrfurchtsvollen Wut der übrigen zu kurz gekommenen Damen.

Stuart war es, der die Meinung äußerte, richtig unwiderstehlich würde der Kaufladen erst werden, wenn man das staubige, unansehnliche Lokal auf Glanz brachte. Er hatte viel Phantasie, Schneid und Farbenfreude, außerdem aber, wie die Damen beifällig feststellten, wohlgeformte Beine und bezaubernde Manieren. So breitete er, unter dem ärgerlichen Widerspruch seines Vaters, im Erdgeschoß des Kaufhauses einen Brüsseler Teppich hin und stellte darauf bequeme Sessel für die einkaufenden Damen; eigenhändig reinigte er die kleinen Fenster, daß sie nur so glitzerten. In seiner Begeisterung hatte er sogar vorgeschlagen, man möge den Kundinnen zu bestimmten Stunden Tee servieren.

Aber dagegen protestierte der Vater mit allem Nachdruck, und sogar sein Freund Sam Berkowitz ließ ihn hier im Stich, so daß er den Plan zurückstellen mußte, ohne ihn jedoch aufzugeben.

Als Stuart zweiundzwanzig Jahre alt wurde, hatte das Geschäftshaus sich unterdessen beträchtlich vergrößert und war nun, wie die Bürgermeistersfrau ihren Freundinnen huldvoll offenbarte, ‚fast so groß, meine Liebe, wie ein Einkaufszentrum in Philadelphia mit feinstem Kundenkreis‘. Das Großkaufhaus Grandeville hatte nun drei Geschosse und war auch in die Breite und Länge gewachsen. Am Gehsteigrand hatte man zur Bequemlichkeit der vorfahrenden Besucherinnen einen Absteigeblock angebracht, und ein tadellos gekleideter Page — allerdings nicht in der von Stuart entworfenen Phantasie-Livree — stand jederzeit zur Hilfeleistung bereit.

Ganz verstiegen war ja Stuart nicht; er wußte, daß für den Kundenstock eines derartigen Geschäftsbetriebes zwei Grundpfeiler lebenswichtig waren: die Bauern und der städtische Mittelstand. Deshalb gab es anschließend an die prunkvolleren und eleganteren Verkaufsräume einen großen, hübschen, aber einfachen Saal, wo bunte Kattune und bescheidene Haushaltsgegenstände zu günstigen Preisen feilstanden. Hier konnten die Bäuerinnen in ihren Hauben und Halstüchern und die ärmeren Stadtfrauen einkaufen, ohne von den feinen Damen eingeschüchtert und beiseite geschoben zu werden.

Stuart war auch kein grundsätzlicher Menschenverächter. Anfangs hatte er gegen seinen eigenen Vorschlag gewisse Bedenken gehabt, weil man dadurch zwischen zwei Kundenschichten Klassenunterschiede schaffe. Würden nicht die Land- und Vorstadtfrauen verärgert die Neueinführung so auffassen, daß sie für die eleganten Verkaufsräume nicht gut genug seien und sich lieber nebenan einfinden sollten? Aber zu seiner Verwunderung und spöttischen Ernüchterung stellte er fest, daß die einfacheren Leute die Trennung ausgesprochen gern und dankbar begrüßten. Die Unterdrückten rechtfertigten also selbst ihre Unterdrücker und nahmen die Unterdrückung als durchaus angebracht hin! Die Unterdrückten verewigten selbst die Klassenunterschiede und legten sich demütig hin, damit ihre ‚Herren‘ ihnen den Fuß auf den Nacken setzen könnten! Sie wollten selber als Wesen minderer Sorte behandelt werden!

In einem aus Mitleid und Verachtung gemischten Gefühl bediente Stuart, wenn in den eleganten Verkaufsräumen der Verkehr abflaute, selber in der Volksabteilung. Hier war er besonders liebenswürdig und höflich; aber sein Benehmen zeigte eine Spur herablassender Gönnerhaftigkeit. Jedenfalls sah er darauf, daß gerade die billigeren Artikel so gut und so preiswert wie nur möglich waren.

Als Stuart fünfundzwanzig Jahre alt wurde und sein Vater starb, hatte das Großkaufhaus Grandeville fast den gesamten Warenhandel der ganzen Gegend an sich gezogen. In anstoßenden Zweiggeschäften konnten die Landwirte Pferdegeschirr und Werkzeuge, Drillichanzüge und Stiefel, Futtermittel und Tabak besorgen. Das Kaufhaus hatte seinen Bereich nach allen Richtungen vorgeschoben und die am Wege gebliebenen kleinen Einzelbetriebe verschlungen und verdaut. Das erste in Abteilungen gegliederte Warenhaus war entstanden. ‚Alles für Haus und Hof‘, lautete der Werbespruch; er war der glühenden Einbildungskraft Stuart Colemans entsprungen, den Sam Berkowitz, Einkäufer und Finanzverwalter des Unternehmens, unterstützte und ermutigte.

Seit der stets über die verhängnisvollen Folgen von Erweiterungen und Neuerungen unkende Gordon nicht mehr durch seine Anwesenheit hemmte, entfaltete Sam erst richtig seine natürlichen Anlagen. Mit Stuart zusammen erklomm er schwindelnde Höhen kaufmännischer Planung. Es entstand eine Abteilung für Öfen und Kaminzubehör, eine weitere für Säuglings- und Kleinkinderartikel, wo es alles gab vom hauchdünnen Batist bis zu grobem Windelstoff, von Häubchen und kleinen Fäustlingen aus weichstem weißem Pelz bis zu Kinderwagendecken, Korbwiegen, Holzspielzeugen und sogar feinen französischen Spitzen. Schließlich nahm das Großkaufhaus Grandeville einen ganzen Häuserblock ein und stand in unbestrittener Herrlichkeit da; bis in die Weltstadt New York war sein Ruf gedrungen.

All das vollzog sich nicht ohne gewaltige Mühen und Plagen, nervenaufreibende Sorgen und drückende Verschuldung. Da Stuart und Sam ihre Gewinne in Geschäftsvergrößerungen und gewagte Neuerungen steckten, mußten sie Darlehen aufnehmen und dafür um so höhere Zinsen zahlen, als Joshua Allstairs, der die örtliche ‚Zentralbank' kontrollierte, dem seiner Meinung nach lächerlich ‚aufgedonnerten' Kaufhaus ausgesprochen ablehnend gegenüberstand. Aber der fabelhafte Erfolg, den das in seiner Art erstmalige Unternehmen durch seine reichhaltige Warenauswahl und seine erstaunlichen Neueinführungen erzielte, überhoben Stuart immer wieder seiner Besorgnisse. So hatte er sich mit sechsundzwanzig Jahren, ein Jahr nach dem Tode seines Vaters, entschlossen, ein Darlehen von zehntausend Dollar aufzunehmen und sein später berühmt gewordenes Wohnhaus zu erbauen.

Obwohl Stuart noch immer ‚der Ire' war und in den elegantesten Kreisen der Stadt nicht für voll genommen wurde, galt er doch wegen seiner stattlichen Erscheinung und seines Reichtums auch bei den wählerischen jungen Damen der feinsten Familien als gute Partie. Aber Stuart hatte sein Haus vor sich, und das genügte ihm. Seine handfesteren Wünsche fanden kundige Befriedigung in einem versteckt gelegenen Häuschen am Stadtrand, wo er nebenher trinken und hasardieren konnte und oft sittenstrenge Gatten oder Väter aus der besten Gesellschaft traf. Auch aus diesem Amüsierbetrieb zog natürlich Joshua Allstairs Gewinn.

Zwei Jahre vor Janies kinderreicher Ankunft in Grandeville hatte Stuart Gelegenheit gefunden, Miß Marvina Allstairs kennenzulernen. Sie war gerade aus einem Mädchenpensionat bei Philadelphia heimgekommen und besaß eine Unmenge prächtiger Kleider und Schmuckstücke. Sie war der Augapfel, der Herzensschatz ihres Vaters und bedeutete für ihn irgendwie das gleiche wie für Stuart das neuerbaute Haus. Ihretwegen war der alte Joshua habsüchtig und raubgierig, erbarmungslos und schurkisch; ihretwegen betrieb er seine Banken und Bordelle, seine Schiffahrtslinien und Handelsunternehmungen.

Er hütete seinen Schatz eifersüchtig. Er prüfte jede Einladung, die Marvina erhielt, und begleitete sie zu jeder Gesellschaft. Trotz seines Alters und seiner Gebrechlichkeit hielt er sich mit Gewalt beweglich, damit seine Tochter nirgends allein hingehen müßte. Allerdings ließ er sie nur in wenigen Familien verkehren und lenkte ihre Gedanken immer wieder auf New York, Boston und Philadelphia, ja darüber hinaus nach England, wo ihre Schicksalsbestimmung liege. Eigentlich sei sie nur vorübergehend in Grandeville, nicht zu dauerndem Aufenthalt.

Vielleicht wäre Stuart auf diese Perle von einer Frau nie gestoßen, hätte er nicht eines Abends den alten Joshua unerwartet wegen des Darlehens auf sein Haus besucht.

Als er in den weitläufigen, düsteren Salon des häßlichen großen Allstairs-Hauses trat, saß Miß Marvina neben ihrem Vater. Er wurde ihr vorgestellt.

Und Miß Marvina war es, die, fast ohne Stuarts Zutun, den Entschluß faßte, in Grandeville zu bleiben und den jungen Mann zu heiraten.

X

Stuart war zeremoniös in den Salon geführt worden, wo der alte Joshua neben seiner Tochter hockte, wie eine hagere, graue Spinne vor einer schillernden Fliege. Stuart hatte nichts als die Hauspläne in seinem überbeweglichen, immerfort zwischen Schwermut und Begeisterung schwankenden Sinn. Gleich vielen ebenso heftigen, von plötzlichen Antrieben abhängigen Menschen konnte er stets nur an eine einzige Sache denken, und die war im Augenblick sein schönes Haus am Fluß. Als er daher im schwachen Lampenlicht eine weibliche Gestalt bemerkte, war seine erste Regung eine gereizte Verlegenheit und Enttäuschung. Joshuas Tochter! Ihre Anwesenheit würde ihn daran hindern, die vorbereiteten Argumente mit entsprechendem Nachdruck und geziemender Hartnäckigkeit vorzubringen.

Eine Magd zündete unauffällig zwei weitere Lampen an. Vor den plötzlich aufleuchtenden Lichtkegeln zogen sich die langen, düsteren Schatten zurück, so daß die volle Häßlichkeit des in dunklem Karminrot und Mahagonibraun gehaltenen feucht-kalten Raumes offenbar wurde, mit den trübseligen Samtvor-hängen und Brüsseler Teppichen, den eichenholzgetäfelten Wän-den und dem fauchenden Feuer in dem schwarzen Marmor-kamin.

Stuart holte tief Atem. Jedesmal fühlte er sich beengt und niedergeschlagen in diesem Zimmer, das so vollgeräumt war mit abscheulichen schweren Mahagonimöbeln, so übersät mit runden Tischchen, auf deren goldstickereigesäumten Samtdecken Bronze- und Porzellanlampen standen und ein Wirrwarr von Nippsachen und kunstgewerblichem Krimskrams. Da nie gelüftet wurde, roch es nach Moder und Bienenwachs und Schimmel. Das Feindselige, Abstoßende des Raumes wurde noch verstärkt durch die da und dort an den Wänden hängenden Porträts. Hier hau-sten, so spürte man unwillkürlich, nur Argwohn und Haß gegen alle Außenstehenden, nur Mißmut und Bosheit. Sogar die Bedienten erwiesen die Wahrheit des Sprichworts: ‚Wie der Herr, so der Knecht‘; ihre starren, schweigsamen Mienen, ihre verstohlenen Seitenblicke erweckten in jedem empfindsamen Besucher den Eindruck, unversehens in ein finsteres, unheimliches Höllengemach geraten zu sein, wo ein Unterweltsfürst von nied-rigeren Dämonen bedient wurde.

Da Stuart die Atmosphäre dieses schrecklichen Hauses schon kannte, hatte er sich, ehe er eintrat, mit Whisky gestärkt. Den-noch erstarrte ihm das Blut in den Adern, und er konnte einen Schauder nicht unterdrücken. Es hätte ihn kaum gewundert, wenn sein Atem sich zu einer Dampfwolke verdichtet hätte.

Joshua rührte sich nicht aus seinem großen Ohrenfauteuil beim Feuer. Er spannte nur die knotigen Finger fester um den Knauf seines Stockes und blinzelte Stuart verdrossen an. Aber seine Tochter erhob sich verlegen, erstaunt über den unverhofften Be-sucher. Da sie wußte, daß der Vater ihr neue Bekanntschaften mit Grandevillern verwehrte, wäre sie am liebsten davongelaufen. Und dann sah sie Stuart an der Türe stehen und mußte rasch Atem schöpfen.

Denn Stuart war — in langem braunem Rock und geblümter Weste, mit Rüschen und untadelig gefaltetem Halstuch, in seiner besten rehfarbenen, hautengen Hose und den schmalen, auf Hochglanz geputzten Schuhen, mit glitzernden Ringen an den Fingern und einer schweren Goldkette an der Brust — so prächtig anzusehen wie kein anderer junger Mann, den Marvina je erblickt hatte. Er war so hochgewachsen, so breitschultrig, so schmalhüftig, sein dunkles, jugendliches, glühendes Gesicht war so eindrucksvoll, daß ihr bei geöffneten Lippen der Atem stockte.

Da ihr Vater, wenn er ihr gegenüber — was selten geschah — Stuart erwähnte, ihn gewöhnlich verachtungsvoll als ‚diesen klotzigen irischen Wechselbalg' bezeichnet hatte, konnte sie zuerst gar nicht glauben, daß der Ankömmling Mr. Coleman war. Und so kam es, daß sie wie ein scheuer, fluchtbereiter Vogel vor dem Kamin stand und nur völlig verdutzt den Besucher anstarren konnte.

Stuart war von seiner grimmigen Entschlossenheit, Joshua zu einem Darlehen von zehntausend Dollar zu überreden, ganz besessen; krampfhaft bemüht, in dieser stickigen Moderluft zu atmen, ordnete er alle seine Argumente zum Angriff. Deshalb schenkte er anfangs der Tochter des Hausherrn keine besondere Beachtung. Erst als Joshua ein „Guten Abend!" knurrte und, mit einer ärgerlichen Handbewegung, murmelnd die beiden jungen Leute bekannt machte, nahm Stuart von Marvinas Anwesenheit richtig Notiz. Er verbeugte sich gleichgültig. Als er sich aufrichtete und sie ins Auge faßte, war er völlig benommen und überwältigt.

Eine so vollendete Schönheit, eine so herrlich schlanke hohe Gestalt, eine derartige Anmut und Schwerelosigkeit war ihm bisher nie begegnet. Miß Marvina war erst sechzehn; aber ihr hoher Wuchs und ihre Haltung ließen sie um Jahre älter erscheinen. Sie trug ein graues Satinkleid, das der schmalen Taille eng anlag und sich von dort aus wie eine große, leuchtende Glocke bis zum Fußboden wölbte, geschickt in viele silbrigglänzende Falten gelegt und eingehalten. Ihre elfenbeinweißen Schultern waren unbedeckt und schimmerten matt im Lampenlicht, als wären sie von einem großen Künstler mit liebevoller Sorgfalt geschnitzt und geglättet worden. Auch ihre entblößten Arme schienen auf vollendete Weise aus durchscheinendem Elfenbein geformt. Sogar die Ansätze eines jugendlich frischen, in wohlgerundeter Schönheit wogenden Busens konnte Stuart für Augenblicke flüchtig erkennen. Um den Hals trug Marvina eine Kette prächtiger Perlen, die bei jedem ihrer Atemzüge aufleuchteten, als führten sie ihr Eigenleben an der ebenso edel schimmernden Haut.

War Marvinas Gestalt schön, so war es ihr Gesicht nicht minder, und Stuart starrte es völlig verdutzt an. Es war oval und wie aus Marmor gemeißelt, mit zarten Flächen von äußerster Feinheit und Makellosigkeit, und ganz blaß. Aber der volle, jedoch nicht breite Mund glich einer sattfarbenen, süßen Frucht; ihre großen, leuchtenden, lebhaften Augen hatten einen wunderbaren Goldglanz, der zwischen dichten schwarzen Wimpern wie Feuer aufflammte und verglühte. Ihre Nase war kurz und fast durchscheinend, mit schön geschwungenen Flügeln. Ihr dichtes, schwarzes, glänzendes, völlig schlichtes Haar war von der niedrigen, breiten Stirn und den perlenbehängten Ohren in einen dicken Knoten über dem weißen Nacken gezogen.

Derart strahlend war ihre Schönheit, daß sie wie blendendes Licht alles andere in Dunkel hüllte. Man konnte unmöglich erkennen, welche Art von Seele sich hinter all dieser statuenhaften Pracht und Vollendung barg. Nicht einmal das goldene Flackern ihrer Augen gab dafür einen Hinweis. Es glich dem Zittern des Lichtes der Sterne, das von deren Beschaffenheit nichts verrät. So hatte dieses Mädchen für fast alle Menschen, ihren Vater eingeschlossen, etwas Geheimnisvolles, Unfaßbares.

Joshua sah, wie bewegt Stuart war. Ihm mißfiel das nicht. Er grinste schieflippig unter der langen Raubvogelnase. Seiner Selbstliebe und seiner Vaterliebe schmeichelte der Eindruck, den die Tochter auf andere machte, genauso, als wäre sie eine kostbare Nippsache, die er aus einem fernen Land mitgebracht und zur Schau gestellt hätte. Wenn die Bedienten sie mit scheuer Bewunderung anblickten, war er nicht böse. Im Gegenteil, er erwartete, ja verlangte von den Geringsten wie den Höchsten staunende Verehrung.

So saß er also auch jetzt, verfallen und verschrumpft, fast gelähmt, in seinem Sessel wie eine halbausgetrocknete graue Spinne, die knotigen Finger um den Stockknauf gespannt, die böse funkelnden grauen Augen zusammengekniffen, und kostete heißhungrig den Anblick aus, den Stuart in seiner reglosen Ungläubigkeit bot. Joshua war klein, fast einen Kopf kleiner als seine Tochter, und derart von Rheuma geplagt, derart von greisenhafter Schrumpfung der Muskeln und Glieder zusammengekrümmt, daß er ohne Stock überhaupt nicht und auch mit Stock nur schlurfend und schleifend, gebückt und geduckt gehen konnte. Dabei machte er ein scharrendes, schlitterndes Geräusch; und wenn dieser Schall in Bankkorridoren oder durch den Flur der wenigen Häuser, die er bei seltenen Gelegenheiten mit seiner Tochter aufsuchte, ertönte und sich verstärkte, ergriff alle, die ihn hörten, ein seltsamer, schauriger Schreck.

Allstairs hatte ein flaches Gesicht, ,wie eine schimmlige Flunder', um Stuart zu zitieren; darüber aber wölbte sich ein auffallend großer und breiter Schädel wie eine Kuppel aus grauem Tuff. Seine spöttische, giftige Miene löste sich zu einer furchterregenden Belebtheit, wenn er wütend oder boshaft belustigt war oder auf neuen Profit oder neue Schurkenstreiche sann oder wenn er dem hilflosen Zappeln eines seiner sich vergebens wehrenden Opfer zusah, deren es viele gab.

Als Fünfziger hatte er ein verschüchtertes, sehr schönes Mädchen aus Philadelphia geheiratet, dessen Vater bei Joshua hoffnungslos verschuldet war. Das Frauchen hatte die Geburt der Tochter nur um einen Monat überlebt und war mit einem letzten Seufzer der Erleichterung über ein willkommenes Entrinnen gestorben. Jetzt stand Joshua in den Siebzigern. Aber das Alter hatte seine bösen Triebe und seine Neigung zu düsteren Ränken nur verstärkt.

Er kleidete sich in Grau, mit Silberzierat, was das Spinnenartige von Körper und Seele noch betonte. Sein abscheuliches Haus war wie ein Schlupfwinkel, in dem die Spinne lauerte, immer wachsam, drohend, gnadenlos.

Das also war der Finanzmagnat von Grandeville. Sogar in den Großstädten des Landes kannte man ihn, haßte und fürchtete man ihn.

„Setzen Sie sich, setzen Sie sich, Mr. Coleman", sagte er mürrisch, nachdem er sich genügend an Stuarts stummem Staunen geweidet hatte. Er sah seine Tochter an, zögerte, warf wieder dem Besucher einen jener Blicke zu, die wie ein glitzerndes Messer durch die Luft sausten. Sonst pflegte er bei Besuchen Marvina wegzuschicken. Aber diesmal war ihm nach Kurzweil zumute. Es mußte spaßig sein zu beobachten, wie Stuart völlig in den Bann seiner Tochter geriet. Deshalb drückte er sie mit einem freundlichen, aber festen Griff seiner welken Hand in ihren Sessel zurück. Stuart ließ sich wie benommen in dem ihm angebotenen Lehnstuhl nieder. Die beiden jungen Leute starrten einander weiter in einer Art Verzauberung an.

Joshua zog die Schultern so hoch, daß sie fast die Ohren berührten. Er drückte das Kinn auf die über dem Stockknauf verschränkten Hände. Er blickte Stuart schlau und beinahe liebenswürdig an.

„Na, und wie macht sich unser berühmtes Kaufhaus, he?" Seine dünne, hämische Stimme war voll gackernder Leutseligkeit.

„Prächtig, prächtig", murmelte Stuart heiser, ohne den Blick von Marvina zu wenden. Wie schön sie war! Wie hinreißend schön! Sein Gemüt war nicht betroffen. Nur seine Augen waren geblendet. Sein Begehren wurde nicht stärker erregt als durch das Porträt einer besonders reizenden Frau.

Seine Gedanken schweiften ab. Plötzlich sah er im Geist eine als Band aus Licht und Marmor sich emporwindende weiße Treppe, auf der Miß Marvina in einem Abendkleid, silberfarben wie Mondlicht, herabschwebte, jede Bewegung und jede Geste strahlend und geschmeidig wie flüssiges Silber. Das Bild war so überwältigend, daß sein Herz heftig zu klopfen begann. Wenn ein derartiges Bild in einem Manne auftauchte, so mußte das, schien ihm in seiner Verwirrung, vorherbestimmt sein. Nichts konnte eine solche Vision hemmen; sie kam im angemessenen Zeitpunkt; sie schuf vollendete Tatsachen. Jetzt schlug ihm das Herz so rasch und stark, daß er kaum Luft bekam. Aber noch immer war sein Gemüt nicht betroffen, sein Begehren nicht angestachelt. Doch eine wilde Entschlossenheit erfüllte ihn: er mußte sein Haus und diese Treppe haben, und Miß Marvina mußte, als Krönung der ganzen Pracht, die Treppe herabschweben.

Joshua kniff blinzelnd die Augen zusammen. Aha, aus dem Häuschen geraten war dieser klotzige, freche Bursche, was? Dieser gottlose Teufel mit seinen buntscheckigen Anzügen und seinen Schulden und seinen Spielkarten und seinen Dirnen! Joshua befeuchtete sich verstohlen die Lippen und schob die knochigen Schultern in dem grauen Rock noch höher. Mochte der Laffe nur Marvina anglotzen! Das schadete nicht, und jeder Schritt darüber hinaus war ihm ohnedies verwehrt.

„Wollen Sie Tee oder Apfelsaft?" fragte er. „Sie wissen ja, mein lieber Stuart, Schnäpse gibt's in diesem Hause nicht, und auch keinen Wein."

Wie geistesabwesend wandte Stuart ihm den Blick zu. Lange starrte er ihn an, ehe er heiser sagte: „Danke, ich nehme nichts." Man sah ihm an, wie er mit sich kämpfte. Er richtete sich steif in seinem Sessel auf und preßte die blutleer gewordenen Lippen aufeinander. In seinem Blick lagen Härte und grimmige Entschlossenheit. Er wiederholte: „Danke!"

Joshua sah seine Tochter an. Und dann runzelte er die Stirn und schob sich unbehaglich hin und her. Was war denn in das Mädel gefahren? Es blickte unverwandt, mit träumerisch schimmernden Augen und offenem Mund, auf den jungen Mann. Was sollte das, zum Teufel?

Ach, eigentlich war es ja kein Wunder, daß sie derart schaute! Sie sah zum erstenmal im Leben einen so mächtig aufgetakelten Draufgänger. Die dumme Kleine! Man mußte ihr gleich zeigen, daß hinter all diesem Schein von Lebenskraft und Schwung und Rauhbeinigkeit nichts stak als ein kindsköpfiger Springinsfeld. Man mußte ihr vor Augen führen, was für ein Spinner, was für ein Luftikus das war! Später würde sie mit ihrem Vater herzlich lachen über das alles.

Stuart hatte sich vorgenommen, Marvina erst wieder anzusehen, wenn er sein Anliegen vorgebracht hätte. Herausfordernd hob er den Kopf und fixierte den Alten.

Allstairs wandte sich lächelnd an seine traumverlorene Tochter. „Teures Kind", begann er liebevoll, „du mußt einmal das Kaufhaus — oder, besser gesagt, die Kaufhäuser — des Mr. Coleman besuchen. Ganz großartig! Wir sind recht stolz auf dieses Unternehmen und kommen aus dem Staunen nicht heraus. Immer wieder Neuerungen. Höchst erstaunlich!"

Marvina kehrte ihm langsam das Gesicht zu. Sie schien mit offenen Augen zu träumen. „Ja", murmelte sie, und die im Schoß gefalteten weißen Hände verschränkten sich fester.

„Du wirst dich erinnern, mein Kind, wir sind erst gestern wieder, auf dem Rückweg von der Kirche, vorbeigekommen. Du hast dich ziemlich interessiert, nicht wahr?"

Marvina schwieg. Sie blickte bloß Stuart an, und Stuart blickte bloß Joshua an. Der grimmige, finstere Ausdruck in seinem Gesicht hatte sich verschärft. Seine Stirn schimmerte ein wenig, obwohl es in dem Zimmer nicht wärmer geworden war.

„Erstaunlich, ganz erstaunlich!" murmelte Joshua und kicherte aus der Tiefe seines faltigen Halses. Dann hob er einen knotigen Finger und drohte mit einer Art schelmischem Lächeln dem jungen Mann. „Aber einmal muß Schluß sein mit den Überraschungen, wie? Einmal muß man daran denken, das Erreichte zu festigen, nicht?"

Seine buschigen Brauen, die sich so merkwürdig von der kahlen Kuppel abhoben, die sich über ihnen wölbte, zuckten diabolisch über den boshaften Augen. Stuart spürte seinen Puls stocken. Jedesmal, wenn er diesen Mann sah, ergriffen ihn Ekel, sinnlose Angst und unwillkürlicher Haß. Aber seine Muskeln strafften sich in verstärkter Hartnäckigkeit.

„Ich nehme an, Sir, daß Sie auf Ihre Hypothek anspielen. Sie bekommen doch, glaube ich, prompt die Abzahlungen?"

Joshua zuckte die Achseln, hob eine Hand vom Stockknauf und ließ sie wieder sinken. „Ja, ja, gewiß. Die Bank meldet keinerlei Verzug. Ich habe Ihnen nichts vorzuwerfen, lieber Stuart." Er räusperte sich. „Sie verzeihen mir doch meine väterliche Anteilnahme, nicht wahr? Ich habe Ihre kühnen Planungen immer mit großem Interesse verfolgt und sie bewundert. Aber es hat unbehagliche Augenblicke gegeben. Übernimmt sich der junge Mann nicht vielleicht? habe ich mich gefragt. Bisher ist alles gut abgelaufen, und ich bin stolz auf Sie. Sie verzeihen doch einem alten Mann, daß er sich um Sie Sorgen gemacht hat, nicht?"

Stuart schwieg eine Weile und betrachtete in seinem feindseligen, aber hilflosen Widerwillen den Alten. Seine Miene wurde immer finsterer. Mit ausdrucksloser Stimme sagte er schließlich: „Danke, Mr. Allstairs."

Joshua neigte bescheiden den Kopf. „Vielleicht scheine ich manchmal im Unrecht oder zu aufdringlich. Aber immer liegt mir das Wohl meiner jungen Freunde am Herzen."

„Auch Ihr Geld, Sir", entgegnete Stuart, ohne die plumpe, taktlose Bemerkung unterdrücken zu können.

Allstairs war entzückt. Er warf seiner Tochter heimlich einen Seitenblick zu. Der matte Elfenbeinton ihrer Wange hatte etwas Farbe bekommen. Aha, sie war also empört über Stuarts Frechheit!

„Oh, das leidige Geld!" seufzte der Alte und ließ den Kopf etwas seitwärts kippen. „Die Wurzel alles Übels, heißt es in der Heiligen Schrift. Aber ein Bankier hat Pflichten den Einlegern gegenüber."

Du verdammter alter Schuft mit deinen Bibelsprüchen! fluchte Stuart herzhaft. Aber diesmal hütete er die Zunge. Er hatte, ohne hinzusehen, Marvinas Blick wie einen elektrischen Schlag verspürt.

„Ich habe herausgefunden, was in dem trübseligen Menschendasein das Schwerste ist", erklärte Allstairs in traurigem, nachdenklichem Tone. „Am schwersten ist es, die Forderungen der Welt mit dem eigenen Gewissen in Einklang zu bringen. Man muß immerfort Mittelwege suchen, immerfort Kompromisse schließen. Man muß dem Kaiser geben, was des Kaisers ist, und Gott, was Gottes ist."

Und wie ist es mit deinen Bordelleinnahmen? dachte Stuart. Er preßte die Lippen noch stärker aufeinander. Aber trotz seines Schweigens umwitterte ihn eine ganz starke Spannung; der sehr feinfühlige Joshua spürte und verstand sie. Sein Entzücken wuchs. Würde sich der Narr wohl zu einer unbesonnenen Ausfälligkeit hinreißen lassen?

„Jedenfalls ist das schwer", sinnierte Joshua traurig und senkte mit pathetischer Gebärde den Kopf. „Manchmal muß man den flehentlichsten Beschwörungen gegenüber hart bleiben. So etwa, wenn Landwirte oder Gewerbetreibende um neue Kredite ansuchen. Auf der einen Seite die rührenden Bitten von Leuten, die ihre Rechnungen nicht bezahlen können, und auf der anderen Seite das Vertrauen der Bankkunden. Wie soll man da einen Mittelweg finden? Was soll man da tun?"

„Ich bin überzeugt", sagte Stuart mit grimmigem Spott, „daß ich Sie nie vor eine so herzzerreißende Entscheidung stellen werde, Sir."

„Hoffentlich nicht, hoffentlich nicht", seufzte Joshua fast zärtlich. „Ich wüßte wirklich nicht, was ich täte. Ich müßte Gott demütig auf den Knien um Erleuchtung bitten."

Stuart schnürte es vor Wut und Ekel die Kehle zu. Seine starken braunen Hände ballten sich zu Fäusten. Einen Augenblick lang vergaß er Miß Marvina über dem Antrieb, diesen üblen Frömmler niederzuschlagen.

Allstairs sah ihn liebevoll an. „Sie begreifen doch meine Glaubensskrupel, Stuart, nicht wahr? Denn nur ein gottesfürchtiger Mensch tut das, was Sie sich vorgenommen haben: eine Kirche zu bauen für unseren geschätzten ... hm ... Papisten, den Mr. Houlihan."

Stuart berichtigte mit gepreßter Stimme: „ ,Vater' Houlihan, wollten Sie doch wohl sagen, Sir, nicht?"

Joshua verschränkte bedächtig seine Finger und balancierte das Flechtwerk auf dem Stockknauf. „Lieber junger Mann, werden Sie mir nicht zürnen, wenn ich Sie nochmals auffordere, meine Kirche zu besuchen und sich dort der tröstlichen Kraft des Gottesdienstes und des Evangeliums teilhaft zu machen?"

Stuart holte tief Atem. Seine schwarzen Augen glühten. „Mr. Allstairs, ich folge Ihnen überallhin, sogar in die Hölle, wenn Sie einen Vorschlag, den ich Ihnen zu machen habe, annehmen."

Bei diesen erstaunlichen, unbekümmerten Worten wandte Joshua sich seiner Tochter zu. Er blickte sie fest an, während er in vorwurfsvollem Tone entgegnete: „Ich muß Sie daran erinnern, Sir, daß eine junge Dame anwesend ist, die ich vor Ihren Lästerreden zu bewahren wünsche."

Marvina war ganz blaß geworden. Sie senkte den Kopf, so daß der Vater ihre Miene nicht sehen konnte. Aber er bemerkte, daß sie zitterte. Das genügte ihm.

Stuart erhob sich. Voll Erregung und Wut rief er: „Sir, ich entschuldige mich in aller Form bei Ihrer Tochter. Wenn sie will, werde ich sie aus dem Zimmer führen. Aber ich habe keine Zeit mehr zu verlieren."

Joshua hob die Hand. „Miß Marvina hat Ihnen bestimmt verziehen, mein Junge. Wir wollen nicht mehr davon reden. Sie hat Ihnen auch schon Ihr hitziges irisches Temperament verziehen, ebenso wie Ihre Beziehungen zu einem heidnischen Papisten. Nicht wahr, Herzchen?"

Marvina stammelte etwas, hob den Kopf, wandte ihn von beiden Männern ab und starrte angestrengt ins Feuer.

„Ich maße mir über niemanden ein Urteil an", erklärte Joshua mit sanfter Stimme. „Das steht mir nicht zu. Das überlasse ich Gott."

„Da tun Sie sehr gut daran", erwiderte Stuart erbittert, nun völlig aus der Fassung geraten. „Für so viel Herablassung wird Ihnen der Allmächtige dankbar sein."

Im allgemeinen war Stuart klug; nun verwünschte er sich wie gewöhnlich selber. Offenbar hatte er das Spiel seines Feindes gespielt! Aber jetzt war ihm alles einerlei. Er schrie: „Wollen Sie mir gestatten, Sir, Ihnen eine dringende Angelegenheit vorzutragen? Ja oder nein?"

Joshua schwieg und blickte Stuart freundlich lächelnd an. Dann sagte er: „Aber setzen Sie sich doch, mein Lieber! Das macht mich ganz nervös, wenn Sie so dastehen und die Sessel-lehne umklammern. Schauen Sie, ich bin ein einsamer Mensch. Ich habe so selten Gelegenheit, Dinge, die mir nahegehen, mit einem Freunde zu besprechen."

Stuart setzte sich wieder steif hin, keuchend, fast blind vor Abscheu und Wut. Am liebsten hätte er Joshua ein paar kräf-tige Flüche ins Gesicht geschleudert; indes kam ihm sein Sinn für die Erfordernisse des Augenblicks spät, aber doch, zu Hilfe und besänftigte ihn. Trotzdem gingen von ihm Wellen leiden-schaftlicher Angriffslust aus. Er fragte: „Darf ich zur Sache kommen, Sir, damit ich nicht länger Ihre Zeit vergeude?" Er zweifelte zwar sehr daran, daß seiner Bitte entsprochen werden würde, fand sich aber dadurch bloß in seiner Entschlossenheit bestärkt.

„Nur zu, mein lieber Stuart!" forderte Joshua ihn mit groß-mütiger Geste auf.

„Ich brauche ein Darlehen. Zehntausend Dollar", stieß Stuart voll Ingrimm unvermittelt hervor.

XI

Stuart so lange zu sticheln, bis ihm sein draufgängerisches irisches Temperament zu seiner Beschämung und zu seinem Ver-hängnis durchginge, gehörte für Joshua auf ein ganz anderes Blatt, als mit ihm eine geschäftliche Besprechung abzuhalten, in deren Verlauf ihm selbst die eigene Habgier und Unbarmherzig-keit zu Marvinas Bestürzung und vielleicht Betrübnis durchgehen mochten.

Joshua hatte nie mit seiner Tochter über finanzielle Dinge gesprochen. Sie sollte niemals erfahren, daß die Gelder, mit denen ihre Perlen und Juwelen, Satine und Pelze, Kaleschen und Pen-sionate bezahlt wurden, aus Wuchergeschäften, aus der Zwangsversteigerung von Bauerngütern, dem Bankrott kleiner Läden und Betriebe und aus den Bordellen und Slums der wachsenden Stadt stammten. Er bediente sich deshalb der altbewährten gesellschaftlichen Übereinkunft, Frauen seien unfähig, die Kniffligkeiten des Geldwesens zu verstehen, stünden ihnen hilflos gegenüber und hätten keine anderen Interessen als Toiletten, Heim und Familie.

Deshalb lächelte er Stuart mit väterlicher Güte zu und entgegnete sanftmütig: „Zehntausend Dollar? Wahrhaftig, ein ganz ungestümer junger Mann! Na, mein lieber Freund, das müssen wir in Ruhe erörtern, nicht wahr?"

Er wandte sich an seine Tochter und sagte freundlich: „Liebe Marvina, darf ich dich bitten, uns allein zu lassen? Mr. Coleman und ich haben sehr langwierige Geschäftssachen zu bereden."

Stuart verstand und ließ ein breites, unfrohes Lächeln hemmungslos seine Lippen umspielen. Er stand aber rasch auf und verbeugte sich vor der unschlüssigen jungen Dame. Auch sie erhob sich, so anmutig, wie eine Taube sich in die Lüfte schwingt; tiefe Röte übergoß ihr Wangen und Hals. Wortlos blickte sie den Vater an, der sich mühsam aufrappelte. Sie war sichtlich verlegen. Sie bückte sich und küßte den Vater auf die Wange, und ihre schönen Finger zitterten ein wenig. Er erwiderte ihren Kuß und tätschelte ihr die Hand. „Gute Nacht, liebes Kind", sagte er, und für einen Augenblick trat ein merkwürdiges Leuchten auf sein graues Gesicht und in seine bösen Augen.

Sie wandte sich zur Tür. Stuart trat rasch neben sie und geleitete sie bis auf die Schwelle. Dort verbeugte er sich nochmals. Sie war hochgewachsen. Ihre Augen standen nur wenig niedriger als die seinen, als sie durch ein Gehege schwarzer Wimpern langsam den Blick auf ihn richtete. Er stand ihr jetzt ganz nahe und sah die durchscheinende Lebendigkeit ihrer perlenmatten Haut und das rote Pulsen ihrer Lippen. Und jetzt begehrte er sie zum erstenmal. Das goldene Licht in ihren Augen verwirrte ihm die Sinne. Er hörte ein Brausen in den Ohren, und es überlief ihn heiß. Er blickte tief in das breite, goldene Feuer zwischen den

Wimpern, und dann auf den am Miederrand angedeuteten Ansatz der Brüste. Was ihm in so lieblicher Verwirrung schweigend entgegensah, hielt er für kindliche Unschuld. Er wußte noch nicht, daß es nur seelische Leere war.

Marvina wurde wieder bis über die Ohren rot, neigte den Kopf und wandte sich. Er sah sie fortgehen. Er sah, wie sie die mächtige, gewundene Marmortreppe vogelgleich emporschwebte, die Hand am Eichenholzgeländer, die silbergrauen Rocksäume gebauscht. Sie kam an einer Lampe vorbei, und das Licht schimmerte auf der glatten Schwärze ihres Haarknotens. Sie blickte nicht zurück, schritt aber sehr bedächtig, unendlich anmutig, im Bewußtsein, daß er ihr nachsah. Erst als ein letztes silbernes Flattern außer Sicht gekommen war, konnte er sich abwenden.

Langsam kam er in den Salon zurück. Aus seinen Gliedern war das Gefühl feuchter Kälte gewichen. Sein ganzer Körper war heiß. Plötzlich fiel ihm ein, daß er während all der Zeit ihre Stimme nicht gehört hatte, bis auf ein leises Murmeln, als ihr Vater sie ansprach. Aber daran lag ihm nichts. Mit gewaltiger Leidenschaft verlangte es ihn nach diesem schönen Wesen.

„Ein hübsches Ding, was?" bemerkte Joshua mit einem wissenden Blick auf den jungen Mann.

Stuart antwortete nicht. Er starrte ins Feuer, dessen Hitze er jetzt als unerträglich empfand. Er schob seinen Sessel weiter weg und atmete schwer. Joshua hatte sich zwar in der Zwischenzeit vorgenommen, seinem Besucher ganz nebenher anzudeuten, daß Marvina nicht dazu bestimmt sei, ihr Leben in Grandeville zu verbringen; jetzt aber beschloß er, darüber zu schweigen. Mochte der klotzige, schwitzende Tölpel sich in Träume und Gelüste verstricken! Um so fühlbarer würden dann Demütigung und Qual und Zusammenbruch sein.

„Zehntausend Dollar?" fragte Joshua und schüttelte liebevoll tadelnd den Kopf. „Ein Haufen Geld, Stuart! Denken Sie daran, daß Sie mir schon zwölftausend Dollar schuldig sind!" Er rieb die trockenen Handflächen aneinander, und es klang, als kröche eine Schlange durch dürres Laub. Er kicherte wohlwollend.

Stuart hatte Mühe, sich zu sammeln. Als er jedoch plötzlich das Haus vor sich sah, das er bauen wollte, zur würdigen Heimstatt für jenes Geschöpf, das ihm jetzt Geist und Sinne betörte, da kehrten ihm Entschlossenheit und Durchschlagskraft im Nu wieder. Er rief, ja schrie geradezu: „Sie können sich nicht beklagen, Sir! Sie bekommen Zinsen und Tilgungsraten regelmäßig!"

„Gewiß, gewiß", gab Joshua zu und nickte freundlich. „Es tut mir nicht leid, daß ich Ihnen diese Beträge geborgt habe. Mit Geld ist es wie mit einem Werkzeug: es rostet, wenn man es nicht benutzt. Sie genießen mein volles Vertrauen. Aber Sie werden mir wohl nicht böse sein, wenn ich zur Wahrung der Interessen unserer Einleger — eine heilige Verpflichtung, Stuart! — einige Fragen stelle?"

„Fragen Sie!" rief Stuart erregt.

„Darf ich mich erkundigen, für welches neue Vorhaben Sie die so leichthin verlangten zehntausend Dollar brauchen?"

Stuart beugte sich zu ihm. Ohne Rücksicht auf das Kaminfeuer schob er seinen Sessel vor; seine Wangen und Augen glühten und glänzten. „Ich will mir ein Haus bauen. Ein schönes Haus. Schöner als alle anderen in Grandeville. Etwas ganz Ungewöhnliches. Ein Haus, in dem man nicht für eine Weile wohnt, sondern ständig lebt. Ich habe die Pläne im Kopf. Ich will nur das Beste vom Besten. Die zehntausend Dollar", fügte er in seiner Begeisterung unbedachterweise hinzu, „sind nur ein Anfang."

„Ah so!" murmelte Joshua und musterte sein Gegenüber mit zusammengekniffenen Augen.

„Ich habe selber achttausend Dollar Bargeld. Wollte Gott, es wäre mehr. Aber Sam und ich, wir stecken alle Gewinne wieder in den Betrieb. Zunächst reichen die achttausend. Ich habe schon die Bausteine bestellt. Dafür muß ich an die fünftausend zahlen, aus den achttausend. Aber damit fangen die Ausgaben erst an. Darum brauche ich die zehntausend."

Joshuas Miene war undurchdringlich. Nachdenklich fragte er: „Wo gedenken Sie denn zu bauen?"

Stuart zögerte, schoß aber dann mutig los. „Das Bauland möchte ich Ihnen abkaufen, Sir. Sie haben ein großes Grundstück am Fluß. Ich glaube, so drei Hektar wären erforderlich, vielleicht auch mehr."

„Drei Hektar!" Joshua räusperte sich bedeutsam. „Hören Sie zu, Stuart! Dort wollte ich seinerzeit eigentlich selber bauen. Außerdem denke ich an verschiedene andere Möglichkeiten. Wenn die Stadt wächst, kann man dort vielleicht Docks anlegen. Auch könnte die Eisenbahn, die hoffentlich bald bis Grandeville verlängert wird, sich diesen Geländestreifen sichern wollen, zu einem günstigen Preis." Er schüttelte den Kopf. „Bauen Sie anderswo! Ich müßte zuviel Geld von Ihnen verlangen. Das bringe ich nicht übers Herz."

„Also, wieviel?" platzte Stuart haßerfüllt heraus.

„Der Landstreifen", fuhr Joshua fort, „liegt gerade dort, wo der Fluß am schmalsten ist. Angeblich will man in Kürze eine bessere Fährverbindung nach Kanada schaffen. Dann braucht man Docks."

„Also, wieviel?" wiederholte Stuart mit finsterer, gespannter Miene.

Joshua legte die Hände zeltförmig über den Stockknauf und blickte Stuart liebevoll an. „Tausend Dollar für das Hektar", sagte er.

„Tau..." begann Stuart und verstummte. In sein schweigendes Gesicht trat der Ausdruck heftigen Zorns. Er ballte die Fäuste. Dann stieß er mit halberstickter Stimme hervor: „Was, Sie verdammter alter...! Für tausend Dollar haben Sie seinerzeit das ganze Grundstück gekauft, volle achtzig Hektar! Vor kaum fünf Jahren! Um zwölfeinhalb Dollar das Hektar! Und jetzt wagen Sie es, tausend Dollar pro Hektar zu verlangen?"

Joshua war nicht beleidigt. Er grinste. „Das war vor fünf Jahren, lieber Freund. Seither ist Grandeville mächtig gewachsen. Es dehnt sich flußabwärts aus. In zehn Jahren wird das Land dort das Doppelte von dem wert sein, was ich jetzt verlange. Übrigens hat mir erst vor einer Woche ein Getreidehändler zweitausendvierhundert Dollar für zwei Hektar geboten. Aus purem

Entgegenkommen habe ich Ihnen einen niedrigeren Preis genannt."

„Im ganzen Land gibt es kein Grundstück, das tausend Dollar pro Hektar wert wäre. Das wissen Sie ganz genau, Sie ... Sie ...!" schrie Stuart.

Mit christlicher Langmut zuckte Joshua die Achseln. „Schön, Stuart. Lassen wir die Sache! Ich habe Ihnen meinen Preis genannt; aber eigentlich verkaufe ich dort lieber nichts. Bauen Sie doch anderswo!" schlug er als vernünftigste Lösung vor. „Ich habe schöne Parzellen zu weniger als fünfzig Dollar pro Hektar. Das wird Ihnen sicher besser zusagen."

„Und zwar wo?" erkundigte sich Stuart ärgerlich.

Joshua verdrehte sinnend die Augen und betrachtete eingehend die gewölbte, in trübseligem Schatten schwebende Zimmerdecke.

„Lassen Sie mich nachdenken!" murmelte er. „Ach ja. Natürlich! Eine prächtige Parzelle, Stuart!" rief er dann begeistert. „Keine zweihundert Meter vom Haus Ihres Freundes Mr. Houlihan — verzeihen Sie, ‚Vater' Houlihan. Das südliche Stadtviertel ist zwar in manchen Beziehungen nicht ganz ideal. Aber das Grundstück liegt schon jenseits dieses Viertels. Vier Hektar zu je sechzig Dollar."

„Dort bei den Steinbrüchen und den Ziegeleien?" fragte Stuart ganz ruhig.

„Ja, ja, ganz richtig! Sie kennen, wie ich sehe, die Gegend. So bequem für Besuche bei Ihrem Freund! Nur ein paar Minuten Weges. Und ringsumher lauter Pfarrkinder von ihm!"

Stuart starrte ihn mit funkelnden Augen an. „Mein Haus! Neben deutschen Krämern und irischen Dockarbeitern und Straßenkehrern soll ich mein Haus bauen?" In heftig abwehrender Gebärde hob er die Hände.

„Aber, aber, mein Lieber!" rief Joshua erschrocken. „Ich kann nur staunen! Sind diese Leute nicht auch unsere Brüder in Gott? Ist unser Land nicht eine Republik, in der alle Menschen gleich sind? Übrigens sollten Sie nicht vergessen, daß Sie selbst Ire sind."

Stuart konnte sich nicht mehr beherrschen und sprang auf. Er blickte Joshua so wütend an, daß der Alte unwillkürlich die Hand nach der neben ihm hängenden Klingelschnur ausstreckte. Aber er konnte sie nicht erreichen. Stuarts Blick lähmte ihn, und in seinen Augen malte sich Angst.

„In der Nähe Ihrer Bordelle? In der Nähe Ihrer Schenken? Bei den dreckigen Ziegeleien und Gerbereien und Schlachthäusern?" keuchte Stuart heiser, während er, vor Wut zitternd, die Fäuste immer wieder öffnete und schloß. „In einer Gegend, wo in der Nacht Ihre Huren an meinem Haus vorbeispazieren und die Besoffenen randalieren würden, wenn Ihre Hinausschmeißer sie in die Gosse werfen? Meiner Treu, ich hätte gute Lust, Sie umzubringen!"

„Gemach, gemach!" stammelte Joshua und warf einen Blick echter Bestürzung und Beklommenheit auf die Tür. „Mein lieber Stuart", beschwichtigte er, seine Furcht verbergend, „setzen Sie sich doch, ich bitte Sie! Starren Sie mich nicht an wie ein wütender Stier! Wenn ich Sie in Ihrem Ehrgefühl und Ihrem gesellschaftlichen Ehrgeiz gekränkt haben sollte, so bitte ich um Entschuldigung. Aber schauen Sie, durch Ihren freundschaftlichen Verkehr mit einem Papisten und einem Juden haben Sie sich die Hochachtung der besseren Gesellschaftskreise fast ganz verscherzt. Menschen, die etwas auf sich halten, verkehren einfach nicht mit solchen Leuten. ‚Sage mir, mit wem du umgehst, und ich sage dir, wer du bist', lautet ein altes Sprichwort."

„Sie wagen es, sich über Vater Houlihan und Sam Berkowitz zu stellen?!" rief Stuart fast außer sich. „Sie, ein Mann, der nie im Leben einen ehrenhaften Gedanken gefaßt oder ein gutes Werk getan hat?"

Joshua lehnte sich in seinem Sessel zurück, obwohl sein hagerer, zusammengeschrumpfter Körper steif war vor Angst. Er setzte eine Miene verzeihender Großmut auf. Er warf Stuart einen Blick tiefer Besorgtheit zu.

„Mein lieber Freund", sagte er, „Ihr ungewöhnlicher Leidenschaftsausbruch hat mich erstaunt und verletzt. Ich bin nie boshaft oder rachsüchtig. Aber habe ich Sie aufgefordert, heute abend herzukommen? Habe ich Ihnen gesagt: ‚Verehrter Mr. Coleman, bitte, besuchen Sie mich und geben Sie mir bekannt, unter welchen Bedingungen zehntausend Dollar aus meiner Tasche in die Ihre hinüberwechseln können!‘? Habe ich Sie eingeladen, mich hier in meinem Haus zu beschimpfen?“

Stuart schwieg. Plötzlich fühlte er sich sehr elend. Er verwünschte seine lose Zunge, die ihn in diese ausweglose Lage gebracht hatte. Jetzt war es aus mit seinem Hause. Und aus mit Miß Marvina. Für immer. Und das Schlimmste von allem war, daß er sich selber für einen Dummkopf hielt.

Joshua musterte ihn mit schlauem Blick. Er sah Stuart blaß werden. Ihm tat dieser ungebärdige, hitzige junge Mann, den er so gedemütigt hatte, nicht leid. So ein verächtlicher, nichtswürdiger Jammerlappen! So ein irischer Dreckkerl!

Aber von dieser hämischen Einschätzung verriet seine Miene nicht das mindeste. Mit dem würdevollen Tonfall eines gütigen Dulders sagte er: „Setzen Sie sich doch, Stuart! Ich bedaure, daß wir bisher nicht handelseins werden konnten. Ich mache Ihnen einen Vorschlag: Ich verkaufe Ihnen nicht drei, sondern nur ein Hektar von dem Landstreifen am Fluß, aber dieses eine Hektar um neunhundert Dollar. Das ist um dreihundert Dollar weniger, als der Getreidehändler mir angeboten hat. Sagen Sie selber — kann ich mehr für Sie tun?“ Er breitete die Arme in hilfloser Gebärde aus.

Stuart gab sich keiner Täuschung über die ‚Großzügigkeit‘ dieses Angebots hin. Aber eine mächtige Welle der Erleichterung überflutete ihn mit solcher Gewalt, daß ihm ganz schwach zumute wurde. Das Haus und Miß Marvina waren also nicht unwiederbringlich verloren! Er merkte nicht, wie völlig er Allstairs’ Spiel gespielt hatte. Das sollte er erst später merken. Jetzt spürte er nichts als zitternde Befriedigung darüber, daß man ihm nicht noch vor Besprechung seines Hauptanliegens die Tür gewiesen hatte.

Wieder nahm er Platz. Joshua sah ihn mit strahlendem, liebenswürdigem Lächeln an. „Na also, na also!“ schnurrte er. „So geht die Sache besser. Viel besser. Im guten kommt man bedeutend weiter als im bösen. Wir sind doch vernünftige Männer, nicht, Stuart?"

„Wie wünschen Sie die Abdeckung der neunhundert Dollar?" fragte Stuart, von widerstreitenden Empfindungen hin und her gerissen.

„In barem, lieber Stuart. In barem. Eine kleine Transaktion. Zu klein für ein Darlehen."

„Wird geschehen. Und . . . die zehntausend Dollar?"

„Das ist eine andere Sache", erklärte Joshua zögernd, bedauernd. „Lassen Sie mich ein bißchen darüber nachdenken!"

Er senkte den Kopf auf die über dem Stockknauf gefalteten Hände und schien zu beten. Man konnte sich nichts Rührenderes vorstellen als seine Haltung, aus der zu schließen war, daß er gegen Nützlichkeitsanwandlungen seines Verstandes ankämpfte, während Herz und Seele für seinen jungen Freund eintraten. Stuart beobachtete ihn mit unverhohlen tiefem Abscheu. Das Kaminfeuer knisterte melancholisch. Die langen Schatten schienen wieder näher an die Lampenränder heranzurücken.

Schließlich hob Joshua den Kopf; sein graues, welkes Gesicht strahlte. Er schlug sich auf das Knie und kicherte.

„Ich hab's, mein Junge. Sobald Sie aus Ihren eigenen achttausend Dollar die Grundmauern des Hauses errichtet haben, borge ich Ihnen zehntausend Dollar! Eine entsprechende schriftliche Zusage schicke ich Ihnen morgen. Na, was sagen Sie? Ist das nicht großartig? Ist das nicht famos?"

Stuart blickte ihn finster an. „Und?" fragte er grimmig.

„Ach ja, Sie meinen wohl die Verzinsung." Joshua lehnte sich in seinem Sessel zurück und begann wieder nachzudenken. „Sehen Sie, Stuart, da bin ich in einer heiklen Lage. Sie schulden mir schon einen hübschen Batzen Geld. Auf Ihr Unternehmen können Sie mich nicht mehr sicherstellen. Aber im Interesse meiner Einleger muß ich eine gewisse Sicherung verlangen. Das Vertrauen von Menschen, die sich auf einen verlassen, darf man nicht enttäuschen. Man muß es hegen und pflegen. Das ist christliche Haltung. Mir bleibt also kein anderer Ausweg, als eine erste Hypothek auf Ihr Haus zu nehmen."

Stuart atmete stoßweise. „Ja, das sehe ich zur Not ein. Ich dachte zwar, Sie könnten die Belastung des Unternehmens erhöhen; aber ich bin mit Ihrem Vorschlag einverstanden. Und die Verzinsung?"

„Überlegen wir einmal!" sagte Joshua. „Ein Haus, wie Sie es bauen wollen, ist eine zweifelhafte Vermögensanlage. Wer würde in Grandeville ein Haus kaufen, dessen Erbauung allein mindestens zwanzigtausend Dollar gekostet hat? Wo findet man jemanden, der dazu das Geld oder den Leichtsinn oder die Verschwendungssucht hat? Das wäre ein weißer Rabe. Sollten Sie also ... in Verzug kommen — ohne eigenes Verschulden natürlich —, so hätte ich ein Haus in der Hand, für das ich wahrscheinlich keinen Käufer fände. Meine zehntausend Dollar wären so gut wie verloren. Oder besser gesagt, die zehntausend Dollar meiner Einleger. Das kann man diesen schwer um ihre Existenz ringenden Landwirten und kleinen Geschäftsleuten nicht zumuten, lieber Freund. Vergessen Sie auch nicht die von der vielgeplagten Arbeiterschaft kommenden Dollars, an deren jedem viel Schweiß klebt! Diese Leute muß ich schützen", fügte er mit glühendem Eifer hinzu. „Niemand soll je dem alten Joshua Allstairs nachsagen können, daß er jemandes sauer verdiente Ersparnisse leichtfertig aufs Spiel gesetzt hat."

„Und die Verzinsung?" wiederholte Stuart mit schwacher, gepreßter Stimme.

Joshua blickte ihn freundlich an. „Um denen, die mir ihr Vertrauen geschenkt haben, gerecht zu werden, sollte ich zwölf Prozent verlangen. Aber aus väterlicher Bedachtnahme auf Sie begnüge ich mich mit zehn."

„Zehn Prozent!" schrie Stuart. „Das ist frevelhaft!" Haß und Wut durchbrachen in ihm wieder die mühsam errichteten Dämme. „Es ist auch ungesetzlich!"

„Ungesetzlich?" fragte Joshua mit gequälter Stimme. „Ungesetzlich? Bei dem Risiko, das ich eingehen soll? Was glauben Sie, mein Lieber, eigentlich hätte ich in diesem Falle fünfzehn Prozent verlangen müssen. Übrigens" — und er schlug auf die Armlehne seines Sessels — „sind Sie in keiner Weise verpflichtet zuzustimmen. Wenn Sie wünschen, wollen wir die ganze Angelegenheit als gegenstandslos betrachten."

Stuart sprang auf. Er zitterte am ganzen Leibe. Ihn fröstelte. Bei all seinem Leichtsinn ernüchterte ihn die Ungeheuerlichkeit dieser Zumutung. Die Vorsicht riet ihm, sofort zu gehen, ehe er sich für immer diesem Teufel verschrieb.

Und dann sah er wieder die Vision seines Hauses vor sich, und Miß Marvina schwebte wie ein weißgefiederter Vogel die gewundene Treppe hinab. Dieses Bild raubte ihm völlig jede Besinnung.

Er umklammerte die Armlehnen seines Sessels. Er blickte Joshua mit seltsam funkelnden Augen an. „Abgemacht", murmelte er.

Joshua sah ihn liebevoll an. „Abgemacht", bestätigte er freundlich. „Und viel Vergnügen in Ihrem Haus, Stuart!" Er räusperte sich mit einem schelmischen Seitenblick. „Gedenken Sie in den heiligen Ehestand zu treten? Bauen Sie deshalb Ihr Haus?"

Aber Stuart antwortete nicht. Seine seltsam funkelnden Augen blieben auf Joshua geheftet; und der alte Wucherer konnte, gelähmt von diesem Funkeln, bloß zurückstarren, in tiefem Schweigen.

XII

Es kam nur selten vor, daß Joshua Allstairs mehr als drei oder vier Gäste zugleich einlud. Als triftige Gründe für diese Beschränkung der Geselligkeit dienten ihm seine Gebrechlichkeit, sein hohes Alter und das Fehlen einer Hausfrau. Zwar habe er jetzt seine Tochter; aber die sei jung und unerfahren und könne schicklicherweise noch nicht als Dame des Hauses auftreten. Ältere weibliche Verwandte aber habe er in Grandeville nicht.

Immerhin erschienen seine guten Freunde und Spießgesellen oft zum Dinner. Das gleiche taten seine Schuldner, sie allerdings fast auf Befehl, weil Joshua sich unter der Hand vergewissern wollte, ob sein Geld nicht in Gefahr sei. Zu dieser Art von Gästen gehörte Stuart.

Der Inhaber des ‚Großkaufhauses' pflegte zwar im allgemeinen den Beweggründen anderer Menschen nicht nachzuschnüffeln. Mit seiner Klugheit und der den Kelten eigenen Einfühlungsgabe erriet er indes bald den Sachverhalt, und es hatte ihm bisher ein boshaftes Vergnügen bereitet, solche Einladungen in aller Form und oft ohne Begründung abzulehnen, außer, wenn sie zu nachdrücklich wurden oder wenn er einen Zahlungstermin nicht ganz pünktlich einhalten konnte.

Jetzt aber folgte er jeder Einladung, angeblich, um seinen ‚lieben alten Freund' über den Fortgang der Bauarbeiten auf dem laufenden zu halten. In Wirklichkeit hatte er zwei Gründe dafür, von denen der erste und augenblicklich wichtigere die Gelegenheit war, sich bei Miß Marvina beliebt zu machen und ihr heimlich zu hofieren, der zweite jedoch dem Bedürfnis entsprang, über sein geliebtes Haus und die dafür bestellten Wunderdinge zu reden. Bei dem zweiten Grunde spielte eine große Rolle die Prahlsucht des sich aufplusternden Hahns, zusammen mit dem Drang, seiner Angebeteten zu imponieren und in ihr den Wunsch nach Mitbesitz aller dieser Herrlichkeiten zu wecken.

So speiste er denn jede Woche mindestens zweimal mit Joshua und seiner Tochter in dem schrecklichen hohen Grabgewölbe von Speisesaal, wo klitschige Kartoffeln und kalter Fisch und fahle Eier in einer undefinierbaren Brühe auf ebenso gediegenem wie häßlichem Silber aufgetragen wurden. Stuart konnte sich nicht genug wundern darüber, wo Joshua sein Tafelgeschirr herhaben mochte, das insofern einzigartig war, als niemand in Grandeville je etwas so Häßliches gesehen hatte. Offenbar waren diese Gegenstände auf Bestellung hergestellt worden, nach Entwürfen, die Joshuas eigenem krausen Geiste entstammten.

Bevor Stuart einer solchen Einladung folgte, pflegte er in seinem gemütlichen Backsteinhäuschen fest vorzuessen, fettes Rindfleisch und Pudding, und sich ausgiebig mit Whisky aufzuladen. Nach diesen Stärkungen völlig durchwärmt, kam er sich mindestens zweieinhalb Meter groß vor, fabelhaft stattlich und schneidig. In seiner schönsten, mit zwei Rappen bespannten Kalesche ratterte er durch die kopfsteingepflasterten Straßen und stieg mit dem protzigen Gehaben eines hohen Herrn ab. Nur so gerüstet, vermochte er den Anblick der abscheulichen Speisen an Joshuas Tafel zu ertragen, ohne daß ihm übel wurde. Nur so geladen, gesättigt und hochgestimmt, konnte er die Gerichte dankend ablehnen, die muffige Kälte des Zimmers aushalten und dem unduldsamen Greis mit selbstbewußtem Gleichmut entgegentreten.

Bei diesen häufigen gemeinsamen Mahlzeiten brachte Joshua, der vielseitig gebildet war und sich besonders für Politik und Geschichte interessierte, das Gespräch auf die verschiedensten Themen. In nüchternem Zustande hätte Stuart lachend zugegeben, daß er auf keinem dieser Gebiete etwas verstand; aber vom Whisky und von Marvinas goldglänzenden Augen berauscht, brachte er es fertig, über alles wenigstens mitzureden. Da er von Natur aus geistig aufgeweckt, einfallsreich und klug war, setzte er Joshua oft in Staunen durch Bemerkungen, die in einfacher, ungekünstelter Sprache den bekannten Scharfblick des nicht mit Bildungsdurcheinander vollgepfropften Geistes bewiesen.

In Marvinas Gegenwart übertraf Stuart sich selbst und brachte seine manchmal recht naiven Auslassungen so geschickt und mit solchem Anschein tieferer Bedeutung vor, daß die geistig nicht sehr rege junge Dame wahrscheinlich ungeheuer beeindruckt war.

Von ihrem eigentlichen Wesen wußte Stuart allerdings nach vier Monaten nicht mehr als am Abend des ersten Zusammentreffens, außer, daß sie eine Singstimme, süß wie seimiger Honig, hatte, von der sie übrigens selten Gebrauch machte. Ihm genügte jedoch, daß sie wie ein Engel lächelte, daß sie rot wurde, wenn er sie keck anblickte, und ansonsten offenbar wohlerzogen, gefügig und in keiner Weise spitzfindig war. Sie spielte auch ausgezeichnet Harfe, und nach dem Essen begleitete sie sich manchmal selbst zu unschuldigen Liedchen, die sie völlig ausdruckslos vorsang. Dabei bot sie, wenn ihre weißen Hände in die Saiten griffen und ihr Busen sich hob und senkte, ein so herrliches Bild, daß dem verliebten jungen Mann ganz schwindlig wurde. Er betrachtete sie mit der stolzen, beglückten Miene des Eigentümers.

Er wußte, daß er ihr nicht gleichgültig war. Er wußte, daß er ihren Blick auf sich ziehen und festhalten konnte; er fühlte sich als muskelstarke Schlange, die den hilflos flatternden Vogel hypnotisiert. Das schöne, unschuldsvolle Geschöpf — derart behext! Sie tat ihm geradezu leid, weil sie ihm nicht widerstehen konnte. Aber welche Frau konnte das schon? Was er jedoch nicht wußte, war, daß Joshua all dies voll schlauer Genugtuung mit ansah und sich in vergnüglicher Vorfreude die trockenen Hände rieb.

Denn Joshua kannte die reizende Marvina ebensowenig wie Stuart oder wie sonst jemand. Von Kind auf war sie zwar nicht verschlossen, aber schweigsam gewesen. Fügsam und gelehrig lächelte sie jedem zu, der mit ihr sprach, und ließ nie eine eigene Meinung laut werden. Wie allen anderen genügte auch dem Vater ihre unglaubliche Schönheit. In Wirklichkeit war es so, daß Marvina zwar eine tadellose Handschrift hatte, gut vorlas, in Rechnen und Geographie den Mindestanforderungen entsprach, saubere, wenn auch einfallslose Stickereien machte, Klavier und Harfe spielte, wie eine Fee tanzte und über alle für eine elegante, vornehme junge Dame schicklichen Themen reden konnte, im übrigen aber fast jeder eigentlichen Bildung entriet. Ihre Seele war gestaltlos, ihr Herz stets unbeteiligt, und kaum je furchten tiefere Gedanken das friedliche, seichte Gewässer ihres Geistes.

Sie war, alles in allem, ein primitives Geschöpf. Was sie begehrte, erhielt sie. Ihr Begehren war selten heftig. Einer dieser seltenen Fälle betraf Stuart.

Später erklärte Vater Houlihan beklommen, er hätte, wenn ihm nicht Miß Marvina begegnet wäre, nie geglaubt, daß ein menschliches Wesen ohne Seele zur Welt kommen und leben könne. Für den Geistlichen wurde das Mädchen zu einem schönen, lächelnden Alptraum, und aus den Tiefen` seines keltischen

Gespensterglaubens tauchten ihm Fabelgestalten auf, die, ohne wirklich zu existieren, wie Menschen umhergingen, gestikulierten und redeten, nach einiger Zeit jedoch der Sicht ihrer Umwelt in scheinbaren Tod entschwanden und keine Spur, nicht einmal eine Erinnerung zurückließen. Da sie seelenlose Schemen waren, wurde Gott, dem sich mitzuteilen sie völlig außerstande blieben, nie ihrer gewahr; aber auch die Hölle wußte nichts von ihnen, so daß sie keinerlei Böses begehen konnten.

Was Stuart für dieses Mädchen empfand, als Liebe zu bezeichnen, wäre stark übertrieben gewesen. Er war frischweg überzeugt davon, daß es echte Liebe mit allem, was dazu gehörte — Freundschaft, Verbundenheit, Kameradschaft, einfühlsames Zartgefühl und tiefe Zuneigung —, zwischen Mann und Frau überhaupt nicht gab. Die Frau war fürs Bett und zum Kinderkriegen da, und bei Tag betätigte sie sich als Hausfrau und Mutter.

Er brachte seiner Angebeteten Blumen und Bücher. Sie nahm die Aufmerksamkeiten mit sichtlicher Freude entgegen, schenkte ihnen aber nicht die geringste Beachtung. Ihr Auge war ebenso blind wie ihr Geist. Ihre Gebärden und ihr Lächeln schienen bloß unwillkürliche Regungen.

In seiner wachsenden Vernarrtheit begleitete Stuart sogar jeden Sonntag Vater und Tochter Allstairs in die Kirche. Die Langeweile des trockenen presbyterianischen Gottesdienstes vertrieb er sich damit, daß er Marvina anstarrte und dabei allen möglichen wohligen Träumen nachhing. Sie saß sehr steif da, ganz — Haube und Mantel und Kleid und Handschuhe — in Braun gekleidet. Pflichtgemäß hielt sie den Blick auf den nüchternen Geistlichen gerichtet; im Halbdunkel schimmerte ihr vollendet geformtes Gesicht wie eine Elfenbeinschnitzerei. Während ihrer Andachtsübungen schien sie Stuart völlig zu vergessen. Dennoch erfüllte sie, nach Ansicht der muffigeren Kirchgängerinnen, die dumpfe Luft mit durchaus unschicklicher Pracht und Glorie.

Warum Stuart an den Sonntagnachmittagen und -abenden mehr trank als gewöhnlich, war ihm nicht klar. Spöttisch pflegte er dem Vater Houlihan zu erklären, er müsse den Staub des presbyterianischen Sabbats hinunterschwemmen. In Wirklichkeit waren es die Staubwolken seelischer Wüste, die ihn zur Verzweiflung und zur Whiskyflasche trieben.

Ein Sonntag im puritanischen Teil von Grandeville war allerdings eine trostlose Angelegenheit. Vierundzwanzig Stunden lang herrschte die widerhallende, öde Stille einer Geisterstadt; nur die Kirchenglocken tönten über leeren Dächern und ausgestorbenen Straßen. Bloß in den gottesdienstfreien Stunden ratterte dann und wann ein einzelner Wagen über das Kopfsteinpflaster. In manchen Häusern verschliefen die Bewohner, von schweren Mahlzeiten übersättigt, die düsteren, beklemmenden Stunden. Selten schlenderte ein junger Bursche, Langeweile ausstrahlend, träge über die Bohlen der Gehsteige; bisweilen ging eine Familie ein wenig Luft schnappen. Sonst aber lag die Stadt in tiefem Schweigen unter ihre Bäume hingekauert, und nur wenige Augen nahmen das goldene Funkeln des Sonnenuntergangs auf dem Flusse wahr.

Früher war Stuart regelmäßig sonntags aus dem Bereich des Grandeviller Puritanertums in jenen düsteren Stadtteil geflohen, den die Hasser ‚Papistenviertel‘ nannten. Hier fand man gedämpfte Fröhlichkeit. In den schmutzigen Straßen spielten die jungen Burschen Ball oder standen an den Ecken und beguckten die mit ihren Müttern oder Brüdern vorbeiträllernden Mädchen. Hier sah man ausländische Gesichter, auf denen sich die Erinnerung an die lustigen, leichtlebigen Sonntage Europas widerspiegelte. Kinder rannten über die geborstenen Planken der Gehsteige, und in Umhängetücher gehüllte Mütter standen plaudernd in den Hausfluren. Von einer Kinderschar umringt, für die er immer Nüsse, Äpfel und Süßigkeiten bei sich hatte, machte Vater Houlihan seine Betreuungsbesuche. Er war sehr beliebt.

In diese verrufene Gegend also, wo es Leben, schlichte Zufriedenheit und zwanglose Freude gab, lenkte Stuart oft seine Schritte. Manchmal spielte er Hufeisenwerfen mit anderen unerhellten Seelen oder diskutierte mit stämmigen, rotgesichtigen jungen Iren ebenso heftig wie ahnungslos über Politik. Den Abschluß machte er jedesmal mit belegten Broten und einem Glas kaltem Bier in Vater Houlihans höchst bescheidenem Wohnhaus. Dort fand sich auch Sam Berkowitz ein, und der Abend verging vergnüglich mit Kartenspiel, lauten Wechselreden und viel Lachen.

„Der Sabbat", zitierte der Geistliche aus der Heiligen Schrift, „ist um des Menschen willen geschaffen, und nicht der Mensch um des Sabbats willen." Und er fügte hinzu: „Was für Freuden haben diese armen Leute sechs Tage in der Woche? Nichts als Arbeit und Plage und Schweiß und Not und den unruhigen Schlaf des Erschöpften. Gott der Herr hat, würde ich glauben, den Sabbat angeordnet, damit Seine Kinder eine kleine Weile froh und fröhlich sind und ihr Alltagsdasein und ihre Brotherren vergessen."

Seine Ansichten wurden im puritanischen Grandeville nicht geteilt; dort war der Sonntag grau und öd und kalt und friedhofsstill. Ja, man strebte seit langem eine gesetzliche Regelung an, wonach das Spielen auf den Straßen, lautes Reden und Lachen in der Öffentlichkeit ebenso wie Kartenspiel und andere harmlose Vergnügungen an Sonntagen als Vergehen bestraft werden sollten. „Den Sabbat zu einem Schreckgespenst zu machen, ist grausam und ungehörig", erklärte Vater Houlihan, den Kopf traurig schüttelnd. „Wenn diese Gesetze durchgehen, bin ich der erste, den man einsperren muß. Auf diese Weise wird ja der Sabbat zu einem Tag des Leidens und der Knechtung."

Die Gesetze gingen nicht durch. Grandeville mußte sich auf kalte Verachtung und Ächtung und auf Verwarnungen beschränken, wenn es die Fröhlichkeit des heidnischen ‚Papistenviertels‘ ersticken wollte. Der Erfolg war nicht überzeugend, obwohl Polizisten durch die schmutzigen, verwahrlosten Straßen patrouillierten und lachende, debattierende Gruppen junger Leute an geeignetere Orte verwiesen oder spielenden Kindern das Lärmen verboten. Aber dem Vater Houlihan, der sie mit bekümmerter, nachdenklicher Miene betrachtete, sagten sie nichts.

Ursprünglich hatte in der Gegend ein ganz armseliges Kirchlein gestanden, und es war den Rowdys aus anderen Stadtteilen ein leichtes gewesen, von Zeit zu Zeit die Fenster einzuschlagen, die Statuen zu verstümmeln und das Innere zu besudeln. Dann aber erbaute Stuart das jetzige weiße Kleinod von Kirche und mietete auf viele Jahre eine mit Knüppeln und Pistolen bewaffnete Leibwache, ohne Vater Houlihans Einspruch zu beachten.

„Gott wird uns schon selber beschützen", hatte der Geistliche gesagt.

„Die Wächter werden Ihn dabei unterstützen", entgegnete Stuart entschlossen.

„Wir haben die Gesetze", meinte ‚Grundy'.

„Die Gesetze", erklärte Stuart, „hat der Politiker in seiner Tasche, und den Politiker haben die reichen Leute in der ihren."

Unterdessen wuchs Stuarts Haus am Fluß in die Höhe. Immer mehr Spaziergänger nahmen wie zufällig den Treidelpfad, um den Baufortgang zu beobachten. Sogar die Maultiertreiber hielten an, und die Schleppkähne kamen in dem hochgehenden Gewässer fast zum Stillstand, so daß aus den Schornsteinen der Kombüsen der Rauch in lotrechten Säulen aufstieg.

Stuart führte oft Joshua und seine Tochter an die Baustelle. Anmutig suchte sich dann Marvina einen Weg zwischen den Haufen weißer Steine; Stuart geleitete sie diensteifrig und half dann auch ihrem Vater. Die Wintertage wurden frühlinghaft; der Fluß färbte sich unter strahlend blauem Himmel leuchtend blau. Der Sommer kam, voll goldenen Lichts und milder Lüfte. Schließlich kehrte der Winter wieder, mit weißem Schnee und sattblauen Schimmer darauf; und der Fluß erstarrte zu einem grauen, eisigen Band, und das kanadische Ufer wurde ein schwarzer, nebelumhüllter Wall vor feuerroten Sonnenuntergängen.

Jetzt erst verstand Stuart seine Leidenschaft für dieses Haus und widmete sich ihm ganz. Es wurde für ihn zu einem Lebewesen, zu einem schönen, vollendeten Geschöpf, zu einer Verkörperung seiner Träume. Als es im Februar fertig wurde, zog er ein, und seltsames Entzücken übermannte ihn.

Und bald darauf, an einem Sonntage, bat er Marvinas Vater, nachdem sie sich zurückgezogen hatte, um ihre Hand.

XIII

Dieser schicksalsschwere Augenblick lag etwa vier Monate vor Janies Ankunft. Stuart hatte seiner Base die üblichen leichtherzigen, unbekümmerten Briefe geschrieben, und sie war mit ihrem Entschluß herausgerückt, in Amerika ‚ein neues Leben zu beginnen'. Stuart glaubte eigentlich kaum an die Ernsthaftigkeit dieses Vorhabens; außerdem gingen ihm gerade wichtigere Dinge im Kopf herum. Schließlich war England himmelweit entfernt, und die dortigen Menschen wurden ihm gar nicht als wirklich vorhanden bewußt.

Jedenfalls dachte Stuart nicht im entferntesten an Janie, als er an dem für ihn so bedeutungsvollen Sonntage klopfenden Herzens, mit jagenden Pulsen, so gefällig und stutzerhaft gekleidet wie immer, Joshua Allstairs sein Anliegen vortrug.

Das Essen war gewohntermaßen abscheulich gewesen. Stuart hatte im Laufe des Vormittags noch schwerer geladen als sonst. Seine unterdrückte Erregung und der Alkohol ließen den Gottesdienst milde an ihm abgleiten. Während all der endlosen Gebete und Hymnen und der Predigt sah er nur die schöne, in braunen Samt und braunen Pelz gekleidete Marvina und ließ den Blick auf ihrem von einer spitzenbesetzten Biberfellhaube umrahmten Gesicht ruhen. Offenbar spürte sie seine Aufregung; denn auch sie hielt ihre rehfarbenen Augen, in denen ein starkes Licht glänzte, auf ihn gerichtet. Er wußte nicht, daß dieses Licht nur die Spiegelung seiner eigenen Aufgewühltheit war.

Bisher hatte er bloß Sam Berkowitz gegenüber einmal seine Heiratspläne angedeutet. Sam blickte ihn darnach nur wortlos mit seinen unergründlich traurigen braunen Augen an. Dennoch fühlte Stuart sich gedrängt, in gereiztem Tone auszurufen: „Denken Sie doch daran, was wir mit, sagen wir, hunderttausend Dollar alles schaffen können, Sam!"

Darauf entgegnete Sam gelassen: „Sie glauben, der Vater wird einverstanden sein, ja?"

„Aber sicher!" rief Stuart ganz böse. „Warum denn nicht? Gibt es eine bessere Partie für sie? Warum denn nicht?"

„Ich glaube", warnte Sam, „ihr Vater wird sagen nein. Nein."

Da Stuart insgeheim selbst ähnliche Befürchtungen hegte, ärgerte ihn Sams Bemerkung besonders.

„Ich glaube, ihr Vater wird sagen ja. Ja", machte er einigermaßen grausam Sams Redeweise nach. Als sein Freund schwieg, schrie Stuart: „Warum denn nicht? Weil ich ihm ein paar tausend Dollar schuldig bin? Der dreckige Schuft wird das Geld zurückkriegen, das weiß er genau. Warum sollte er also Schwierigkeiten machen?"

Sam betrachtete ihn voll mitfühlender Verzagtheit. „Allstairs ist ein schlechter Kerl, Stuart. Ein böser Mensch."

„Was hat das mit dem zu tun?"

Aber Sam sagte nichts mehr. Er ging in die Verkaufsräume zurück und durchwanderte sie langsam, wie ein ruheloses Gespenst.

In der letzten Zeit gedieh das Geschäft nicht so gut, vielleicht, weil Stuart oft wegging, um die Vollendung seines geliebten Hauses zu überwachen und sich an dessen Anblick zu weiden. Zur Bezahlung der letzten Baumeisterrechnung mußte Sam einen erklecklichen Betrag aus privaten Mitteln zuschießen. Stuart hatte sich fast restlos ausgegeben. Voll heimlicher Scham und zur Schau getragener Wut bot er seinem Betriebsleiter eine übertrieben hohe Verzinsung, ja wollte sie ihm unbedingt aufdrängen. Aber Sam blickte ihn nur mit beredter Zuneigung und Betroffenheit an, und die Sache war erledigt.

„Dann stellen Sie sich mit tausend Dollar auf das Haus sicher", schlug Stuart vor.

Sam unterdrückte ein Schmunzeln. „Was mir gehört, lieber Freund, gehört auch Ihnen", erklärte er. „Haben Sie übrigens nicht gesagt, ein Winkel in dem Haus ist für mich? Ich zahle für diesen Winkel, ja? Das ist nur in Ordnung."

„Mir ist nämlich noch dieser Altar in Grundys Kirche dazwischengekommen", rechtfertigte Stuart sich mit finsterer

Miene, nachdem er ganz kurz Sams Hand getätschelt hatte. „Hat um zweihundert Dollar mehr gekostet als erwartet. Aber jeder andere Altar wäre zu schäbig gewesen für die Kirche. Warum sind eigentlich diese Kirchensachen so teuer?"

Sam sah ihn liebevoll an. Was für ein Kind! Warmherzig und rücksichtslos, verschwenderisch und habgierig, aufbrausend und rührselig, alles in einer Person. Ein solches Kind sollte nicht durch Kreaturen vom bösen, abstoßenden Schlage der Allstairs' besudelt werden! Und diese Marvina mit ihren ausdruckslosen Augen und ihrem seelenlosen Körper! Sam sträubte sich gegen die Vorstellung. Aber mit dem verblendeten jungen Mann, der nichtsahnend dem Unheil in die Arme lief, war nicht zu reden. Die Pforten der Hölle werden von seelenlosen Geschöpfen bewacht, die alle zur Verderbnis Hinabsteigenden mit den leeren Augenwölbungen toter Statuen anstarren.

Und dann murmelte Sam auf hebräisch: „Bewahre meine Seele vor dem Verderben, meinen Schützling vor den Löwen!"

„Was war das?" fragte Stuart stirnrunzelnd. Aber Sam wandte sich bloß zum Gehen.

„Ach, Sie mit Ihren frommen Zitaten!" schalt Stuart und starrte ihm nach.

Jetzt, an diesem Sonntagnachmittag, vier Monate vor Janies Ankunft, waren es also der Whisky, die Liebestrunkenheit, der Vorsatz, Marvina und ihr Vermögen zu gewinnen, und eine dunkle, unheimliche, gestaltlose, aber immerwährende Unrast, die Stuart zu dem entscheidenden Wort trieben.

Aus irgendwelchen Gründen war Joshua diesmal ungewöhnlich aufgeschlossen und aufgeräumt. Stuart freute sich darüber. Er wußte nicht, daß Allstairs dem jungen Mann seine Absichten ansah und im hämischen Vorgenuß des Kommenden schwelgte.

Als Stuart sich mit zitternden Fingern eine Zigarre zwischen die Lippen schob, mahnte Joshua ihn nicht einmal, daß Sabbat sei und deshalb in ‚diesem Hause' nicht geraucht werden dürfe. Er blickte den Gast nur wohlwollend aus den Tiefen seines Lehnsessels an, worin er heimtückisch lauerte.

Stuart brauchte eine Weile, bis die Zigarre brannte, und fluchte leise. Seine Stirn war feucht. Sein Gesicht war scharlachrot. Als es ihm endlich gelungen war, einen tiefen Zug aus der Zigarre zu tun, wandte er sich plötzlich an Joshua.

„Sir", sagte er unvermittelt, ohne an die wohlgesetzte Rede zu denken, die er vorbereitet und mit wunderbarer Verbindung von Würde und Hochachtung vorzutragen gedacht hatte, „gestatten Sie mir, um Miß Marvinas Hand anzuhalten."

Jählings unterbrach er sich. Er wußte nicht, daß er hörbar keuchte. In seinem auf Joshua gerichteten Blick mischten sich hochmütige Herausforderung und demütige Bitte. Seine Muskeln strafften sich wie zum Kampf.

Aber Joshua sah ihn weiter mit strahlender Liebenswürdigkeit an. Er schmunzelte sogar freundlich und strich mit den Handflächen über den polierten Stockknauf. Seine Miene hätte nicht versöhnlicher und wohlwollender sein können.

„Ach ja", murmelte er, „mir hat so etwas geschwant. Sie lieben also meine Tochter, was?"

„Ich bete sie an!" rief Stuart. Er räusperte sich und fügte hinzu: „Ich hoffe, Sir, Sie haben gegen meine Bewerbung nichts einzuwenden."

„Das Mädel", bemerkte Joshua umgänglich, „ist kaum achtzehn."

Joshuas Sanftmut und Höflichkeit machten den Freier plötzlich rasend, und er rief: „In diesem Alter sind viele schon verheiratet und sogar Mütter, Sir!"

„Hat sie Ihnen Avancen gemacht, Stuart?"

Stuart runzelte die Stirn. Er räusperte sich wieder. „Wohlerzogene junge Damen machen keine Avancen, wie Sie es nennen, Mr. Allstairs. Aber ich habe Grund zur Annahme, daß ich Ihrer Tochter nicht gleichgültig bin."

Nun hatte Joshua schon alles für eine auf das Jahresende angesetzte Englandreise Marvinas vorbereitet und konnte sich jetzt gefahrlos auf Stuarts Kosten unterhalten. Er gedachte, seiner Bosheit und seinem Haß völlig freien Lauf zu lassen.

„Na, Stuart", begann er, ihm schalkhaft mit dem Finger

drohend, „wir wollen einmal die Sache vernünftig besprechen. Was haben Sie meiner Tochter, die in vornehmen, luxuriösen Verhältnissen aufgewachsen ist, zu bieten? Ihre Kaufläden? Zugegeben, eine prächtige Sache! Ja, eine prächtige Sache! Ich bezweifle nicht, daß Sie später einmal sehr vermögend und erfolgreich sein werden, auf lange Sicht. Aber wie sieht's im Augenblick aus, he? Was haben Sie jetzt zu bieten? Sie sind verschuldet. Manchmal kommt mir vor, Sie übernehmen sich. Genaugenommen, mein Lieber, sind Sie doch nur ein Ladenbesitzer. Ich habe mir für Marvina mehr erhofft.“

Stuart wurde tiefrot. Er preßte die Lippen aufeinander.

„Außerdem sind Sie Ire“, fuhr Joshua fast flüsternd fort. „Bitte, verstehen Sie mich recht, ich kenne keine Vorurteile und bin stolz darauf. Wir leben hier in Amerika, wo die seltsamsten Leute es zu etwas bringen. Aber — verzeihen Sie einem alten Mann, Stuart, dem nichts auf der Welt so teuer ist wie seine Tochter — ich empfinde Ihre irische Abstammung als anstößig . . .“

„Meine Mutter war Schottin“, unterbrach Stuart ihn zornig und schämte sich seiner selbst.

Joshua nickte traurig und freundlich. „Schön, wir wollen über Ihre . . . Herkunft hinwegsehen, für den Augenblick. Ich bin wirklich tolerant, nicht wahr? Aber wer sind Sie selber, Stuart? Sie haben mir von vornehmen Verwandten in Schottland und England und Irland erzählt. Gesehen habe ich niemanden davon. Manchmal hatte ich die Empfindung, daß Sie . . . hm . . . prunken wollen. Verzeihen Sie mir, wenn ich Ihnen vielleicht Unrecht tue. Immerhin hätte ich gern schlüssige Beweise dafür, daß diese Persönlichkeiten existieren.“

„Die sollen Sie bekommen, Sir!“ rief Stuart vorschnell. Und dann fiel ihm plötzlich Janie ein. „Ach ja, Sir, fast hätte ich vergessen! Meine Base zweiten Grades, Mrs. Cauder, ist im Begriff, mich hier in Amerika zu besuchen. Eine sehr vermögende, sehr vornehme Dame.“

„Was Sie nicht sagen!“ Joshua war unangenehm überrascht. „Darf ich fragen, wer Mrs. Cauder ist?“

„Meine Base zweiten Grades, wie gesagt. Ihr Vater ist ein Edelmann mit . . . großem Landbesitz, Sir. Janie hat auch selbst beträchtliches Vermögen." Jetzt kam Stuarts Einbildungskraft in Schuß. „Ihr Vetter väterlicherseits ist Sir Angus Fraser. Von ihm haben Sie sicherlich gehört, Sir. Seine Bilder hängen in der Königlichen Akademie."

Er verwünschte sich selbst, weil er sich nicht der anderen berühmten Vorfahren und Verwandten entsinnen konnte, die er im Laufe der Zeit, plötzlichen Eingebungen folgend, erfunden hatte, um auf das alte Ungeheuer Eindruck zu machen. Aber seine beweglichen Gedanken hafteten nur kurz an dieser Panne. Er hoffte zuversichtlich, daß dem Alten die erhabenen Namen, die er sich aus dem Finger gesogen hatte, auch nicht im Gedächtnis geblieben waren. Janie hingegen war greifbar. Sie existierte. Sie hatte wirklich Geld. Stuart hoffte inbrünstig, sie würde auf seine Flunkereien eingehen und ihm zuliebe sogar an ihnen Gefallen finden. Seine Selbstsicherheit kehrte wieder zurück.

Joshua beäugte ihn scharf. Das war allerdings, wenn es der Wahrheit entsprach, eine ebenso unerwartete wie unangenehme Wendung!

„Sie erinnern sich doch an Sir Angus Fraser?" drängte Stuart, der sich an den eigenen Trugbildern immer stärker berauschte. „Sein Porträt Ihrer Gnaden der Herzogin von York gilt als eines der Meisterwerke der Akademie."

Joshua wurde verlegen. Er räusperte sich leise. „Sir Angus Fraser? Aber natürlich. Ich sehe das Porträt vor mir . . ." Er hielt inne und runzelte die Stirn. „Und Mrs. Cauder hat offenbar Kinder, die mit ihr reisen?"

„Ganz richtig", bejahte Stuart freudestrahlend, obwohl er bisher an Janies Kinder keinen Augenblick lang gedacht hatte. „Ich glaube, der älteste Sohn, Angus, wird den Titel erben, da Sir Angus keine männlichen Nachkommen hat." Er kannte sich in den einschlägigen britischen Gesetzen nicht recht aus, vermutete aber klugerweise von Joshua das gleiche.

„Daß Sie den Titel erben, kommt wohl nicht in Frage?" erkundigte sich der Alte und bestätigte damit Stuarts Vermutung.

Stuart zögerte. Das wäre eine Prachtsache! Aber an diese Mammutlüge wagte er sich bei all seiner Unbekümmertheit nicht heran. Traurig schüttelte er den Kopf. „Dürfte leider nicht möglich sein, Sir. Nur Blutsverwandte, glaube ich."

Joshua setzte sich auf, plötzlich lebhaft interessiert. „Und wie alt ist denn dieser Sohn von Mrs. Cauder?"

„Ach, der ist noch ein Knabe, Sir. Dreizehn oder vierzehn Jahre alt vielleicht."

Joshua war tief enttäuscht. Dann hellte sich seine Miene auf. Schließlich spielten ein paar Jahre Altersunterschied keine Rolle. Marvina konnte warten. Aber um Himmels willen, damit änderte sich die Sachlage völlig! Er rang um seine frühere unbeteiligte Haltung. Er zog die Stirn in Falten.

„Na, jedenfalls scheinen Sie tatsächlich vornehme Beziehungen zu haben, Stuart. Jetzt aber etwas anderes! Sie sind schwer verschuldet, mein Lieber, nicht nur bei mir, sondern auch anderwärts, für große Warenlieferungen."

Stuart starrte ihn an. Seine Verschuldung war ein wunder Punkt. Stolz sagte er: „Ich bin mit keiner einzigen Zinsen- oder Tilgungsrate in Rückstand gekommen. Das Geschäft geht ausgezeichnet. Ich hoffe, binnen Jahresfrist alle Schulden abzahlen zu können, auch Ihr Darlehen, Mr. Allstairs. Bei Ihnen handelt es sich nur um einen Betrag von sechstausend Dollar. Abgesehen natürlich von den zehntausend für den Hausbau; aber dieses Geld betrachte ich selbstverständlich als reine Privatangelegenheit, die mit der Geschäftsgebarung nichts zu tun hat."

Joshua überlegte. Dieser Narr von Stuart hatte ein Abkommen unterzeichnet, wonach, wenn er auch nur mit einer einzigen Rate auf die zehntausend in Verzug geriet, das Haus in Joshuas Eigentum überging. Er betrachtete den jungen Mann zerstreut. „Gewiß, gewiß", murmelte er.

Also, wenn diese Mrs. Cauder ihrem Vetter die Rückzahlung des Hausdarlehens ermöglichen sollte, so wäre das eine unangenehme, ja unglückselige Wendung. Und anscheinend war sie in der Lage dazu! Joshuas Gesicht wurde eine grimassierende, von Rissen und Sprüngen durchsetzte Maske gescheiterter Ärglist. Immerhin war diese Verwandte des berühmten Sir Angus Fraser, des Bildnismalers der englischen Könige und anderer hoher Persönlichkeiten, beachtenswert, um so mehr, wenn sie einen Sohn hatte, der nur um etliche Jahre jünger war als Marvina.

„Lassen Sie mich nachdenken!" murmelte Joshua mit finsterer Miene. Er preßte die Lippen aufeinander und richtete seine Schlangenaugen fest auf Stuart. Mit dieser noblen Mrs. Cauder durfte man es sich nicht verderben. Abwarten und Tee trinken!

Joshua strich sich mit dem Stockknauf über das Kinn. Was mußte er jetzt nicht alles umstellen in seinen Planungen! Zwischen seinen zusammengekniffenen Lidern funkelten die Augen böse. Endlich sagte er: „Lieber Freund, vorläufig kann ich Ihnen wegen meiner Tochter keinen Bescheid geben. Sie ist noch sehr jung — vielleicht nicht an Jahren, aber jedenfalls an Erfahrung. Im Augenblick möchte ich nur sagen, daß ich Ihrer Werbung nicht ablehnend gegenüberstehe."

Stuart konnte seine Freude kaum beherrschen. Sein leichtblütiges Temperament überrannte alle Besorgnisse. Er würde es schon schaffen!

Mit glühenden Wangen sprang er auf. „Ich darf also mit Miß Marvina sprechen?"

„Nicht so stürmisch, nicht so stürmisch!" hemmte ihn Joshua kopfschüttelnd, aber lächelnd. Er mußte jetzt einmal ein paar Stunden allein sein und sich alles überlegen! „Das habe ich nicht gesagt. Ich sagte bloß, daß ich Ihrer Werbung vorderhand nicht ablehnend gegenüberstehe. Aber da gibt es noch hunderterlei Dinge zu bedenken."

„Ich habe das Haus für sie gebaut!" log Stuart voll Schwung und Feuer.

Joshua grinste. Aber diesmal glossierte er nicht.

„Wie gesagt, es gibt da vielerlei zu bedenken. Sie müssen einem alten Mann Zeit lassen, sich mit dem möglichen Verlust seines geliebten Kindes innerlich abzufinden."

Als Stuart in einem Nebel von Begeisterung und Berauschung gegangen war, saß Joshua lange allein da, bis sein spärliches

Kaminfeuer niedergebrannt war. Dann erhob er sich seufzend, stieg die Treppe ins Obergeschoß hinauf und lenkte seine Schritte zu den Wohnräumen seiner Tochter.

XIV

Marvina saß in ihrem kleinen Salon vor dem Kamin. Sie trug ein bequemes Hauskleid aus pelzverbrämtem scharlachrotem Samt. Das schwarze Haar fiel ihr auf die Schultern. Als der Vater eintrat, blickte sie ins Feuer, regungslos wie eine bemalte Statue. Sie wandte sich ihm mit liebevollem Lächeln zu. Ihr Gehaben war ruhig, heiter, unbeteiligt.

Joshua setzte sich neben sie und betrachtete sie mit gespannter Aufmerksamkeit. Der Feuerschein flackerte über ihre vollendet schönen, völlig ausdruckslosen Gesichtszüge.

„In Gedanken, Liebling?" fragte er freundlich.

„Ja, Papa", antwortete sie gehorsam mit ihrer wohlklingenden, leisen Stimme.

„Hoffentlich sind es angenehme Gedanken?"

„Ja, Papa."

„Du bist zufrieden, Liebling?"

„Ja, Papa."

„Ich störe dich nicht?"

„Nein, Papa."

Joshua schwieg. Die Antworten seiner Tochter waren gefügig und gelassen gewesen, wie ein bedächtiges Echo. Zum erstenmal verspürte er einen unbestimmten Schauder. Die Augen, aus denen sie ihn fast ohne Liderzucken anblickte, waren zwar strahlend, aber völlig ausdrucksleer. Zum allererstenmal dachte er: Was wohl hinter diesem Gesicht stecken mag? Sie war wie eine große, schöne Puppe, die leblos darauf wartet, bis jemand sie in die Hand nehmen und ihre Glieder bewegen würde.

In fast gereiztem Tone fragte er unvermittelt: „Woran hast du denn gedacht, Liebling?"

Sie starrte ihn ohne jeden Ausdruck, ohne die geringste Überraschung an. „Woran, Papa? An viele Dinge. Wie nett es ist, daß bald der Frühling kommt. An meinen neuen zobelbesetzten Übergangsmantel, den du mir vorige Woche gekauft hast. An die Party nächste Woche. Sind solche Gedanken an einem Sonntag sündig, Papa?" Sie hatte sanftmütig gesprochen und wandte ihren Blick nun wieder dem Feuer zu.

„Allerdings sind das sehr weltliche Gedanken, mein Kind", bemerkte Joshua unentwegt liebevoll. Marvina erwiderte nichts. Sie blickte ins Feuer und lächelte ausdruckslos, überaus lieblich. Er hatte plötzlich die unbehagliche Empfindung, daß sie seine Anwesenheit ganz vergessen hatte. Als er sich räusperte, sah sie ihn wieder pflichtschuldig an.

„Mr. Coleman ist vorhin weggegangen. Er läßt sich dir empfehlen."

„Ja, Papa." War in dieses herrliche Gesicht ein wenig Leben, auf diese schönen Wangen ein wenig Farbe gekommen? Aber am ganzen Gehaben änderte sich nichts.

„Ein scharmanter junger Mann, nicht?"

„So heißt es allgemein, Papa."

„Und wie findest du ihn?" fragte er geradewegs.

„Mr. Coleman ist sehr liebenswürdig. Ein vollendeter Gentleman. Er spricht sehr klug."

„Hm", machte Joshua. Er musterte seine Tochter so scharf, daß ihm die Augen fast aus den Höhlen traten.

„Er ist dir also nicht unsympathisch?"

„Nein, Papa." Sie sah ihn mit weit offenen Augen abwartend an.

„Du magst ihn gut leiden?"

„Ja, Papa."

„Du findest seine Art zu reden angenehm, Marvina?" Seine Stimme war merkwürdig heiser.

Ihr Kopf senkte sich. Eine Flechte ihres Haars fiel ihr in die Stirn.

„Er hat sehr gute Manieren, Papa", flüsterte sie.

Ach, einfach ein schüchternes kleines Mädel! Weiter war nichts dahinter. Er atmete erleichtert auf, wie von unerträglichem Druck befreit.

„Marvina, Liebling, er hat um die Erlaubnis gebeten, dir den Hof zu machen."

Er bemerkte, daß sie zitterte. Ihr Kopf sank noch tiefer. „Und, Papa?" fragte sie fast unhörbar.

„Mir scheint, du wärest nicht abgeneigt?" Seine Stimme war laut und rauh.

Sie hob den Kopf. Ihre Augen standen wahrhaftig voll Tränen! „Nein, wenn du einverstanden bist, Papa."

Joshua schwieg. In seinem Innern herrschte finsteres Chaos. Erst vor wenigen Stunden hatte er sich vorgenommen, Stuart mit schallendem Gelächter spöttisch abzuweisen und dann zusammen mit seiner Tochter von neuem zu lachen über die Anmaßung dieses schäbigen, titel- und mittellosen Iren. Im Geiste hatte er sie fröhlich in sein Lachen einstimmen hören.

Und nun konnte er nichts tun, als stumm in seinem Sessel hocken. So viel hatte sich geändert! Noch vor wenigen Augenblicken hatte etwas auf ihm gelastet wie ein schrecklicher Alp. Und als er Marvina aufgeregt erröten und weinen sah, war auf einmal der fürchterliche Druck von ihm gewichen. Er wußte einfach nicht mehr, was er von all dem halten sollte.

Nicht einmal im Traum hatte er daran gedacht, jemals Stuart als Gatten für seine Tochter zu erwägen. Und jetzt saß er da und drängte ihn ihr fast auf! Plötzlich fühlte er sich krank und elend und sehr alt.

Er stand auf und tappte zur Tür. Auf der Schwelle blieb er stehen und sah sich um. Marvina betrachtete ihn still, atemlos.

Mit einer Stimme, über die er selbst staunte, rief er: „Wir wollen sehen! Wir wollen sehen! Aber vorläufig darfst du ihn nicht im mindesten in seinen Absichten bestärken!"

Er wartete. Wenn sie gesagt hätte: ‚Nein, Papa', hätte er vielleicht unzusammenhängende Laute ausgestoßen und wäre eiligst davongestürzt. Aber zu seinem Entsetzen und zu seiner Erleichterung zugleich lächelte sie bloß, und der Feuerschein verriet, daß ihre Wangen von Röte übergossen waren.

XV

Und nun war Janie gekommen, Janie mit ihren vielen Koffern, ihrem Vermögen und ihren ‚Küken‘.

Während der Reise nach Grandeville hatte Stuart angestrengter und folgerichtiger nachgedacht als je in seinem bisherigen Leben. Immer deutlicher hatte sich herausgestellt, daß Janie kaum jene noble Verwandte war, die Joshua Allstairs und viele andere Einwohner, durch Stuarts Überschwenglichkeiten neugierig gemacht, sich erwarteten. Sie war ruppig und grob; sie war ungebärdig und unfein. Sie machte gern Krach. Sie hatte eine heisere Stimme, die sie bedenkenlos unschicklich laut erhob. Überdies gab sie gerne an. Aber sie hatte Geld! Sie besaß eine höchst erstaunliche Garderobe, die an Güte und Auswahl sogar Marvinas reichen Kleiderbestand bei weitem übertraf.

Trotzdem hegte Stuart arge Zweifel, ob sie bei den prüden, unduldsamen Damen seines und jetzt auch ihres Wohnorts Anklang finden mochte. Man mußte im Gegenteil damit rechnen, daß sie, die alle Puritaner, Frömmler und Heuchler haßte, Anstoß und Abscheu erregen, den Leuten schwer auf die Nerven gehen würde. Sie fluchte wie ein Landsknecht, und ihre Ansichten über Religion hätten selbst einem so duldsamen Mann wie Vater Houlihan eine Gänsehaut eingejagt. Wenn man gar erst erfuhr, daß Janie dem Whisky keineswegs abhold war und gelegentlich nicht nur die Beine mit hochgezogenen Röcken am Feuer, sondern auch den Magen an einem steifen Grog wärmte, dann war Stuart endgültig unten durch.

Doch zu seiner Erleichterung fiel ihm jetzt ein, was sein Vater ihm vom britischen Adel erzählt hatte. Herzoginnen, die fluchten, im Herrensitz ritten, Bier und Whisky und Hunde liebten, seien dort nichts Besonderes. Vielleicht konnte er Janie als ein solches blaublütiges Mannweib ausgeben! Wer waren denn schließlich schon diese amerikanischen ‚Edelleute‘?

Die Szenen, die er sich im Geist ausgemalt hatte, verloren ihre gräßlich knallroten Farben und wurden allmählich gedämpfter im Kolorit. Er hörte sich mit fröhlicher Duldsamkeit zu gewissen Damen sagen: ‚Sie müssen meine liebe Base, Mrs. Cauder, kennenlernen. Ein Original, sage ich Ihnen! Eine britische Aristokratin, wie sie im Buche steht. Diese Leute mit ihrem Stammbaum, ihren Titeln, ihrer gesellschaftlichen Stellung brauchen nicht zu besorgen, daß jemand sie schief ansieht, und können es sich erlauben, sich ganz ungezwungen zu geben. Kein Geziere und kein Getue! Sicher haben Sie, verehrte Mrs. Sowieso, schon selbst bemerkt, daß gerade die elegantesten, untadeligsten Damen und Herren nichts aus sich machen und keine Angst vor dem Urteil der gemeinen Leute haben. Übrigens auch nicht vor dem ihrer eigenen Standesgenossen.'

Er memorierte diese Rede. Aber ihm stand der Schweiß auf der Stirn, und seine Befürchtungen schwanden nicht. Eine Woche lang wohnte Janie jetzt schon bei ihm. Er konnte sie nicht länger unter Schloß und Riegel halten. Eines Tages mußte er die Damen seiner Bekanntschaft korporativ zum Besuch einladen. Und dann würde Janie aufhören, sein ängstlich gehütetes Geheimnis zu sein.

Der Lauf der Dinge kam ihm zu Hilfe; genauer gesagt, waren es ein Schnupfen und eine Bronchitis.

Am siebten Tage ihres Aufenthaltes erkältete Janie sich entgegenkommenderweise, und Robbie und Bertie taten desgleichen. Am achten Tag wurden alle drei bettlägerig. Der Arzt äußerte Besorgnisse. Stuart atmete leichter. Eine Galgenfrist war ihm gewährt worden! Er bekam wieder mächtigen Auftrieb; für mindestens zwei Wochen blieb er jetzt sicher, und wegen später zerbrach er sich nicht den Kopf.

Er brachte es sogar zuwege, seine Kaufläden aufzusuchen und angeregt mit den Kunden zu plaudern, ohne nach Anzeichen dafür zu forschen, ob vielleicht jemand durch Bediententratsch irgendeine Schauergeschichte über Janie erfahren hatte. Er brachte es sogar zuwege, Joshua und Marvina unbefangen zu besuchen, über Janies Erkrankung teilnahmsvoll den Kopf zu schütteln und sein Bedauern darüber kundzutun, daß er die für sie geplante Party habe verschieben müssen. Er brachte es sogar zuwege, gegen Janies gesundgebliebene Kinder Angus und Laurie freundlich zu sein.

Diese beiden hatten jetzt, wie er beobachtete, schlechte Zeiten. Die Bedienten ärgerten sich über sie, der Mutter waren sie zuwider. Wie unstete Gespenster irrten sie in den Gärten und den ihnen verbotenen Zimmern des Hauses umher. Selbst den sonst so unbekümmerten Stuart erbarmten sie.

Jetzt war Anfang April. Der Fluß war übersät mit treibenden Eisschollen, die von den Seen kamen. Die im Licht der jungen Sonne funkelnden Schollen knirschten und krachten gegen das Ufer. Zwischen ihnen floß das Wasser blauschwarz und schäumend. Von ihnen drang mauergleich ein Schwall kalter, prickelnder Luft landwärts, der selbst die warmen, gegen Schneestürme schützenden Kleider durchdrang. Endlos dehnte sich das Schollenfeld flußauf wie flußab und trieb lawinengleich den Wasserfällen zu.

Am Lande jedoch zeigten die Bäume die ersten schwellenden Knospen, und wenn der Wind sich legte, hatte die Luft herzerfrischende Milde und Würze. Der Himmel, klares, leuchtendes Blau, wölbte sich über die Erde wie eine Kuppel aus purem Licht. Der Boden lag noch brach und braun, von Feuchtigkeit triefend; aber von ihm stieg ein Duft auf, stark und fruchtverheißend zugleich. Die ersten Kanalschlepper und die ersten Seedampfer hatten wohl noch nicht die Eisschollen durchdringen können, kündeten sich indes schon gerüchtweise an. In Utica sei die erste Bark gesichtet worden, erzählte ein Reisender. In zwei oder drei Wochen mußte sie vor Grandeville sein. Im ganzen Nordland raunte es überall von hoffnungsfrohem Lebensdrang, und man vergaß die niagarawärts dröhnenden Eisschollen ebenso wie den fast ununterbrochen von ihnen herüberwehenden mauergleichen Schwall eisiger Luft.

Die Sonnenuntergänge waren jetzt nur mehr selten kaltes, glosendes Scharlachrot. Weite Flächen von reinstem Blaßgrün standen am abendlichen Westhimmel; und das letzte, auf schwarzes Wasser und graue Schollen fallende Sonnenlicht war zwar voll einsamer Stille und tiefen Schweigens, aber warm und karminfarben. Kinder hatten in den Wäldern Krokus gefunden. Die Wanderdrosseln waren wiedergekommen und erfüllten die ruhige Abendluft mit schwermütigen Silbertönen, die aus weiter Höhe wie Tropfen klaren Wassers zu Boden schwebten. Morgens waren wohl die Ränder der Teiche und Pfützen noch mit Eis gesäumt, und manchmal wirbelte ein Schneegestöber über die braune Landschaft und über die Schollen; aber die Mittage waren freundlich und festlich. Nachts leuchteten die Sterne weniger scharf und flimmernd, und der Mond hatte ein sanftes Licht.

An einem Abend, der noch milder und balsamischer war als seine Vorgänger, kam Stuart von seinen Kaufläden heim, erkundigte sich pflichtgemäß nach Janies Befinden, nahm die Kunde von ihrer immer noch andauernden Unpäßlichkeit mit nicht zu hoffnungsfreudiger Miene entgegen und bemerkte Angus, der mit seiner Schwester in dem braunen, feuchten Garten dem Gesang der Drosseln lauschte. Stuart schlenderte zu ihnen hinüber. Als er sah, wie sie bei seinem Anblick erschraken, schlug ihm das Gewissen.

„Na", fragte er mit verlegener Herzlichkeit, „habt ihr nicht Angst vor der Nachtluft?"

Angus stammelte etwas. Laurie knickste. Mit ungewollter Aufmerksamkeit betrachtete Stuart die Kleine. Ihre lebhafte Hautfarbe war verschwunden. Was er sah, war ein schmales, blasses Gesicht, von goldblonden Locken und einem Häubchen gerahmt. Sie zitterte sichtlich in ihrem braunen Mäntelchen mit dem Pelzkragen. Ach, die Arme! Seit ihrer Ankunft hatte sie vom Hausherrn nichts gehört als Scheltworte, wenn sie durch sein kostbares Haus lief oder auf seinen Treppengeländern Fingerabdrücke hinterließ. Kein Wunder, daß ihre Augen jetzt weit aufgerissen und tief in violette Schatten eingesunken waren! Ihm fielen die ersten Begegnungen mit ihr in der Postkutsche ein. Schon damals hatte er die arme Kleine liebgewonnen. Unsagbar gerührt hatte ihn ihre scheue, bekümmerte, ängstliche Miene und die Art, wie sie sich an Angus schmiegte und seine

Hand drückte. Die beiden jungen Geschöpfe wußten sich überflüssig und ungeliebt und gehaßt; sie konnten die Welt nur mit trauriger Bestürztheit anblicken.

„Was macht ihr denn da?" fragte er. Er trat näher an sie heran und versuchte, freundlich zu lächeln.

„Wir hören zu, wie die Drosseln singen", antwortete Angus fast flüsternd und zeigte auf die Singvögel, die im Grase hüpften oder in die Bäume aufflogen.

Stuart lächelte natürlicher. „Hier in Amerika nennen wir sie nicht Drosseln, sondern Rotkehlchen. In Wirklichkeit sind es natürlich Drosseln, wie du richtig sagtest, mein lieber Angus. Aber sie erinnerten die ersten englischen Ansiedler an das heimische Rotkehlchen, das viel kleiner ist und eine rötere Brust hat, und so nannten sie diese Vögel hier auch Rotkehlchen."

Die Kinder lächelten höflich und schwiegen. Mit großen, fragenden Augen sahen sie Stuart an. Die peinliche Stille schnürte ihm die trocken gewordene Kehle zusammen. Mit gespielter Unbeschwertheit sah er zum Himmel hinauf. „Ein schöner Abend", murmelte er und hielt inne. Dann fügte er hinzu: „Würdet ihr mit mir zum Fluß hinuntergehen wollen?"

Laurie blickte scheu ihren Bruder an, der ihre Hand fester umklammerte und höflich erwiderte: „Ja, das wäre nett, Vetter Stuart."

Er wollte neben den Kindern gehen; aber sie blieben zurück, noch immer unsicher und ängstlich. So schritt er voraus; Mitleid und Verlegenheit machten seinen Gang etwas breitspurig. Die Kinder hielten die Augen auf seine hohe Gestalt geheftet, auf den hellbraunen Mantel, den Pelzkragen, den schimmernden hohen Hut, auf Stock und Gamaschen und helle Hose. Sie fanden den Vetter großartig.

Im Sommer war der lange Abhang zwischen Haus und Fluß mit frischem grünem Rasen bedeckt. Jetzt aber waren die Halme noch braun, und zwischen ihnen schlängelten sich kleine dunkle Rinnsale. Wie Stuart bedauernd feststellte, tat seinen schön geputzten Schuhen der aufgeweichte Boden nicht ausgesprochen gut. Er hielt an. Die Kinder planschten vergnügt hinter ihm her. Also hieß es auch für ihn: weiter! Er verwünschte seinen Einfall, der ihn jetzt zwang, durch den fettigen braunen Schlamm zum Fluß hinunterzustapfen, von dessen schmutziggrauen Eisschollen ein schneidend kalter Wind aufstieg. Er stellte seinen Pelzkragen auf und steckte das Kinn tief in die wohlige Wärme.

„Jetzt haben wir's geschafft!" rief er fröhlich und blieb ein paar Meter über dem Ufer des brausenden, wirbelnden Niagaraflusses stehen.

Schwärzlichblau brodelte der Gischt zwischen den Eisschollen, die pfeilschnell den Wasserfällen entgegenpurzelten. Wenn aber eine solche Scholle plötzlich barst, sah man durch den Spalt die eigentliche Farbe des Wassers, ein schimmerndes Türkisblau. Jenseits dieses rastlosen, unerbittlichen Treibens lag der Purpursaum des kanadischen Ufers und darüber ein Streifen leuchtenden Feuers, fast zu grell für das Auge. Und noch höher breitete sich ein See von reinstem, kaltem Grün, wolkenlos, regungslos. Man hätte sich nicht gewundert, wenn durch diese grüne Fläche Segelschiffe geglitten wären, so vollkommen war die Täuschung. Weit über dem Grün verdämmerte der Himmel zu einem matten Lila, in dessen Tiefen der Abendstern funkelte und brannte, still und doch nicht leblos.

Hoch über dem Abhang hob sich gegen den Himmel Stuarts weißes Haus ab und leuchtete in der reinen, durchsichtigen Frühlingsluft wie ein Marmortempel. In der nächsten Umgebung des Hauses war der Boden eingeebnet und in Gartenland verwandelt; aber beiderseits davon streckten kahle Waldbäume ihre Wipfel in das braune Abendlicht. Dort, wo Stuart und die Kinder standen, böschte sich das Flußufer steil ab, mit Stein und Kies und Schlamm.

Es war sehr still hier. Der reißende Fluß, der grüne Himmelssee im Westen, der unentwegt von den Eisschollen aufsteigende kalte Wind, der ferne Saum des kanadischen Ufers, das immer stärker werdende Funkeln des Sterns — all das gab der Landschaft etwas von erhabener Einsamkeit und Wildheit. Selbst das dumpfe Dröhnen der sich drängenden Schollen vertiefte die

Stille. Stuart vergaß seine Begleiter, schaute über den Fluß zum Himmel; fröstelnd starre, beklemmende Schwermut füllte seine Seele. Ihn schauderte plötzlich.

Da hörte er die zage Stimme des Knaben: „Ganz merkwürdig ist es hier. Und sehr schön, nicht wahr, Vetter Stuart?"

Stuart lächelte; sein Gesicht war vor Kälte steif und empfindungslos. „In dieser Jahreszeit ist es höchst ungemütlich hier, mein Lieber. Wart nur, bis der Sommer kommt!"

Angus nickte höflich. Die kleine Laurie starrte in die Ferne. Ein schwacher Schein der untergehenden Sonne fiel auf ihr Gesichtchen. Ihre blauen Augen strahlten. Der Wind hatte ihren Wangen etwas Röte angeweht; er hob Locken ihres Goldhaars und blies sie ihr wie schimmernde Lebewesen über die Schultern. Stuart konnte den Blick nicht von ihr wenden. Ihre Schönheit durchdrang sein Herz mit schmerzlicher Süße. Fast schüchtern streichelte er ihr Wange und Kinn. Sie schaute langsam zu ihm auf und lächelte, unsagbar lieblich, scheu und schuldlos, vertrauend und verstehend.

Unbewußt bückte er sich und küßte sie auf die Wange, mit großer Zärtlichkeit und einem unbestimmten Gefühl von Trauer und Liebe. Sie wich nicht zurück, schien auch nicht erschrocken. Sehr sachte und mit rührender Zutraulichkeit gab sie ihm ihre freie Hand und stand nun zwischen ihm und ihrem Bruder, mit einem Ausdruck wohliger Geborgenheit.

Als der arme magere Angus, mit seinen gehetzten grauen Augen und dem spitzen blassen Gesicht, diese Szene sah, unterdrückte er die ihm plötzlich aufsteigenden Tränen und starrte entschlossen zum Fluß hinüber. Er zitterte ganz jämmerlich in seinem dünnen schwarzen Rock, und der Wind schlug ihm die Hosenröhren um die Beine — wahre Vogelscheuchenbeine, so dünn und lang waren sie. Er trug einen hohen Biberfellhut, den er mit der Hand an den Kopf preßte. In seinem Bemühen, Haltun zu bewahren, wurde sein hageres, für einen so jungen Burschen zu reif ausgeprägtes Gesicht maskenstarr. Sein armes, einsames Herz klopfte ihm heftig. Und plötzlich empfand er tiefe Zuneigung für Stuart.

Seine mächtige Gefühlsregung sprang auf Stuart über, und er warf dem Knaben verstohlen einen mitempfindenden Blick zu. Mein Gott, wie hatte er so grausam und so gleichgültig zu diesen armen Kindern sein können, die nichts dafür konnten, daß sie als unwillkommene Gäste bei ihm hausten! Mitleid und Ärger kämpften in seiner Brust. Mit der ihm eigenen Impulsivität gelobte er sich, ihnen ein bißchen mehr Lebensfreude zu verschaffen.

Im Ton gedämpfter Freundlichkeit sagte er: „Wie gefällt's dir in Amerika, Angus?"

Der Knabe starrte auf den Fluß und versuchte sich zu fassen. Dann antwortete er: „Ich habe noch nicht viel vom Lande gesehen. Aber das wenige ist sehr schön. Zum Beispiel diese Landschaft hier!" Er sah Stuart mit seinen verschatteten Augen schüchtern an. „Auch dein Haus, Vetter Stuart, ist sehr schön. Viel hübscher als das von Großpapa."

„Sehnst du dich nach deinem Großvater?" fragte Stuart, in Gedanken verloren. „Und nach der Heimat?"

Angus zögerte. Er wollte den Vetter, der so nett zu ihnen allen war, nicht kränken. Schließlich sagte er leise: „Nun ja, hier ist alles fremd. Zu Hause haben wir jedes Lamm, jede Kuh, jedes Pferd gekannt, und alle Leute. Und die Kirche und den Geistlichen und den Pfarrhof. Und die Wiesen und Berge. Von weitem haben wir die Leute erkannt, an ihren Stimmen."

„Ja, ich verstehe." Ein schmerzliches Gefühl verstärkte sich in Stuart. „Auch ich hatte lange Heimweh. Du kennst das Haus, wo ich zur Welt gekommen bin und gelebt habe?"

Die Miene des Knaben erhellte sich. „Ja. Mr. Kirkland hat dort gewohnt. Er war Großpapas Verwandter. Großpapa wird alt. Mr. Kirkland hatte drei kleine Mädel und einen älteren Buben. Mit denen haben wir gespielt." Wohlerzogen fügte er hinzu: „Es ist ein sehr hübsches Haus."

„Möchtest du heimfahren?"

Wieder zögerte Angus. Dann sagte er schlicht: „Wir fahren nie mehr heim, Vetter Stuart."

„Na, das ist gar nicht so sicher! Deiner Mutter gefällt es,

scheint's, in Amerika nicht. Seit ihrer Ankunft hier ist sie unpäßlich, und soviel ich von den Bedienten höre, will sie mit
euch allen zurück."

Bei der Erwähnung seiner Mutter veränderte sich die Miene
des Knaben ein wenig, und er seufzte. Nach einer kleinen Weile
wiederholte er: „Wir fahren nie mehr heim."

Stuart schwieg. Er biß sich auf die Lippe. Mit nicht ganz
ehrlicher Herzlichkeit meinte er: „Na, dann müßt ihr euch
eben so gut wie möglich dreinfinden. Du wirst hier die Schule besuchen, die gleiche, in der auch ich war. Du wirst dich mit anderen Jungen anfreunden. Auch in die Kirche kannst du hier
gehen. In Amerika lebt es sich nicht schlecht."

„In die Kirche ginge ich gern", murmelte Angus.

Stuart runzelte die Stirn. ‚Ein Frömmler, ein psalmenplärren-
der kleiner Heuchler!' so hatte Janie ihren ältesten Sohn genannt. Ob das wohl zutraf? An sich hielt Stuart nicht viel von
der Wahrheit; sie war zeitweise sehr unbequem, und man
durfte sie, so meinte er, nur sparsam verwenden, so wie scharfe
Gewürze. Leute, die heftige Wahrheitsliebe bekundeten, waren
seiner Erfahrung nach höchst lästige Patrone, denen zivilisiertere
Menschen mit Recht aus dem Wege gingen. Immerhin mußte
man, wie immer man selber darüber dachte, die Kinder dazu er-
ziehen, sich an die Wahrheit zu halten.

„Was findest du denn am Kirchengehen, he?" fragte er.
„Eine verflixt langweilige Angelegenheit, kommt mir vor."

Angus schwieg. Dann rief er mit seltsam lauter Stimme: „In
der Kirche ist es friedlich, und Gott ist dort, und man spürt soviel Wohlwollen."

Vor Verlegenheit sprachlos, rieb Stuart sich mit den Finger-
knöcheln die plötzlich völlig gefühllos gewordene Wange und
musterte unbehaglich den Knaben. Wie schrecklich, daß ein
Kind sich nach Wohlwollen sehnen und es nirgends in der Menschenwelt finden sollte, sondern deshalb in die Kirche gehen
mußte!

In unsicherem Tone sagte er: „Du solltest meinen lieben
Freund Vater Houlihan aufsuchen. Er ist ein guter, freundlicher

Mensch, Angus. Junge Leute und überhaupt alle jungen Geschöpfe hat er besonders gern." Die merkwürdige Traurigkeit in seinem Innern lockerte ihre eiserne Umklammerung. So war es! Grundy mußte diese armen, verlassenen Kinder kennenlernen. Er hatte die heilige Gabe des Wohlwollens.

Aber Angus sah ihn mit weit aufgerissenen Augen an. „Er ist ja ein Papist, Vetter Stuart. Die Papisten beten fremde Götter und Götzen an. Großpapa meinte, sie sind Ungläubige und Heiden. Ich weiß nicht, ob ich mich mit ... Vater Houlihan verstehen würde."

Stuart wurde wütend. Er rief: „Was ist denn das für ein verdammter Unsinn? Dein Großvater ist ein Wirrkopf, und du bist ein armseliger kleiner Idiot! Vater Houlihan ist einer von den wenigen echten Gottesmännern, er hat ein Herz von Gold! Du kannst dankbar sein, wenn er dir Gelegenheit gibt, mit ihm zusammenzukommen, was gar nicht so ausgemacht ist!"

Angus trat erschrocken zurück. „Bitte um Entschuldigung, Vetter Stuart! Ich wollte dich nicht kränken. Ich habe nie mit einem Papisten zu tun gehabt. Vielleicht hat Großpapa unrecht."

Stuart bereute schon seinen Temperamentsausbruch. Auf das noch zornrote Gesicht trat ein Grinsen. „Na, mach dir nichts aus meiner Zurechtweisung! Aber solche Vorurteile alberner Leute bringen mich wahrhaftig in Saft." Nach einer kleinen Pause hob er die Hand und zeigte flußabwärts. „Schau dorthin, nach rechts! Was siehst du dort?"

Angus blickte angestrengt in die zunehmende Dämmerung. Etwa drei Kilometer weit lag talaus, im Zwielicht kaum noch erkennbar, eine dunkle Kuppe mitten in den treibenden Eisschollen. „Das könnte eine Insel sein, Vetter Stuart."

„Ist es auch. River Island. Ein prächtiger Fleck Erde, voll von Wäldern und Wiesen und fruchtbaren Flächen. Nur wenige Menschen wohnen dort, ein paar Bauern und Hirten. Eine von der Zivilisation noch völlig unberührte Insel." Er hielt inne. „Du hast mich wohl schon reden hören von meinem Freund und Geschäftsführer und Teilhaber Sam Berkowitz?"

130

Angus murmelte eine höfliche Bejahung.

Stuart überlegte kurz. „Also, ich will dir etwas erzählen über unsere Welt, Angus, besonders über die sogenannte Alte Welt. In manchen Ländern macht sich ein Mensch schon dadurch verhaßt, daß seine Nase eine etwas andere Form oder sein Haar eine andere Farbe hat, als es dort üblich ist, oder dadurch, daß er ungewohnte Sitten oder religiöse Gebräuche hat."

Angus unterbrach ihn beflissen; er wollte ihm mit seinen eigenen Kenntnissen Freude machen. „Ich weiß! Großvater hat mir erzählt, wie die Papisten Andersgläubige auf dem Scheiterhaufen verbrannten, und auch von den Kreuzzügen, wie die Kreuzfahrer die Sarazenen umbrachten und erhängten."

Stuart verzog die Miene. „Ja, so ähnliche Dinge meine ich. Ungefähr solche. Lauter Wahnwitz. Unbegreiflich für den gesunden Menschenverstand! Wovor wir Angst haben, was uns unheimlich ist, das räumen wir aus dem Wege. Und jeder ein bißchen von uns verschiedene Mensch ist uns unheimlich. Ich weiß keine Erklärung dafür. Erbsünde vielleicht.

Also, mein Freund Berkowitz stammt aus einem Lande, wo man ihn und seinesgleichen haßte, weil sie Gott nach uralten Sitten verehrten. Es war ein Land, wo die Mächtigen das Volk unterdrückten und unter Druck hielten, um selber reich zu werden und ihre Reichtümer, die prächtigen Häuser, das Tafelsilber, zu behalten. Sie hatten Angst vor dem Volk. Sie fürchteten, es könnte einmal zum Gebrauch der Vernunft kommen und sich denken: ‚Warum sollen wir nicht auch Dächer über dem Kopf haben, durch die kein Wasser sickert, und Tische voll mit gutem Brot und Wein und Fleisch? Plagen wir uns nicht genug? Sind es nicht unsere Hände, die alle diese Felder bestellen und diese Prunkhäuser bauen?' "

Während Stuart mit lauter Stimme diese Dinge aussprach, sah er vor sich Vater Houlihans Gesicht, hörte dessen Lippen eben diese Worte formen.

Angus hörte aufmerksam zu. Sogar die kleine Laurie hob den Kopf und lauschte mit offenem Mund.

„Und so geschah es", fuhr Stuart immer eifriger fort, „tatsächlich in Sams Heimatlande. Das Volk begann zu denken, erkannte Ungerechtigkeit und Grausamkeit. Erst murrten die Leute nur leise; dann wurden die Stimmen lauter und drohender, und die Reichen und Mächtigen erschraken. Sie schauten nach etwas aus, womit sie die Hungrigen und Unterdrückten und Verzweifelten beschwichtigen könnten. Sie waren zu habgierig und zu hartherzig, als daß sie auf eigene Kosten dem Volk Brot und Freiheit und Hoffnung gegeben hätten. Da fiel ihr Blick auf Sams Glaubensgenossen, die noch ärmer und noch bedrängter als die anderen und außerdem im Lande unbeliebt waren, weil sie nicht der herrschenden Religion anhingen und weil man ihnen albernerweise alle möglichen Greuel angedichtet hatte. Und nun kam den Reichen ein sehr kluger Einfall, nämlich, den Unzufriedenen zu erzählen, an allen ihren Leiden und Entbehrungen seien Sams Glaubensgenossen schuld.“

„Aber so etwas Dummes hat ihnen doch niemand geglaubt!“ rief Angus ungestüm. „Derart beschwindeln lassen sich die Menschen nicht!“

Stuart nickte. „Doch, doch!“ erwiderte er grimmig. „Siehst du, mein lieber Angus, Menschen in äußerster Not glauben alles. Jeder einzelne wird dann blind und dumm, und in der Masse sind sie grausamer und wilder als Raubtiere. Die Leute glaubten es. Vielleicht glaubten sie es gern. Es bot ihnen einen Vorwand, Sams hilflose Glaubensgenossen auszuplündern und hinzumorden. Jedenfalls war das ungefährlicher, als sich gegen ihre wirklichen Unterdrücker zu erheben. Insgeheim konnten sie ja mit der wohlwollenden Duldung der Herrschenden rechnen.“

Es war so dunkel geworden, daß er die Züge des Knaben kaum erkennen konnte. Aber er spürte seinen Abscheu, sein fassungsloses Entsetzen, seinen gewaltigen Schreck angesichts dieser ersten Begegnung mit den Scheußlichkeiten der Menschenwelt. Irgend etwas in ihm wurde von Grund aus erschüttert und zerstört.

Stuart fuhr fort: „Die Welt ist nicht so, wie du sie dir vorstellst, Angus. Sie ist eine Stätte des Bösen, von bösen Menschen bewohnt. Jeder anständige Mensch hat die Pflicht, mitzuhelfen im Kampf gegen das Böse." Ganz unverhofft erwärmte und begeisterte er sich an den eigenen Worten. „Wir machen Fehler, wir gehen irre; aber wenn wir fest an die Besiegbarkeit des Bösen glauben, werden wir den Kampf gewinnen. Vielleicht nicht jetzt und auch nicht in fünfhundert Jahren. Aber irgendeinmal. Das walte Gott!"

Angus wurde ruhiger. Nach wenigen Augenblicken sprach Stuart weiter:

„Ich muß meine Geschichte rasch zu Ende erzählen. Es ist fast schon Nacht, und der verdammte Wind wird immer stärker. Stell dir den Kragen auf, Angus! ... Also, das hungrige, verblendete, gequälte Volk wandte sich gegen Sams Glaubensgenossen, während die Reichen sich lächelnd in ihre Lehnstühle zurücklehnten, wohlig geborgen in ihren warmen Häusern vor ihren Feuern. Der Zorn des Volkes war von den eigentlichen Räubern und Mördern abgelenkt worden. Deshalb hat Sam sein Land verlassen und ist hierher ausgewandert, ohne einen Groschen Geld, nur mit seinen beiden Händen und mit seinem Glauben ..."

„An Gott!" unterbrach Angus ihn.

Verdrossen sagte Stuart: „Meinetwegen an Gott, wenn du unbedingt willst. Ich habe allerdings gemeint: mit seinem Glauben daran, daß es irgendwo in der Welt eine Zuflucht für die Bedrückten gebe. Er meinte, sie in Amerika gefunden zu haben, wo wir überzeugt sind oder überzeugt zu sein behaupten, daß alle Menschen gleich sind — die Neger natürlich ausgenommen. Und so ist Sam nach Grandeville gekommen und hat sich hier ansässig gemacht.

Und eines Tages hat er nach River Island hinübergeschaut, und es ist ihm eine wunderbare Idee durch den Kopf geschossen. Etwas ganz Tolles natürlich, aber eine schöne Sache! Wie wäre es, wenn man diese große, fast unbewohnte Insel zu einem Heim für jene seiner Glaubensgenossen machte, die vor dem jämmerlichen Mob und den grausamen Machthabern aus ihren Heimatländern fliehen müssen? Du mußt nämlich wissen, Angus, daß sich Vorfälle wie in Sams Heimat in vielen anderen Ländern ereignet haben, ereignen und wahrscheinlich immer wieder ereignen werden.

Sam wurde ganz besessen von seiner Idee. Sie ist ihm zur Vision, zu einer herrlichen Vision geworden. Er hat mir und Vater Houlihan davon erzählt, und der Geistliche war auch Feuer und Flamme dafür. Er ist mit Sam zum Bürgermeister gegangen, die Sache besprechen. Die Insel gehört nämlich ganz zu Amerika und ist im Besitz einer Handvoll Leute, die sie um einen vernünftigen Preis mit Vergnügen verkaufen würden. Nach der Unterredung mit dem Bürgermeister sind Sam und der Geistliche zu den Eigentümern der Insel gegangen, und die haben ihren Preis genannt. Jetzt bemüht Sam sich mit allen Kräften, das Geld aufzubringen. Eines Tages, so hofft er, wird er die Insel als Heimstatt für seine Glaubensgenossen kaufen können."

Es war jetzt so finster, daß er die Gesichter der beiden Kinder nur mehr als verschwommene Flecke in der tiefpurpurnen Dämmerung sah. Aber er spürte die gespannte Aufmerksamkeit und Anteilnahme des Knaben.

„Mr. Berkowitz ist Jude, nicht wahr, Vetter Stuart?"

„Ja."

Und nun sagte Angus mit zitternder Stimme etwas ganz Merkwürdiges: „Ich danke dir, Vetter Stuart."

Stuart war tief gerührt, ohne recht zu wissen, warum. Er legte dem Knaben mit festem Druck die Hand auf die Schulter.

Angus fragte: „Aber wozu braucht Mr. Berkowitz diese Insel? Ganz Amerika ist doch für alle Menschen frei zugänglich, nicht? Er ist doch hier überall sicher, er und seine Leute?"

In spöttischem Tone erwiderte Stuart: „Ja, ja, ganz richtig! ,Sagt an, weht das Sternenbanner noch rein — Über der Heimat der Tapfren und dem Lande der Frei'n?' Wir verabscheuen hier niemanden, bis auf die Katholiken und die Juden und die armen Negersklaven. Amerika ist frei zugänglich für alle Menschen, vorausgesetzt, sie sind von genau der gleichen Gattung wie die schon hier Wohnenden. Vater Houlihan könnte dir hübsche Geschichten darüber erzählen."

Es tat ihm leid, daß er die letzte Hoffnung dieses armen

Jungen erschüttern mußte. Doch die Wahrheit durfte nicht verschwiegen werden. Ach, der Teufel hole die ganze Aufrichtigkeit! dachte Stuart dann.

Er rief: „Aber jetzt auf, nach Hause!"

Er fühlte sich schrecklich müde und benommen und niedergeschlagen. Er wünschte sich nichts sehnlicher, als nun allein in seinem hübschen Speisezimmer zu essen und dann den Abend am Kamin zu verdösen. Doch plötzlich sagte er: „Wollt ihr nicht mit mir zu Abend essen, du, Angus, und die kleine Laurie?"

XVI

Es wurde ein sehr gemütliches Essen, und Stuart, der zuerst befürchtet hatte, Laurie könnte ihre Milch auf den Aubusson-Teppich verschütten oder das feine Damasttischtuch bekleckern, fühlte sich in Gesellschaft seiner jungen Gäste wirklich wohl. Etwas Kindhaftes, Urwüchsiges und Schlichtes in ihm selbst wurde angesprochen und geweckt.

Laurie speiste manierlich wie eine vollendete kleine Lady. Aufrecht und ruhig, mit einem stillen Grübchenlächeln, saß sie in ihrem Sessel, das aparte Gesichtchen von ihrem goldblonden Haar umrahmt. Wenn Stuart oder ihr heißgeliebter Bruder sprachen, wandte sie dem Redenden ihre blaufunkelnden Augen zu und lauschte aufmerksam, ob sie nun das Gesprochene verstand oder nicht. Aus dem Gesicht des Knaben war das abgehärmte Grau verschwunden; seine dünnen Wangen schienen runder, und auf seinen Zügen lag das Feuer der Beflissenheit. Seine weit offenen Augen leuchteten, und gelegentlich lachte er über eine drollige Bemerkung des Vetters.

Ein merkwürdiger Junge! dachte Stuart verwundert und mitleidig. Entgegen dem eigenen Empfinden hatte er den Behauptungen Janies, der Knabe sei stumpf und dumm, aber schlau und verschlagen, ein Psalmenplärrer und unverbesserlicher Heuchler, halb und halb Glauben geschenkt. Nie hatte er sich die Mühe genommen, ihre Behauptungen zu überprüfen, weil ihn an Angus und auch an seinen Geschwistern nur eines interessierte: sie sollten so rasch wie möglich sein kostbares Haus verlassen. Jetzt stiegen ihm Zweifel auf, und wieder einmal bekam er von Janie die Nase voll.

Und dann wurde ihm, zu seinem Abscheu und seiner Empörung, langsam klar, daß Angus an seiner Mutter mit blinder, unvorstellbar inniger Liebe hing.

Zuerst konnte Stuart diesen aufreizenden Sachverhalt nicht glauben. Dieser Janie, mit deren Bosheit, Schläue, Grausamkeit und Verlogenheit er seine eigenen Erfahrungen hatte, mußte doch ein so gescheiter, scharfblickender Junge wie Angus durch und durch sehen können!

Indes redete der Knabe von ihr in schlichten, zärtlichen Worten, mit einer Miene rührendster Anhänglichkeit. Er liebte seine Mutter, und das genügte ihm. Aber warum liebte er sie? Während des ganzen Abends versuchte Stuart, diesem Rätsel auf die Spur zu kommen. Allmählich stellte er fest, daß der Junge gewissen Dingen gegenüber einfach die Augen verschloß. Er sah nur Janies seltene Anwandlungen von Güte, ihre Fröhlichkeit und Klugheit, ihre Unbekümmertheit, die ihm offenbar liebenswert erschien. Ihre Fehler übersah er. Wenn sie zu ihm und zu seiner Schwester grausam war, schob er das auf eigene Verfehlungen oder auf ein Mißverständnis. Alle ihre Aussprüche, Meinungen und Vorurteile waren für ihn der Weisheit letzter Schluß.

Je mehr Angus erzählte, desto stärker wurden bei Stuart Empörung und Traurigkeit. In einem kurzen Augenblick gefühlsmäßiger Einsicht erkannte er, daß Janie eines Tages diesen einfachen Jungen mit seiner Unschuld und Lauterkeit zwangsläufig verderben und daß diese Verderbnis ganz schrecklich sein würde. Aber was konnte er, Stuart, dagegen tun? Wenn er Angus die Augen zu öffnen suchte, weckte er in ihm nur Mißtrauen oder brach ihm das Herz. Angus gehörte zu jener Art Menschen, die glauben und lieben müssen und die, wenn ihr Glaube und ihre Liebe enttäuscht werden, jeden inneren Halt verlieren, vielleicht auch selbst dem Bösen anheimfallen.

Die Mutter war ja alles, was er hatte. Stuart gab sich nicht der falschen Erwartung hin, Angus werde zu guter Letzt seine Mutter mit seiner edlen Gesinnung und seiner seelischen Reinheit beeindrucken. Viel eher würde sie ihn entsittlichen und zugrunde richten, schon deshalb, weil sie stärker und in allen Schlechtigkeiten erfahren war.

Angus wußte nicht, daß die Mutter ihn haßte. Eines Tages würde er es erfahren; aber jetzt war noch nicht die Zeit dazu.

Während seines Gesprächs mit Stuart — das neugewonnene Vertrauen und Zutrauen hatte ihn fast redselig gemacht — bekundete Angus auch Interesse für die Kaufläden. Kein Thema war Stuart erwünschter. Er verbreitete sich darüber ausführlich, während Angus begeistert zuhörte.

Schließlich bemerkte der Junge eifrig: „Du mußt ja ein sehr reicher Mann sein, Vetter Stuart."

Stuart antwortete zunächst nicht. Seine Miene verfinsterte sich. Daß Angus sich derart angelegentlich nach Geldsachen erkundigte, gefiel ihm nicht. Das lag bestimmt nicht in seinem Wesen.

„Warum interessiert dich das?" fragte er leichthin. „Macht dir Geld viel aus, Angus?"

Der Knabe zögerte. Er senkte den Blick auf das Mandelgelee, das die Magd vor ihn hingestellt hatte. „Ich weiß nicht", murmelte er etwas unglücklich. „Ich habe nie viel Geld besessen oder gebraucht. Aber Mama sagt, wenn jemand behaupte, Geld sei nicht wichtig, so habe er entweder nie Mangel daran gelitten oder er könne nie hoffen, welches zu kriegen."

Stuart machte wieder eine finstere Miene. „Deine Mutter hat wohl für Geld sehr viel übrig, was?"

Angus schaute auf und lachte strahlend. „Ja. Mama meint, wenn man kein Geld hat, ist man so gut wie tot und begraben. Man müsse alles tun, um zu Geld zu kommen, zu einer Menge Geld. Sonst verachten einen die anderen und laden einen nicht ein. Und sogar Gott, sagt sie, verwirft einen Menschen, der nicht so viel Grütze hat, daß er sich durch Arbeit Geld verdienen kann."

„Warum sollte Gott einen solchen Menschen verwerfen?"

Aber Angus wußte Bescheid. „Da ist doch diese Geschichte mit den Talenten — du erinnerst dich, Vetter Stuart. Der Herr hat die gelobt, die mit seinem Geld wucherten, und den verurteilt, der es in die Erde vergrub."

Stuart ärgerte sich. „Ich glaube nicht, daß mit den ‚Talenten' überhaupt Geld gemeint war", rief er zornig. „Ich kann mir nicht vorstellen, daß Gott sich je mit Bankgeschäften befaßt hat."

Angus schüttelte den Kopf. „Doch, Vetter Stuart, das Talent war eine alte Geldeinheit."

Plötzlich fühlte Stuart eine höhere Berufung in sich. Er mußte unbedingt diesem Jungen den Kopf zurechtsetzen und ihn vom Wege der Verderbnis fernhalten! Er sagte: „Na, jedenfalls war es als Gleichnis gedacht, das mit den Talenten. Damit die einfachen Leute die Sache begreifen. Ich glaube, in Wirklichkeit ging es um Gaben Gottes, wie Tüchtigkeit, Güte, Treue."

Aber Angus blieb bei seiner buchstäblichen Bibelauslegung. „Das Talent war eine Geldeinheit, Vetter Stuart."

Stuart war verblüfft. Er wurde auch recht verlegen. Selber schätzte er Geld sehr hoch ein und betrachtete es als segensreiche Gottesgabe. Er hatte längst beschlossen, sich durch nichts vom eifrigsten Gelderwerb abhalten zu lassen, und war diesem Entschluß treugeblieben. Dennoch empörte und erzürnte ihn das Schauspiel der beginnenden Verderbnis dieses Jungen.

Er kam sich selbst ziemlich kindisch vor, als er nun sagte: „Geld ist ein Sprengstoff, Angus. Es kann die schrecklichsten Verheerungen anrichten."

Angus lächelte ihm zu und bestärkte ihn in seiner Empfindung, daß eigentlich jetzt er das Kind sei. Denn dieses Lächeln war überaus altklug und nachsichtig. Ärgerlich sprang Stuart vom Tisch auf; dieser Angus wurde ihm höchst zuwider.

Die Kinder folgten ihm brav in den Salon. Damit hatte er nicht gerechnet. Er fühlte sich sehr abgespannt. Aber er konnte seine kleinen Gäste nicht barsch wegschicken. Es verlangte sie nach Gesellschaft, wie Frierende nach der Wärme. Laurie trat zu ihm und ergriff vertrauensvoll seine Hand.

Er seufzte. Er setzte sich in seinen Lehnstuhl. Nach einem Blick auf das hübsche, strahlende Gesicht der Kleinen nahm er sie plötzlich auf die Knie und begann, ihre Locken zwischen seinen Fingern zu flechten. Er küßte sie. „Du wirst einmal eine Herzensbrecherin werden, mein Kind", sagte er.

Angus setzte sich neben ihm auf einen Schemel beim Kamin. Anheimelnd fiel der warme, rote Feuerschein auf den Mann und die Kinder. Rote Lichtfinger huschten und glitten über die Ränder prächtiger Sofas und Sessel; auf den polierten Tischplatten standen rote Feuerseen. Die Fenstervorhänge waren zugezogen, und ihre Falten glommen. Der Abendwind hatte sich zu einem dumpfen, drohenden Brüllen erhoben; es kündete laut von fernen Gegenden und fremden Ländern.

Stuart lauschte dem Wind. Seine keltische Seele wurde rastlos und wuchs über die Grenzen von Raum und Zeit. Vor seinem geistigen Auge sah er den wilden Weststurm über die See rasen, und das Blut seiner Ahnen regte sich in ihm.

Diese Stimmung trieb ihn dazu, dem Mädchen mit großer Zärtlichkeit in die Augen zu sehen und zu fragen: „Hättest du es gern, wenn ich dir eine Geschichte erzähle, Laurie?"

„Ja, o ja!" flüsterte sie mit scheuer Beflissenheit und blickte ihn schwärmerisch an.

Plötzlich erwachte Stuart wieder zur nüchternen Wirklichkeit und ärgerte sich. Für eine Weile hatte der Sturm sich gelegt und nur leise an den Fenstern und den kahlen Bäumen gerüttelt. Jetzt aber durchdrang sein Heulen wieder jede Faser von Stuarts kribbelndem Körper.

Stuart dachte nach. Wie ging nur diese seltsame Geschichte, die seine Großmutter ihm erzählt hatte, als er etwa in Lauries Alter stand? Nur das Gerippe, der Stimmungskern der Geschichte waren ihm haftengeblieben. Aber merkwürdige Bedeutungen bargen sich darin, Bedeutungen, die Stuart nicht mit dem Verstand, nur mit dem Gefühl erfassen konnte. Angus blickte ihn lebhaft interessiert, erwartungsvoll an.

Und nun sah Stuart ganz deutlich seine Großmutter vor sich, in ihrer Kaminecke, den Schal über die Schultern gebreitet, die brennende Pfeife im eingesunkenen Mund. Er sah den flackernden Feuerschein auf den roten Bodenfliesen, die dunklen, fleckigen Holzwände, das schimmernde Messing des Kamingeräts. Er sah die kleinen Butzenscheiben der hohen, tiefen Fenster im Anprall des Nordwinds zittern, sah das Kerzenlicht sich in den Scheiben vielfältig wechselnd spiegeln. Draußen herrschte eine stürmische Nacht, eine der alten Totennächte, und in den Bäumen heulte es wild, daß sie unheimlich stöhnten.

In Stuarts Erinnerung hatte dieses Zimmer mit der Greisin am Feuer eine geheimnisvolle Zeitlosigkeit erlangt, so daß es eher einer Märchenwelt anzugehören schien als einer erinnerten Wirklichkeit. So kam es, daß beim Erzählen der Geschichte seine Augen weit aufgerissen und verschleiert waren und daß er die Großmutter am Kamin sah und den Sturm hörte.

Eigentlich bestand die ganze Geschichte nur aus Stimmungen und Traumbildern.

„Es war einmal ein kleines Mädchen. Heimatlos umherwandernd, kam es nach vielen Tagen, wundgelaufen und hungrig, einsam und traurig, zu der hohen Mauer eines fremdartigen Gartens. Über der Mauerkrone sah die kleine Lucinda das Laubwerk ganz merkwürdiger Bäume. Jedes Blatt glänzte wie blankes Metall, und dazwischen hingen runde goldene Früchte seltsamster Art. Im Laub sangen Vögel, regungslos träumend, mit gelbem und rotem und blauem und purpurnem Gefieder. Lucinda hätte gerne von den Früchten gekostet und suchte das Gartentor.

Sie fand es, in die Steinleibung gesunken, und stieß es furchtsam auf. Es knarrte nicht. Sie betrat den Garten. Nirgends ertönte ein Laut. Die Sonne schien, durch leichte Nebel gedämpft, wie im Traum. Kein Blatt regte sich. Es war völlig windstill. Die Vögel hockten in den Zweigen und schliefen. Viele Blumen gab es hier; sie standen dösend in dem matten, aber geheimnisvoll klaren Leuchten, dem Leuchten der letzten Tagesstunden vor Einbruch der Nacht. Lucinda sah Rosen mit üppigen, schweren Blüten und Stiefmütterchen und große Lilien mit offenen, gelbgestreiften Blütenmündern und herabhängenden Blättern. Fußwege wanden sich zwischen den Blumen, Wege aus Bruchsteinen, zwischen denen dichtes grünes Moos wuchs.

Die verträumt schlummernde Luft war erfüllt von den herrlichsten Blütendüften, so starken Düften, daß die kleine Lucinda kaum atmen konnte. Auch der alte Zauberduft der Holunderblüten war dabei, süßer und betäubender als alle anderen. Lucinda schritt die Pfade entlang und betrachtete die Sonnenuhren und wunderte sich, daß sie keine Zeit anzeigten, obwohl das Licht so glasklar und mild war. Die Zeigerstäbe warfen keine Schatten. Ja, nirgends im ganzen Garten gab es Schatten. Alles in dem Garten stand lautlos und atemlos da, und zeitlos. Alles schlief. Es wehte kein Wind; nur der Holunderduft kam und ging in langen, süßen Wellen. Kein Vogel rief oder brach mit seinem Flügelschlag das Schweigen.

Lucinda kam zu einem Teich, der in das dichte, grüne Moos gebettet war. Wie ein Rundschild aus schimmerndem Erz lag die Wasserfläche da; nichts trübte den glatten Spiegel, kein Wellengekräusel, kein Schatten eines Fisches, kein Flug eines Insekts. Zwei weiße Schwäne schliefen still auf dem Teich, der den blaßblauen Himmel widerspiegelte. Jenseits des Teiches standen Bäume, dicht und dunkel und uralt; sie beugten die Wipfel und zeigten ihre goldenen Früchte, die wie kleine gelbe Sonnen im gedämpften Licht leuchteten.

Und dann erschrak Lucinda sehr. Sie wußte plötzlich, daß sie diesen Zaubergarten sofort verlassen und durch das zusammengesunkene Gartentor zur Straße eilen mußte. Vielleicht hatte ihr Schutzengel ihr das zugeflüstert. Aber sie rief laut, sie sei sehr müde und hungrig und durstig, sie wolle von den goldenen Früchten essen und ein wenig ruhen. Dann werde sie ihre Wanderung wieder aufnehmen und sich eine Heimstatt suchen.

Sie erklomm das Astwerk des nächsten Baums und pflückte eine Frucht und biß mit ihren kleinen weißen Zähnen hinein. Nun saß sie in der Baumkrone, während die seltsamen, buntgefiederten Vögel reglos neben ihr schliefen, selbst wie Früchte aussehend. Die Frucht war sehr süß und saftig und köstlich; sie schmeckte wie Honig und Wein, und ihr Fleisch war sättigend wie Brot. Und unter dem kleinen Mädchen lag der weite Garten mit Blumen und Teich und Schwänen und Bäumen; alles schwebte in einem feinen, leuchtenden Nebel, der wie Perlmutter und letztes Sonnenlicht schimmerte. Und ringsum war der Holunderduft, süß und betäubend in den warmen Lüften.

Satt und ausgeruht kletterte Lucinda vom Baum und stand unter ihm. ‚Jetzt muß ich gehen‘, sagte sie laut. Sie hörte kaum ihre Stimme, die in der Luft zu ertrinken schien. Und dann wurde sie sehr schläfrig, wie von einer fremden Macht überwältigt. Sie sank in das warme, dichte Moos und schlummerte ein.

Sie schlief vielleicht nur ganz kurze Zeit, vielleicht auch einen vollen Tag lang; denn als sie erwachte, sah der Garten genauso aus wie vorher. Sie stand auf. Schlaftrunken blickte sie um sich. Aber sie hatte vergessen, wer sie war, woher sie kam und wohin sie hatte gehen wollen. Sie trug nur mehr eines im Sinn, den verzauberten, zeitlosen, schlummernden Garten . . .“

Laurie und Angus hatten in atemloser Stille zugehört. Lauries blaue Augen glühten noch wie Feuer in dem matten Dämmerschein des Raumes.

„Hat Lucinda nie den Garten verlassen?“ fragte sie, und jetzt standen in ihren Augen Tränen des Mitleids für das Kind, das nichts im Sinne trug als Blendwerk und Traum.

Stuart zögerte. „Doch, sie hat ihn verlassen.“ Und er fuhr in seiner Erzählung fort.

„Lange lebte Lucinda in dem Garten. Aber sie merkte sich nicht die Tage; und Nächte gab es keine, nur einen perlgrauen Nebel, der durch die Bäume trieb. Sie war sehr glücklich, diese ganz im Traum befangene Kleine. Sie aß von den Früchten und schlief und sprach zu den Blumen und den stummen Schwänen, und sie roch den Holunder. Sie blickte in die gelben Blütenmünder der Lilien und streichelte die Rosen, die keine Dornen hatten und nie welkten. Sie ging die gewundenen Pfade und blickte zu den Vögeln auf.

Und dann fand sie eines Tages das alte, zusammengesunkene Gartentor wieder. Sie staunte sehr über den Anblick. Sie entsann sich des Tores nicht. Sie stieß es auf, und es öffnete sich lautlos. Sie trat hinaus auf die holprige Straße. Sie blickte sich um. Der Garten war jetzt kaum noch zu sehen. Perlgrauer Nebel lag darüber wie eine durchscheinende Wolke. Und von irgendwoher hörte Lucinda den Himmelswind, der sich nur einmal in endlos langen Zeiten erhebt. Es war ein lautes Dröhnen, und sie erschrak sehr. Sie wollte in den warmen, stillen Garten zurücklaufen; aber das Tor entglitt sachte ihrer Hand und schloß sich. Sie rüttelte heftig daran; doch es ging nicht mehr auf. Sie versuchte, über die Mauer zu klettern; aber die Mauer wurde höher und höher, und die Steine hatten messerscharfe Kanten, an denen sie sich schnitt. Schließlich fiel sie erschöpft zu Boden, und ihre Erinnerung kehrte zurück, und sie weinte lang und bitterlich, bis sie vor Müdigkeit nicht einmal mehr weinen konnte.

Und dann entdeckte sie, daß sie kein Kind mehr war, sondern eine erwachsene Frau. Sie erhob sich und wanderte auf der Straße weiter. Und jetzt war Winter, kalt und rauh; der Schnee fiel, und die Bäume waren dürr und schwarz. Und nirgends war ein Vogel zu sehen."

„Hat sie eine Heimstatt gefunden? Und jemanden, der sie gern hatte?" fragte Laurie ganz blaß und aufgeregt.

Wieder zögerte Stuart. Es war eine ganz seltsame Geschichte, kam ihm jetzt zu Bewußtsein, eine Geschichte, die ihm selber nicht recht klar war. Mit geheimnisvoller Einfühlung erwog er, ob er den Kindern den Schluß erzählen sollte.

„Nein", sagte er dann freundlich und blickte Laurie in die feuchten Augen. „Sie hat nie eine Heimstatt gefunden. Sie hat nie jemanden gefunden, der sie wirklich liebte, der sie so geliebt hätte, wie sie es wollte. Aber das Schlimmste war dies: Nach dem Garten kam ihr die Welt sehr häßlich vor, lärmend und grausam und roh. Sie konnte sich nie mehr in diese Welt hineingewöhnen. Und eines Tages versuchte sie, zurückzufinden zu dem Garten und dem Holunderduft und den goldenen Traumfrüchten. Sie fand nicht zurück. Und so starb sie an gebrochenem Herzen, im Schnee."

Wieder blickte er in Lauries Augen. Und nun hatte er eine

ganz seltsame Vision: er sah den Zaubergarten sich in ihren Augen spiegeln.

Angus schwieg. Er sagte nichts zu der Geschichte.

Plötzlich war Stuart sehr müde und kam sich sehr albern vor. Behutsam hob er Laurie von seinen Knien und stellte sie wieder auf die Beine.

„Zeit zum Schlafengehen, mein Kind!" rief er und küßte sie auf die Wange.

XVII

Janie genas von ihrer Influenza viel rascher als Bertie und Robbie. Während die beiden Knaben noch jämmerlich hustend und von einem ‚Lungenfieber' bedroht im Bett lagen, war Janie fröhlich aufgestanden und saß an ihrem Fenster mit der Aussicht über den grünenden Abhang und den eisschollenbedeckten Fluß. Sie fand das Bild abscheulich; aber ihre natürliche Lebensbejahung ließ kein Gefühl der Öde aufkommen.

In einen prächtigen, mit weißem Pelz verbrämten schwarzen Samtschlafrock gehüllt, die kleinen Füße auf einem weißen Kissen, blickte sie mit ihren grünfunkelnden Augen über das Wasser, während ihr reger Geist Ränke und Gegenränke schmiedete. Wieder war ihr rotes Haar zu Locken gequält worden, und über der fahlen, sommersprossigen Gesichtshaut lag eine Schicht Rouge und Puder. Trotz ihrer durch die Krankheit bedingten Abmagerung schien sie voll gieriger Lebenslust. Durch die Fenster drang strahlende Aprilsonne und lag ihr wärmend auf den Schultern. Sie hörte den starken, fast arktischen Wind dieses Nordlandfrühlings; aber hier im Zimmer war sie vor jedem Lüftchen sicher. Sie blickte hinaus, und um ihren breiten, beweglichen Mund mit den dünnen, bemalten Lippen spielte ein schwaches Lächeln.

Stuart hatte nämlich den Wunsch geäußert, ein paar Minuten mit ihr zu reden. Sie hob ihren Spiegel und musterte ihr Gesicht. Nicht hübsch, stellte sie fest, aber beseelt und lebendig, wie ihre liebe Mutter oft gesagt hatte. Und voll Lustigkeit und Aufgewecktheit. Ach, wenn nur diese Sommersprossen nicht wären und diese gekrümmte Raubvogelnase! Sie brachte den Kopf in eine Stellung, in der die Nasenform möglichst wenig auffiel. Sie hatte sich ausgiebig mit Moschus besprengt, und der starke, animalische Geruch erfüllte den großen, ausgezeichnet eingerichteten Raum mit seinen weißen Wänden, eisernen Kerzenleuchtern, weißen Türen und Kaminrahmungen, feinen Mahagonikommoden und -schränken, dem runden, weichen Teppich, dem weißen Himmelbett und den niedrigen, mit hellblau und rosa Damast überzogenen Sesseln. Ihr sehr entwickelter Sinn für Wohlstand war von dem Anblick durchaus befriedigt.

Ja, Stuart hatte sich schön herausgemacht! Ein tüchtiger Kerl, und einer von ihrem Schlag! Sie lächelte pfiffig. Das gab ein gutes Paar ab. Ihr vertrocknetes Herz regte sich mit etwas wie warmer Zuneigung und Freude.

Plötzlich mußte sie an den armen, wilden Robin denken mit seiner seltsam rührenden Stimme, seinem belebten Gesicht und seinen raschen, ungestümen Gebärden. Sie verzog den Mund in grausamer Verachtung und kniff die glitzernden Augen zusammen. Dieser schwachsinnige Narr! Dieser lächerliche Liederkrächzer! Sie lachte kurz auf, und es gab einen häßlichen Laut. Von Robin hatte sie nichts gehabt als vier unerwünschte Fratzen. Wenn eine Frau, dachte sie, noch jung ist, so träumt sie von einem Mann im Bett; wenn sie älter wird und klüger, so träumt sie von einem Kapital in der Bank.

Die Tür zur Garderobe war halb offen. Janie betrachtete die endlosen, säuberlich gehängten Reihen ihrer Kleider und Pelzcapes und Seidenmäntel. Auf dem Regal darüber standen die Schachteln mit ihren wundervollen Haubenhüten, einer entzückender als der andere, und ihren Muffs. Na, in dieser kulturlosen Grenzstadt würde sie bald tonangebend werden! Diesen Bauern und Barbaren wollte sie die Artigkeiten der noblen, eleganten Gesellschaft und die Feinheiten der guten Erziehung beibringen. Sie sah sich gemessenen Schrittes an Stuarts Arm einen armseligen Salon betreten, von allen diesen unansehnlichen Damen um ihre prächtige Toilette beneidet, von allen diesen ihrem Zauber verfallenen Männern bewundert.

So vertieft war sie in ihre Überlegungen darüber, welches Kleid sie für ihr Entree in die Grandeviller Gesellschaft anlegen sollte, daß sie Stuarts Klopfen überhörte. Erst bei seinen herzlichen Grußworten sah sie erschrocken auf.

Mit breitem Grinsen stand Stuart auf der Schwelle. Er war sehr verlegen und gab sich deshalb besonders fröhlich. Er ging über den sonnbeschienenen Fußboden auf sie zu, verbeugte sich und küßte ihr liebevoll die Wangen. „Also, ich freue mich wirklich, liebe Janie, daß du wieder auf bist, und gesund und munter!" rief er.

Selbstgefällig sah er sich in dem blitzsauberen Zimmer um. War vielleicht gar während Janies Krankheit irgend etwas vernachlässigt worden? Hatte die Magd auf irgendeinem der dunkel schimmernden Möbelstücke einen Staubfleck übersehen? Ah, war das dort auf dem Nachtkästchen nicht die ringförmige Spur eines Glases? Er bückte sich, neigte den Kopf erst nach links, dann nach rechts, runzelte die Stirn, rieb die Stelle mit dem Finger. Seine Miene erhellte sich. Es war nur die Maserung des Holzes. Erleichtert richtete er sich auf, warf einen lächelnden Blick auf das kleine Feuer im Kamin und wandte sich mit verstärkter Herzlichkeit wieder seiner Base zu.

Sie hatte ihn aus zugekniffenen Augen beobachtet, ein spöttisches kleines Lächeln auf den Lippen. Immerhin taute sie angesichts seiner stattlichen, gesundheitsstrotzenden Erscheinung auf. Er legte die Hand auf die Rücklehne ihres Sessels, und sein Grinsen wurde unpersönlich und nachdenklich.

Ihm lastete etwas auf dem Herzen. Er mußte sich eines gewissen Maßes an Doppelzüngigkeit bedienen. Manchmal hielt er sich ja für besonders pfiffig und durchtrieben und war sehr darauf bedacht, allgemein als Schlaumeier zu gelten. Im tiefsten Herzen jedoch haßte und fürchtete er die Schlaumeier. Andererseits beneidete er diese Leute um ihren heiteren Seelenfrieden. Aber solcher Seelenfriede, so hatte er wehmütig festgestellt, war nur Idioten und Verbrechernaturen beschieden, also Menschen, die entweder zu beschränkt waren, sich aus etwas ein Gewissen zu machen, oder Menschen, die das Glück hatten, ohne Gewissen zur Welt gekommen zu sein.

Janies Blick war sehr scharf, und Stuart empfand ihn als unbehaglich. Er tätschelte ihr die Wange, setzte sich neben sie und nahm ihre magere, sommersprossige Hand. „Fühlst du dich wieder ganz wohl, Liebling?"

„Vollkommen", erwiderte sie mit ihrer lauten, heiseren Stimme. Sie sah ihn schelmisch an. „Du warst so gut und aufmerksam zu mir, lieber Stuart! Ich fühle mich sehr in deiner Schuld."

„Aber was!" wehrte er edelmütig ab. „Nicht der Rede wert. Ich wollte einfach, daß du es während deiner Krankheit möglichst gemütlich hast. Die Kinder waren gut betreut. Dafür habe ich gesorgt. Und jetzt können wir an andere Dinge denken, nicht wahr?"

Er hielt inne und musterte sie eingehender. Konnte er sie in der Gesellschaft als noble Verwandte präsentieren? Gewiß, ihre Toiletten und Juwelen und Parfüms — und ihr Geld, nicht zu vergessen! — waren recht beachtlich. Wenn er sie nur dazu bringen könnte, ihre Lästerzunge zu hüten und nicht so laut und so unfein zu lachen! Er räusperte sich und lächelte verlegen.

„Die Frau des Bürgermeisters, Mrs. Cummings, läßt sich dir bestens empfehlen, Janie. Sie bittet um Nachricht, wann du gesundheitlich so weit sein wirst, daß du eine dir zu Ehren geplante Party besuchen kannst. Mit Cummings bin ich sehr befreundet, mußt du wissen."

Janie war freudig überrascht und stolz. „Mit dem Bürgermeister, Stuart? Das ist ja sehr angenehm! Bitte, bestelle seiner Frau, daß ich nächste Woche zu jeder beliebigen Zeit bereit bin, ihrer liebenswürdigen Einladung zu folgen." Sie unterbrach sich. „Ist sie eine sehr hübsche Dame, Stuart? Jung? Elegant?"

Stuart dachte an die untersetzte, dicke, grauhaarige, rotbackige Alicia Cummings mit ihren zwinkernden blauen Augen, dem freundlichen Lächeln und dem völligen Mangel an modischer Lebensart. „Sie ist eine Dame", betonte er nachdrücklich und mit Wärme, als müßte er sie vor den Janies in Schutz nehmen. „Alle haben sie gern. Nein, jung ist sie nicht. Aber sehr gutherzig. Wohlfahrtstätigkeit, ohne langweilige Frömmelei. Man fühlt sich in ihrer Gesellschaft wohl, weil sie immer höflich und liebenswürdig ist und aufrichtig interessiert. Außerdem sehr gescheit und gebildet."

„Ich zweifle nicht daran, daß man sich zu gut aussehenden jungen Herren leicht liebenswürdig und interessiert zeigen kann", stichelte Janie mit verschmitztem Schmunzeln. Durch diese wenigen Worte rückte sie die Bürgermeistersfrau in ein schiefes Licht, stempelte sie zu einer lüsternen, verderbten Vettel, die es auf junge Männer abgesehen hatte! In Stuart stiegen Ekel und Wut auf. Aber er beherrschte sich. Nur um den vollen, reizbaren Mund wurde er etwas fahl. Mit gepreßter Stimme stellte er fest: „Mrs. Cummings ist zu allen Menschen freundlich. Jeder, der Rat oder Hilfe braucht, ob Mann oder Frau, kann sich an sie wenden. Ich habe nie auch nur ein einziges schlechtes Wort über sie gehört."

Am liebsten wäre er aufgestanden und gegangen. Er konnte plötzlich Janies wortlos lachendes Gesicht und das Blitzen ihrer scharfen Raubtierzähne zwischen den bemalten Lippen nicht ertragen. Mit einem Male empfand er diese Frau als greulich, hassenswert, widerlich.

In unleidlich sanftem Tone flötete sie: „Ich bin überzeugt davon, daß Mrs. Cummings eine reizende Dame ist, und es wird mir ein besonderes Vergnügen sein, ihrer Einladung zu folgen. Bitte, bestelle ihr meine Grüße und meinen Dank für ihre Liebenswürdigkeit!"

„Gewiß, Verehrteste!" erwiderte Stuart mit unnatürlich klingender Stimme. „Was würdest du übrigens zu einer gemeinsamen Nachmittagsausfahrt zum Besuch meiner Kaufläden sagen, liebe Janie?" fragte er. „Es ist ein schöner Tag, und die frische Luft wird dir gut tun. Zieh dich aber warm an! Pelzsachen! Bei uns ist es bis weit in den Mai hinein ausgesprochen kalt. Die Sonne täuscht."

„Eine kleine Spazierfahrt wäre mir wirklich recht", stimmte Janie bei. „Sehr nett von dir, lieber Stuart!"

Er stand verlegen auf und sagte: „Ich war bei Bertie und Robbie. Bertie ist sehr zapplig. Robbie schmökert unentwegt in seinen verdammten Mordprozessen. Sogar Notizen macht sich der Racker. Und Diagramme zeichnet er. Ein Wechselbalg, meiner Seele!"

„Ein heller Kopf", fand Janie. „Wir werden aus ihm einen tüchtigen Advokaten machen."

Stuart zögerte. Er blickte Janie mit schlichtem Ernst an. „Auch mit Angus habe ich gesprochen. Ist schon ein großer Bub. Fast vierzehn, sagte er. Weißt du, was er mir gestern abend erzählt hat? Sein Großvater hat ihm versprochen, ihn Arzt werden zu lassen. Er hätte nach Edinburgh fahren und dort bei Dr. MacIntosh, dem Chirurgen, studieren sollen. Ich habe ihm so gut wie zugesagt, daß er sich bei einem guten Arzt hier in Amerika ausbilden kann."

Janie machte ein böses Gesicht. „Doktor soll er werden?" fragte sie.

„Er hat das Zeug dazu, Janie. Er ist der geborene Arzt. Aufopfernd und menschenfreundlich. Echte Güte erkenne ich immer. Er hat etwas von einem Märtyrer an sich."

„Dieser Frömmler!" rief Janie, als wäre die Bezeichnung das ärgste, schmählichste Schimpfwort in ihrem Sprachschatz. „Wenn man nicht auf ihn aufpaßt, wird er jeden Tag in die Kirche rennen und sein Studium vernachlässigen."

„Es gibt ärgere Dinge, die ein junger Mann anstellen kann", schrie Stuart; im Augenblick vergaß er völlig, in welcher Absicht er Janie aufgesucht hatte. „Ich führe ihn zu Vater Houlihan; der soll ihn trösten und beraten."

Janie setzte sich kerzengerade auf, und ihre grünen Augen funkelten böse. „Du wirst nicht einen papistischen Heulpeter aus ihm machen!" zeterte sie. „So einen Götzendiener, der sich wie ein Heide vor Marienstatuen verneigt und dann Menschen lebendig verbrennen läßt!"

„Ach, zum Teufel!" brüllte Stuart puterrot. „Was redest du

da für Unsinn! Grundy tut dem Buben nichts. Er wird nicht versuchen, ihn zu bekehren. Er hat Witz und Verstand. Kannst du denn von niemandem Gutes denken oder reden, du Drache?"

Janie ließ sich nicht beirren. Wenn man schrie, fluchte und drohte, fühlte sie sich erst richtig wohl und kam in Schuß. „Du wirst ihn nicht zu einem katholischen Geistlichen schleppen!" kreischte sie. „Ich werde ihm das ausdrücklich verbieten!"

Stuart öffnete die geballte Faust. Es juckte ihn, dieses Frauenzimmer zu ohrfeigen. Unwillkürlich zogen sich seine Armmuskeln zusammen, und er hob die Hand.

Janie sah Stuarts Armbewegung und wurde wild wie eine Löwin. „Trösten wird er ihn?" keifte sie. „Worüber denn trösten, du Narr? Welchen Trost braucht mein Sohn?" Sie konnte der Versuchung nicht widerstehen, ihn zu Handgreiflichkeiten herauszufordern.

„Darüber trösten, daß er eine Hexe zur Mutter hat!" herrschte Stuart sie noch lauter an. „Darüber, daß du ihm das Leben zur Hölle machst, ihn quälst und schlägst und ihm mit deinem bösartigen Treiben Todesängste einjagst!"

Und dann verfielen plötzlich beide in betretenes Schweigen. Sie keuchten hörbar in der stillen, sonnendurchfluteten Luft des warmen Raumes. Sie starrten einander unverwandt an. Janie dachte, es sei albern von ihr gewesen, Stuart so zu reizen, wo sie doch ausdrücklich vorgehabt hatte, die Sanfte zu spielen und ihn zur Heirat zu kirren. Und Stuart dachte, er habe sich da in die eigene Suppe gespuckt, und mit Janie sei es nun endgültig aus. Beide verwünschten und beschimpften sich innerlich selber.

Stuart fand sich zuerst wieder. Er zwang sich zu einem Lächeln. Sein Gesicht war noch rot und feucht. Er spürte den Schweiß am Haaransatz über der Stirn prickeln. Unbeholfen, mit etwas heiserer Stimme sagte er: „Mir scheint, wir streiten uns und balgen miteinander wie in der Kinderzeit, was, Janie? Ich bekomme geradezu Heimweh nach den alten Tagen."

Janie lachte erleichtert. „Ja, die alten Tage!" pflichtete sie bei. „Wenn ich an die denke, muß ich wahrhaftig heulen, Stuart."

Und weil sie so erregt, so überreizt war, brach sie in echte Tränen aus.

Bei all seiner Mißachtung für Janie war Stuart gegen Frauentränen nicht gefeit. In seinem innersten Kern war eine schwache, weichherzige Stelle. Übrigens fühlte er sich selbst so erleichtert, daß er zitterte. Er trat auf seine Base zu, legte ihr den Arm um die Schultern und küßte sie auf ihre roten Locken. „Na, hör auf, Liebling! Du brichst mir das Herz. Verzeih mir, Janie! Sonst bin ich wirklich untröstlich."

Janie durchschaute Heuchelei fast immer. Sie erkannte, daß Stuart es aufrichtig meinte, und faßte neuen Mut. Sie schmiegte sich weinend an ihren Vetter und behauptete, sie sei ein schlechtes Geschöpf, das seine Güte nicht verdiene; er sei so aufmerksam zu ihr gewesen, und so freundlich; er täte am besten, sie kurzerhand hinauszuwerfen und heimzuschicken.

„Nein, nein", widersprach Stuart mitleidig und sah sie nun so, wie sie es wünschte: als heimatlose Witwe mit vier hilflosen Kindern, in eine herzlose Welt geworfen. „Ich bin im Unrecht. Du weilst hier im Hause als mein lieber Gast; und außerdem bist du meine alte, teure Janie. Verzeih mir, Liebste!"

Die beiden schwelgten in ihrem Gefühlsüberschwang. Bei Stuart war es ehrlich gemeint. Janie kicherte schlau vor sich hin, während sie ihr Gesicht an seiner Schulter barg.

Später saßen sie dicht nebeneinander und hielten sich an der Hand. Janie war überaus angeregt und hochgestimmt. Stuart fühlte sich ziemlich elend und flau; aber er gab sich sehr freundlich zu seiner Base. Jetzt war der Augenblick gekommen, das Thema ihrer vornehmen Herkunft anzuschneiden. In seiner neugeübten Doppelzüngigkeit tat er es recht taktvoll.

„Hier bei uns ist auch die sogenannte gute Gesellschaft ausgesprochen vulgär, ohne Tradition", begann er. „Die Leute haben keine Ahnung von Benehmen oder wirklicher Vornehmheit. Du wirst, so wie ich, über ihre Angeberei lachen. Ungeschliffene Ignoranten! Sie haben auch die merkwürdigsten Vorstellungen darüber, was den vornehmen Menschen ausmacht. Deshalb sind sie schrecklich affektiert. Sie glauben, die Lady oder der Gentleman reden höchst geschraubt und zimperlich, strotzen vor hehrer Erhabenheit und Mimosenhaftigkeit und werden beim harmlosesten Kraftausdruck ohnmächtig. Da sie vornehme Leute nie wirklich gesehen haben, müssen sie ihre Vorstellungsgabe strapazieren. Bei ihrer meist britischen Abstammung denken sie im allgemeinen voll Sehnsucht und Neid an die britische Lebensart und äffen sie, so gut es geht, insgeheim nach."

„Das ist ja urkomisch!" rief Janie, die wirklich interessiert zugehört hatte, voll spöttischer Belustigung über diese Plebejer.

„Eher traurig ist es", entgegnete Stuart. „Diese armen, niedriggeborenen, fast ungebildeten Menschen haben für die Öde ihres Geldrafferdaseins kein anderes Gegengewicht als ihre Verschrobenheiten und ihre geheimen Sehnsüchte. Wir dürfen die Macht dieser Angeber hier in Amerika nicht unterschätzen; sie sind so mächtig, daß sie im Süden die Sklaverei aufrechterhalten und im Norden in ihren Industriebetrieben die Arbeiter ausbeuten können. Sie tyrannisieren, bedrücken, knechten, wie es eben die Art aller Plebejer ist. Trotzdem sind sie zu bedauern. Man sollte ihnen wahre Herzenshöflichkeit beibringen und die schlichte Freundlichkeit der wirklich Hochgeborenen. Man sollte ihnen klarmachen, daß wahrhaft noble Menschen sich nicht mit Geld und Rafferei befassen. Das wäre eine Offenbarung für diese Amerikaner."

Janie mußte lächeln. War das ein herziger Einfaltspinsel, dieser Stuart mit seiner todernsten Miene und seinen geschwollenen Reden! Aber sie pflichtete ihm bei. „Natürlich", sagte sie feierlich, während ihr rasches Auffassungsvermögen ihn längst überrundet hatte.

Er seufzte erleichtert auf. „Wenn du dich also, liebe Janie, bei der Einführung in die hiesige Gesellschaft in deiner schlichten, natürlichen Damenart gäbest, ohne Ziererei und Getue, wärest du im Handumdrehen mit schiefen Blicken als unaristokratisch abgetan. Deine gewöhnliche kernige Sprechweise würde Schauder erregen. Wenn du nicht mit einem illustren Stammbaum prunkst und nicht in jeder Beziehung aufschneidest und übertreibst, giltst du ihnen als minderwertig. Du bist eine Dame. Aber du mußt sie davon überzeugen, indem du dich so gehabst, wie sie sich eine vornehme Lady vorstellen."

Janie war als natürliche Schauspielerin von dieser Rolle entzückt. „Ich werde affektierte Grimassen schneiden, rot werden und posieren, was das Zeug hält!" rief sie. „Ich werde so empfindsam sein, daß ich bei einem etwas freieren Wort in Ohnmacht falle und, wenn ein Mann sich in meiner Gegenwart schneuzt, alle Zustände kriege! Ich werde die erlauchtesten Vorfahren erfinden, mit Ahnengalerie und Geisterschlössern samt Wall und Graben und Zugbrücke. Zum Beispiel so: Meine Urgroßmutter mütterlicherseits war Lady Constance Vere de Vere. Sie war so zartbesaitet, daß sie vor Schreck umfiel, wenn jemand ein lautes Wort sprach!"

„Großartig!" lobte Stuart mit vielen inneren Vorbehalten. Er biß sich auf die Lippe. Zu einer Lady Vere de Vere hatte er sich nicht verstiegen. Er mußte Janie von Sir Angus Fraser erzählen. Mit verlegenem Lächeln berichtete er Janie seine eigenen Flunkereien.

Sie wieherte vor Lachen und schlug ihm so heftig auf den Schenkel, daß er zusammenzuckte. Er schämte sich seiner selbst und ihrer. Aber er war froh, daß Janie ihn so völlig verstanden hatte und bei dem Spiel mitmachen wollte.

„Ich bezwecke damit nur, daß man dich hochschätzt und nicht vielleicht verkennt oder mißachtet, Liebste", beteuerte er nicht sehr überzeugend. „Ich will nichts, als daß dir Gerechtigkeit widerfährt."

Janie zwinkerte ihm zu. „Verlaß dich auf mich, lieber Stuart! Ich werde ihre Herzen im Sturm erobern."

„Also keine zweideutigen Witze! Keinem Herrn mit dem Fächer auf den Arm klopfen, nicht herumhopsen und die Fesseln sehen lassen, nicht fluchen! Keine Kraftausdrücke!" beschwor Stuart sie.

„Nichts dergleichen!" versprach Janie und fächelte sich, in vornehmster Haltung mit halbgeschlossenen Augen in ihren Lehnstuhl hingegossen, mit dem Taschentuch Luft zu. „Ich werde die zarteste, feinste Witwe abgeben mit chemisch reinem blauen Blut, mit einer Engelsstimme und mit klimpernden Wimpern. Du wirst sehen! Du wirst stolz auf mich sein!"

Stuart hatte seine ernsthaften Zweifel daran. Aber er atmete erleichtert auf und erhob sich. Janie blickte ihn an, und plötzlich fiel ihr etwas ein.

„Dieser Mr. Allstairs, den du seinerzeit erwähnt hast, ist der auch so eine Stadtgröße? Und wie war das mit seiner Wundertochter Marvina?"

Stuart nahm wieder zu seiner neuen Doppelzüngigkeit Zuflucht, sah seiner Base dreist in die Augen und setzte ein breites Lächeln auf. „Ganz recht, Liebste. Er ist der reichste Mann in Grandeville, einer der reichsten Männer im ganzen Staat. Ein schrecklicher Kerl! Du wirst ihn kennenlernen. Und Miß Marvina? Also, ich muß gestehen, daß mir ihr hübsches Lärvchen eine Zeitlang gefallen hat. Aber die gute Marvina ist dämlich, sag ich dir, dämlich! Wie eine frischlackierte Wachspuppe! Zu ihr mußt du besonders freundlich sein, Janie. Die Arme hat die Geisteskraft eines neugeborenen Kalbes. Mach dich ja nicht lustig über sie!"

„Hast du dich irgendwie engagiert mit dieser kostbaren Person, dieser Miß Marvina? In einer Art, die das Scheusal von Vater mißdeuten könnte, Stuart?"

„Keineswegs! Keineswegs! Wie gesagt, eine Zeitlang hat sie mir gefallen, so wie einem Dutzend anderer Männer in Grandeville. Dann aber habe ich mir überlegt, wie entsetzlich es wäre, mit einer solchen Gliederpuppe leben zu müssen."

Er war wieder obenauf. Prächtig hatte er sich aus der Affäre gezogen! Janies Mißtrauen war offenbar beschwichtigt. Ihre scharfen grünen Augen wurden fast weich!

„Aber du hast doch einmal etwas von deiner Absicht erwähnt, um ihre Hand anzuhalten, Teuerster", wandte sie argwöhnisch ein.

Er lachte. Er wurde rot. Er klopfte ihr auf die Schulter. „Wollen wir also feststellen, daß ich mich inzwischen eines Besseren besonnen habe?" fragte er mit heuchlerischer Schalkhaftigkeit.

Janie war begeistert. Sie hatte ja immer gewußt, daß Stuart ein naiver Kerl war, der sich nicht verstellen und vor allem nie jemanden so Klugen wie Janie Cauder hinters Licht führen konnte! Mein Gott, er war ein Kind, ein liebenswerter Tropf, ein Hanswurst!

Sie sah ihn kokett an und wartete. Er wußte, worauf sie wartete. Sein Körper wurde starr vor Widerstreben.

Aber er gab sich einen entschlossenen Ruck, beugte den Kopf und küßte sie inbrünstig auf die Lippen.

Der erste Schritt war getan. Der zweite würde im Lauf des Tages folgen. Es lohnte die Mühe. Ganz überzeugt davon war er jedoch nicht, als er angewidert das Zimmer verließ.

Sobald sie allein war, eilte Janie zu der Kommode, sperrte die unterste Lade auf und holte aus einem Stapel von Spitzen- und Leinenunterwäsche eine halbvolle Whiskyflasche hervor. Sie hielt sie hoch in der Hand, so daß die Sonnenstrahlen die süffige Flüssigkeit durchleuchteten.

„Ah!" murmelte sie vielsagend, befeuchtete sich die Lippen und kicherte vor Freude. Sie kippte die Flasche am Mund und trank lange, in vollen Zügen. „Ah!" seufzte sie dann wieder und holte, mit sich selbst zufrieden, tief Atem. Sie verkorkte die Flasche und legte sie mit langsamen, liebevollen Bewegungen an ihren Platz zurück.

„Ein guter Tropfen hält Leib und Seele zusammen", hatte ihr Vater oft gesagt, wenn er erzählte, wie sich der Großvater drei-mal am Tag ein volles Glas Whisky genehmigt hatte zu seinem Haferbrei oder Fleischpudding oder Schmorhammel. Der alte Herr hatte das schöne Alter von hundertzehn Jahren erreicht; je-den Morgen war er in Schottenrock und Umhang die beschneiten Hügel hinaufgestiegen, um nach seinen Schafen zu sehen, und hatte die Gegend durchwandert, kräftig und robust, in der vol-len, fast zwei Meter langen Glorie seines gesundheitsstrotzen-den Körpers.

Offenbar war auch Janie der Meinung, ‚ein guter Tropfen' sei ein Lebenselixier. Jedenfalls wirkte der Tropfen so auf sie.

Denn kaum hatte sie die Lade zärtlich versperrt und den Schlüssel an ihrem Busen geborgen, begann sie, heiser zu summen, dann wie eine Geiß im Zimmer umherzuspringen, laut lachend und jubelnd, als könnte nichts mehr ihr etwas anhaben. Ihre Röcke flogen nur so um die dünnen kurzen Beine, ihre roten Locken baumelten, ihr Gesicht war eine strahlende Maske fröhlicher Bosheit.

XVIII

Stuart beorderte seine schönste, mit zwei schimmernden Rappen bespannte Equipage an die seitliche Auffahrt des Hauses. Pferdegeschirr und Räder glitzerten in der Frühlingssonne. Der Kutscher versorgte die Zügel und sprang ab. Stuart wollte selbst kutschieren. Er stellte sich zu dem Fuhrwerk, strich zärtlich über den schwarzlackierten Wagenkasten, hauchte das Silbergehäuse der Laternen an und putzte es liebevoll mit seinem Taschentuch. Die Pferde schielten ihn, das Weiße ihrer Augen zeigend, an. Er klopfte ihnen auf die seidig schillernden schwarzen Kruppen und untersuchte zum Schein das silberverzierte Geschirr. Zufrieden und wohlgelaunt atmete er die kräftige, frische, sonnige Luft ein und wartete auf Janie.

Sie trat beim Seitentor heraus, und Stuart musterte sie ängstlich. Er machte sich Sorgen darüber, wie sie sich bei ihrem ersten öffentlichen Erscheinen in Grandeville präsentieren würde. Aber bald wich die Sorge von ihm. Janie war, als hätte sie sich vorher nach der Wagenfarbe erkundigt, ganz in schwarzen Samt und in Purpur gewandet. Das elegant drapierte schlichte Kleid stand ihr ausgezeichnet. Um den Hals hingen ihr Silberketten. Dazu trug sie einen herrlichen Zobelmantel und schwarze Glacéhandschuhe. Unter der Krempe des großen schwarzsamtenen Haubenhutes lugten Purpurveilchen hervor, die ihr leuchtendrotes Haar noch betonten. Ein Musterbild modischer Eleganz, trippelte sie zierlich die weiße Vortreppe hinab, und Stuart reichte ihr voll Freude galant die Hand. Sie war die zarte, wehmütige, gebrechliche, sittsame kleine Witwe, wie sie im Buche steht. Sie hatte sogar an Rouge gespart, so daß unter der hauchdünnen Puderschicht die Sommersprossen in rührender Schlichtheit hervorleuchteten. Nur als sie dem Hausherrn boshaft zugrinste und dabei die scharfen weißen Raubtierzähne entblößte, trübte sich das idyllische Bild ein wenig.

Sie ließ sich in den Wagen helfen und nahm mit züchtig gesenktem Blick Platz, die Hände in den Zobelmuff vergraben. Stuart sprang auf und setzte sich neben sie. Lachend meinte er: „Gar so dick auftragen brauchst du die Schlichtheit nicht! Ein bißchen natürlich darfst du schon sein!"

Sie blickte ihn mit ihren spitzbübisch funkelnden grünen Augen an und streckte ihm die Zunge heraus. Jetzt fand er sie ausgesprochen liebenswert. Das war die alte, lustige Janie, die er so gut hatte leiden können, deren Mutwille so entzückend gewesen war. „Also wohlgemerkt: Nicht fluchen und mit leiser, sanfter Stimme reden!" schärfte er ihr nochmals ein; aber er tat es in herzlichem Tone.

Er selber sah sehr stattlich und schick aus in seinem doppelkragigen braunen Mantel, mit dem großen Biberfellhut, der Halsrüsche und den Handschuhen. Er lenkte die feurigen Pferde den Hang hinauf zu der schlammigen Straße, die stadtwärts führte. Aus irgendeinem Grunde fühlte er sich sehr unbeschwert. Neben ihm saß Janie, still und anmutig. Aber die bezähmte Lebhaftigkeit und Erregung strahlten wie ein Fluidum von ihr aus. Wenn sie sich, dachte er, bloß jetzt richtig benimmt, geht alles gut.

Er vermied absichtlich die ärmlicheren Straßen und fuhr ratternd durch stille Viertel unter noch kahlen, braunen Bäumen, vorbei an noch schwarzen, zurückgeschnittenen Hecken. Zwischen den groben Kopfsteinen der Fahrbahn rann Wasser. Die Gehsteigbohlen waren noch klatschnaß. Die Häuser sahen häßlich und öde aus mit ihren von Winterregen und Kaminruß schmutzigen Backstein- oder Holzfassaden. Aber der vom See und vom Fluß herüberwehende kräftige Wind war frisch und roch verheißungsvoll, die Sonne strahlte hell und klar, und der blaßblaue Himmel wölbte sich durchscheinend.

Stuart hatte seine Base darauf vorbereitet, daß der Weg sich etwas ziehen würde. Aber sie langweilte sich nicht, sondern guckte ständig mit gönnerhaftem Interesse umher. Sie fand die Stadt sehr garstig und schmutzig, ohne Ebenmaß und Schönheit. Man mußte ihr recht geben angesichts der hohen, schmalen, finster auf schlammige Rasenflächen herabblickenden Häuser mit ihren Kuppeldächern, dem geschnitzten Fachwerk und den tiefen, dunklen Veranden. Da und dort zuckelte eine unansehnliche Dame in wehendem, stumpffarbenem Mantel und mächtigem Haubenhut über einen der Gehsteige, oder es spielten Kinder mit krampfhafter Lustigkeit, hocherfreut über das Winterende. Wagen fuhren vorbei, deren Insassen mit gereckten Hälsen Stuarts elegante Equipage anstarrten, den Lenker, während er mit der Peitsche kavalierhaft an den Hut tippte, grüßten und dabei die würdevolle kleine Dame musterten, die derart prächtig in Pelze und Samte vermummt war.

Jetzt waren sie, so erläuterte Stuart, auf der nach dem nahen Fluß benannten Niagara Street, in einer Gegend des Mittelstandes, des Handwerks und Handels. Stramm saß er auf seinem Kutschbock, lenkte seine Pferde, plauderte leichthin mit Janie, wies mit der Peitsche nach Sehenswürdigkeiten und erklärte sie ihr. Ohne seine Darlegungen zu unterbrechen, verbeugte er sich wiederholt lächelnd zu Vorbeifahrenden. Schließlich bog er ab, erreichte die Main Street und zeigte auf einen Gebäudekomplex. „Meine Kaufläden", sagte er.

Mit ungeheucheltem Interesse hielt Janie vorgebeugt Ausschau nach der Quelle von Stuarts Wohlstand, die seit langem ihre Gedanken beschäftigte, und sie wurde stark beeindruckt. Die Kaufläden nahmen einen ganzen langen Häuserblock ein und sahen, obwohl sichtlich zu verschiedenen Zeiten von verschiedenen Eigentümern erbaut, recht einheitlich und stattlich aus, mit ihren blitzblank geputzten Schaufenstern und den draußen haltenden Kutschen. Es herrschte ein geschäftiges Kommen und Gehen; Pagen begleiteten, mit Schachteln und Paketen beladen, schöngekleidete Damen zu ihren Wagen. Während Janie mit Stuart langsam an den ersten Kaufläden vorbeifuhr, konnte sie die vielen Kundinnen in den Geschäftsräumen, die Tätigkeit der Verkäufer und das ununterbrochene Öffnen und Schließen der Türen bewundernd beobachten. Sie betrachtete das lange, goldlettrige Firmenschild mit der Aufschrift: GROSSKAUF-HAUS GRANDEVILLE und die amerikanische Flagge am Haupteingang.

Stuart war ganz geschwellt von verlegenem Stolz. Die Damen auf den Gehsteigen blieben stehen, sammelten sich zu Gruppen und sahen zu, wie Stuart mit großartiger Geste der fremden kleinen Dame beim Aussteigen half, wie die Dame in züchtiger Haltung ihre schwarzen Sandalen vorsetzte und gesenkten Kopfes das Gesicht unter der Haubenkrempe barg. Man flüsterte verstohlen. Das mußte Mr. Colemans elegante englische Verwandte sein. Diese Samte und Pelze! Diese modische Noblesse! Vom Gesicht sah man leider nur ein paar rote Locken. Aber das allein schon machte erheiternden Eindruck, weil rotes Haar als Gipfelpunkt der Häßlichkeit galt.

Stuart tat so, als bemerkte er die Zuseherinnen überhaupt nicht. Er schien ganz in Anspruch genommen von der Betreuung der feinen Dame, die jetzt schüchtern den ihr gebotenen Arm nahm und, feierlich geleitet, dem Haupteingang des Warenhauses zutrippelte, mit anmutig wallenden Samtröcken, den Muff an das Gesicht gedrückt, als wollte sie die zarte Gesichtshaut vor dem kalten Winde schützen. Gemessen und vornehm, wie zu den Klängen eines Menuetts, betraten die beiden die mittlere Verkaufshalle, unter dem ulkenden Händeklatschen eines der neugierig an der Tür stehenden Straßenjungen. Diese Beifallsbekundung gefiel den draußen versammelten Damen, obwohl sie ansonsten das Vorhandensein des niedrigen Volkes grundsätzlich ignorierten; sie blieben auf dem Gehsteig stehen, tauschten ihre Meinungen über die ‚Neue' aus und redeten unwillkürlich in geziertem Tonfall, als probten sie schon für einen baldigen Anlaß zu feiner, fehlerfreier Sprechweise.

Janie setzte zwar ihr vorbereitetes überlegenes Lächeln auf, staunte aber in Wirklichkeit über die unstreitig elegante, luxuriöse Aufmachung des Hauptverkaufsraums, über die türkischroten Teppiche, die kleinen, geschnitzten, bequemen Sessel mit den roten Plüschsitzen, die polierten Mahagonipulte, die zweckmäßigen breiten Regale mit ihrer wahrhaft erstaunlichen Auswahl an feinen Seiden und Linnen und Damasten und Samten, die Tische voll prächtigen Limoges- und Haviland- und Meißner Porzellans, die Silbergegenstände, die in reicher Vielfalt angebotenen Marmorfigürchen, die Spitzen und Bänder und Parfüms und all die unzähligen anderen Versuchungen für Frauenherzen.

Janie fand Gefallen an der hier herrschenden Atmosphäre geschäftlichen Erfolgs. Drei rührige Verkäufer in schwarzen Tuchanzügen mit weißen Leinenhalsbinden und spitz zulaufenden geglänzten Schuhen bedienten eine Schar eifrig gustierender Damen. Ballen schimmernden Samtes, glänzender Seide, leuchtender Leinwand lagen auf den Ladentischen, und man hörte das laute, fröhliche Klirren von Scheren. Krinolinen schwebten unaufhörlich mit viel Geknister von Pult zu Pult, Hauben neigten sich zur Beratung gegeneinander, Muffe hoben sich zu geflüsterten Begutachtungen. Pagen mit Schachteln und Bündeln eilten zu den Kutschen. In das Getriebe läutete ständig die Türglocke. Das Porzellan hallte beim versuchsweisen Beklopfen. Dann und wann feilschte eine Dame mit einem höflichen Verkäufer. In breiten Strömen drang durch die leuchtenden, von dunkelblauem Samt gerahmten Fenster die Frühlingssonne. Es roch anheimelnd nach diskreten Riechkissen, nach Rosenwasser und feinen Stoffen. Über einigen Sesseln lagen, von den Damen hingebreitet, Capes und Pelzmäntel, deren Seidenfutter in das bunte Bild noch Sprenkel von Purpur und Rot und Blau mischten.

Eigentlich hatte Janie erwartet, hier, alle diese Barbaren überstrahlend, einen triumphalen Einzug halten zu können. Aber eine ganze Weile blieben sie und Stuart in der allgemeinen Geschäftigkeit unbeachtet. Stuart jedoch war geschwellt von Stolz und Bedeutsamkeitsgefühl. Er drückte die kleine behandschuhte Hand an seinem Arm in freudiger Mitfühlsamkeit.

Eine untersetzte Dame mittleren Alters in schwarzer Seide, schwarzem Pelz und großem schwarzem Haubenhut drehte sich um, winkte ihrem wartenden Pagen und hieß ihn einige eben für sie verschnürte Pakete nehmen. Sie hatte ein derbes, aber außerordentlich kluges Gesicht mit rosigen Wangen, zwinkernden blauen Augen und einem lachfreudigen, hübschen Mund, dessen linker Winkel ständig etwas spöttisch hochgezogen war, ebenso wie die dunkle Braue der gleichen Seite. Ihr schlichtes, dichtes Haar war ziemlich grau, was ihrem Gesicht durch die Kontrastwirkung etwas jugendlich Frisches gab. Ihr ganzes Gehaben atmete Maßgeblichkeit, und die Damen lächelten ihr, als sie dem Ausgang zustrebte, achtungsvoll zu.

Sobald Stuart ihrer ansichtig wurde, verbeugte er sich tief und geleitete Janie zu der Dame, die jetzt Mundwinkel wie Braue noch etwas höher zog und und die Fremde freimütig, aber höflich musterte. „Verehrte Mrs. Cummings!" rief Stuart artig. „Wie geht es Ihnen heute? Darf ich Ihnen meine liebe Base, Mrs. Cauder, vorstellen? Janie, meine Liebe, das ist Mrs. Cummings, die Gemahlin des Bürgermeisters."

Die beiden Damen knicksten kurz. Dann reichte die Bürgermeisterin der Fremden die Hand. Im gleichen Augenblick, als Janie die dicke, warme, kräftige Hand zwischen ihre schmalen, kleinen Finger nahm, haßte sie diese Mrs. Cummings mit den klug abschätzenden, freundlichen Augen und dem spöttisch verzogenen Mund. In das biedere Gesicht der Bürgermeistersfrau aber trat ein etwas flauer Ausdruck, und das eine Augenlid zuckte rasch.

„Sehr erfreut!" murmelte Mrs. Cummings. „Ich hoffe, Sie werden sich bei uns in Grandeville wohl fühlen. Meine Grüße während Ihrer Unpäßlichkeit haben Sie ja gewiß erhalten? Und meine Dinnereinladung hat Stuart Ihnen sicherlich bestellt?"

Janie zwang ihre heisere, laute Stimme zu einem manierlichen Flüstern. „Ach, ich freue mich herzlich, Sie kennenzulernen, Mrs. Cummings. Stuart hat mir so begeistert von seinen Bekannten erzählt. Es war sehr freundlich von Ihnen, an mich zu denken, an eine Fremde in einem fremden Lande, so weit weg von meinen teuren Eltern und Geschwistern." Sie hielt inne, um ihren Blick zu senken und eine kummervolle Miene aufzusetzen. Nun bot sie ein Bild der Demut und Wehrlosigkeit. Dann hob sie die Augen wieder, blickte die Bürgermeisterin beherzt an und zauberte auf ihren Mund ein tapferes Lächeln. „Aber ich werde keine Bitterkeit in mir aufkommen lassen. Wo mir doch die Bekannten des lieben Stuart so viel Güte und Freundlichkeit bezeigen! Das hieße ja undankbar sein."

Mrs. Cummings lächelte, sagte aber nichts. Nachdenklich, jedoch nicht unfreundlich sah sie Janie an. Dann bemerkte sie: „Soviel ich höre, haben Sie vier Kinder. Das muß ja ein ganz großer Trost für Sie sein."

Janie seufzte geziert und führte das Taschentuch an die Lippen. „Ach, teure Mrs. Cummings, Sie können sich nicht vorstellen, was für ein großer Trost! Ohne meine Kinder könnte ich überhaupt nicht leben."

„Sie sind zu beneiden", erklärte Mrs. Cummings; und jetzt seufzte sie selber ein wenig, lächelte aber gleich wieder. „Ich habe nur ein Kind, meine kleine Alice. Sie ist zehn Jahre alt und leider sehr schwach. Für sie wird es ein Vergnügen sein, mit Ihren Kindern zusammenzukommen, Mrs. Cauder."

Plötzlich schien die gute Frau irgendwie unsicher und beklommen zu werden, was um so auffälliger war, als gerade ihre Ausgeglichenheit und Selbstbeherrschung allgemein gerühmt wurden. Hastig sagte sie: „Aber jetzt muß ich wirklich gehen. Sie denken ja an mein Dinner, Mrs. Cauder? Und auch Sie, Stuart?" Sie wandte sich zu ihm und blickte ihn merkwürdig an. Und diesmal waren Braue und Mund nicht hochgezogen; die sonst so frische Gesichtsfarbe war unerklärlicherweise verblaßt.

Stuart verbeugte sich mit einigen Dankesworten. Während er sprach, wurde ihr Blick noch seltsamer, und sie berührte seinen Arm rasch mit den Fingern, ehe sie sich zum Gehen wandte. Stuart öffnete ihr galant die Tür. Sie lächelte ihm kurz zu, ein fast verstörtes Lächeln, und schritt, von ihrem paketbeladenen Pagen gefolgt, die Treppe hinunter. Nach kurzem Zögern ging Stuart ihr, Janie ganz vergessend, rasch nach, schob ihren Kutscher beiseite und half ihr selbst in den Wagen. Sie machte sich angelegentlich mit Mantel, Rock und Haube zu schaffen, während der Page seine Last ablud. Von seiner keltischen Einfühlungsgabe getrieben, murmelte Stuart leise ein paar Worte.

Dann ging er langsam, mit nachdenklich gerunzelter Stirn, in die Verkaufshalle zurück. Was hatte die Bürgermeisterin nur gehabt? Janie konnte nicht schuld sein; sie war sehr höflich und gesittet gewesen. Vielleicht hatte Mrs. Cummings plötzlich einen Schmerzanfall bekommen? Kopfweh? Ja, das mußte es gewesen sein! Seine rasch wechselnde Stimmung hob sich wieder, und mit forscher Geste schloß er die Tür hinter sich und trat wieder zu Janie.

Sie kniff ihn heimlich, aber fest, in den Arm. Er zuckte zusammen und unterdrückte einen Ausruf. Doch sie sah ihn schelmisch an. „Also, das ist unsere teure alte Bekannte, die Mrs. Cummings!" flüsterte sie. „Sie scheint ja einen Narren an dir gefressen zu haben, mein lieber Stuart!"

„Sie gehört zu meinen besten Kundinnen", betonte er. Wie zur Rechtfertigung fügte er aufgeregt hinzu: „Ihre Gewogenheit ist sehr wichtig für mich, kann ich dir versichern, Janie! Ich würde lieber jede andere Dame in der Stadt vor den Kopf stoßen als sie!"

Janie unterbrach ihn begütigend. „Ich habe jedenfalls nichts dergleichen getan, mein Lieber. War ich nicht ein Muster von Förmlichkeit und Anstand?" Stuart wußte nicht, was er dazu sagen sollte.

Eine andere Dame, die eben ihre Einkäufe beendet hatte, ging zur Tür, eine unförmig dicke Frau in rotem Samtkleid und pelzbesetztem Mantel, mit riesigem Muff und ausladendem Haubenhut, der ein weißes, rosa angehauchtes Gesicht umrahmte. Die Farbtöne der Gesichtshaut erinnerten ebenso wie die kleinen, schwarzen Äuglein irgendwie an ein Spanferkel. Die dicken, aufgeworfenen Lippen gaben dem Gesicht etwas Anmaßendes, Streitbares, und die kurze, dicke Nase trug nicht zur Verschönerung bei. Die Frau war mit Halsketten und Armbändern behangen; ihre Wangen und ihre Stirn waren feucht. Ihr dichtes, grobes Haar hatte einen gelblichen Stich. Sie war etwa acht-unddreißig Jahre alt und machte den Eindruck eines miß-trauischen, gütelosen Geschöpfs.

Stuart verneigte sich tief und machte eine sehr beglückte Miene, obwohl er die Frau wegen ihrer Überheblichkeit und Vornehmtuerei nicht leiden konnte.

„Verehrte Mrs. Schnippel!" rief er in herzlichem Tone. „Schon lange nicht das Vergnügen gehabt! Hoffentlich waren Sie nicht unpäßlich?"

Mrs. Schnippel starrte ihn mißtrauisch an, als argwöhnte sie hinter seinen höflichen Worten irgendwelche böse Absichten. Dann geruhte sie, gönnerhaft zu lächeln. „Ich war in New York, Mr. Coleman", sagte sie mit tiefer, polternder Stimme in aus-gesprochen deutschem Tonfall. Achtunggebietend wandte sie ihren Blick Janie zu, und in ihren schwarzen Äuglein malte sich sofort Abneigung gegen diese kleine zierliche, modische Person.

„Ach ja", sagte Stuart rasch. „Mrs. Schnippel, das ist meine Base, Mrs. Cauder, die kürzlich aus England gekommen ist. Liebe Janie, das ist Mrs. Schnippel, die Gattin des Eigentümers unseres größten Schlachthauses."

Die Dame nickte hoheitsvoll, wie eine Fürstin, die von der lästigen Anwesenheit eines Untertanen Kenntnis nimmt. Janie knickste, ebenso belustigt wie verdutzt. Ohne den Knicks zu er-widern, segelte die Dame mit wehenden Röcken und Mantel-schößen davon. Stuart öffnete ihr mit einer Verbeugung die Tür und kehrte zu Janie zurück, in deren kleinem Gesicht es zuckte.

„Liebster Stuart!" flüsterte sie höchst erheitert mit spöttisch funkelnden Augen. „Ist das ein widerliches Weibsstück! Und dieser Name! Schnippel! Gibt's denn so etwas wirklich?"

Stuart konnte sich ein Grinsen nicht verkneifen. Seine kelti-sche Seele haßte nach jahrhundertelanger Bedrückung alles Angelsächsische und überhaupt Germanische. „Eine deutsche Trine", flüsterte er zurück. „Grandeville hat davon eine ganze Auswahl. Sie betreiben Schlachthäuser und Gerbereien und Wurstereien. Paßt zu ihnen. Werden von der guten Gesellschaft abgelehnt, bis auf ein paar besonders reiche und protzige, wie eben die Schnippels."

„Schnippel!" rief Janie. „Du lieber Gott! Wie greulich! Haben die anderen auch solche Namen?"

„Manchmal noch ärgere, zum Beispiel Schnickelberger", antwortete Stuart. „Aber pst! Wir reden zu laut. Würdest du dir jetzt auch die anderen Verkaufsläden anschauen wollen?"

Janie nickte, immer noch kichernd, und Stuart führte sie voll Stolz umher.

Sie war wirklich beeindruckt. Nachdenklich kniff sie die Augen zu und wurde Stuart gegenüber immer vertraulicher, schätzte ihn immer mehr. Also waren ihre fünfzehntausend Pfund nicht von einem vetterlichen Glücksritter gefährdet! Dieses große, glänzend gehende Warenhaus war sichtlich nicht nur kapitalkräftig, sondern höchst einträglich. Offenbar besaß Stuart, entgegen ihrer ursprünglichen Vermutung, sehr viel Geschäftssinn und Unternehmungsgeist!

Sie sah die vielen Angestellten. Sie sah den Strom der vorfahrenden Kutschen. Sie sah das rege Getriebe. Sie hörte das Klimpern von Geld. Es ging zu wie in einem Bienenstock, und Stuart erzählte, an Samstagen seien alle Straßen in dieser Gegend verstopft. Jede durch den Schiffahrtskanal kommende Bark bringe Waren für ihn. Zweimal im Jahr fahre er nach New York und schließe Lieferungsverträge ab für die feinsten europäischen Erzeugnisse, aus England und Frankreich und Italien und sogar aus dem Orient. Für die Erweiterung seines Unternehmens gebe es, so versicherte er ihr, praktisch keine Grenzen. Er habe da die großartigsten Pläne; aber bei ihm gelte der Grundsatz: Alles schön der Reihe nach! Jedenfalls sei noch lange nicht aller Tage Abend.

Ihr schien, es handle sich bei diesen Äußerungen nicht um Großsprechereien, sondern alles sei auf angeborenem Geschäftsgeist gegründet. Amerika war offenbar ein Land für Träumer ebenso wie für kühne Tatmenschen und einfallsreiche Abenteurer, die große Einsätze wagten und hohe Gewinne erzielten! Janies inselbritische Seele wurde stark bewegt.

„Du sparst dir da sicher einen Haufen Geld zusammen, mein Lieber", fühlte sie vor und leckte sich habgierig die Lippen.

Stuart zögerte. Er lächelte ihr nachsichtig zu. „Sparen ist nicht der Weg, wie man in Amerika ein Vermögen macht, mein Schatz", erklärte er. „Wir sind nicht in England, wo man fleißig Groschen auf Groschen legt. ‚Viele Tropfen machen einen Bach', um deinen verehrten Vater zu zitieren. Nein, so halten wir's in Amerika nicht. Wir tragen nicht wie in England die Pennies auf die Bank, wo sie mühsam zu Pfunden anwachsen, sondern stecken unsere Dollars wieder in unsere Betriebe, wo aus ihnen im Nu große Goldstücke sprießen. Wir sind nicht eine enge, kleine Insel, sondern ein Land mit riesigen Ausdehnungen. Hier darf man nicht jeden Pfennig zehnmal umdrehen. Man muß wagen, wenn man gewinnen will, und zwar nicht mit Kleinigkeiten wagen, sondern mit ganzen Vermögen."

Auch Janie war klug und faßte rasch auf. Zuinnerst betroffen, sah sie alle sich in diesem Lande bietenden Möglichkeiten. Plötzlich kamen ihr ihre fünfzehntausend Pfund als mageres Sümmchen vor, als ein armseliger Tropfen Wasser mitten in einem unergründlich tiefen Ozean des Wohlstands. Bisher hatte sie sich für eine reiche Erbin gehalten. Offenbar aber war sie nur jene arme Witwe mit den zwei Scherflein. Sie verging vor Habsucht. Sie mit ihren jämmerlichen paar Pfund bedeutete nichts für Stuart, dessen Sinn nach Hunderttausenden von Dollars stand.

Sie lehnte sich an ihn, sie schmiegte sich an ihn, während sie mit ihm von Abteilung zu Abteilung ging. Stuart war darauf aus gewesen, sie zu beeindrucken. Er hatte dabei aufgeschnitten. Das Äußerste, was er sich erhofft hatte, war gewesen, sie in die richtige Stimmung für ein Zehntausend-Dollar-Darlehen an ihn zu versetzen. Er spürte, daß er sie wirklich beeindruckt hatte. Hätte er gewußt, in welchem Ausmaß ihm das gelungen war, so wäre er vor Freude aus dem Häuschen geraten.

In einer der Verkaufshallen lernte Janie den Betriebsleiter Sam Berkowitz kennen und starrte ihn gleich feindselig an. Da ihr nicht bekannt war, wieviel er zu dem überwältigenden Aufschwung des Unternehmens beigetragen hatte, hielt sie ihn für einen Schmarotzer, der nur dem Edelmut ihres märchenhaft reichen Stuart seinen Posten verdankte. Sie war sehr förmlich und zurückhaltend ihm gegenüber, während er sie schweigend mit seinen klugen braunen Augen betrachtete und sich höflich vor ihr verbeugte.

Sie wußte nicht, daß er ihr, als sie wegging, lange traurigen Blicks nachsah und leise den Kopf schüttelte.

XIX

Zum erstenmal seit ihrer Erkrankung aß Janie an diesem Abend allein mit Stuart. Das schöne Speisezimmer strahlte golden im Kerzenlicht. Stuart hatte ein besonders erlesenes Mahl bestellt. Er traktierte Janie mit ausgezeichneten Weinen. Langsam schmolz ihre Kälte dahin. Die goldenen Lichter verschwammen ihr vor den Augen. Behaglich saß sie da in ihrem besten blauen Samtkleid, mit Perlenschmuck behangen. Ihre rotschimmernden Locken fielen ihr auf die mageren Schultern, und sie lachte laut und immer lauter. Mit ihrer vollen, groben Stimme erzählte sie derbe Späße. Ihr Glas blieb nie leer.

Niemals hatte sie sich so köstlich ungezwungen gefühlt, so bezaubernd, so voll Weltgewandtheit und innerer Sicherheit, so klug und geistsprühend. Endlich wußte sie sich am richtigen Platz. Ihr altes Heim war völlig vergessen. Ihre lästigen Kinder existierten nicht. Sie hatte keine Eltern, keine Erinnerungen. Sie war eine elegante Dame, deren Welt vornehme Salons, Walzermusik und herrliche Toiletten bildeten, ein junge Dame; sie berückte einen stattlichen, geliebten Kavalier, den sie bald heiraten würde. In dieser angeregten Stimmung machte sie einen fast verführerischen Eindruck, sogar auf Stuart. Wie hatte er vergessen können, daß sie eine so unterhaltsame Gesellschafterin war? Wie hatte er vergessen können, daß man sich mit ihr zusammen nie langweilte, weil sie von ebenso witzigen wie grausamen kleinen Bosheiten nur so übersprudelte?

Auf einer Woge unbändigen, lärmenden Lachens segelten sie gemeinsam in den hübschen Gesellschaftsraum, wo ein großes Feuer brannte und neue geistige Labungen bereitstanden. Immer wieder tranken die beiden einander zu. Zärtlichste Zuneigung und Leidenschaft durchfluteten sie. Janies krächzende Lustigkeit war bis in ferne Räume zu hören. Plötzlich sprang sie auf, raffte ihre glockig fließenden Röcke und walzte durch das Zimmer, daß man ihre seidenbestrumpften Knie und sogar höchst ungehörigerweise ihre Schenkel sah. Stuart klatschte lauten Beifall. Janie hüpfte und wirbelte, schwebte und schleifte recht anmutig, während Stuart brüllte: „Bravo! Bravo!"

Die Kinder, die weit oben in ihren Betten lagen, hörten den Lärm, und Bertie schlich im Nachthemd zum oberen Treppenabsatz. Grinsend und mit den Fingern schnippend flüsterte er dann Robbie, den die ganze Sache kalt ließ, zu: „Mama ist wieder einmal im Zug!" Angus seufzte im Bett, stand auf, ging in die offenstehende Kammer seiner ängstlich lauschenden kleinen Schwester, küßte sie, ließ sich bestätigen, daß sie ihr Nachtgebet verrichtet hatte, und schloß ihre Kammertür. Die Bedienten spähten zu dem ausgelassenen Paar hinein und verzogen sich kichernd.

Schließlich sank Janie, erschöpft vor Lachen und Tanzen, der Länge nach auf ein Damastsofa hin. Sie wehrte sich nicht, als Stuart sie bei der Hand nahm, aufsetzte und aus purem Überschwang küßte. Sie umschlang ihn wie eine Raubkatze, und ihre Glut war so heiß, daß ihm plötzlich die Sache nicht geheuer wurde. Behutsam löste er sich aus der Umstrickung und setzte sich lachend auf einen Sessel neben Janie, die ihre Locken glättete und ihr Kleid zurechtzupfte.

„Noch nie im Leben habe ich mich so wohl gefühlt!" rief sie und breitete die Arme aus. „Ah, du bist ein Mordskerl, Stuart!"

Er saß nicht weit von ihr, die Hände auf den Knien, und lachte über das ganze Gesicht. Kennerhaft heftete er die schwarzen Augen auf Janie. Wirklich ein hübsches Persönchen! Im Hals spürte er ein starkes Pulsen; die Schläfenadern schwollen ihm an. Zum Teufel, sie war doch kein Schulmädel, sondern eine Frau, älter als er, und scharf auf ihn. Sie wußte Bescheid, diese geile Ziege! Eine Nacht konnte man gut und gern mit ihr verbringen, und keiner von ihnen würde dabei etwas dazulernen.

Sie sah seine Augen, und ein heißer Schauder überlief sie. Es gab mehr als eine Art, einem Mann das Fell über die Ohren zu ziehen! Stuart hatte sichtlich Lust auf sie. Sie verstand sich auf Männer. Wenn er sich einmal mit ihr eingelassen hatte, konnte er nicht mehr zurück. Übrigens war er wirklich ein lieber Kerl!

Betont wollüstig hob sie die Arme und brachte ihre Frisur in Ordnung. Ihre Taille war dank dem Mieder schmal und hübsch. Daß sie an Busen nicht mehr zu bieten hatte, war ihr großer Schmerz. Ihre grünen Augen kniffen sich verführerisch zusammen. Stuart rückte auf seinem Sessel hin und her.

Aber etliche von Stuarts Eigenschaften kannte Janie doch nicht. Er war zielstrebig. Er war schlau. Er ließ sich selten durch Unwichtiges vom Wichtigen abbringen und hob sich das Unwichtige gewöhnlich für später auf. Er hatte keine Skrupel.

Stuart ging zu dem Sofa und setzte sich neben seine Base; er nahm ihre Hand und küßte sie galant. Obwohl der Wein noch in seinem Hirn rumorte, wurden seine Gedanken wieder klar. Janie sah ihn leidenschaftlich an. Sie war jetzt ganz still. Er legte die Stirn in nachdenkliche, fast bekümmerte Falten.

„Liebste Janie", begann er in ernstem, bedachtsamem Tone, „du hast, sagtest du mir, fünfzehntausend Pfund, also ungefähr fünfundsiebzigtausend Dollar." Er schüttelte den Kopf. „Das ist für Amerika sehr wenig. Ich mache mir große Sorgen darüber." Er räusperte sich und schien verlegen. „Auch wenn du wieder heiratest, ist der Betrag recht bescheiden. Ich wäre bereit, ihn beträchtlich zu vermehren. Es ist das mindeste, was ich für dich tun kann."

Janie setzte sich interessiert auf. Ihre Augen schimmerten im Widerschein des Feuers. Ihre Finger strafften sich in Stuarts Hand. In ihrer triebhaften Habgier befeuchtete sie sich die Lippen. „Ja?" hauchte sie.

„Es ist das mindeste, was ich für dich tun kann", wiederholte er mit noch festerer Stimme, als müßte er einen unsichtbaren Zuhörer von einem warnenden Zwischenruf abhalten. „Ja, das allermindeste! Darum habe ich mir folgendes ausgedacht. Es wird viele Schwierigkeiten dabei geben, das kannst du mir glauben. Aber ich bin auf Widerspruch und Einwände gefaßt, sogar auf Mißhelligkeiten. Mein Teilhaber und ich, wir sind recht exklusiv. Wir haben eine solche Sache nie in Betracht gezogen." Er hielt inne. Er seufzte, runzelte die Stirn und wandte den Kopf ab.

Janie war ganz Spannung. „Sprich weiter, Stuart!" rief sie im Befehlston. „Schließlich sind wir ja Vetter und Base, nicht?"

Er seufzte nochmals und schwieg. Nach einer Weile fuhr er mit leiser, widerstrebender Stimme fort: „Janie, dein Geld mag auf der Bank zwar sicher sein; aber denke an die Verzinsung! Ein paar Prozente. Wenn du dich entschließen solltest, nicht wieder zu heiraten, könntest du von den Zinsen nicht leben, jedenfalls nicht auf deine gewohnte angenehme Art. Jedenfalls nicht in Amerika und nicht mit vier Kindern. Du müßtest das Kapital angreifen und hättest es bald aufgezehrt. Und wer würde dann eine mittellose Witwe mit vier Kindern heiraten?"

Janie sah ihn angstvoll an. Ihre Augen zwinkerten. Sie biß sich auf die Lippe.

Stuart war ganz aufgeregt. „Glaube ja nicht, daß es mir leichtfällt, dir das zu sagen! Aber ich möchte gern etwas für dich tun. Ich ... ich habe mit jemandem darüber gesprochen. Aber er erhebt Einspruch ..."

„Der Jude!" rief Janie wütend und schlug mit der Faust auf das Sofa.

Stuart zuckte zusammen. Er räusperte sich. „Sag das nicht, Janie! Es stimmt nicht ganz. Und schließlich muß jeder Mensch sich der eigenen Haut wehren. Aber das macht alles nichts." Er setzte sich mit triumphierender Miene auf. „Ich habe mir etwas ausgedacht!"

„Und zwar?" fragte Janie, rot vor Eifer. „Und zwar, Stuart?"

Er wandte sich zu ihr und faßte leidenschaftlich ihre Schultern. Seine Hände waren stark. Sein Gesicht strahlte. Er war ein aus-

gezeichneter Schauspieler. Er rief: „Janie, würdest du zwanzigtausend Dollar in meinem Betrieb anlegen wollen?"

Die Worte waren für Janie eine kalte Dusche; Vorsicht und
Argwohn, ein altes schottisches Erbteil, erwachten in ihr. Sie versuchte, sich von Stuart zu lösen; aber er hielt sie fest. Sie war
ganz nüchtern geworden und musterte seine Miene. Aber sie
fand nichts darin als Aufregung und liebreiche Hilfsbereitschaft.

„Weiter!" flüsterte sie mit belegter Stimme.

Jetzt konnte Stuart seine Begeisterung nicht mehr zähmen. Er
sprang auf. Er schritt im Zimmer hin und her. Sein Gebaren war
so überzeugend, daß all ihr Mißtrauen schwand. Wieder von der
Neugier gepackt, blickte sie ihn erwartungsvoll an.

„Janie!" rief er und stand plötzlich dicht vor ihr. „Ich will dir
etwas anvertrauen, was — bis auf die Banken, natürlich — niemand weiß. Sam und ich, wir haben ein Geschäftseinkommen
von über fünfzigtausend Dollar jährlich! Das muß geheim bleiben, ich sage es dir unter dem Siegel der Verschwiegenheit.
Wenn du zwanzigtausend Dollar bei uns einlegst, bekommst du
leicht im Jahr fünftausend Dollar als Gewinnanteil heraus. Bei
höherer Einlage steigt natürlich der Ertrag entsprechend. Und
das alles ohne die geringste Verminderung deines Kapitals. Du
wirst Teilhaberin an dem Großkaufhaus Grandeville, an einem
Unternehmen mit unbegrenzten Entwicklungsmöglichkeiten! In
welchem Ausmaß deine Einkünfte später steigen werden, läßt
sich nur ahnen. Ich habe dir erzählt, daß wir unser Geschäft er-
weitern werden. Wie groß es jetzt schon ist, hast du ja selber gesehen."

Er beobachtete sie. Seine Wangen waren tiefrot, seine Augen
sprühten.

„Janie! Begreifst du, was ich dir da anbiete, um deine Zukunft
sicherzustellen?"

Janie schlang eine rote Locke um einen zitternden Finger. Sie
war sehr blaß. Stuart setzte sich wieder neben sie und lachte,
sichtlich vor Freude.

„Ich glaube, ich werde Sam herumkriegen, Janie! Ich glaube,

er wird einsehen, daß ich mich zu einer Verwandten nicht anders verhalten kann. Gleich morgen werde ich die Urkunden ausfertigen lassen, Teuerste! Und dann brauchst du in Zukunft, Liebling, nur mehr in aller Gemütlichkeit zuschauen, wie mit unserer Geschäftserweiterung auch deine Einkünfte von Jahr zu Jahr steigen."

Mit heiserer Stimme wandte Janie ein: „Aber du hast mir doch erzählt, daß du dir von Mr. Allstairs zehntausend Dollar borgen mußtest, für dein Haus. Warum hast du das Geld nicht aus dem Geschäft genommen?"

Diese kluge Frage brachte Stuart einigermaßen aus der Fassung. Seine Stirn legte sich in Falten. Er verwünschte seine Geschwätzigkeit. Nie überlege ich mir, was ich sage! dachte er ärgerlich. Er zwang sich zu einem jungenhaften Lachen, zu einer betretenen Miene. Er kicherte in vorgetäuschter Befangenheit.

„Liebling, ich habe mich da verplappert. Aber davon darfst du keiner Seele ein Wort sagen. Schau, der größte Teil meines Vermögens steckt im Geschäft. Sam und ich, wir lassen alle unsere Gewinne unbehoben. Die Sache ist vielleicht für eine Frau nicht ganz leicht zu verstehen; aber ich will versuchen, es dir klarzumachen. Wenn ich zehntausend Dollar aus dem Geschäft herausgenommen hätte, wäre das mit einer Verminderung meiner Gewinne verbunden gewesen. Und das mag ich nicht, unter gar keinen Umständen." Er setzte eine Unternehmermiene auf und zwinkerte seiner Base vertraulich zu. „Unter gar keinen Umständen darf das Wachstum des Geschäfts beeinträchtigt werden. Das mit Allstairs war einfach ein Privatdarlehen. Ohne jeden Zusammenhang mit dem Geschäft."

Er brachte seine Lügen derart natürlich vor, fast wie ein beichtendes Kind, daß sogar die schlaue Janie glatt darauf hereinfiel. Übrigens trug dazu auch ihre Selbstüberschätzung bei. Stuart konnte doch nie auf den Gedanken kommen, eine so gefinkelte Person wie Janie Cauder übertölpeln zu wollen!

„Ich verstehe", murmelte sie und drohte ihm schelmisch mit dem Finger. „Mein Lieber, du hast es faustdick hinter den Ohren!

Aber mir kann's recht sein!" Sie holte tief Atem. Ihre Augen schimmerten wieder. „Wir werden also morgen die Urkunden ausstellen lassen, Stuart?"

Er vermochte seine Siegesfreude kaum zu zügeln. Gleich morgen wollte er dem alten Teufel von Allstairs seine zehntausend Dollar vor die Füße werfen. Und dann rasch Marvina und ihr Vermögen heiraten! Ihm wurde ganz wirblig im Kopf. Eine Entführung mußte es wohl werden, in gewissem Sinne. Bevor Janie die Augen aufgingen, und ohne Wissen des Vaters. Marvina war ehemündig. Allstairs würde eine Weile toben; aber das half ihm nichts mehr. Mit der Zeit würde er sich beruhigen. Und dann fiel sein gewaltiges Vermögen ihm, Stuart, in die Hände. Daß die Sache so leicht gehen würde, hätte er nicht im Traum gedacht. Seine Selbstachtung stieg ins Grenzenlose. Was war er doch für ein verdammt geriebener Kerl! Ein Meisterschurke! Er sah Zukunftsbilder vor sich, daß ihm schwindelte.

Er umarmte Janie und küßte sie heftig. Sie schmiegte sich eng an ihn. Ihr Mund war begehrlich und leidenschaftlich. Seine Gedanken weilten bei anderen Dingen. Er liebkoste sie überschwenglich, aber mechanisch. Das Herz klopfte ihm stürmisch.

Und nun spürte er, zuerst ganz leise, dann immer stärker, welch wilde, heiße Leidenschaft ihm da in den Armen lag. Seine Sinne schwankten in mühsamem Kampf. Er rückte ein wenig ab. Janies kräftige Arme schlangen sich fester um ihn. Sie zog seinen Kopf herab, und ihre Lippen saugten sich an seinem Munde fest. Ihre Finger wühlten in seinem schwarzen Haar. Mit einem merkwürdigen Singen schoß ihm das Blut in Hals und Gesicht und Kopf.

Später, als Stuart in ihrem finsteren Zimmer wartete, war sie froh, daß sie nicht die Kerzen angezündet hatte. Er brauchte nicht zu sehen, wie unansehnlich ihr Körper war, trotz der lüsternen Flamme, die darin wie ein verheerender Brand wütete.

XX

Stuart Coleman hätte am nächsten Tag keine Gelegenheit gefunden, ‚dem alten Teufel von Allstairs seine zehntausend Dollar vor die Füße zu werfen'. Sowohl Joshua wie sein Herzblättchen Marvina hatten sich kurz zuvor mit der jahreszeitlich üblichen Influenza zu Bett gelegt.

Als Stuart morgens voll Unternehmungslust erwachte, verspürte er keine Gewissensbisse, keine zimperliche Unbehaglichkeit. Dafür war er zu robust, zu sachlich. Er hoffte menschenfreundlicherweise, Janie habe die ‚nette, kleine Unbesonnenheit' ebenso genossen wie er. Sie war ja kein wehrloses Mägdelein, keine zarte Schutzbefohlene, deren Tugend er hätte wahren müssen. Sie wahrte die eigene Tugend nicht und besaß gar keine, was ihr schon ihre gesunde Sinnlichkeit sagen mußte. Wenn jemand verführt worden war, dachte er lachend, so war er es gewesen und nicht sie.

Er frühstückte allein und zog sehr früh los, um Sam Berkowitz vor die vollendete Tatsache zu stellen und zu beschwichtigen oder einzuschüchtern. Seine unternehmungslustige Stimmung kam ihm zustatten. Sam konnte allerdings manchmal schwierig und starrköpfig sein. Die Kunde, daß es von nun an drei Geschäftsteilhaber gab, würde ihn, gelinde gesagt, in Erstaunen versetzen. Während Stuart durch die stillen, sonnigen Straßen schlenderte, den Stock in die Luft warf und wieder auffing und dazu vergnügt vor sich hinpfiff, überlegte er, wie er seine ‚Beichte' einleiten sollte.

Er kaufte eine Zeitung, sah die Überschriften durch und ging weiter. Eine sehr friedliche, angenehme Zeit, wahrhaftig! Im Süden rumorte es zwar ein bißchen, und man stieß dort heißblütige, unverhüllte Drohungen gegen den ‚das Sklavenproblem verkennenden' Norden aus. Aber das war nicht weiter gefährlich. Die Heißsporne mochten sich gegenseitig beschimpfen, soviel sie wollten; zum Schluß würden sie sich doch wieder vertragen! Zumindest hoffte Stuart es. Und um Europa kümmerte er sich schon lange nicht mehr.

Erst als er vor Sams hübschem, grauem Häuschen in einem sehr ärmlichen Stadtteil stand, kamen ihm die ersten Bedenken. Ärgerlich runzelte er die Stirn. Rückgängig machen konnte und wollte er die Sache nicht. Das mußte er Sam gleich von allem Anfang an zu verstehen geben. Sicherlich würde eine gewisse Verstimmung entstehen. Das war das einzige, was Stuart beirrte.

Eine verschlafene Zofe führte ihn in den kleinen, stillen Salon. Die alte Mrs. Berkowitz war durch ihren Rheumatismus jetzt fast ganz ans Bett gefesselt und kam jedenfalls morgens nicht mehr herunter. Aber Sam wurde gerufen und erschien in Hemdsärmeln, groß und gebückt und hager, mit vorzeitig ergrautem grobem Haar und lebhaften, forschenden Augen. Er war gelassen und ruhig, höflich und freundlich, wie gewöhnlich.

„Ach, Stuart, für Sie ist das eine besonders frühe Stunde, nicht?" Trotz seiner etwas ungelenken und schwerflüssigen Redeweise klang die Stimme erfreut. Falls ihm etwas nicht ganz geheuer vorkam, so zeigte er es nicht. „Sie nehmen doch eine Tasse Kaffee, nicht wahr? Ich wollte gerade frühstücken."

„Danke, Sam, ich habe schon gefrühstückt." In betont guter Laune hob Stuart die Rockschöße, setzte sich in einen samtbezogenen Sessel und lehnte den Stock an die Knie. „Ich möchte nur, bevor die Banken aufmachen, eine kleine Geschäftsangelegenheit mit Ihnen besprechen."

Sam ahnte nichts Gutes. Er setzte sich langsam und musterte mit seinen kurzsichtigen Augen den Besucher. „Geld?" fragte er leise, bekümmert. „Wieder einmal Geld, Stuart? Sie brauchen Geld?"

„Zum Teufel!" rief Stuart zornig. „Brauche ich denn immer Geld?"

„Meistens", entgegnete Sam lächelnd.

„Bin ich ein Armenhäusler? Wollen Sie durchblicken lassen, daß ich am Hungertuch nage, Berkowitz?"

Aber Sam ließ sich nicht aus der Ruhe bringen. „Ich will nur durchblicken lassen, mein lieber Stuart, daß Sie gewöhnlich Geld brauchen."

Stuart machte ein finsteres Gesicht. Dann mußte er lächeln. „Wem geht es nicht so?" fragte er frischweg. „Übrigens genügt es bei einem Kompaniegeschäft, wenn einer der Teilhaber solvent ist. Ja, es geht um Geld. Aber nicht um Geld, das ich brauche, sondern um Geld, das auf meinen Zugriff wartet."

Jetzt war Sam ernstlich besorgt. Er kannte Stuart sehr gut. Wenn sein Freund sich so unbekümmert, so sorglos gab, dann war etwas faul. Plötzlich erschrak Sam. Wollte Stuart ihm vielleicht gar seine Verlobung mit Miß Marvina mitteilen?

„Schauen Sie nicht so verstört drein, Sam!" lachte Stuart. Seine Wangen waren lebhaft gefärbt; er war in hervorragender Stimmung. „In allem Ernst: Zwanzigtausend Dollar warten dringend auf meinen Zugriff."

Sam verzog den Mund, und seine Miene verriet ernste Besorgnis. „Wenn jemand so etwas sagt, Stuart, dann ist es gewöhnlich an der Zeit, die Polizei anzurufen. Aber entschuldigen Sie! Ich wollte Sie nicht unterbrechen. Erzählen Sie, bitte!"

„Das versuche ich ja, um Himmels willen!" rief Stuart gereizt. „Zwanzigtausend Dollar, mit einem einzigen Griff. Und nichts von Polizei, hol Sie der Kuckuck! Ich bin doch kein Bankräuber, obwohl ich gestehen muß, daß diese Profession etwas für sich hat. Nein, es handelt sich um meine Base, Mrs. Cauder. Sie hat sich bereit erklärt, mir zwanzigtausend Dollar zu borgen. Auf der Stelle."

Sam starrte ihn schweigend an. Ach, jetzt sah er klar! Stuart war ein hübscher junger Mann mit großer körperlicher Anziehungskraft und Überredungsgabe. Einem solchen Typ fiel es offenbar nicht schwer, einer leicht beeinflußbaren Frau eine Stange Geld abzuschwatzen. Sam fühlte sich teils erleichtert, teils bedrückt. So etwas hätte er seinem Freund nicht zugetraut!

„Das ist sehr nett von der Dame, Stuart", sagte er langsam. „Und da Sie ihr Vetter sind, verlangt sie keine Sicherstellung?"

Jetzt hatte Sam den wunden Punkt berührt. Stuart räusperte sich und versank in den Anblick seines vergoldeten Stockknaufes. Dann sagte er geradewegs: „Verlangt hat sie keine; aber ich habe ihr selber eine angeboten."

Trotz seiner ernsten Stimmung konnte Sam sich nicht die spitze Bemerkung verkneifen: „Ihr Haus vielleicht, Stuart, auf dem schon die schweren Hypotheken des Mr. Allstairs lasten?"

„Sam, ich kann mich nur wundern über diesen spöttischen Ton, der ganz unangebracht ist, und sehr unfreundlich. Bin ich ein Schuft, Sam, daß ich eine arme, einsame und verlassene Witwe, wie sie sich gern nennt, hintergehen wollte? Sehe ich aus wie jemand, der imstande ist, Waisenkinder um ihr Geld zu bringen? Zum Teufel, Sie haben eine schöne Meinung von mir!"

„Aber, aber!" beschwichtigte Sam ihn mit etwas fröhlicherem Lächeln. „Von meinen Freunden habe ich immer die beste Meinung. Ärgern Sie sich nicht so, lieber Stuart! Ich habe überhaupt nichts gegen Sie gesagt. War es denn so ungehörig, nach der Sicherstellung zu fragen?"

„Das nicht", gab Stuart besänftigt, aber noch immer verlegen zu. „Gerade deshalb bin ich ja gekommen. Um mit Ihnen über die Sicherstellung zu reden. Ich habe nämlich Janie so eine Art Teilhaberschaft bei unserem Unternehmen angeboten."

Sam war bestürzt. Er stand langsam auf. Er blickte Stuart ungläubig an. Er brachte kein Wort heraus.

„Schauen Sie nicht drein, als ob Ihr letztes Stündlein geschlagen hätte, Sam!" versuchte Stuart zu scherzen. „Ich werde Ihnen die Sache kurz erklären. Ich habe meiner Base — übrigens wahrheitsgemäß — angedeutet, daß eine Geschäftseinlage von zwanzigtausend Dollar ihr mindestens fünftausend Dollar jährlich einbringt. Das hat ihre Habgier geweckt. Sehr erbaulich, nebenbei bemerkt, diese weibliche Begehrlichkeit! Wir beide, Sie und ich, verdienen gegenwärtig kaum das Doppelte, und wir haben, wie Sie genau wissen, beträchtlich mehr investiert. Wenn jetzt ein stiller Teilhaber uns zwanzigtausend Dollar zur Verfügung stellt, so können wir jedenfalls ein Freudengeheul anstimmen. Habe ich nicht recht?"

Er wartete und fuhr dann fort: „Ich sehe, Sie sind anderer Meinung. Na, macht nichts. Hören Sie weiter! Bedenken Sie vor allem, was wir mit zwanzigtausend Dollar schaffen können, Sam! Erinnern Sie sich an dieses Warenlager in New York, das zu einer Konkursmasse gehört und für einen Pappenstiel zu haben ist? Ich werde sofort entsprechend disponieren. Sie entsinnen sich doch, wir haben kürzlich darüber gesprochen, und es hat uns leid getan, daß wir kein Darlehen aufnehmen und die Waren kaufen konnten. Jetzt können wir sie kaufen. Ich warte noch immer auf das Freudengeheul."

Sam setzte sich wieder, ganz langsam. Jetzt waren seine braunen Augen nicht mehr freundlich, sondern blickten durchdringend und sehr finster. Wieder wartete Stuart. Aber er bekam zur Antwort nur die Feststellung: „Sie haben mir noch nicht alles gesagt, Stuart."

„Allerdings." Stuart zögerte. Er biß sich auf die Lippe. Er wich dem Blick Sams aus. „Ich brauche zehntausend Dollar, Sam. Sehr dringend. Um diesen alten Gauner Allstairs auszahlen zu können. So rasch wie möglich. Ich muß das tun. Ich lege die ganzen zwanzigtausend ins Geschäft und hebe zehntausend wieder ab als Privatdarlehen, das ich in Monatsraten aus meiner eigenen Tasche zurückzahle. Wenn ich einmal die mörderischen Zinsen los bin, die ich jetzt dem Wucherer berappen muß, kann ich die Raten leicht aufbringen. Janie wird in bestimmten Zeitabständen gewisse Beträge als Entgelt für ihre Beteiligung erhalten. Ich lasse noch heute die nötigen Urkunden ausstellen."

Sam sah ihn fest an. „Ich werde Sie jetzt kränken, aber es muß sein. Wenn Sie an Allstairs Ihre Darlehensraten regelmäßig entrichten, so tun Sie es, weil Sie Ihr Haus zu verlieren fürchten und weil Sie um Ihr Ansehen bei ihm besorgt sind. Aber an unser Unternehmen werden Sie, da diese Befürchtungen wegfallen, Ihre Rückzahlungen nicht regelmäßig leisten. Das Unternehmen jedoch muß, ob die Geschäfte gut gehen oder nicht, der Mrs. Cauder die ‚gewissen Beträge in bestimmten Zeitabständen' zahlen. Sie, Stuart, und ich, wir können warten. Wir können, wie Sie zu sagen pflegen, den Gürtel enger schnallen, Mrs. Cauder kann das nicht. Sie ist eine Frau, mit Kindern."

„Hol Sie der Teufel, Sie stellen mich ja als verantwortungslosen Betrüger hin!" schrie Stuart zornrot, indem er seine Verlegenheit hinter Poltern und Toben verbarg. „Sie behaupten ja geradezu, ich will mich um meine Abzahlungen drücken! Und Ihnen Ihre verdammten Profite schmälern!"

Sam hob die Hand. In klarem, festem Tone erwiderte er: „Ich habe Ihnen oft gesagt, mein teurer Stuart, daß nötigenfalls alles, was ich habe, Ihnen zur Verfügung steht. Ich bin nicht beleidigt über Ihren Ton. Ich ärgere mich nicht. Ich bin nur besorgt. Ihretwegen. Hören Sie mich, bitte, an! Wenn ich gesagt habe, wir beide können warten, Mrs. Cauder kann es nicht, so geschah das, wie Sie genau wissen, nur im Interesse Ihrer Base. Sie sind verschuldet, Stuart. Auf allen Seiten. Vorigen Monat allein waren es fast tausend Dollar, für Frauen und Hasardspiele. Sie haben es mir selbst erzählt. Und da ist dieses Halsband für die hübsche Dame in Saratoga, im vorigen Jahr. Haben Sie das schon bezahlt, Stuart? Das sind, glaube ich, weitere zweitausend Dollar. Und die Pferderennen, Stuart. Sie können der Turfleidenschaft nicht widerstehen. Ich weiß das alles. Sie sind jetzt böse auf mich, aber bei sich selber sehen Sie ein, daß ich recht habe."

„Ich werde Wechsel ausstellen!" brüllte Stuart wütend. „Ich gebe Ihnen so viele verdammte Wechsel, wie Sie nur wollen, und Sie können sie Ihren Halsabschneidern weitergeben. Sie können mich auspfänden lassen, zum Teufel!"

Aber Sam lächelte nur traurig. Immer wieder schüttelte er den Kopf. „Sie wissen, daß Sie ins Blaue hinein reden, Stuart. Sie wissen, daß ich Ihren Bankrott ohne Murren mit Ihnen teilen würde. Wozu brauche ich Geld, außer, um die Pläne für mein Volk zu verwirklichen? Was ich habe, gehört auch Ihnen. Aber ich kann es nicht mit ansehen, daß Sie sich selbst zugrunde richten. Ich kann dabei einfach nicht schweigend zuschauen."

Mit heftiger Gebärde sprang Stuart auf und rief: „Ich schwöre bei Gott, daß Sie mich verkennen, Sam. Ich werde alles zurückzahlen, pünktlich. Ich gebe Ihnen mein Wort darauf. Ich mußte mich früher einmal einschränken; ich habe nichts dagegen, es wieder zu tun. Schluß mit den Schulden, mit allen Privatschulden, bis das Geld zurückgezahlt ist!" Er lächelte grimmig. „Übrigens wird in Kürze meine Zahlungsfähigkeit beträchtlich steigen. Ich gedenke Miß Marvina Allstairs zu heiraten. Und zwar sehr, sehr bald. Mit Zustimmung ihres Vater oder, wenn es sein muß, ohne seine Zustimmung."

Stuart hatte sein Selbstvertrauen wiedergefunden. Ohne die Niedergeschlagenheit in Sams Miene und seine krampfhaft verschränkten Hände zu bemerken, baute er frohgemut an seinen Luftschlössern weiter. „Sollte der alte Schuft sich sperren, so gibt es andere Möglichkeiten. Sobald Miß Marvina einundzwanzig Jahre alt wird, erbt sie nach ihrem verstorbenen Pittsburgher Großvater, dem Vater ihrer Mutter, einen Haufen Geld. Ich glaube, so an die hunderttausend Dollar. Die drei Jahre bis dahin könnten wir beide, Sie und ich, uns durchhelfen, auch wenn die Geschäfte schlecht gingen, was sie nicht tun werden. Das Unternehmen wächst ja von Tag zu Tag. Das haben Sie mir selber gesagt."

Aber Sam fragte mit leiser, zittriger Stimme und gesenktem Blick: „Sie wollen diese Dame heiraten, Stuart, weil Sie sie lieb haben, und nicht unseres Unternehmens wegen?"

„Gewiß." Stuart starrte vor sich hin. „Ich bin ihr sehr zugetan! Ich möchte mich nicht zu der Behauptung versteigen, daß ich sie auch heiraten würde, wenn sie arm wäre. Aber sie wäre mir mit einem kleinen Vermögen lieber als eine andere mit mehr Geld. Außer", fügte er grinsend hinzu, „die andere hätte ganz besonders viel Geld."

Er setzte sich wieder, voll Eifer und Zuversicht. „Lange wird der alte Schubiak sich nicht wehren. Da hat er das Mädel zu lieb. Ich werde einen Mustergatten abgeben. Er wird bald weich werden. Das kenne ich schon!"

Sams Verzweiflung wuchs. Dieses seltsame, leblose junge Geschöpf! Dieser Golem mit der schönen Larve! Marvina Allstairs würde Stuarts heißes, kraftvolles Herz in einen Eisklumpen verwandeln, würde seine Seele zerstören! Es war unerträglich, aber unabwendbar. Wenn Menschen bewußt ihrem Untergang entgegensteuerten, verhallten die Warnungen der Freunde im Sturm der Leidenschaft.

Stuart umfaßte Sams Knie und schüttelte es liebevoll. „Warum schauen Sie mich denn so an, Sam? Verstehen Sie nicht? Alles geht wie geschmiert. Entschuldigen Sie, wenn ich ausfällig war! Aber Sie verstehen mich doch, Sam, nicht wahr? Ich wollte Sie um alles in der Welt nicht kränken. Mir geht nur manchmal die verdammte Zunge durch. Bei mir selber weiß ich genau, was ich an Ihnen habe. Sam, zum Teufel, ich habe Sie von Herzen gern."

Sam legte seine kalten, knotigen Finger auf Stuarts warme Hand. Er sagte nichts.

„Sam, Sie verzeihen mir doch, nicht wahr?"

Sam stand auf. Er strich sich mit der Hand über das Gesicht. „Ich habe Ihnen nichts zu verzeihen, Stuart." Er ließ die Hand sinken. Sein hageres Gesicht sah abgehärmt aus. „Wollen Sie warten, bis ich mich fertiggemacht habe? Dann gehen wir zu den Banken und zu unserem Anwalt."

Aber auch nachdem alles erledigt war, wurde Stuarts Absicht, stolz zu Joshua zu marschieren und ihm einen Scheck auf zehntausend Dollar zu überreichen, wenigstens für einige Zeit vereitelt. Joshua und Marvina mußten ihre schweren Influenzen auskurieren und nahmen nach ihrer Genesung für drei Wochen Aufenthalt in einem Berggasthof, um sich in einem Klima zu erholen, das milder war als Grandevilles rauhe, bittere Kälte.

Während dieses Gebirgsaufenthalts reiften in Joshua die Pläne, im Sommer seine Tochter, sobald sich eine passende Anstandsdame und Betreuerin für sie gefunden hätte, nach England zu schicken und dort zu lassen.

Stuart war über den Aufschub im ersten Augenblick enttäuscht, dann jedoch froh. Auch er schmiedete an seinen Plänen weiter, und es waren wahrhaft kühne Pläne.

Janie Cauder, die stille Gesellschafterin des Großkaufhauses Grandeville, schätzte sich überglücklich. Sie zweifelte nicht mehr daran, daß Stuart sie heiraten würde. Er konnte sich nicht genug tun an liebevoller Zuvorkommenheit. Er war freundlich zu ihren Kindern, die offenbar den Vetter gut leiden mochten, bis auf Robbie, der ihn für einen Einfaltspinsel zu halten schien. Als

Stuart vorschlug, die drei Knaben sollten in die vornehme Schule, die er selbst besucht hatte, eintreten, erklärte Janie sich freudig einverstanden. Es war so nett und lieb von dem teuren Stuart, sich um das Wohlergehen ihrer Kinder zu kümmern!

Laurie schien er besonders gern zu haben. An den Spätnachmittagen machte er oft mit ihr Spaziergänge längs des Flußufers, und vom Fenster aus konnte Janie die beiden sehen, den großen, eleganten Stuart mit seinem hohen Hut und Pelzkragen und das kleine Mädchen in Umhang und Haube. Hand in Hand gingen sie am Rande des wirbelnden Wassers dahin.

XXI

Mit schüchterner Neugier und verlegener Scheu betrachtete Angus das Haus Vater Houlihans. Es sah gar nicht nach einer jener ‚Räuberhöhlen‘ aus, als die sein Großvater, ein verbissener Hasser aller ‚Papisterei‘, die katholischen Pfarrhöfe bezeichnet hatte. Es war eher ein hübsches weißes Landhäuschen auf einer lattenzaunbegrenzten Rasenfläche, die jetzt in der belebenden Mailuft von Tag zu Tag grüner wurde. Beim Hause standen Rosensträucher, knospend und schon voll belaubt. Die kleinen Fensterscheiben waren sauber geputzt und mit billigen Vorhängen aus beigefarbenem schwerem Stoff versehen. An der weißen Eingangstür prangte ein glänzend polierter messingener Türklopfer in Gestalt eines Bärenkopfs. Das Haus lag in nächster Nähe und wie im sicheren Schutz des hübschen Kirchleins.

Das Innere war ebenso einfach, sauber und bescheiden wie das Äußere. Über glatte, breite Bohlen war ein türkischroter Teppich gebreitet, und die fast ganz von Stuart beigestellten Möbel waren aus solidem Eichenholz und Leder. An den eichenholzgetäfelten Wänden hing da und dort ein kleines gutes Andachtsbild. Auf einigen Tischen standen blaue Schalen mit Narzissen und Tulpen aus Vater Houlihans Garten, den er selbst betreute. Sogar eine kleine Orgel gab es.

Über dem Sims des blaugekachelten Kamins, in dem ein kleines Feuer brannte, hing ein — auch von Stuart gewidmetes — schön geschnitztes großes Kruzifix aus Ebenholz und Elfenbein. Angus blickte es an, schrak zusammen und wandte, zu Stuarts Ärger, den Blick wie von etwas Unziemlichem ab. Aber der Knabe war sehr höflich, und als Stuart ihm einen Sessel anwies, setzte er sich auf dessen Rand, den Hut auf den Knien.

Stuart versuchte, den Knaben streng anzublicken. In Wirklichkeit fragte er sich, mit welcher Begründung er ihm die Notwendigkeit, diesen Besuch vor seiner Mutter geheimzuhalten, klarmachen könnte. Wie an jedem Sonntagabend sollte auch diesmal Sam Berkowitz herkommen, zu dem gewohnten Pokerspiel nach der Abendandacht. Es würde Bier geben und Mrs. O'Keefes guten Kochschinken und knuspriges Brot.

Jetzt, da Angus einmal hier war, verwünschte Stuart in gewohnter Art sich selbst wegen seiner Unbedachtheit. Am Nachmittag hatte er den Knaben beim Fluß wehmütig und mit todtrauriger Miene herumstreifen sehen und ihm, einer plötzlichen Eingebung folgend, gefragt, ob er abends zu einem Freunde mitkommen wolle. Angus hatte freudig und dankbar bejaht. Fast erst vor der Haustür hatte Stuart ihm mitgeteilt, wer dieser Freund war. Jetzt zerbrach er sich den Kopf darüber, was ihn eigentlich zu dieser Einladung veranlaßt haben mochte; es mußte wohl irgendein dem Mitleid entsprungenes Ahnungsvermögen mitgespielt haben, die Empfindung, daß Angus einen Freund brauchte, einen mitfühlenden, schlichten und guten Menschen. Und im Zusammenhang mit diesen Eigenschaften fiel ihm unweigerlich Vater Houlihan ein.

Er mußte lächeln. Vielleicht würde er eines Tages dem Knaben erzählen, wie er den Geistlichen kennengelernt hatte. Aber dazu mußten noch Jahre vergehen.

Diese erste Begegnung war unter recht unglückseligen Umständen erfolgt. Unter Vater Houlihans Pfarrkindern gab es erstaunlicherweise auch zwei ziemlich wohlhabende Ehepaare, deren jedes einen einzigen Sohn hatte, hübsche Burschen, an die sechzehn Jahre alt, von den Eltern verzärtelt und mit viel zuviel

Taschengeld versehen. Deshalb waren sie eigensinnig und störrisch und liederlich. An einem Sonntagabend fanden sie den Weg in das teuerste und eleganteste Bordell der Stadt, dessen Eigentümer übrigens natürlich Joshua Allstairs war. Auch Stuart kam dorthin. Die Damen des Hauses waren sehr spärlich bekleidet, sehr jung und lustig, und die beiden Burschen fühlten sich in dem luxuriösen Salon überaus wohl. Jeder hatte eine Dame auf den Knien und ein Glas Whisky in der Hand. Auch Stuart tat ungefähr das gleiche.

Nun mußte jemand die Väter der beiden Burschen von deren nächtlichem Streifzug in das Reich der käuflichen Liebe unterrichtet haben. Da die Väter selbst offenbar in dem betreffenden Hause zu gut bekannt waren, andererseits aber nicht die Polizei bemühen wollten, wandten sie sich an den Geistlichen um Hilfe. Vater Houlihan, der wackere Held, drang in das Bordell ein, nur mit seiner Entrüstung und Kümmernis bewaffnet. Er gedachte weder die Madame noch die Mädchen auszuschelten, sondern nur die mißleiteten Knaben zu retten. Bei einiger Überlegung hätte er, so dachte Stuart später, weniger impulsiv gehandelt und mehr auf sein geistliches Gewand Bedacht genommen. Aber als echter Kelte handelte er zuerst und bedauerte später. Wie es ihm gelungen war, an dem Zerberus von Pförtnerin vorbeizuflitzen, wußte niemand recht, am wenigsten der höchst erregte Gottesstreiter selbst.

Jedenfalls stürzte er, wie aus der Pistole geschossen, in den Salon, laut schreiend, ganz rot, mit vor Erregung und Zorn aufgetriebenen Wangen. Die beiden Burschen wurden kreidebleich, ließen die gefälligen Damen vom Schoß gleiten und die Gläser mit einem Krach zu Boden fallen. Vater Houlihan wurde immer aufgeregter, geriet in Wut, versetzte den Jünglingen je eine schallende Ohrfeige und befahl ihnen aufstampfend, brüllend und gälische Verwünschungen ausstoßend, sofort das Haus zu verlassen.

Mitten in die nun folgende allgemeine Verwirrung rief eine der jungen Damen: „Wer ist denn das, um Himmels willen!"

Sobald Stuart die lange schwarze, um die Beine des Geist-

184

lichen flatternde Soutane erblickte, mußte er hellauf lachen und schrie: „Verdammt, das ist ja Mrs. Grundy, die Sittenstrenge in Person!"

Als Vater Houlihan, von seiner Bestürzung und Wut fortgerissen, Anstalten machte, den beiden an seinem Vorstoß schuldigen Jungen noch nachdrücklicher zu Leibe zu rücken, kam Stuart ihnen, fast außer sich vor Belustigung, zu Hilfe. Er bewunderte den saftigen Wortschatz des Geistlichen und war voll liebreichen Mitgefühls für seine Tatkraft, seine Beschämung und seine polternde Verwirrung. Er schob die Knaben zur Tür hinaus und trat zu dem Geistlichen, der heiser keuchte und sich mit einem großen weißen Taschentuch das Gesicht abtrocknete. Stuart nahm ihn am Arm. Der Geistliche schüttelte ihn ab und wünschte ihn mit ganz unpriesterlichen Redewendungen zum Teufel. Die beiden verließen miteinander das Haus.

Sobald sie auf dem Gehsteig waren, fuhr der Geistliche Stuart wütend an: „Schämen sollten Sie sich vor Gott und den Menschen, daß Sie so junge Taugenichtse ins Verderben führen!"

„Ich habe sie nicht hergeführt." Noch immer lachend, erklärte Stuart ihm den Sachverhalt. Der Geistliche starrte ihn entsetzt an und mußte dann unwillkürlich mitlachen. Übrigens sei es, betonte Stuart, höchst unziemlich für einen Geistlichen, ein Bordell aufzusuchen, weil dieses Mittel auch durch den guten Zweck nicht geheiligt werde.

„Ich überlege nie", gestand Vater Houlihan zerknirscht. Entgeistert starrte er Stuart an. „Glauben Sie, hat man mich erkannt?"

„Zweifellos", tröstete Stuart ihn. Er fühlte sofort Zuneigung für den Geistlichen. ,Ich überlege nie', klang ihm sehr vertraut. Er ging mit dem neuen Bekannten bis zu dessen Wohnstätte, die damals nicht ein hübsches, weißgetünchtes Haus war, sondern eine jämmerliche, unfreundliche kleine Hütte mit rissigen, schindelverschalten Wänden. Unterwegs beklagte der Geistliche seine Unbedachtheit, die ihn oft zu Sünden verführe. Sein Gehaben war so ernsthaft, so natürlich und so kindlich, daß Stuart immer mehr Gefallen an ihm fand.

Als sie vor dem traurigen Häuschen standen, blickte der Geistliche seinen Begleiter seufzend an. „Ein netter junger Mann wie Sie! Und taumelt so in den Rachen der Hölle! Trotz Eheweib und allem Drum und Dran!"

„Ich habe kein Eheweib und kein ,Drum und Dran' ", beruhigte Stuart ihn. Der Geistliche war etwas erleichtert, schüttelte aber doch den Kopf und seufzte wieder: „So ein feiner, stattlicher Mann!"

Das war der Anfang einer Freundschaft gewesen, die ihr ganzes Leben lang vorhalten sollte, einer schönen menschlichen Verbindung, die durch die häufigen zornmütigen, lärmenden Auseinandersetzungen zwischen den beiden nur noch fester wurde. Mindestens einmal im Monat verließ Stuart das Haus des Geistlichen voll Wut, mit dem dringenden Rat, er möge sich zum Teufel scheren, während ihn bis zur Tür die robuste Stimme des Geistlichen begleitete, die ihm viele heilige Worte auf ausgesprochen unheilige Art nachrief. Dann schrieben sie einander eine Reihe von Briefen mit kleinmütigen Entschuldigungen und trafen sich am nächsten Sonntag wieder.

Jetzt suchte Stuart noch immer nach den richtigen Worten, um Angus die Geheimhaltung des Besuchs bei dem Geistlichen auf die Seele zu binden, als Vater Houlihan mit strahlender Miene eintrat und gleich den warmen, kleinen Raum mit Lebenskraft, Gesundheit und Begeisterung füllte. Begeistert war er eigentlich fast immer und ließ sich in seiner arglosen Zuversicht selten beirren, weil er trotz aller gegenteiligen Erfahrungen fest an die natürliche Güte der Menschen glaubte.

„Schau, schau!" rief er mit voller, tiefer Stimme und musterte Angus freundlich. Von dem Knaben hatte Stuart ihm schon erzählt, und er war, wie es seinem Wesen entsprach, bereit, den schutzlosen Jungen in seine Liebe einzuschließen.

Angus erhob sich zurückhaltend und hielt die Krempe seines Hutes krampfhaft umfaßt. Sein blasses, mageres Gesicht wurde rot. Er konnte dem Geistlichen nicht in die Augen schauen, und sein Herz klopfte heftig. Er hatte sich einen finsteren, hageren, schlauen Jesuiten mit verschlagener Miene vorgestellt, vor dem er sehr auf der Hut sein müßte. Aber dieser untersetzte, wohlbeleibte, stämmige und kahlköpfige Vierziger war eher ein Falstaff-Typ als ein ränkevoller Römling. Er reichte Stuart kaum bis zur Schulter, und seine Soutane glänzte in der Bauch- und Schultergegend, so straff war sie gespannt. Er hatte kurze, dicke, sehr ausdrucksvolle Hände, deren makellose Weiße und Gepflegtheit den Gegenstand seiner einzigen Eitelkeit bildete. Alles an ihm war ausdrucksstark, atmete Lebhaftigkeit und Daseinsfreude und heiße Liebe zu allen Dingen der Schöpfung, auch dann, wenn er, was sehr oft vorkam, traurig wurde.

Er hatte einen großen, runden Schädel, dessen rötliche Glatze feucht schimmerte. Nur über den Ohren und dem Stiernacken lag ein Saum goldblonder Haare als letzter Rest einer einst stattlichen Mähne. Die großen lachsfarbenen Ohren standen vom Kopf ab, als lauschten sie ständig aufmerksam, in belustigtem Staunen. Das sehr runde und breite, rosige Gesicht lief in ein Doppelkinn aus. Seine Fettleibigkeit machte ihn ganz verzweifelt und bekümmert; aber trotz all seiner Gebete um himmlischen Beistand zur Abtötung des Fleisches konnte er der Versuchung schmackhaften Essens und guten Bieres nicht widerstehen.

Über den scharfen, immer wandernden, humorvollen blauen Augen wölbten sich dichte goldblonde Brauen. Die Nase ragte groß und knollig aus dem Gesicht. Aber die vollen, roten Lippen waren überaus ansprechend; an den Mundwinkeln zitterte stets ein Lächeln, und rührende Grübchen blitzten immer wieder auf.

Seine Seele war sehr schlicht. Eine gründliche Bildung tat seiner Gläubigkeit keinerlei Abbruch. Einmal hatte er zu Stuart bemerkt, von der Vielwisserei halte er nichts; sie mache die Seele blind und taub und lähme alles gefühlsmäßige Erfassen. Bei ihm selber jedoch waren diese Folgen nicht eingetreten; sein natürliches Einfühlungsvermögen war so stark, so vorahnend und liebevoll wie bei einem Kinde. Er mißtraute allen Überklugen, allen Dialektikern und Sophisten, ob sie nun geistliches oder weltliches Gewand trugen; darin lag wohl teilweise die Ursache dafür, daß er bei seinem Bischof nicht gut angeschrieben war und sein ganzes Leben lang ein kleiner Kleriker blieb. Vielleicht war er für höhere kirchliche Würden auch zu offenherzig, zu freimütig und zu eigenwillig.

Er schien erhaben über alle Heuchelei. Obwohl er oft von diesem Laster sprach, konnte er es nie recht begreifen und entsetzte sich immer, wenn es ihm bei anderen begegnete. Er war ein schlechter Geschäftsmann und lässig in seinen Verrechnungen, was ihm vom Bischof ebenfalls angekreidet wurde. Und er zeigte keinen Bekehrungseifer, was ihm häufigen Tadel eintrug. In seiner tiefen Bestürzung über solchen Tadel spürte er nur, daß er Gott liebte und daß andere Menschen zweifellos desgleichen taten, wenn auch oft auf abweichende, ihnen gemäße Art. Wenn er von Zeit zu Zeit zum Bischof berufen und dort zurechtgewiesen wurde, kam er sehr gedemütigt und verwirrt heim, entschlossen, sich zu bessern, obwohl er keine Ahnung hatte, worin diese Besserung bestehen sollte.

Seine Liebe zu Gott gab ihm eine hohe, schöne Würde, der weder seine robuste Lebensfreude noch seine Fettleibigkeit etwas anhaben konnten. Aus seinem rosigen Antlitz und seinen lebhaften blauen Augen strahlte wie ein himmlisches Licht sein Glaube; er überstrahlte seine wilden Temperamentsausbrüche, seine zügellose Redeweise und seine unbändige Heftigkeit gegenüber allen Schurkereien oder Grausamkeiten. Weil er so schlicht und aufrichtig war, schaute er jedem fest und gerade in die Augen, zugleich aber mit solcher Menschenliebe, daß er selten jemanden gegen sich aufbrachte.

So blickte er jetzt auch den Jungen mit sehr ernster Miene an. Doch der Knabe wurde rot vor Verlegenheit und blinzelte ihn nur zwischen zusammengekniffenen Augenlidern scheu an. Eine Weile blieb es ganz still in dem Zimmer. Stuart stand in einiger Entfernung von den beiden und sah ihnen lächelnd zu. Vater Houlihan musterte weiter mit seiner schlichten, offenen Geradheit den Jungen. Dann trat langsam, doch sehr merklich, auf sein Gesicht ein Schatten liebevoller Traurigkeit, und eine unbestimmte Besorgnis verdüsterte seine scharfen blauen Augen.

Weil er selbst keinen Balken im Auge hatte, sah er deutlich den Splitter im Auge des anderen.

„Schau, schau!" sagte er wieder, aber diesmal ganz leise. Plötzlich wurde er nachdenklich.

Der warme Mainachmittag ging zu Ende. Vater Houlihan nahm vom Kaminsims einen Wachsstock, hielt ihn zum Feuer, zündete die Lampen an und drehte die flackernden Dochte so hoch, daß ihr sanfter Schein bald jeden Winkel erleuchtete.

Stuart ärgerte sich über Angus. Der Knabe hatte ein paar unverständliche Grußworte gemurmelt und war stehengeblieben, erschreckt, steif, unbehaglich, mit Gott weiß welchen Gedanken im Kopf. Stuart hatte ihm eingeschärft, den Geistlichen mit ,Vater' anzureden, obwohl ihm klar sein mußte, daß dieser Titel dem jungen Presbyterianer nicht leicht von der Zunge gehen würde. War es ein Fehlgriff gewesen, den linkischen Laffen hierherzuführen und Grundy in eine peinliche Lage zu bringen?

„Wie geht's Ihnen, Stuart?" erkundigte sich der Geistliche.

„Gut, so wie gewöhnlich", antwortete Stuart. „Und Ihnen?"

„Ach, wunderbar, wunderbar! Mir geht's immer wunderbar!" Er wandte sein Gesicht — ein schönes Gesicht, trotz der rosigen Hautfarbe, den plumpen Zügen und der etwas grobschlächtigen Betulichkeit — dem Knaben zu und lächelte ihn an. Es war ein unendlich freundliches, gütiges, warmes Lächeln. Er blies den Wachsstock aus und schwenkte ihn langsam hin und her.

„Das ist also unser Angus? Der Junge, der einmal ein tüchtiger Arzt werden wird?"

Angus wurde ganz rot und trat von einem Fuß auf den anderen. Aber er brachte ein unbestimmtes Lächeln zuwege.

Der Geistliche stellte den Wachsstock auf seinen Platz zurück und knippte die verrußte Spitze ab. Er kehrte zu Angus zurück und seufzte neidvoll. „In meiner alten Heimat habe ich als Bub selbst davon geträumt, Arzt zu werden." Er schüttelte den Kopf und blickte den Knaben fest an, sah in die jungen, so ängstlichen und doch so lebenshungrigen Augen und erkannte darin Kummer und Mißtrauen.

„Deine Augen sind so grau wie die schottischen Nebel", sagte der Geistliche freundlich. „Ich habe viele Jahre in Schottland gelebt, bei Inverness. Dort wohnt ein Vetter von mir, ein Schafzüchter. An diese Zeit werde ich immer denken. Besonders an die Stunden knapp vor der Dämmerung, wenn der Morgenstern über den Bergen steht." Seine kräftige, volle Stimme war sehr zärtlich.

Plötzlich hob Angus den Kopf und blickte den Geistlichen furchtlos, freudig erregt an.

„Vom Morgenstern hat mein Vater ein Lied gesungen!" rief er. Dann wurde er wieder rot, röter noch als früher. Seine Augen füllten sich mit Tränen, und er wandte den Kopf ab. Der Geistliche schwieg; sehr bekümmert sah er den Knaben an.

„Vielleicht", bemerkte er leise, „singt dein Vater das Lied jetzt den Engeln vor." Tröstend legte er dem Jungen den Arm um die Schultern, sehr behutsam, um ihn nicht zu erschrecken. „Morgen werde ich deinen Vater in mein Gebet einschließen", versprach er.

Unter der liebreichen Berührung des Armes, der Angus in seinem Hunger nach menschlicher Wärme nicht widerstehen konnte, wurde er ruhiger, blickte jedoch den Geistlichen mit unsicherem Trotz an. „Für die Toten können wir nicht beten ... Sir", sagte er piepsend, aber entschlossen. „Die Toten sind in Gottes Hand; unsere Gebete, die ihnen weder helfen noch schaden können, brauchen sie nicht mehr." Schimmernde Tränen standen ihm in den Augen.

Der Geistliche klopfte Angus auf die Schulter. „Mir wäre das Bewußtsein tröstlich, daß meine Freunde meiner in Gebeten gedenken werden, und daß Gott sie erhören mag", sagte er. „Und die Toten, davon bin ich überzeugt, wissen es, und Gott leiht uns Sein Ohr, wenn wir liebevoll beten."

„Aber ihr Schicksal ändern können wir nicht; es ist schon bei ihrer Geburt vorherbestimmt worden", widersprach Angus leise, aber hartnäckig. „Sogar schon vor ihrer Geburt. Durch die Prädestination."

Vater Houlihan war nicht der Mann, der über Dogmen mit

irgendwem diskutiert hätte, schon gar nicht mit einem Kinde, dessen Seele verwundet worden war und litt. Aber er sagte in warmem, herzlichem Tone: „Das wäre doch, meine ich, grausam von Gott, einen Menschen schon im Mutterschoß zu verdammen. Ich kann nicht glauben, daß Gott weniger barmherzig ist als die Menschen. Aber natürlich", fügte er seufzend hinzu, „wissen wir hier auf Erden nichts ganz sicher. Wir können nur auf Gottes unendliche Güte und Liebe vertrauen." Lächelnd fügte er hinzu: „Also Arzt willst du werden? Sicher wird aus dir ein tüchtiger Doktor. Gute Ärzte haben nämlich ihre Bestimmung wirklich schon von Geburt her, so wie die Priester."

Angus war noch immer widerspenstig, sah jedoch den Geistlichen etwas weniger feindselig und weniger scheu an. Wohlige Wärme durchdrang ihn, ohne daß aber Angst und Mißtrauen ganz schwanden.

Vater Houlihan betrachtete ihn strahlenden Blickes. „Und wie gefällt's dir in Amerika, Angus?"

„Sehr gut, danke", stammelte der Knabe.

Der Geistliche wandte sich an Stuart. „Sam ist schon hier, im Hinterzimmer, und die Fensterläden sind dort geschlossen. Wollen Sie heute wieder ein bißchen pokern?"

„Ja, wozu sonst bin ich denn hergekommen, Grundy?" polterte Stuart. Er spürte, daß Angus ihn verstört und erschrocken anstarrte, und hätte ihm am liebsten einen festen Klaps versetzt, um ihn zur Vernunft zu bringen. Aber er konnte ihm nicht in die Augen sehen.

Vater Houlihan zögerte. Er warf einen Blick auf Angus. „Was wird denn der Junge inzwischen tun?" murmelte er.

Angus fummelte mit zitternden Fingern in seiner Rocktasche. „Sonntags habe ich immer meine Bibel bei mir", sagte er und zog ein schwarzgebundenes Bändchen hervor, das er wie schützend umklammerte.

„Brav, brav!" lobte Vater Houlihan. Wieder zögerte er. Stuart trug eine Miene erzwungener Geduld und nickte dem Geistlichen heftig zu, der schließlich achselzuckend das Zimmer verließ. Stuart folgte ihm, und Angus bildete die Nachhut, mit dem

bangen Schritt jemandes, der ein von allen möglichen gotteslästerlichen Greueln strotzendes Kellergewölbe betritt. Der
Geistliche wartete Stuart ab, zupfte ihn am Ärmel und flüsterte mit fast flehentlicher Stimme: „Ach, das arme, arme
Kind!"

Sie gingen durch einen kurzen, dunklen Korridor zu einer Tür,
die in ein sehr gemütliches, gut geheiztes Zimmerchen führte. Als
sie eintraten, sprangen zwei junge Hunde bellend auf, zwei
schwarze, keckschnauzige Spaniels, die sich auf den Geistlichen
stürzten, als wollten sie ihn vor Liebe fressen. Dann beschnupper-
ten sie Stuart, der ihnen die Nacken kraulte. Schließlich machten
sie sich mit heraushängender Zunge an Angus heran, dessen blasses Gesicht sich schüchtern erhellte. Als die Hunde in ihm einen
Freund witterten, bestürmten sie ihn mit freudigem Winseln.
Er nahm eines der Tiere in die Arme und begann zu lachen. Es
war ein gehemmtes, schwaches, offenbar selten geübtes, aber sehr
kindliches Lachen. Der Hund beleckte ihn liebevoll, während sein
Gefährte sich eifersüchtig an den Beinen des Knaben aufrichtete. Angus lachte wieder, diesmal sehr herzlich. Er blickte
über den Hundekopf hinweg den Geistlichen an, der ihn mit
lächelnder, mitfühlender Aufmerksamkeit beobachtete. „Ich
hätte gern einen Hund", sagte Angus ebenso schlicht wie sehnsüchtig. „Aber Mama will nicht."

In seiner Stimme war jetzt nichts Gezwungenes, behutsam
Abwartendes.

Er stellte den Hund wieder auf den Boden, und nun versuchten beide Tiere, an seinen Beinen hochzuklettern. Er schaute
ihnen zu und freute sich ihrer feuchten, lebhaften Augen. Und
dann sah er plötzlich hinter einem kaminnahen, mit grünem
Fries überzogenen Tischchen, auf dem sich zwei Spiele Karten
und eine Holzkassette befanden, einen älteren Mann langsam
aufstehen.

Angus erschrak und wurde sofort wieder scheu und gehemmt.
Das mußte ja Mr. Sam Berkowitz sein, von dem Stuart ihm erzählt hatte! Wieder erfüllte den Knaben Mißtrauen und Zurückhaltung. Er hatte nie einen Juden gesehen, war aber nach

dem, was er über diese Leute gehört hatte, auf eine Art Shylock gefaßt.

Aber das hier war, wie der Knabe verdutzt feststellen mußte, kein Shylock. Es war ein hochgewachsener, sehr magerer, etwas vorgebeugter Mann mit dichtem, früh ergrautem Haar und einem länglichen, klugen und gütigen Gesicht. Seine Augen blickten den Knaben mit dessen eigener Scheu und Zurückhaltung an, und mit einem schwachen Lächeln. Auf modische Erscheinung legte Mr. Berkowitz offenbar keinen Wert; denn sein langer, mausgrauer Rock schlotterte ihm um die mageren Schultern, und seine Hose war zerknittert. Er hielt ein Spiel Karten in der Hand, das er zerstreut mischte.

„Mein junger Vetter Angus", stellte Stuart formlos vor, während er händereibend zum Kamin ging. „Angus, das ist Mr. Berkowitz."

Sam verbeugte sich ein wenig und lächelte dem Knaben zu. „Freut mich", sagte er höflich in seinem fremdländischen Tonfall und blickte Angus nachdenklich an.

„Sehr erfreut", stammelte Angus. Wieder fühlte er sich unbehaglich und ängstlich. Aber Vater Houlihan schürte das Kaminfeuer und stellte in die Nähe der wohligen Wärme einen Sessel für den Knaben. Angus murmelte ein paar Dankesworte und nahm Platz. Wieder stürzten sich die Hunde auf ihn und versuchten, ihm auf den Schoß zu springen. Er vergaß seine Furcht und half ihnen. Auf seinen Knien stellten sie sich auf die Hinterbeine und schauten ihn hingebungsvoll an. Mit rührender Geste zog er sie näher zu sich und begann zu lächeln. Vater Houlihan ging zu dem Tisch, wo Stuart sich schon niedergelassen hatte, und tat desgleichen. Er zwinkerte seinem Freunde zu. Sein breiter schwarzer Rücken schimmerte im Feuerschein.

„Na", neckte er, „und wer wird wohl heute gewinnen, was meinen Sie?"

„Sam und ich natürlich, so wie an Sonntagen immer, Sie Mogler", brummte Stuart mit finsterer Miene. „Falschspiel ist gesetzlich verboten, das wissen Sie ja. Wenn ich Sie deswegen niederknalle, kann ich straffrei ausgehen." Er klopfte auf die versperrte Holzkassette, deren Deckel einen breiten Schlitz hatte und deren Seitenwand die Aufschrift ‚Armenbüchse' trug. „Ich wüßte gern, wieviel Sie da jedesmal herausfischen, wenn Sam und ich gegangen sind."

Vater Houlihan lachte herzhaft. „Also das ist gemein von Ihnen, Stuart. Ich mache die Büchse nur einmal im Monat auf, für die Armen. Das letzte Mal waren hundertneunzig Dollar drin", bemerkte er sinnend.

Die drei Freunde pflegten sich hier jeden Mittwoch und Sonntag zum Pokern zusammenzusetzen. Aber an den Sonntagen mußten alle Gewinne in die Armenbüchse geworfen werden.

„Merkwürdig", stellte Stuart mit noch immer finsterer Miene fest, während er flink die Karten mischte und teilte. „An den Mittwochen gewinnen meistens Sie, an den Sonntagen sind fast ausschließlich Sam und ich die glücklichen Gewinner. Wahrscheinlich beten Sie sich das so aus, nicht?"

„Gott belohnt immer die Menschen, die den Armen helfen", erklärte Vater Houlihan schmunzelnd. Er nahm die fünf Karten, die Stuart ihm gegeben hatte, und seufzte: „Also jetzt werden Sie wieder behaupten, ich bluffe. Aber ich habe wirklich ein ausgesprochen schlechtes Blatt gekriegt."

„Natürlich!" spottete Stuart. „Nicht einmal ein ganz niedriges Paar, was?"

„Jedenfalls passe ich einmal", erklärte der Geistliche und legte sein Blatt verdeckt auf den Tisch. Er sah Stuart und Sam erwartungsvoll an.

„Ich eröffne", rief Sam und warf zwei blaue Chips auf den Tisch.

„Verdammt, ich bessere um zwei", brummte Stuart, nachdem Vater Houlihan mit traurigem Kopfschütteln und einer ausdrucksvollen Geste seine Karten weggeschoben hatte.

„Wir beide bleiben allein im Spiel, wie gewöhnlich", sagte Stuart zu Sam. „Grundy ist out gegangen, wie gewöhnlich."

Vater Houlihan stützte die Unterarme auf den Tisch und sah dem Wetten mit lebhaftestem Interesse zu. Im Handumdrehen lagen fünf Dollar in Chips zwischen den beiden Männern.

„Königsdrilling", sagte schließlich Stuart schicksalsschwer. Sam hob die beredten Brauen, lächelte, zuckte die Achseln und schüttelte den Kopf. „Ich gebe mich geschlagen, Stuart", erklärte er.

In der Zwischenzeit hatte Angus erfaßt, welche sündigen Dinge sich da vor seinen Augen abspielten. Vor Schreck wurden seine Wangen ganz starr. Seine Augen waren weit aufgerissen. Er hatte also richtig vermutet! Hier war eine ‚Räuberhöhle', in der sein gottloser Vetter Stuart den heiligen Sabbat schändete, zusammen mit einem verruchten Papistengeistlichen und einem von Geburt an zur ewigen Verdammnis bestimmten Juden! Ihm tat nur Stuart leid, der so harmlos und so gutherzig war, daß er nicht erkannte, welche Bösewichte ihn da mit sich in die Hölle zerrten. Vor Aufregung zitterten dem Knaben die Lippen, und die Tränen traten ihm in die Augen.

Die empfindsamen Hunde spürten seine Erregung, hockten sich auf seinen Knien hin und sahen ihn mit ihren feuchten Augen an. Sie winselten ein wenig. Mechanisch streichelte er sie mit zitternder Hand. Sie duckten sich verängstigt.

„Großpapa hat doch recht gehabt", murmelte Angus, und sein Herz bebte vor Furcht.

Stuart hatte den Knaben ganz vergessen. Er war völlig in sein Kartenspiel vertieft. Mit gerunzelter Stirn fluchte er leise und lästerlich.

„Verdammt, so ein Blatt!" knurrte er. Dann rief er plötzlich dem Geistlichen zu: „Ich könnte wetten, Sie haben ein besseres bekommen, Sie Spitzbube!" Er drehte die von Vater Houlihan abgelegten Karten um und brummte erstaunt: „Nein, nicht einmal! Das geht nicht mit rechten Dingen zu."

„Sie wollen sich nicht davon abbringen lassen, daß ich mogle, was?" bemerkte der Geistliche friedfertig.

„Einfach unbegreiflich! Wenn Sie nicht ganz unverschämt mogeln, so kriegen Sie immer nur am Mittwoch gute Karten. Da hat wirklich der Teufel die Hand im Spiel."

Der Geistliche trumpfte auf: „Nein, sondern Gott hilft den Armen."

Stuart kaufte wütend eine einzige Karte und schrie auf. Sam legte sein Blatt hin. „Royal-Flush!" jammerte Stuart. „Das erstemal im Leben und wahrscheinlich das letztemal! Und das muß mir an einem Sonntag passieren!"

Die anderen prusteten los. Vater Houlihan beugte sich vor, um das Wunder ehrfurchtsvoll zu bestaunen. Dann warf er einen Blick auf den Pot. „Zwanzig Dollar!"

Aber Stuart war jetzt, als er das volle Ausmaß seines Pechs erkannte, ganz außer sich. Er trommelte mit den Fäusten auf den Tisch. „Royal-Flush! Royal-Flush! Das erstemal seit tausend Jahren! Was hätte ich daraus woanders machen können! Ein Vermögen hätte ich eingestrichen! Und es muß mir hier passieren, in dieser Räuberhöhle, an einem Sonntag, zugunsten der Armenbüchse!" Die Chips und die Karten tanzten.

Sam und der Geistliche bogen sich vor Lachen über diesen Ausbruch augenrollender Verzweiflung. Sie hielten sich gegenseitig fest, um nicht von den Sesseln zu fallen. Dem Geistlichen kamen die Tränen; er wischte sie weg und lachte aus vollem Halse weiter. Sogar der schweigsame Jude geriet außer sich; er stützte den Kopf auf den Tisch und greinte leise.

Stuart jammerte unentwegt über sein schauderhaftes Pech und trieb damit die anderen in immer heftigere Lachkrämpfe. Die Hunde fingen an zu bellen. Sie sprangen von Angus' Schoß und rannten in wilder Aufregung im Zimmer umher.

Es dauerte eine ganze Weile, bis das Spiel weitergehen konnte.

XXII

Eine Zeitlang blieb es verhältnismäßig ruhig, obwohl Stuart des öfteren stöhnte und fluchte. In ihrer Spielleidenschaft vergaßen die drei Männer völlig den stillen, kreidebleich gewordenen Jungen, der ihnen mit weit aufgerissenen Augen von der Kaminecke des Zimmers her zusah.

Ein milder Frühlingsregen hatte eingesetzt und raunte an den

Fenstern. Im Herd summte das Feuer vor sich hin und warf seinen blinzelnden Schein auf die Kaminböcke. Die kleinen Hunde schliefen auf dem Vorleger und winselten im Traum. Das Lampenlicht brannte mit fröhlicher Helle. Der Raum, für alle anheimelnd, außer für Angus, war voll vom Rauch aus Stuarts und Grundys Zigarren und aus Sams Pfeife. Von den Regalen an der einen Wand schimmerten rote und blaue, durch vielen Gebrauch aus der Form geratene Buchrücken. Vom Spieltisch her ertönten das Hinknallen der Karten, das Klimpern der Chips, Stuarts saftige Flüche und das harmlos schadenfrohe Lachen der anderen.

Vielleicht eine Stunde lang saß Angus steif wie im Starrkrampf da, die Finger um seine Bibel geklammert. Er wandte den Blick nicht von den Spielern. Die geröteten Lider brannten ihm vor Rauch und Anspannung. Zeitweise durchliefen kalte Schauder den mageren jungen Körper.

Schließlich wehrte sich die Natur selbst gegen seine verkrampfte Haltung. Arme und Beine und Rücken schmerzten ihn heftig. Gegen seinen Willen mußte er sich in dem bequemen Ohrensessel zurücklehnen. Jetzt erst spürte er die Wärme des Feuers. Aber Herz und Schläfen pochten ihm. Er mußte die Lider schließen, weil ihm alles vor den Augen verschwamm.

Er war nicht mehr verschreckt. Welcher Art seine Empfindungen waren, hätte er nicht sagen können. Er wußte nur, daß er sich entsetzlich einsam fühlte, noch einsamer als sonst. Und furchtbar müde. Die Bibel lag geschlossen auf seinen Knien. Noch eine Stunde ging vorbei.

Plötzlich rumorte es an der Tür, und Angus, der vor Erschöpfung eingeschlummert war, fuhr hoch. Auf der Schwelle stand eine sehr anheimelnde, untersetzte, dicke Frau mit silbergrauem Haar und rosigen Wangen und einer weißen Schürze über dem schwarzen Cheviotkleid. Sie rief: „Seid ihr Sünder so weit, daß man das Abendessen auftragen kann?"

„Einen Augenblick, O'Keefe", sagte Stuart und blickte finster auf seine Karten. Sam erhob sich halb und verbeugte sich vor der Frau.

Vater Houlihan war in sein Blatt vertieft. „Einen Moment, Sarah! ... Ach nein, Stuart, mir scheint, Sie haben gewonnen."

„Hier ist es ja heißer als im Rachen der Hölle!" rügte Mrs. O'Keefe, während sie ihre Brille abnahm und putzte. „Und keine Luft, bei allen Heiligen! Ihr werdet ja ersticken, wahrhaftig."

Entschlossen steuerte sie auf das Fenster zu. Als sie an Angus vorbeikam, stutzte sie und starrte ihn an. „Ja, wer ist denn das?"

Angus stand auf, warf einen verstohlenen Blick auf die Frau und machte sich zu seiner gewohnten ängstlichen Abwehrhaltung bereit. Aber diese kleine, freundliche Frau mit dem breiten Lächeln und den zwinkernden blauen Augen hatte nichts Erschreckendes. Er erwiderte ihr Lächeln und machte seine kurze, steife Verbeugung.

Stuart hatte den Knaben vollständig vergessen und bestaunte ihn wie ein Gespenst. Endlich sagte er: „Ach ja, O'Keefe, das ist der älteste Sohn meiner Base, Angus. Angus Cauder ... Und das, Angus, ist Mrs. O'Keefe, Vater Houlihans Schwester."

Seine Stimme klang entschuldigend und etwas verlegen. Er strich sich eine schwarze Haarsträhne aus der Stirn. „Uff!" rief er. „Mir rinnt der Schweiß nur so herunter. Angus, verzeih, daß ich mich so lange nicht um dich gekümmert habe!"

Der Knabe und die Frau sahen einander schweigend an. So ein armer kleiner Kerl! dachte sie. Der braucht Atzung, und nicht zu knapp! Sie legte ihm die Hand auf den mageren Arm, tätschelte ihn und sagte: „Also, das ist doch schändlich, dich so allein hier zu lassen, wo ich oben über ein bißchen Gesellschaft froh und glücklich gewesen wäre. Man hätte dich hinaufführen sollen."

Angus versuchte, sich vor Augen zu halten, daß diese Frau auch eine Papistin und damit unentrinnbar zu ewigen Höllenqualen verurteilt war. Aber angesichts von so viel Güte und Umgänglichkeit löste sich unwillkürlich seine Starre. „Danke, Mrs. O'Keefe", murmelte er. „Ich ... es hat mir nichts gemacht, wirklich nicht. Ich ... ich habe mich inzwischen ausgeruht."

Sie blickte ihn verschmitzt an. „In deinem Alter, Angus, solltest du dich nicht ausruhen, sondern lachen und lustig sein."

Dem Geistlichen tat es leid, daß er seine Hausherrenpflichten derart vernachlässigt hatte. Er wußte nicht mehr, was er sagen sollte. Vor seiner Schwester und ihrer scharfen Zunge hatte er mächtigen Respekt. Er setzte zum Sprechen an. Aber sie beachtete ihn nicht und sagte zu Angus: „Eigentlich könntest du dir die Beine ein bißchen vertreten und mir beim Servieren für die Sünder helfen. Was meinst du dazu?"

Angus folgte ihr, gleich wieder von Schüchternheit erfaßt, in die Küche, die sehr gemütlich aussah mit ihren roten Fliesen, den breiten, topfblumengeschmückten Fensterbrettern und dem schwarzen, dampfenden Herd an der Wand. Da gab es Platten mit kaltem Schinken, Gewürzäpfeln, kaltem Rindfleisch, Eingemachtem, knusprigem Weißbrot und kaltem Bier.

„Zuerst diese Platte, mein Sohn! Und Tischtuch und Besteck und Servietten! Und hier noch einen Teller für dich! Daß sie mir kein Wort von dir gesagt haben, diese Racker! Hast du Schinken gern?"

„Sehr gern, danke!" stammelte Angus. Durch die Wärme tauten seine erstarrten Glieder auf. Eine seltsame Gefühlsregung überkam ihn. In merkwürdig weinerlichem Tone fragte er: „Wird hier jeden Sonntag gepokert, Mrs. O'Keefe?"

„Ja, jeden Sonntag. Diese Liedriane!" rief sie liebevoll. Dann fiel ihr nachträglich etwas an dem Tonfall des Knaben auf. Sie wandte sich rasch zu ihm und fixierte ihn wieder mit ihren klugen blauen Augen. „Weshalb fragst du, mein Kind?"

Angus wurde rot. „Ach, nichts. Nur . . . wir in Schottland tun das nicht. Der Sabbat ist ein Ruhetag . . ."

„Das ist er, Angus. Aber für die drei armen Kerle ist eben das Kartenspielen ein Ausruhen." Sie sah ihn weiter an, immer teilnehmender. „Dir paßt das nicht, wie?"

„Es . . . es ist mir ungewohnt", stotterte er.

Mrs. O'Keefe beobachtete ihn schweigend. Dann sagte sie in sehr freundlichem, mütterlichem Tone: „Liebes Kind, eines sollte jeder sehr früh lernen und zwar, daß nur die Gesinnung es ausmacht, ob man gut oder schlecht ist. Wenn jemand im Herzen bösartig und grausam und selbstsüchtig ist, dann nützt ihm alles Kirchengehen und Beten und Feiertagehalten nichts. Gar nichts. Das ist Gottes erhabene Wahrheit, mein Kind."

Der Ton war fest und gelassen gewesen, und ihr Blick ging ihm durch und durch. Er sah sie zwinkernd an und versuchte, das Gehörte mit dem in Einklang zu bringen, was ihn gelehrt worden war.

Er stammelte: „Sie glauben, daß die ... die drei Spieler dort unten gute Menschen sind und daß Gott ihnen die Sabbat-schändung verzeihen wird?"

„Sabbatschändung!" rief sie. „Bei allen Heiligen! Sie sind nur ein bißchen wohlgelaunt am Sabbat! Und das wünscht Gott — für den Sabbat, und auch für jeden anderen Tag, mein armes Kind!" Sie fügte hinzu: „Hast du denn gemeint, daß Gott es lieber hat, wenn wir Trübsal blasen?"

Angus starrte sie an. Dann huschte ein seltsames Aufflackern über sein Gesicht, und er entgegnete: „Ja. Ja, genau das dachte ich. Es ist mir nicht zu Bewußtsein gekommen, aber genau das dachte ich!"

In ihrer impulsiven Art trat Mrs. O'Keefe zu ihm, küßte ihn herzlich und schloß ihn in ihre tröstenden, schützenden Arme. Er gab der Liebkosung nach und fühlte sich mit einemmal merk-würdig friedsam und geborgen. Dieses Gefühl überwältigte ihn völlig. Er glaubte, Großmutter Driscolls Arme um sich zu spü-ren, die gleiche mütterliche Wärme, eine Hilfe in der Not und eine Linderung im Schmerz. Ihn hungerte derart nach Liebe, daß er das heftige Klopfen und Wogen in seiner Brust kaum mehr ertragen konnte.

Er brachte die Eßsachen hinunter und lief dann in die Küche zurück. Er sah der Schwester des Geistlichen beim Zerschneiden des Kümmelkuchens zu. Mit fast versagender Stimme fragte er: „Mrs. O'Keefe, hegen die Katholiken einen Haß gegen die Pro-testanten?"

Sie warf ihm einen raschen Blick zu und lächelte. „Manche schon", antwortete sie rundweg. „Und umgekehrt. Alberne

Leute, hier wie dort! Wir alle brauchen, scheint's, eine Person oder eine Sache, die wir hassen können. Warum es so ist, weiß ich nicht. Es dürfte eine Art Erbsünde sein — eines jener Dinge, die man einfach hinnehmen muß, so wie Unglück und Unfall, Krankheit und Tod."

Im Kopf des Knaben ging es drunter und drüber. Er trat ganz nahe an die Frau heran. Sie spürte seine schreckliche Seelennot, unterbrach ihre Arbeit und sah ihn mit teilnehmender Güte an. Sie erkannte den Aufruhr in dem jungen Herzen und fühlte voll Demut, daß ihr aufgegeben war, diesen Aufruhr zu dämpfen.

„Wissen Sie", sagte er schüchtern mit tiefrotem, verzweifelt ernstem Gesicht, „ich habe so vielerlei gehört. Und alles ist mir so ... so einfach vorgekommen. Das Gute auf der einen Seite, das Böse auf der anderen. Ich hatte nie das Bedürfnis, Fragen darüber zu stellen. Es ist sehr traurig, wenn man dann vielleicht feststellen muß, daß der eigene Standpunkt nicht unbedingt richtig war und daß auch für die Gegenseite etwas spricht. Das ... das kompliziert die Dinge. Und mir ist lieber, wenn sie einfach sind." Er sah sie ganz fest an. „Mrs. O'Keefe, ich habe auch gelesen, die Katholiken hätten viele Protestanten verbrannt und gehenkt, und das von der Bartholomäusnacht und von den Hugenottenverfolgungen in Frankreich. Wie erklärt Ihr Herr Bruder das? Es sind bestimmt keine Lügen. Und was Philipp von Spanien mit Hilfe der katholischen Geistlichkeit den Niederlanden angetan hat!"

Sie legte das Messer nieder und ergriff Angus' kalte Hand. Mit sehr ernster Miene entgegnete sie: „Was du da sagst, mag stimmen. Aber die Protestanten haben es umgekehrt genau so getan. Und was mein Bruder dazu meint? Er weiß diese Dinge natürlich und kennt die vergangenen Übeltaten. Auch die Priester sind nur Menschen, trotz Talar und Bäffchen." Sie seufzte tief; ihre blauen Augen verdüsterten sich. „Mein Bruder weiß das alles. Aber er hat seinen Glauben, nicht nur an Gott, sondern auch an die ganze Menschheit, daß sie eines Tages gütig und liebevoll werden wird. Erst vorige Woche hat er zu Stuart ungefähr so gesprochen: ‚Man hat mich gefragt, warum ich einer Kirche diene, deren Geschichte durch Unduldsamkeit und blutige Verfolgungen derart befleckt ist. Und jetzt frage ich Sie, warum Sie der republikanischen Partei anhängen und amerikanischer Staatsbürger sind. Ist Ihre Partei fehlerlos? Hat Amerika seine Hände reingehalten von Aggression und Eroberung und Krieg und sonstigen Greueln? Wenn man nur einer völlig makellosen Partei oder Kirche oder Staatsgemeinschaft angehören wollte, stünde man allein in der Welt da. Wir dürfen bei diesen Einrichtungen nicht um ihrer Fehler willen das Gute leugnen. Im Gegenteil, wir müssen es fördern und das Böse zu hemmen trachten. Durch unseren Glauben und unser tägliches Wirken können wir das geschichtliche Geschehen vergessen machen und, auf die Dauer gesehen, zur Befreiung der Menschheit beitragen.‘ "

Angus schwieg. Er blickte in die milden Augen der Frau. Seine Hand wurde in der ihren langsam warm. So standen sie einige Augenblicke und lächelten einander leise zu.

Dann sagte Angus: „Er ist ein guter Mensch, der... Vater Houlihan. Ich bin froh, daß Stuart mich hierher mitgenommen hat. Ich bin auch froh, daß ich Sie kennengelernt habe, Mrs. O'Keefe."

Etwas wie Helle und Friedsamkeit trat in das Gesicht des Knaben. Er lächelte wieder und seufzte. Er trug eine zweite Ladung Eßsachen hinunter. Er schritt wie im Traum. Mrs. O'Keefe sah ihm mit Tränen in den Augen nach.

Mit schmerzlicher Miene und unter lauten, heftigen Protesten warf Stuart seine Gewinne in die Armenbüchse, ließ aber insgeheim noch ein paar Goldstücke mit hineingleiten. In strengem Tone sagte er: „Grundy, ich muß mich einmal vergewissern, was Sie mit dem vielen Geld treiben. Mir scheint, Sie stecken es in den Strumpf und weiden sich an dem Anblick."

„Kränken Sie sich nicht!" beschwichtigte der Geistliche ihn. „Vielleicht wird Ihnen Ihr besonderes Kartenglück auch am Mittwoch treu bleiben, lieber Stuart. Vielleicht gibt's da wieder ein Wunder, wer weiß?"

Sie setzten sich alle zum Essen. Der Schein des Kaminfeuers

spielte auf dem Silbergeschirr und dem blendendweißen Tischtuch. Sam Berkowitz nahm kaltes Rindfleisch. Der Geistliche zwinkerte Stuart zu und neckte Sam: „Warum so unduldsam, lieber Sam? Warum verschmähen Sie den köstlichen Schinken, den uns Sarah so liebevoll vorbereitet hat?"

Sam lächelte leise. Gedämpfte Lustigkeit malte sich auf seinen Zügen. „Ich werde mir die Unduldsamkeit abgewöhnen, Vater Houlihan. Am nächsten Freitag werde ich mich abends bei Ihnen mit einem Tellervoll Schinken einstellen, und den essen wir dann gemeinsam."

Der Geistliche lachte aus vollem Halse. „Da haben Sie mich drangekriegt, Sam, Sie Schlingel! Ich hätte gute Lust, mir eine Dispens zu verschaffen, bei allen Heiligen!"

Das Tischgespräch wurde lauter, manchmal bissig, manchmal heftig, manchmal mit Lachausbrüchen gewürzt, manchmal ernst und traurig.

Angus lauschte wie betäubt. Er war in ein seltsames, warmes Märchenland geraten, ein verwirrendes und doch merkwürdig tröstliches Land. Er sah diese drei Männer und die Frau am Sabbatabend Bier trinken, und es kam ihm nicht mehr sündig vor, sondern nett und harmlos. Er hörte sich ihre politischen Streitgespräche an. Und als die Sklaverei erörtert wurde, spitzte er die Ohren.

Vater Houlihan wies mit dem Messer auf Stuart, der ihm eben laut widersprochen hatte. „Und ich sage Ihnen, Stuart, wir werden über diese Frage einen schrecklichen Krieg bekommen. Ich sehe ihn voraus, wie ein Prophet. Nichts kann ihn abwenden. Die Menschen haben sich zu sehr in die Gegensätze hineingeredet und verbissen. Die Sache der Sklavenbefreiung ist heilig. Darum wird der Krieg sie bringen, obwohl er nicht, wie man glaubt, als Kreuzzug geführt werden wird, sondern aus wirtschaftlichen Gründen, weil der Norden nicht konkurrenzfähig ist gegen den Süden mit seiner billigen Sklavenarbeit. Aber schon oft war für die Beseitigung eines menschlichen Unrechts die eigentliche Triebfeder menschliche Habgier. In dieser Beziehung bin ich anderer Meinung als die Heilige Schrift. Man kann sehr wohl manchmal Trauben lesen von den Dornen, und Feigen von den Disteln. Steine können zu Brot werden."

„Ich kann mir nicht vorstellen, daß wir für nachtdumme Schwarze zu den Waffen greifen werden", erklärte Stuart, der mit Bedauern an das Vermögen dachte, das er mit der heimlichen Durchschleusung von Sklaven hätte machen können. „Ich persönlich werde jedenfalls nicht für die Befreiung der Nigger kämpfen. Ich habe meine eigenen Interessen zu wahren."

Vater Houlihan schüttelte lächelnd den Kopf. „Und ich wieder kann mir nicht vorstellen, daß Sie auch nur eine Gelegenheit zu Kampf und Streit ungenützt lassen werden, lieber Freund."

Plötzlich trat auf Stuarts Gesicht ein merkwürdiger Ausdruck. Verstohlen blickte er Sam an. Lange schon drückte ihn etwas. Er räusperte sich und sagte in aufgeräumtem Tone: „Übrigens habe ich vergessen, Ihnen etwas zu erzählen. Es wird Sie interessieren."

Sam sah ihn argwöhnisch an. Wenn Stuart sich so jungenhaft vergnügt, so freimütig gab, steckten meist irgendwelche Winkelzüge dahinter. „Was gibt's denn diesmal wieder, Stuart?" fragte er unbehaglich.

Stuart runzelte die Stirn. „Sind Sie aber ein mißtrauischer Kerl, Sam!"

„Ich teile sein Mißtrauen", erklärte der Geistliche rundheraus. „Sie sehen, Ihre alten Freunde können Sie nicht hinters Licht führen, mein Lieber."

Mit einer Miene zorniger Verärgerung lehnte Stuart sich in seinem Sessel zurück. „Unerhört, dieser Mangel an Vertrauen zwischen Freunden! Ich glaube, am besten behalte ich das Ganze bei mir."

Aber Sam war beunruhigt. Er sagte: „Erzählen Sie nur, Stuart!"

„Es ist gar nichts Besonderes. Nur eine Gelegenheit, viel Geld zu verdienen." Er beugte sich ärgerlich vor. „Sie wissen ja, Sam, ich hatte die Idee, im ganzen Land Inserate zu verbreiten, wonach wir große Posten Waren, die von Einzelhändlern aus irgendeinem Grunde, auch wegen Konkurs, nicht übernommen

werden, in Bausch und Bogen aufkaufen. Die Idee hat eingeschlagen. Vor zwei Wochen kommt also ein Brief von einer auf-
strebenden Waffen- und Pulverfabrik in Windsor, Pennsylva-
nien, von der Firma Barbour & Bouchard. Ich möge einen
Vertreter der Firma, einen gewissen Raoul Bouchard, in einer
sehr wichtigen vertraulichen Angelegenheit empfangen. Nun
kaufen wir zwar auch Pulver und Feuerwaffen im großen, wenn
anständige Gewinne herausschauen. Aber warum, dachte ich mir,
sollte diese Firma, die solche Dinge selber erzeugt, mit mir ...
mit uns in Verbindung treten wollen?"

Sam schwieg. Seine braunen Augen waren besorgt zusammengekniffen.

„Na, vor drei Tagen hat mich dieser Mr. Bouchard zu Hause
aufgesucht. Ein verdammter Grinser von einem Franzosen, mit
schwarzen Kräuselhaaren und pfiffigen Satansaugen. Zuerst
mußte ich ihm strengste Vertraulichkeit zusagen. Dann hat er
mir einen sehr interessanten, einen phänomenalen Vorschlag
gemacht. Ich soll höchst diskret annoncieren, daß ich einen
größeren Posten Gewehre beliebigen Musters kaufen will, und
soll die einlangenden Angebote annehmen. Insgesamt zehntausend Gewehre."

„Zehntausend Gewehre!" rief Sam unwillkürlich. „Aber wozu brauchen diese Herren zehntausend Gewehre? Und warum
erzeugen sie sie nicht selbst?"

Stuart wurde verlegen. Er polterte los: „Woher soll ich denn
das wissen? Vielleicht brauchen sie billige Gewehre, die sie billig
weiterverkaufen wollen, ohne ihren Firmennamen durch minder-
wertige Erzeugnisse abzuwerten. Oder sie wollen sich im Interesse ihres Prestiges nicht selbst zum Ankauf erbieten."

Sam und der Geistliche tauschten betroffene Blicke. Dann
fragte Sam: „Alles das hat Ihnen Mr. Bouchard anscheinend
sehr offen gesagt?"

„Allerdings. Warum auch nicht? Ich soll die Gewehre bar
kaufen und an einen bestimmten Mann in einer bestimmten
Grenzstadt in Kentucky schicken lassen, nicht auf einmal, sondern in mehreren kleinen Lieferungen. Ich bekomme die Ge-

wehre natürlich nie zu Gesicht. Ich habe sie nur ausfindig zu machen, zu kaufen und zu liefern. Das ist alles. Und für diese kleine Mühe erhalte ich genau den doppelten Kaufpreis der Gewehre als Vergütung."

Höchst beunruhigt rief Sam: „Zehntausend Gewehre an eine Geheimadresse im Süden! Zu welchem Zweck? Das muß ich wissen."

„Du lieber Gott!" schrie Stuart und schlug mit der Faust auf den Tisch. „Braucht man denn im Süden keine Jagdflinten und so?"

„Wozu dann diese ganze Geheimtuerei, diese feierliche Verpflichtung zur Verschwiegenheit?"

Stuart verwünschte sich wie gewöhnlich selber wegen seiner ‚Geschwätzigkeit'. „Ich habe Ihnen schon gesagt, ich weiß das alles nicht. Was geht mich das an? Mich interessiert nur der Profit. Wir haben nicht Untersuchungen zu führen, sondern die Ware ausfindig zu machen, zu kaufen und zu liefern."

Sam ging darauf nicht ein, sondern wandte sich an den Geistlichen. „Was denken Sie von dem ganzen Geschäft, teurer Freund?"

„Das gleiche wie Sie, lieber Sam, genau das gleiche wie Sie", antwortete Vater Houlihan. „Und auch wie Sie, Stuart!"

„Nein!" brüllte Stuart. „Ich strapaziere nicht meine Einbildungskraft. Ich halte mich an das, was man mir sagt. Ich schnüffle nicht in Dingen herum, die mich nichts angehen."

Aber Sam blickte ihn fest an. „Verstehen Sie denn nicht, lieber Stuart? Sie haben nicht nur den Gewinn, sondern tragen auch das volle Risiko. Diese Leute würden im Fall einer behördlichen Untersuchung jede Verbindung mit der Sache abstreiten. Die Firma hat Einfluß und Ansehen; ihr wird man mehr glauben."

Einen Augenblick lang war Stuart verdutzt. Dann schob er seinen Sessel heftig zurück und rief: „Ich brauche das Geld. Ich brauche den Verdienst. Ich steige in die Sache ein."

„Ich bin Ihr Teilhaber", mahnte Sam. „Ich verweigere meine Zustimmung."

„Dann mache ich es mit eigenem Gelde! Ich nehme mir Geld

auf! Ich weiß, wo ich es kriege, und zwar ganz leicht!" Mit funkelnden Augen blickte er um sich.

In einem Tone, den Stuart nie an ihm gehört hatte, rief der sonst so gar nicht ,geschwätzige' Sam: "Sie brauchen das Geld, Stuart. Ich weiß, Sie brauchen immer Geld. Sie wollen nicht so lange bescheiden leben, bis Sie wirklich reich werden. Sie leben unbekümmert in den Tag hinein. Solche Menschen brauchen viel Geld, und sie verschaffen es sich rücksichtslos. Was Sie treibt, ist nicht Habgier; Sie stehen unter Zwang. Oft genug habe ich Ihnen dringend nahegelegt, zu sparen, bis Sie so weit sind, daß Sie nach Herzenslust ausgeben können. Aber Sie hören nicht. Menschen Ihrer Art geraten durch ihre Zügellosigkeit zwangsweise in üble Dinge."

"Stuart, wollen Sie denn wirklich Vorschub leisten zum Mord, zum Brudermord?" fragte der Geistliche sehr bekümmert. "Es wäre unerträglich für mich, Stuart, wenn ich denken müßte, Sie hätten sich durch die Hilfe, die Sie mir gewährt haben, derart verschuldet, daß Ihnen nur der Ausweg eines so anrüchigen Handels offenbleibt."

Stuart, der Gefühlsmensch, war gerührt von diesen schlichten Worten. Er drückte dem Geistlichen die Hand. Ohne auf Sams unfreundliche Bemerkungen einzugehen, sagte er leichthin: "Seien Sie unbesorgt, Grundy! Was ich für Sie getan habe, hat mich sehr wenig gekostet. Nein, ich brauche eine Menge Geld. Und zwar immer, hol's der Teufel! Und ich mag nicht warten, bis ich steinalt und kleinwinzig werde wie dieser Gauner Allstairs, damit ich mir dann kaufen kann, was ich will. Ich fürchte, dann würde ich nichts mehr wollen. Offen gesagt, ich bin in Schwierigkeiten. Mir bietet sich die Möglichkeit zu einem reichen Fischzug. Ich wäre ein Narr, nicht zuzugreifen. Wozu die Gewehre bestimmt sind, weiß ich nicht; ich frage nicht danach. Wenn ich mich aus dem Geschäft heraushalte, springen andere für mich ein. Und dann habe ich nur mein gutes Gewissen, und damit kann man weder Hypotheken abzahlen noch sich eine Ehefrau kaufen und ein warmes Nest bauen. Nicht einmal ein Stück Brot kriegt man dafür."

Sam sagte nichts. Er schüttelte nur immer wieder bang und traurig den Kopf. Stuart, der wieder in bester Stimmung war, lachte ihn aus. „Wenn man mich einlocht, werden Sie doch hoffentlich die Kaution zu meiner vorläufigen Haftentlassung hinterlegen, Sam? Und dann den armen Zuchthäusler besuchen, mit einem Körbchen Lebensmittel, samt Feile und Abseilschnur womöglich?"

Plötzlich wurde sein volles, hübsches Gesicht tiefrot. Alle hatten sie den jungen Angus vergessen, der verschreckt und verstört zuhörte. Mrs. O'Keefe war hereingekommen und hatte, ohne auf die Männergespräche zu achten, die Biergläser gefüllt und Stuart sein Extraglas Whisky gebracht, das er immer verlangte.

Sam und der Geistliche blickten Stuart schweigend an. Sie hatten ihn sehr lieb. Sie betrachteten ihn nicht als Übeltäter, sondern als mutwilliges Kind, das man vor den Fährlichkeiten bewahren mußte, in die es sich unbedachterweise immer wieder verstrickte.

„Ich werde beten, daß Sie die Sache bleibenlassen", erklärte schließlich Vater Houlihan mit müder Stimme. „Zum Heile Ihrer Seele!"

Stuart lachte wiehernd. „Zum Heile meiner Seele? Wahrhaftig, ich habe keine Seele! Aber ich danke Ihnen jedenfalls herzlich, Grundy. Sollte ich irgendeinmal ein Kribbeln in der Brust spüren, so werde ich eiligst zu Ihnen rennen und ‚Heureka!' schreien."

Er nahm nun in aller Form Notiz von Angus, der ihn angstvoll anstarrte. Er legte dem Jungen die Hand auf die Schulter. „Schon müde, Angus? Wir gehen gleich. Es wird spät, und deine liebe Mama wird sich sorgen um dich."

„Wir besprechen die Sache noch morgen", rief Sam bedrückt.

Stuart winkte ab, ohne Berkowitz anzublicken. „Hat keinen Zweck, Sam. Ich habe bereits einen Vorschuß bekommen und auch schon ausgegeben. Der Vertrag ist so gut wie abgeschlossen." Er schob seinen Sessel zurück.

Vater Houlihan zwang sein trauriges Gesicht zu einem Lächeln und sagte freundlich zu dem totenblassen Angus: „Also Arzt willst du werden, mein Kind? Und warum?"

Angus sah ihn voll Eifer an. „Das ist seit jeher mein Wunsch, Vater Houlihan. Es ist so furchtbar, Menschen leiden zu sehen. Ich will nicht Geld verdienen, glauben Sie mir, Sir! Ich will nur den Menschen helfen, sie heilen oder ihre Schmerzen lindern."

Stuart lachte derb. „Bist du nicht der gleiche junge Mann, der mir kürzlich weismachen wollte, Geld wäre das Wichtigste auf der Welt?" fragte er ihn neckend.

Verlegen wandte Angus sich ihm zu. „Wenn ich nicht Arzt werden kann, werde ich versuchen, möglichst viel Geld zu verdienen", erklärte er rundheraus. „Aber als Arzt hätte ich kein Bedürfnis danach."

Stuart lachte wieder. Doch der Geistliche betrachtete den Knaben ernst und aufmerksam. „Ich verstehe dich", sagte er freundlich. „Ich weiß, was du meinst. Wer sich nicht seine Seele bewahren kann, der braucht viel Geld." Und in den Tiefen seines Herzens formte sich ein Stoßgebet.

„Sind das verdrehte Spitzfindigkeiten!" rief Stuart aufgeräumt. „Ich muß gestehen, was der Knirps da verzapft, ist mir zu hoch."

Aber der Geistliche legte dem Knaben die Hand fest auf die Schulter und blickte Stuart feierlich an. „Viel wird Ihnen vergeben werden, mein Freund, wenn Sie sich dieses Knaben annehmen und es ihm ermöglichen, Arzt zu werden."

Stuart fühlte sich unbehaglich. „Das ist Sache seiner Mutter, Grundy. Ich glaube, sie würde gar nicht wollen, daß ich mich da hineinmische. Übrigens, weshalb gerade Arzt? Ein brotloser Beruf! Und soweit der Junge mir selber gestanden hat, ist er auf Geld aus, der habgierige kleine Schotte!"

Doch der Geistliche ließ sich nicht beirren. „Sie werden ihm helfen, Stuart? Ich betraue Sie damit."

Ärgerlich wehrte Stuart ab. „Betrauen Sie mich mit nichts! Ich bin, weiß Gott, mit mir selber beschäftigt genug." Dann fügte er ruhiger hinzu: „Ich werde tun, was ich kann. Aber die ganze Sache ist blühender Unsinn."

Er zeigte spöttisch auf Sam, dem er augenblicklich sehr gram war. „Schauen Sie sich diesen Mann dort an! Er spart jeden Groschen. Und wofür?"

Sam hob den gesenkten Kopf und blickte Stuart fest an. „Sie wissen, daß ich River Island für meine Leute kaufen möchte, Stuart." Seine braunen Augen füllten sich plötzlich mit geheimnisvollem, starkem Licht, als er, ohne die Stimme zu heben, sagte: „Ich habe immer Amerika für jenes Gelobte Land gehalten, das Moses vom Berge der Verheißung sah, das Gelobte Land für alle leidenden, verfolgten, bedrückten Menschen. Ich glaube, Moses hat es über Zeit und Raum hinweg gesehen. Dieser Traum wohnt in meinem Herzen, Stuart. Ich muß ihn zu verwirklichen trachten."

Stuart lachte, viel zu laut. „Also, wir drei haben uns gut zusammengefunden. Wir sind jeder einem Wunschbild verfallen: Sie, Sam, einem Traum, Grundy seinem Gott, und ich meinem Haus! Eigentlich kommt es immer wieder auf dasselbe hinaus."

Sam sagte leise: „Gott hat dieses Land gesegnet. Es wird groß werden, größer als alle anderen Länder zuvor, wenn es sich seinen Traum bewahrt. Nichts kann einen Menschen oder ein Volk verderben, solange dieser Traum lebt."

Stuart lächelte grimmig und trommelte an sein Glas. Vater Houlihan schmunzelte voll leidenschaftlicher Hingabe. Und Angus hörte zu, mit ganz seltsam klopfendem Herzen.

XXIII

Stuart starrte Joshua Allstairs finster an. Er kochte vor Wut und Widerwillen.

„Was wollen Sie denn noch?" fragte er mit gepreßter Stimme. „Ich habe Ihnen Ihre zehntausend Dollar zurückgezahlt. Ich habe eben einen Vertrag geschlossen, der mir mindestens dreißigtausend Dollar einbringt, auf die ich schon einen großen Vorschuß bekommen habe. Meine Kaufläden gehen glänzend. Ich habe Erweiterungspläne, die im Sommer ausgeführt werden. Ich werde bald den gesamten Kleinhandel in Grandeville beherrschen. In ein paar Monaten bekommt die Stadt eine Bahnverbindung. Dann kann ich viel rascher und aus größeren Entfernungen einkaufen. Nichts kann mich hemmen. Ich habe das schönste Haus in Grandeville, auf das Miß Marvina als Herrin stolz sein kann. In kürzester Zeit werde ich zu den reichsten Männern weit und breit gehören."

Joshua schnitt eine lüsterne Grimasse. Er genoß die Szene. Er streckte seine fleischlosen Finger aus und betrachtete Stuart mit scheelem Wohlwollen.

„Meine Vorfahren", fuhr Stuart noch betonter fort, „sind mindestens so nobel wie die Ihren. Meine Base, Mrs. Cauder, eine vermögende Dame, haben Sie ja selber kennengelernt, und sie hat Ihnen von unseren Verwandten erzählt, von Lady Vere de Vere und von Sir Angus Fraser. Können Sie in Ihrem Stammbaum mit etwas Gleichwertigem aufwarten? Um es zu wiederholen: Was wollen Sie mehr?"

Joshua seufzte, ohne daß unter der Geiernase das Grinsen verschwand. „Stuart", sagte er mit liebevoller Milde, „wenn Sie mit dem englischen Königshause verwandt und ein Millionär wären, würde ich die Hand meiner Tochter doch nicht einem irischen Nichtsnutz geben. Und daß Sie diesen Namen verdienen, wissen Sie ja selber, mein lieber Stuart. Sie haben keinen Glauben, keine Religion. Sie treiben mit allem Heiligen Spott. Gott ist Ihnen ein unbekannter Begriff. Sie trinken und treiben sich mit Dirnen herum. Ihre Freunde sind ein Jude und ein Römling. Aus diesen und vielen anderen Gründen verschließt sich Ihnen die gute Gesellschaft. Sie sind nicht einmal ehrenhaft; ich kenne manche Ihrer dunklen Geschäfte. Sie sind gewissenlos ..."

Stuart vergaß, daß er ein Bittsteller war, daß er sich mit diesem Scheusal gut stellen mußte. Er sprang auf und schrie: „Und Sie sind ein Kneipenwirt, ein Bordellbesitzer, ein Wucherer, ein Beutelschneider, ein Dieb! Sie verdienen an allen diesen Sachen und an Brauereien, die Ihnen angeblich ein Greuel sind! Sie plündern armselige Negersklaven auf ihrem Weg nach Kanada aus! Sie haben die schmutzigsten Dinge finanziert! Ich bin bestimmt kein Engel; aber ich habe mich bei Gott nie an käuflichen Frauen, hungernden Sklaven und abgehausten Bauern bereichert!" Mit wutverzerrtem Gesicht rief er dem in seinem Sessel kauernden Joshua zu: „Sie Schwein! Sie dreckiges, elendes Schwein! Sie Hurenwirt und Schnapsbudiker! Sie haben die Frechheit, mich anzufrömmeln, als wären Ihre Hände rein wie frischgefallener Schnee!"

„Sie ... niederträchtiger Ire!" stammelte Joshua und griff nach der Klingelschnur. Sein Kopf glich einem Totenschädel. „Sie kommen in mein Haus und beschimpfen mich auf die unflätigste Art, weil ich Ihnen die Hand meiner Tochter verweigere! Gehen Sie! Gehen Sie, bevor ich die Polizei holen lasse!"

Aber Stuart war so wahnsinnig erregt und aufgebracht, daß er Joshuas Worte gar nicht hörte. Er ging mit geballten Fäusten auf ihn zu und die Augen traten ihm aus den Höhlen. „Jeder, der Sie kennt, verflucht Sie! Sie Scheusal! Mich stellen Sie als einen Gotteslästerer hin? Jeder Atemhauch, den Sie ausstoßen, ist eine Gotteslästerung! Hören Sie, wenn ich nicht ein anständiger Mensch, sondern jemand von Ihrem Schlage wäre, hätte ich, statt als Gentleman um Ihre Tochter anzuhalten, sie einfach verführt! Und, bei Gott, ich tu's vielleicht jetzt als Lektion für Sie, Sie Abschaum der Menschheit!"

Er hielt einen Augenblick inne, da ihm vor Wut die Stimme versagte. Dann schrie er aus Leibeskräften: „Glauben Sie, es ist eine tröstliche Vorstellung für mich, daß meine Söhne oder Töchter Ihnen nachgeraten, Schurken oder Schlampen werden könnten?" Sein so lange und so sorgfältig vermiedener irischer Tonfall schlug wieder durch, und der Mann, der jetzt den geduckten, ausgemergelten Joshua anglotzte, war wirklich ein wilder Ire.

Allstairs zog so heftig an der Klingelschnur, daß sie abriß. Aber sein Butler, ein langer, hagerer Mann mit verschlagener, hämischer Miene, erschien grinsend. Joshua sah ihn mit großer

Erleichterung an; er zitterte sichtlich. Er zeigte auf Stuart. „Weisen Sie diesem Narren, diesem Schlingel, diesem Laffen die Tür!" kreischte er, nach Atem ringend. „Und sorgen Sie dafür, daß er nie mehr mein Haus betritt!"

Stuart warf den Kopf zurück und lachte hellauf. „Dieses Haus betreten? Diese Räuberhöhle? Diese Zuhälterbude? Diese Schlangengrube des Wuchers?" Er unterbrach sich jäh, und jetzt schimmerte sein dunkel angelaufenes Gesicht. Er beugte sich über Joshua und fuchtelte ihm mit der Faust vor der Nase herum. Allstairs war vor Schreck wie gelähmt. „Aber Sie hören noch von mir, das schwöre ich Ihnen! Wir haben noch abzurechnen miteinander!"

Durch die Anwesenheit des Butlers und durch seinen Haß ermutigt, schrie Joshua: „Ich bringe Sie vor Gericht. Ich lasse Sie als Bankrotteur einsperren, Sie Grünschnabel!"

Plötzlich entspannte sich Stuart. Sein Zorn war verraucht; übrig blieben nur Verachtung und Lachlust. „Das ist auch für einen Gauner wie Sie leichter gesagt als getan. Es gibt Gesetze in Amerika. Noch ist die Geschichte nicht aus. Fortsetzung folgt!"

Er blickte Allstairs verächtlich an, wie einen Ausbund von Scheußlichkeit, und wandte sich zum Gehen, anmaßend und selbstbewußt im Gefühl seiner Körperkraft und Stattlichkeit. Er war wie im Rausch. Noch nie hatte er sich so energiegeladen und unverwundbar gefühlt. Der Butler begleitete ihn, noch immer grinsend, in die große, in gespenstigem Halbdunkel liegende Halle, gab ihm Hut, Stock und Handschuhe, blinzelte ihn zwischen knötchenbesetzten Lidern an und verbeugte sich steif.

Etwas an seinem Gehaben machte Stuart stutzig; er musterte ihn genauer. Zwar war er noch immer sehr hochgestimmt, sah aber nun die Dinge doch nüchterner. Er dachte an das alte Sprichwort: ‚Wie der Herr, so der Knecht' und auch an die alte Erfahrung, daß Spitzbuben gewöhnlich schurkischen Dienstherren anhänglicher sind, als es ehrliche Diener gegenüber anständigen Vorgesetzten zu sein pflegen. Dieser Butler machte da zweifellos keine Ausnahme. Trotzdem fand Stuart, er habe nichts zu verlieren, und beschloß, dem Mann auf den Zahn zu fühlen.

Er blickte rasch nach der Tür, hinter der Joshua hockte. Dann trat er ganz nahe an den verstohlen grinsenden Butler heran, der seinen Blick mit abwartendem Schweigen erwiderte. Widerwillig beugte Stuart sich zu ihm und flüsterte: „Ich bin den Rest dieser Woche jeden Abend um zehn zu Hause."

Der Mann antwortete nichts. Er verbeugte sich grinsend und öffnete die Tür. Stuart trat in die kalte, frische Mailuft und sah sich um. Die Tür hatte sich sofort hinter ihm geschlossen.

Mit einem Schlage verließ ihn seine Selbstsicherheit. Er schritt zwar mit der gewohnten Großspurigkeit aus; aber die Nebel der Wut und des Auftrumpfens zerrissen. Jahrelang hatte er sich schmerzlich danach gesehnt, dem Alten gründlich seine Meinung zu sagen; wie ein tückisches Gift hatte der Ekel in ihm gefressen. Nun war der Dampf abgelassen. Aber dem Rausch folgte ein arger Katzenjammer.

Allerdings hätte, so sann er, weitere Unterwürfigkeit und Ehrerbietung ihm nichts eingebracht als weitere salbungsvolle, wohlwollende Beleidigungen. In seiner Werbung wäre er keinen Schritt vorangekommen, sondern hätte nur Joshuas boshafte Schadenfreude genährt. Er hatte also nicht das mindeste verkorkst und war wenigstens die Last seines unterdrückten Ekels los.

Sein angeborner Gefühlsüberschwang ließ ihn auch diesmal nicht zu tief in Niedergeschlagenheit versinken. Als er das Kaufhaus betrat, lächelte er schon wieder und grüßte die Kundinnen überaus freundlich und zuvorkommend. Die Damen mochten ihn gern und dankten mit vergnügter Herablassung; die älteren Jahrgänge betrachteten seine breiten Schultern und seine schmale Taille voll wehmütiger Bewunderung.

Der stets feinfühlige Sam hatte indes bald heraus, daß mit Stuart, trotz seines liebenswürdigen, beflissenen Geplauders, heute irgend etwas nicht stimmte. Stuart hatte sich einmal beklagt, er könne kein Geheimnis vor seinem alten Freunde haben, der durch schiere Hexerei alles errate. Jedenfalls musterte Sam ihn auch jetzt sehr eingehend, beruhigte sich jedoch dann einigermaßen. Um den Mammon handelte es sich diesmal offensichtlich nicht! Wenn Stuart wegen Zahlungsverpflichtungen bedrängt wurde oder nach häßlichen Exzessen in Geldnöten stak, zeigte er eine verdrossene, sorgenvolle Miene, war schusselig und zerfahren. Von alledem war heute nichts zu merken. Allerdings schien er etwas nervös und tief in Gedanken versunken; immer wieder verzog er den Mund. Zweifellos ging ihm etwas im Kopf herum. Aber Geld war es nicht, dachte Sam erleichtert. Was wälzte er nur im Geiste?

Sam überlegte. Es mußte eine Weibergeschichte sein. Nur Geld und Frauen konnten Stuarts Aufmerksamkeit derart vom geliebten Geschäft ablenken. Plötzlich ging Sam ein Licht auf. Offenbar hatte Stuart um Miß Marvina angehalten und eine Abfuhr bekommen. Sam fühlte sich doppelt erleichtert. Eine Spannung, die ihm seit langem zu schaffen machte, löste sich. Eine gute Wendung! Eine sehr gute Wendung, Gott sei Dank!

An diesem Nachmittag erschien um fünf Uhr Janie im Kaufhaus, prächtig aufgemacht und in Stuarts stattlichster Kalesche. In Purpursamt und Hermelin gekleidet, die Augen züchtig gesenkt, daß die Wimpern die Wange berührten, rauschte sie in die Haupthalle. Bei ihrem Anblick verfärbte sich Stuart, ging ihr aber galant entgegen und bot ihr einen Sessel. Die wenigen noch anwesenden Damen grüßten die ‚rührende kleine Witwe‘ und lächelten ihr freundlich zu.

Im allgemeinen hatte Janie in der Gesellschaft großen Anklang und sogar bei denen Gnade gefunden, die Stuart gesellschaftlich nicht voll oder nur widerwillig zur Kenntnis nahmen. Ihre Sanftmut, ihre Freundlichkeit, ihre stets wiederholte Beteuerung, wie dankbar sie sei, in diesem ‚fremden Lande‘ neue Freunde gefunden zu haben, ihre Bewunderung für alles und jedes, ihre bezaubernde Plauderkunst und gewählte Redeweise — das alles hatte günstig gewirkt. Überdies war sie sichtlich vermögend, trug fabelhaften Schmuck und war nach elegantester, ‚kontinentaler‘ Art gekleidet.

Sam hatte sich in das Kontor hinter den Verkaufsräumen zurückgezogen und in die Tagesabrechnungen vertieft. Er war überrascht, als Stuart plötzlich eintrat, die Tür rasch hinter sich schloß und aufgeregt flüsterte: „Hören Sie zu! Kommen Sie nach ein paar Minuten hinaus und schärfen Sie mir vor Janie ein, ja nicht unser heutiges gemeinsames Abendessen zu vergessen!"

„Aber wir haben ja gar keines verabredet", warf Sam erstaunt ein.

„Ach, hol Sie der Kuckuck! Wer behauptet denn das?" Stuart fixierte ihn zornig. „Ich bin bloß nicht in der Laune, heute abend mit dieser Metze unter vier Augen zu sein. Sonst gibt's nämlich verläßlich einen Mordskrach. Und das kann ich mir im Augenblick nicht leisten. Ich stecke in keiner guten Haut. Übrigens kann mir Ihre Frau Mama, wenn ich erscheine, wirklich ein paar Bissen geben. Andernfalls gehe ich ins Gasthaus."

„Ich verstehe", sagte Sam nachdenklich. Wie traurig, daß dieser gute Stuart immerfort Schwierigkeiten mit Frauen bekam! Da war zum Beispiel diese Sache gewesen mit der verheirateten Dame, dieser liebestollen Hysterikerin, die monatelang täglich im Kaufhaus erschienen war, nur um Stuart zu sehen, und mit der sich in diesem Kontor hier, hinter verschlossenen Türen, die fürchterlichsten Szenen abgespielt hatten.

Stuart begab sich wieder in den Verkaufsraum, wo Janie ihn sittsam und bescheiden erwartete. Er ließ sie unbeachtet und verschwendete seinen ganzen Scharm an einige verspätete Kundinnen. Janie lächelte unter ihrer langen Nase und half der Farbe ihrer Lippen nach, indem sie sie kräftig zwischen die Zähne nahm. Die Kontortür öffnete sich nicht, obwohl Stuart wütend Ausschau hielt. Die letzte Kundin war im Weggehen. Stuart räusperte sich laut. Die Verkäufer falteten die Samte und Seiden zusammen und flüsterten miteinander, froh darüber, daß ein langer, anstrengender Arbeitstag zu Ende ging.

Stuart geleitete die letzte Dame möglichst langsam zu ihrem Wagen. Sein Zorn wuchs. Dieser verdammte Sam! Schließlich blieb ihm nichts übrig, als wieder in den Verkaufsraum zu treten und seiner Base zu sagen: „Ja also, Liebste, wollen wir jetzt gehen?"

Janie stand mit geziertem Lächeln auf. Gerade in diesem kritischen Augenblick erschien Sam, anscheinend überrascht darüber, Janie hier zu treffen. Er verbeugte sich. „Guten Abend, Mrs. Cauder."

Janie sah ihn herablassend an. „Guten Abend, Mr. Berkowitz", erwiderte sie und hakte sich bei Stuart ein. „Es wird spät, mein Lieber. Gehen wir jetzt?"

Sam räusperte sich verlegen. Er spielte Erstaunen über Stuarts Verhalten. Sein Unbehagen über die ganze Situation war nicht gespielt. Mit leiser, zögernder Stimme fragte er: „Aber, lieber Stuart, wollten wir nicht heute gemeinsam zu Abend essen, damit wir die laufenden Finanzangelegenheiten in Ruhe besprechen können?"

Erleichtert tat Stuart so, als zuckte er zusammen, und runzelte die Stirn. „Ach ja! Sagen Sie, Sam, hat das nicht Zeit bis morgen? Janie hat mich abgeholt, und ich habe etwas vor für den Abend."

Sam war Doppelzüngigkeit nicht gewohnt und starrte seinen Freund verwundert an. Stuart zwinkerte ungeduldig. Wieder räusperte sich Sam und schüttelte betrübt den Kopf. „Die Banken ... haben morgen Rechnungsprüfung, und vorher muß verschiedenes geklärt werden, Stuart. Die Sache duldet keinen Aufschub."

„Also gut, zum Teufel!" rief Stuart verdrossen. „Muß ist eine harte Nuß." Er wandte sich seiner Base zu. „Liebste, jetzt siehst du wenigstens, wie es mir ergeht. Geschäft. Immerfort Geschäft. Sam ist auch so eine harte Nuß. Aber er hat natürlich recht."

Haßvoll richtete Janie ihre grünen Augen auf Sam. Er wurde immer verlegener, murmelte ganz leise etwas und machte eine beredte Geste. Er hatte Angst vor Janie, so wie vor allen herzlosen, grausamen Menschen.

Mit heiserer, lauter Stimme sagte sie: „Da ist also anscheinend nichts zu machen. Aber du tust mir leid, mein lieber Stuart, weil du allen möglichen ... Leuten auf Wink und Pfiff zur Verfügung stehen mußt."

Stuart wurde rot und sah seinen Teilhaber hilflos an. Aber Sam zuckte mit keiner Wimper. „Teuerste", sagte Stuart sehr förmlich, „es gibt Dinge, die ihr Frauen nie verstehen werdet. Darf ich dich jetzt zu deinem Wagen geleiten?"

Er führte Janie feierlich hinaus. Der abendliche Maihimmel war in reines Violett getaucht, das im letzten Sonnenlicht leuchtete. Die kalte Nordlandsluft strömte durch die Straßen, wie eine Flutwelle. Stuart half seiner Base beim Einsteigen. Sie war enttäuscht und erzürnt. Aber sie rang sich ein verführerisches Lächeln ab. „Kommst du bald?" flüsterte sie mit sehnsüchtigem Augenaufschlag.

Er lächelte höflich. „Sobald ich kann", flüsterte er zurück. Er sah den Wagen durch die kopfsteingepflasterte Straße entrollen. Janie winkte ihm kokett mit dem Taschentuch. Er winkte zurück. Ihm war jämmerlich zumute, als er wieder das Geschäft betrat. Er wurde Janies und ihrer klug berechnenden Wesensart immer überdrüssiger; eine ursprüngliche Anständigkeit in ihm bäumte sich gegen sein eigenes Doppelspiel auf. Verärgert warf er die Tür hinter sich zu. Die Verkäufer waren gegangen. Sam wartete im warmen Halbdunkel, und Stuart sah das klare Braun seiner Augen leuchten, wie in stummem, aber berechtigtem Tadel.

„Ich dachte schon, ich werde sie überhaupt nicht mehr los", knurrte Stuart und rückte einen Stuhl zurecht. „Wie, zum Teufel, kommt es nur, daß ich immer wieder in solche scheußliche Situationen gerate? Was tue ich dazu? Nichts! Gar nichts, schwöre ich Ihnen! Aber die Weiber drängen sich an einen heran wie verschreckte Schafe und erdrücken einen schier, daß man nicht mehr schnaufen kann."

Sam lächelte leise. Dann fragte er höflich: „Werden Sie Mrs. Cauder heiraten?"

Angesichts dieser empörenden Zumutung vergaß Stuart seine Verlegenheit und brach in lautes Gelächter aus. „Janie heiraten? Um Himmels willen, Sam! Bin ich ein Idiot? Halten Sie mich für einen Wirrkopf?"

„Ja", sagte Sam mit fester Stimme.

Ganz verdutzt starrte Stuart ihn an.

Etwas freundlicher fuhr Sam fort: „In Ihren Frauenaffären jedenfalls erweisen Sie sich gar nicht als klug, lieber Stuart. Sie lernen nichts aus Ihren Erfahrungen. Einmal im Leben kann jeder Mann in ein schlimmes Abenteuer schlittern; aber wer klug ist, vermeidet eine Wiederholung. Diese Dame, Mrs. Cauder — war es nötig, sich mit ihr, in Ihrem eigenen Hause, auf eine unerfreuliche Sache einzulassen?"

Stuart wurde feuerrot. Er lachte kurz auf. Er blickte auf die Uhr. „So unerfreulich war die Sache gar nicht. Im Gegenteil. Aber was genug ist, ist genug. Das ist das Kreuz mit den Weibern: sie können nie genug kriegen. Sie pflücken unentwegt Rosen, pressen aber dann die welken Blüten im Herbarium ihres Gedächtnisses und reiben sie dem Mann bei jeder Gelegenheit unter die Nase. Ich habe das satt."

Sam seufzte. Zögernd sagte er: „Ihnen täte es sehr gut, zu heiraten, mein Freund."

Stuart blickte noch immer auf die Uhr. „Da haben Sie, glaube ich, recht, Sam." Er sah den Freund an, und seine wandelbare Miene war nun nichts als sanfte Harmlosigkeit. „Gehen wir jetzt? Schönen Dank dafür, daß Sie mich losgeeist haben!"

„Heute ist es gelungen. Aber soll ich Sie von nun ab jeden Abend zum Essen einladen?"

Stuart hatte seine gute Laune wiedergefunden. „Wäre nicht das Ärgste", sagte er liebevoll. „Sam, was täte ich ohne Sie?" Er wollte sich bei seinem Freund einhaken. Aber Sam ließ sich nicht ablenken. Mit sehr ernster Miene fragte er:

„Sie haben wohl nicht vergessen, daß Mrs. Cauder jetzt unsere Teilhaberin ist? Es wird endlose Unannehmlichkeiten geben."

„Ach, zum Teufel! Kommt Zeit, kommt Rat. Aber ich habe heute noch einiges zu tun. Wollen wir gehen?"

Er pfiff fröhlich vor sich hin, während sie das Kaufhaus verließen und die Eingangstür hinter sich absperrten. Plötzlich fühlte Sam sich ganz elend vor Unbehagen.

XXIV

Um halb zehn Uhr abends betrat Stuart leise und verstohlen sein Haus. Es war wirklich, dachte er wütend, zu dumm, daß er sich in sein eigenes geliebtes Heim wie ein Dieb schleichen mußte, und alles nur wegen einer Schlampe mit lüsternen grünen Augen! Auf den Zehenspitzen stieg er die Treppe hinauf und lugte in den Korridor. Janies Tür war einen Spalt offen, und Licht drang heraus. Er verfluchte sie im stillen, begab sich in seine Räume und klingelte einem Bedienten.

„Vielleicht bekomme ich Besuch im Laufe des Abends", sagte er kurz. „Bleiben Sie bis mindestens halb elf bei der Eingangstür. Ich möchte nicht, daß geläutet wird. Es ... handelt sich um eine wichtige, private Unterredung."

Der Diener vermutete sofort, daß Damenbesuch zu erwarten stand, was nicht selten vorkam. Er nickte schweigend und zog sich schmunzelnd zurück.

Plötzlich verwünschte Stuart seine Unbedachtheit. Er hätte Allstairs' Butler nicht zu sich ins Haus bestellen sollen! Janie würde, sobald sie Stimmen hörte, sofort spionieren. Ich überlege mir die Dinge nie! haderte Stuart wieder einmal mit sich selber.

Er ging in die große weiße Erdgeschoßhalle, wo der Diener seinen Wachposten bezogen hatte, blickte ins Treppenhaus hinauf und flüsterte dann barsch: „Es kommt ein Herr. Führen Sie ihn leise ins Südzimmer! Ich erwarte ihn dort."

Er schritt davon und verwünschte sich abermals. Das Hauspersonal in der Stadt kannte sich natürlich gegenseitig. Bald würde es sich herumsprechen, daß Allstairs' Butler insgeheim Mr. Coleman aufgesucht hatte. Jetzt gab es nur eines: Rasch handeln!

Das Südzimmer war ungeheizt und erfreulich leer. Stuart setzte sich und sah auf die Uhr. Ein Viertel vor zehn. Er verschränkte die Arme vor der Brust und runzelte die Stirn. Mit einemmal wußte er, daß der Mann heute abend nicht kommen würde. Und ebensowenig an einem anderen Abend. Es war albern gewesen, so etwas auch nur in Erwägung zu ziehen. Ihm lief die Galle über. Er schlug ein Bein über das andere und schwang es auf und ab. Die ebenmäßigen Umrisse seiner Wade in der enganliegenden rehbraunen Hosenröhre gefielen ihm. Er neigte den Kopf zur Seite, um im Schein des Kristallusters das wechselnde Lichterspiel auf dem seidig schillernden Stoff besser zu sehen.

Dann verzagte er wieder. Natürlich gab es andere Wege, mit Marvina Verbindung aufzunehmen. Aber in einer Woche, vielleicht auch schon früher, verließ sie die Stadt. Auf dem Tiefpunkt seiner Stimmung schlug die Verzweiflung in Mut um. Sollte er die Waffen strecken? Niemals! Nie im Leben hatte er klein beigegeben. Auch diesmal wollte er sich nicht ins Bockshorn jagen lassen!

Er hörte leise Schritte auf den dicken Läufern des Korridors. Das Herz schlug ihm heftig. Sein Bedienter trat ein und hinter ihm mit einer Verbeugung Joshuas Butler, schlank und hager, in Schwarz gekleidet, den Hut mit beiden Händen an die schmale Brust pressend, mit einem ehrerbietigen Grinsen unter der im Kerzenlicht schimmernden Glatze. Stuart entließ seinen Diener, setzte sich wieder, sehr erleichtert, und musterte den Ankömmling mit hochmütigem Lächeln.

Wie ein Aasgeier! Der richtige Diener für den richtigen Herrn! Das Galgengesicht lang mit hohlen, leichenfahlen Wangen, die Nase ein dünner, geschwungener Vorsprung, die Augen wieselhaft, skrupellos, vertrauenslos, nur erfüllt vom verzehrenden Feuer der Habsucht.

„Wie ist Ihr Name, lieber Mann?" erkundigte Stuart sich herablassend.

Er kannte den Namen sehr wohl. Als jedoch der Gefragte murmelte: „Grimshaw, wenn's gefällig ist, Sir", neigte Stuart hoheitsvoll den Kopf. „Ausgezeichnet, ausgezeichnet", sagte er. Mit gönnerhafter Miene wies er auf einen Sessel. „Sie können sich setzen, Grimshaw."

Den Butler belustigte dieser sehr gekonnte Beeindruckungsversuch bloß. Er setzte sich auf den äußersten Rand eines mit rosa Damast bezogenen kleinen Sessels und hielt den Hut an die knochigen Knie. Er war ein Bild demütiger Unterwürfigkeit.

Eine Weile herrschte Schweigen. Stuart begann sich unbehaglich zu fühlen. Der Mann sah ihn nicht an. Aber Stuart erkannte zu seiner Bestürzung, daß alle seine vornehmen Allüren dem Hundsfott nicht im mindesten imponiert hatten. Stuart starrte zu Boden. Die schwarzweißen Fliesen waren auf Hochglanz geputzt, so daß alle Möbelstücke sich darin spiegelten. An den Fenstern regten sich die mattrosa Vorhänge, vom auffrischenden Nachtwind bewegt.

„Sie zerbrechen sich wahrscheinlich den Kopf darüber, warum ich Sie zu mir gebeten habe?" fragte Stuart.

Der Mann hüstelte abschätzig. „Ich dachte, Sir, Sie wollen vielleicht auf einem Ihrer Bedientenposten einen Austausch machen."

Stuart schnitt eine Grimasse. „Das nicht, ich bin mit meinen Leuten sehr zufrieden, Grimshaw. Nein, es handelt sich um etwas Wichtigeres. Etwas, von dem Sie beträchtlich mehr hätten als von Ihrem Dienstlohn."

„Wirklich, Sir? Sehr freundlich, Sir." Die Miene des Mannes verriet nichts als achtungsvolles Staunen. Aber seine braunen Augen glommen.

Du Schuft, dachte Stuart, du weißt ganz genau, warum ich dich kommen ließ! Aber er lächelte herablassend und fuhr fort: „Was würden Sie zu tausend Dollar sagen, Grimshaw?"

Der Mann war einen Augenblick lang unsicher. Aber er hatte sich gleich wieder in der Hand. „Tausend Dollar, Sir?" Er schüttelte höflich den Kopf. „Das ist nicht genug, Sir."

Stuart starrte ihn an, blaß vor Wut. Dann fragte er leise: „Sie wissen also, was ich von Ihnen erwarte?"

Der Mann grinste und senkte rasch den Kopf. „So ungefähr, Sir. Aber das ist mehr als tausend Dollar wert. Es bedeutet ein hohes Risiko für mich. Wenn es aufkommt, kriege ich nie mehr einen Posten in Grandeville. Mein Lebensunterhalt muß gesichert sein."

Stuart verging fast vor Ekel und Wut. Aber er stieß mit heiserer Stimme hervor: „Ich sage keinem Menschen etwas. Niemand wird je davon erfahren."

Der Mann seufzte. „Mr. Allstairs ist sehr klug, Sir. Ihm entgeht nichts. Er wird sich einen Reim darauf machen. Er ist ein gefährlicher Mann, halten zu Gnaden, Sir. Ich müßte aus Angst vor seinem Zorn auf der Stelle die Stadt verlassen. Deshalb werden Sie verstehen, Sir, daß tausend Dollar nicht genügen. Ich dachte daran, mir anderswo auch einen kleinen Laden aufzumachen."

Der Mann grinste ihn verschmitzt an. Plötzlich geriet Stuart vor Wut fast außer sich — fast, aber nicht ganz. Dieser Dreckkerl mit seiner Anspielung auf einen Laden! Diese Stichelei brachte Stuart mehr in Harnisch als alles andere, und er ballte unwillkürlich die Fäuste. Aber es stand zuviel auf dem Spiele, als daß er sich einen Zornausbruch hätte erlauben können, und er schluckte die ihm aufsteigende Galle zurück.

Mit beherrschter Stimme, aber funkelnden Augen sagte er: „Ich biete Ihnen zwölfhundert Dollar."

Der Mann seufzte wieder betrübt und rückte mit dem Stuhl, als wollte er aufstehen.

„Wieviel denn, zum Teufel?" schrie Stuart puterrot.

„Dreitausend Dollar, Sir."

Rasend vor Wut sprang Stuart auf. „Dreitausend Dollar? Was fällt Ihnen ein, Sie Schurke? Sie Auswurf der Menschheit! Sie räudiger Hund!"

Der Mann erhob sich ebenso lautlos wie rasch und wich einen Schritt zurück. Sein Gesicht war schreckensbleich. Er warf einen Blick auf den wutschnaubenden Hausherrn und wich noch weiter zurück.

„Darf ich mich zurückziehen, Sir?" stammelte er.

„Sich zurückziehen?" brüllte Stuart. „Verschwinden Sie schleunigst, bevor ich Ihnen einen Fußtritt gebe, daß Sie bis in das Haus Ihres sauberen Herrn fliegen!" Mit geballten Fäusten ging er auf den Mann los.

Grimshaw wich noch einige Schritte zurück. Sobald er indes

die rettende Tür erreicht hatte, blieb er stehen und sagte mit schlauer Miene: „Miß Marvina ist gut bewacht, Sir. Sie werden sie nie mehr sehen, Sir. Nach dem Vorgefallenen wird sie ganz besonders gut bewacht werden."

Stuart wollte auf ihn losstürzen, hielt sich aber zurück. Jetzt war alles verloren. Er keuchte. Vor Wut verschwamm ihm die Sicht. Grimshaw war nur mehr ein zerfließender dunkler Fleck im Türrahmen. Stuart klammerte sich an einen Sessel und ließ sich auf den Sitz fallen. Er starrte den Butler feindselig an.

„Setzen Sie sich!" knurrte er mit halberstickter Stimme.

Der Mann ließ ihn nicht aus dem Auge, schlich sich zu einem Sessel und nahm wieder ganz auf dem Rande Platz.

Mitten im wilden Pochen seiner Pulse kam Stuarts Denken in Gang. Wo sollte er jetzt dreitausend Dollar auftreiben? Schon um die nächste Rückzahlungsrate auf das Zehntausend-Dollar-Darlehen des Kaufhauses zu leisten, mußte er Sam anpumpen. Aber seine Bedenken waren kurzlebig. Mit zitternder Hand zog er ein Bündel Banknoten aus der Brusttasche, zählte fünfhundert Dollar ab und warf sie dem Butler vor die Füße. Grimshaw bückte sich gierig, las die Scheine auf, faltete sie, steckte sie ein.

„Fünfhundert Dollar, Sir?" fragte er vorwurfsvoll.

„Weitere hundert Dollar erhalten Sie jedesmal, wenn Sie mir einen Brief Miß Marvinas bringen. Wohlgemerkt, einen eigenhändig geschriebenen. Ich kenne ihre Handschrift sehr gut", erklärte Stuart. „Und den Rest kriegen Sie am Tage meiner Vermählung mit Miß Marvina."

Der Mann schwieg. Dann seufzte er und lächelte. „Sie geben mir einen Schuldschein und eine entsprechende Erklärung, Sir? Morgen?"

Stuart fühlte sich plötzlich furchtbar elend.

Der Mann rieb sich nachdenklich das Kinn. „Wenn ich mir eine Bemerkung gestatten darf, Sir: Die junge Dame weint jeden Abend in ihrem Zimmer. Ich weiß das von ihrer Zofe. Miß Marvina vergeht vor Sehnsucht nach Ihnen, Sir."

Stuart erwiderte nichts. Seine Miene verfinsterte sich. Aber er hörte zu.

„Ich würde mich auf nichts einlassen und keine Hoffnungen in Ihnen wecken, Sir, wenn ich nicht wüßte, daß die junge Dame Ihnen gewogen ist. Immer wieder schwört sie unter Tränen, daß sie niemand anderen heiraten wird als Sie. Das hat sie in meiner Gegenwart auch ihrem Herrn Vater gesagt. Mit meiner Hilfe, Sir, kann es gar nicht am Erfolg fehlen."

Noch immer schwieg Stuart. Der Butler murmelte abschätzig: „Ich weiß von einem kleinen Geistlichen, in La Grange, der Sie im Handumdrehen vermählen wird, Sir."

Stuart fand seine Stimme wieder; aber es war eine gepreßte, dumpfe Stimme. „Sie kommen mit als Trauzeuge?"

Der Mann schien völlig überrascht. „Aber gewiß, Sir! Ich trete am gleichen Tage aus Mr. Allstairs' Dienst."

„Wenn Sie mit Miß Marvina erscheinen, gebe ich Ihnen das restliche Geld. Die Verpflichtungserklärung kriegen Sie morgen."

Er hielt es nicht länger in seinem Sessel aus. Er sprang auf und fixierte Grimshaw mit tödlichem Blick. „Bilden Sie sich aber ja nicht ein, daß Sie mich hereinlegen können, Sie Schuft! Wenn Sie so etwas probieren, erwische ich Sie beim Schlafittchen. Das lassen Sie sich gesagt sein. Verstanden?"

Später schlich er, die Schuhe in der Hand, in sein Zimmer. Aus Janies angelehnter Tür drang noch immer Licht. Er hörte ein Rascheln wie das Umblättern eines Buches. Als er schließlich behutsam die Tür hinter sich versperrte, zitterte er.

XXV

Die scharfe, würzige Luft des nordischen Abends wehte vom See und vom Fluß her; sie blies heftig durch die Straßen von Grandeville. Gelbe Lichter schimmerten aus den dichtgedrängten Häusern. Laternen brannten flackernd. Da an den Abenden, obwohl es Mai war, noch immer ein Frosthauch über der Stadt hing, glitzerten die Sterne in weißem Feuer, und langsam hob sich hoheitsvoll eine leuchtende Mondsichel über den Horizont. Die Straßen waren still und friedsam.

Plötzlich aber ratterten Wagenräder durch die Abendruhe, und Pferdehufe schlugen Funken aus den Kopfsteinen. Die Kalesche fuhr über den harten Schlammhang flußwärts und hielt am Vordereingang des Coleman-Hauses. Stuart sprang ab und reichte seine Hand einer im Wagen sitzenden Dame. Sie nahm die Hand und stieg aus. Sie war groß und schlank; sie trug einen schweren Mantel und einen Haubenhut, von dem ein dichter Schleier herabhing. Stuart führte die Dame zur Tür und zog die Glocke. Der Wagen rollte in die Stallungen zurück.

Es war ein höchst aufregender Tag gewesen. Stuart fühlte sich erschöpft und sehr nervös. Er war nicht der Mann, der sich auch nur über die nächste Zukunft den Kopf zerbrach; die bösen Augenblicke mochten kommen, sobald sie fällig waren. Für ihn war jetzt ein böser Augenblick fällig. In wenigen Sekunden sollte er seiner Base seine neu angetraute Gattin vorführen.

Die junge Frau neben ihm zeigte sich sehr gelassen und fügsam. Seit der Heirat am Nachmittag hatte sie wenig gesagt; sie lächelte bloß freundlich und friedlich. Er war ihr sehr dankbar dafür. In seiner Verliebtheit hielt er ihre strahlende Miene für den Ausdruck von Seelenstärke und Klugheit und beschloß, ihre Meinung von ihm — eine offenbar überaus gute Meinung — zu rechtfertigen. Noch wußte er nicht, daß sie nie eine Meinung hatte.

Während er auf das Öffnen der Eingangstür wartete, überlegte er. Das wichtigste war jetzt, so fand er, die Ehe unverzüglich zu vollziehen. Eine Tochter, die nicht mehr Jungfrau war, lohnte nicht die Mühe eines Handstreichs. Eine solche Unternehmung hatte nur einen Sinn, wenn man dadurch die Tochter vor dem Ehebett bewahren konnte. Stuart beschloß, dieser Möglichkeit tunlichst rasch vorzubeugen. Der Gedanke daran machte ihm Spaß. Lächelnd wandte er sich zu der jungen Frau, und seine schwarzen Augen glühten im Dunkel. Sie erwiderte seinen Blick mit liebevoller Gemütsruhe.

Die Tür öffnete sich, und Stuarts Kammerdiener stand auf

der Schwelle. Als er die junge Dame sah, riß er vor Staunen den Mund auf; er hatte ja oft Miß Marvina in der Stadt gesehen. Er trat zurück und ließ die Ankömmlinge ein. Die junge Frau schritt dahin wie ein Traum von Schönheit, voll geschmeidiger Anmut; die braunen Augen strahlten. Dann hielt sie mit herabhängenden Armen und verschränkten Händen still und wartete auf den nächsten Befehl ihres Pygmalions. Er nahm ihr galant Mantel und Haube ab. Er faßte sie an der Hand und führte sie in den prächtigen Salon. Zu dem Diener, der ihnen verdutzt gefolgt war, sagte er in gedämpftem Befehlston:

„Briggs, das ist Ihre neue Herrin, Mrs. Coleman."

Mit lauterer, freundlicherer Stimme fügte er hinzu: „Ist Mrs. Cauder zu Hause? Bitte, empfehlen Sie mich ihr und fragen Sie, ob sie mir einen Augenblick hier im Salon das Vergnügen machen will. Aber erwähnen Sie nichts von der Überraschung, Briggs!"

Ehe der Mann sich fassen konnte, wandte Stuart sich zu Marvina. „Geliebte, willst du dich zum Kamin setzen? Wir haben einen frostigen Abend."

„Ja ... Stuart", murmelte sie und setzte sich mit einem Rascheln schwerer brauner Seide. Ihr schwarzes Haar schimmerte im Feuerschein. Ihr Elfenbeingesicht und ihre goldenen Augen waren ausdruckslos. Ihr Lächeln war leer. Sie gehorchte. Hätte ihr Herr und Meister ihr befohlen zu tanzen, so hätte sie es getan, ganz gelassen, ohne jede Verwunderung.

Wie angenehm, eine so friedsame Frau zu haben! dachte Stuart zerstreut. Keine von diesen schrecklichen Plaudertaschen! Aber seine Aufmerksamkeit richtete sich mehr auf das Treppenhaus, wo jetzt bald Schritte zu hören sein mußten. Und nun begann sein Herz höchst aufgeregt zu klopfen. Was würde Janie sagen? Er konnte es sich einigermaßen ausdenken; von der bloßen Vorstellung sträubten sich ihm die Haare und lief es ihm kalt über den Rücken. Er betete zu seinen diesseitigen Göttern, sie sollten ihr wenigstens einige bescheidene Reste zivilisierten Betragens wahren. Er wollte dieses unschuldige Geschöpf hier, das trotz seiner achtzehn Jahre und seiner vollen körperlichen

Reife bisher lebendig eingemauert gewesen war, nicht einem Schock aussetzen. Er wollte ihren jungfräulichen Ohren die Kraftausdrücke der groben, in der Wut höchst unfeinen Janie ersparen.

Er hörte oben eine Tür gehen und leichte, rasche Schritte die Treppe herabkommen. Er stand auf und legte seiner Frau die Hand auf die Schulter. „Liebste", sagte er eilends und sah ihr in die goldschimmernden, unterwürfigen Augen, „meine Base ist manchmal, wie ich dir schon gesagt habe, etwas eigentümlich und unbeherrscht. Du wirst nicht erschrecken, Marvina?"

„Aber nein", entgegnete sie sanft. Und jetzt füllten sich ihre Augen seltsamerweise mit einem Glanz, den er bisher nie gesehen hatte. „Du weißt ja, Stuart, ich habe Mrs. Cauder schon kennengelernt, und sie kommt mir sehr umgänglich vor."

So ein Blödsinn! dachte Stuart. ‚Sehr umgänglich', hatte diese naive Person gesagt! Ein gereiztes Raubtier, einen Wirbelsturm mit Blitz und Donner nannte sie ‚sehr umgänglich'!

Aber da trat Janie ein, in einem weißen, mit farbigen Stiefmütterchen gemusterten, schulterfreien Foulardkleid, die roten Locken mühsam und sorgsam gebändigt über den kleinen, mageren, von einem weißen Spitzenschal bedeckten Schultern. Voll Schwung und Frohsinn stürzte sie ins Zimmer und rief: „Stuart, du Ekel! Wo warst du denn so lange? Inzwischen ist das Essen kalt geworden!"

Und dann blieb sie wie angewurzelt stehen und starrte Marvina an. Ihr kleines, schmales Gesicht wurde totenblaß, und auf der großen, knochigen Nase traten die Sommersprossen hervor.

Marvina, ganz in brauner Seide, mit züchtig weißem Spitzenkragen und glattem schwarzem Haarknoten, erhob sich würdevoll, lächelte und wartete. Man konnte sich nichts Gleichmütigeres vorstellen. Der böse Augenblick war gekommen. Stuart grinste zwar, geriet aber jetzt ernstlich in Schweiß.

Er tat ein paar Schritte und stellte sich unwillkürlich zwischen Gattin und Base. Er wollte etwas sagen, brachte aber kein Wort hervor. Janie stand wie versteinert da, und jetzt wurde ihre Miene abstoßend häßlich und abschreckend giftig. Ihre Schultern sanken vor, ihr Rücken krümmte sich, als setzte sie zum Sprung an. Da Stuart sich angstvoll räusperte, wandte sie sich, noch stärker geduckt, ihm zu, und ihre Augen funkelten wild.

„Sag einmal!" rief sie mit knarrender Stimme. „Sag einmal, was macht denn die hier?"

Mit größter Kraftanstrengung fand Stuart die Sprache wieder und versuchte aufzubegehren. „Wie kannst du einen solchen Ton anschlagen, hier, in meinem Hause?"

„Verdammt!" schrie sie voll Wut. „Laß das Getue und sag mir, was diese Schlampe hier sucht, in dem Haus, das du mir als bleibendes Heim vorgegaukelt hast?"

Sie stampfte auf. Ihr Schreien hatte sich zu einem Kreischen gesteigert. Jetzt wußte sie Bescheid. Eine Marvina würde nie ohne Anstandsdame hierhergekommen sein, wenn nicht das Unglaubliche, das Unausdenkbare, das Entsetzliche geschehen wäre. Sie zeterte: „Wozu bringst du deine Weiber her, Stuart Coleman, in dieses Haus, das ich für achtbar und heilig gehalten habe, unter dessen Dach meine hilflosen Kinder wohnen?"

In gewisser Hinsicht war Stuart dankbar für ihren furchtbaren Temperamentsausbruch, der ihm erlaubte, ihr mit gleicher Münze heimzuzahlen. Am Nachmittag hatte er sich voll Unbehagen Janie in Ohnmacht gesunken ausgemalt oder in Tränen aufgelöst oder ganz gebrochen. Einer solchen Janie hätte er nicht beikommen können; er wäre in trügerischen Moorboden eingesunken. Mit einer wütenden, kreischenden und brüllenden Janie konnte er leichter fertig werden, weil ihn weder Mitleid oder Verlegenheit noch Gewissensbisse hemmten.

So hob er denn drohend die Fäuste und begann selbst zu brüllen: „Hüte deine Zunge, Verehrteste, oder ich fahre dir gehörig über den Mund! Diese Dame ist meine Gattin und die Frau dieses Hauses, und ich verlange, daß du sie mit der ihr gebührenden Achtung und Höflichkeit behandelst!"

Janies Gesichtsfarbe wechselte von Kreideweiß in Leichenfahl. Sie blickte Stuart an. Und trotz seiner Wut und Beschämung erschrak er vor diesem Gesicht voll wahnwitziger Gehässigkeit.

„Deine Gattin?" äffte sie ihm nach, und jetzt wurde ihre

Stimme etwas ruhiger, aber gerade dadurch noch erschreckender. „Diese ... dieses Geschöpf ist deine Gattin?"

„Ganz richtig. Wir haben heute nachmittag in La Grange, einem kleinen Dorf nicht weit von hier, geheiratet. Für dich ist das vielleicht überraschend. Aber wir haben es schon geraume Zeit vorgehabt."

Er hatte Angst davor, seine Frau anzublicken, tat es aber dann doch. Er war verblüfft. Sie hätte ebensogut allein im Zimmer sein können, so unbeteiligt, so gleichmütig war sie. Sie betrachtete Janie mit dem leeren Blick eines satten Säuglings. Offensichtlich war sie weder empört noch erschrocken.

In dem kurzen Schweigen, das Stuarts Worten folgte, ließ Marvina sehr gelassen ihre honigsüße Stimme vernehmen: „Guten Abend, Mrs. Cauder!" Und sie knickste anmutig.

Stuart und Janie starrten sie an; vor Verblüffung wurden beider Mienen völlig versteinert, wie die von Schwachsinnigen. ‚Guten Abend, Mrs. Cauder!' — mitten hinein in dieses Chaos von Erregung, Gezänk und Drohungen!

Plötzlich begann Stuart zu lachen. Er konnte sich einfach nicht halten. Tränen rollten ihm über die Wangen. Er rang nach Atem. Und jedesmal, wenn er einen Blick auf Marvina, die ihn friedsam, ohne jede Verwunderung ansah, oder auf die entgeisterte Janie warf, mußte er von neuem losprusten. „Du lieber Gott!" stöhnte er zwischendurch, wenn er zu Atem kam. „Du lieber, lieber Gott!"

Janie faßte sich rascher. Aber sie schwieg zunächst. Als kluge Frau wußte sie, daß jedes jetzt von ihr zu Stuart gesprochene Wort ihn zu neuen Lachanfällen reizen und sie selber immer lächerlicher machen würde. Statt dessen wandte sie sich an Marvina, die sie höflich lächelnd ansah, als sei gar nichts Besonderes vorgefallen, als ginge alles seinen gehörigen Gang.

„So!" knurrte sie mit ätzender Stimme. „Meinen Vetter haben Sie geheiratet? Sie Schlampe!"

Wenn sie dachte, Marvina damit aus ihrer lächelnden, teilnahmslosen Unbewegtheit reißen zu können, so irrte sie. In den Augen der jungen Frau schimmerte zwar wieder ein merkwürdiger Glanz; aber sie entgegnete ihrer Widersacherin mit strahlendem Lächeln: „Ja, heute nachmittag. Etwas überstürzt von dem lieben Stuart, nicht wahr? Wir hätten Sie einladen sollen, und ich habe ihm das auch vorgeschlagen. Aber er hat gemeint, Sie sind unpäßlich." Ihr Lächeln wurde breiter. „Der Geistliche war recht nett. Nur wäre mir Mr. Hawkins von unserem gemütlichen Kirchlein hier in der Stadt lieber gewesen."

Janies Gesicht wurde vor Haß und Bosheit ganz starr. „War Ihnen bekannt, Verehrteste, daß mein Vetter mir die Ehe versprochen und sich für die Bekräftigung seiner Heiratsabsichten meine Hilflosigkeit zunutze gemacht hat?"

Zum erstenmal zeigte sich Verwunderung in Marvinas Miene. Sie blickte Stuart an, wandte sich aber dann seelenruhig wieder Janie zu. „Davon ist mir nichts bekannt", gab sie unbewegt zu. „Stuart hat immer sehr freundlich von Ihnen gesprochen. Handelt es sich da nicht um ein Mißverständnis, Mrs. Cauder?"

„Mißverständnis?" schrie Janie außer sich. „Sie Schwachkopf! Wissen Sie denn nicht, was ich meine, wenn ich sage, er hat sich meine Hilflosigkeit zunutze gemacht, Sie dumme Gans? Daß er mit mir geschlafen hat, nachdem er mir die Ehe versprochen hatte?"

Vor Wut keuchend holte sie tief Atem und wartete darauf, daß die junge Frau mit einem entsetzten Aufschrei die Hände vor dem Gesicht zusammenschlagen und das Zimmer fluchtartig verlassen würde. Doch Marvina blickte sie bloß ruhig an und sagte: „Das war aber nicht schön von ihm."

In ihrer Stimme klang weder Zweifel an dem Gehörten mit noch irgendwelcher Abscheu darüber. Nachdem sie auf die ihr gestellte Frage pflichtgemäß geantwortet hatte, war ihrer Meinung nach bei dem Zwiegespräch nun wieder Janie an der Reihe.

Aber der betrogenen Witwe hatte es die Rede verschlagen. Mit weit aufgerissenen Augen starrte sie Marvina wie einen Spuk an. Sie sah ein schönes, leeres Gesicht, einen hübschen, ausdruckslosen Mund, goldene, mit völlig uninteressierter Freundlichkeit blickende Augen. Es war unfaßbar!

Und dann vermochte sie ihren verkrampften Haß, ihre Wut

und Enttäuschung, ihr Begehren, ihre wilde, echte Qual nicht länger zu beherrschen. Sie stürzte sich auf Marvina, die Finger gefahrdrohend zu Krallen gekrümmt, die Zähne fletschend, die Augen voll Raserei. Sie stieß schreckliche Laute aus. Unwillkürlich wich Marvina zurück und schützte ihr Gesicht, das Ziel des wütenden Angriffes ihrer Feindin, mit den rasch emporgehobenen Armen. Die Krallen schlugen sich wirkungslos in die feste braune Seide des Ärmels und zerrissen zwar den Stoff, ritzten aber nicht einmal die Haut. Dennoch taumelte die junge Frau unter dem Anprall zurück und stieß einen schwachen Schrei aus.

Stuart hörte den Schrei und drehte sich keuchend um. Er sah Janie zu einem zweiten Angriff ansetzen. Er sah Marvinas zerfetzten Ärmel und ihre Bestürzung. Blitzschnell faßte er Janie beim Arm, wirbelte sie herum und schlug ihr mit dem Handrücken erst auf die eine, dann auf die andere Backe. Nun fiel sie über ihn her, wie eine toll gewordene Raubkatze, und ging mit den Fingernägeln auf sein Gesicht und seine Augen los. Einmal erwischte sie die Wange und brachte ihm eine lange, blutende Kratzwunde bei.

Sie war klein, er war groß. Aber sie hatte die Kraft des Wahnsinns. Immer wieder entriß sie sich seinem Griff, wand und drehte sich und versuchte, sich auf die Nebenbuhlerin zu stürzen. Marvina sah jetzt wirklich blaß und erschrocken aus und wimmerte; ihr Haarknoten hatte sich gelöst, und die schwarzen Locken glitten ihr auf die Schulter. „Stuart! Stuart!" rief sie mit schwacher Stimme.

Aber Stuart hatte augenblicklich andere Sorgen. Fluchend bemühte er sich, Janie zu bändigen. Doch er wurde nicht fertig mit ihr. Abscheu erfaßte ihn. Ihr Gesicht tanzte ihm vor den Augen, die Fratze eines Dämons, voll irrsinniger Raserei. Ihn ekelte vor jeder Berührung mit ihr. Die Wange brannte ihn, wie von Säure verätzt.

Schließlich gelang es ihm, ihre beiden Arme zu fassen und vor seiner Brust festzuhalten. Auch jetzt noch ruckte und zerrte sie, krümmte die Finger und zerschürfte ihm das Handgelenk. Er konnte ihr Gesicht nicht mehr ansehen, so entstellt war es.

„Oh, du Drache!" keuchte er. „Du Drache!"

Sein Abscheu vor ihr brachte ihn fast von Sinnen. Am liebsten hätte er sie erwürgt. Er verdrehte ihr die Arme, bis sie den Kopf zurückwarf und wie am Spieß zu brüllen anfing. Auf dem Flur sammelten sich zitternd die Bedienten. Janies Kinder, die in der Gesindestube zu Abend aßen, hörten den Lärm, liefen ins Treppenhaus und drängten sich dort ängstlich zusammen. Sogar der sonst so gelassene Robbie weinte. Angus drückte sein Schwesterchen an sich und hielt der Kleinen die Ohren zu.

Mit wachsendem Abscheu und vor Erschöpfung getrübtem Blick verschloß Stuart mit der Hand Janies Mund. Sie stöhnte und ächzte und versuchte, ihn in den Finger zu beißen. Aber er blieb unerbittlich. Er wollte nichts mehr, als ihrem schaurigen Schreien, das ihn verrückt machte, ein Ende setzen. Trotz seines Ekels zog er sie mit der einen Hand noch näher an sich heran und verstärkte den Druck der anderen auf den Mund. Jetzt waren nur noch Janies Füße frei, und sie stieß ihn immer wieder auf die Schienbeine. Er spürte es nicht. Er schloß die Augen. Im Salon war eine Weile nichts zu hören als das glucksende Geräusch, das unter dem erstickenden Druck seiner Hand aus ihrem Munde drang.

In diese erbauliche Szene platzte jetzt Joshua, vom Sheriff begleitet.

Er sah die Bedienten, die sein wütendes Klingeln nicht gehört und ihm nicht geöffnet hatten. Er sah die im Treppenhaus zusammengedrängten Kinder. Er sah Stuart sich mit der tollwütigen Janie balgen. Er sah in einiger Entfernung seine Tochter stehen, mit verwirrter Miene, starrem Auge, aufgelöstem Haar und zerfetztem Kleid.

Ungläubig betrachtete er das alles, auf seinen Stock gestützt, regungslos. Nur der Sheriff schritt weiter. Der hochgewachsene, stämmige Mann war mit Stuart befreundet und empfand seine Aufgabe als überaus peinlich. Aber er wußte, was ihm bei Gewalttätigkeiten oblag. Mit der einen Hand packte er Stuart, mit der anderen Janie und trennte die beiden. Kaum war die Frau frei, stürzte sie sich keuchend auf den neuen Gegner. Er verabreichte ihr einen heilsamen Boxhieb, so daß sie kampfunfähig in einen Sessel sank.

„Also, was soll das alles?" brummte er. „Was geht hier vor? Heraus mit der Sprache, Mann, um Himmels willen!"

Aber Stuart konnte nicht reden. Er zog das Taschentuch hervor und betupfte sich damit die blutende Wange. Janie hatte die neue Situation erfaßt und begann in ihrem Sessel geräuschvoll zu weinen.

Mit einem zitternden Finger wies sie auf ihren Vetter. „Er wollte mich umbringen! Er wollte mich erwürgen!"

Weiß und stumm wie ein Gespenst, wischte Stuart sich die Wange. Der Sheriff sah ihn mitfühlend an; er kannte sich nicht im mindesten aus. Er rief den Bedienten zu: „Bringt Whisky, ihr Gaffer!" Dann wandte er sich wieder an Stuart. „Setzen Sie sich einmal nieder! Reißen Sie sich zusammen! So ist's recht. Hier ist ein Sessel."

Stuart setzte sich. Ihm war offenbar totenübel. Er stützte den Kopf in die Hand und den Ellbogen auf das Knie. Der Sheriff seufzte.

„Gegen Sie ist ein Haftbefehl beantragt worden, Stuart, wegen Entführung einer Minderjährigen. Haben Sie in dieser Sache irgendwelche Erklärungen abzugeben?"

Stuart fand die Sprache wieder. „Sagen Sie dieser Weibsperson da, sie soll zu plärren aufhören!" bat er ganz benommen.

Janies Weinen war immer lauter geworden. Der Sheriff fuhr sie an: „Lassen Sie das!" Dann drängte er Stuart das inzwischen von einem Diener gebrachte Glas Whisky auf. „Trinken Sie!" befahl er. „Sie werden es brauchen."

Unterdessen war Joshua zu seiner Tochter getreten. „Komm sofort nach Hause, Liebling!" forderte er sie auf. „Hier hast du nichts verloren. Wo sind deine Überkleider? Komm, Kind, Papa bringt dich heim."

Aber Marvina schien ihn nicht einmal zu bemerken. Sie blickte bloß auf Stuart, der seinen Whisky trank. Mechanisch hob sie die Arme und brachte ihre Frisur wieder in Ordnung.

„Du willst doch nicht, daß er eingesperrt wird, Liebling?" gab

Joshua ihr zu bedenken. „Wenn du nicht sofort heimkommst, muß er die Nacht im Gefängnis verbringen." Er kicherte bösartig. Er zeigte auf Stuart und auf die schluchzende, zerzauste Janie. „Du kannst es doch nicht verlockend finden, dich hier aufzuhalten, bei denen dort, bei diesen schrecklichen Menschen? Komm auf der Stelle mit, Liebling, und Papa wird nie mehr von dieser Geschichte reden. Papa und sein kleines Mädel werden wegfahren, weit weg, und wir wollen alles das vergessen."

Er durchschaute, was sich zugetragen hatte. Er blinzelte Janie an und kicherte wieder. So etwas rühmte sich der Verwandtschaft mit Lady Vere de Vere und Sir Angus Fraser, wahrhaftig! Er freute sich diebisch. Besser hätten die Dinge gar nicht gehen können!

„Diese Frau dort ist sein Schatz, mußt du wissen, mein Täubchen. In solche Dinge hat dich deine Ahnungslosigkeit geführt, Liebling, und in so ein abscheuliches Haus. In diesen Sündenpfuhl hat dich der Schurke gelockt. Aber Papa hat dich gerettet. Wir wollen nicht mehr davon reden. Es ist nie geschehen. Und er wird schon den gebührenden Lohn finden."

Stuart gab das Glas dem Sheriff zurück, der ihn noch immer mitfühlend und bedauernd ansah. „Danke, Bob!" Er tat einen tiefen Atemzug. „Von Umbringenwollen kann natürlich keine Rede sein, Bob, obwohl es mir in den Fingern gejuckt hat. Sie ist gegen meine Frau tätlich geworden."

Der Sheriff wurde etwas lebhafter. „Sie haben Miß Marvina geheiratet, Stuart?"

„Ja, heute nachmittag." Stuart wurde sich plötzlich dessen bewußt, daß er Ehemann war. Mühsam stand er auf, trat zu seiner jungen Frau und streckte ihr die Hand hin. Sein starres Gesicht löste sich zu einem schwachen Lächeln. Sofort verließ Marvina ihren Vater und ging ohne Zaudern zu ihrem Gatten. Ihre stille Heiterkeit war wiedergekehrt. Vertrauensvoll nahm sie seine Hand und lächelte ihm zu.

Der Sheriff beobachtete die beiden. Dann blickte er Joshua finster an. „Sie haben doch behauptet, er hätte sie entführt und zur Heirat gezwungen, Mr. Allstairs."

Joshua schnitt eine böse Grimasse. „Meine Tochter ist minderjährig!" rief er. „Außerdem glaube ich nicht, daß er sie geheiratet hat. Er hat sie nur unter falschen Vorspiegelungen hierhergelockt."

„Können Sie Ihre Angaben beweisen, Stuart?" fragte der Sheriff streng.

„Gewiß. Ich habe den Trauschein bei mir." Er suchte in seinen Taschen. „Wir haben heute vor einem Methodistengeistlichen in La Grange die Ehe geschlossen. Hier sind die Namen der Zeugen. Die Frau ist voll ehemündig. Sie ist fast neunzehn."

Der Sheriff prüfte die Urkunde sehr genau. Seine Verlegenheit wuchs. Er blickte Stuart an, der neben seiner jungen Frau stand, trotz seiner zerknitterten Kleidung und blutenden Wange in würdevoller Haltung, eine magnetische Kraft ausstrahlend, die eines seiner hervorstechendsten Merkmale war und stets ihre Wirkung tat. Plötzlich war fast völlige Stille in dem Raum eingetreten; nur Janie schluchzte dumpf und rief hysterisch den Allmächtigen um Hilfe an.

„Die Urkunde scheint in Ordnung, Mr. Allstairs", sagte der Sheriff. Er war ein ehrenwerter Mann und konnte Joshua nicht leiden. Seine Stimme wurde barsch. „Ihre Tochter hat das achtzehnte Lebensjahr überschritten und durfte nach dem Gesetz eine Ehe schließen. Sie wurde nicht entführt, sondern ist freiwillig mit Stuart zur Trauuung gegangen. Niemand hätte sie daran hindern können, auch Sie nicht. Sie ist Stuarts Frau. Dagegen können wir leider nichts unternehmen."

Joshua humpelte zu dem Sheriff und zu Stuart hin, wie Espenlaub zitternd. Er ließ den Blick langsam von seiner Tochter zu Stuart und dann zu dem Sheriff wandern. Schließlich rief er: „Gibt es denn keine Sühne für die Verführung meiner Tochter, die in Unschuld, vor solchen Schurken behütet, aufgewachsen ist? Gibt es keine Strafe für jemanden, der sich in ein fremdes Haus einschleicht und dem Eigentümer sein wertvollstes Kleinod stiehlt? Nach dem Geburtsschein mag meine Tochter ehefällig sein; aber seelisch ist sie noch ein Kind. Ich fordere Gerechtigkeit!"

Der Sheriff verzog das Gesicht. „Mr. Allstairs, das Gesetz kennt kein seelisches Alter und macht nur Ausnahmen für Geisteskranke und Geistesschwache. Und daß Ihre Tochter schwachsinnig oder unzurechnungsfähig ist, werden Sie doch wohl nicht behaupten wollen?"

Joshua knirschte mit den Zähnen. Seine Tochter sah ihn mit der gleichen liebenswürdig lächelnden Ausdrucksleere an, mit der sie allem Geschehen um sich herum begegnete. „Ach, teurer Papa!" murmelte sie liebevoll, als wäre alles in bester Ordnung und als hätte ihr Vater irgendwelche alltägliche Bemerkungen gemacht.

Joshua hob den Stock, schwang und schüttelte ihn in der Luft und schrie wütend: „Ich fordere Gerechtigkeit! Außer dem geschriebenen Gesetz gibt es auch noch Moralgesetze. Dieser Mann ist ein Räuber und ein Lump, ein zuchtloser Wüstling, dessen Name in verrufenen Lokalen sprichwörtlich ist, ein Gaukler und Erbschleicher! Er hat meine Tochter wegen ihres Vermögens geheiratet. Er steht vor dem Bankrott und will das schuldlose Kind dazu benützen, von mir Geld herauszubekommen. Das ist der einzige Grund, warum er sie verführt und verschleppt hat!"

„Vorsicht, Vorsicht!" warnte der Sheriff. „Wenn Sie Stuart so beschimpfen, kann er den Spieß umdrehen, und ich kläre ihn hiemit freimütig über sein Klagerecht auf."

Aber Joshua war außer sich vor Haß und Kummer und Enttäuschung. „Er hat meinen Butler bestochen. Mit seinen Kniffen hat er den Mann dazu gebracht, ihm meine Tochter zuzuführen, meine Tochter, die von Männern keine Ahnung hat. Er hat sich den Mann gekauft! Das habe ich erst vor zwei Stunden erfahren, von einer Zofe, die mit dem Kerl gemeinsame Sache gemacht hat. Gibt es denn keine Gerechtigkeit für einen beraubten Vater, für ein geschändetes Haus, für ein zugrunde gerichtetes Kind?"

In unbeherrschbarer Wut stieß er mit dem Stock auf den Boden. Tränen rannen ihm über die welken Wangen. Er hob den Stock und zeigte auf die schluchzende Janie.

„Schauen Sie sich diese Frau an, die er für seine Base ausgibt! Er ist auf sie mit Vorbedacht, mit Mordabsicht losgegangen — vor den Augen meiner Tochter, die er in dieses Schandhaus gebracht hat. Fragen Sie die Frau, was hinter diesem Anschlag auf ihre Person, auf ein wehrloses Weib, auf eine Witwe mit einer Schar hilfloser Kinder steckt!"

Der Sheriff murmelte zwar: „Das tut nichts zur Sache", wandte sich aber auf Joshuas Verlangen automatisch an Janie. „Mrs. Cauder! Im Zusammenhang mit Ihnen ist eben eine Anschuldigung erhoben worden. Möchten Sie vielleicht für einen Augenblick zu weinen aufhören und mir ein paar Fragen beantworten?"

Trotz ihres Dauerschluchzens und ihrer Anrufungen himmlischer Hilfe hatte Janie die Vorgänge genau verfolgt. Jetzt verfiel sie in einen neuen heftigen Schmerzausbruch, warf sich in ihrem Sessel zurück, schlug die Hände vors Gesicht und stieß lange, schrille Seufzer aus. Der Sheriff erschrak sehr und befahl einer der herumstehenden Mägde, Riechsalz zu holen. Während man sich um Janie bemühte, trat der arme Amtmann zu Stuart und flüsterte ihm kopfschüttelnd, bedauernd zu: „In was für Dinge Sie sich einlassen, Stuart!"

Stuart grinste. Aber er fühlte sich unbehaglich und war höchst peinlich berührt. Er legte den Arm um seine Frau und sagte: „Ich muß, so ungalant es scheinen mag, der Wahrheit die Ehre geben und feststellen, daß meine Base, Mrs. Cauder, es mit dieser gleichen Wahrheit manchmal nicht sehr genau nimmt. Das wollen Sie, bitte, berücksichtigen, Bob, sobald das zarte Persönchen sich erholt hat und mit ihrer gewohnten Schlagfertigkeit zu fluchen und zu lügen anfangen wird."

Janie beschloß, daß ihr Nervenanfall lange genug gedauert hatte, schüttelte sich die zerzausten Locken aus der Stirn, trocknete sich die Wangen und senkte den Kopf. Plötzlich bot sie ein Bild der Schamhaftigkeit und tiefen Kümmernis, der Verwaistheit und Schutzlosigkeit. Der Sheriff machte ein paar Schritte auf sie zu.

„Mrs. Cauder, ich bitte Sie, bewahren Sie Haltung und

antworten Sie mir auf ein paar Fragen! Sie haben Mr. Coleman eines Anschlags auf Ihr Leben bezichtigt. Warum ist er auf Sie losgegangen?"

Janies Kopf sank noch tiefer. Ihre Brust wogte aufgeregt. „Ach, du lieber Gott!" wimmerte sie. „Um das zu erleben, mußte ich unbeschützt in ein fremdes Land kommen! Eine arme Witwe mit vier hilflosen Kindern! Vertrauensvoll habe ich den inständigen Bitten meines Vetters, zu ihm nach Amerika zu fahren, nachgegeben."

Der Sheriff unterbrach sie. „Er hat Ihnen die Ehe versprochen, Mrs. Cauder?" fragte er ungläubig.

Janie hob die Hand. Sie war eine ausgezeichnete Schauspielerin. Sie zeigte ein beherztes Gesicht, blaß, zitternd, keusch, tränenfeucht. Demütig sah sie den Sheriff an. Sie ließ ihre Lider zittern, ihre Lippen beben. Sehr gefaßt sagte sie: „Ja, das hat er. Wiederholt versprach er mir die Ehe, und ich alleinstehendes, wehrloses, unerfahrenes, bisher immer von den Eltern beschütztes Wesen habe ihm geglaubt."

Sie vergoß frische Tränen. „Ich habe ihm geglaubt, Sir! So sehr geglaubt, daß ich ihm von meinem kleinen Vermögen zwanzigtausend Dollar gegeben habe, von dem Zehrpfennig, den meine teure Mama mir bei der Abreise von England mitgab."

„Zwanzigtausend Dollar!" rief entsetzt der Sheriff. Er sah Stuart an, der ganz rot geworden war.

„Das kann ich Ihnen erklären, Bob. Sie hat mir das Geld nicht ‚gegeben'. Sie wußte, daß ihr Vermögen von etwa fünfundsiebzigtausend Dollar in Amerika für sie und ihre vier Kinder nicht lange reichen würde. Ich habe ihr gegen den Widerstand meines Partners eine Beteiligung an meinem Unternehmen geboten, aus rein menschlichen Beweggründen, weil ich ihr Vetter und ihr einziger Verwandter in Amerika bin. Darüber wurde ein Vertrag aufgesetzt, von dem sie eine Ausfertigung besitzt; eine andere ist in unserer Bank, wo sie jederzeit eingesehen werden kann."

Mit wachsender Wut und Erregung fuhr er fort: „Und die Sache mit dem Eheversprechen ist eine Lüge. Das weiß sie selber genau. Ich habe ihr nie Zusagen gemacht." Er hielt inne. Ein schlauer Einfall kniff ihm die Augen zusammen. „Fragen Sie die Frau, was mich zu einem solchen Versprechen veranlaßt haben sollte? Die Absicht, sie zu verführen? Oder eine vollzogene Verführung zu rechtfertigen? Will sie behaupten, daß sie mit mir in diesem Hause intim verkehrt hat? Will sie ihren guten Namen aufs Spiel setzen — einer Lüge wegen? Will sie eines vorübergehenden Vorteils halber ihren Namen zum Stadtgespött, ihre gesellschaftliche Stellung hier unhaltbar machen?"

Janie öffnete den Mund zu einem Zornschrei. Da sah sie plötzlich Stuarts zusammengekniffene, funkelnde Augen und sein hämisches Lächeln. Seine Worte hallten ihr in den Ohren.

Der boshafte Ausdruck auf Stuarts Gesicht verstärkte sich. Er schmunzelte. „Sie sehen doch selber, Bob, daß meine Base eine untadelige Dame ist. Im Augenblick ist sie zwar etwas verärgert, weil ihr gewisse Felle davongeschwommen sind. Aber sie würde, schon im eigenen Interesse, nie ernstlich die falsche Behauptung aufstellen wollen, ich hätte sie verführt — in meinem eigenen Hause, das sie als reife Frau, nach freiem Wunsch und Willen, betreten hat. Trotz ihrer gegenwärtigen Aufregung und Erbitterung werden Sie, Bob, schon längst erkannt haben, daß sie eine züchtige, tugendhafte Frau ist, die sich nur durch eine heftige hysterische Erregung zu solchen Äußerungen hinreißen ließ."

Mißtrauisch blickte der Sheriff seinen Bekannten an. Er verstand. Er runzelte die Stirn. Kopfschüttelnd flüsterte er: „Sie sollten sich mehr in acht nehmen. Einmal wird sich das alles rächen."

Aber Stuart wandte sich, berauscht von seinem Triumph, an den blinzelnd, verwirrt dastehenden Joshua.

„Und jetzt zu Ihnen, Sie altes Ekel! Nur weil Sie seit heute mein Schwiegervater sind, sehe ich von gerichtlichen Schritten gegen Sie ab. Danken Sie Gott dafür! Sie haben mich einen Räuber genannt. Das könnte Sie einen hübschen Batzen Geld kosten. Sie haben mich derart beleidigt, daß ich Sie ungestraft niederschießen könnte." Er machte eine großartige Geste und lächelte häßlich. „Aber heute beseelt mich nur christliche Nächstenliebe. Weil ich von Natur aus ein guter Kerl bin, verzichte ich darauf, Sie zu belangen und der verdienten Strafe zuzuführen."

Janie war so erfüllt von Haß, von grenzenloser Wut und Erbitterung, daß sie nur in ihrem Sessel kauerte und Stuart mit einer Miene anstarrte, so unheilkündend und entladungdrohend wie eine schwere Gewitterwolke. Es war ein Blick, der töten hätte mögen.

Stuart genoß seinen Triumph in immer gierigeren Zügen. Er rief Joshua zu: „In vier Wochen bekomme ich aus einer Transaktion eine große Summe und zahle Ihnen alle meine Schulden zurück. Sie haben behauptet, ich hätte Ihre Tochter nur ihrem Vermögen zuliebe geheiratet. Sie alter Lump, ich werde bald so reich sein, daß ich Sie mir ein halbes dutzendmal kaufen kann."

„Oh, dieser verdammte Gauner! Oh, dieser Lügner und Schuft!" stöhnte Janie händeringend.

Joshua aber blickte Stuart bloß schweigend an. Dann sagte er fast flüsternd: „Vorläufig haben Sie Ihr Spiel gewonnen. Aber noch ist nicht aller Tage Abend. Es kommt die Zeit der Abrechnung. Und daß sie bald kommt, dafür werde ich mit Gottes Hilfe sorgen."

Er wandte sich zu Marvina, und seine Stimme war wirklich gebrochen. „Liebes Kind, du hast gesehen, wie es in diesem Haus hergeht. Ich bin ein alter Mann, und du warst mein einziger, vielgeliebter und wohlbehüteter Schatz. Du hast mich verlassen, nicht absichtlich, sondern aus Unerfahrenheit. Ich bitte dich zum letztenmal: Gib diesen Schurken auf, bei dem du zugrunde gehen mußt, und komm zurück in dein trautes Heim, wo du vor ihm sicher bist!" Mit erstickter Stimme flehte er: „Komm heim zu deinem Papa, mein Liebling!"

Stuart umschlang Marvina fester. Sie schmiegte sich an ihn. Sie lächelte ihrem Vater freundlich zu. „Mein lieber Papa!" sagte sie mit ihrer honigsüßen Stimme. „Gute Nacht, mein lieber Papa!"

Lange, durchdringend starrte Joshua in das leere Gesicht seiner Tochter; sein ganzes Herz lag in diesem Blick. Dann senkte er den Kopf und wandte sich ab.

Wie die Mittagssonne strahlend, winkte Stuart dem Sheriff einen Abschiedsgruß zu. „Würden Sie jetzt so gut sein, Bob, mein Haus von den Eindringlingen zu räumen? Ich bin müde. Und ich muß meine Kratzwunden verarzten; sonst sterbe ich unweigerlich an der Tollwut." Er unterbrach sich. „Diese Frau, meine Base, und ihre Kinder sollen meinetwegen noch vierundzwanzig Stunden hier im Haus bleiben. Dann müssen sie hinaus. Das ist ein Befehl, den ich, wenn es sein muß, mit Zwang durchsetzen kann."

Er nahm Marvina an der Hand und führte sie aus dem Salon, an den Bedienten und dem Sheriff, an Joshua und Janie vorbei. Sie schauten ihr nach, sahen das anmutige Schwingen ihres fließenden Seidenkleids, ihr bezauberndes Lächeln und den bewundernden Blick, den sie ihrem Gatten zuwarf. Sie schaute sich nicht um, nicht einmal nach ihrem Vater, der, wie vom Todeshauch angeweht, laut aufstöhnte.

Im Treppenhaus standen noch die Kinder. In dumpfem, lähmendem Schweigen wichen sie zur Seite, als das Paar langsam die Treppen emporstieg. Sie starrten Stuart mit großen Augen aus blassen, jungen Gesichtern an. Er lächelte ihnen wohlwollend und gleichgültig zu. Er kam zu der Stufe, auf der Angus und Laurie Arm in Arm standen. Die Wangen der Kleinen waren von Tränen überströmt. Aber ihre blauen Augen blickten den Vetter fest an, im warmen Dämmerlicht silbrig leuchtend.

Er wußte nicht, warum er neben dem Kinde stehenblieb. Er spürte nur, daß etwas ihm Halt gebot, ihn zwang, Laurie anzublicken, während sein sonst so sorgloses Herz ganz seltsam zu klopfen begann. Und dann bückte er sich freundlich und küßte sie auf die feuchte Wange.

„Gute Nacht, mein Kind!" sagte er zärtlich und strich ihr über das goldblonde Haar.

Marvina sah die Kinder mit ihrem liebenswürdigen, unpersönlichen Lächeln an, nickte ihnen freundlich zu und ging weiter, von Stuart gefolgt.

Sie kamen zu der Tür, die zu seinen Gemächern führte. Mit hämmernden Pulsen blieb er auf der Schwelle stehen und ergriff die Hand seiner Frau. Er blickte sie bedeutungsvoll und leidenschaftlich an. Sie lächelte friedsam.

„Sind das aber nette Kinder, Stuart! Ich werde sie sicher bald sehr lieb haben", erklärte sie.

Stuart brachte kein Wort hervor. Zum erstenmal dämmerte ihm, schwach, aber beängstigend, daß seine Frau dumm war. Bodenlos dumm.

ZWEITES BUCH

DIE KINDER IM TOR

XXVI

Angus Cauder holte seine medizinischen Bücher unter dem
Ladentisch hervor und legte sie auf die Platte. Er fuhr sich mit
der mageren Hand über das Gesicht und seufzte. Aller Saft und
alle Kraft waren aus ihm herausgepreßt worden, und er fühlte
sich trocken und spröde wie Flachsstroh. Selbst seine Seele war
trocken und verstaubt, bedeckt von einer Rußschicht alter Verzweiflung und Hoffnungslosigkeit und Bescheidung. Er bewegte die Zunge im Mund, um die Empfindung pergamentener
Starre loszuwerden, die indes der Seele entstammte.

Die letzten Kundinnen waren gegangen. Sogar die Verkäufer
hatten schon lange die Tür hinter sich geschlossen. Angus strich
mit dem Finger über die Buchrücken und seufzte wieder. Dann
schob er in trauriger Gebärde die Bücher beiseite und begab sich
in den Hinterraum, der als Kontor diente. Er ging etwas vorn-
übergebeugt, weil er zu groß und zu hager und nicht stark war.
Seinen Bewegungen fehlte die Spannkraft und Lebhaftigkeit der
Jugend. Er schritt dahin wie ein Greis, mit vielen Jahren auf
dem Rücken und viel Mühsal in den steifen Gliedern.

Stuart, der mit finsterer Miene über seinen Rechnungsfolian-
ten saß, blickte auf. Er lächelte ein wenig und lehnte sich in
seinem Sessel zurück. Auch er war sehr müde. Er glättete sich
mit beiden Händen das dichte, lange Haar, in dessen Schwärze
sich einzelne graue Fäden mischten.

„Hast du Schluß gemacht, Angus? Ach, natürlich — es ist
ja fast sieben. Was hast du so lange getan?"

„Es waren ein paar Ballen von dem neuen Foulard umzu-
rollen, Stuart."

Die Tischlampe warf ihr blasses Licht auf die Rechnungs-
bücher und auf die Wände, die erst kürzlich — auch hier
wünschte Stuart die gewohnte Pracht, den Rückhalt des Luxuriö-

sen — neu getäfelt worden waren. In dem fahlen Lichtkegel stand schweigend Angus, die grauen Augen von den gesenkten Lidern fast bedeckt, das blasse, leidende Gesicht trotz seiner Jugend von verbissenem Stolz und krampfhafter Verschlossenheit gezeichnet. Sein Mund, der schon immer dünn und zurückhaltend gewesen war, bildete nun einen langen, straffen, beiderseits in starre Spitzen auslaufenden Strich, gleich einer Schranke, die weder die Seele hinaus- noch die Freude hineinließ. Sein feines, schlichtes Braunhaar lag schlaff auf dem schmalen Schädel, und ein paar Strähnen fielen ihm in die edelgeformte, vorgewölbte Stirn.

Stuart betrachtete ihn mit verstohlenem Unbehagen. Er zündete sich eine Zigarre an und heftete mißmutig den Blick auf die getäfelte Zimmerdecke.

„Jetzt bist du gerade ein halbes Jahr hier, Angus. Wie gefällt es dir im Geschäft?"

„Sehr gut, Stuart. Es . . . es ist sehr interessant. Nicht wahr?"

„Interessant? Findest du, Angus?"

Der junge Mann zögerte. Er schob sich auf seinen langen, dünnen Beinen hin und her. Er war wie die anderen Angestellten in schwarzes Tuch und weißes Linnen gekleidet, was seiner ausgemergelten Gestalt das Aussehen eines Leichenbestatters gab. Von den schwarzen Ärmeln hoben sich die schlanken, zugespitzten Hände wie leblose Wachsgebilde ab.

Er sagte sehr förmlich: „Menschen sind doch immer interessant, Stuart."

„Wirklich?" entgegnete Stuart grimassierend. Er besah das glimmende Ende seiner Zigarre. „Meiner Meinung nach sind die meisten verdammt lästig. Aber jedenfalls bin ich froh, daß du hier nicht unzufrieden bist."

Er wußte, daß der junge Mann mit einer bestimmten Absicht zu ihm gekommen war; er fragte sich, worum es sich handeln mochte. Angus tat sonst nie einen Schritt zu einer persönlichen Annäherung zwischen ihnen beiden; wenn er mit Stuart geschäftlich zu tun hatte, verhielt er sich in der Regel sehr zurückhaltend und abweisend.

Als Angus schwieg, sah Stuart ihn fest an.

„Du bist also zufrieden, Angus, nicht wahr?"

Angus senkte den Kopf. „Nicht ganz, Stuart, sei mir nicht böse! Weißt du, Mama meint, ich sollte eine kleine Aufbesserung kriegen."

„Ach, meint sie das? Und wieviel schlägt denn Mama vor?"

Bei dem spöttischen Klang der Frage wurde Angus rot. Er hob den Kopf und blickte Stuart herausfordernd an, ohne jedoch ein leichtes Zittern seiner Wangenmuskeln unterdrücken zu können. Mit abwehrend bebender Stimme und ängstlichem Unmut erwiderte er: „Mama sagt, sie ist Teilhaberin, und deshalb gebührt mir mehr Gehalt als den anderen Angestellten." Er zögerte. „Sie meint, ich müßte mindestens um drei Dollar in der Woche mehr bekommen."

Stuart musterte ihn neugierig. „Und was meinst du selber dazu, Angus?"

Der junge Mann erwies sich immerhin als mutig. Seine grauen Augen glommen plötzlich im Lampenlicht auf. „Ich denke, es sollten fünf Dollar sein, Stuart."

Stuart wandte seine Aufmerksamkeit wieder der Zigarre zu; er fluchte leise. „Ist das ein Tabak heutzutage! Schau dir nur dieses verdammte Zeug an!" Er nahm den Lampenzylinder ab und hielt das Zigarrenende an die flackernde Flamme. „Wenn man so einen Glimmstengel anzünden will, braucht man eine ganze Feuersbrunst dazu." Er setzte den Lampenzylinder wieder ein und zog ein paarmal kräftig an seiner Zigarre.

Angus beobachtete ihn. Ein schwaches, grimmiges Lächeln, das jetzt um seine Mundwinkel spielte, entspannte sie nicht, sondern straffte sie eher noch mehr. Auf einmal wurde er ganz stählerne Härte, und nun sah Stuart sich in die Verteidigung gedrängt.

Er lächelte seinem jungen Verwandten strahlend zu. „Na schön, ich halte mich im allgemeinen lieber an deine Meinung als an die deiner Mama. Wir machen es also mit fünf Dollar, ab Samstag. Was sagst du dazu?"

„Danke, Stuart", murmelte Angus kühl und schickte sich an

zu gehen. Aber Stuart drehte sich in seinem Sessel voll ihm zu, mit einer seiner ungestümen Bewegungen. Als er jedoch in die harten grauen Augen des Jungen blickte, blieben ihm die Worte in der Kehle stecken. Er runzelte die Stirn, nicht vor Ärger. Er räusperte sich, vor Befangenheit.

„Angus, willst du dich einen Augenblick setzen? Ich möchte mit dir reden."

Aber der junge Mann erstarrte noch mehr. „Ich habe mich schon verspätet, Stuart. Wir essen ja um halb acht zu Abend. Mama wird böse sein, wenn sie auf mich warten muß."

„Ach, daß Mama böse wird, dürfen wir natürlich nicht riskieren! Aber ich erwarte in etwa fünf Minuten meinen Wagen und fahre dich heim. Zu Fuß wärest du eher später daran. Ich halte dich nicht lange auf."

Angus schwieg eine Weile und sagte dann mit einer Stimme, in deren gewohnter Farblosigkeit ein Unterton von Stolz aufklang: „Ist recht." Er setzte sich steif auf den Rand eines Sessels und sah den Vetter mit etwas feindseliger Miene an. Angesichts dieser Miene wuchs Stuarts Verlegenheit. Aber auch sein Mitleid.

„Du wirst sicher denken, Angus, ich mische mich da in Dinge, die mich nichts angehen. Aber wir beide waren einmal Freunde, vor vielen Jahren. Ich habe dich immer sehr gern gehabt. Das weißt du ja, nicht?"

Angus blieb stumm. Doch seine starren Mundwinkel verzerrten sich zu einem abweisenden, spöttischen, kalten Lächeln.

Stuart verfärbte sich. Er schlug mit der flachen Hand auf den Tisch. „Du hörst auf falsche Einflüsterungen, Angus! Das ist mir jetzt klar. Du mußt mir glauben, daß ich dich sehr gern habe."

Der junge Mann zuckte zusammen, als wäre er beleidigt worden, und schien aufstehen zu wollen. Aber er entgegnete nichts. Die Augen, mit denen er Stuart abwartend anblickte, waren wie grauer, geschliffener Topas.

Stuart geriet in Zorn. Aufregung schadete seiner Leber, erinnerte er sich verdrossen. Ach, zum Teufel jetzt mit der Leber! Er wollte einen, einen einzigen, Versuch unternehmen, diesen jungen Narren zu retten, seine lächerlichen Abwehrwälle zu durchbrechen!

„Als ich dich kennenlernte, Angus, hast du mir deinen Wunsch, Arzt zu werden, anvertraut. Ein ... Freund hat mir ans Herz gelegt, nach dir zu sehen, dir Mut zu geben und zu helfen. Mir paßte diese Mission nicht. Aber ich habe sie, ihm — und auch dir — zuliebe, übernommen. In diesem Juni hast du das College absolviert. Und dann hat zu meiner großen Überraschung deine Mutter verlangt, daß ich dich bei mir anstelle."

Er unterbrach sich. Seine niedrige Stirn runzelte sich vor Unbehagen. Angus hatte in mißtrauischem Schweigen zugehört; während Stuart sprach, verhärtete sich sein junges Gesicht und wurde wie schimmernder Stahl. Er fixierte seinen Vetter und wartete.

„Du hast dich hier bewährt, Angus. Du zeigst scharfen Verstand und rasche Auffassung. Du hast mir in der Buchhaltung geholfen, und ich denke daran, dir immer mehr davon zu übertragen. Ich finde diese Arbeit lästig. Früher hat Sam sie gemacht, bis er im März an Lungenfieber erkrankte. Bevor er wieder voll arbeitsfähig ist, wird eine Zeit vergehen. Ja, du hast dich gut bewährt und wirst dich noch besser bewähren. Aber ich hätte mir von dir, für dich, anderes erwartet. Ich dachte, du würdest nach der Schule bei irgendeinem tüchtigen Arzt zur Berufsausbildung eintreten. Etwa bei Dr. Dexter. Ich habe mit ihm im Frühjahr gesprochen, und er hat sich bereit erklärt, dich zu nehmen. Das weißt du ja. Warum hast du dich anders entschlossen? Interessiert dich die Medizin nicht mehr?"

Angus schwieg. Aber Stuart sah, wie krampfhaft seine Finger sich plötzlich verschränkten, als ringe er die Hände. Und dann kamen die Finger wieder zur Ruhe, blieben aber verschränkt.

Mit tonloser Stimme sagte er: „Es kommt nicht darauf an, was mich interessiert oder nicht interessiert, was ich vorhatte oder nicht vorhatte, Stuart. Mama kann sich nicht mehr den Luxus leisten, mich müßig herumlaufen zu lassen, und es ist meine Pflicht, zu unserem Unterhalt beizutragen."

„Was ist denn das für ein Unsinn?" rief Stuart in seiner

rasch aufflammenden Wut. „Deine Mutter bezieht fast sechstausend Dollar jährlich aus ihrer Geschäftsbeteiligung! Im letzten Jahr war es übrigens, wenn ich mich recht erinnere, noch wesentlich mehr. Ihr Kapital hat sie überhaupt noch nicht angetastet. Außerdem hat sie vor zwei Jahren, als ihr Vater starb, zehntausend Dollar geerbt. Auch diese Scheine hat sie in ihre verdammten Geldkassetten gestopft. Sie kann es sich sehr wohl leisten, dich das werden zu lassen, was du dir immer erträumt hast."

Angus hatte sich in seinem Sessel aufgerichtet. Seine Augen funkelten gekränkt. „Stuart, du kennst die Lebensverhältnisse meiner Mutter nicht im einzelnen. Und ich muß es als ... als Kühnheit bezeichnen, daß du sie kritisierst. Du vergißt offenbar, daß sie noch drei Kinder hat. Sie kann unmöglich mich bevorzugen. Bertie ist erst siebzehn, Robbie noch nicht sechzehn und Laurie elf. Alle drei gehen noch zur Schule. Mama ist manchmal sehr knapp bei Kasse. Ich muß ihr helfen. Das ist meine Pflicht. Sich darüber zu beklagen, wäre unmoralisch. Im Widerstreit zwischen Pflicht und Neigung muß der Mensch sich für die Pflicht entscheiden. Wir dürfen nicht von anderen verlangen, daß sie für uns Opfer bringen und sich selber hintansetzen. Solche Eigenliebe wäre sündig und grausam."

Stuarts volles Gesicht lief rot an. „Du hältst es für sündig und grausam, sich den gefühllosen, unvernünftigen Forderungen einer habsüchtigen Frau zu widersetzen? Bloß deshalb, weil sie deine Mutter ist?"

Angus sprang auf. Sein Atem ging keuchend. „Gute Nacht, Vetter Stuart."

Aber auch Stuart stand auf und stellte sich vor die Tür. „Angus, es ist das letztemal, daß ich dir ins Gewissen rede und dir klarzumachen versuche, was deine Mutter dir antut. Laß mich also ausreden, und dann kannst du zum Teufel gehen!

Deine Mutter hat dich nie gemocht. In deiner sklavischen Verehrung für sie hast du das nicht wahrhaben wollen. Sie ist drauf und dran, dich für dein ganzes Leben zugrunde zu richten. Sie hat schon einen schäbigen kleinen Pfennigfuchser aus dir gemacht. Schau dich nur an! Du bist todelend beisammen, durch und durch, du Grünschnabel! Von dieser Tür aus habe ich dich während deiner Arbeit beobachtet. Auch sonst habe ich dir gründlich auf den Zahn gefühlt und weiß, wie jämmerlich dir zumute ist. Angus, du stirbst bei lebendigem Leib. Das wäre nicht so tragisch, wenn es nur um deine elende irdische Hülle ginge. Aber du stirbst in deinem Innern, Angus. Und du läßt dir das antun von einer Frau, die dich haßt, der es Spaß bereitet, dasjenige in dir zu verstümmeln und umzubringen, was du albernerweise die Seele nennst. Diese Frau bedient sich deiner besten Regungen, deiner Liebe und Ehrenhaftigkeit und deines Pflichtgefühls, um dich zugrunde zu richten."

Er hielt inne, da ihm der Atem ausgegangen war. Sein unverläßliches Herz pochte ihm schmerzhaft in der Brust. Verdammt, da hieß es heute abend auf den Whisky verzichten! Er preßte die Hand auf die Brust und massierte unwillkürlich die Herzgegend.

Angus hatte sich gegen den Schreibtisch hin zurückgezogen und stand jetzt so, daß sein Kopf im Schatten war. Aber aus diesem Schatten blitzte der graue Stahl seiner Augen in Zorn und Empörung.

Stuart zitterte vor Erregung. Er holte tief Atem, versuchte im eigenen Interesse, seine Heftigkeit zu bezähmen, und sagte:

„Du redest von Pflicht. Verflucht nochmal, du wirst mir wohl recht geben, daß der Mensch nur eine einzige Seele hat und sie hüten und bewahren muß, um nicht zu sterben. Dieser Meinung bist du ja auch, nicht? Wenn er sie aber hüten und bewahren will, muß er ihren Regungen folgen und darf sich ihnen gegenüber nicht taub stellen. Du wolltest immer Arzt werden. Du hast dazu von Natur aus die seelischen Anlagen, die Hingegebenheit, die Selbstaufopferung, die Menschenliebe. Aber du duldest, daß diese Frau deine Seele zerstört, ein gefräßiges wildes Tier aus dir macht, einen habgierigen Geizhals. Ich habe gesehen, wie zärtlich du von den Kundinnen die Goldstücke entgegengenommen, wie du mit ihnen geklimpert und dazu gelächelt hast. Und wie du sie schließlich liebevoll in die Lade legtest. Ich habe dich beobachtet. Aber diese Münzen haben keinen Glanz in dein jammervolles Gesicht gebracht. Nur Häßlichkeit. Die Häßlichkeit einer sterbenden Seele, Angus."

Wieder ging ihm der Atem aus. Aber seine schwarzen, ruhelosen, gewöhnlich so unbesorgt und ichbezogen blickenden Augen leuchteten nun vor Ernsthaftigkeit, vor ungeduldigem Zorn und vor beschwörender Eindringlichkeit.

Angus sah ihn schweigend an. Stuart konnte kaum sein Gesicht erkennen. Doch er spürte die verachtungsvolle Unbeugsamkeit des Jungen.

Dann hörte er seine dünne, aber feste und barsche Stimme. „Vetter Stuart, du sprichst zu mir von der Seele. Du glaubst doch weder an eine Seele noch an Gott. Du bist ein böser Mensch, und du weißt das im Herzen, Vetter Stuart. Ich kann auf dich nicht hören. Deine Worte bedeuten mir nichts."

Er unterbrach sich, während Stuart ihn mit ungläubiger Hoffnungslosigkeit und Wut anstarrte.

„Ich habe hier meine Pflicht getan, Vetter Stuart. Ich werde sie, wenn du mir nach diesem Gespräch noch zu bleiben erlaubst, auch weiter tun. Du kannst dich jederzeit auf mich verlassen. Ich möchte, nachdem meine Mutter Teilhaberin ist, mich in das Unternehmen einarbeiten. Ich gedenke, es zu meinem Lebensziel zu machen. Das und nichts anderes ist mein Wunsch. Und ich kann dabei auf niemand anderen hören, am allerwenigsten auf dich, weil du mich nur auf Abwege führen würdest, fort von Gott und von meiner erkannten Pflicht. Heilige Ermahnungen kamen nie von einem unfrommen Instrument. Ich glaube nicht, daß aus deinem Munde jemals guter Rat oder richtige Anleitung kommen können. Welches deine Beweggründe sind, weiß ich nicht recht. Aber ich spüre, daß du mich verleiten willst, meine Mutter zu verleugnen und zurückzustoßen, meine arme Mutter, die ihr Leben ihren verwaisten Kindern geweiht hat. Du rätst mir, meiner Pflicht untreu zu werden und selbstsüchtig meinen eigenen leichtfertigen, unheiligen Wünschen zu frönen."

Angesichts dieser Albernheiten geriet Stuart nicht neuerlich in Zorn; ihm wurde fast übel vor Verzweiflung. Er hob die

Hand, als wollte er einen sinnlos summenden und stechenden Mückenschwarm abwehren. Er sagte mit leidenschaftlicher Gelassenheit:

„Angus, wenn deine Mutter dich nicht Medizin studieren läßt und du befürchten mußt, ohne einen Pfennig aus ihrem Haus gewiesen zu werden, so kannst du jederzeit zu mir kommen. Ich werde dir helfen. Du kannst bei mir wohnen und bei Dr. Dexter studieren. Ich bin dir gutgesinnt. Ich habe in meinem Leben bisher niemandem Wohltaten aufgedrängt. Das widerstrebt mir. Jeder soll nach seiner Fasson selig werden. Aber du bist so in die Enge getrieben, so ohne Ausweg, so einfältig, daß du Hilfe brauchst. Ich biete dir diese Hilfe an, von ganzem Herzen."

Aber Angus schrie mit dünner, sich überschlagender Stimme: „Du hast kein Herz, Stuart! Du bist ein schlechter, glaubensloser Mensch! Es ist sündhaft, dich anzuhören."

Er nahm seinen Hut und ging geradewegs auf Stuart zu, der unwillkürlich voll Entsetzen beiseitetrat. Der Junge faßte die Klinke, riß die Tür auf und floh. Stuart hörte seine eiligen Schritte durch die leeren Verkaufsräume hallen. Er hörte ein letztes Knarren, als das Eingangstor sich öffnete und schloß.

Langsam ging er zu seinem Schreibtisch zurück und ließ sich in den Sessel sinken. Sein Gesicht war feucht. Er wischte es ab. Dann begann er laut und lästerlich zu fluchen, auf sich selbst und seine Narrheit. Er fühlte sich schwach und elend nach dieser Unterredung mit dem verblendeten jungen Mann, dem zu helfen er versucht hatte.

Er öffnete eine Schreibtischlade und holte eine Whiskyflasche hervor. Unbekümmert trank er, lange und viel. Er brauchte es. Er versorgte die Flasche und fluchte wiederum, mit saftigen Worten, voll wütender Verzweiflung. Oh, dieser verdammte junge Idiot, dieser verfluchte Schwachkopf! Mochte er zur Hölle fahren, mitsamt seiner Mutter! Er verdiente nichts Besseres.

Stuart verschloß seinen Schreibtisch. Es ärgerte ihn, daß seine Hand zitterte.

XXVII

Stuart trat in die aschfahle Totenstille des Novemberabends. Von den Seen war ein dünner Nebel herübergezogen, und die Straßenlaternen schwebten in regenbogenfarbenen Aureolen. Die Gehsteigbohlen waren schlüpfrig und von Feuchtigkeit dunkel; die Kopfsteine der Fahrbahn schimmerten in schwarzem, wäßrigem Glanz. Rechtecke orangeroten Lichtes sprenkelten alle Häuser. Von fernher drang, schwach widerhallend, das leise Rattern von Kutschen und Lastwagen. Keine Menschenseele war zu sehen.

Stuart sperrte das Eingangstor und betrachtete den vollen Häuserblock seines großen Warenhauses mit jener starken Befriedigung, die ihm bei diesem Anblick stets die Brust schwellte. Während der letzten fünf Jahre hatte er die wirr nebeneinanderstehenden, ungleich hohen Geschäftshäuser niederreißen und durchwegs dreigeschossig neu aufbauen lassen, so daß sie sich als eine prachtvolle Gesamtheit darboten.

Übrigens waren in die Trennmauern Türen gebrochen worden, und man konnte nun, ohne je die Straße zu betreten, vom ersten bis zum letzten Verkaufsraum gelangen: vom luxuriösen Damenkleidersalon zum Schuhgeschäft, wo die Damen ebenso wie ihre Männer und Kinder sich von tüchtigen Handwerkern Schuhe aus selbstgewähltem feinem Leder anmessen lassen konnten, und weiter in den prächtigen Putzmacherladen, eine wunderbare Neueinführung für die Grandeviller Damen, die bisher eine — wegen des schwachen Geschäftsganges meist inmitten ihrer Hüte hungernde — Lieblingsmodistin gehabt hatten. Stuart hatte diese mittellosen Modistinnen bei sich angestellt und sich durch fabelhafte Gehälter ihre ewige Anhänglichkeit und Dankbarkeit gesichert. Jetzt prangten in den Schaufenstern auf Ständern herrliche Haubenhüte, umgeben von schimmernden Samtballen und von haufenweise aufgestapelten Kunstblumen, Bändern und Federn.

Nach dem Verlassen der Modisterei kam man in eine Reihe weiterer Abteilungen, für Eisenwaren, Sattlerzeug, Möbel, Tierfutter, Küchengeschirr und sogar für Fleischwaren. Eine der größeren Abteilungen war in der Art einer Dorfkrämerei eingerichtet; dort fand der Landwirt fast alles, was er brauchte, und bestellte das etwa Fehlende anhand der von Stuart und Sam Berkowitz sorgsam zusammengestellten Kataloge. Kurz, eine Familie konnte die erste Abteilung betreten und nach kurzer Zeit die letzte verlassen, vollständig versorgt und ausgestattet, mit vielen Bündeln beladen.

Stuart hatte nun zwanzig Angestellte, nicht nur Frauen oder Mädchen, sondern auch — eine von Grandeville anfangs maßlos bestaunte Neuerung — Männer. Alle waren gut ausgebildet, elegant und ihrer Verantwortlichkeit als Mitarbeiter dieses so hervorragenden Unternehmens bewußt. Ihren Chef Stuart Coleman liebten sie, nicht nur wegen der märchenhaft hohen Gehälter, sondern auch, weil sie ihn freundlich, verständnisvoll, nachsichtig und mitfühlend fanden. Wenn er durch die Verkaufsräume schritt, folgten ihm die bewundernden Blicke seiner Leute. Er kannte von allen die persönlichen und familiären Verhältnisse. Auch wenn er noch so beschäftigt war, nahm er sich die Zeit, nach einem erkrankten Familienmitglied zu fragen, die Antwort mit echter Anteilnahme zu hören und Grüße aufzugeben.

Es war deshalb nur natürlich und verständlich, daß andere Arbeitgeber Stuart als einen ‚Revolutionär‘, einen ‚Liberalen‘, einen ‚Verräter seines Standes‘ haßten. Er weckte ja in Menschen, denen die göttliche Vorsehung eine dienende Rolle zugeteilt hatte, ganz falsche Vorstellungen von ihrer gesellschaftlichen Situation und machte sie hochmütig! Manche Geistliche erklärten es als gotteslästerlich, einem Angestellten fünfzehn Dollar in der Woche zu zahlen, wo doch der übliche ‚gerechte Lohn‘ sechs oder sieben Dollar betrug.

Trotz dieser Verdammungsurteile und aller Zusammenbruchsprophezeiungen gedieh Stuarts Unternehmen prächtig. Er hatte sich einen neuen Leitspruch zugelegt: Der Kunde hat immer recht. Bisher hatten die Geschäftsleute in Grandeville, ebenso wie sonst überall, dem Grundsatz gehuldigt: Der Kunde muß sich selber vorsehen. Stuart dachte ganz anders. Er verkaufte gute Ware zu angemessenen Preisen und erzielte angemessene, wenn auch bescheidene Gewinne. Stichhaltig beanstandete Waren tauschte er mit ein paar lustigen Entschuldigungsworten aus oder gab das Geld zurück. Die Grandeviller waren zuerst verdutzt, schenkten ihm aber dann ihr unbedingtes Vertrauen.

Doch Stuart war auch sehr klug. Er verkaufte nur gegen Barzahlung. Selbst die nobelste und reichste Dame mußte den Kaufpreis auf den Ladentisch legen, nicht anders als der Arbeiter oder Bauer. Auf Borg gab es nichts. Die an laufende Rechnung gewöhnten Landwirte wären vielleicht energisch dagegen vorstellig geworden, hätten sie nicht gewußt, daß auch die in eigener Kalesche vorfahrenden hermelinumhüllten Damen ihre Geldtäschchen öffnen und ihre Einkäufe sofort berappen mußten.

„Leihen macht Freundschaft, Mahnen macht Feindschaft", pflegte Stuart zu sagen. „Außerdem ist allgemein bekannt, daß der Kaufmann sich bei Barzahlung mit niedrigeren Gewinnen begnügen und daher bessere Waren billiger verkaufen kann."

In der Hauptsache war allerdings die fabelhafte Erweiterung des Großkaufhauses Grandeville dem Umstande zu danken, daß Mrs. Coleman an ihrem einundzwanzigsten Geburtstag hunderttausend Dollar geerbt hatte.

Stuart war jetzt ein reicher Mann. Aber im gleichen Maße wie seine Einnahmen stiegen auch seine Ausgaben, so daß er sehr selten viel Bargeld hatte. Von den Gewinnen steckte er das meiste wieder in den Betrieb; einen erheblichen Teil jedoch vertat er auf seine gewohnte Weise.

Mindestens zweimal im Jahr fuhr er mit der nun bis Grandeville verlängerten Eisenbahn nach New York, um die Anlieferung neuer Waren abzumachen, um die dortigen Kaufhäuser auf der Suche nach neuen Ideen zu besichtigen und — um sich zu unterhalten. Dieser dritte Programmpunkt kostete ihn oft ein kleines Vermögen. Bei den New Yorker leichten Luxusdamen stand er in hohem Kurs. Aber auch in Chikago, der blitzschnell wachsenden Stadt am Michigansee, war er bekannt, ebenso wie in Saratoga mit seinen Pferderennen, die er heiß liebte. Selbst in New Orleans und anderen südlichen Städten tat er sich um. Während eines Sommers hatte er, ohne Mrs. Coleman, Paris besucht.

Mit Frau und Kind — die kleine, von ihm angebetete Mary Rose war jetzt fast fünf Jahre alt — führte er ein üppiges Leben und versagte sich nichts. So war er mit vierunddreißig recht füllig geworden, die rötliche Gesichtsfarbe hatte sich vertieft, und die Leber meuterte gegen seine Ausschweifungen. Auch einige Gichtanfälle hatten sich eingestellt. Aber noch immer war er ein ‚bildhübscher Mann‘; die neue Dicklichkeit und die höchst modische Gewandung hoben noch seine stattliche Erscheinung. Sein schon immer etwas großspuriges Benehmen und Auftreten wurden nun überschwenglich und übertrieben, zur Belustigung seiner Feinde, deren er viele hatte. Auch seine Freigebigkeit, Großzügigkeit und unbekümmerte Verschwendungssucht trugen nicht zu seiner Beliebtheit in den Kreisen der Zopfigen und der Frömmler bei.

Hinter der Liebfrauenkirche hatte Stuart ein solides, anheimelndes kleines Nonnenkloster erbauen lassen und anschließend daran eine Pfarrschule eingerichtet. Dort fanden die Kinder der Armen guten Unterricht in den üblichen Lehrgegenständen, aber auch in Handwerken und weiblichen Handarbeiten — wiederum umstürzende Ideen, die lange Anstoß erregten. Stuart hatte sich erboten, auch für mittellose Protestantenkinder eine ähnliche Schule zu errichten; erst nach drei langen, ärgervollen Jahren war dieses Angebot angenommen worden, und auch da erst auf dringende Appelle von Bürgermeister Cummings hin. „Nächstens wird er Schulen für Nigger aufmachen“, nörgelten viele erbittert.

Auch mit Plänen für ein öffentliches Krankenhaus war er hervorgetreten; aber gegen diese Neuerung hatte sich so entsetzter Einspruch erhoben, daß er sie vorläufig zurückstellte. Nur mit Vater Houlihan, einem begeisterten Befürworter des Planes, sprach er öfter darüber. Die Nonnen sollten, so verhieß der Geistliche, die Krankenpflege übernehmen, worüber Stuart nicht ganz glücklich war. Immerhin verfolgte er seinen Plan weiter, mit wachsender Hartnäckigkeit.

Außer Vater Houlihan und Sam Berkowitz verstand niemand diesen unbändigen, widerspruchsvollen Menschen, diesen Mann der großen, vielfältigen Folgewidrigkeiten, der Wutanfälle und Flüche, der gütigen und menschenfreundlichen Handlungen, der selbstsüchtigen, hartherzigen und rohen Regungen. Nur seine beiden Freunde wußten, daß bei ihm ein Übermaß an Fehlern mit einem Übermaß an Tugenden ursächlich zusammenhing, daß er fremdes Leid nicht mit ansehen konnte und es, seinem eigenen Seelenfrieden zuliebe, lindern mußte.

Dazu war er ein ewiges Kind. Dieser Kindlichkeit entsprang es auch, daß er jetzt, an diesem Novemberabend, sich hinstellte und sein Kaufhaus mit selbstgefälliger Freude beguckte, unermüdlich in der Bewunderung seiner eigenen Tüchtigkeit.

Für eine Weile hatte er Angus vergessen. Als er jedoch seine wartende Kutsche erblickte und auf sie zuging, fluchte er leise und stieß mit dem goldbeknauften Stock heftig auf den Gehsteig. Es trug nicht zur Verbesserung seiner Laune bei, daß der mittlere Knopf seines doppelkragigen Mantels sich schwer zumachen ließ. Verdammt, in der letzten Zeit hatte er sich doch im Essen und Trinken gemäßigt, und trotzdem nahm sein Leibesumfang nicht ab! Besorgt spürte er die Hitze, die unter seinem Halstuch brannte und ihm den Rücken herablief. Das kam natürlich von dem vielen Whisky, den er eben geschluckt hatte, und schuld daran war nur dieser verfluchte Grünschnabel!

Als er an einer Straßenlaterne vorbeikam, leuchtete sein mürrisches Gesicht sehr verdächtig. In den Falten seiner Wangen und seines Doppelkinns hatte sich das Rot fast zu Purpur vertieft. Es war ein aufgedunsenes, verwüstetes Gesicht, triebhaft und heftig. Wohlleben und Ausschweifung hinderten ihn daran, mit der alten Behendigkeit in seinen Wagen zu springen, und das verstärkte nur seine Wut über sich selber und über Angus.

In seinem rechten gichtigen Fuß hatte es bedenklich gezuckt. Jetzt ließ der Schmerz nach. Während die Kutsche durch die menschenleeren Straßen rollte, verspürte er plötzlich redlichen

Hunger. Er mußte wirklich, wie der Arzt ihm geraten hatte, jeden Abend ein paar Kilometer zu Fuß gehen! Morgen wollte er damit anfangen. Heute nichts mehr trinken und nur eine einzige Schnitte des guten Roastbeefs genehmigen! Mit einem Male kam er sich sehr tugendhaft vor. Das war ja, dachte er verdrossen, ein Hundeleben für einen vollblütigen Menschen wie er, besonders mit diesem Enthaltsamkeitsgebot in bezug auf Damen! Aber der Arzt hatte ihm versichert, nach einem halben Jahr Mönchsdasein könne er wieder normaler zu leben beginnen.

Ehe er heimkehrte, hatte er noch einen Besuch zu machen. Die Kutsche fuhr in den Süden der Stadt und bog dort aus einer bescheidenen Straße in die andere, bis sie nach etwa einer halben Stunde vor dem hübschen Häuschen Vater Houlihans hielt.

Der Geistliche hatte eine Darmerkrankung durchgemacht und war sehr von Kräften gekommen. In diesem Sommer ging in der Stadt das typhöse Fieber um. Jetzt war Vater Houlihan auf dem Wege der Genesung, wurde aber in seinen Obliegenheiten noch immer von einem jungen Kaplan, einem gewissen Vater Billingsley, vertreten, der mit im Pfarrhaus wohnte. An diesem Helfer, einem jungen, unduldsamen, frömmlerischen, allzu bekehrungseifrigen und gestrengen Priester, fand Stuart keinen Gefallen. Auch Vater Billingsley mochte den Warenhausbesitzer nicht, obwohl er ihm höchst achtungsvoll und etwas verschüchtert begegnete.

‚Das Urbild eines Jesuitenzöglings‘, hatte Stuart ihn genannt, noch dazu in seiner Gegenwart. Er wandte sich selten unmittelbar an den jungen Geistlichen, sondern sprach von ihm meist in der dritten Person, in rüden, groben Ausdrücken. Vater Billingsley war hochgewachsen und ausgemergelt; über dem schwarzen Talar stand ein langes, dünnes, blasses, vor Glaubenseifer brennendes Gesicht mit übermäßig glänzenden schwarzen Augen, ebenso feurig und unstet wie die Stuarts.

Als Stuart jetzt, nicht in der rosigsten Laune, eintrat, gab er sich keine Mühe, eine unwillige Grimasse darüber zu unterdrücken, daß im Wohnzimmer vor dem Kaminfeuer neben Vater Houlihan auch der Kaplan saß. Grundy war in Schlafrock, Schal und Hausschuhen; er sah noch immer sehr bleich und schlapp aus, sichtlich von der überstandenen Krankheit recht hergenommen. Er machte einen müden Eindruck. In schlichter Freude streckte er Stuart beide Hände entgegen.

Mit seiner kritteligen Miene verriet Billingsley, daß er dem Rekonvaleszenten wieder irgendwie zugesetzt, ihn, um Stuarts Ausdruck zu gebrauchen, ‚durcheinandergebracht' hatte. Worin dieses ‚Durcheinanderbringen' im einzelnen bestand, wurde Stuart nie ganz klar; er wußte bloß, daß bei seinem Kommen Vater Houlihan, obwohl er geduldig und freundlich war wie immer, manchmal müde und erschöpft schien. Jetzt blickte Stuart den Kaplan, ohne auf seinen höflichen Gruß zu achten, bloß finster an und fragte seinen Freund ärgerlich, warum er wieder so aussehe wie ein Häufchen Elend.

„Mein lieber Stuart", antwortete Houlihan liebevoll, während er die Hand des Freundes mit seinen beiden heißen Händen drückte, „mir geht es wirklich ausgezeichnet. Ich werde von Tag zu Tag kräftiger. Vielleicht habe ich heute nachmittag zu viel gelesen." Er rieb sich entschuldigend die Augen.

„Aussehen tun Sie", erklärte der rüde Stuart mit einem zweiten finsteren Blick auf den Kaplan, „wie ein ausgenommener, schimmeliger Hering. War nicht Malone bei Ihnen? Er wollte jeden Tag Visite machen, dieser Bauchaufschlitzer!"

„Also, Stuart, so einen Beinamen dürfen Sie doch dem Doktor Malone nicht geben, bloß weil er im Gegensatz zur Schulmedizin auch Unterleibsoperationen für möglich hält", widersprach Vater Houlihan, ohne ein Lächeln unterdrücken zu können. „Bauchaufschlitzer! So etwas! Dabei haben Sie ihn doch selber als Leiter Ihres Spitals vorgeschlagen."

„Armenhausleiter wird er werden, sonst nichts, falls er Sie nicht besser betreut!" rief Stuart. „Der Teufel hole mich, wenn ich dulde, daß jemand Sie vernachlässigt oder durcheinanderbringt oder sonstwie belästigt, wer es auch sein mag!" Wiederum funkelten seine zornigen Augen den Hilfsgeistlichen an, der sich vor Schreck zu seiner vollen Größe aufrichtete und eine würdevolle, gestrenge Miene machte.

Mit liebevollem Mitleid tätschelte Vater Houlihan dem Kaplan die Hand und lächelte erst ihm, dann Stuart zu. „Solange mein junger Amtsbruder um mich herum ist, kann mich niemand durcheinanderbringen, wie Sie es ausdrücken, Stuart, oder vernachlässigen."

Stuart zuckte unhöflich die Achseln und starrte ins Feuer. Seine ganze Haltung bekundete, daß er jetzt gern mit Vater Houlihan allein gewesen wäre. Aber der Kaplan konnte gewissenshalber nie eine Gelegenheit, Stuarts Seele aufzurütteln, vorbeigehen lassen und blieb, obwohl ihm sehr nach Weggehen zumute war. Er nahm langsam Platz, und plötzlich verriet sich in seiner unsicheren, schwermütigen Miene, wie jung er war. Nur sein blasser Mund straffte sich streng und eifervoll.

Im Bestreben, den wackeligen Frieden zu festigen, sagte Vater Houlihan: „Dr. Malone hat mir erlaubt, von morgen ab Ihren Wagen zu benützen, wenn das nicht eine zu arge Zumutung ist, Stuart!"

„Der Wagen wird jedesmal um Punkt zwei Uhr hier sein", erwiderte Stuart, voll Freude über dieses gute Anzeichen. Er setzte sich, und mit einem Male wurde seine Miene strahlend. „Gott sei Dank, Sie alter Mogler! Ich freue mich schon auf Ihre völlige Genesung. Und auf unsere Kartenabende Mittwoch und Sonntag!"

Da der Kaplan das sonntägliche Pokern voll Entsetzen entschieden verurteilt hatte, schielte Vater Houlihan schuldbewußt zu ihm hinüber.

„Da könnte die Armenbüchse wieder gefüllt werden", bemerkte er zu seiner Rechtfertigung. „Und das wäre sehr zu begrüßen."

Manche Menschen verstehen es, auf sanfte Art zu beleidigen. Zu dieser erlesenen Sorte gehörte Stuart nicht. Seine Art, den Kaplan zu beleidigen, bestand darin, daß er seine Anwesenheit überhaupt nicht zur Kenntnis nahm, daß er an ihm vorbei, über ihn hinweg sprach. So tat er es auch jetzt. Er starrte wieder ins Feuer.

„Vielleicht kann ich Sie mit der Mitteilung aufheitern, Grundy, daß Sie mir einen Gichtanfall verschafft und meine verdammte Leber zu Kapriolen gereizt haben."

„Ich?" Vater Houlihan war sehr betroffen. Er setzte sich in seinem Sessel auf, so daß ihm der Schal von den Schultern glitt; der ihm aufrichtig wohlgesinnte Kaplan schob ihm den Schal seufzend zurecht. „Wieso denn, Stuart?"

„Ach, schauen Sie mich nicht so an wie die Kuh das neue Tor!" rief Stuart und lachte kurz auf. Er faßte das Knie des Geistlichen und schüttelte es liebevoll. „Ich hätte das nicht sagen sollen, Sie Naivling! Ich meinte nur, daß ich Ihren Rat befolgt und mit diesem Grünschnabel von Angus geredet habe."

„Ja?" interessierte sich der Geistliche lebhaft. „Und was hat er gesagt?"

Stuart lachte unlustig. „Er hat mich praktisch zum Teufel geschickt. Ja, ja, ich habe ihm alle Argumente hergesagt, die Sie mir so mühsam eingetrichtert haben. Es hat nichts genützt. Ich bin ein ‚schlechter, gottloser Mensch'. Ich habe keinen ‚Glauben'. Ich versuche, das Lämmchen auf Irrwege zu führen, weil ich ihm rate, seiner heißgeliebten Mama den Gehorsam zu kündigen, dieser gottverdammten Schlampe! Er ist frech wie eine Wanze, dieser unverschämte Laffe, und dabei ein stinklangweiliger, sturer Patron. Ich sage Ihnen, er hat mit uns allen gebrochen, und da steckt nur diese Vettel dahinter. Sie haßt mich wie die Pest, obwohl wir während der letzten Jahre eine bewaffnete Kampfruhe einhalten und sehr höflich und umgänglich miteinander verkehren. Dazu mußte sie sich herbeilassen, sonst wäre sie von allen meinen Bekannten geschnitten und nirgends mehr in der Stadt eingeladen worden."

Vater Houlihan hob mit schmerzlicher, beschwörender Geste die Hand; der Kaplan machte eine entsetzte Miene über so viel Grobheit, Ungeschliffenheit und sündhafte Redeweise.

„Stuart, bitte, erzählen Sie mir von Angus!"

Und so berichtete Stuart gestikulierend und fluchend die ganze unerfreuliche Geschichte. Vater Houlihan spürte, daß sein Freund tief gekränkt war, viel tiefer, als er es je auch nur vor sich selber zugegeben hätte.

262

„Zum Teufel, ich habe den Burschen gern gehabt! Grundy, Sie wissen das. Ihn und die liebe, arme, kleine Laurie. Das Mädel habe ich vor einer Woche mit der Mama im Kaufhaus gesehen! So ein herziges Ding! Und eine Schönheit wächst da heran, eine Herzensbrecherin! Nichts zu machen, Grundy! Janie hat die Kinder gegen mich aufgehetzt. Ich kann ihnen nicht mehr helfen."

„Fern jeder Hilfe, rettungslos im Tor zermalmt", zitierte der Geistliche sehr betrübt und faßte krampfhaft den Schal.

„Was haben Sie da gesagt?"

„Ach, nichts Besonderes. Es . . . es ist eine traurige Sache. Sie können also nicht mehr hinter Angus her bleiben?"

„Nein. Wenn ich's versuche, wird er trotz Gehaltserhöhung den Posten verlassen, davon bin ich überzeugt. Er ist von diesem Schlag. Stolz, hartnäckig, albern und rechtschaffen. Ich fürchte, seine Seele geht den Weg zur Verdammnis, Grundy." Er grinste gezwungen. „Sie sollten ihn sehen, wie er um die Ladenkasse herumstreicht. Eine gefräßige Hyäne!"

Der Kaplan räusperte sich schüchtern. „Man darf nicht ablassen, sich um die Rettung einer Seele zu bemühen", murmelte er, zu Stuart gewandt.

Aber Stuart blickte nur Vater Houlihan an und sagte mit grobem Spott: „Ich denke, Grundy, die Rettung von Seelen sollte man Leuten überlassen, die dazu taugen."

Der Kaplan wurde rot; er senkte die Augen. Begütigend meinte Vater Houlihan: „Ich wollte, Sie könnten mehr für den Jungen tun. Ich weiß, ich tauge nicht dazu, Ihnen etwas über das Wie zu sagen. Sie kennen die Umstände besser als ich. Ich kann nur beten. Und eines Tages, das fühle ich, wird mein Gebet erhört werden. Tun Sie unterdessen, was Ihnen möglich ist, auch wenn es nur wenig sein sollte!"

Stuart stand auf. Mit deutlicher Anspielung sagte er: „Ich bin kein Wichtigtuer. Jeder soll seine Seele selber retten oder verderben, wann und wie er mag. Das ist allein seine Sache. Nur Schnüffler mischen sich in fremde Angelegenheiten." Mit scharfer Betonung wiederholte er: „Nur Schnüffler!"

Aus Mitgefühl für den Kaplan versuchte Vater Houlihan abzulenken. Er lehnte sich in seinem Sessel zurück, schloß die Augen und seufzte: „Na gut, wir wollen sehen, was das Gebet vermag. Sie können sagen, was Sie wollen, Stuart, ich weiß ja doch, daß Sie den Jungen nicht im Stich lassen werden. Jetzt aber etwas anderes, Stuart! Haben Sie etwas über diese Vereinigung herausbekommen, die sich die ‚Know-Nothings' nennt?"

Stuart war schon von dem bisherigen Gesprächsthema geladen. „Ich habe wegen dieser ‚Kannitverstans' herumgefragt. Vorläufig konnte ich nicht viel mehr erfahren, als was Sie mir schon sagten: Es ist eine katholiken- und fremdenfeindliche Gruppe. Und ein widerlicher, dreckiger, viehischer Klüngel von Halsabschneidern, Betrügern, Ignoranten und Tölpeln. Angeführt von — ob Sie es glauben oder nicht — von unserer anglikanischen Geistlichkeit. In den Kirchen, sogar hier in Grandeville, sind aufreizende Predigten gehalten worden."

Er fuhr fort: „Mehr konnte ich nicht erfahren. Aber eines weiß ich: Wenn es in einem Lande gärt, so wie jetzt bei uns wegen der Sklavenfrage, versuchen immer Tollhäusler, den Volkszorn auf Leute abzulenken, die man, ohne einen Widerstand der Opfer oder behördliche Strafmaßnahmen befürchten zu müssen, niederschlagen und umbringen kann. Das ganze Land ist aufgewühlt durch diese Sklavensache, und bald wird, glaube ich, der Teufel los sein. Die Machthaber wissen das; sie wollen keinen Krieg und auch sonst keinen Zwist mit dem Süden. Deshalb sind sie darauf verfallen, die Leute auf die Katholiken abzulenken; damit haben Nord und Süd gleichermaßen etwas, woran sie ungestraft ihr Mütchen kühlen können. Unduldsamkeit — das haben Sie selber einmal zu mir gesagt — ist wie ein Egel, den man auf eine ohnedies schon blutende Wunde setzt: er saugt noch das letzte Blut aus. Als solchen Blutegel haben die Machthaber die Know-Nothing-Bewegung ausersehen, um das Volk vom Krieg wegen der Schwarzen abzuhalten."

„Ja, ja, natürlich", sagte Vater Houlihan schmerzlich berührt. „Das ist ein alter Kniff der Unterdrücker." Er lächelte seinen Freund traurig an und streichelte ihm die Hand. „Stuart, Sie sind ein guter Mensch. Das weiß ich. Gott segne Sie! Tun Sie, was Sie können!"

Als Stuart gegangen war, wandte Vater Houlihan sich an den Kaplan, der vor Empörung schier überkochte, und sagte streng: „Unsere Hände sind nicht rein. Gott weiß, sie sind nicht rein. An dem, was Stuart gesagt hat, ist viel daran. Wir wollen es uns zu Herzen nehmen. Um unseres Seelenheils willen. Vielleicht sogar, um unser Leben zu retten."

Mit einer plötzlich klar und leidenschaftlich, tönend und stark gewordenen Stimme fügte er hinzu:

„Für uns alle ist Platz auf der Erde, für alle Menschen, die guten Willens sind, für alle Bedrückten und Leidenden! Wir dürfen nicht deshalb, weil unsere Gottesbegriffe und Lebensgewohnheiten voneinander abweichen, uns gegenseitig hassen und gegeneinander aufhetzen. Wer darf sich anmaßen zu entscheiden, ob er im Recht ist oder der andere? Wir wollen uns vor dem Haß hüten, damit er ,sich nicht wendet und uns zerreißt', die wir ihm das Leben geschenkt haben."

XXVIII

Es lag Stuart nicht, sich in fremde Angelegenheiten zu mischen. Er verabscheute Menschen, die sich ständig um das Wohlergehen anderer sorgten. Ihm kam das anmaßend vor. Außerdem war er der Ansicht, Leute, die sich nicht selbst helfen könnten, seien irgendwie schwach und verächtlich. Ihnen helfen, hieße ihren Mangel an Selbstverantwortungssinn bestärken.

Aber Vater Houlihans freundliche oder zornige, lautstarke Bitten — denen er wütend begegnete — brachten ihn durch ihre Beharrlichkeit schließlich dahin, daß er beschloß, Janie aufzusuchen und sie zu einer Lockerung des Druckes auf ihren Sohn zu bewegen. Nachdem er sich dazu entschlossen hatte, wurde er bis zur Unerträglichkeit reizbar. Weiß Gott, er hatte selber genug Sorgen, mit Geldfragen und persönlichen Dingen!

Hatte er nicht das Weltwunder angeborenen Schwachsinns geheiratet? Hatte er nicht ein geliebtes Kind, dessen Gesundheitszustand sich trotz der Mineralwässer von Saratoga und trotz langer Gebirgsaufenthalte nicht bessern wollte? Waren nicht seine Dämchen allesamt Teufelsbraten, endlos begehrlich und unersättlich raffgierig? Hatte er nicht selber mit der Leber seine liebe Not, und mit einem verdammten Teilhaber, der immer in den Geschäftsbüchern herumschnüffelte und so gemein war, ihm Einschränkungen in der Lebensführung und im Schuldenmachen nahezulegen? Es war ein Hundeleben!

Seine Pläne waren alle schiefgegangen. Joshua Allstairs hatte sich nicht erweichen lassen. Stuart sah ihn selten und da nur von weitem. Er hörte kein unheilkündendes Gerede; aber er sah im Geist den Alten vor sich, wie er spinnengleich in seinem schrecklichen Hause hockte, seine Zeit abwartete und sich für die Stunde der Rache, der völligen Vernichtung Stuarts rüstete. Dieses Bild war nervenzerrüttend, und manchmal wurde die beklemmende Vision so unerträglich, daß Stuart wilde Träume hatte, in denen er in das Haus stürzte und dem Alten zuschrie, er möge sich endlich rühren, etwas reden, möge tun, was ihm beliebe, hol ihn der Teufel!

„Sie brauchen sich nur beherrschen, nur bedachtsam sein, nicht verschwenden, sondern sparen und zuwarten", mahnte Sam. „Dann kann Ihnen nichts passieren, mein Stuart."

Aber Sam mit seinen zuchtvollen Zukunftsvisionen wußte besser als irgendwer, daß für einen Mann wie Stuart die Notwendigkeit, zu sparen und ‚bedachtsam' zu sein, ärger war als der Tod, daß er in einer Atmosphäre der Pfennigfuchserei, der Ausgabenschnüffelei ersticken müßte. Beim bloßen Gedanken daran, daß ein Brillantenarmband für eine augenblicklich hoch in Gunst stehende Dame als Verschwendung gelten könnte oder daß ein hübsches französisches Glas oder ein antiker Teppich nicht gerade dann gekauft werden sollten, wenn es ihm beliebte, verfiel er in wilde Schwermut und Verzweiflung, und das ganze Leben erschien ihm als einziger Kerker bei Wasser und Brot und Dunkelhaft. Er füllte sein Haus mit kostbaren, schönen

266

Dingen, die er fieberhaft aufeinandertürmte, wie ein Verfolgter Möbelstücke hoch an eine Eichentür schichtet, damit die Häscher nicht eindringen und sich seiner bemächtigen können. Nur Vater Houlihan und Sam wußten, daß es sich um die ungestümen Gebärden eines Mannes handelte, der schreckliche Angst vor der Armut und dem Leben, und die allerschrecklichste Angst vor anderen Menschen hatte.

Er haßte Leute ohne Geld, weil sie ihn insgeheim zu bedrohen und ihm zuzuflüstern schienen: Du bist ja imstande, jederzeit deine Würde, deine Hoffnungen, deinen Stolz und dein Seelenheil preiszugeben und dich dem schäbigsten Menschen, wenn er nur Geld in der Tasche hat, auszuliefern! Diesem Haß entsprang seine Hilfsbereitschaft, und das war gar nicht so widersinnig.

Je mehr Geld ihm in die Hände kam, desto größer und maßloser wurde seine Verschwendung, weil er immer eine Bestätigung seiner Unverwundbarkeit brauchte. Angesichts seiner unbezwinglichen Trinklust und seiner geheimen Angst vor Joshua, angesichts des Schwachsinns seiner Frau, der Anfälligkeit seines Töchterchens und der ständigen Quengeleien Sams war es verständlich, wenn Stuart verdrossen erklärte, er habe, bei Gott, selber Ärger genug und gedenke nicht, sich noch in das Leben anderer Menschen zu mischen.

Trotzdem suchte er an einem wie blankes Zinn schimmernden Dezembersonntag Janie auf.

Anfangs fuhr er recht gelassen in seiner Kalesche dahin. Zwar schimpfte und fluchte er leise, biß sich auf die Lippe und blickte finster drein, vermochte zwischendurch aber doch einen daherkommenden Bekannten zu begrüßen oder einem wohlbehüteten Fräulein, das mit der gerade unachtsamen Mama in der eigenen Kutsche vorüberrollte, zuzuzwinkern.

Je näher er indes dem Hause Janies kam, desto zorniger, desto verlegener wurde er. Schließlich führte ihn sein Weg an einer seiner Lieblingsschenken vorbei. Sie war natürlich sonntags geschlossen, hielt aber für besondere Stammgäste eine geheime Hintertür offen. Es war früh, kaum vier Uhr, und Stuart hatte bisher die Anweisung seines Arztes, erst nach dem Abendessen

zu trinken, streng befolgt. Als er jedoch nun die Kneipe erblickte, fand er, vor der Begegnung mit Janie brauche er unbedingt ein Gläschen, ein paar Gläschen.

Er stieg aus, ging um das Haus herum zur Hintertür und
klopfte dreimal mit dem Stock. Sofort wurde ihm aufgetan,
und er betrat das Hinterzimmer, wo ihn zahlreiche Trink-
kumpane begeistert begrüßten.

Stuart fühlte sich beglückt und geschmeichelt, wie nur ein
einfacher Mensch durch die Freundschaftsbezeigungen anderer
Leute beglückt und geschmeichelt sein kann. Wohlgelaunt setzte
er sich an einen großen runden Tisch und bestellte freigebig für
sich und die fünf Zechgenossen am gleichen Tisch. Eine heftige
politische Debatte war im Gang, und er nahm sofort leidenschaftlich daran teil.

Stuart war ein glühender Whig gewesen und hatte sich 1854
nach der Gründung der Republikanischen Partei zu ihr geschlagen. Tatkräftig hatte er den ersten republikanischen Präsident-
schaftskandidaten unterstützt, der aber vor einem Monat
gegen den Demokraten James Buchanan, den nunmehrigen fünf-
zehnten Präsidenten der Vereinigten Staaten, unterlegen war.
Durch diesen Ausgang der Wahl fühlte Stuart sich persönlich
gekränkt, und jetzt ließ er Andeutungen fallen, wonach es
dabei nicht mit rechten Dingen zugegangen sei.

„Denkt an meine Worte!" rief er und ließ einen finsteren
Blick über die Tafelrunde schweifen. „Da waren schmutzige
Hände im Spiel. Ich darf nicht verraten, was mir eine sehr hohe,
einflußreiche Persönlichkeit anvertraut hat; aber so viel kann ich
sagen, daß mit dieser Wahl eines Demokraten der Süden viel,
und auf unehrenhafte Weise, zu tun hat. Die Sklavenhalter-
Clique. Aber das ist noch nicht das Ärgste. Die gleiche Persönlichkeit, ein guter Freund von mir, der immer mit Wallstreet
in Verbindung ist, hat mir allen Ernstes versichert, nächstes Jahr
werde es eine Finanzkrise geben. Die haben wir übrigens jedesmal, wenn ein Demokrat gewählt wird."

Darüber entspann sich eine lebhafte Diskussion. Dieser Buchanan würde mit seiner Vorliebe für die Südstaatler die Miß-

stimmung zwischen Süd und Nord nur noch verschärfen, meinten die einen. „Schuld an dem ganzen Krach sind eure niggerfreundlichen Republikaner", behauptete ein anderer.

„Ich mag die Nigger nicht!" rief Stuart nach einem herzhaften Schluck Whisky. „Aber noch weniger mag ich einen Krieg. Und den gibt's ab, wenn wir nicht verdammt aufpassen!" Er schlug mit der Faust auf den Tisch. „Mir kommt's nur darauf an, daß ich in Ruhe Geld verdienen kann. Mit scheinheiligen Gefühlsduseleien über Menschenrechte und Sklaverei und hohe Grundsätze soll man mir vom Leibe bleiben! Verdammt noch einmal, es gibt genug Unrat auf der Welt. Da braucht man nicht noch, um welchen zu finden, mit Fahnen und Schwertern auszuziehen, und noch dazu im Namen von Gott und Gerechtigkeit!"

Aber ein junger Mann mit ernstem, offenem Gesicht entgegnete ihm: „Das ist seit jeher das Glaubensbekenntnis der großkotzigen Selbstlinge! ‚Bin ich der Hüter meines Bruders?' fragen diese Leute, die selber in Geld schwimmen. ‚Belästigt mich nicht! Ich muß für meinen Betrieb, meinen Laden, meine Fabrik sorgen. Gott? Gerechtigkeit? Barmherzigkeit? Anständigkeit? Bringen die mir Geld und Besitz? Nein? Dann interessieren sie mich nicht.' Aber solche Selbstsucht und Habgier finden ihre Strafe in Chaos, Untergang und Tod. Glaubt ja nicht, Freunde, daß ihr euch am Tage der Abrechnung drücken könnt!"

Diese Zukunftsaussichten waren so beängstigend, daß Stuart eine neue Runde ausgab. Er entgegnete: „Ich mag den Krieg nicht. Wer will ihn schon? Ich bin an der Sklaverei nicht interessiert. Aber ich habe eine Idee! Die salbungsvollen Sklavereigegner sollen jedem Pflanzer für jeden Sklaven einen angemessenen Preis zahlen und so den Schwarzen die Freiheit schenken. Man kann von den Pflanzern nicht verlangen, daß sie ihre wertvollen Arbeitskräfte ohne Entschädigung aufgeben. Das . . . das widerspricht der Verfassung, bei Gott!"

„Hört euch nur den Patentamerikaner an!" spottete ein anderer. „Wie lange sind Sie denn schon hier im Land, Coleman? Was wissen denn Sie von Amerika? Sie Ire!"

Diese Anzweiflung seines Amerikanertums riß Stuart vom Stuhle. Zwei seiner Freunde sprangen gleichfalls auf und faßten ihn an den Armen. Andere Gäste rückten ihre Stühle zurecht und genossen den Vorgeschmack eines hitzigen Faustkampfs. Dieser Coleman! Dieser Ire! Keine fünf Minuten konnte er es in der Wirtsstube aushalten, ohne mit hochrotem Gesicht und geballten Fäusten auf jemanden loszugehen! Ein Mordsspaß! Ein Kellner ging eilends Verstärkungen holen.

Stuart versuchte, seine Freunde, die ihm beschwichtigend zuredeten, abzuschütteln und ließ den wütenden Blick durch die Stube schweifen. Und dann erstarrte er plötzlich zu völliger Bewegungslosigkeit.

An einem fernen Tisch saß mit vorgebeugtem Kopf, in Vergessenheit und Rausch versunken, ein sehr junger Mann, eine leere Flasche und ein Glas vor sich. Das schwache Lampenlicht beleuchtete seine dichten, kastanienfarbenen Locken, das schlaffe, rötliche Jungengesicht und die geschlossenen Augen. Es war ein stämmiger Bursche, sehr modisch in beige Hose und dunkleren Rock und prächtige Rüschen gekleidet. In seiner Betäubung hatte er von dem an Stuarts Tisch ausgebrochenen Krakeel nichts gehört. Neben der Flasche lagen Biberfellhut, Spazierstock und Handschuhe. An seinem Finger glitzerte ein wertvoller Edelstein.

Stuart stand da und glotzte ihn, blaß geworden, an, während seine Freunde ihren Griff verlegen lockerten und dann seinem Blicke folgten. Einer von den beiden begann lustlos zu lachen.

„Der kommt immer wieder her und läßt sich vollaufen", sagte er. „Ein verdammter Säufer, dieser Bursche! Gibt ein Vermögen aus. Und dabei immer allein. Haben Sie ihn noch nie hier gesehen, Stuart?"

Aber Stuart schüttelte die beiden ab und ging zu dem Tisch des jungen Mannes. Die anderen Gäste spürten seine starke Betroffenheit und beobachteten ihn gespannt. Er achtete auf niemanden von ihnen. Er blieb beim Tische stehen und starrte Bertie Cauder an, Janies Liebling, der hier den dämmerigen, sabberigen Schlaf des Berauschten schlief.

Stuart schob einen Stuhl hervor und setzte sich. Er fühlte sich elend. Mit Bertie hatte er sich bisher wenig befaßt, aber bei den seltenen Begegnungen an ihm Gefallen gefunden: an seiner Gutmütigkeit und seinem Frohsinn, seinen immerfort zwinkernden blauen Augen, seiner ganzen Haltung, die auszudrücken schien, das Leben sei ein außerordentlich guter Witz und sehr genießenswert. Nichts schien ihn je zu stören; nie hatte Stuart ihn ohne ein breites Lächeln oder Lachen gesehen. In der Schule war er sehr beliebt; er hatte viele Freunde. Seine Art war gewinnend und bezaubernd, und er stimmte jeden heiter, auch den Verdrossensten und Mißtrauischsten. Er lachte über die Wutanfälle seiner Mutter; er lachte über Angus mit seiner Feierlichkeit, seinem verbissenen Stolz und seiner Schweigsamkeit. Er lachte über seinen Lieblingsbruder Robbie und über die ‚Streberei des Waldschrats'. Alles entlockte ihm strahlendes Lachen. Er war wie ein im Sonnenlicht schwingender glatter Silberspiegel.

Und nun kauerte er rauschbetäubt hier, und zwar offenbar nicht zum erstenmal. Eigentlich kein Wunder! dachte Stuart erbittert. Ein Mensch ohne Beschäftigung, ohne Ehrgeiz! Ein Weichling und ein Säufer, wie es entzückende, lustige, allgemein beliebte Leute oft sind!

Dennoch wurde Stuarts leidenschaftliches Gemüt rätselhaft stark angerührt. Er war wütend, angeekelt und voll Mitleid zugleich.

Er packte die leere Flasche und schleuderte sie weg, daß sie krachend in Scherben ging. Er blickte Bertie Cauders sabbernden, halb lächelnden Mund an und die geröteten, schlaffen Wangen. Und plötzlich verflog seine Wut. Dieses Gesicht war so jung, so kindlich, in einem Alkoholtraum befangen, ein sehr verletzliches, sehr unglückliches Gesicht.

Er legte dem Dösenden die Hand auf die Schulter und sagte leise: „Komm, Bertie! Komm jetzt! Ich bringe dich heim."

Aber Bertie kippte nur ein wenig seitwärts und wäre, hätte Stuart ihn nicht in seinen Armen aufgefangen, zu Boden gefallen. Der Kopf des Jungen lehnte jetzt an Stuarts Brust, wie der Kopf eines schlummernden Kindes. Stuart blickte auf die feuchtglänzenden Locken, und sein leises Fluchen war fast ein Schluchzen.

Neben sich sah er jemandes Schatten und blickte auf. Berties Bruder, der ‚Waldschrat‘ Robbie, stand da, gelassen und schweigend und mit empörend gleichmütiger Selbstsicherheit. Trotz seines Alters von siebzehn Jahren war er noch nicht ausgewachsen; aber in dem reifen hageren Gesicht standen kluge, spöttische schwarze Augen, die viel sahen und über nichts staunten. Alles an dem Gesicht war zart und schmal, voll eines besonderen Adels, wie eine feine Schnitzerei. Seine Miene war zurückhaltend, aber ohne Angus' herben, schwermütigen Stolz; sein beweglicher, schmaler Mund lächelte leise. Er machte die Mode der langen Locken nicht mit; sein schlichtes schwarzes Haar war sehr kurz geschnitten und schimmerte wie Seehundsfell. An den dünnen Schläfen, den scharfgeschnittenen kleinen Wangen, der wohlgeformten Nasen- und Kinnpartie glaubte man die Schädelknochen durchscheinen zu sehen. Auch in der Kleidung zeigte sich noble Zurückhaltung: der Anzug war aus bestem schwarzen Tuch, das Hemd aus schlichtem weißen Linnen ohne Rüschen, die gefaltete schwarze Halsbinde trug keine Nadel.

„Na", sagte er, „es ist wieder einmal so weit. Ich hole ihn öfter hier ab. Nebenan ist eine Kammer, Stuart, wo er sich ‚erholt‘ — bis ich ihn heimnehmen kann. Wenn du so gut bist, mir zu helfen, bringen wir ihn hin."

Dunkle Zornesröte übergoß Stuarts heißes Gesicht. Wiederum, wie gewöhnlich, fühlte er sich vor Robbie unbeholfen, zu breit und zu massig, albern und sehr, sehr überspannt und lächerlich.

„Wenn das schon länger so geht, warum hat dann deine kostbare Mama nichts dagegen unternommen?" schrie er, ohne auf die interessierte Zuhörerschaft zu achten. „Und du, du Laffe! Ich hab immer geglaubt, er ist dein Lieblingsbruder. Warum hast du nichts getan?"

Robbie blickte ihn ebenso würdevoll wie unbeteiligt an. „Gerade wollte ich etwas tun, Stuart", sagte er seelenruhig, mit einem vorwurfsvollen Unterton in seiner Stimme. „Würdest du so lieb sein, auch zuzugreifen?"

Er nahm einen von Berties Armen; den anderen packte Stuart mit derbem Griff. Sie stellten den Bewußtlosen auf die Füße. Halb schleifend, halb tragend beförderten sie ihn in eine kalte, dunkle Kammer, wo einige Stühle, ein Tisch und ein altersschwaches Sofa standen. Robbie war die Ruhe selber. Die anderen Gäste, die sich die Hälse nach ihnen ausreckten, würdigte er keines Blickes; offenbar gehörten sie für ihn zu jenen Schattengeschöpfen, die ein persönliches Dasein erst dadurch erlangen, daß ein Mächtiger es ihnen gewährt. Bedächtig schloß er die Kammertür hinter sich. Jede seiner Bewegungen drückte Durchschlagskraft und Selbstbeherrschung aus.

Sie setzten Bertie auf das Sofa, mit dem schlaffen Rücken an die Wand gelehnt. Er ließ den Kopf auf die Brust sinken und rülpste. Stöße sauren Whiskydunstes drangen ihm aus dem Mund. Die Hände hingen ihm träge herab, große weiße Frauenhände, beringt und gepflegt.

Stuart stand hilflos neben dem Sofa. Noch kochte es in ihm über Robbies überlegenes Getue. Ekel und Zorn schwollen in ihm an. Plötzlich holte er wütend aus und versetzte Bertie zwei kräftige Ohrfeigen, eine auf jede Wange. „Du dreckiger Saufbold du!" schrie er. „Du Nichtsnutz, du Früchtchen! Du Grünschnabel! Rapple dich auf, du junger Hund, und schäme dich!"

Robbie hatte sich auf einen Stuhl gesetzt und beobachtete Stuart mit schwachem, ernstem Lächeln. Seine Finger spielten mit der über die schwarzseidene Weste hängenden Uhrkette.

„Er wird bald von selber aufwachen, Stuart", sagte er gleichmütig. „Reg dich doch, bitte, nicht auf! Wenn du nichts Eiliges vorhast und eine kleine Weile warten kannst, wirst du bald die Freude genießen können, daß er dich anhört."

Wütend schob Stuart, in gemessener Entfernung von Robbie, einen Stuhl zurecht, ließ sich schwer darauf fallen und musterte den jungen Mann zornig.

„Dein Lieblingsbruder! Und dabei kannst du ihn nicht einmal anschauen!"

Gelassen blickte Robbie seinen Bruder an. Nur für einen Moment wurden seine scharfen schwarzen Augen weicher, und sein

Lächeln schwand. Dann sagte er, ohne den Blick von Bertie zu wenden: „Ich habe ihn wirklich sehr gern. Er ist glücklich. Ich fühle mich nicht berufen, ihm sein Glück zu rauben."

„Was fällt dir ein?" rief Stuart entsetzt. „Glaubst du denn, der Rausch ist ein Glückszustand? Bist du ernstlich der Meinung, daß niemand etwas dagegen unternehmen soll, wenn ein Mensch sich zum allgemeinen Gespött macht und auf eine derartige Stufe sinkt?"

Ruhig, unberührt sah Robbie ihn an und musterte ihn schweigend. Er schien ganz in Gedanken versunken. Dann erwiderte er: „Offenbar verstehst du den Sachverhalt nicht, Stuart. Du glaubst, man könnte etwas dagegen unternehmen, man könnte ihn dazu bringen, daß er sich schämt, man könnte ihn durch gutes Zureden retten. Ich sage dir, hier ist nichts zu wollen." Er musterte ständig den ihn stumpf anstarrenden Stuart. „Zum Beispiel, Stuart", fuhr er fort und spielte fast unmerklich mit seiner Kette, „du trinkst. Aber trotz der sicherlich beachtlichen Mengen, die du vertilgst, bist du kein Säufer. Siehst du, das ist der Unterschied zwischen dir und Bertie: du trinkst, und er ist ein Säufer. Ist dir diese Unterscheidung zu fein?"

„Du faselst daher wie ein patziger Hemdenmatz", erklärte Stuart grob.

Robbie lächelte und schüttelte höflich den Kopf. „Vielleicht drücke ich mich nicht klar aus, Vetter Stuart. Aber ich habe diese Dinge studiert. Ich habe lange mit unserem Arzt, Doktor Gibson, darüber gesprochen. Es gibt eine Menge einschlägige Literatur, und die habe ich nachgelesen. Zum Beispiel bist du, wie gesagt — nichts für ungut! — ein Trinker. Aber du hast immer einen bestimmten Anlaß zum Trinken. Etwa den, daß du dich ärgerst oder daß du niedergeschlagen bist, jedenfalls immer einen triftigen, zureichenden Grund. Für dich ist der Whisky ein schmerzstillendes Mittel; er stumpft die zu scharfen, zu quälenden Empfindungen ab. Wenn diese Wirkung eingetreten ist, trinkst du nicht weiter. Du trinkst mit Freunden, um dich in fröhliche, kameradschaftliche Stimmung zu versetzen. Kurz, du trinkst zwar, aber immer aus einem bestimmten Grund." Er hielt inne. „Bertie aber braucht keinen Grund, keinen wie immer gearteten Grund. Darum ist er ein Säufer."

Stuart starrte den jungen Mann weiterhin drohend, doch jetzt auch verlegen an. In Gegenwart dieses schmächtigen, nüchtern eleganten und altklugen Burschen fühlte er sich rein körperlich schwerfällig und klobig.

In aller Gemütsruhe fuhr Robbie fort: „Zwischen dir und ihm besteht noch ein weiterer, ziemlich offenkundiger Unterschied. Du liebst den Whisky nicht nur wegen seiner Wirkung auf deine Stimmung, sondern auch wegen seines Geschmacks. Der Säufer kann den Alkohol nicht leiden; er verabscheut ihn bis zum Brechreiz. Ein Mensch, dem das Trinken Spaß macht, hat sich immer in der Hand. Wer aber ohne erfindlichen Grund, und noch dazu allein, trinkt, kann nicht aufhören."

Das war zu viel für den schlichten Stuart. Ihm drehte sich der Kopf. Er warf Robbie einen finsteren Blick zu. „Offenbar", bemerkte er mit gezieltem, aber nicht treffendem Spott, „hat niemand von euch diesen jungen Laffen jemals dazu aufgefordert, ein Mann zu sein, was?"

Robbies Lächeln wurde freundlich, nachdenklich. „Das ist ja der springende Punkt, Stuart. Bertie will gar kein Mann sein."

„Wie?"

„Du hast recht gehört, Vetter Stuart. Er will kein Mann sein. Dann und wann spürt er, daß irgend etwas — etwas in ihm selbst — ihn dazu drängt, ein Mann zu werden. Er sträubt sich dagegen. Sein Abwehrmittel ist das Trinken. Wenn er trinkt, wird er völlig unverantwortlich, enthoben jeder Nötigung und auch jeder Möglichkeit, ein Mann zu werden. Er ist wieder ein Kind, das man umsorgen, schützen und hüten und lieben muß. Niemand erwartet von ihm, daß er in diesem Zustand ‚auf eigenen Füßen steht'. Er wird wieder das unbesonnene Kind."

Jetzt faltete er langsam die Hände im Schoß und betrachtete Stuart mit unbeteiligt überlegenem Blick. „Wer könnte Bertie Kraft geben? Er ist schon mit diesem schwachen, weichen Kern zur Welt gekommen. Einen solchen krümeligen Kern kann nichts verfestigen. Wir sind da machtlos. Nur er allein wäre imstande, sich zu helfen. Und selbst das bezweifle ich. Der anlagemäßig schwache Mensch hat keinen Willen. Er legt keinen Wert auf Willenskraft, auf eine Bewährung gegen die Unbilden und Widrigkeiten und Pflichten und Verantwortungen des Erwachsenendaseins. Nichts kann ihn zwingen, darauf Wert zu legen. Es ist alles zwecklos. Wir können nur dafür sorgen, daß er glücklich bleibt, bis er sich zu Tode trinkt."

„Bist du aber ein kaltschnäuziger junger Racker!" rief Stuart.

Robbie schüttelte höflich den Kopf. „Ich bin ein Realist, Vetter Stuart. Das Elend unseres armen brüchigen Bertie läßt mich nicht kalt. Aber ich bin machtlos dagegen. Ich kann mich nur in der Nähe halten und beispringen, wenn ihn seine Kindereien in die Patsche bringen, wie heute."

Stuart starrte Robbie schweigend an, mit einiger fast fügsamer Furcht und viel hilflosem Haß.

Robbie warf seinem Bruder einen kühl besorgten Blick zu. „Diesmal scheint er sehr viel getrunken zu haben. Er ist seit der Frühe von zu Hause fort. Sein jetziger Trunksuchtsanfall hat vor vier Tagen angefangen. Gewöhnlich ist es dann zu Ende. Aber heute ist der fünfte Tag, und er trinkt noch immer. Mir bleibt wohl nichts anderes übrig als zu warten, bis er gehen kann."

Stuart erhob sich. Niedergeschlagenheit lastete schwer auf ihm. „Ich habe meinen Wagen in der Nähe. Ich wollte ohnedies deine Mutter besuchen. Wir können Bertie mitnehmen."

„Schönen Dank, Stuart!" sagte Robbie in gesetztem Tone. „Das erleichtert die Sache. Willst du mir helfen? Ich denke, wir tragen ihn miteinander hinaus." Auch er stand auf.

Stuart zögerte und machte ein finsteres Gesicht. „Und deine Mutter? Was sagt sie zu dem allen?"

Robbie zuckte diskret die Achseln. „Manchmal nennt sie ihn einen ,feschen Kerl'. Wenn sie gut gelaunt ist. Sie hat eine Schwäche für Trinker. Ich glaube, sie hält das Trinken für männlich. Aber wenn sie schiefgewickelt ist, staucht sie ihn und prügelt ihn sogar. Ich habe selbst gesehen, wie sie ihn fluchend mit dem Pantoffel geschlagen hat. Sie versteht die Sache eben nicht."

„Sie gibt ihm zu viel Geld!"

Robbie lächelte, wie über die törichte Bemerkung eines Kindes. „Ich kann dir versichern, Bertie würde, wenn er das Geld nicht bekäme, alles verkaufen oder jemanden ausrauben, um es sich zu verschaffen. Mama hört ein bißchen auf mich. Ich habe sie davon überzeugt, daß es weder ihm noch dem guten Namen der Familie dienlich wäre, Bertie knapp zu halten. Er würde nur Schande über sich und uns bringen. Nein, es ist besser, er kann sich jederzeit so viel Whisky kaufen, wie er braucht. Und ich kann dir beschwören, Stuart, er braucht ihn unbedingt. Nach solchen Quartalanfällen nehme ich immer noch eine Flasche für ihn heim; sonst würde er bestimmt sterben oder verrückt werden."

„Hast du deinen Geistlichen gebeten, mit ihm zu reden?" fragte Stuart in wütender Auflehnung gegen das kalte, schreckliche Todesurteil, das Robbie da über seinen Bruder sprach.

Robbie preßte die Lippen aufeinander, um nicht nochmals lächeln zu müssen.

XXIX

An den Sonntagnachmittagen pflegte Angus seiner Mutter vorzulesen. Er teilte keineswegs ihren literarischen Geschmack, hatte aber die Gabe, unerwünschte und ihm nicht gemäße Dinge aus seinem Bewußtsein völlig auszuschalten. Er konnte stundenlang mit gefühlvoller Stimme und ausgezeichneter Betonung vorlesen, ohne von dem Inhalt des Gelesenen etwas aufzufassen oder zu behalten. Die lüsternen Szenen der billigen ‚französischen' Hintertreppenromane huschten über seinen Geist wie unbeachtete Wolken. Die amourösen Schlafzimmergeschichten trieben nie die Schamröte auf seine blassen, unschuldigen Wangen. Sprühende, witzige Dialoge erwiesen ihn nur als unempfänglich für Humor.

Janie sah ihm manchmal mit spöttisch belustigtem Interesse

beim Vorlesen zu und war jedesmal verdutzt darüber, daß er nie aus der Fassung kam, nie Verlegenheit oder Unbehagen verriet. Gewöhnlich lag sie auf ihrer Chaiselongue, einen Spitzenschal über die dünnen Schultern geworfen, und hörte aufmerksam, genüßlich zu, während sie Zuckerplätzchen knabberte oder Tee schlürfte.

Sie war jetzt fast vierzig und hätte wegen ihrer Weitsichtigkeit zum Lesen von Kleingedrucktem eine Brille gebraucht. Aber eine solche Sehhilfe duldete ihre Eitelkeit und ihre Angst vor dem verhaßten Altern nicht.

So streckte sie sich lieber in bequemer Haltung hin, halb zurückgelehnt, und ließ sich von Angus vorlesen. Er fand diese Tätigkeit nicht lästig. Anfangs hatte er ein paarmal behutsam erwähnt, Bibelstellen und erbauliche Bücher paßten besser für den Sabbat. Als aber Janie solche Vorschläge jedesmal prompt und mit sehr groben, sehr gotteslästerlichen Worten, die ihm Schauder einjagten, zurückwies, kam er nicht mehr darauf zurück. Manchmal musterte sie ihn träge oder mit spöttischen Mutmaßungen, wenn er neben ihr auf einem schlichten Holzstuhl saß, das Buch hoch erhoben hielt und mit gleichbleibend nüchterner Miene alle die unzüchtigen oder leidenschaftlichen Texte vorlas.

An diesem bestimmten Sonntag war Janie recht gut gelaunt. Draußen schimmerte der Himmel im diffusen Sonnenlicht wie poliertes Zinn. Die schwarzen, knorrigen Arme der Bäume formten ein verschlungenes Muster an dem beleuchteten Fenster, neben dem sie auf ihrer Chaiselongue lag. Bisweilen blickte sie auf den Sabbatfrieden der Straße unten und sah gedankenverloren den gelegentlich vorbeirumpelnden schimmernden Equipagen nach. In der Ferne blitzte ein Kirchturmkreuz im zurückgeworfenen Licht auf. Leises Vesperläuten ertönte.

Im Marmorkamin prasselte Feuer und warf lange rosa Lichtpfeile auf die massigen, schwarzen, ebenso behaglichen wie liebenswert häßlichen Möbel. Das weiße Himmelbett prangte von Spitzenfalbeln und kleinen Kissen. An den Fenstern hingen nach Janies Geschmack sehr reiche, schwere Vorhänge aus rosengeblümtem Seidenstoff. Neben ihr stand ein Tischchen mit einem vollen Teetablett: Marmelade, ein Kännchen mit dicker Sahne, heißer Tee in einer Emailkanne, schottische Törtchen — nach ihrem eigenen Rezept bereitet —, ein Teller mit Gewürzkuchen und eine runde Zuckerdose aus Silber. Der Tee dampfte; das Feuer knisterte; der Zinnhimmel schimmerte; die Kirchenglocken erfüllten die Luft mit sanftem Murmeln; das Haus war still. Nur Angus' Stimme tönte weiter, fließend, beredsam, sehr deutlich. Es bedurfte bloß einer kleinen Nachhilfe der Einbildungskraft, und Janie konnte sich vorstellen, daheim in England zu sein und überhaupt nicht in einem fremden Lande.

Dieses hohe, schmale Backsteinhaus hatte sie gekauft, kurz nachdem sie Stuarts Fabelgebäude verlassen hatte. In einer reumütigen Anwandlung — er war ja ein warmherziger Mensch — hatte er sich ins Zeug gelegt und ihr für das Haus einen beträchtlichen Preisnachlaß durchgesetzt. Es war häßlich, dreigeschossig, mit engen, dunklen Korridoren, auffallend kärglich bemessenen Treppenhäusern und hohen, verschlagartigen Räumen. Aber es war doch sehr behaglich, warm im Winter, kühl im Sommer, und für Grandeville erstaunlich trocken. Durch seine Holzveranda, die hohen, schlitzartigen Fenster mit den verzierten Umrahmungen und den als ‚Balkone' bezeichneten kleinen Steinvorsprüngen sah es recht ansehnlich aus und stand in einer noblen Straße unter fast gleichartigen Nachbarn.

Die Rasenfläche davor war schmal, mit — jetzt, im Dezember, braunen — Ligusterhecken gesäumt und von mächtigen Bäumen umgeben. Aber nach hinten dehnte das Grundstück sich ziemlich weit; dort gab es Garten, Stall und Nebengebäude. Die Straße hieß Porter Avenue; sie führte von der Niagara Street zum Fluß, an dem The Front genannten Felshügel vorbei, in dessen Nähe, mit argwöhnischer Betonung der kanadischen Grenze, eine Garnison lag. Aus diesem Fort Porter konnte Janie deutlich abends den Zapfenstreich und manchmal auch morgens den Weckruf hören. Die Hornsignale erregten und interessierten sie unfehlbar, ebenso wie die Ausrückungen der Truppe mit Trommeln und Pfeifen und flatternden Fahnen und freundlich salutierenden berittenen Offizieren. Es war sehr romantisch.

Sie hatte nur zwei Bediente und machte sich vieles selber: das Putzen der zahlreichen Silbersachen, das Flicken und Sticken, wobei sie sich besonders in Petit-point-Arbeiten hervortat. Sie liebte Ordnung und Sauberkeit und legte dazu ohne weiteres auch selber Hand an. Ihre natürliche, durch die Jahre nicht gedämpfte Vitalität fand in diesen Arbeiten ein willkommenes Betätigungsfeld.

Alles in allem war sie recht zufrieden. Sie hatte die glückliche Gabe, sich den Umständen anzupassen und das Leben überall zu genießen. In Grandeville wurde sie, besonders von den Herren, sehr geschätzt, und da sie gastlich, unterhaltsam und fröhlich war, fanden ihre Einladungen zum Abendessen hohen Anwert. Zum erstenmal im Leben pflegte sie mit Bedacht weiblichen Umgang und hatte viele anhängliche Freundinnen und praktisch keine Feindschaften. Sie war nicht der Mensch, der wider den Stachel gelöckt hätte. Wie einladend funkelnder Wein nahm sie stets die Form des ihr gebotenen Bechers an.

Anfangs hatte sie daran gedacht zu heiraten. Aber unter diesen schwerblütigen Krämern, Gerbern, Pferdehändlern, Metzgern, Bankiers und Grundstückmaklern gefiel ihr keiner. Überdies schien die Grandeviller Luft die Lebensdauer der Frauen zu verlängern, so daß es nur wenige Witwer gab.

Mit der ihr angetanen Schmach war sie sehr gut fertig geworden. Einige Zeit danach hatte sie Stuart und seine junge Frau zum Abendessen eingeladen und für die beiden eine Party gegeben. Dabei zeigte sie sich als vollendete, bezaubernde Gastgeberin, überschüttete die ‚teure Marvina‘ mit einem Schauer strahlender Blicke, tadelte Stuart liebevoll, weil er während seiner ‚stürmischen Flitterwochen‘ seine ‚Familie‘ vernachlässigt habe, verzieh ihm das jedoch freundschaftlich mit einem neckischen Blick und beschwor in geradezu rührendem Tonfall auch die übrigen Gäste, ihm huldvoll zu verzeihen. Kurz, sie zog sich prächtig aus der Affäre, und der vor Verlegenheit schwitzende Stuart war ihr dankbar.

Sogar ihn selber vermochte sie über ihre Gefühle zu täuschen, und er begann in arglosem Vertrauen auf ihren Sinneswandel, sie allein aufzusuchen. Seine ersten Besuche wurden mit Beschimpfungen, Vorwürfen und Flüchen empfangen, so daß er ihr schließlich erklärte, er würde nie mehr kommen. Aber Janie kniff die boshaften grünen Augen schlau zusammen, fing unbändig zu lachen an und schrie: „Das wäre doch die höhere Frechheit, du Schuft!"

Er setzte also seine Alleinbesuche fort, allerdings aus Schicklichkeitsgründen in großen Zeitabständen. Später bildete sich zwischen den beiden eine Art Waffenstillstand heraus, und schließlich begann Janie an seiner Gesellschaft wieder Vergnügen zu finden. Mit ihm zusammen konnte sie sich geben, wie sie wirklich war. Sie wußte, daß er sie fürchtete und manchmal haßte. Aber sie wußte auch, daß er sich mit ihr gut unterhielt.

Sie besuchte auch ihn und Marvina und benahm sich zu der jungen Frau so liebenswürdig, daß Marvina restlos begeistert von ihr war. Und immer brachte sie eines ihrer Kinder mit, bisweilen mehrere.

Der ausgezeichnete Geschäftsgang des Kaufhauses sicherte ihr ein recht ansehnliches Einkommen, das sie mit ihrem natürlichen Erwerbssinn geschickt verwaltete. Ihr übriges Vermögen lag in einer von Joshuas Banken und trug erfreuliche Zinsen.

Sie konnte also wirklich zufrieden sein. Mochte auch ihr unruhiger Geist ständig Pläne und Ränke schmieden, offenkundig wurden sie noch nicht. Dank ihrer robusten Gesundheit und Spannkraft konnte sie das Leben, konnte sie jeden Tag genießen, wie keine ‚wirklich tugendhafte‘ Frau es vermocht hätte.

So genoß sie auch die Sonntagnachmittage, wenn Angus ihr nach einem üppigen, trefflich gekochten und aufgetragenen Essen stundenlang vorlas. Manchmal döste sie, den rothaarigen Kopf lächelnd auf die Kissen zurückgelehnt; sie holte meisterlich aus jeder Situation das Beste heraus.

Heute döste sie nicht. Der Roman war zu aufregend, und die Ungereimtheit, daß gerade Angus die saftigsten Stellen vorlas, zu belustigend. Grinsend hörte sie zu, während er las:

„Und jetzt trat Lady Isobelle in ihrem losen weißseidenen Nachthemd ans Fenster und blickte in den mondbeschienenen Garten. Sie riß das Fenster auf, und das Mondlicht übergoß mit silbrigem Feuer die sanften Rundungen ihrer halbentblößten Brüste. Sie hob die Augen zum Himmel und betete laut: ‚Nur heute laßt ihn nicht kommen, ihr teuren Schutzgeister meiner Reinheit und Ehre! Denn heute könnte ich ihm nicht mehr widerstehen.'

Aber ach, plötzlich klopfte es leise, verstohlen an der Zimmertür. Und schon öffnete sie sich auch; denn die arglose Schöne hatte es unterlassen, den letzten Riegel vorzuschieben, der sie vor der Begehrlichkeit ihres Freiers hätte schützen können, jenes Freiers, der genau wußte, daß sie nie, nie durch Schreien ihre schlafende Schwester wecken würde, jene Schwester, die von den lüsternen Nachstellungen ihres angebeteten Gemahls nach der holden, schutzlosen Lady Isobelle nie erfahren durfte. Er sah sie am mondbeschienenen Fenster stehen, zitternd wie ein vom Jäger gestelltes Rehlein, den Kopf in den Nacken geworfen, das Gesicht schneeweiß, die herrliche Brust entblößt, alle Glieder durch das leichte Gewebe ihres einzigen Kleidungsstücks durchscheinend. Mit einem einzigen wilden Keuchen stürzte er sich auf sie und preßte seine heißen Lippen fest auf ihren Mund, ihren Hals, ihren Busen, während sie in seinen Armen lag, leise schluchzend, halb bewußtlos, keines Widerstandes fähig. Als er sie mit mächtigem Schwung faßte und zum Bette trug, wußte sie nichts mehr von sich."

Angus hielt inne und blätterte um. Seine Bewegungen waren ruhig und zerstreut. Er räusperte sich, nachdem er nun stundenlang von den Verführungsversuchen vorgelesen hatte, die an der armen, schutzlosen Lady Isobelle unternommen worden waren. Sein blasses, ernstes Gesicht war statuenhaft, unverändert zurückhaltend und würdevoll, sein Blick bedächtig. Seine lange, hagere Gestalt im Leichenbestatterschwarz erregte Janies Spottlust. Sie begann zu kichern.

Mit kühler Verwunderung blickte er sie an. „Damit ist das Kapitel zu Ende, Mama. Soll ich ein neues anfangen?"

Plötzlich bekam Janie einen Lachkrampf. Sie warf den Kopf zurück und kreischte vor Lachen. Angus sah sie verdutzt an. „Was ist daran so lustig, Mama?" fragte er, die Brauen runzelnd. Unschlüssig und mißbilligend blickte er auf das Buch. Janie lachte immer heftiger.

Wenn sie so hemmungslos lachte, sah sie fast jung aus. Die Jahre hatten ihre Züge tiefer gefurcht, hatten die fahle Gesichtsfarbe noch häßlicher gemacht. Aber ihre Augen waren noch immer lebendig grün, ruhelos und glitzernd, ihre Haare noch immer — allerdings mit heimlicher Nachhilfe — nicht angegraut, ihre Bewegungen noch anmutig und lebhaft. Sie trug einen dunkelgrünen, samtenen Morgenrock mit einem weißen Spitzenschal um die Schultern. An Hals und Händen funkelten Juwelen.

„Ach, bist du ein Eiszapfen, Angus!" rief sie endlich, als sie zu Atem kam. „Mein Gott, du bist neunzehn vorbei und weißt vom Leben so viel wie ein eben ausgeschlüpftes Küken. Um Gottes willen, Kind, gib mir mein Riechsalz! Ich wäre fast erstickt."

Angus brachte ihr bestürzt von ihrem Toilettentisch die edelsteinbesetzte Riechsalzphiole. Umständlich öffnete er den Verschluß und reichte der Mutter beflissen das Fläschchen. Sie roch daran, von dem starken Duft fast benommen, roch wieder, lachte und gab kopfschüttelnd das Fläschchen zurück. Erschöpft von ihrem Heiterkeitsausbruch, sank sie auf ihre Kissen zurück und starrte den Sohn scharf und prüfend an. In einem plötzlich ruhig und bedeutsam gewordenen Tonfall sagte sie: „Setz dich, Angus!"

Folgsam nahm er Platz; der Gehorsam war seine Hauptsünde. Gespannt sah er die Mutter an. Seine unverständliche Ergebenheit und Liebe zu ihr hatten sich mit den Jahren eher noch verstärkt. Nach wie vor verbot es ihm seine hartnäckige Ichbezogenheit, schlecht zu denken von jenen, über die er seine Liebe wie einen schimmernden Mantel gebreitet hatte.

Der arme, unglückselige Junge wußte allerhand von der ‚Sünde', aber nichts von der Welt der Menschen und ihrer ewigen Schlechtigkeit. Er war reif dazu, ein großer Glaubensapostel oder ein großer Bösewicht zu werden. Nach Janies Plänen sollte er ein Bösewicht und als solcher ihr Werkzeug werden. Sie war sehr klug. Sie kannte seine Verehrung für sie, und bei aller Belustigung, allem verächtlichen Spott war sie sich klar darüber, welche Waffe sie damit gegen Angus selbst und gegen alle jene, die sie haßte, in Händen hielt.

Ein richtiger Einfaltspinsel war doch dieser Junge! Sie lächelte ihm zu, und ihre fahlen Wangen runzelten sich in der Nachmittagssonne wie Segeltuch.

„Wie macht sich das Kaufhaus, Liebling?" schnurrte sie, nochmals den Tonfall wechselnd.

Er rückte sich auf seinem unbequemen Stuhl zurecht und antwortete eifrig: „Ausgezeichnet, Mama. Wir können die Aufträge kaum bewältigen." Seine grauen Augen flackerten auf.

Janie lächelte zufrieden. „Du hattest ganz recht, so mit Stuart zu reden, wie du es tatest, mein Kind", sagte sie anerkennend. „Ich bin stolz auf dich. Unerhört, daß er dich zum Ungehorsam gegen deine arme Mama verleiten wollte, die jahrelang so Schweres erlitten hat! Aber lassen wir das! Ich trage es ihm nicht nach. Mein Papa hat immer gesagt, ich bin absolut nicht nachtragend. Schon deshalb nicht, weil es so langweilig ist. Und weil man dazu ein schrecklich gutes Gedächtnis haben muß." Sie lachte. „Lassen wir also die Vergangenheit! Du kennst ja meine kleinen Geheimpläne für dich: daß du eines Tages Eigentümer des Kaufhauses werden sollst. Das Wie wollen wir in Gottes Hand legen. Gelegentlich werde ich meinen Anteil am Geschäftskapital erhöhen können, und der geht natürlich auf meine Kinder über."

Sie seufzte. Angus saß steif da. Er blickte sie mit liebevoller Aufmerksamkeit an.

Sie schwieg eine Weile. Dann erklärte sie in festem, entschlossenem Tone: „Liebes Kind, ich habe dir immer gesagt, daß in dieser bösen Welt alles sich um das Geld dreht. Du glaubst doch deiner Mama, nicht wahr, die in ihrem Leben so viele Erfahrungen gesammelt hat? Ich spüre, daß du mich verstehst. Und deshalb muß ich jetzt, auch wenn es nicht sehr taktvoll erscheint, auf die Sache mit Miß Grete Schnippel zu sprechen kommen."

Angus wurde kreidebleich; sogar seine Lippen wurden blutleer. Er wandte den Blick ab und sagte mit gepreßter, schwacher Stimme: „Mama, Miß Schnippel mag bestimmt ein prächtiger, wertvoller Mensch sein; aber ich fühle mich in keiner Weise zu ihr hingezogen."

Über solche Narrheit bestürzt, setzte Janie sich mit einem Ruck auf, daß ihr der Schal von den Schultern glitt, und schrie, heiser vor Empörung: „Du fühlst dich nicht zu ihr hingezogen, du Grünschnabel? Also, so eine häßliche, undelikate, unpassende Bemerkung! Was meinst du denn damit? Antworte mir sofort, du Dummkopf!"

Angus sank in sich zusammen. Seine langen, weißen Hände — richtige Chirurgenhände! — zitterten. Er befeuchtete sich die pergamentartig trockenen Lippen und murmelte: „Bitte, Mama, du weißt, du mußt auf dein Herz aufpassen... Mama, mir ist Miß Grete nicht sympathisch. Sie ... sie stößt mich ab. Sie... sie ist dick und klein. Wie eine Specktonne! Und die Haare! Wie grober Flachs! Und die blauen Schweinsäuglein!"

In Janies Wange zuckte ein Muskel, und in ihre Augen trat ein boshafter Ausdruck. Aber sie sagte gelassen und unverblümt: „So rasch hast du vergessen, was ich dir beigebracht habe? Haben wir nicht miteinander aus der Bibel festgestellt, daß Gott den Wohlhabenden liebt und den Armen mißachtet? Und noch mehr gilt das in der irdischen Welt. Ich werde dir das jetzt nicht alles wiederholen. Du weißt es ohnedies."

Sie lachte auf, und es klang häßlich. „Miß Grete wird die Schlachthäuser, die Bankguthaben und den Grundbesitz ihres Vaters erben. Sie ist die beste Partie in Grandeville. Weiß Gott, warum sie gerade auf dich ein Auge geworfen hat, Angus! Und weiß Gott, warum ihre hochachtbaren Eltern dir nicht die Tür gewiesen haben! Aber ich bin keineswegs der Mensch, der sich darüber beklagt, wenn ihm das Schicksal zulächelt. Die junge Dame sieht dich gern; ihre Eltern sehen dich gern. Das genügt doch, sollte man meinen!"

Plötzlich begann sie laut zu schluchzen und schlug die juwelengeschmückten Hände vor das Gesicht. Angus sprang auf und tat einen Schritt auf sie zu. Sie ließ die Hände sinken. Ihre Augen waren wirklich feucht. Sie ballte die Faust und schlug damit auf ein Kissen. Sie schrie erregt:

„Willst du alle meine Hoffnungen zerstören, du, mein Sohn? Kann man denn Geld aus der Luft herbeizaubern? Soll der Unterhalt deiner armen Mutter gefährdet werden? Sollen deine Geschwister hungern? Sollen wir zum Gelächter für Idioten und Schurken werden? Wie können wir uns gegen unsere Feinde halten, ohne Geld? Verstehst du denn nicht, du Schlingel, daß meine ehrgeizigen Pläne für meine Kinder Geld erfordern, nicht schäbige paar Dollars, sondern Tausende? Das Kaufhaus! Wie sollen wir es in unsern Besitz bringen, wenn wir kein Geld haben? Und das Geld liegt jetzt zum Greifen nahe in der Person von Miß Grete Schnippel. Und da hast du die Unverfrorenheit, mir zu sagen, daß du dich nicht hingezogen fühlst zu ihr!"

„Mama!" rief er.

Aber sie warf ihm einen Blick hoheitsvoller Verachtung zu und rückte sehr betont von ihm ab. „Rühr mich nicht an, Angus! Du undankbarer Sohn! Mit zärtlicher Liebe habe ich dich aufgezogen, alle meine Hoffnungen habe ich auf dich aufgebaut, von dir habe ich mir erwartet, daß du eines Tages die uns angetane Schmach rächen wirst. Geh, Angus! Geh deiner unglücklichen Mutter aus den Augen! Verachte ihre Liebe und Hingabe, verlache ihre Sorgen und Träume! Verschmähe Miß Grete und ihr Geld, das uns retten könnte!"

Er sah sie mit derart hoffnungsloser, grenzenloser Verzweiflung an, daß eine weniger robuste Frau davon gerührt worden wäre. Aber in Janies Blick malte sich bloß rechtschaffener Zorn und untröstlicher Kummer. Sie kauerte auf ihrer Chaiselongue, als fröstelte sie und fühlte sich völlig verlassen. Sie schüttelte den Kopf, seufzte, lehnte sich zurück und schloß die Augen.

„Geh, Angus, ich beschwöre dich, geh!" flehte sie mit ersterbender Stimme. „Schick mir Daisy! Nein, schick mir Laurie, meine liebe, kleine Laurie! Es wird doch wenigstens einen Menschen in diesem Hause geben, der gegen meine Qualen nicht ganz unempfindlich ist."

Aber Angus blieb am Stuhlrand sitzen, die Hände auf den Knien. Er zitterte heftig. Sein Kopf war gesenkt. Plötzlich dachte er an Miß Schnippel, und Abscheu erfaßte ihn. Aber mit verbissener Entschlossenheit wurde er dieses Gefühles Herr.

Und dann, ganz plötzlich, in einem völlig unerklärlichen, geheimnisvollen Zusammenhang, hörte er den fernen Widerhall eines heldenhaften Liedes und sah für einen blendenden Augenblick das leidenschaftliche, blasse Gesicht und die glühenden schwarzen Augen eines jungen Mannes, den zu hassen man ihm seit langem eingeschärft hatte. Es war viele Jahre her, seit er zum letztenmal dieses Lied gehört und dieses Gesicht vor sich gesehen hatte. Plötzlich weitete sich ihm merkwürdig die Brust, und er fühlte sich frei werden, wie ein Vogel, der sich aus dunklen Niederungen zum Licht emporschwingt.

Aber er war innerlich schon so verkrampft, so geschwächt, so verzerrt und verformt, daß ihm Gesicht und Stimme als übles Blendwerk erschienen, nur zur Warnung für ihn bestimmt. Ja, so war es, sicherlich, dachte er. Es gab keine andere Erklärung. Die letzte derartige Vision hatte er mit vierzehn Jahren gehabt, als er seiner Mutter die entscheidende Bitte, sie möge ihn Medizin studieren lassen, vortrug. Wie laut war damals die Stimme gewesen, wie fest und triumphierend! Er war vor der wütenden Mutter zu seinem Geistlichen geflohen, der ihm eindringlich vorgehalten hatte, seine erste Pflicht sei der Gehorsam gegenüber seiner armen Mama, die klüger sei als er und so viele ‚Opfer' für ihn gebracht habe. Es sei Gottes Gebot, Vater und Mutter zu ehren. Wer ein Kind zum Gegenteil verführe, sei vom Teufel besessen. Auch damals hatte sich ihm angesichts der Vision die Brust merkwürdig geweitet; aber er hatte das Gefühl in gerechter Empörung niedergekämpft und überwältigt. Es war nicht wiedergekommen, bis zum heutigen Tage.

Er straffte sich in seinem Sessel. Gesicht und Stimme wurden immer undeutlicher; ein letztes Aufschimmern, ein letzter schwacher Nachhall, dann versank alles in die Abgründe verzweifelten Vergessens. Wieder hatte er sein sündiges˜Ich besiegt. Er frohlockte.

„Mama", sagte er mit fester Stimme, „hör mich bitte an! Du hast recht. Ich war im Irrtum. Verzeih mir!"

Aber Janie rührte sich nicht. Sie lag da, wie gebrochen und vernichtet. Nur verstohlen öffneten sich ihre Lider. Sie blickte Angus an. Sie sah sein gespanntes, gespenstiges Gesicht, seine fiebrig brennenden grauen Augen. Sie sah seine Demut, seine Erregung, seine Liebe zu ihr, seinen Sieg über die tiefsten, stärksten Gefühle, seine Selbstverstümmelung. Sie sah seine Unschuld, die ihr jetzt — seltsam für diese Frau! — als etwas Furchterregendes, Erhabenes erschien.

Sie hatte kein Gewissen. Aber sie spürte in ihrem Herzen ein eigentümliches, schmerzhaftes Wühlen, gegen das sie eine Weile machtlos war. Sie hatte Angus nie geliebt. Sie hatte ihn immer verachtet und verlacht. Als sie ihn jedoch jetzt so unverwandt ansah, breitete sich dieses Wühlen über ihren ganzen Körper aus, und etwas schnürte ihr die Kehle zusammen. Sie fühlte in sich den ganz lächerlichen Antrieb, ihm zuzurufen: ‚Ach, verschwinde doch, du Narr! Verschwinde, aber schau nie mehr diese Specktonne an, und der Teufel hole dich!'

Aber während schon ihr zitternder Mund diese erstaunlichen Worte zu formen begann, kehrten ihr zu ihrem Glück Vernunft und gesunder Menschenverstand zurück. Sie zwang das Gesicht zu einem zärtlichen, verzeihenden Lächeln; sie hielt ihrem Sohne eine schlaffe Hand hin.

„Mein teures Kind", flüsterte sie, „verzeih du deiner Mama, wenn sie zu streng und zu überschwenglich war! Ich hätte wissen sollen, daß mein Liebling immer seine Pflicht tun wird."

Sie zitterte, und diesmal war ihr Zittern nicht geheuchelt. Wie nahe hatte sie ihrem eigenen Verderben gestanden! Wie dankte sie dem Schicksal dafür, daß jene unsinnigen, verheerenden Worte ihr nicht über die Lippen gekommen waren! Was war denn nur in sie gefahren? Eine solche Torheit, eine solche Albernheit!

Angus erhob sich rasch und nahm ihre Hand. Mit verkrampftem Lächeln sah er sie an. „Ach, Mama, an mir ist es, um Entschuldigung zu bitten, nicht an dir." Er holte tief Atem und sagte entschlossen: „Morgen werde ich bei Mr. Schnippel um seine Tochter anhalten."

Sie lächelte ihm so bezaubernd zu, wie nur sie es konnte; alle ihre weißen Zähne glitzerten, ihre Augen tanzten vor Freude. Sie tätschelte ihm die Hand und rief im Vorgefühl kommenden Triumphs: „Du wirst sehen! Wir zwingen sie nieder! Sie werden es bereuen, daß sie uns übertölpelt haben! Wir zeigen es ihnen!"

Rasch sprang sie auf, lebhaft wie ein junges Mädchen. Sie tänzelte im Zimmer auf und ab, kicherte fröhlich und warf die roten Locken zurück. Sie war ganz Tatkraft und Lebenslust. Über den niedrigen, absatzlosen schwarzen Sandalen, die ihre kleinen Füße bedeckten, wirbelten ihre Röcke manchmal so hoch, daß sie die in weißen Seidenstrümpfen steckenden Waden ganz freigaben. In ihrer lustigen Ausgelassenheit sah sie richtig hübsch aus, und Angus betrachtete sie.

Sie hatte ihn vergessen. Als sie sich schließlich wieder seiner entsann, verspürte sie fast Liebe zu ihm, weil er ihr zur Rache verhalf. Sie blieb vor ihm stehen, klopfte ihm auf die Schulter und lachte laut.

„Du bist ein braver Sohn", sagte sie freundlich und seufzte. „Was täte ich einsame, verlassene Witwe, wenn ich nicht diese männliche Stütze hätte?"

Dann wurde ihre Miene plötzlich vergrämt und beunruhigt. „Wo ist Bertie? Wo war er die letzten Tage? Ich habe ihn nicht gesehen."

Angus zögerte; sein Gesicht verfinsterte sich. Es war ihm gelungen, vor der Mutter die Trinkorgien des Bruders bis zum jeweils letzten Tag des völligen Zusammenbruchs geheimzuhalten. Janie wußte also noch nicht, daß diesem Zusammenbruch Tage ständigen Saufens vorangingen. Unbegreiflicherweise hielt sie noch immer den Tag des Zusammenbruchs für den ersten und war der Meinung, ihr Bertie ‚pichle' zwar gern, vertrage aber nichts.

Als Angus noch immer, zwischen Wahrheit und Ausrede schwankend, zögerte, starrte sie ihn an. „Wo ist er?" fragte sie mit lauter Befehlsstimme. „Er trinkt doch nicht wieder, was?"

Angus antwortete leise: „Ich glaube, er hat etwas gesagt, daß er heute nachmittag Miß Alice Cummings besuchen will, Mama."

Aus Janies Blick wich die Starrheit. Sie lächelte. „So, so. Na schön. Aber diese Alice ist ja noch ein Kind. Wie alt ist sie denn, Angus?"

Er wandte sich ab und murmelte: „Fünfzehn, glaube ich, Mama."

„Ja richtig, das hat mir ihre Mutter gesagt. Ich hab's vergessen." Janie schien zufrieden. „Also schließlich kein Kind mehr. Bertie könnte sich in ärgere Dinge einlassen. Dort ist Geld zu holen." Wieder schmunzelte sie. „Auf Berties Köpfchen kann man sich verlassen. Dieser Spitzbube!"

Sie sann über ihren Lieblingssohn nach, und ihre Augen wurden fast zärtlich. „Auch beim Studium macht er sich gut, höre ich. Und ganz ohne Anstrengung; er lernt ja eigentlich nie, der Kerl. Mr. Braithe beteuert, daß er nie einen gescheiteren Schüler gehabt hat."

„Ja, er macht sich gut", bestätigte Angus mechanisch.

„Nächstes Jahr", kündigte Janie erfreut an, „wird auch er ins Geschäft eintreten. Bertie macht bei solchen Dingen keine Flausen."

Angus senkte den Blick und sagte nichts. Janie blickte ihn ungeduldig an, mit einer Miene, die das Gespräch für beendet erklärte. „Ich habe Kopfweh, Angus. Schick mir Laurie, sie soll mir das Haar bürsten. Immer muß man sie stoßen, die kleine Kröte. Man hat sein Kreuz mit so einer nachlässigen Tochter!"

Stumm ging Angus zur Tür, langsam, aufrecht, spindeldürr in seinem schwarzen Tuchanzug.

Wie ein Leichenbestatter! dachte Janie boshaft und belustigt. Eigentlich hätte sie ihn Totengräber werden lassen sollen! Ihr Bertie und sogar der widerliche ‚Waldschrat' Robbie hätten ihr im Kaufhaus besser gedient. Aber das stimmte nicht, überlegte sie. Keiner ihrer jüngeren Söhne hatte jene angeborene Raffgier und Habsucht, die unter der frommen, pflichteifrigen, freundlichen Schale ihres Ältesten ihr Wesen trieben. Was hatte ihr dieser verdammte Stuart über Angus gesagt? Es war ein Ausspruch gewesen, der sie durch unerwartete Klarsichtigkeit erstaunt hatte. Ach ja! ‚Er hat an die Stelle der Liebe zu Gott und den Menschen die Pflicht gesetzt.‘ Janie sah ihm nach, wie er geräuschlosen, steifen Schrittes das Zimmer verließ, und lachte in sich hinein. Die Tugendbolde und die Eiferer wurden immer die größten Schurken, darauf konnte man Gift nehmen!

Sie streckte sich wieder auf die Chaiselongue und überließ sich angenehmen Traumbildern. Der Dezembernachmittag verdämmerte. Der Feuerschein im Zimmer wurde heller. Sie spürte die Wärme an den Füßen. Sie summte leise, mit heiserer Stimme.

Gut hatte sie sich hier in die Wolle gesetzt! Das wußte sie. Dabei war sie von weit her in ein fremdes Land gekommen, ohne jede fremde Hilfe! Sie genoß die Gegenwart und schmiedete kühne Zukunftspläne. Sie fühlte sich kraftvoll und unüberwindlich, und das tat wohl.

XXX

Auf dem Wege zum Zimmer seiner Schwester durchschritt Angus einen schlitzartig schmalen Korridor. Hier war es sehr dunkel und dumpfig; es roch nach Wachs und Kälte und Ungelüftetheit. Nach den Anstrengungen mit dem großen Sonntagsdinner schliefen die Bedienten in ihren Räumen im dritten Geschoß. In einer halben Stunde sollten sie aufstehen und den Abendtee bereiten. Aber jetzt war das Haus still. Nur dann und wann durchliefen es hohle Klänge, wie sie in langen, leeren Tunnels widerhallen.

Angus hörte diese gespenstigen Echos, die scheinbar ohne menschlichen Ursprung durch alle Gänge und Zimmer drangen. Mit ihrem Anschwellen und Abflauen verstärkten sie die finstere, frostige, zwielichtige Schwermut von Abend und Haus. Angus hielt plötzlich an, streckte die Hand aus und stützte sich an der Wand. Er spürte die feuchte Kälte des Tapetenbelags; sogar die Rippung und Musterung teilten sich seltsam deutlich seiner Handfläche mit, so daß er sich im Dämmerlicht des Ganges von Lebewesen umgeben fühlte, die ihn unverwandt anblickten.

So erging es ihm stets. Seit seiner frühesten Kindheit empfand er immer wieder plötzlich in den gewohntesten Dingen seiner Umgebung das Walten von etwas höchst Fremdartigem, Erschreckendem, und eine Welle von Verwirrung, Angst und Grauen überflutete ihn. Ein leichtes Schwanken der Bildebene stellte sich ein und löste Schwindelgefühl aus, namenlose Beklemmung und Verlorenheit. Er blickte dann mit den Augen eines entsetzten, verstörten Geisteskranken um sich; völlig unverständliche Verzweiflung und Hoffnungslosigkeit erfaßten ihn, und an die Stelle des langsamen, ruhigen Herzschlags trat ein bleiern schweres Klopfen.

Auch jetzt strich er langsam mit der Handfläche über die Tapete und blickte um sich, selbst zum Seufzen zu müde. Er sah nicht das Tapetenmuster aus mattroten Rosen und grünen Blattranken. Er sah nichts als das trübe, spärliche Licht, das am Ende des Ganges, dort, wo er rechtwinklig abbog, durch ein schmales Fenster drang. Er hörte nichts als jene lang nachhallenden Echos, die wie ruhelose Gespenster durch die Korridore des Hauses wanderten. Er spürte nichts als die Qual seiner Verzweiflung und Furcht und unbestimmten Angst, und das Tapetenmuster unter seiner eiskalten Hand.

Aber auf einmal fühlte er mit überwältigender Macht starke Todessehnsucht. Auch sie war ihm eine vertraute Empfindung mit ihrem dunklen Drängen, ihrem Antrieb zur Flucht. Sie war eine Qual, die ihm die Lippen durchfror und die Lungen zu keuchendem Atem zwang. Denn neben der unvermindert schweren Verzagtheit übermannte ihn noch wilder Schreck. Ein Kampf wogte in ihm zwischen Hoffnungslosigkeit, Verzweiflung und Gram auf der einen und Furcht und Lebenswillen auf der anderen Seite.

Während dieser ganzen Zeit stand er stumm und reglos, selbst wie ein Gespenst, in dem dunklen Gang, aus dem das Fenster als Rechteck bleichen Lichtes schimmerte. Auf dieses Fenster blickte er unverwandt. Es beleuchtete seine starren, blassen Gesichtszüge, seine leeren, weit aufgerissenen Augen. Er konnte sich nicht rühren. Sein steifer Arm mit der an die Mauer gepreßten Hand hielt ihn aufrecht. Er war versteinert vor Leid.

Schließlich machte er eine Bewegung, als wollte er Ketten zerbrechen, und rief laut: „O Gott!" Bisher hatte dieses Wort ihn jedesmal aus der schrecklichen Verzauberung gelöst. Diesmal wirkte es nicht. Es glich einem schweren Stein, den man in schwarze, bodenlose Tiefen wirft, in denen er spurlos, lautlos versinkt. Immer von neuem wiederholte er das Wort, und immer von neuem waren es nur fallende Steine, kalt, gestaltlos, bedeutungslos.

Ihm schien, als stünde er schon eine Stunde so, von den finsteren, durch keines Sternes Licht erhellten Wogen der Qual überspült. Aber es konnten nur wenige Augenblicke gewesen sein. Als er den Weg durch den Korridor fortzusetzen vermochte, fühlte er sich so schwach und gerädert, als wäre er eben erst vom Krankenbett aufgestanden. Der gewaltige Schmerz, der ihn durchdrang, züngelte ihm wie träges Feuer durch den müden Körper.

Er kam zu dem kleinen Fenster und blieb unwillkürlich stehen. Er schaute auf den verdorrten Garten hinunter. Er sah die feuchten Fliesen der gewundenen Fußwege, über die sich die kalten, eisenfarbenen Äste der kahlen Bäume beugten. Er sah die verödeten Blumenbeete und die weißen Umfriedungsmauern. Er sah die verblassende Zinnfarbe des totenstillen Dezemberhimmels. Kein Sperling schilperte über dem braunen Rasen. Kein Lüftchen regte sich, obwohl hier fast immer Wind herrschte. Alles stand kalt, reglos, leblos.

Er faßte den Fensterrahmen und rief laut und sehr schlicht: „Das ertrage ich nicht." Er sprach die Worte wieder und wieder, mit dumpfem, schwerem Nachdruck, dem indes alle Leidenschaft oder Bedeutsamkeit fehlte. Er fragte sich nicht: ‚Was ist es, dieses Unerträgliche?' Instinktiv wußte er, daß die Antwort auf diese Frage zu schrecklich sein, ihm ein Weiterleben unmöglich machen würde. Er horchte nur auf den Klang seiner Stimme, auf das verbissen rasche Anschwellen und Abklingen. Dieses Tönen war Ausdruck, aber auch Beschwichtigung seiner gewaltigen Qual. Es war wie eine Beschwörungsformel. Nachdem er eine Zeitlang den eigenen Worten, der eigenen kalten, sinnlosen Raserei gelauscht hatte, vermochte er sich zu straffen und wieder weiterzugehen, schwächer denn je, aber nicht mehr von wildem Ungestüm erfüllt wie vorher, sondern eher taumelig und benommen. Sein Gesicht jedoch war wie getrockneter Schlamm, zerklüftet zu Flächen und Furchen namenloser Qual.

Er klopfe an Lauries Tür, und beim Klang ihrer hellen, jungen Stimme öffnete er und lugte hinein. Er lächelte. Es war das Lächeln eines alten Mannes.

Laurie kauerte beim Kamin und las im roten, flackernden Licht des Feuers. Ihre Kammer lag in zunehmendem Dunkel. Der Flammenschein schuf auf dem dicken, zottigen Kaminvorleger einen sich kräuselnden Weiher. Die Feuerböcke und der Vorsetzer glitzerten in hellem metallischem Widerglanz. Laurie trug ein schwarzes Wollkleid und darüber eine weiße, gefältelte Musselinschürze. Ihr langes Goldhaar, das ihr über die Taille hinabreichte, wurde durch ein karminrotes Band aus dem Gesicht gehalten. Sie blickte ihren Bruder mit schwachem Lächeln an; ihr Gesicht war heiter und würdevoll. Sie stand auf, schüttelte ihr Haar zurück, und ihr Lächeln erhellte sich. Sie war hochgewachsen, jetzt fast zwölf Jahre alt; sie strahlte gelassene, freundliche Maßgeblichkeit aus und eine den Lebensjahren weit vorauseilende Reife.

„Ist schon Teezeit, Angus?" fragte sie.

Aber er stand auf der Schwelle und blickte sie bloß mit einer scharfen Eindringlichkeit an, die seiner ungeheuren Verzweiflung entsprang. Laurie war heißblütig und jung und lebhaft. Sie war die Widerlegung seiner Schwermut und Verzagtheit. Sie war die Stimme des natürlichen Menschen, die über der ihm bis zum Hals reichenden schwarzen Flut erklang; sie war die Stimme, die ihn dem Alptraum entriß. Er spürte, wie dieser Alptraum sich weit von ihm zurückzog, durch ihr bloßes Dasein in Schach gehalten. Er schauderte.

Mit dem Gefühl, von einer endlos langen Reise eben erst heimgekehrt zu sein, trat er in die Kammer seiner Schwester. Er rieb sich die Hände. „Kalt ist es hier", sagte er. Er ging zum Kamin und bückte sich zum Feuer, rasch und eifrig. Sie beobachtete ihn schweigend. Ihr Gesicht, das von Tag zu Tag schöner, verhaltener, edler und beherrschter wurde, schien im Feuerschein fast flüssig und voll altkluger Kümmernisse.

Angus nahm die Kohlenschaufel und legte auf die rote Glut nach. Jetzt züngelten und prasselten die Flammen und versprühten leuchtende Funken; der Rauchfang dröhnte. Angus starrte das Feuer an; auch in ihm brannte es — ein Drängen wie eine heiße Fieberwelle, die auf tödliche Kälte folgt. Er wandte sich zu seiner Schwester und lächelte ihr zu.

„Was hast du denn da gelesen, Laurie?" fragte er. Seine Stimme war zärtlich und herzlich, so wie gewöhnlich, wenn er zu ihr sprach.

Sie rührte sich nicht; aber in dem plötzlichen Zucken ihrer goldenen Wimpern und ihres roten, jungen Mundes verriet sich eine merkwürdige Rastlosigkeit. Fast kühl antwortete sie: „Ich habe ‚Bleak House‘ gelesen. Von Dickens."

Und jetzt kam Angus' Blick an Kühle ihrer Stimme gleich. „Einen Roman! Am Sabbat! Wo sind deine Sonntagsschulbücher? Und wo ist deine Bibel?" Aber in seinem Tonfall war eine Leblosigkeit, deren er nicht Herr werden konnte.

Laurie zuckte die Achseln. „Ich habe meine Aufgabe gelernt, Angus. Ich habe die Textstellen gelesen."

„Aber meditiert hast du nicht über sie", tadelte er. Ihm schien, als wären die Worte ihm dick und schwer aus der Kehle gekommen.

Wiederum zuckte sie die Achseln. „Ich habe genug getan. Den ganzen Tag meditieren kann ich nicht."

„Es ist recht wenig, was Gott von uns verlangt — daß wir von den sieben Tagen der Woche einen Ihm widmen", schalt er.

Doch sie schwieg. Schließlich sah er sich in der Kammer um,

und sein Blick fiel auf das Nachtkästchen. Dort lagen Katechismus und Heilige Schrift. Im dumpfen, unpersönlichen Tonfall völliger Teilnahmslosigkeit fragte er: „Soll ich dir deine Lektion abhören, Laurie?"

„Nein, danke." Wenn in der schlagartig raschen Antwort ein gewisser Spott lag, so hörte er ihn nicht, spürte ihn vielleicht bloß. Er blickte sie bekümmert und streng an. „Woher hast du den Roman, Laurie?" erkundigte er sich, ohne verstehen zu können, warum ihm so weh ums Herz war.

Ein ganz schwaches Lächeln huschte über ihre Lippen, ein Lächeln kühler, spöttischer Unbeteiligtheit. „Vetter Stuart hat mir ihn zu Weihnachten geschenkt. Zusammen mit drei anderen Dickens-Büchern. Sehr interessant, Angus! Du solltest sie auch lesen."

„Für solchen Unsinn habe ich keine Zeit", erklärte er mit stolzer Unduldsamkeit. „Auch dir sollte es um die Zeit leid tun, Laurie. Die Welt ist eine Stätte des Ernstes und der Bedeutsamkeit; für leeren Tand ist in ihr kein Platz."

Sie wollte schon schroff erwidern; aber sie hielt sich zurück, trat mit zärtlichem Blick zu ihrem Bruder und faßte seine trockene, kalte Hand. „Mach dir keine Sorgen, Angus! Ich gebe dir mein Wort, daß ich meine Sonntagspflichten erfüllt habe. Genügt dir das?"

Er wollte sich ihr entziehen, wollte ihr sein Mißfallen bekunden. Aber er vermochte weder das eine noch das andere — so freundlich und liebevoll war ihre Miene, so warm ihre junge Hand. Gegen seinen Willen lächelte er ihr zu, streichelte ihr mit der freien Hand das schlichte, glänzende Haar und sagte zerstreut: „So hübsche Haare hast du, Laurie!"

Da fiel ihm etwas ein. „Übrigens möchte Mama, du sollst ihr die Haare bürsten. Sie hat Kopfweh."

Sofort strafften sich Lauries Gesichtszüge, wurden wieder zurückhaltend und abweisend. Aber sie sagte gleichmütig: „Ich habe vergessen. Gleich gehe ich hinüber."

Sie zog ihre Schürze glatt, schob die Halsrüschen zurecht und verließ rasch das Zimmerchen. Angus blickte ihr nach. Als die

Tür sich hinter ihr schloß, schienen tödliche Kälte und Leere, gegen die auch das neuentfachte Kaminfeuer vergebens ankämpfte, den Raum zu überfluten.

Er sah sich in der Kammer um. Die Möbel waren einfache, aber gute Mahagonistücke. Das schmale, kleine Himmelbett schimmerte weiß. Die Vorhänge an den hohen, schmalen Fenstern bewegten sich im Luftzug eines aufkommenden Windes. Überall in dem Raume verstreut lagen Lauries Schulbücher und andere Bände.

Die kleine, goldblonde Laurie, sein Liebling! Wer kümmerte sich um sie, außer ihm? Wer liebte sie, außer ihm? Sie war der Mensch, für den er sich verantwortlich fühlte. Sie war alles, was er hatte.

Er setzte sich auf einen Stuhl beim Feuer, und hinter seinen Augenlidern lastete es wie Tränen. Wieder erfüllte ihn der Kummer, ein gestaltloser, unbändiger Gram. Er wußte, daß Laurie ihn liebhatte. Aber in der letzten Zeit wurde sie anders als früher. Wortkarg war sie immer gewesen; doch sie hatte stets gelächelt. Bis in die letzte Zeit. Vor kaum ein paar Wochen hatte die Änderung begonnen. Was war mit seiner Laurie geschehen? Jetzt zeigte sie eine nur selten schwindende Kälte und Härte, eine undurchdringlich starre Eiskruste. Für die Mutter war sie ,eine selbstgefällige, selbstsüchtige, herzlose Range'. Aber das stimmt nicht! rief er fast laut. Sie hat ein Herz. Nur stirbt es ab in ihr, wird in ihr abgetötet!

Was mordete Lauries freundliches, kindliches Herz? Was machte aus ihrer Seele ein glattes, ungefüges Steingebilde? Er konnte diesen Wandel nicht ertragen. Wilder Schmerz faßte ihn.

In der letzten Zeit sang sie auch nur mehr selten! Kaum je begleitete das Klavier drunten im noblen Salon Lauries Gesang. Im Geist hörte er ihre volle, schöne Stimme, die für ein so junges Mädchen fast zu stark, zu mächtig war. Wie hatte sie das Haus erfüllt, diese Engelsstimme, gelassen, aber sieghaft, mühelos zu Posaunentönen anschwellend!

Wie lange hatte Laurie nicht mehr gesungen? Trotz allen Grübelns konnte Angus sich nicht entsinnen. Jedenfalls war es schon lange her. Zusammen mit ihrem Herzen erstarb und erstarrte auch ihre Stimme, wie ein Bach im Winterfrost.

Erregt sprang er auf und begann, in dem engen, kleinen Raum umherzugehen. Was war seiner Laurie zugestoßen? Wie hatte er so blind und so taub, so gefühllos sein können gegenüber ihrem Verstummen, dem Erstarren ihrer Gesichtszüge, ihrer Versteinerung? Wie war das alles gekommen? Er konnte es nicht sagen.

Und dann entsann er sich jenes Sonntags, an dem er zum letztenmal mit ihr beim Fluß spazierengegangen war. Mit einer Flut scharfen, klaren Lichtes brach das Erinnerungsbild über ihn herein. Es war ein kalter Sonntag in der zweiten Maihälfte gewesen, ein richtiger nordländischer Frühlingstag voll strahlender Frostigkeit. Ein Tag, der — trotz des gleich einem unsichtbaren Eiswall gegen Wange und Brust drängenden Windes — zu einem festlichen, glanzvollen, fröhlichen Erlebnis wurde, wenn man an die vergangenen sieben düsteren, kerkerhaften Wintermonate dachte. Es war die Erlösung aus Monaten endloser Schneefälle und eisiger Stürme, die wie Tausende zweischneidiger Krummschwerter durch die finstere Luft sausten. Die Flußufer waren feucht und braun; sie schimmerten von halbflüssigem Schlamm. Die Bäume waren erst schütter belaubt; das Gras wurde allmählich grün, war aber noch kurz und zaghaft. Doch der Himmel wölbte sich rein und groß, von hellem Licht erfüllt; das Flußwasser schoß dahin, sattblau, fast wie Indigo.

Diese nordische Luft war so klar und durchsichtig, daß man am kanadischen Ufer die Bauernhöfe und die kleinen weißen Wohnhäuser erkennen konnte und sogar das schwache Grün der Bäume. Dann und wann trieb eine zerbröckelnde Eisscholle rasch mit der Strömung und warf, wenn sie kippte, blendende Sonnenreflexe ins Land. In der Luft lag Weite und Verheißung, ein Raunen kurzen, aber starken Lebens.

Lauries Wangen glühten zwar hochrot vom Wind, und sie mußte mit der einen Hand die große Biberfellhaube festhalten, mit der anderen die flatternden Röcke über die Knie ziehen; aber sie lachte vor Freude darüber, daß der Winter vorbei war.

Sie stand neben Angus, und ihr Scheitel reichte dem um fast acht Jahre älteren Bruder trotz seiner hohen Statur bis in Augenhöhe.

Am Himmel kreiste ein Schwarm weißer Möwen und fing in den Flügeln das Sonnenlicht. Die schwermütigen Möwenschreie hallten durch das leuchtende Schweigen und mischten sich mit der Stimme des unvermindert starken Windes. Wie ein Wirbel riesiger Schneeflocken schwebten die Vögel zum Wasser hinab und erhoben sich dann wieder, mit kleinen Fischen in den Schnäbeln. Mächtige flache Felsblöcke, von rastlosen grünen Wellen bespült, glitzerten in der Sonne, winterlich gebleicht.

Behutsam schritten die Geschwister von Stein zu Stein und standen dann am Wasserlauf. Mit leuchtenden Augen beschauten sie das kanadische Ufer, die Möwen, den Fluß. Hinter ihnen lag dichtes Gehölz, vom Piepsen geschäftiger Vögel erfüllt. Sie hörten die vielen Glocken des späten Sabbatvormittags. Es war sehr friedvoll, sehr strahlend und sehr kalt.

Im feuchten Gehölz, dort, wo das Lenzlicht weiß und dunstig wärmte, hatte Angus Veilchen gefunden. Sie staken nun am Kragen von Lauries braunem Biberfellmantel und wetteiferten an Farbigkeit mit ihren Augen. Ihr Mund aber war warmes, lebendiges Scharlachrot.

Und dann hatte sie zu singen begonnen, sehr leise und versonnen, als wäre sie allein und sänge für sich selber. Ihre Stimme schien ein Teil der strahlenden, rauschenden Einsamkeit von Wind und Fluß und Fels und Himmel. Angus hörte ehrfürchtig zu. Wie stark die Stimme anschwoll, glockengleich, mächtig und doch rein und gemächlich, wie flüssiges Gold, so daß die ganze Luft davon durchtränkt schien! Es war Vaters Lied, das er längst vergessen hatte: ‚O Morgenstern!‘ Angus lauschte. Ihm weitete sich das Herz auf wunderbare Weise, krampfte sich aber bald in plötzlicher, überwältigender Qual zusammen.

Er wollte Laurie zurufen, sie dürfe dieses Lied, das ihm namenlose Pein bereitete, nicht singen. Es war das Lied eines Mannes, von dessen Andenken ihm Ströme des Bösen zu quellen schienen, die seine Seele von dem, was er als Pflicht erkannt hatte, ablenkten und überaus heidnischem, lustvollem Drängen zuwandten. Aber er vermochte nicht zu sprechen. Er konnte nur zuhören.

Er wußte nicht, wann sie zu singen aufgehört hatte. Nur allmählich wurde er gewahr, daß sie schwieg und daß nun die Stimmen von Wind und Fluß und Möwen, wie vom Zauber des Liedes voll geweckt, mit gewaltiger Macht wieder eingesetzt hatten. Angus fröstelte; sein ganzer Leib war vor Kälte versteinert.

Mit brennenden Augen blickte er Laurie an. Sie erwiderte den Blick so feierlich, so bedeutsam, daß er staunte. Ihre blauen Augen leuchteten in der Lichtkaskade, die vom Himmel niederstürzte; ihr Mund war ernst, fast hart und sehr traurig.

„Vaters Lied", stammelte er. Er konnte den Blick nicht von ihr wenden; sie schien ihn anzuklagen, nicht in Zorn oder Verachtung, sondern in Gram und Strenge.

„Ja", flüsterte sie. „Vaters Lied. Erinnerst du dich, Angus?"

Aber er konnte nicht reden. Jetzt wandte er den Blick ab. Das Sonnenlicht war ihm nur mehr Vereinsamung, der Fluß nur mehr eine Drohung mit bitterem, grünem Tod.

„Angus", sagte Laurie, „du gehst nie mehr in die Kirche mit mir."

Er hielt den Blick auf das eisige Wasser zu seinen Füßen gesenkt, auf die smaragdenen Reflexe, auf den blasigen Schaum. Und dann entgegnete er gelassen: „Nein."

„Warum nicht?"

„Ich weiß nicht", antwortete er mit seiner leblosen, unpersönlichen Stimme. „Ich finde nichts mehr darin. Außerdem braucht die Mutter mich sonntags."

Laurie erwiderte nichts. Als er sie verstohlen ansah, bemerkte er, daß sie mit einer an ihr neuen Grimmigkeit lächelte und daß zwischen ihren Wimpern die Augen funkelten.

Schließlich sagte sie: „In der Kirche kann niemand etwas für sich finden. Gott ist bestimmt nicht so streng und hart, wie der Geistliche es schildert. Wenn ich einmal so alt bin, daß ich tun kann, was mir beliebt, werde ich auch nicht in die Kirche gehen."

„Ach, Laurie, was sind das für sündige Reden?" rief er

schwunglos. „Du bist doch ein kleines Mädel. Du kannst darüber nicht urteilen."

Sie sah ihn verschmitzt an. „Aber du hast schon geurteilt, nicht wahr, Angus?"

Er entgegnete nicht. Er blickte auf den Fluß.

„Aber deinen presbyterianischen Glauben hast du doch nicht vergessen, was?" Ihre Stimme war weich und etwas spöttisch.

„Laurie! So darfst du nicht reden. Was weißt denn du? Du bist noch so jung, eigentlich noch ein Kind."

Sie zuckte die Achseln. „Opas Mutter war bei ihrer Hochzeit nur um zwei Jahre älter", warf sie lässig ein. „Gar so jung bin ich nicht."

Sie zog den sich bauschenden Mantel enger um sich und starrte fest auf den Fluß. „Angus, seinerzeit hast du mir erzählt, daß du Arzt werden willst. In der letzten Zeit hast du nie mehr etwas davon erwähnt. Weshalb nicht?"

Er versank in eisiges Schweigen. Dann antwortete er sehr kühl: „Das war alles Unsinn, Laurie. Ich arbeite jetzt im Kaufhaus. Mama hat mir klargemacht, daß diese Arztpläne lächerlich waren und daß sie mich im Geschäft braucht, ihrer Beteiligung wegen."

Er fuhr auf, als er sie lachen hörte. Es war ein mildes, aber spöttisches Lachen und klang nicht angenehm. „Alles, was unserer Mutter gegen den Strich geht, ist lächerlich", stellte sie fest. „Sie ist auch gegen Robbies Zukunftspläne. Aber er wird trotzdem Anwalt werden. Sie möchte auch Bertie neben dich ins Kaufhaus stecken. Aber er geht nicht. Nur du hast deine eigenen Absichten aufgegeben und bist ins Geschäft eingetreten."

„Laurie!" rief er mit einer Stimme voll Schmerz und Zorn.

Doch sie schüttelte nur verächtlich den Kopf. „Von mir verlangt sie bloß, daß ich eine noble junge Dame werde und eine gute Partie mache. Ich will keine noble junge Dame sein und mag keine ‚gute Partie' machen. Ich tue, was mir beliebt. Nur du bist so ein Waschlappen, Angus!"

Plötzlich wandte sie sich von ihm ab und begann mit hochgeschürzten Röcken über die Steine zurückzuwandern. Mit finsterer, gespannter Miene und blitzenden Augen ging er ihr nach. Er faßte sie am Ellbogen. „Laurie, du bist grausam. Du weißt nicht, was du redest."

Sie riß sich von ihm los und blickte ihn mit funkelnder Verachtung an. Aber sie sagte nur: „Ich kann meinen Weg allein gehen, Angus."

Jenes Sonntags also und der damals von Laurie gesprochenen Worte entsann er sich, als er jetzt vor dem Kamin stand. Jene Worte kamen ihm nun überaus bedeutungsvoll vor. Sobald er jedoch den tiefsten Sinn zu erfassen versuchte, erfüllte ihn Furcht und das Gefühl völliger Vereinsamung. Zitternd, mit einer Anwandlung von Übelkeit, ließ er die Erinnerung fallen.

Seither hatte Laurie nicht mehr gesungen! fiel ihm ein. Auch mit ihm spazierengegangen war sie nicht mehr; nicht einmal länger gesprochen hatte sie mit ihm. Seit damals hüllte sie sich in kalte, harte Unzugänglichkeit. Mied sie ihn? Jetzt glaubte er es.

Aber eigentlich nahm ihn nicht so sehr seine eigene Person in Anspruch oder die Qual, die er bei der Erinnerung an Lauries Worte litt. Er dachte vor allem an Laurie selbst, an Laurie, die seine liebste Spielgefährtin gewesen war, an seine kleine Schwester. Plötzlich erfaßte ihn schreckliche Furcht und ein unbestimmtes Schuldgefühl. ‚Ich kann meinen Weg allein gehen', hatte sie gesagt. Dieser Satz war voll harter Bedeutsamkeit gewesen, voll Kummer, voll Zurückweisung.

Er lauschte dem hallenden, düsteren Schweigen des Tages. Nun war es Abend geworden. Der Wind hatte lebhaft aufgefrischt und stöhnte ruhelos an den Fenstern. Angus zündete eine Kerze an und stellte sie auf den Kaminsims. Unvertraut und abweisend schien ihm nun der Raum.

Er ging umher und besah Lauries wenige Habseligkeiten. Aber es war das Zimmer eines fremden Menschen, der ihn nicht mochte, der ihn fortgehen hieß. Eines von Lauries Haarbändern lag auf dem Bett. Zerstreut ergriff er es; es glitt ihm durch die Finger, als wollte es ihm entwischen. Aber er wand es sich um die Hand, spürte das seidige Gewebe, die Wärme, die es ausstrahlte, als gedächte es der langen Goldlocken, die es gebunden hatte. Ohne zu wissen, was er tat, steckte er das Band in die Tasche, schob es hinein mit Fingern, deren Nerven freizulegen und jede Einzelheit der Berührung zu verzeichnen schienen.

Dann stürzte er in großer Eile aus der Kammer und schritt, fast laufend, zu den Gemächern seiner Mutter zurück.

XXXI

„Paß doch auf!" rief Janie erbost und entzog ihren Kopf der von Laurie gehandhabten Bürste. „Schrecklich ungeschickt bist du! Und bodenlos schlampig. Hast du denn schon wieder vergessen, daß du jede Strähne vorsichtig in die Hand nehmen und behutsam bürsten mußt? Gib die Bürste her und verzieh dich!"

Gelassen übergab Laurie die Bürste. Gelassen, mit unentwegter Heiterkeit, ging sie im Zimmer umher und zündete die Lampen an. Dann schneuzte sie den Wachsstock und steckte ihn zu seinesgleichen in die Vase auf den Kaminsims. Gähnend fegte sie von ihrer Schürze die ausgegangenen roten Haare der Mutter. Janie beobachtete sie.

„Du bist zu gar nichts nutz, Laurie", erklärte sie giftig. „Nicht einmal in der Schule taugst du was. Die hundert Pfund jährliches Schulgeld sind glatt hinausgeworfen. So ein schlaksiges Ungetüm! Man sagt mir, du wirst nie anmutig tanzen lernen, auch in fünfzig Jahren nicht. Du hast kein Benehmen. Du sperrst dich gegen alle Mühen deiner Lehrer. Dein Französisch ist abscheulich. Ich habe Hoffnungen gesetzt auf dein Klavierspielen; aber Miß Humphreys hat mir berichtet, daß du seit neuestem ganz uninteressiert und stumpf bist. Mit dem Singen geht es auch nicht weiter. Angeblich rostet deine Stimme ein, weil du zu wenig übst. Deine Handarbeiten könnten von einem vierjährigen Kind sein. Für Scharaden hast du nichts übrig. Die Geradhaltungsübungen mit dem Rückenbrett nützen nichts, weil du so eine lange Latte bist. Woher hast du nur diesen Riesenwuchs? In unserer Familie sind alle Frauen klein und zierlich. Du bist so zierlich wie ein Elefant und machst mir nur Schande, Laurie!"

Nachdem sie Atem geholt hatte, fuhr Janie noch erregter fort: „Du kannst ja nichts für deine Gestalt, für deine großen Füße und Hände und dein Grenadiermaß. Du wirst nie einem Mann gefallen. Die Männer mögen nicht junge Damen, die einen Kopf größer sind als sie und Stallknechtsstiefel tragen müssen. Aber wenigstens beim Lernen könntest du dich ein bißchen ins Zeug legen. Ich höre, daß du dieses Jahr sitzenbleiben wirst. Ich kann nicht glauben, daß eines meiner Kinder von Natur aus dumm ist! Wenn du nur wolltest, könntest du es jedem anderen Mädel gleichtun in Geographie und Sprachen und Musik. Zumindest könntest du lernen, dich wie eine Dame zu bewegen."

Regungslos, mit den starren Zügen einer bemalten Wachspuppe, stand Laurie auf dem Kaminvorleger und blickte die Mutter an. Sie hatte die Beine anmutslos gegrätscht, die Arme hinter dem Rücken verschränkt. Janie sah ihre starken, festen Knöchel, ihre schottische Männlichkeit und Robustheit und ihre Teilnahmslosigkeit.

Janies grobe Stimme wurde laut und heiser, als sie schrie: „Wie ein Haubenstock stehst du da! Keine Spur von Anmut oder Damenhaftigkeit! Ein albernes Trumm Mädel, das nur Romane liest und mit offenen Augen träumt! Du trabst mit deinen schweren, plumpen Schritten im Haus herum und geruhst nicht einmal, deine Kammer in Ordnung zu halten. Hast du dich mit den anderen jungen Mädchen der guten Gesellschaft angefreundet? Nein, sie sind dir zu zimperlich, hast du gesagt! Ladest du sie zum Tee ein, wie ich es dir empfohlen habe? Nein, sie sind ja zu langweilig und zu kindisch für meine hochnäsige, altkluge Range! Dir sind die Pferde und die Stallburschen lieber, und deine Romane; du strolchst lieber endlos am Fluß herum und kletterst dort über die Steine wie ein Junge, der aus seinen Kniehosen herausgewachsen ist. Kümmerst du dich um deine

Gewandung? Nein, meine liebe Tochter bringt mit ihrer Ungeduld und Wut die Schneiderinnen so weit, daß sie es verzweifelt aufgeben. Am liebsten wäre dir anscheinend ein rupfener Sack — gerade nur, daß du nicht nackt herumgehst!"

Janie schleuderte die Bürste in eine Ecke, wo sie krachend hinfiel, und rief: „Mein Gott, daß ausgerechnet ich so eine Tochter haben muß, ganz ungeschlacht, mit riesigen Füßen und großen, klappernden Schuhen und einem faden, dumpfen Gesicht! Was soll denn aus dir werden? Wer wird dich mögen? Für ein Mädel gibt es nur einen Ehrgeiz: eine gute Partie zu machen, damit zum Lohn auch die Eltern stolz sein können — weil ihre Tochter es sich gut eingerichtet hat und in der Welt der Mode und Eleganz mitreden kann. Statt dessen bleibst du mir, scheint's, lebenslang an der Falte mit deiner Häßlichkeit und deinem Trotz, deinen Latschfüßen und deiner Unbrauchbarkeit."

Jetzt erwiderte Laurie, gleichmütig und gelassen: „Du hast recht, Mama, ich werde nie eine gute Partie machen. Ich weiß das. Die Burschen halten nichts von mir. Das ist traurig, aber wahr. Ich weiß noch nicht, was ich tue. Aber ich werde meinen eigenen Weg gehen."

Janie blickte sie wütend an. „Seinen eigenen Weg wird das Fräulein gehen? Welchen Weg denn?"

Laurie lächelte. „Ich denke, es könnte weniger erfreuliche Wege geben als den, daß man der Mutter den Haushalt führt."

Angesichts dieser unsinnigen Bemerkung brach Janie in heiseres Lachen aus. Sie schrie: „Du wirst mir den Haushalt führen, du albernes Ding? Dazu bist du gar nicht fähig, von allem anderen zu schweigen. Gehst du jemals in die Küche und guckst in die Kochtöpfe? Interessierst du dich für das Einkaufen? Hältst du das Dienstmädchen an, unter den Betten abzustauben? Zählst du das Linnen und das Silber? Alt genug wärest du bei Gott für das alles. Aber du tust nichts davon, sondern hockst in deiner verwahrlosten Kammer, mit einem Roman auf den knochigen Riesenknien. Nicht einmal um deine eigene Wäsche und Kleider kümmerst du dich. Und so eine Person will mir einmal den Haushalt führen!"

„Mir scheint, ich bin zu gar nichts zu brauchen", pflichtete Laurie bei.

Aber diese Bemerkung steigerte nur noch Janies Zorn. Sie richtete sich auf dem Diwan auf, als wollte sie aufspringen und ihre Tochter verprügeln. Laurie sah sie belustigt an; in ihren blauen Augen irrlichterte es boshaft.

„Erzieherin oder Lehrerin könnte ich ja immer werden, Mama."

Vor Empörung war Janie sprachlos. Laurie tat, als merkte sie es nicht. Nachdenklich berichtigte sie: „Aber nein, du hast ja gesagt, Mama, daß ich ganz ungebildet bin, und so kann ich weder Gouvernante noch Lehrerin werden. Leider sehe ich also überhaupt keine Aussichten für mich."

Janie machte ihrer Beklemmung durch einen wütenden Redestrom Luft. „Jedenfalls laß dir gleich gesagt sein, daß ich dich nicht dein ganzes Leben lang erhalten werde! Ich denke nicht daran, ein gesundheitsstrotzendes Frauenzimmer lebenslänglich auf meine Kosten faulenzen zu lassen! In ein, zwei Jahren mußt du dich nach einem Mann umschauen, natürlich einem aus niedrigen Kreisen. Staat machen kann er mit dir bei Gott nicht. Ein Herr von Rang und Stand verlangt ja eine vermögende und hübsche Frau als Zierde des Heims, und nicht eine dürre Vogelscheuche."

Mit ihrem der Mutter besonders verhaßten Gleichmut schwieg Laurie beharrlich. Sie blickte unbekümmert in den Wandspiegel und betrachtete seelenruhig ihr Bild. Sie sah ihr kräftiges, schönes Gesicht mit den leuchtenden, geistvollen Augen und dem gelassenen, klugen Mund. Sie sah die breiten, geraden — nicht nach dem geltenden Schönheitsideal abfallenden — jungen Schultern und den gelblichen, säulenförmigen Hals. Lässig gab sie zu, daß alles an ihr zu groß, zu reichlich bemessen war; aber darüber kränkte sie sich nicht.

Einmal, in einer ihrer seltenen Liebesanwandlungen, hatte die Mutter sie ein ‚Riesenbaby' genannt. Das war sie wirklich, pflichtete sie jetzt bei. Ihre Lippen und Wangen strotzten zu sehr von Röte, ihre blauen Augen zu sehr von Lebenskraft; sogar ihre wohlgeformte, gerade weiße Nase war bei all ihren klassischen Umrissen zu massig. Alles in allem, dachte Laurie, war sie ein Wesen für Wald und Heide, für Berg und Fels, für das stürmische Meer. Die feinen Künste der schwachen, versagenden Stimme, der anmutigen Benommenheiten und der Ohnmachtsanfälle würde sie nie erlernen. Das alles überlegte sie mit ihrer gewohnten kühlen Lässigkeit.

Sie hob die Arme und spürte das sanfte Gleiten fester Muskeln. Ihr Körper prickelte vor Kraft. Sie ließ die Arme sinken und verschränkte sie wieder hinter dem Rücken. Sie spreizte die Beine noch etwas weiter.

Angus öffnete die Tür. Er war atemlos und rot. Laurie sah ihn an; fast unmerklich strafften sich ihre Gesichtszüge, und sie wandte den Kopf ab. Angus blickte die Mutter an, deren Wangen von böser Wut verfärbt waren. In seiner üblichen unvermittelten Schroffheit sagte er zu Janie:

„Mama, mir ist eben zu Bewußtsein gekommen, daß Laurie überhaupt nicht mehr singt."

Janie starrte ihn an. War er übergeschnappt, der Tölpel? Sie stieß einen groben Fluch aus und lehnte sich zornig auf die Sofakissen zurück. Laurie drehte langsam den Kopf und sah den Bruder mit eiskalter Gleichgültigkeit an.

Aber Angus stand noch im Bann seiner eigenen Qual und Pein. Er trat zu Janie und stammelte aufgeregt: „Alle ihre Lehrer sind sich einig, daß sie noch nie eine solche Stimme gehört haben, Mama. In dieser Stimme liegt Gold, ein ganzes Vermögen." Gott weiß, welche geheime Absicht hinter diesen zitternden Worten und dem ganzen Gehaben des Jungen stak. Aber er brachte Janie tatsächlich dazu, mitten in einer Verwünschung innezuhalten und ihn verdutzt anzustarren.

Er stand vor dem Diwan und breitete unbeholfen die Arme aus. „So ist es, Mama. Laurie kann eine große Sängerin werden. Sie kann überall auftreten. Darin liegt ein Vermögen. Es ist sündhaft von ihr, ein solches Talent zu vernachlässigen."

„Was soll denn das alles heißen?" fragte Janie barsch und legte sich den Schal über die Beine.

„Mama, du hast doch sicher von den großen Sängerinnen gehört, die in New York, Paris und London berühmt geworden sind." Er hielt inne. „Übrigens hast du selbst mir von Jenny Lind erzählt, die du in London gehört hast und die in Europa und auch hier in Amerika so fabelhafte Erfolge hatte und jetzt ein luxuriöses Leben führt."

Janie brach in brüllendes Lachen aus. Sie wies mit dem Finger auf Laurie, die noch immer regungslos, mit einem merkwürdigen Schimmer im Gesicht, auf dem Kaminvorleger stand.

„Willst du mir vielleicht einreden, du Idiot, daß dieses Elefantenküken hier eine zweite Jenny Lind werden wird?" schrie sie, sobald sie wieder zu Atem kam. „Schau sie nur an, wie sie dasteht! Wie eine Kuh auf der Weide! Bei dir rappelt's, mein Junge!"

Aber Angus ließ sich nicht beirren; in ihm brannte ein kaltes Feuer. Er blickte die Mutter fest an. „Mama, du weißt, daß ich recht habe. Du hast Laurie singen hören. Ich habe dich dabei beobachtet. Du ... du warst ganz hingerissen. Wir alle waren es, Mama." In seiner ungeheuren Beflissenheit preßte er die feuchten Hände aneinander. „Laß dir doch etwas sagen! Bring sie zu einem tüchtigen Lehrer. Fahr mit ihr nach New York. Laß andere über sie urteilen!"

Wieder lachte Janie unbändig. Und dann fuhr sie plötzlich jäh auf. Ihr Blick richtete sich starr auf Laurie. „Soll ich vielleicht gar eine Schauspielerin aus meiner Tochter machen? Eine Schauspielerin?" fragte sie verachtungsvoll feixend. Aber in ihre Augen trat bedachtsame Schläue.

„Ich meine nur, du solltest sie von Fachleuten prüfen und, wenn man ihr eine große Stimme bescheinigt, in der besten New Yorker Musikschule ausbilden lassen ..."

„Und wo soll ich das Geld dazu hernehmen, du Spinner und Träumer?" unterbrach Janie ihn, wütend wie über jede Zumutung einer Geldausgabe.

Angus heftete die Augen auf sie und sagte feierlich: „Da würde ich einspringen, Mama."

Wieder kreischte Janie vor Lachen. Er wartete ein Abflauen

ihres lärmenden Heiterkeitsausbruches ab und fuhr dann sehr ruhig fort:

„Mein Geld reicht dazu, sie zu einem wirklichen Lehrer zu bringen. Alles Weitere liegt in deiner Hand, Mama. Vielleicht kann ich später wieder helfen. Aber dann könnte es zu spät sein."

Jetzt meldete sich Laurie. Ihre gelassene, tragende, klangvolle Stimme füllte den Raum. „Mama hat recht, Angus. Das alles ist töricht von dir. Ich danke dir für deine gute Meinung, aber ich habe überhaupt keine Stimme." Ihr Tonfall wurde lauter, stärker, drängender. „Ich sage dir, ich singe in der letzten Zeit überhaupt nicht mehr. Und ich werde nie wieder singen!"

„Die Range hat mehr Verstand als du, Angus", erklärte Janie verdrossen. Doch ihre Augen waren noch immer zusammengekniffen und blickten nachdenklich. Ihre lebhafte Einbildungskraft zauberte ihr Jenny Linds prächtige Stimme vor, die sie 1847 in His Majesty's Theatre in London gehört hatte. Und plötzlich begann ihr Herz, ihr tauber Klumpen von Herz, heftig zu klopfen.

Aber Laurie erwachte aus ihrer Starre; von dem Kaminvorleger weg, auf dem sie wie festgewachsen gewesen war, tat sie ein paar Schritte auf Angus zu. Ihr junges Gesicht taute auf, wurde schön in seiner heftigen Erregung. Ihre blauen Augen flackerten wie Flammen. Sie rief: „Ich wäre dir dankbar, teurer Bruder, wenn du dich um deine eigenen Angelegenheiten kümmern und deine albernen Ansichten bei dir behalten wolltest."

Eine Weile war er wie versteinert von ihrem Blick, ihrem Gehaben, ihrer Wildheit. So hatte er die innniggeliebte Schwester nie gesehen. Das war ein fremdes, feindseliges Wesen, das ihn zurückstieß, voll Erbitterung und Abscheu, voll Vorwurf und Verachtung.

„Laurie ...", stammelte er und streckte angsterfüllt die Hände aus.

Aber sie wich mit einer Gebärde des Ekels vor ihm zurück. Kaum stand sie wieder auf dem Kaminvorleger, da hörte man unten Stimmengewirr, das Öffnen und Schließen von Türen, ein Schleifen und Fallen, und Robbies kaltes, unbeschwertes Lachen.

„Was . . .?" murmelte Janie. Sie setzte sich auf. Sie nahm ihren Schal. Sie lief zur Tür und riß sie auf. Sie rief zornig hinunter: „Was ist denn los?"

Und nun drang durch das dunkle Treppenhaus mürrisch, aber laut Stuarts Stimme herauf: „Wir haben deinen Sohn heimgebracht, Verehrteste. Deinen betrunkenen Sohn. Willst du nicht herunterkommen und dir ihn ansehen?"

XXXII

Janie rannte die Treppe hinunter, daß die Rockschöße nur so flatterten. Krampfhaft preßte sie die Vorderteile des Schlafrocks an die Brust. Stuart sah sie kommen. Auf den untersten Treppenstufen lag Bertie hingefläzt, mit einem albernen, verschlafenen Grinsen auf dem gedunsenen Gesicht, das rötliche Haar feucht und zerzaust. Robbie stand mit gleichmütiger Miene vor ihm. Eine Magd hatte die Lampe auf dem Antrittspfosten der Treppe entzündet, und das bronzeschimmernde Licht schwebte über dem seltsamen Gruppenbild auf dem Podest.

Aber Janie sah nichts als ihren Liebling. Sie stürzte zu ihm, blieb knapp vor ihm stehen und starrte ihn schweigend an. Zorniger, wütender Tadel drängte sich Stuart auf die Zunge; aber er brachte ihn nicht über die Lippen. Denn niemals noch hatte er Janies Gesicht so gesehen: verfallen, reglos, todunglücklich. In ihrer nachlässigen Gewandung, die in Pantoffeln steckenden Füße auf der gleichen Treppenstufe, die den baumelnden Kopf ihres grinsenden Sohnes stützte, stand sie da, bewegungslos wie eine Schnitzfigur. Ihre Lippen zuckten; ihr dünner, sommersprossiger Hals pulste; die in den samtenen Schlafrock verkrampften Hände zitterten. Jetzt war sie eine alte Frau, der das rote Haar über die schreckerfüllten Augen fiel.

Stuarts gutes Herz, immer unverläßlich, zum Hinschmelzen bereit, wandelte auch jetzt treulos den Zorn zu Mitleid. Er murmelte: „Wir haben ihn heimgebracht, Janie. Kränk dich nicht! Er ist ein Junge. In seinem Alter macht jeder Dummheiten."

Er wandte sich an Robbie und schnauzte ihn gereizt an: „Glotz nicht wie ein Mondkalb! Pack an! Hier, unter dem Arm! Vorsichtig! Bertie, du hast Knochen in den Beinen und nicht Unschlittstangen; du kannst stehen. Leg mir den Arm um die Schultern!" Er bemerkte Angus am oberen Treppenabsatz und brüllte wütend: „Komm gefälligst herunter! Hilf uns deinen Bruder in sein Zimmer bringen!"

Angus stieg langsam die Stufen hinab, stolz und stumm. Er blickte seinen Bruder an, der zwischen Stuart und Robbie torkelte. Er sah den wackelnden Kopf, die sabbernden, grimassierenden Lippen, die halbgeschlossenen Augen des Betrunkenen. Ihn schauderte. Dann wandte er sich zu seiner Mutter, und seine Miene änderte sich. Er schlang ihr den Arm um die steifen, aber zitternden Schultern. „Mama", sagte er, „bitte, geh hinauf, zu Laurie! Sie darf ihn nicht so sehen. Mama, mach dir nichts daraus! Du hast ja selber immer gesagt, das kommt nur von seinen überschüssigen Lebensgeistern."

Aber Janie hörte ihn offenbar nicht. Mit einer heftigen Bewegung schüttelte sie seinen Arm ab. Sie wich zum Geländer zurück. Sie schlug schweigend die Hände vor dem Gesicht zusammen.

Stuart beobachtete sie. Dann warf er einen zornfunkelnden Blick auf Angus und rief: „Komm her! Faß seine Beine! Er kann nicht gehen. Und ihn hinaufzuschleppen und mir dabei den Rücken zu verstauchen, fällt mir bei Gott nicht ein. Pack an — hier! Recht so. Jetzt langsam los!"

Mühsam, schwitzend, holpernd und stolpernd, trugen sie Bertie treppauf. Unterwegs fing er an zu singen, unzusammenhängend, stotternd. Ein lustiges, freches Lied. Zwischendurch erkannte er die beiden Träger an seinen Schultern und küßte erst Stuart, dann Robbie voll dankbarer Begeisterung. „Stramme Kerle!" lobte er. „Mit meinen Beinen hapert's ein bißchen. Aber da kann ich nichts dafür." Und dann warf er den Kopf zurück und begann wieder laut und übermütig zu singen.

Er war schwer, wohlgenährt, und bestand scheinbar nur aus Fleisch, ohne Knochen. Seine Beine lasteten bleiern in Angus' Armen; seine geglänzten Schuhe schimmerten augenfällig im Lampenlicht. Knapp bevor sie die Austrittsstufe erreichten, schien er Angus zu erkennen und brach plötzlich in so heftiges Lachen aus, daß er fast Stuart und Robbie aus dem Gleichgewicht gebracht hätte. Er starrte Angus' gespanntes weißes Gesicht und seine abgewandten Augen an und lachte immer hemmungsloser.

Janie stand unten, an das Geländer gelehnt, die Hände noch immer vor dem Gesicht.

Die drei Männer trugen Bertie in sein Zimmer und luden ihn unsanft auf sein Bett ab. Es war der hübscheste Raum des Hauses, mit mehreren Fenstern, dem weichsten Teppich, den schönsten Bildern und einem im schwarzen Marmorkamin schon wohlig brennenden Feuer. Robbie zündete eine Lampe an.

Stuart trocknete sich mit einem blendendweißen Taschentuch das schweißüberströmte Gesicht. Er nahm seinen hohen Hut ab und warf ihn auf einen Tisch. Er lockerte sich die beengende Halsbinde. Er rief: „Wenn mir jetzt nicht eine Ader platzt oder das Herz versagt, kann ich von Glück reden! Dieser verdammte Halunke! Einen Fußtritt und ein paar Ohrfeigen würde er verdienen."

Aber die groben Worte verbargen nur, wie gewöhnlich, seine eigentlichen Gefühle. Er konnte Janie nicht vergessen, wie sie dort unten stand. Er war wütend. Als er die bekleckerte Seide seiner Weste sah, warf er Bertie einen bösen Blick zu und schnitt eine Grimasse. „Du Speiteufel!" brummte er und rieb den Fleck mit seinem Taschentuch. Doch das alles tat er nur, um Janies Gesicht zu vergessen.

„Was geschieht jetzt mit dem Saufbold?" fragte er verdrossen die beiden beim Bett stehenden Brüder.

„Wir ziehen ihn natürlich aus", erklärte Robbie in ruhigem,

sachlichem Tone. Er zögerte und lächelte dann Angus zu. „Um so etwas habe ich dich noch nie gebeten, Angus; aber vielleicht könntest du mir jetzt ein bißchen helfen."

Die beiden Brüder entkleideten Bertie und zogen ihm das rüschenbesetzte Leinennachthemd über. Da lag er nun, das hübsche Haar rot und dicht über den weichen, bestickten Kissen, auf dem Gesicht noch immer das festgefrorene Grinsen. Aber die Augen waren jetzt weit offen und richteten sich auf die Lampe. „Oho, es ist schon Nacht!" rief er mit zufriedener Überraschung. Er wandte den Blick Robbie zu. „Mein guter, alter Robbie. Ein braver Bursche! Ein strammer Kerl. Wo ist der Tag hingeraten, Robbie?"

„Den hast du versoffen", erklärte der Gefragte gleichmütig und lächelte in seiner unbeteiligten Art dem Bruder zu. „Wie fühlst du dich? Kopfweh?"

„Scheußlich", bestätigte Bertie, nachdem er angestrengt nachgedacht hatte. „Und der Magen! Wie ein Schiff auf hoher See. Alle Mann an Bord!" rief er mit breitem, glückseligem Lächeln. „Pfeift die ganze Besatzung zusammen! Ein steifer Südost kommt auf. Schaut, wie das Schiff stampft!" Seine Miene wurde ganz versonnen und ernst. Der Nachttopf, den Robbie ihm rasch hinhielt, kam um keinen Augenblick zu früh.

Stuart trat zu einem Fenster, öffnete es und ließ die kalte Dezemberluft ein. Von Ekel erfüllt, steckte er den Kopf ins Freie. Draußen auf der finsteren Straße warfen die Laternen ihr flackerndes Licht auf das Kopfsteinpflaster der Fahrbahn. Die kahlen Bäume standen silbern im Mondlicht. Aber Janies Gesicht ging Stuart nicht aus dem Sinn.

Er trat wieder ans Bett. Robbie hatte mit dem Nachttopf das Zimmer verlassen. Angus stand da und sah seinen Bruder mit undeutbarem Blick an. Bertie lag auf seinen Kissen und keuchte, blaß und erschöpft, mit bleigrauen Lippen und eingesunkenen Augen. Im Zimmer roch es sauer nach erbrochenem Whisky.

„Setz nicht so eine verdammte Sittenrichtermiene auf, Angus!" brummte Stuart ungeduldig. „Diese Sache da mit deinem

Bruder ist nicht so tragisch. Er hat ein gutes Herz. Wir müssen ihm die ‚überschüssigen Lebensgeister‘ zugute halten. Er ist jung, verstehst du, und kommt sich, weiß Gott wie männlich vor, wenn er ...“

Aber Angus sah seinen Bruder bloß erbittert an und entgegnete ruhig: „Er ist ein liederlicher, böser Mensch. Ein Verschwender und Trunkenbold. Er bringt Schmach über dieses Haus, bricht seiner Mutter das Herz und macht seiner Schwester Schande. Er ist sündig, gottlos, ungläubig, verrucht.“

Stuart warf ihm einen Blick voll Abscheu und Ärger zu. „Rede nicht daher wie ein Tölpel!“ schalt er grob. „Oder wie ein verdammter Schwarzrock! Der Teufel hol euch alle! Mein Vater pflegte zu sagen, jeder Schotte ist entweder ein Advokat oder ein Säufer oder ein Geistlicher. Und Schuft will ich heißen, wenn das nicht stimmt! Wie kannst du dir anmaßen, über diesen Jungen den Stab zu brechen, du blaßlippiger Sonntagsschüler? Was weißt denn du davon, welche Gründe einen Menschen zum Trinken treiben können?“

Angus hob die grauen, strengen Augen und sah Stuart finster an. Wie Granit schimmerten diese Augen im Lampenlicht. „Wozu braucht Bertie zu trinken?“ fragte er verbohrt. „Was treibt ihn dazu? Er ist Mutters Liebling. Er hat unbegrenztes Taschengeld. Er kriegt alles, was er sich wünscht. Nichts wird ihm abgeschlagen.“

Während dieses ganzen Gesprächs war Bertie keuchend dagelegen. Jetzt, bei Angus’ letzten Worten, lächelte er strahlend und mit kindhafter Freundlichkeit. Er nickte langsam und verzog die Lippen. „Ganz richtig, ganz richtig!“ pflichtete er bei, im weichen, nuschelnden Tonfall wohliger Trunkenheit. „Sehr wahr! Alles, was er sich wünscht! Nichts wird ihm abgeschlagen. Sehr, sehr wahr! Jeder mag den lieben Bertie. Bertie hat ein goldenes Herz. Und Wünsche hat er überhaupt keine.“ Plötzlich begann er so unbändig zu lachen, daß er sich im Bette wälzte; bacchanalisch klang das Lachen durch den Raum.

Inzwischen war Robbie zurückgekommen und hatte den Nachttopf wieder hingestellt. Er wischte sich die Hände mäklig

in sein Taschentuch und sah Bertie mit unpersönlichem Wohlwollen an. „Geht's schon besser?" fragte er, als Bertie in seinem
Heiterkeitsausbruch Atem schöpfen mußte.

Sofort wurde Bertie wieder ernst. Freundlich richteten sich
seine Augen auf Robbie; dann füllten sie sich plötzlich mit
locker sitzenden Tränen. Er streckte dem Bruder die Hand hin.
„Robbie", flennte er, „du bist mein einziger, liebster Bruder,
nicht wahr?" Er verfiel in seinen alten schottischen Tonfall.

„Natürlich", beschwichtigte Robbie ihn. „Aber jetzt sei ein
braver Junge und schlaf ein bißchen!"

Bertie wurde indes plötzlich erregt. „Du wirst mir nicht den
Rücken kehren, Robbie? Wegen meiner Trinkerei und so? In
mir steckt ein Dämon, Robbie, und eigentlich habe ich wirklich
keinen rechten Grund für diese Sachen. Verstehst du mich,
Robbie?"

„Gewiß, gewiß. Aber jetzt gönn dir Ruhe, Bertie! Das wird
dir gut tun."

Doch Bertie war nicht ansprechbar. Verzweifelt umklammerte
er Robbies Hand und begann zu schluchzen. Faselnd klagte er
sich an. Er weinte. Seine Erregung wuchs. Besorgt sah Stuart,
wie das blasse, gedunsene Gesicht feucht wurde und die breiten,
vollen Lippen sich merkwürdig verfärbten.

In diesem Augenblick schlich Janie herein, in ihren Schal gehüllt, als wäre ihr schrecklich kalt. Ihr fahles Gesicht war
ebenso angespannt wie verzerrt, voll von Feindseligkeit. Ihre
grünen Augen richteten sich böse und argwöhnisch erst auf
Stuart, dann auf Angus und schließlich auf Robbie. Sie trat
zum Bett und setzte sich an Berties linke Seite. Sie entzog
Robbie die Hand ihres Lieblings, preßte sie an die Brust und
blickte die anderen an wie ein bissiges, blutrünstiges Wiesel, das,
in die Enge getrieben, sein Junges verteidigt.

„Fort mit euch allen!" schrie sie. „Laßt mich allein mit dem
Jungen! Ihr tut ihm keiner was Gutes, mit euren Witzeleien und
Sticheleien. Der arme Bub! Er will mit seiner Mutter allein sein!"

Stuarts erste Regung war Zorn; doch dann bemerkte er ihre
Verzweiflung, ihre hoffnungslose Abwehrhaltung, ihre Scham

und ihre Furcht. „Beruhige dich, Janie! Wir haben für ihn getan, was wir konnten." Er zögerte. Er war voll Mitleid für sie, für diese neue Janie, dieses erstarrte, armselige, innerlich gebrochene Wesen. Mit der starken Einfühlungsgabe seiner unverbildeten Natur spürte er, daß Janie endlich erkannt hatte, wie weit es mit ihrem Sohn gekommen war, und daß sie vor dem Sachverhalt nicht länger die Augen verschließen konnte.

Von seinen Empfindungen bewegt, sagte er: „Ich werde dir helfen, Janie. Ich werde tun, was ich kann . . ."

Doch mit einer feindseligen Miene, aus der haßvolles Gedenken erlittener Enttäuschung sprach, schrie sie ihn an: „Wir brauchen deine Hilfe nicht, Stuart Coleman! Wir brauchen nicht die Hilfe eines Menschen, der eine arme Witwe und ihre Kinder ihrem Schicksal überlassen hat!"

„Aber Mutter!" begütigte Robbie mit ruhiger, doch eindringlicher Stimme. „Du solltest Stuart dankbar sein dafür, daß er Bertie gefunden und heimgebracht hat."

Diese Bemerkung verstärkte nur Janies Beschämung. Steif, drohend fuchtelte sie ihrem Vetter entgegen. „Hinaus mit dir!" kreischte sie.

Empörung und Mitleid kämpften in Stuart. Er nahm seinen Hut. Robbie nickte ihm belustigt, entschuldigend zu. Angus schien in dumpfe Verzagtheit und Empfindungslosigkeit versunken, wie ein Gespenst, das nicht sieht und nicht gesehen wird.

Dann siegte in Stuart die Empörung. Er wies auf den hingestreckten Bertie, und erregt blitzten seine Augen Janie entgegen.

„Schau dir nur deinen Sohn an! Und gib die Schuld an seiner jämmerlichen Verfassung niemand anderem, nur dir selber! Verzärtelt hast du ihn und verhätschelt, bis er den letzten Rest von Männlichkeit, bis er jede Selbstbeherrschung und Selbstzucht verloren hat. Die Schuld trägst nur du, meine Liebe, und niemand anderer. Da kannst du hundertmal in deinem Ärger einen Sündenbock suchen."

Er hielt inne, weil ihm vor Wut die Stimme versagte. Dann fuhr er fort: „Ich habe deinen Herrn Sohn wie einen

Mehlsack aus seiner Schnapsbude geschleppt und in meinem Wagen hierhergebracht. Dein Herr Sohn hat mich angespien, und ich habe vor Anstrengung geschwitzt. Eigentlich wollte ich dich heute besuchen, um dir nahezulegen, Angus nicht länger unter deiner Fuchtel zu halten, sondern ihn Medizin studieren zu lassen, wie er es von Kind auf wünscht. Ich wollte dir vorschlagen, daß ich ihm an die Hand gehen und ihn bei gewissen Persönlichkeiten, die ihm helfen können, einführen werde. Und der Lohn für alle diese guten Absichten ist nur eine Flut von Beschimpfungen!"

Bei Stuarts Worten zuckte Angus plötzlich zusammen. Er hob die schweren grauen Augen und starrte ihn seltsam an. In dem flackernden Lampenlicht schien sein Gesicht zu schrumpfen und ganz klein zu werden.

Janie warf Stuart einen Blick zu, wie man ihn sich übelwollender und mißtrauischer nicht hätte vorstellen können. Sie hockte neben Bertie und hielt seine Hand noch immer an die Brust gepreßt.

Bisher hatte Bertie in seinem Rausch nur vor sich hingemurmelt. In der Stille, die Stuarts Worten folgte, rief er plötzlich laut und deutlich, vor Fröhlichkeit übersprudelnd: „Ich bin klug und weise! Der klügste Kerl auf der ganzen Welt! Ihr alle habt Wünsche. Immer wieder Wünsche. Bertie Cauder ist klug und weise. Er hat überhaupt keinen Wunsch, nicht den mindesten. So ein lieber Kerl!"

Alle blickten ihn schweigend an. Doch im nächsten Augenblick fiel er in tiefen Schlaf. Er atmete schwer. Aber er lächelte.

Plötzlich war Stuarts Zorn verflogen. Er fühlte sich müde und benommen. Langsam, voll reizbarer Enttäuschung und Erschöpfung, musterte er nacheinander die Anwesenden: den kühlen Robbie, der ihn mit einer Spur von Lächeln ansah; den finsteren, verschlossenen Angus; Janie, deren Haß noch aus ihrem gewaltsamen Schweigen strömte; den schlafenden Bertie. Er spürte in der ganzen Atmosphäre etwas Feindseliges, etwas, das ihn verachtungsvoll zurückwies.

Mit fast zitternder Stimme sagte er: „Ihr seid eine kalte,

verbissene, geheimtuerische Bande, ihr Schotten." Zuerst zeigte er auf Angus. „Du hast keine anderen Sorgen, als dir selber das moralische Rückgrat zu steifen mit deiner abscheulichen Frömmigkeit, wenn du nicht gerade in deinem frostigen Zimmer Ränke schmiedest gegen Menschen, die besser sind als du." Dann wandte er sich an Janie und Robbie. „An euch beiden ist etwas Furchtbares, etwas, dem sich Menschen meiner Art nicht gewachsen zeigen."

Er verließ das Zimmer. Er schritt durch den Korridor. Eine Tür war offen, und auf der Schwelle stand die junge Laurie mit ihrem schlichten goldenen Haar und ihren ruhigen blauen Augen. Stuart zögerte. In der spärlich beleuchteten Stille blickten die beiden einander an. Stuart wollte dem Mädchen etwas sagen, brachte aber nichts heraus.

Er ging die Treppe hinunter. Er hatte fast die Antrittsstufe erreicht, als ihn jemand am Arm berührte. Er war so überzeugt, es könnte nur Laurie sein, daß er zusammenfuhr, als es Robbie war.

„Mach dir nichts daraus!" flüsterte der junge Mann gelassen. „Mama ist aufgeregt. Ach was, ich gedenke nicht, ihre Unhöflichkeit zu beschönigen. Du kennst sie, Stuart. Und Angus . . ." Er zuckte die Achseln und lächelte ein wenig.

„Du findest das alles offenbar unterhaltsam, was?" fragte Stuart erbittert. „Du mit deinem ewigen Lächeln und deiner verdammten Kaltschnäuzigkeit! Du hast einfach kein Herz."

Wieder zuckte Robbie die Achseln. Er sagte: „Besonders unterhaltsam finde ich es nicht. Ich lache sehr selten über etwas." Von neuem lächelte er. „Ich bin wie der antike Philosoph, Stuart, der ein einzigesmal im Leben lachte, nämlich, als er ein paar Esel mitten im Gras Disteln fressen sah."

Stuart starrte ihn an. Er runzelte die dichten schwarzen Brauen.

Wortlos ging er davon.

XXXIII

Angus war jetzt, nachdem er seine Lehrzeit hinter dem Ladenpult abgedient hatte, einer der acht Buchhalter und Büroangestellten des Großkaufhauses Grandeville. Das ursprüngliche Kontor hinter dem luxuriösen Hauptverkaufsraum war vergrößert worden, und an einer Reihe hoher Pulte und Tische arbeiteten unter flackernden, von der Decke herabhängenden Öllampen die Angestellten an ihren Grund- und Hauptbüchern oder schrieben Geschäftsbriefe.

Angus war noch nicht selbständig tätig, obwohl Stuart ihn dafür schulte. Er arbeitete verbissen, in verschlossenem, höflichem Schweigen, und seine weniger begünstigten Kollegen fürchteten oder achteten ihn, mochten ihn aber nicht. Ihm machte es nichts aus, bis neun oder sogar zehn Uhr abends ganz allein über seinen Büchern zu sitzen und zu rechnen. In seinem harten Asketengesicht zeichneten sich Ermüdung und Erschöpfung, aber auch eine immer stärkere ruhige Härte ab. Sam Berkowitz, dessen Kontor an den allgemeinen Büroraum anschloß, schritt oft an dem jungen Angestellten vorbei, blieb ungesehen stehen und beobachtete ihn mit traurigen Augen und gerunzelter Stirn.

Weihnachten kam und ging vorüber. Das Fest fiel gerade in eine jener Zeiten, während deren Stuart und Janie ,nicht miteinander redeten'. Solche Zeiten endeten gewöhnlich erst mit einer zufälligen Begegnung im Hause eines gemeinsamen Bekannten oder auf der Straße oder im Geschäft, mit irgendeiner Gelegenheit also, wo sie sich plötzlich Auge in Auge gegenüberstanden und ein paar höfliche Worte wechseln mußten. Dann begrüßten sie sich ganz unbefangen und mit einem Lächeln aufrichtiger Freude, und es folgte ein freundliches Gespräch, dem nichts von den vergangenen Unstimmigkeiten anzumerken war. Daraufhin besuchte man sich wieder gegenseitig, und alles war vergeben und vergessen, bis zum nächsten ,Krach'.

Zu Weihnachten also hatte Stuart seiner Frau ausdrücklich verboten, auf die für Janie bestimmten Geschenke auch seinen Namen zu setzen. Dagegen erlaubte er ihr und seiner kleinen

Tochter, die Cauders am Neujahrstage, dem brauchtumsgeheiligten Fest der Schotten, zu besuchen. Als Marvina mit strahlendem, friedfertigem Maskenlächeln heimkam, fragte er sie — er vergaß immer wieder, daß sie in ihrer Beschränktheit nichts auffallend oder beunruhigend fand — eingehend über das Gehaben seiner Base aus. Marvina sah ihn bloß liebevoll an und erklärte, Janie sei sehr nett und freundlich gewesen. Stuart war wütend.

Seine Mißstimmungen gegen Janie ließ er aber ihre Kinder nicht entgelten. Wenn er Robbie zufällig oder Angus im Kaufhaus traf, mochte er etwas steif und förmlich sein. Aber er sagte kein Wort über Janie und verriet im allgemeinen auch sonst nicht seinen Groll.

Diesmal jedoch war er tief verletzt und redete deshalb ein paar Wochen lang nicht mit Angus, ja übersah geflissentlich sein Vorhandensein. Diesmal hatte sich nämlich der ‚Krach‘ nicht nur zwischen Janie und ihm abgespielt; auch die Kinder wurden, was bisher nie der Fall gewesen war, mit einbezogen. Sie hatten angehört, wie er, einem greinenden Bettler gleich, des Hauses verwiesen wurde und wie die beiden sich gegenseitig schworen, nie mehr voneinander wissen zu wollen. Schon zur Wahrung seiner Würde mußte also Stuart sich stolz und kühl zu Angus verhalten, den er übrigens jetzt wirklich nicht leiden konnte.

Über Grandeville lastete nun der schreckliche nordische Winter, der weit in den April, vielleicht sogar bis in den Mai dauern sollte. Zu beiden Seiten der ausgeschaufelten Wege erhoben sich bis zu zwei Meter hohe Schneewälle. Eine zusammengetretene Eis- und Schneelage überzog mehrere Dezimeter hoch die kopfsteingepflasterten Straßen. Jedes Dach trug eine schwere Decke aus glitzerndem Schnee, über die aus halbverdeckten Schornsteinen blauer Rauch strich. Eisige Kälte und fast ständiger heftiger Wind hielten die Stadt in ihrem Bann.

Alle paar Tage kam ein wirbelnder Schneesturm auf und benahm jede Sicht. Die Luft war von sandähnlichen Schneekristallen erfüllt, die den notgedrungen im Freien weilenden

Unglückseligen in Haut und Fleisch drangen. Hohe, dünenartige Verwehungen häuften sich, vom Winde gemeißelt und
gerippt, an Zäunen und Häusern und offenen Plätzen.

Dann kam immer wieder ein Zwischenspiel strahlend blauer
Kälte, völlig ruhig und schweigend, mit unglaublich regloser
Luft und so blendendweißem Schnee, daß dem Beschauer die
Tränen in die Augen traten. Jedes Haus lag eingemauert und
versteinert in Wälle von Weiße; die Fensterscheiben waren weiß
befroren, und nur die purpurnen Rauchfahnen über den frost-
starrenden Dächern verrieten, daß es in dieser unwirtlichen
Landschaft überhaupt Leben gab.

Aber an solchen leuchtenden, bitterkalten Tagen glitten durch
die holprigen Straßen fröhlich klingelnde Schlitten, deren Insassen bis zu den Nasen in Pelze vermummt waren. Die Stadt
regte sich in ihren Grüften aus Eis und Schnee, tauchte schau-
dernd hervor und ging an ihr Werk. Für Fremde waren diese
Winter unerträglich. Sie wohnten in möglichst weiter Entfernung von dem grauen, beinhart gefrorenen Fluß, weil sich von
seinen verlassenen, öden Flächen Winde erhoben, die wie Messer und Dolche jedem, der unbedacht sein Haus verließ, die
Haut in Fetzen rissen.

Man konnte sich kaum vorstellen, daß über diesem Lande
jemals der Sommer gelacht hatte; und wenn die ersten Früh-
lingstage kamen mit ihrem warmen Sonnenschein und dem
Schneematsch auf den Straßen, erfaßte alle Bewohner eine Art
Hysterie. Fast sieben Monate lang hatten sie die Qualen der
Kälte, erbarmungsloser Schneestürme und schwarzer, frost-
klirrender Nächte erduldet und einen ständigen Kampf geführt, um ihre Häuser warm zu halten. Dann — gegen Ende
April, wenn man Glück hatte — wich der Frost von den erstarrten Fenstern; zwischen schmutzigen Schneehaufen zeigte
sich Schlamm, und scharfe Augen entdeckten auf den kahlen
Bäumen die ersten Knospen. Das Auftauchen einer Drossel bot
Stoff für zwei Zeitungsspalten.

Der Himmel wurde matter, milchig oder aquarellfarben.
Mochte auch noch manches Schneetreiben aus rasch zusammen-

geballten Wolken einsetzen und die Fenster wieder eisig über-
ziehen, man konnte vertrauensvoll erklären, nun sei der Winter
so gut wie vorbei. Im Mai verschwand der Schnee ganz, bis auf
schwärzlich verfirnte Flecken an den Nordseiten der Häuser.
Anfang Juni konnte man damit rechnen, daß es bis Oktober
keinen Schnee mehr geben würde, und die Leute strömten aus
ihren Häusern und rüsteten fieberhaft für den Sommer.

Aber diese Winter waren so schwermutsvoll, so bedrückend,
so von starrer Hoffnungslosigkeit erfüllt, daß in diesen sieben
trostlosen Monaten entstandene Verstimmungen, Zwistigkeiten
und Feindschaften unweigerlich auf das erste Tauwetter warten
mußten, ehe sie der Vergessenheit anheimfallen konnten. So
nahm auch Stuart erst Ende Februar, angesichts der ersten trügerischen Frühlingsvorzeichen, wieder von Angus Cauder Notiz, auch jetzt übrigens nur, als Angus selbst in sein Kontor kam.

Stuart war übelgelaunt. Er war eben erst aus New York zurückgekommen, wo er eine neue aus Frankreich eingelangte
Lieferung von Spitzen, Samten, Federn und Nippsachen über-
prüft hatte. Die Waren erwiesen sich als gut und die Fracht-
sätze als nicht empörend hoch. Aber Stuart hatte vor dieser
Reise sich und Sam gelobt, seine Ausgaben möglichst zu beschränken, nur seine geschäftlichen Angelegenheiten zu erledigen und dann sofort heimzufahren. Keine Damen, keine Tanz-
unterhaltungen, keine Festivitäten, keine Juwelen, keine Exzesse! Sam hatte die Vorsätze mit ernsthafter Miene, aber ge-
ringer Hoffnung zur Kenntnis genommen.

Sein Pessimismus erwies sich als gerechtfertigt. Stuart hatte
ihm zwar noch nichts gesagt; aber seine würdevolle Haltung,
seine Weigerung, von der Reise zu erzählen, und die Tatsache,
daß er sich für Stunden in seinem Kontor einschloß, bestätigten
Sams Vorahnungen. Auch war Stuarts Gesicht viel röter als
sonst, und die dunklen Ringe um die Augen führten eine ebenso beredte Sprache wie die Furchen um den Mund. Überdies
hinkte er ein wenig, und man hörte ihn durch die Kontortür
vor Schmerzen fluchen. Er sah irgendwie aufgeweicht, versan-
det, gedunsen aus. Und seine Laune war auch danach. Angus

hätte sich keinen ungünstigeren Zeitpunkt für seine Vorsprache wählen können.

Das erkannte er übrigens gleich; denn Stuart blickte ihn zwischen schweren Lidern aus gerötetem Gesicht mit unpersönlicher Verdrossenheit an. Sein unbeschuhter rechter Fuß war auf einen Sessel gestreckt. Die Halsrüsche stand offen, als fürchtete er zu ersticken. Die geblümte Weste war aufgeknöpft. Eine Atmosphäre von Schmerz, Unrast und Verworrenheit umgab ihn. Angus, der von Stuarts Lotterstreichen in New York nichts wußte, nahm mit der Ichbezogenheit und Eingebildetheit des scheuklappenbehafteten, in sich versponnenen Menschen an, das unheilkündende Funkeln von Widerwillen und Unbehagen in Stuarts Augen, seine finstere, kampflustige Miene gälten ausschließlich der Person des Besuchers.

„Was ist los?" knurrte Stuart. Sein Gesicht zuckte krampfhaft von dem scharfen Schmerz in seinem heißen, fiebrig pulsenden Fuß.

Angus geriet aus der Fassung, antwortete aber mit stolzer Förmlichkeit: „Ich hätte gern ein paar Minuten mit dir gesprochen, Vetter Stuart."

„So, hättest du?" rief Stuart gereizt. „Also, dann los!"

Aber Angus spürte plötzlich, wie seine Kehle trocken wurde und zugeschnürt war. Mit jemandem zu reden, fiel ihm fast immer schwer.

Stuart starrte ihn wütend an und fand ihn unleidlicher denn je. Ihn bemitleiden, wie? So ein verdammter Unsinn von dem alten Grundy! „Na, heraus mit der Sprache! Ich habe auch noch andere Dinge zu tun", sagte er und fügte spöttisch hinzu: „Vielleicht wieder eine Gehaltsaufbesserung? Dann kannst du dir die Mühe sparen. Kommt nicht in Frage. Und dabei bleibt's."

Angus erwiderte nichts. Etwas wie Qual zeichnete sich in seiner Miene ab. Zornig beobachtete Stuart ihn. Aber schon regte sich sein feines Empfinden. Was war denn mit dem Narren? Warum stand er da wie ein armer Sünder unter dem Galgen? Stuart machte ein finsteres Gesicht. „Vorwärts! Vorwärts!" schrie er. „Sag dein Sprüchlein auf und geh! Vielleicht hast du viel Zeit; ich habe sie nicht."

Angus legte die Hand auf die hohe Umrahmung von Stuarts Schreibtisch. Aus irgendeinem Grunde wurde Stuarts umherschweifender, unsteter Blick von dieser Geste gefangengenommen. Er sah die Knöchel dieser so stark geäderten, mageren Hand ganz weiß werden. Alles an den verkrampften Fingern drückte Jammer, stumme Selbstbeherrschung und Seelenschmerz aus.

Und nun hörte Stuart die Stimme des jungen Mannes, schwach, aber fest, nicht bittend, sondern voll ruhiger Würde. „Vetter Stuart, ich glaube, ich muß mich bei dir entschuldigen. Ich habe dich seinerzeit mißverstanden. Es war sehr unrecht von mir, und sehr gefühllos."

Stuart zog spöttisch die Brauen hoch. „Entschuldigen willst du dich, wie? Na, das ist ja nett, sehr nett sogar. Und sehr wohlerzogen. Aber wofür, zum Teufel, hast du dich denn zu entschuldigen? Handelt es sich vielleicht um meinen Vorschlag, dich bei Dr. Dexter ausbilden zu lassen, und um deine unverschämte, beleidigende Ablehnung? In diesem Falle kann ich dich darüber beruhigen, daß ich alles vergessen habe. Genügt dir das?"

Der gichtige Fuß tat jetzt höllisch weh. Stuarts Züge verzerrten sich in heftigem Schmerz. Wütend musterte er Angus. „Du hast dich doch nicht etwa eines anderen besonnen? Sonst müßte ich dir mitteilen, daß ich an der Sache nicht mehr interessiert bin. Geh nur zu deiner teuren Mama!"

Angus wurde rot. In verbittertem Stolz warf er den Kopf hoch. „Nein, Vetter Stuart, nicht meinetwegen stehe ich hier und höre mir deine nicht sehr großmütigen Bemerkungen an." Er unterbrach sich. „Verzeih! Das war unhöflich. Ich ... ich weiß, daß du ein überaus edler Mensch bist. Ein überaus gütiger Mensch. Du ... du glaubst, ich vergesse deine frühere Güte zu mir. Und zu meiner Schwester. Es hat da Unstimmigkeiten gegeben ... Aber auch davon wollte ich eigentlich nicht sprechen."

Mit seiner wachen Beobachtungsgabe erkannte Stuart, welche Anstrengung diese kleine Rede den sittenstrengen jungen Mann gekostet hatte, für dessen Wesensart jede Entschuldigung, jedes Eingeständnis eines Unrechts eine buchstäbliche Tortur war. Angus tat und dachte und sagte ja stets nur, was er für rechtschaffen und gerechtfertigt hielt.

Aber trotz seiner Schmerzen und seiner Abneigung gegen Angus war Stuart milder gestimmt. „Na, das ist alles recht schön und gut", brummte er. „Ich nehme also deine Entschuldigung zur Kenntnis. War das alles?"

Angus zögerte. Er mußte sich mit Gewalt aufraffen, um weitersprechen zu können. Er sah Stuart fest an. „Nein, Vetter Stuart. Ich wollte mit dir über meine Schwester reden. Über Laurie."

„Über Laurie? Was ist denn mit dem Mädel?" Stuart vergaß seinen zuckenden Fuß. Aufmerksam sah er den jungen Mann an.

Wieder zögerte Angus. Die auf der Schreibtischrahmung liegende Hand ballte sich, als er sich zum Sprechen zwang. „Es ist nichts Schlimmes vorgefallen, Vetter Stuart." Der nie ausdrucksgewandte Junge suchte unter trügerischen, ungebräuchlichen Worten die passenden Bezeichnungen. Stuart sah ihn im Geiste aus Körben voll Wörtern eines nach dem anderen auflesen und verzweifelt wieder zurückwerfen, wie ein Farbenblinder, der bunte Kiesel sortieren soll und sich nur an ihren scharfen Kanten die wühlenden Finger aufscheuert. Stuart erkannte, daß er selbst mithelfen mußte, wenn er Angus' Anliegen herausbekommen wollte.

Etwas spitzfindig sagte er: „Na, wenn Laurie nicht krank und mit ihr nichts Schlimmes vorgefallen ist, so brauchst du dich nicht aufzuregen. Oder meinst du, daß doch nicht alles in Ordnung ist mit dem Mädel?"

Angus sah ihn mit aufflammender, aber gleich wieder unterdrückter Beflissenheit an. „Ja, das ist es, Vetter Stuart. Es ist nicht alles in Ordnung mit ihr."

„Ist sie unglücklich?" Stuart runzelte nachdenklich die Stirn.

„Ja", antwortete Angus fast flüsternd. „Sie ist unglücklich."

„Wieso denn? Sie schaut doch aus wie die Gesundheit selber. Zu groß für ihr Alter, vielleicht. Aber ein hübsches Gesicht." Stuart hielt inne und wiederholte dann in weichem Tone: „Aber ein hübsches Gesicht."

Er wunderte sich, warum er bei dem Gedanken an Laurie eine so traurige Regung und solche Zärtlichkeit verspürte. Freundlicher als bisher fragte er: „Was beunruhigt dich an Laurie, Angus? Ihr habt euch immer so liebgehabt. Sie hat dir vertraut."

Angus konnte nicht antworten. Er ließ den Kopf sinken, so daß Stuart sein Gesicht nicht sehen konnte. Aber er seufzte.

Stuart lehnte sich in seinem Sessel zurück und fragte noch freundlicher: „Sie vertraut dir nicht mehr. Ist es das?"

„Ja", flüsterte Angus.

„Weißt du, warum sie das Vertrauen zu dir verloren hat?" Angus blickte auf. Sein Gesicht war voll Qual. Aber er entgegnete mit fester Stimme: „Ich kann es mir denken. Sie meint wohl, ich hätte Medizin studieren und nicht Angestellter werden sollen. Als Knabe habe ich oft mit ihr über meine Pläne gesprochen. Laurie versteht nicht, daß einen manchmal... äußere Umstände... daran hindern können, seine Träume zu verwirklichen." Und jetzt sah er Stuart mit verzweifeltem, armseligem Trotz an.

Stuart schüttelte den Kopf. „Ich werde nicht nochmals in dich dringen, Angus. Du weißt besser als ich, was du willst."

„Danke", flüsterte Angus. Er schwieg eine Weile. Dann sagte er mit dumpfer Stimme: „Aber Laurie ist noch sehr jung. Sie versteht nicht, worum es geht. Und ich... Mir fehlen die Worte, es ihr klarzumachen. Mir fehlen immer die Worte. Laurie... ist ein bißchen starrköpfig. Sie würde auch nicht verstehen wollen, wenn ich es klarmachen könnte. Manchmal ist sie, fürchte ich, selbstsüchtig. Sie hat mich gern, ich weiß. Und gerade das macht sie selbstsüchtig — mir zuliebe."

„Ich weiß, was du meinst", erwiderte Stuart nachdenklich. „Eine unduldsame kleine Person, was?" Er betrachtete Angus mit teilnahmsvoller Neugier. „Also, Laurie glaubt, du bist dir selber untreu geworden, und vertraut dir deshalb nicht mehr. Sie ärgert sich über dich. Ich habe immer gefürchtet, daß Laurie ein Dickschädel wird. Das teilt sie mit dir, Angus. Ihr Schotten seid alle hart wie Stahl. Dagegen kann man nichts machen. Wenn man sich einem solchen Unentwegten beugt, verstärkt man nur die Härte seiner Tyrannei. Du mußt tun, was dein Wille ist, Angus."

Er war neugieriger denn je. Er wartete auf Angus' Entgegnung. Aber der Junge sah ihn nur traurig und düster an.

Stuarts Einfühlungsgabe legte ihm die Worte in den Mund, als er nun sagte: „Laurie hat dir ihr Vertrauen entzogen, weil du ihrer Meinung nach dir selber untreu geworden bist. Und durch dieses Mißtrauen, diese Entfremdung von dir ändert sich ihr ganzes Wesen. Stimmt das?"

„Ja. Ganz richtig!" Jetzt schmolz die Eisigkeit des Jungen. Er wurde ganz leidenschaftlicher Eifer und glimmendes Feuer. „Du hast die Worte dafür gefunden, Vetter Stuart."

Stuart war jetzt selber aufgeregt. Er stellte sogar den geschwollenen Fuß auf den Boden, ohne Schmerz zu verspüren. „Und das tut Laurie nicht gut, ich verstehe. Aber welcher Art ist der Dienst, den du Laurie zudenkst, und von dem du fürchtest, sie könnte ihn ausschlagen, wenn er von dir kommt?"

Angus zitterte. Er tat einige Schritte und setzte sich unaufgefordert auf einen einfachen Holzstuhl neben den Schreibtisch, ganz nahe an Stuart. Vor unterdrückter, gestaltloser Erregung schien er zu beben. Er beugte sich zu Stuart. In seinen blassen Gesichtszügen arbeitete es merkwürdig.

„Vetter Stuart, hast du einmal Laurie singen hören?"

Stuart erwiderte: „Ach ja, sie hat eine reizende, liebe Stimme! Und so kräftig und rein, in dem Alter schon! Und diese Stimme wird ja, soviel ich weiß, von ihren Lehrern in der Schule ausgebildet, nicht?"

Angus beugte sich noch näher zu ihm. In seiner Not legte er die Hand auf Stuarts Knie. Jetzt wurde Stuarts Teilnahme sehr stark.

„Aber Laurie will in der Schule nicht singen. Ihre Lehrer haben es aufgegeben. Auch zu Hause singt sie nicht. Sie singt überhaupt nicht mehr."

„Sie singt nicht mehr? Das kommt daher, weil sie unglücklich ist. Laurie hat einen Hang zur Unerbittlichkeit, Angus. Das weißt du sicherlich selber. Sie ist deinetwegen unglücklich. Weil sie das Vertrauen zu dir verloren hat. Stimmt das?"

„Ich glaube... Nein, ich weiß, daß es stimmt, Vetter Stuart!"

Stuart seufzte. „Doch du darfst der Starrköpfigkeit und kindischen Verständnislosigkeit Lauries nicht nachgeben. Darüber sind wir uns einig. Aber was kann in dieser Sache ich tun?"

Wieder ließ Angus den Kopf sinken. In traurigem, müdem Tonfall murmelte er: „Laurie hat bei uns zu Hause außer mir niemanden, der sie liebhat, Vetter Stuart. Und mich lehnt sie jetzt ab. Dadurch wird sie immer härter und härter, immer verschlossener und trotziger. Das... das bedeutet eine Art Tod für Laurie, weil sie von Natur aus nicht nur stark, sondern auch liebebedürftig ist."

Er hob die Augen und heftete sie mit verzweifeltem Flehen auf Stuart. „Auch für ihre schöne Stimme wird es der Tod sein, für eine Stimme, die nicht nur ihr, sondern der ganzen Welt gehören sollte. Ich... ich kann es nicht ertragen, daß etwas so Wundervolles in Laurie erstirbt. Stuart, du weißt, daß Laurie dich seit jeher sehr verehrt. Zu Hause redet sie nicht viel von dir, wegen... Mama. Aber ich weiß, daß sie dich verehrt und bewundert. Du hättest Einfluß auf sie. Auf dich würde sie hören. Wenn... wenn du ihr zureden wolltest, deine Hilfe anzunehmen, und ihr erklären wolltest, daß sie damit dir eine Freude macht, würde sie deinem Rate folgen."

Stuart musterte ihn schweigend. Dann fragte er sehr freundlich: „Welchem Rate?"

Wieder entflammte die Beflissenheit Augen und Wangen des Jungen. „Dem Rate, einem weltberühmten Gesangslehrer, den du ihr vermitteln würdest, vorzusingen, und falls er ihre Stimme für besonders gut und ausbildungswert erklärt, bei diesem Lehrer oder in einer von ihm vorgeschlagenen Schule zu studieren."

Stuart war verdutzt. Er lehnte sich in seinem Sessel zurück. Er runzelte die Stirn.

Aber Angus fuhr fort, und nun kollerten ihm geradezu die Worte von den Lippen: „Ihre Stimme sollte ausgebildet werden nicht zum Vergnügen für Familie und Freunde, sondern für die ganze Welt. Laurie könnte eine zweite Jenny Lind werden und sie vielleicht noch übertreffen!"

In Stuarts Kopf wirbelte es. Mit einer Handbewegung unterbrach er Angus und sagte: „Einen Augenblick! Du schlägst vor, daß Laurie Schauspielerin wird? Auf der Bühne auftritt? Im Rampenlicht? Ich verstehe dich nicht, Angus! Wo ist denn deine Frömmigkeit, deine Religiosität?" Er lächelte spöttisch. Diesen Seitenhieb hatte er sich nicht verkneifen können, bedauerte ihn aber sofort, als er Angus' jämmerliche Miene sah. Er begütigte: „Ich bin eben verblüfft. Nimm meine Bemerkung nicht krumm! Aber im Ernst, du willst, daß Laurie Schauspielerin wird, wo du doch weißt, was man von diesen Damen hält. Ich habe übrigens in New York viele gesehen und auch kennengelernt." Er lächelte in seliger Rückerinnerung.

„Nein, Vetter Stuart", entgegnete Angus, verzweifelt um Gelassenheit bemüht. „Ich meine nicht, daß Laurie ,Schauspielerin' werden soll. Jenny Lind ist auch keine. Sie singt in der Oper. Sie ist eine große Künstlerin. Das gleiche wünsche ich für Laurie."

Stuart war so verlegen wie noch nie. Er versuchte zu lächeln. „Du kannst doch gar nicht beurteilen, ob Laurie eine Stimme hat, die mit der Jenny Linds zu vergleichen ist."

Rasch erwiderte Angus: „Aber du kannst es beurteilen, Vetter Stuart. Du bist ein Mann von Welt."

Die naive Grundschicht von Stuarts Wesen fühlte sich geschmeichelt. Er plusterte sich ein wenig auf. „Das wollen wir nicht weiter untersuchen, Angus", erklärte er fast geziert. „Lassen wir das für den Augenblick dahingestellt!"

Er bemühte sich, im Geiste zu Lauries Stimme Stellung zu nehmen. Eine lächerliche Geschichte natürlich! dachte er. Die meisten jungen Mädchen konnten mit reizenden Stimmlein aufwarten. Die Jenny Lind hatte er, was er Angus zu verschweigen gedachte, nie gehört. Sein Geschmack zog ihn zu Varietés und heiteren Soubretten, deren Stimmen im allgemeinen nicht zu den großartigsten zählten. Er mußte also Lauries kräftige, reine Stimme mit dem eher heiseren, aber fröhlichen Krächzen von Schauspielerinnen in aufreizenden Trikots vergleichen. Was eine Oper war, wußte er eigentlich auch nicht recht. Vielleicht gaben die Operntheater, zu ihrem eigenen Schaden, Stimmen nach Art der Lauries den Vorzug. Trugen auch die Opernsängerinnen Trikots? Seine Miene verfinsterte sich. Wenn Laurie im Trikot die Aufmerksamkeit lüsterner Herrchen erregte, dann mußte er, Stuart, die Kleine beschützen. Er war entschlossen, jedem hoffnungsvollen Gentleman, der Lauries Beine attraktiv fand, den Schädel einzuschlagen!

Etwas ärgerlich sagte er: „Ich verstehe dich nicht, Angus. Würde es dir Spaß machen, deine Schwester in... im Trikot zu sehen? Den Blicken der ganzen Welt preisgegeben?"

Angus wurde verlegen. Er stammelte: „Von Trikots hat Mama nichts erwähnt, als sie über Jenny Lind sprach. Sie erzählte nur von ihrer Stimme und ihrem Zauber und ihrer Schönheit."

Stuart erkannte, daß sein Ruf als ‚Mann von Welt‘ auf dem Spiele stand. Er setzte sich wieder auf, und seine Miene wurde sehr weltmännisch.

„Ach ja, Jenny Lind!" sagte er blasiert. „Natürlich trägt diese hübsche Dame keine Trikots. Das wäre unter ihrer Würde... Also, eine zweite Jenny Lind willst du aus Laurie machen? Ohne Trikots?"

„Allerdings", bestätigte Angus, noch immer verlegen.

Stuart hatte einen Einfall. Rasch sagte er: „Sicher hast du das alles mit deiner Mutter besprochen. War sie gar nicht empört über den Gedanken, Laurie sollte im Tri..., ich meine, im Rampenlicht, als Opernsängerin auftreten?"

Angus sah ihm in die Augen. Mit harter, verbitterter Stimme erwiderte er: „Mama hält sich daran, daß Miß Lind ein Vermögen verdient, Vetter Stuart. Sie hat vor den gekrönten Häuptern Europas, vor dem Präsidenten der Vereinigten Staaten gesungen. Sie reist mit fast fürstlichem Hofstaat. Mama hat mich sehr genau angehört, und mit großem Interesse."

Stuart lächelte. „Dann brauchst du dir keine Sorgen zu machen. Deine Mutter wird schon selbst den richtigen Lehrer zur Prüfung von Lauries Stimme beschaffen."

Angus verschränkte krampfhaft die Hände. Dann erzählte er Stuart leise und zögernd von der Szene zwischen seiner Mutter, seiner Schwester und ihm selbst. Stuart hörte aufmerksam zu. Als Angus seinen stockenden Bericht beendet hatte, wirbelten in Stuarts Kopf die Gedanken.

„Eine sehr kitzlige Geschichte, das!" stellte er nach längerer Überlegung fest. „Laurie hat dich aufgefordert, dich um deine eigenen Angelegenheiten zu kümmern. Deine Mutter hat sich interessiert gezeigt. Das war zu erwarten angesichts der reichen Geldeinnahmen Miß Linds, und ihres Ruhmes und Ansehens. Aber selbst wenn ich die gewaltigen Ausgaben für die Beschaffung eines Stimmprüfers aus New York auf mich nähme, besteht die große Gefahr, daß Laurie sich weigert, vorzusingen oder aus einem günstigen Urteil die Konsequenzen zu ziehen."

Angus streckte dem Vetter die Hände entgegen, in einer unendlich rührenden Gebärde. „Sie wird sich nicht weigern. Wenn du sie dazu aufforderst. Sie hält große Stücke auf dich, Vetter Stuart. Aber du ... darfst meinen Namen dabei nicht erwähnen. Das wäre verhängnisvoll."

Stuart betrachtete das erregte, zitternde Gesicht des Jungen. „Du meinst, ich hätte Einfluß auf Laurie? Vielleicht stimmt das. Aber nehmen wir an, das Gutachten wäre günstig, ja begeistert. Dann müßte Laurie jahrelang ihre Stimme schulen lassen. Vielleicht in New York. Glaubst du, daß deine Mutter diese Ausgaben auf sich nehmen wird?"

Angus schwieg eine Weile. Seine Züge wurden grimmig und noch verbitterter. Dann entgegnete er: „Nein. Das täte sie nie. Nicht einmal, wenn sie überzeugt wäre, daß Laurie mit ihrer Stimme ein Vermögen verdienen kann. Ich ... ich fürchte fast, sie würde Lauries Ausbildung vereiteln." Jetzt wurde er ganz rot. Er warf den Kopf hoch. „Ich will damit nicht sagen, daß Mama hartherzig ist! Bitte, glaub mir das! Die Sache ist nur die, daß ... daß Mama als Frau vielleicht nicht genau Bescheid darüber weiß, wie es sich mit den Operntheatern verhält. Und vielleicht Bedenken hat, die Sache könnte für Laurie... unehrenhaft sein."

„Ach, mach dich nicht lächerlich!" schrie Stuart wütend. „Du weißt verdammt genau, daß sie Lauries Ausbildung nur deshalb vereiteln würde, weil sie das Mädel haßt! Du weißt genau, daß sie seit jeher euch alle haßt — bis auf ihren Saufaus Bertie! Belüge dich doch nicht selber, Mensch!" Mit immer größerer Heftigkeit fuhr er fort: „Ich dachte, du willst mit mir von Mann zu Mann reden. Wenn du aber glaubst, du kannst mir Sand in die Augen streuen mit deinen widerlichen Frömmeleien und ekligen Treuebekundungen für deine Mutter, dann verschwinde lieber und laß mich ein für allemal ungeschoren!"

Angus sprang auf. Er wich ein paar Schritte zurück. Er wollte schon kehrtmachen und das Zimmer verlassen. Aber er bezwang sich. Seine Liebe war größer als seine Empörung. Stuart starrte ihn an. Er brach in hämisches Lachen aus.

„Deine so außerordentlich zart besaitete Mama könnte sich wegen Lauries Ehrbarkeit Sorgen machen, wie?" rief er. „Ach, du junger Schwachkopf! Was weißt du schon von deiner Mama? Du hast in deiner Seele irgendein rührseliges Hinterglasbild von ihr. Oder es schmeichelt deiner verflixten Eigenliebe, dir ein solches Porträt selber auszumalen und daran zu glauben."

Schwerfällig stand er auf und zuckte, vor Schmerz in seinem Fuß, zusammen. Er fixierte Angus voll Abscheu, Verachtung und Empörung.

„Pack, zum Teufel, mit deinen Märchen ein! ‚Unehrbar!' Daß ich nicht lache! Ich verkehre nicht gern mit Leuten, die sich selbst belügen. Seien wir doch ehrlich, verdammt noch einmal! Wenn du nicht wüßtest, wer deine Mutter ist, könnte ich dir verzeihen. Aber du bist kein Kind mehr. Du weißt, wer sie ist, aber du verschließt dich mit Bedacht dieser Erkenntnis. Für

Unwissenheit kann ich Mitleid aufbringen; aber absichtliche Verblendung finde ich unverzeihlich."

Er rechnete damit, daß Angus jetzt gehen würde. Doch der Junge stand nur zitternd da und blickte ihn an, verzweifelt, qualerfüllt, zutiefst beschämt.

Stuart fuchtelte mit dem Arm. „Du tust mir ja leid, Angus. Du hast deine Schwester lieb; sonst stündest du nicht so da, während ich dir die Wahrheit über deine Mutter sage. Wirklich, du tust mir leid." Er mußte Atem holen. Bei all seiner Wut kam ihm wieder sein gutes Herz in die Quere. Er spürte, wie er weich wurde, traurig, schwach. Er versuchte, in seine Stimme Strenge und Barschheit zu legen, als er fortfuhr:

„Du bist gekommen, um von mir Hilfe für Laurie zu erbitten. Ich habe nicht rundweg abgelehnt. Ich fragte dich, ob deine Mutter einspringen würde. Du hast verneint. Nun, nehmen wir an, ich bringe einen solchen Lehrer zu deiner Schwester, und sein Urteil ist günstig. Nehmen wir weiter an, ich erkläre mich bereit, Laurie auf eine Musikschule nach New York zu schicken, aber deine Mutter verbietet ihr das. Was dann?"

Angus stand fast von ihm abgewandt. Stuart sah seinen gesenkten Kopf, die mageren, zuckenden Schultern. Dann entgegnete der Junge mit schwacher, dumpfer Stimme:

„Wenn Mama überzeugt ist, daß Laurie mit ihrer Stimme ein Vermögen machen wird und der Lehrer das bestätigt, wird Mama nicht ablehnen. Da wäre zu viel Geld..."

„Aha!" rief Stuart. Dann verstummte er und sah Angus mitleidig an.

„Vorschießen würde ja Mama die Kosten nicht. Sie... sie würde sich dazu außerstande erklären. Aber sie wäre einverstanden, wenn... wenn du aushilfst, Stuart."

„Daran zweifle ich nicht." Stuarts Stimme war hart und spöttisch. Er setzte sich wieder. Er trommelte mit den Fingern auf die Tischplatte. Mit wachsender Teilnahme betrachtete er das halb abgewandte Gesicht des Jungen.

Er sagte: „Du verlangst da allerhand von mir, Angus. Hast du eine Ahnung, was mich das kosten würde?"

Angus wandte sich ihm wieder zu. Jetzt war sein Gesicht totenblaß und wieder stolz. Seine grauen Augen schimmerten wie eisüberzogene Steine.

„Es wäre nicht für lange, Vetter Stuart. Ich würde es dir zurückzahlen. Ich heirate nämlich Miß Grete Schnippel, sobald sie siebzehn Jahre alt ist, also in etwa eineinhalb Jahren. Ihr Vater hat schon die Einwilligung gegeben."

Entsetzt sank Stuart in seinem Sessel zurück. Er wurde ganz weiß vor ungläubiger Bestürzung. „Was sagst du da?" rief er mit belegter Stimme. „Was sagst du da, zum Teufel?"

Angus gab sich noch stolzer. Gelassen bestätigte er: „Das ist die reine Wahrheit, Vetter Stuart. Unsere Verlobung wird im Juni verkündet, wenn Miß Grete sechzehn wird. Ein Jahr darauf heiraten wir. Dann kann ich dir alles, was du für Laurie ausgelegt hast, rückerstatten."

Stuart wurde wieder wütend. „Du willst doch nicht ernstlich diesen widerlichen Fettwanst von Mädel heiraten, du, Angus Cauder? Die Tochter eines stinkigen Schlächters?"

Angus schwieg. Aber seine Augen blieben hochmütig auf Stuarts Gesicht geheftet.

„Wo ist dein Stolz?" schrie Stuart, noch immer nicht gewillt, das Unausdenkliche zu glauben. „Wo ist deine Würde, deine Selbstachtung? Was hat denn diese Frauensperson, außer Geld? Ihr fehlt jede weibliche Anmut. Sie ist häßlich, unförmig. Die würdige Tochter ihrer Eltern, der Metzgerleute! Mein Gott, wenn sie selber eine Schönheit wäre, könnte man über die Eltern und ihr Gewerbe hinwegsehen. Aber sie hat keine einzige anziehende Eigenschaft. Um Himmels willen, Angus!" Wieder stand er auf und hinkte zu dem wie versteinert dastehenden Angus. Er legte ihm die Hand auf die Schulter und schüttelte ihn heftig. „Angus, schau mich an! Sag, daß du mich nur gefoppt, beschwindelt hast! Angus, das wäre ja unerträglich für mich. Schließlich bist du mein Verwandter."

Aber Angus schob Stuarts Hand von seiner Schulter. „Ich lüge nie, Vetter Stuart. Und deine beleidigenden Bemerkungen über Miß Grete muß ich zurückweisen."

Stuart stand hilflos da, die Hände in die Seiten gestemmt; wie betäubt schüttelte er immer wieder den Kopf. Schließlich fragte er: „Liebst du denn diese... diese Miß Grete, Angus?"

Angus preßte die blassen Lippen aufeinander. Dann antwortete er: „Ich werde sie heiraten, Stuart."

Wieder wurde Stuart aufgeregt. „Aber warum, wozu? Um Gottes willen, wozu?"

Angus schwieg. Dann faßte Stuart plötzlich, von einem schrecklichen Gedanken durchzuckt, den Jungen an den Armen. Seine Miene wurde beängstigend.

„Da steckt deine Mutter dahinter, nicht wahr? Angus, steckt da nicht deine Mutter dahinter?"

Angus versuchte sich loszureißen; aber Stuart hielt ihn mit aller Kraft fest.

„Ich mag diese Fragen nicht, Stuart. Das sind Dinge, die dich nichts angehen." Die Stimme des jungen Mannes war schwach, aber fest. „Und im übrigen wäre ich dir dankbar, wenn du mich loslassen wolltest."

Stuart gab ihn frei. Von Grimm erfüllt, hinkte er zu seinem Sessel zurück und ließ sich kraftlos auf den Sitz fallen. Er bedeckte die Augen mit der Hand und sagte: „Ich sehe, es ist alles umsonst. Geh, Angus! Und wegen Laurie: ich werde einen Gesangslehrer kommen lassen. Warten wir seine Entscheidung ab!"

Er senkte die Hand. Angus war noch immer da und schaute ihn an. „Ach, du meine Güte!" schrie Stuart außer sich. „Möge Gott sich deiner erbarmen, du armer junger Narr! Geh, um Himmels willen! Mir graut vor dir!"

Angus ging, und Stuart blieb mit seinen wilden, gewalttätigen Gedanken allein. Immer wieder schlug er mit den geballten Fäusten auf die Tischplatte und murmelte eines um das andere Mal: „Oh, dieser Höllendrache! Diese herzlose Schlampe! Dieses schreckliche Weibsstück!"

XXXIV

An den Freitagabenden besuchte Stuart häufig seinen Freund Sam Berkowitz. Meist tat er es dann, wenn er todtraurig, innerlich durcheinandergeraten, verängstigt und verworren war. Oder wenn er vor Wut kochte und ein geneigtes Ohr, ein mitfühlendes Herz brauchte. Vater Houlihans Gesellschaft fand er in solchen Stimmungen nicht besonders heilsam. Der Geistliche war so überzeugt von Gottes unendlicher Güte und Allwissenheit und Barmherzigkeit, daß er auf Stuart, der zu viele Beispiele für das Gegenteil sah, eher aufreizend als beruhigend wirkte.

Wenn Stuart also von ohnmächtiger Wut überschäumte, ging er lieber zu Sam, wo Schwermut lebte und wo der Teig der Langmut mit Traurigkeit und Witz und bohrenden Fragen angesäuert wurde. Dann hörte Sam sich die tobenden, unzusammenhängenden Ausfälle seines Freundes an, manchmal leise lächelnd, manchmal betrübt, nickte schweigend und rauchte oder starrte unentwegt auf einen kleinen Punkt just zur Rechten von Stuarts Kopf. Und wenn der Freund zu zetern aufhörte, einfach, weil ihm der Atem ausging, schlug Sam eines seiner heiligen Bücher auf und las daraus vor. Stuart verstand nicht alles; aber er fühlte sich besänftigt von den Klagen eines Hiob, der Leidenschaft eines Elias, der Strenge eines Jesaias. Hier waren Weisheit, Schmerz, Kummer oder Auflehnung altzeitlicher Gestalten, die dem ungebärdigen Herzen des Kelten näherstanden als die milde Hoffnungsfreude des Neuen Testamentes.

Die bejahrte, rheumageplagte Mrs. Berkowitz unterwies von ihrem Schlafzimmer aus die das Abendessen zubereitende deutsche Magd in den Feinheiten jüdischer Kochkunst. Freitag abends aber ließ sie sich, besonders wenn Stuart gekommen war, hinuntertragen oder hinunterhelfen, um sich an den festlichen Tisch zu setzen und die Kerzen anzuzünden. Die Helle drang in das Dunkel des kleinen, warmen Raumes und auch in das unstete, leidenschaftliche Herz des Iren; sein keltisches Blut regte sich in uralten Erinnerungen.

Seine starke keltische Einbildungskraft sah dann überall auf Erden in friedsamen oder bekümmerten oder verängstigten Heimstätten Lichter aufflammen, die, dem Erlöschen der Sonne mit der Erddrehung folgend, das Dunkel erhellten, wie eine Kette aufflammender Sterne, als Botschaften des Glaubens und der ewigen Hoffnung. Mochten tausend und aber tausend finstere Nächte kommen, mit Unterdrückung und Furcht und tollem Wüten — die Kerzen sollten dastehen, schwach, aber unentwegt wie tröstende Stimmen, die über alle Landesgrenzen hinweg von Bruder zu Bruder riefen, als Bestärkung für den Glauben der Menschen an Gott, für ihr Vertrauen auf Seine Gnade und Liebe, für ihre Zuversicht auf einen schließlichen Frieden in allgemeiner Brüderlichkeit.

Obwohl Stuart nicht religiös war und überhaupt nichts glaubte oder erhoffte, fand er tiefen, geheimnisvollen Trost in diesem Entzünden der Kerzen, die nicht nur das Dasein Gottes bezeugten, sondern auch die Herzen und Augen der um den Tisch sitzenden Menschen erleuchteten. Auf einem steifgestärkten weißen Tischtuch standen frischgeputztes Silber und kristallene Weingläser. Seltsame, üppige Gerichte und frisches Brot schimmerten warm und hell im Kerzenschein. Das Kaminfeuer, das Kerzenlicht, die verführerischen Düfte von Huhn und heißer gelber Suppe und altem dunklem Wein riefen in Stuart ein Gefühl der Zeitlosigkeit und Kraft hervor, und er blickte sich mit der müden Freude des geborgenen Flüchtlings in dem Raume um.

Mrs. Berkowitz, mit ihrem Kopftuch und den zwinkernden schwarzen Äuglein und dem beflissen lächelnden Greisengesicht, konnte wenig Englisch. Aber sie horchte mit klugem Sinn der ernsten Stimme ihres Sohnes und den zornigen, heißblütigen Worten des Gastes.

Stuart wußte, daß er, mochte seine Erregung noch so groß sein, über ernstere Dinge erst nach Beendigung des Mahles sprechen durfte. Inzwischen hatte sich viel von seinem Ärger und Leid beruhigt, und er konnte mit Sam gelassener und zusammenhängender reden. Wenn er in Sams braunes, gefurchtes Gesicht mit den straffen, ruhigen Lippen, den freundlichen, klugen braunen Augen blickte, blieben die wildesten Mißmutsbekundungen unausgesprochen. Plötzlich kam ihm vor, es sei recht albern von ihm gewesen, belanglosen Dingen so viel Gewicht beizumessen.

Auch an diesem Freitag kam er zu Besuch, noch wund und krank und wütend von seiner Unterredung mit Angus. Sam warf bloß einen einzigen Blick auf das finstere, verzerrte Gesicht seines Freundes und führte ihn wortlos in das kleine Eßzimmer. Dann ging er ins Obergeschoß und trug seine Mutter hinunter, die eifrig nach Stuart Ausschau hielt.

Während des Mahles wurde nur über Alltäglichkeiten gesprochen. Immer wieder füllte Mrs. Berkowitz den Teller des Gastes mit gesottenem Huhn und gelben Nudeln. Sie war fest überzeugt davon, daß er kräftige Nahrung brauche. Erst als er vollkommen satt war, gab sie sich, schelmisch lächelnd, zufrieden.

Heute war sie sehr müde, und so trug Sam sie nach dem Essen, während sie über seine Schulter hinweg dem Gaste Segenswünsche zurief, in ihren Schlafraum zurück. Unterdessen deckte die kleine Magd ab und fegte das weiße Tischtuch rein. Draußen erhob sich ein Februarsturm. Stuart hörte das Sausen des Blizzards an den Fenstern; die Vorhänge bauschten sich im Luftzug, und durch einen Türspalt drang das scharfe Zischen eisiger Kälte.

Stuart schob einen Vorhang beiseite und blickte in die Finsternis. Im Schein einer Straßenlaterne sah er durch deren blaßgelben Lichtkreis einen Wirbel weißer Flocken rasen. Und dann wurde auch dieser tapfer kämpfende Lichtkreis von dem dichten Gestöber fast ausgelöscht. Es war eine böse Nacht. Nur noch wenige Stunden, dann würden die Straßen vollgeweht sein mit harten, weißen Dünen, und messergleich würde der Sturm ins Fleisch schneiden. Keine Seele war zu sehen. Einsam und verlassen lag die Straße.

Stuart ging zum Kamin zurück. Zerstreut verfluchte er den nordischen Winter und dachte gern an die Wärme seines pelzgefütterten Mantels. Er hörte das ferne Ächzen eines Eisenbahnzugs, der durch die erstickende Finsternis ratterte; und dann wurde das Geräusch mit einem Schlag durch einen von den zugefrorenen Seen herüberwehenden Windstoß verschluckt. Der Sturm brauste über die enggeschmiegten Dachschindeln; er berannte die festen Mauern; er brüllte durch die Nacht wie die himmelwärts gerichtete Stimme eines urweltlichen Tieres. Im Kamin züngelten die Flammen höher.

Sam kam zurück und goß alten Brandy in Gläschen. Die beiden Freunde saßen beim Feuer und nippten in trautem Schweigen. Aber Sam beobachtete Stuart heimlich; er spürte die Beklommenheit und Aufregung seines Freundes.

„Eine schlimme Nacht", bemerkte Sam, während er auf den Sturm und das leise Klirren der Fensterscheiben horchte.

„In dieser verdammten Gegend gibt's acht Monate lang eine schlimme Nacht nach der anderen", nörgelte Stuart verdrossen. Er fuhr sich mit der Hand durch das dichte schwarze Haar, und ihm fiel ein, daß er darin am Morgen ein paar neue graue Strähnen entdeckt hatte. Jetzt war sein Gesicht mürrisch und grämlich, noch röter als sonst. Sam sah die verfärbten Tränensäcke unter den schwarzen Augen, die im Lauf der Zeit nichts von ihrem zornigen Funkeln verloren hatten, und seufzte verstohlen.

„Eine schlimme Nacht nach der anderen", wiederholte Stuart wie zu sich selber. „Ich habe das satt."

Sam sagte nichts. Stuart stand auf und legte im Kamin nach. Dann setzte er sich wieder.

„Ich glaube", erklärte Sam in seiner langsamen, jedes Wort betonenden Redeweise, „was wir satt haben, sind die Dinge in uns oder die Dinge, die wir in uns zu entdecken meinen. Was sie uns zuwider macht, ist unsere Überzeugung davon, daß sie widrig sind. Würden wir das nicht glauben..." Er breitete die Arme aus und hob die Schultern in der uralten, aus Belustigung und Kummer gemischten Gebärde seines Volkes.

Gereizt blickte Stuart ihn an. „Mein Gott!" rief er. „Was quatschen Sie da zusammen? Wenn ich also nicht an das Vorhandensein Janies glaube oder an die Dummheit ihrer Bälger, so existieren sie nicht!"

„Wenn Sie sich denken, daß vielleicht Ihre Ansichten über diese Frau nicht zutreffen, dann treffen sie nicht mehr zu. Wenigstens nicht für Sie, lieber Freund!" meinte Sam nachdenklich. „Nicht für Sie. Wenn Sie sich denken, daß Ihre Base eine gute Person ist und auch die Kinder gut sind, dann sind sie gut — für Sie."

„Ach, zum Teufel!" rief Stuart und wandte sich angewidert ab. „Das ist ja alles Mumpitz. Die Tatsache bleibt doch bestehen, daß sie ein Scheusal ist und daß ihre Kinder Idioten sind."

Sam lehnte sich in seinem Sessel zurück und blickte nachdenklich vor sich hin. „Ich habe einmal einen sehr bösen Mann gekannt, grausam und hart. So sahen ihn die Außenstehenden. Seine Schlechtigkeit war ihm anzusehen. Seine Frau und seine Kinder aber hielten ihn für den besten, rechtschaffensten Menschen. Wer hat nun recht gehabt?"

„Bald werden Sie dem alten Grundy nichts nachgeben", murrte Stuart. „Mit allem möglichen metaphysischen Unsinn versuchen Sie, mich dumm zu machen."

Aber Sam blieb nachdenklich. „Es kommt immer auf den Standpunkt an. Der Mann auf dem Gipfel sagt: ‚Das Tal ist tief.' Der Mann im Tal sagt: ‚Der Berg ist hoch.' Der Mann am Fuß einer Erhebung sieht einen für ihn unersteiglichen Berg; der Mann in größerer Entfernung sieht nur einen niedrigen Hügel."

Zornig sah Stuart ihn an. „Ach, zum Teufel!" schalt er wieder. „Sie sind mir eine schöne Hilfe, Sam."

Sam lächelte. Wenn er das tat, glätteten sich die Falten in seinem müden Gesicht, und er sah fröhlich und heiter aus. „Vielleicht sind Sie der Klügere", erklärte er. „Je mehr man nachdenkt, desto mehr entfernt man sich von der Wirklichkeit. Sie sind wie ein Kind, Stuart. Sie sehen die Dinge in einfachen Zusammenhängen."

Stuart wurde immer ungeduldiger. „Reden wir doch endlich

von dieser Wirklichkeit!" mahnte er ärgerlich. „Haben Sie nicht bemerkt, daß in letzter Zeit der Geschäftsgang bei uns flauer wird? Es kommen weniger Bauern in die Stadt. Die Kunden werden zurückhaltender; sie kaufen weniger und billigere Ware. Wenn das so weitergeht, schaut uns bald der Pleitegeier ins Gesicht. Was ist da los? Es gibt doch nicht plötzlich weniger Geld im Land. Wo versteckt es sich? Wohin ist es geraten?"

Sam wurde wieder ernst. „Wir sollten besser fragen: ‚Wohin ist das Vertrauen der Leute geraten? Was hat ihr Vertrauen erschüttert?' Wer diese Fragen zu beantworten vermag, kann das Rätsel der Wirtschaftskrisen lösen. Manchmal handelt es sich bloß um ein Gerücht. Etwa über eine schlechte Ernte. Oder über die Mißwirtschaft der herrschenden politischen Partei. Vom Vertrauen aber hängt der Wert des Geldes ab. Augenblicklich ist es so, daß die Leute von einem ‚Finanzkrach' zu reden beginnen. Wallstreet spricht davon wie von etwas Unvermeidlichem… Wissen Sie, was wir tun sollten? Bremsen. Sparen. Die vorhandenen Waren verkaufen und die Lager nur durch Bareinkäufe und nur in geringem Umfange ergänzen. Andererseits die vorhandenen Schulden so rasch wie möglich abtragen. Kurz: Auf der Stelle treten und den Gürtel enger schnallen." Er lächelte Stuart freundlich zu.

Stuart starrte ihn entsetzt an. Ihm wurde ganz flau zumute, so wie jedesmal, wenn man ihm riet, sich einzuschränken, nicht mehr aus dem vollen zu wirtschaften. „Sie reden wie ein Feigling, Sam. Leute Ihres Schlages schaffen erst recht die Panik, weil sie selber kein Vertrauen haben!"

Doch Sam sagte sehr ernst: „Bei einem Gewitter vertraue ich auch darauf, daß es vorübergehen wird. Aber ich begegne ihm. Ich schließe Fenster und Türen, damit der Sturm möglichst wenig anrichtet. Unterläßt man diese Vorsorgen, so fordert man Schäden heraus."

Stuart sprang auf. In seinem Gesicht arbeitete es heftig; seine Farbe war erschreckend. „Schön, schön!" schrie er verbittert. „Was soll also Ihrer Meinung nach geschehen?"

Traurig sah Sam seinen Freund an. „Ich will offen mit Ihnen

reden. Aber zuerst muß ich eine Frage stellen: Wieviel Bargeld haben Sie auf Ihren Bankkonten?"

Stuart wurde rot. Er biß sich auf die Lippe. Dann rief er wütend: „An Krediten kann ich jederzeit ..."

Sam hob die Hand. „Danach habe ich nicht gefragt. Ich wollte Ihren Barbestand wissen."

„An die zehntausend Dollar, hol Sie der Kuckuck!"

Kopfschüttelnd sagte Sam: „Ihre Schulden, mein armer Stuart, belaufen sich auf mehr als hunderttausend Dollar. Und aus dem Geschäft werden Sie für das letzte Halbjahr nur fünftausend Dollar beziehen. Da bleibt nichts für Abstattungen. Denn leider kommt erst der Lebensunterhalt und dann das Schuldenzahlen."

„Aber wir haben doch ein riesiges Warenlager, das allerhand wert ist!"

Sam wurde etwas lebhafter. „Das sage ich ja. Wir müssen verkaufen, was wir haben, und daraus die Schulden tilgen. Und nur gegen Bargeld einkaufen."

„Aber Sie vergessen, daß wir für die nächste Zeit eine Warenlieferung im Wert von mindestens fünfundzwanzigtausend Dollar erwarten."

Sam schüttelte den Kopf. „Die können wir nicht übernehmen."

Stuart sah ihn finster an. „Sam, Sie haben Geld."

Sam schwieg eine Weile. Dann entgegnete er mit abgewandtem Blick: „Ja, ich habe Geld. Für meine Landsleute. Dieses Geld kann ich nicht für Waren ausgeben, die uns bei der gegenwärtigen Wirtschaftslage vielleicht lange auf Lager blieben. Ich kann nicht das Geld hernehmen, das meinen Landsleuten gehört."

In feindseligem Tone sagte Stuart: „Sie wollen mir also dieses Geld nicht ... leihen, das mich — und schließlich und endlich auch Sie — retten würde?"

Zum erstenmal seit vielen Jahren sah er Zorn in Sams braunen Augen, als der Freund ihm wieder den Blick zuwandte. „Sie sprechen von einer Rettung für Sie und für mich, Stuart!

Doch so weit hätte es nicht kommen müssen, wenn Sie nicht derart unbesonnen und töricht mit Ihrem Geld umgegangen wären! Ich habe Sie immer gewarnt. Aber nein, Sie mußten ausgeben und ausgeben. Für ein Haus voll zweckloser Kostbarkeiten, für Frauen und Juwelen, für Pferde und sonstigen Luxus. Und jetzt soll ich Sie ‚retten‘! Sie würden auch das Geld hinauswerfen, das ich langsam, mühsam für Menschen zusammengespart habe, die ohne den damit zu schaffenden Zufluchtsort keine Hoffnung, nicht einmal eine Lebensmöglichkeit hätten!"

Für einen Moment sah Stuart Verachtung in Sams Augen; dann mischte sich tiefes Mitgefühl darein. „Ich habe Ihnen immer gesagt, daß meine privaten Ersparnisse, wenn es nötig ist, Ihnen gehören. Außer dem Fonds für meine Landsleute habe ich siebentausend Dollar erspart. Sie gehören Ihnen, Stuart, wenn Sie sie wollen. Wenn Sie sie brauchen. Ihre zehntausend Dollar, Stuart, und meine sieben — damit kann Ihnen geholfen sein. Wenn wir nur vorläufig nichts mehr einkaufen. Wenn wir sparen, wenn wir bescheiden leben."

„Um Gottes willen!" rief Stuart. „Ich gebe monatlich fast zweitausend Dollar aus! Wie lange wird das Geld reichen? Ich kann nicht wie ein knausriger Bettler leben! Ich kann nicht sparen! Das... das wäre mein Tod! Was wissen denn Sie? Nichts! Wie können Sie einen Menschen wie mich verstehen?" Wiederum sprang ihm die Angst wie ein wildes Tier an die Kehle, und in äußerster Bestürzung schnellte er von seinem Sessel hoch.

Sam blickte ihn traurig an, und von neuem malte sich Mitleid in seinen Zügen. „Stuart, wovor haben Sie Angst? Was schreckt Sie so?"

Stuart setzte sich wieder und starrte ins Feuer. Und plötzlich quollen unwillkürlich die Worte aus den dunklen Tiefen seines Unterbewußtseins. „Ich habe Angst vor der Welt. Ich weiß, wie die Welt ist, Sam."

„Ich weiß es auch, Stuart; aber ich fürchte sie nicht. Ich bin mir klar darüber, was für Schändlichkeiten sie einem antun kann. Aber ich fürchte sie nicht. Wenn man das volle Ausmaß ihrer Bosheit kennt, dann weiß man auch, daß darüber hinaus nichts Ärgeres zu befürchten ist."

Stuart schien ihn nicht gehört zu haben. In seinen starrenden Augen spiegelte sich der Feuerschein und gab ihnen das Gepräge der Verzweiflung. Er begann zu reden, und seine Stimme klang mechanisch, als würden, ohne daß er es merkte, unbewußte Seelentiefen laut.

„Ich war nie ein sehr schlechter Kerl. Ich . . . ich war wie ein junger Hund: zutraulich zu jedermann. Wenn jemand freundlich mit mir redete, hatte ich ihn gern. Die Welt kam mir schön und erregend vor, voll Freundlichkeit und Abenteuer und Güte. Auch wenn ich Schlechtes sah und verzerrte Münder und böse Augen, hielt ich es für Ausnahmsfälle — seltsam, betrüblich, aber nichts Allgemeingültiges. Bestimmt nichts Allgemeingültiges. Ich las die Lügengeschichten alter, längst verstorbener Leute. Die ‚Würde des Menschen', die ‚Brüderlichkeit der Menschen', die ‚Vaterschaft Gottes'. Diese Worte kamen so oft vor, daß ich glaubte, jeder kenne und beherzige sie. Manchmal geschahen zwar Fehler; aber schuld daran waren nur einzelne Menschen, die nie von den großen, allgemeinen Wahrheiten gehört hatten. Schuld daran waren Frevler, die von der ganzen übrigen Welt mit Recht gehaßt und verworfen wurden. Das alles glaubte ich — als junger Mensch."

Er lachte spöttisch. Mit tiefer, atemloser Spannung hatte Sam der grimmigen, eintönigen Stimme des Freundes gelauscht; er wartete.

„Ich wußte von der Lüge. Ich war selbst ein geschickter junger Lügner", fuhr Stuart, in Gedanken versunken, fort. „Aber das waren harmlose Erfindungen, nie dazu bestimmt, jemandem weh zu tun. Ich schätzte diese Phantasien. Sie waren eine Würze des Lebens; sie wurden freundschaftlich, spaßeshalber gesprochen, ohne daß man jemandem zumutete, sie für bare Münze zu nehmen. Aber Lügen, die kränkten, verletzten, Leiden oder Schaden schufen, der Bosheit oder Grausamkeit entsprangen, kannte ich nicht — als junger Mensch."

Wieder hielt Stuart inne und fuhr sich mit der Hand über das Gesicht. Dann sprach er weiter:

„Ich kannte die kleinen Spitzbübereien und Zornausbrüche und Feindseligkeiten. Ich machte mich ihrer selbst schuldig. Aber ich wußte nicht, daß die berechnete, dem Überlegenheitsgefühl entspringende Grausamkeit und die grundlose, gefährliche Bosheit menschliche Eigenschaften sind, ebenso wie die Farbe der Augen oder die Form der Nase. Vor allem aber wußte ich nicht, daß es Haß gibt. Oh, ich hatte Altersgenossen, die ich nicht mochte, denen ich auswich, schon in England, und dann hier in Amerika. Ich raufte mit diesen Burschen, wenn sie mich einen ‚dreckigen Iren‘ oder dergleichen hießen. Aber an Haß glaubte ich noch nicht. Jetzt weiß ich, daß es auf der Welt überhaupt nichts gibt als Haß und Grausamkeit und Gier und Übelwollen. Ich weiß, daß jeder Mensch auf jeden Menschen losgeht wie ein tolles Raubtier auf seine Beute und daß es nirgends Ehrbarkeit oder Güte gibt."

Sam hatte die Empfindung, er habe einen Mann vor sich, der in völliger Entrückung, wie im Fieberwahn, redete und ihn nicht hören würde. Dennoch warf er ein: „Lieber Stuart, haben Sie den Vater Houlihan vergessen? Ist der auch so?"

Er war überrascht, daß sein Freund ihn vernommen hatte und ihm erwiderte: „Vater Houlihan? Den halte ich für einen guten Menschen. Aber wie kann ich wissen, ob das stimmt? Er ist, um Sie selber zu zitieren, ‚gut für mich‘. Aber was ist er für andere? Auch bei Ihnen, Sam, gilt das gleiche. Jedenfalls aber sind Sie und der alte Grundy nur zwei Menschen. Und selbst wenn es diese beiden Ausnahmen wirklich gibt, kenne ich sonst keinen einzigen guten Menschen."

Stuart zuckte verzweifelt die Achseln. „So erging es mir also. Es war eine böse Zeit für mich, als ich zu dieser Erkenntnis gelangte. Und dann bekam ich Angst, derartige Angst, wie Sie es sich gar nicht vorstellen können. Ich kam zur Überzeugung, daß der Mensch nur eine einzige Waffe zur Verteidigung gegen seine Mitmenschen hat: das Geld. Je mehr Geld einer besitzt, desto höher ist die Mauer, die ihn vor der Umwelt schützt. Deshalb wollte ich Geld haben, sehr viel Geld. Deshalb mußte ich Besitztümer aller Art erwerben. Um den Leuten zu zeigen, daß die Mauer um mich herum sehr hoch ist, so hoch, daß niemand sie überklettern und mir den Garaus machen kann."

Jetzt lächelte er Sam zu. Es war ein trauriges und böses Lächeln zugleich.

„Einiges von dem, was ich jetzt sage, habe ich auch Grundy versetzt, als er versuchte, mir mit seinen edlen Gemeinplätzen zu kommen. Er sprach zu mir von der ‚christlichen Wesensart'. Mein Gott, als ob es irgendwo auf der Welt diese ‚christliche Wesensart' gäbe! Einmal habe ich gelesen, daß es nur einen Christen gab, und der wurde gekreuzigt. Und wenn die Geschichte wahr ist, dann gab es nur einen Christen, und der war Gott. Mensch hätte er nie sein können."

Wieder lächelte er. Es war, so kam Sam vor, ein ergreifendes, sehr müdes Lächeln.

„Nein, Mensch hätte er nie sein können, auch nicht in seiner irdischen Gestalt. Falls er überhaupt gelebt hat, was ich bezweifle. Manchmal weiß ich in meinem Herzen, daß er nur ein schöner Mythos war."

Und nun sagte Sam etwas Merkwürdiges, aber mit klarer, geheimnisvoll überhöhter Stimme: „Mir war es immer klar, mein lieber Stuart, daß Sie ein guter Mensch sind."

Entgeistert starrte Stuart ihn an. Dann schüttelte er benommen den Kopf, als hätte er für ihn bedeutungslose Worte in einer fremden Sprache gehört.

Sam erhob sich. Er trat zu seinem Freund und legte ihm die Hand auf die Schulter. Er beugte sich über ihn und sagte ruhig und fest:

„Stuart, Sie müssen mich anhören. Ich habe gesagt, daß Sie ein guter Mensch sind. Anderen Leuten, bis auf einige wenige, mag es nicht so erscheinen. Aber es ist so. Nun ist jeder Mensch Fleisch vom Fleische aller Menschen. Niemand steht für sich allein. Niemand ist aus anderem ... Stoff geschaffen als seine Mitmenschen. Was also für ihn gilt, gilt mehr oder minder für alle. Wenn in Ihren Gedanken und Absichten Edles ist — und ich bin überzeugt davon — und wenn in Ihnen Freundlichkeit und Güte und Gerechtigkeitssinn wohnen, so gibt es diese Eigenschaften auch, stärker oder schwächer, in anderen Menschen. Auf einem und demselben Boden unterscheidet sich gewöhnlich der eine Stein nicht wesentlich vom anderen; sie haben fast alle ähnliche Zusammensetzung, mögen sie auch in Größe und Gestalt voneinander abweichen. Deshalb sind auch Sie, Stuart, kein Fremdling auf dieser Welt, der nur fremdartige Wesen um sich herum sieht."

Schweigend blickte Stuart ihn an. Seine Stirn legte sich in Falten in der Anstrengung des Begreifenwollens. Aber er lächelte trübe.

Sam fuhr fort: „Es gibt nicht nur Finsternis auf der Welt, mein armer Freund. Sehen wir uns doch um! Wir haben ein gewisses Maß an Gesetz und Ordnung geschaffen. Wir haben Gerechtigkeit. Wir haben ein bißchen Barmherzigkeit. Wir haben einiges Vertrauen zu anderen und zu ihrem Wort. Wir haben, neben Gefängnis und Galgen, auch Krankenhäuser und Altersheime. Große Bücher sind geschrieben worden, und die Menschen lesen sie und denken darüber nach. Mitten unter zehntausend Betrügern gibt es wenigstens ein paar ehrliche Kerle. Im Menschen lebt die Hoffnung auf eine bessere Welt, und selbst in den Herzen von Mördern und Betrügern lebt verborgen der Glaube, daß diese bessere Welt kommen mag. Noch ist alles unvollkommen. Noch ist alles verworren und dunkel. Aber wenn sämtliche Menschen schlecht wären und wenn es ausschließlich Böses auf der Welt gäbe, bestünde nicht einmal die wenige Gesetzlichkeit und Ordnung, die wir haben, und das Leben wäre überhaupt unmöglich. Wenn alle Menschen schlecht wären, hätten sich auch die heiligen Schriften niemals bis zum heutigen Tag erhalten."

Er ließ Stuarts Schulter los, blieb aber neben ihm stehen. Er hob den ergrauten Kopf und blickte lächelnd vor sich hin.

„Sie haben von Ihrer Angst gesprochen. Ich habe keine Angst. Denn ich weiß, daß andere Menschen vielleicht ein bißchen besser oder schlechter als ich, aber im Wesen mir gleich sind. Wir ähneln uns alle. Das ist etwas, was wir lernen müssen. Dann werden wir auch verstehen, daß wir voneinander nichts zu befürchten haben und daß niemand dem anderen, außer aus Angst, Böses zufügt. Die Angst ist es, die Finsternis und Grausamkeit und Mord schafft. Wenn jeder zu sich selber sagt: ,Warum sollte ich meinen Bruder fürchten?', dann ist die Welt, von der wir träumen, angebrochen."

Stuart sagte nichts. Er schüttelte nur immer wieder den Kopf.

Sam lächelte, als sehe er etwas für andere Unsichtbares. „Ich glaube, Amerika ist das Land, wo man der Angst ein Ende setzen wird. Und dann werden Friede und Güte und die Vaterschaft Gottes herrschen. Diese Zeit wird kommen. Vielleicht nicht so bald. Aber sie wird kommen. Das ist mein Glaube an Amerika."

Die Kerzen, die Mrs. Berkowitz angezündet hatte, waren niedergebrannt. Aber plötzlich, in einem letzten Aufflackern, erhellten sie noch einmal den ganzen Raum. In diesem letzten Leuchten lag etwas wie Triumph.

Aber Stuart bemerkte nur die Dunkelheit, die darauf folgte. „Ich glaube nicht an Amerika. Ich glaube an nichts. Sie reden wie der alte Grundy, Sam. Ich weiß nur, daß ich Angst habe ... Sprechen wir wieder vom Geschäft!"

Frohgemut sagte Sam: „Vielleicht steht es mit dem Geschäft nicht so arg, wie ich glaube. Außerdem findet sich immer ein Weg. Wir werden schon einen Weg finden. Nein, gewöhnlich sind die Dinge nur halb so schlimm."

XXXV

Janie saß in der warmen Küche und sah sorgfältig ihre und Lauries abgetragenen, aber immer noch prächtigen Kleider durch. Jene Stücke, die sie nach genauer Prüfung ausschied, waren für die Tochter ihrer Köchin, der Mrs. Gordon, bestimmt.

Manchmal zögerte sie, warf jedoch dann mit rascher Handbewegung auch ein besseres Samt- oder Foulardkleid auf den Haufen, der sich, aus Rot, Purpur, Blau und Violett gemischt, zu ihren Füßen erhob.

Von den Angehörigen ihrer eigenen Gesellschaftsklasse genossen wenige Janies Vertrauen. Dagegen schenkte sie es, in einer merkwürdig demokratischen Anwandlung, den Hausbediensteten, die ihr — allen voran Mrs. Gordon — sehr anhänglich waren. Zu ihnen war sie hochherzig, lachte ihnen lustig mit ihrer heiseren, groben Stimme zu und war immer voll witziger, fröhlicher Einfälle, außer, sie hatte gerade ihren Schimpftag. Aber sogar ihre Zornergüsse fanden die Leute reizend und bewunderten ihre reiche Auswahl an Flüchen.

Wenn sie eine Magd beim Putzen der messingenen Treppenstangen traf, fand sie nichts dabei, sich ein paar Stufen höher hinzusetzen und mit dem jungen Ding ein interessantes, vergnügliches Gespräch zu beginnen. Da saß sie dann, in einen ihrer unzähligen Samthausröcke gehüllt, die mageren Arme auf den Knien verschränkt, und tauschte mit der Magd allerhand Spaß und Klatsch aus. Nach einer Weile konnten beide mit frischen Kräften ihr Tagewerk fortsetzen und schieden voneinander mit Freundlichkeit auf der einen und Hochschätzung auf der anderen Seite.

Auch die Gärtner sahen sie immer gern, ebenso die Stallburschen. Denn die Hausfrau verbreitete eine so angenehme Atmosphäre der Sorglosigkeit und Lebensfreude, entwickelte so viel anzügliche Pfiffigkeit, daß man darauf rechnen konnte, mit ihr zumindest eine halbe Stunde voll Unterhaltung und Lachen zu verbringen. Sie zahlte den Leuten gut, war auch sonst großzügig, etwa bei der Gewährung von Freizeiten, und zeigte lebhaften Anteil an ihren persönlichen Angelegenheiten. Dennoch nahmen sie sich selten Freiheiten heraus, weil sie gelernt hatten, daß ein bestimmtes Aufflackern in ihren Augen schlechte Laune und unbarmherzige Strenge bedeutete, eine Stimmung, die nicht so bald wieder verging.

Sie fand Vergnügen an der Gesellschaft dieser Leute, die

zwar ungebildet, aber fast immer schlicht und urwüchsig waren und so redeten, wie ihnen der Schnabel gewachsen war, oft scharfzüngig bis zur Unflätigkeit. Im Gespräch mit ihnen brauchte sie nie die feine Dame zu spielen. Sie konnte sich ganz natürlich, wie eine von ihnen, geben und einer angeborenen Derbheit und robusten Ungeschliffenheit freien Lauf lassen. Die Hausbediensteten waren gut Freund mit ihresgleichen in der Stadt, und nach jedem Ausgangsabend kamen sie mit gepfefferten Klatschgeschichten heim, die sie brühwarm ihrer begierig lauschenden Herrin vorsetzten. Dieser Dienstbotentratsch war immer Lichtpunkt und Würze in Janies Dasein. Wenn eine Nachricht besonders interessant und anstößig war, gab es als Botenlohn oft einen Samtumhang oder ein silbernes Fünfzigcentstück oder einen zusätzlichen Ausgang. Es handelte sich dabei eigentlich nicht um Bestechungsgeschenke; Janie war einfach so erfreut und entzückt, daß sie sich irgendwie erkenntlich zeigen mußte.

Ihr Lieblingsaufenthalt im Hause war die sehr geräumige Küche mit dem rotgekachelten Fußboden und den weißgetünchten Wänden. Ein großes, sonniges Fenster ging auf den Hintergarten; die breite Fensterbank war mit dicken Leinenkissen belegt. An einer der Wände hingen die vielen, im Licht goldig glänzenden Kupferpfannen. An einer anderen Wand stand der riesige Eisen- und Ziegelherd. Es brodelte warm, die Kochtöpfe sangen, ihre Deckel hoben sich und ließen gute, üppige Düfte ausströmen. Es gab drei bequeme Schaukelstühle in dem Raum, und einer davon war Janies Lieblingssessel, weil er besonders gut gepolstert und so niedrig war, daß ihre Füße den Boden berühren konnten.

Es war nun Sommer, der kurze, belebende Sommer des Nordens. Durch das offene Fenster drang angenehme Luft und Vogelgezwitscher. Die Bäume glitzerten in der Sonne; das Gras war grün und frisch. Rosen kletterten an der weißen Gartenmauer, und längs der Fliesenwege mischten sich die üppig bunten Farben der Ringelblumen und Lobelien und Stiefmütterchen und Phloxstauden. In der Mitte des Gartens stand wie ein zarter, grüner Springbrunnen eine Trauerweide, deren Gehänge in der bewegten, leuchtenden Luft herabrieselten, und rechts davon streckte eine edle Ulme die vergoldeten Äste empor. Über die grauen Schieferplatten des Hausdaches und die roten Schindeln der Stallungen und Nebengebäude flatterten Tauben in einen türkisblauen Himmel voll Sommerlicht.

Alles war sehr still und friedlich. Auf dem Herd summten die Töpfe; die Fenstervorhänge bewegten sich leise. Mrs. Gordon ging schweren, aber raschen Schrittes umher, eine massige, dicke Frau mit heiterem, behaartem Gesicht und vor Bosheit, Witz und Zufriedenheit funkelnden blauen Äuglein. Ihr graumeliertes schwarzes Haar ballte sich in unordentlichen Zotten über der Stirn und hinter den vollen, rosigen, leberfleckigen Backen. Sie hatte einen großen, kampflustig geschürzten Mund, eine knollige Nase, üppige Brüste und ausladende, den schwarzen Rock bauschende Hüften. Über den schwabbernden Bauch spannte sich eine blütenweiße Schürze.

Sie machte den Eindruck einer verläßlichen, flinken, allen Flausen abholden Person und redete wie ein Wasserfall, wobei sie ihre Bemerkungen mit dem Schwenken einer glänzenden Gabel oder eines Schöpflöffels unterstrich. Sie war Janies beste Freundin, hatte eine scharfe, lose Zunge und einen großen Vorrat an lustigen Geschichten, die sie zum endlosen Entzücken ihrer Herrin zum besten gab — keineswegs harmlose oder gutmütige, sondern schlüpfrige, anstößige Geschichten. Mrs. Gordon glaubte von jedem das Schlechteste, und dieses Schlechteste bezog sich meist auf die animalische Sphäre.

So saß denn auch heute Janie in ihrem niedrigen Schaukelstuhl und sortierte die für Mrs. Gordons Tochter bestimmten Kleidungsstücke. Diese Tochter war mit einem ‚krüppeligen Jammerlappen‘ verheiratet und hatte, wie in solchen Fällen üblich, einen Haufen Kinder, über die Mrs. Gordon keineswegs erbaut war. Sie hieß ihre Enkelkinder ‚Bankerte‘ und ‚Bastarde‘, obwohl deren unglückselige Mutter mit dem ewig kränkelnden Kindesvater durchaus rechtmäßig verheiratet war. Kleider und Wäsche, denen Laurie entwuchs, landeten bei den älteren Mädchen, während Lauries Brüder unwissentlich der gleichen Familie zinsbar wurden, indem ihre abgelegten Anzüge geschickt für die zahlreichen männlichen Abkömmlinge zurechtgeschneidert wurden.

Mrs. Gordon hatte immer eine bissige Bemerkung über ihren Schwiegersohn auf Lager. Während sie mit beifälligen Blicken Janies Sortiertätigkeit beobachtete, erklärte sie: „Man würde doch glauben, nicht wahr, daß ein Kerl, der nur zu gewissen Verrichtungen das Bett verlassen kann und die ganze Zeit wie ein geprügelter Hund herumwinselt, nicht die Schneid dazu aufbrächte! Aber pünktlich wie ein Uhrwerk stöhnt sie alle zehn Monate ein Junges heraus, während er greinend daliegt. Und nach drei Tagen muß sie schon wieder aus dem Bett und ins Waschen gehen! Scheußlich, sag ich Ihnen, Mrs. Cauder, ganz scheußlich!"

„Ich behaupte immer, vor einem Mannskerl ist die Frau erst sicher, wenn er tot ist, und nicht einmal das ist ganz verläßlich", schmunzelte Janie. Sie legte ein weißes Batistkleid Lauries auf den Haufen und nahm ihren eigenen letzten Sommerfoulard zur Hand, eine blaue Pracht.

An diesem Vormittag sah sie sehr hübsch und nett aus, mit den hitzehalber hoch auf den kleinen Kopf zurückgekämmten Locken, mit den lebhaft gefärbten, sommersprossigen Wangen und den vor Belustigung sprühenden grünen Augen. Sie trug ein dünnes, loses Musselinkleid, dessen mit einer Reihe breiter, gestärkter Rüschen besetzte Ärmel die Unterarme freiließen. Unter den Rockvolants lugten ihre kleinen Füße in absatzlosen schwarzen Sandalen und weißen Baumwollstrümpfen hervor. Heute war sie in bester Laune. Mrs. Gordon hatte ihr gerade einige saftige Geschichten über Nachbarsleute serviert, und sie kicherte noch im Nachgenuß. Wenn sie so beim Lachen ihre ebenmäßigen weißen Zähne entblößte, sah sie jung und munter aus, und man merkte kaum das Netzwerk feiner Runzeln, das sich auf ihr Gesicht zu legen und um die boshaften Augen zu verdichten begann.

Sie sagte: „Das ist ja eine feine Geschichte, das mit dem Bürgermeister. Der gute Mann hat schon drei Amtszeiten hinter sich und kneift noch immer die Mädel hinter den Haustüren! Wer hätte das von dem würdigen Mr. Cummings gedacht?"

„Und dabei ist er ein hochangesehener, eifriger Kirchgänger", nickte Mrs. Gordon grinsend. „Und hat ein Weib, so brav, wie es sich ein Mann nur wünschen kann, und eine hübsche Tochter."

Janie machte ein finsteres Gesicht. „Na, wenn ich an seine Frau denke, kann ich ihm seine Fehltritte nicht übelnehmen, Gordon. So eine patzige Person, diese Alicia, mit ihren großen Rosinen im Kopf! Mir ist sie seit jeher zuwider. An ihre Alice habe ich für Bertie gedacht; aber der mag sie nicht. Und jetzt tut Robbie ihr schön, wenn man bei dem fischblütigen Burschen überhaupt von Schöntun reden kann. Und Alicia paßt auf sie beide wie ein Schießhund auf und schneidet Grimassen, als wären meine Buben nicht gut genug für ihre Göre! Eher könnte ich die Nase rümpfen, und nicht diese Alicia. Wer sind schon die Cummings'? Sein Vater soll Schankwirt und Pferdehändler gewesen sein, und er selber hat sich angeblich erfolgreich in dunklen Geschäften betätigt. Wir in England haben da andere Maßstäbe, Gordon. Jedenfalls beweist Bertie seinen guten Geschmack. Für meinen noblen Bertie sind eben Roßtäuscher nicht fein genug!" Sie hob mit betonter Genugtuung den Kopf.

Mrs. Gordons boshafte Äuglein kniffen sich verschmitzt und wissend zusammen, und sie schmunzelte verstohlen. Dann sagte sie: „Na, Miß Alice ist hübsch, und ihr alter Herr hat Geld. Mr. Robbie könnte es ärger erwischen. In Grandeville gibt es nicht viel Auswahl. In einer größeren Stadt würden sich wahrscheinlich bessere Partien für Ihren Sohn finden, Mrs. Cauder."

Janie nickte und seufzte. Sie tat niedergeschlagen; aber Mrs. Gordon durchschaute sie. „Und da ist mein Angus, der heiratet im November diesen Fettwanst, diese Grete Schnippel mit ihren zum Himmel stinkenden Schlachthäusern."

„Geld stinkt nicht", erklärte Mrs. Gordon beziehungsvoll.

Janie blickte teils resigniert, teils selbstgefällig drein. „Mein Angus wird es sicher weit bringen, mit diesem Vermögen. Der Junge macht keine Dummheiten. Da zeigt sich die gute Erziehung. Er hat schon seine Pläne. Hoffentlich gelingt es ihm, sich die Nase zuzuhalten."

„Vielleicht steigt er selber in die Schlächterei ein", meinte Mrs. Gordon.

„Nein, nein! Schnippel — mein Gott, dieser Name! — hat ja zwei Buben. Und Angus trägt sich mit anderen Ideen. Übrigens auch seine Mutter", fügte sie schmunzelnd hinzu. „Angus will unbedingt seine Grete heiraten, obwohl ich sie nicht ausstehen kann. Haben Sie schon so einen Ausbund von Häßlichkeit gesehen, Gordon? Diese Schweinsäuglein! Und dieses strohgelbe Haar! Und auch sonst ein Ekel! In ein paar Jahren wird sie dick werden wie ein Faß."

„Vielleicht wird Mr. Angus auch sein Teil dazu beitragen", prophezeite Mrs. Gordon.

Janie kicherte. „Das bezweifle ich, Gordon. Das bezweifle ich. Ich fürchte, dazu fehlt dem Jungen das nötige Dingsda. Außerdem hält er es vielleicht für sündhaft. Für ihn lauert überall die Sünde, obwohl er nicht mehr in die Kirche geht. Mir scheint, für ihn müßte sich das Gebot: ‚Erfüllet die Erde!' in der unbefleckten Empfängnis auswirken. Oder in einer Bestäubung, wie es die Bienen bei den Blumen tun."

Die beiden Frauen brachen in lautes Gelächter aus und überboten sich an immer neuen, immer gewagteren Bemerkungen zu diesem Thema. Sie malten sich sehr drastisch die anstrengende Hochzeitsnacht dieses Paares aus, und zum Unterschied davon die von Robbie und Alice, eingeleitet durch eine genaue Befragung der Braut seitens des Bräutigams, was sie von der ganzen Sache halte und ob sie sich zu einem logisch fundierten Entschluß durchgerungen habe. Nach diesen ergötzlichen Abschweifungen mußten sie eine Weile verschnaufen, ehe sie weiterreden konnten.

Unterdessen sah Mrs. Gordon wieder einmal nach den Kochtöpfen. „Wann soll denn Mr. Bertie von seinem Erholungsaufenthalt in Saratoga zurückkommen?" fragte sie wie nebenher.

Janies Miene wurde traurig. Sie beugte sich über eines der Kleider, und ihre Stimme klang liebevoll, als sie erwiderte:

„Nächste Woche, glaube ich. Der arme Junge! So groß und stark! Wer hätte gedacht, daß er mit der Lunge nicht in Ordnung ist? Und auch mit dem Magen nicht!" Sie seufzte. „Nie wäre mir eingefallen, daß er so anfällig sein könnte. Aber auch mit einem kräftigen Burschen kann man nie sicher sein. Bei diesem armseligen Angus oder sogar bei meinem kleinen, ausgedörrten Robbie hätte ich es eher für möglich gehalten. Aber bei Bertie? Nie im Leben! Übrigens schreibt er, daß er sich sehr gut erholt hat und es vor Ungeduld, uns alle wiederzusehen, nicht mehr aushält."

„Was hat Mr. Robbie nach seinem Besuch bei Mr. Bertie erzählt?"

„Ach, Robbie findet, daß es seinem Bruder ausgezeichnet geht. Er hat wieder Mut gefaßt, sagt er." Wieder seufzte sie. „Wer hätte das gedacht? So lustig und vergnügt! Und nie im Leben Sorgen gehabt — mein lieber Bertie!"

Mrs. Gordon, die ihre Herrin aufrichtig gern hatte, warf ihr einen verstohlenen Blick voll Anteilnahme zu. Dieser nichtsnutzige Trunkenbold! So seiner Mutter das Herz zu brechen! Aber er war wirklich ein lieber Kerl und brachte Sonnenschein ins Haus! Auch sie seufzte.

Eine Weile herrschte tiefe, lastende Stille in der Küche. Dann drangen von weitem die leisen Klänge von Klavierspiel, und eine angenehme Stimme erhob sich, rein und schön und voll und stark. In Mrs. Gordons Gesicht trat ein zärtlicher Ausdruck.

„Ach, Miß Laurie übt", murmelte sie.

Janie runzelte die Stirn. „Muß sie so früh schon herumjaulen?" zeterte sie.

Und jetzt wurde die singende Stimme feierlich und gemessen, wie frommer Orgelton. Sogar Janie mußte zuhören. „Eine gute Stimme hat sie ja", gab sie unmutig zu. „Aber ob sie den Ehrgeiz aufbringt, etwas daraus zu machen, bezweifle ich. Sie hat Stuarts Lehrer bloß ihm zuliebe angenommen, nicht aus eigenem. Nur Stuart kann alles bei ihr erreichen. Ich habe selber gehört, wie sie ihm gesagt hat, sie wird lernen und üben, damit ihre Stimme ihm gefällt! Diese elende kleine Kröte! Wenn sie auch nur um zwei Jahre älter wäre, würde ich sie in eine Besenkammer sperren und mit Argusaugen hüten und fest an die Kandare nehmen! Wie eine liebeskranke Katze hat sie miaut!"

Sie sprang auf und schloß mit lautem, wütendem Knall das Fenster. Der Gesang wurde zu einem dumpfen Gemurmel. „So früh am Tag schon herumjaulen!" wiederholte sie.

Ärgerlich meinte Mrs. Gordon: „Lassen Sie sich gesagt sein, Mrs. Cauder, eines Tages werden Sie stolz sein auf das Mädel! In dieser Stimme liegt gutes Geld."

Janie wurde nicht ungehalten. „Hoffentlich", brummte sie verdrossen. „Wo man so viel Geld für sie aufwendet! Allerdings ist es nicht mein Geld. Wenn der Narr sich dazu drängt, zweitausend Dollar im Jahr für ihren Lehrer auszugeben, so ist das seine Sache. Er war immer ein Verschwender und ein Phantast. Warum er es tut, weiß ich nicht." Sie kicherte boshaft. „Wenn er später von meiner Tochter zu profitieren hoffte, so hat er sich mächtig getäuscht. Da habe ich einen Riegel vorgeschoben. Ich habe ihm einen Vertrag vorgelegt, wonach er von ihrem künftigen Einkommen nichts in Anspruch nehmen darf. Und diesen Vertrag mußte er unterschreiben, bevor die Kröte vor dem noblen Lehrer aus New York auch nur einen Ton von sich geben durfte!"

Der kurze Blick, den Mrs. Gordon ihrer Herrin zuwarf, war alles eher als freundlich. „Und außer den zweitausend Dollar Gehalt bietet er ja diesem Mr. Berry noch Quartier und Verpflegung", bemerkte sie nachdenklich. „Wozu er wohl das alles für Ihr Mädel tut?"

Janie zuckte die Achseln. „Das ist mir schleierhaft. Aber ihm hat es immer Spaß gemacht, flügellahme Vögel aufzupäppeln. Auch wegen Angus ist er mir doch so lange in den Ohren gelegen, bis der Junge selber ihm kurz und bündig erklärt hat, er solle sich um seine eigenen Sachen scheren. Und wegen Bertie hat er nicht eher Ruhe gegeben, als bis ich meinen Liebling nach Saratoga fahren ließ — auf Stuarts Kosten natürlich!"

Sie kicherte heiser. „Wenn der verdammte Esel unbedingt sein Geld für meine Kinder hinauswerfen will, werde ich ihm doch nicht in den Arm fallen. Besser, meine Kinder kriegen etwas von seinem Sündengeld als die Dirnen der Stadt. Warum er das alles tut? Ich weiß es nicht. Ein Wichtigtuer, ein Hansdampf in allen Gassen, das ist er!"

„Vielleicht hat er ein gutes Herz", meinte Mrs. Gordon.

Janie schnob. „Er ist einfach ein Narr, sag ich Ihnen, Gordon. Ein wehleidiger Narr! Muß immerfort für andere etwas tun, wie unter Zwang! Der endet noch im Arbeitshaus, und ich werde lachen, wenn's soweit ist! Dort landen sie alle, diese Wohltätigkeitsfexe, diese Esel und Tölpel!"

Sie stand auf und schüttelte die Fusseln von ihrem Musselinhauskleid. „Na also, Gordon. Fünf Kleider von mir und sechs von Laurie für Ihre Tochter!" Sie hielt inne. Sie zog aus der Tasche des Kleides ein paar Geldscheine und reichte einen davon der Köchin. „Und das können Sie auch Ihrer Tochter geben, von mir. Jetzt, mit dem neuen Baby und allem zusammen, wird sie das Geld gut brauchen können."

XXXVI

Bertie und Robbie Cauder schlenderten eines Sonntagmorgens längs des Flußufers auf der kanadischen Seite. Vor einer Stunde hatten sie eine Fähre genommen und waren nun unterwegs zur Ausmündung eines Baches, des Frenchman's Creek, wo sie für ein paar Stunden ein kleines Ruderboot mieten wollten. Hierher kamen sie gern und oft. Bertie trug ein Ränzel mit Brotschnitten, kaltem Rindfleisch und einer Flasche Wein.

Es war ein prachtvoller Frühherbstmorgen. Der Fluß zu ihrer Rechten war strahlendes Indigo unter einem kaum weniger farbensatten Himmel. Grashänge böschten sich zum Ufer ab, mit schattigen Ulmen und Ahornen gesprenkelt. Die Ahorne begannen eben, sich in große feurige Büsche zu verwandeln, die lichterloh vor dem Indigohimmel brannten. In der stillen, leuchtenden Luft lag ein leises Rauschen, das Zwitschern von Vögeln, das letzte geschäftige Summen von Bienen. Buttergelbe Schmetterlinge schaukelten mit den sanften, würzigen Windeswellen auf und nieder. Der Fluß murmelte und plätscherte emsig vorbei. Das amerikanische Ufer zeichnete sich scharf in klarem Grün ab, und in der Ferne sahen die beiden jungen Männer den kleinen, gedrungenen Fährdampfer, einem Spielzeugboot gleich, entschlossen durch die Fluten pflügen; das weiße Spitzengehänge des Kielwassers breitete sich fächerförmig über das wogende Blau.

Ein Signalhorn klang in hohen, wohllautenden Tönen durch die schweigende Luft. Ein Stück weiter an der holprigen, staubigen Landstraße lag die kanadische Garnison von Fort Erie. Gegen den tiefblauen Himmel flatterte der Union Jack und entfaltete stolz seine Farben. Die jungen Leute sahen die altersgrauen, von Sonnenlicht und Baumschatten gefleckten Kasernenmauern. Aber sie sahen keine Menschenseele.

Als sie an die Ortschaft von Fort Erie herankamen, rückten weiße Bauernhöfe und weiße Häuschen dichter aneinander, und die Sabbatstille wurde noch betont durch das gelegentliche Brüllen einer Kuh, Bellen eines Hundes oder Gackern eines Huhns. Jetzt säumten einzelne Gärten die Straße, sorgsam von weißen Lattenzäunen umgeben, hinter denen die letzten Rosen, Zinnien und spätsommerlicher Mohn glühten. Gelegentlich hörte man das Knarren einer Pumpe oder das Kreischen eines Tores oder eine ferne, schwache Stimme. Aber zu sehen war niemand.

Die beiden jungen Männer kamen am Fort selbst vorbei. Im gelben Staub des Kasernenhofes standen, auf ihre Musketen gestützt, ein paar kanadische Soldaten und plauderten miteinander. Ihre jungen, schnurrbärtigen Gesichter wandten sich mit lässiger Neugier den Spaziergängern zu, die lächelnd ihre Hüte lüfteten. Die Soldaten salutierten und sahen den jungen Leuten nach. Hinter ihnen flatterte die britische Fahne im Wind.

Jetzt hatten die Wanderer die holprige, staubige Straße wieder für sich allein. Man sah kein einziges Häuschen, nur Bäume, Grashänge, den Fluß und den weiten, strahlenden Himmel. Eine Zeitlang hatten die beiden geschwiegen. Nun räusperte sich Bertie und wandte sich lächelnd dem geliebten Bruder zu.

„Weißt du, wie ich dort diese verflixte alte Fahne, den Union Jack, gesehen habe, hat es mir direkt einen Stich gegeben. Ein komisches Gefühl. Du wirst mich auslachen, Robbie."

Aber Robbie erwiderte kühl: „Warum denn? Patriotismus und Chauvinismus sind alteingewurzelte Gefühle. Primitive Regungen. Erbgut. Atavismen. Überreste des Herdeninstinkts. Davon kommen wir nicht so bald los, Bertie. Das braucht Jahrhunderte der Vernunftherrschaft und der Erziehung. Wir erleben es sicher nicht mehr."

Auch diesmal war Bertie verdutzt und entmutigt über die logische, gelassene Art, mit der sein Bruder Gefühlsregungen, die an ihn herangetragen wurden, beiseiteschob, wie man Abfälle und andere unliebsame Dinge aus Anstandsgründen rasch verschwinden läßt. Bertie fühlte sich ein wenig niedergeschlagen. Etwas verdrossen sagte er: „Wie du die Sachen immer gleich auffaßt, Rob! Ich habe bloß gemeint, daß mir beim Anblick des verdammten alten Fetzens zum Bewußtsein gekommen ist, wie weit weg von zu Hause ich bin. Sehr weit weg von zu Hause."

Robbie lächelte seinem Bruder mit liebevollem Spott zu. Aber er antwortete, und in seiner gleichmäßigen Stimme lag eine Spur Traurigkeit: „Du wirst immer weit weg von zu Hause sein, Bertie. Aus meiner Bemerkung mach dir übrigens nichts! Wir sind jetzt auf einem Ausflug, und alles andere ist unwichtig."

Ihm tat leid, daß er Bertie gekränkt hatte. Aber ,albernen Gefühlsduseleien' mußte er einfach einen Dämpfer aufsetzen. Er glaubte fest daran, es würde einmal — allerdings erst in Jahrhunderten — die Zeit kommen, da die Menschen vernünftig würden. Dieser ganze Quatsch heute, alle diese Fetische! Kein

Wunder, daß der Mensch noch in Urwäldern der Vorgeschichte umhertappte, blind wie ein Maulwurf. Und was fand er in dem Gewirr von Schlamm und Unterholz und vermoderten Baumstümpfen? Trolle und Kobolde und phosphoreszierende Irrlichter.

Die beiden jungen Männer trugen ihre schönsten Sonntagsanzüge. Bertie sah stattlich aus in seiner hellgrauen Hose und dem dunkelgrauen Schoßrock. Er hatte etwas von Stuart Colemans Eleganz, obwohl er hagerer und kleiner war als sein Vetter. Seine rötlichen Locken schimmerten unter dem hohen grauen Hut hervor. In den behandschuhten Fingern hielt er einen Stock mit Silberknauf. Sein plissiertes Hemd war blütenweiß und gestärkt. Er hatte sich offensichtlich wieder völlig erholt, obwohl um seine fröhlichen blauen Augen noch dunkle Ringe lagen und den beweglichen, unentwegt lächelnden Mund Blässe umgab. Bis auf diese Fahlheit um die vollen, weichen Lippen war jedoch seine lebhafte Gesichtsfarbe fast ganz wiedergekehrt.

Robbie aber trug seinen uniformähnlichen schwarzen Tuchanzug, aus dem das schlichte Hemd blendendweiß hervorleuchtete. Vornehm und gesetzt schritt er neben seinem Bruder, ein Musterbild nobler Erscheinung und wohlabgewogener Nettigkeit. Sogar Handschuhe und Hut waren schwarz. Sein Stock war aus Ebenholz, mit schimmerndem Goldknauf. Sein Gang war etwas steif und bedächtig. Janie hatte, als sie die beiden in der Frühe aufbrechen sah, mißlaunig gebrummt: „Da geht also jetzt mein Liebling wieder einmal mit der schwarzen Gliederpuppe davon. Was nur mein Bertie an diesem Leichenbestatter findet?"

Auch viele andere stellten verwundert die gleiche Frage. An dem lächelnden, sorglosen Bertie konnte doch ebensowenig etwas sein, was dem kalten, scharfen Intellekt seines Bruders Anregung bot. Bertie war im Gespräch immer frohsinnig, unbeschwert und sprunghaft, nie grausam oder boshaft, fast immer unterhaltsam. Vielleicht fand Robbie wider alles Erwarten gerade diese Unbeschwertheit und Fröhlichkeit angenehm.

Die beiden erreichten die Einmündung des Frenchman's Creek, wo zwei alte Fischer für gelegentliche Besucher flachbodige Kähne und Angelgerät bereithielten. Als Robbie an die morsche Türe der verwitterten Hütte klopfte, schliefen sie wie die Murmeltiere; denn für sie war der Samstagabend immer eine festliche Angelegenheit, nach der sie den ganzen Sonntag zur Erholung brauchten. Endlich kam einer von ihnen in einem schmutzigen Nachthemd zur Tür und öffnete schimpfend. Die Kloben kreischten laut in das sonnige Schweigen. Robbie lächelte dem Alten zu. „Guten Morgen, Bob! Wir hätten gern ein Boot. Und Angelruten und ein paar Würmer!"

Die beiden Brüder setzten sich auf die warme Bank und lehnten die Rücken an die morsche Hüttenwand, während der alte Bob drinnen fluchend seine Hose anzog. Dann trat der hagere Fischer gebückt heraus; sein verfilztes Haar fiel ihm auf die Schultern. Noch lauter fluchend ging er zu einer feuchten Bodenstelle und begann, mit dem Spaten Würmer auszugraben.

Sein räudiger alter Hund lief heran und beschnüffelte die jungen Männer, die ihre Beine in der Herbstsonne baumeln ließen. Der heikle Robbie rückte möglichst weit von dem Hund ab. Bertie aber kraulte das alte Tier am Hals, bis es ihm die Vorderpfoten auf das Knie legte und ihm sabbernd, mit liebevoll glänzenden Triefaugen, schöntat.

„Na, du armer Kerl", murmelte Bertie mit seiner weichen, wohltönenden Stimme. „Bist ja noch immer recht stramm, auf deine alten Tage."

Das Tier war außer sich. Es rückte ganz nahe an Bertie heran und versuchte, ihn mit den halb enthaarten Pfoten zu umarmen. Lachend entzog sich Bertie den Liebkosungen der blassen, trockenen Zunge.

„Du kriegst Flöhe", warnte Robbie, von einem unbestimmten, aber starken Zorn erfüllt. „Und weiß Gott, was du dir sonst noch zuziehen kannst. Schau dir nur deine Hose an. Voller Haare! Denk daran, der Köter hat im Sommer eine Art Grind gehabt! Willst du dich anstecken, Bert?"

Plötzlich und mit einer Hast, die gar nicht zu seiner sonstigen Bedachtsamkeit paßte, packte er den Hund an den Genickfalten, riß ihn von seinem Bruder los und jagte ihn mit einem wohlgezielten Fußtritt davon, daß er sich winselnd hinter der Hütte verkroch.

Kopfschüttelnd wandte sich Bertie zu seinem Bruder, dessen sonst so blasse Wangen vor Aufregung ganz rot waren. „Das hättest du nicht tun sollen, Robbie. Nein, das hättest du nicht tun sollen", sagte er, noch immer freundlich lächelnd, aber mit merkwürdig glänzenden, starren Augen.

Robbie zuckte die Achseln. Er wischte von Berties Knie die daran haftenden grauen Hundehaare. Dann sprang er plötzlich in gereizter Stimmung auf und ging nachsehen, wie weit es mit den Würmern war. Er stellte sich neben den alten Fischer und krittelte. „Weniger Erde, und mehr Würmer!" verlangte er, mit der Stockspitze an die verbeulten alten Töpfe schlagend. „Für die Erde zahlen wir nicht, Bob!" Der Fischer fluchte, ohne von seiner Arbeit aufzublicken.

Bertie saß weiter auf der Bank und blickte über den Fluß hinaus. Plötzlich überkam ihn, mitten im Sonnenschein, ein Gefühl dunkler Verzweiflung.

Als er jedoch mit Robbie das kleine Boot bachaufwärts ruderte, war er wieder ganz lustig und gesprächig. Manchmal warf er den hübschen Kopf zurück und fing laut zu singen an. Achtsam hatte er den Rock ausgezogen. Der Rüschenkragen seines feinen weißen Hemdes stand offen. Das Sonnenlicht spielte auf den Brillanten an seinen Fingern. Er sang, und das Wasser warf seine Stimme lustig zurück.

Robbie, der seine Kräfte für die Rückfahrt sparen wollte, lehnte sich bequem im Heck des Bootes zurück und blickte träge um sich.

Merkwürdig war, wie verschieden die beiden Brüder die Landschaft in sich aufnahmen.

Robbie sah, wie ungetrübt blau das Wasser und wie klar der Himmel war; er spürte, wie die Herbstsonne ihm angenehm warm auf den entblößten Kopf und die Schultern schien. Das war aber auch alles, was zu seinen Sinnen drang. Seine abstrakten Gedanken nahmen ihn voll in Anspruch.

Bertie aber sah ganz andere Dinge. Das Boot glitt immer weiter bachaufwärts, und der Wasserlauf wurde schmäler und ruhiger. Die stillen Grashänge böschten sich steil zu dem dunkelgrünen, durchscheinenden Wasser ab, und die langen Zweige der Trauerweiden streiften mit gebrechlichen Fingern die Wasserfläche, in der sie sich als lichteres, zarteres Grün unkörperlich und unfaßbar spiegelten. Die flaschengrünen Schwimmblätter der Wasserrosen trugen die hübschen, sternförmigen, herrlich duftenden Blüten. Libellen glitten wie schillernde Edelsteine durch die dämmerig grüne Luft, und Vögel riefen aus dem Halbdunkel des dichter werdenden Gehölzes. Jetzt sah man durch die Weiden nur mehr Bruchstücke des brennend blauen Himmels.

An einer Stelle wurde der Bach plötzlich breiter und umschloß ein Inselchen, wo regungslos ein Reiher stand, der sich, von dem hier plötzlich frei herabströmenden Sonnenlicht rosa gestreift, unnatürlich hell gegen das umgebende Düster abhob. Rings um das Boot ertönte das dumpfe Plumpsen der Lurche, die von den Blättern der Wasserrosen sprangen. Und als sich die Bäume über dem wieder verengten Bach schlossen, und wässerig grüner Dämmerschein das Boot einhüllte, hörte man aus unsichtbaren, feuchten Waldschlupfwinkeln das Quaken der Laubfrösche. Dann und wann huschte ein Lichtfinger erschreckend rasch über das Wasser. Und auf allem lag durchsichtiges, gespenstiges Schweigen.

Die Brüder fanden ihren Lieblingsplatz, eine Waldlichtung, wo das Ufer weniger steil und grasiger war. Sie zogen das Boot an Land, nahmen ihre Ränzel und stiegen die Böschung hinauf. Unter einer Baumgruppe nicht weit vom Bach setzten sie sich und lehnten die Rücken gegen die Baumstämme. Sie waren rings von stillem Frieden umgeben und lauschten dem Zwitschern der Vögel in dem dichten Astwerk zu ihren Häuptern. Sie zündeten sich Zigarren an, streckten die Beine und lächelten einander zu.

„Hübsch ist es hier!" bemerkte Robbie. Er öffnete das Ränzel und entnahm ihm zwei Bücher. Den einen Band, eine ‚Strafrechtslehre', hatte er, den anderen, eine Keats-Ausgabe, sein Bruder mitgenommen. Er warf einen Blick auf den dünnen Gedichtband und reichte ihn mit nachsichtiger Miene weiter. „Warum du dieses Versgeklingel liest, ist mir rätselhaft", erklärte er, aber in liebevollem Ton. Er schlug sein Buch auf. Er blickte auf die Uhr. „In einer Stunde essen wir", gab er bekannt. „Gerade noch Zeit für die paar Kapitel, über die mich Richter Taylor morgen ausfragen wird."

Bertie nahm sein Buch. Er seufzte und lächelte. „Ich werde dich vermissen, wenn du nach Harvard gehst, Robbie", sagte er.

Robbie zuckte gleichmütig die Achseln. „Ich fahre erst nach Weihnachten", entgegnete er. „Und dann werde ich zwischendurch öfter heimkommen. Der Winter ist rasch vorbei."

Berties Lächeln wurde lebhafter. „Für mich nicht", erklärte er, während er sein Buch aufschlug. „Für mich nicht", wiederholte er leiser.

Robbie erwiderte: „Ja, ich kenne die verdammten Winter hier. In kaum einem Monat fängt es zu schneien an. Aber du wirst dir doch mit deiner Malerei, deinen Porträts, die Zeit vertreiben."

„Sicherlich", bestätigte Bertie, eine Spur zu begeistert.

Robbie runzelte die Stirn. Er fixierte das Ende seiner Zigarre. „Du könntest ja nach New York fahren und dort Studien betreiben."

Bertie schüttelte den Kopf. Sein Lächeln wurde sehr fröhlich. „Ach, das ist nichts für mich", meinte er belustigt. Er fegte sich ein wenig Asche vom Knie. „New York interessiert mich nicht."

Robbie betrachtete ihn mit ernster, nachdenklicher Miene. Nein, dachte er schmerzlich berührt, New York interessiert dich nicht. Dich interessiert überhaupt nichts. Weder deine eigene Person noch deine Lebensführung noch sonst etwas auf der Welt.

Aber Bertie schien recht friedsam und zufrieden zu sein, als er jetzt in seinem Gedichtband zu lesen anfing. Alles an seinen Umrißlinien, an seiner Kopfhaltung war schön und vollendet. Robbie konnte nicht begreifen, warum seine schmerzlichen Empfindungen sich verstärkten. Auch er begann zu lesen, konnte aber zunächst nichts auffassen. Erst als er seine ganze strenge Selbstbeherrschung aufbot, vermochte er sich in die Kniffligkeiten des ‚im Freistaate New York geltenden' Strafrechts zu vertiefen.

Jetzt war nichts mehr zu hören als das leise Rauschen des Waldes, fernes Uferplätschern des Baches, Vogelrufe und das Schrillen später Heuschrecken. Das Licht unter den Bäumen wurde sanfter und klarer, aber irgendwie gespenstiger.

Zu seinem Ärger merkte Robbie, daß sein Buch ihn nicht sehr fesselte. Immer wieder gingen ihm, was sonst sehr selten geschah, seine Gedanken durch. Immer wieder mußte er an den Bruder denken, und schließlich verschwammen ihm die Lettern vor den Augen.

Er dachte an Bertie mit jener beklommenen Traurigkeit, die den Toten oder den unrettbar Todgeweihten gilt. Aber sein Sinnen blieb ungeformt; es war nur ein trauriges Sichbescheiden, eine leise, schmerzende Unrast. Er konnte nichts für Bertie tun. Niemand konnte das. Weil Bertie selber nichts für sich tun konnte. In diesem lichtumflossenen Kopf war kein Wille, kein Wunsch. Er war wie ein Pflanzenblatt, das zwar in der Sonne glänzt, ohne sie aber dunkel ist und auch nicht nach dem Lichte verlangt, sondern nur wartet.

Er hatte Frauen kennengelernt. Aber sie waren ihm nur Sättigungsmittel gewesen, das man vergißt, bis der Hunger sich wieder drängend meldet. Wirklicher Liebe war er nicht fähig. Robbie bezweifelte sogar, ob Bertie für ihn mehr hegte als kindliche Zuneigung und Anhänglichkeit, nur um ein geringes stärker, als er es sonst für irgendwen oder irgendwas empfinden mochte.

Dann fiel ihm plötzlich mit schmerzhafter Lebendigkeit die Szene mit dem räudigen Hund ein. Aus den kühlen, farblosen Tiefen seines Herzens erhob sich ein mächtiges stummes

Rufen, gleich dem Schrei eines Angsttraums: Bertie! Bertie! Du verschweigst mir etwas! Sag es mir! Ich werde mich bemühen, dich zu verstehen.

Bertie spürte den festen Blick und schaute auf. Ein breites Lächeln trat auf seine Züge. „Paß auf, Robbie! Ich weiß, du hast für Gedichte nichts übrig; aber du mußt mich einfach anhören. Zwei Stellen. Ich habe sie angezeichnet... Ach was, ich lese sie dir eben vor, und du wirst zuhören!"

Er erwartete, Robbie würde heftig widersprechen und ihm abwinken. Aber zu seinem gelinden Erstaunen erwiderte der Bruder mit ungewohnter Freundlichkeit: „Ja. Lies sie mir nur vor!"

Mit einer Stimme, die Robbie nie an ihm vernommen hatte, begann sein Bruder zu lesen:

> „Trübsinnig lausch ich hin; wie lang schon gilt
> Der Tod mir als ein liebenswerter Freund;
> Manch leiser Reim fragt', wann er mir's erfüllt,
> Daß sich mein Atem mit den Lüften eint:
> Jetzt mehr denn je wär's wie ein leichter Tausch,
> Wenn ich mein Sterblich's diese Nacht verlör..."

Seine volltönende Stimme verstummte, und er blickte Robbie schweigend an, unentwegt lächelnd.

Robbie sagte nichts. Seine schwarzen Augen wandten sich nicht vom Gesicht des Bruders ab. Aber er spürte in seinem Innern ein Frösteln und Erstarren, als stürbe er selbst.

Nochmals beugte Bertie sich über sein Buch. „Und hier die zweite Stelle!

> Süß ist gehörte Weise; süßer tönt
> Die ungehörte; Flöte, töne fort,
> Nicht sinnlichem Gehör, doch, geistgekrönt,
> Zur süßen Weise ohne Ton und Wort;
> Wie diese Bäume ewig blühn im Licht,
> Nie läßt du, schöner Jüngling, dein Getön..."

Robbie hätte nicht sagen können, wann sein Bruder zu lesen aufhörte. Ihm klangen nur die Verse in den Ohren:

> Wie diese Bäume ewig blühn im Licht
> Nie läßt du, schöner Jüngling, dein Getön ...

Und plötzlich wußte er, daß Bertie eine Melodie in sich trug; aber es war eine, die er niemandem, niemandem in aller Welt, singen konnte. Er hatte keine Worte dafür. Er hatte nur Pein, der er mit seinem strahlenden Lächeln und seinem fröhlichen Blick begegnete.

Und ebenso wußte Robbie, mit einem geheimnisvollen, ihm selten beschiedenen Ahnungsvermögen, daß er seinen Bruder immer so vor sich sehen würde: als den Jüngling in dem Gedicht, der ein unirdisches Getön erklingen ließ unter Bäumen, die ewig blühten im Licht, ewig unverändert lebten, während er selbst für immer tot war.

Mit einem Ruck fuhr er aus seinem Sinnen auf. Er hatte einen seltsamen Laut gehört.

Bertie hielt den Kopf auf die Knie gesenkt und weinte.

XXXVII

An den Sonntagnachmittagen pflegte Angus seine Schwester Laurie zu Stuart zu begleiten, und sie spielte ihrem Gönner eine Zeitlang vor.

Diesmal jedoch, am ersten Novembersonntag, war Angus an einer fiebrigen Erkältung erkrankt, und Janie befahl ihrem jüngsten Sohn Robbie, die Begleitung zu übernehmen. Robbie, der sich niedergeschlagen und müde fühlte, fand diese Aufgabe nicht sehr verlockend. Aber sich herumzustreiten lag ihm nicht, und er war zu erwachsen, als daß er einen ihm kaum allzu lästigen Gefallen einfach abzulehnen vermocht hätte. Er fand also keinen triftigen Grund, warum er Laurie nicht durch die Straßen des sonntägigen Grandeville begleiten sollte.

Er war seiner Schwester nicht besonders zugetan, konnte sie aber ganz gut leiden, weil sie in manchen Beziehungen Bertie ähnelte. Sie hatte dessen blaue Augen, und ihr Haar war nur um Nuancen goldener als seines; sie besaß auch seine frische Gesichtsfarbe und hohe, ebenmäßige Gestalt. Aber gemeinsam interessierende Gesprächsthemen fanden Robbie und Laurie selten, weil er sie bei all ihrer Schönheit für eine ‚ziemlich lederne Suse‘ hielt. Überdies war sie trotz ihrer nur dreizehn Jahre fast so groß wie er, und er mußte zu seinem Mißbehagen feststellen, daß er neben einem solchen Riesenmädel nicht sehr stattlich aussah.

Immerhin nahm er sich vor, während der anderthalb Kilometer Weges zum Hause des Vetters nett zu ihr zu sein, mochte sie auch noch so langweilig daherreden. Übrigens wollte er auch selbst privat mit Stuart sprechen. So schärfte er denn seiner Schwester in väterlichem Tonfall ein, sich warm anzuziehen und ihren Muff zu nehmen. Die Straßen waren ja schon ganz verschneit und vereist, und aus niedrigem, mürrisch grauem Himmel blies ein heftiger, kalter Nordwind durch die verlassenen Straßen.

Der endlose nordische Winter hatte Ende Oktober begonnen, und die Stadt mußte damit rechnen, bis Mitte Mai zwischen See und Fluß wie von zwei eisigen Händen umklammert zu bleiben. Der blutarme, kälteempfindliche Robbie haßte diese Jahreszeit und sah den folgenden sieben strengen Wintermonaten mit verdrossenem Widerwillen entgegen.

Die empfindsame Wendung, ihm sei ‚schwer ums Herz‘, hätte zu Robbie nicht gepaßt; tatsächlich jedoch litt er an einem sehr ähnlichen Gemütszustand. Da er für eine echte Gefühlsaufwallung zu verstandesklar und zu nüchtern war, ärgerte er sich über das lästige Drücken in seiner Brust, über die schmerzhafte Steifheit seiner Glieder. Aber sosehr er sich zusammenriß, er konnte dieses müde Unbehagen, diese schwere Entmutigung nicht abschütteln. Ich habe einen Entschluß gefaßt, sagte er sich hartnäckig und voll Selbstverachtung vor, und jetzt denke ich einfach nicht weiter daran. Indes beugten sich seine verleugneten und verdrängten Gefühle weder dieser Verleugnung und Verdrängung noch der Entscheidung, die sein Verstand getroffen hatte.

Das alles machte ihm zu schaffen, als er mit seiner Schwester durch die menschenleeren, winddurchwehten Straßen ging. Sie hatten schon den halben Weg zurückgelegt, als ihm zu Bewußtsein kam, daß er bisher überhaupt kein Wort mit Laurie gewechselt hatte. Er war zu höflich und wohlerzogen, als daß diese Unterlassung ihn nicht bedrückt hätte; deshalb warf er ihr, während er seinen hohen Hut festhielt, einen Seitenblick zu und lächelte frostig. „Ein Hundewetter, was, Laurie?" bemerkte er freundlich und spürte im gleichen Augenblick eine beklemmende Öde.

Sie wandte ihm das Gesicht zu — ein bildhübsches Gesicht, stellte er zerstreut fest — und erwiderte sein Lächeln. „Ja", murmelte sie. Ihre Wangen waren rot und kalt.

„Ich bin ja kein unterhaltsamer Begleiter", gab er zu. „Schade, daß Angus erkältet ist. Er hätte dir viel mehr zu erzählen gehabt."

Laurie wandte ihr Gesicht ab und sagte kühl: „Angus und ich haben einander auch nichts zu sagen."

Überrascht drehte Robbie den Kopf so, daß er Lauries Gesicht unter der Biberfellhaube sehen konnte. Es war ganz starr und gespannt und trug einen unerfreulich erwachsenen Ausdruck. Jetzt regte sich in Robbie wirkliches Interesse. „Aber ihr seid doch immer so dick befreundet gewesen, Laurie", bemerkte er.

Sie erwiderte nichts. Sie schritt nur etwas rascher, mit ihrem ausgreifenden, geschmeidigen Gang, so daß Robbie sich beschämenderweise anstrengen mußte, um an ihrer Seite zu bleiben. Plötzlich stand bei ihm fest, daß die kleine Alice Cummings das einzig Richtige für ihn war, und seine frühere Bewunderung für Walkürengestalten kam ihm lächerlich vor. Laurie war auf dem besten Wege, ein Dragoner zu werden, dachte er gereizt.

„Angus war doch immer dein Kavalier", sagte er noch ärgerlicher, weil sein Atem etwas schneller ging. „Und ihr seid immer sehr gut miteinander gewesen."

Aber Laurie erwiderte rundheraus: „Angus hat sich geändert."

„Wieso denn?" fragte Robbie mit wachsendem Interesse.

Es berührte ihn etwas unangenehm, daß auf Lauries Wange ein Grübchen erschien, als wollte sie ein Lächeln über seine Naivität verbeißen. „Er hat sich eben geändert", wich sie aus.

„Wir ändern uns alle", bemerkte er kühl. „Hast du geglaubt, er wird immer ein kleiner Bub bleiben?"

„Nein", antwortete sie sehr gelassen. „Aber ich hätte nicht gedacht, daß aus einem jungen Mann wieder ein kleiner Bub wird."

Robbie stutzte. Das war doch eine sehr seltsame, aufreizende Bemerkung aus dem Munde eines noch nicht vierzehn Jahre alten Mädels! Hatte er richtig gehört? Wenn ja, dann waren alle seine vorgefaßten Meinungen über Laurie falsch, und er mußte sie sämtlich revidieren. Das brachte sein ganzes Gedankengebäude in Unordnung und erforderte Zeit. Er hatte es lieber, wenn er die Dinge schön der Reihe nach analysieren, registrieren und in Aktenordner einreihen konnte.

„Das verstehe ich nicht, liebes Kind."

Laurie kniff die Lippen zusammen, und ihr junges Gesicht wurde älter und härter. Dann sagte sie ziemlich kühl: „Was kann dich das schon interessieren, Robbie? Du und Angus, ihr habt euch nie viel gekümmert um einander. Oder bist du einfach neugierig?"

„Neugierig?" rief Robbie ärgerlich. „Ich wollte nur Konversation machen."

Laurie erwiderte: „Nur Konversation zu machen, paßt mir nicht. Das ist Zeitverschwendung."

Ehe Robbie sich wieder in die Hand bekam, empfand er wirklich tiefen Widerwillen gegen seine Schwester und neuerlich ein Gefühl der Demütigung, besonders, da sie unentwegt mit ihrem kühlen, unangenehmen Lächeln belustigt vor sich hinstarrte.

„Mir scheint", tadelte er scharf, „man hat deine Erziehung

zur Manierlichkeit jämmerlich vernachlässigt. Hat dir niemand gesagt, daß angenehme Konversation in der gesitteten Gesellschaft eine Notwendigkeit ist?"

Laurie lachte plötzlich auf. Sie stieß den Bruder an, und ihre Augäpfel tanzten. „Offenbar ist deine Erziehung zur Manierlichkeit noch weit ärger vernachlässigt worden, Robbie!"

Sein Verstand sagte ihm, diese Range sei unmöglich. Aber unverhofft war irgendeine spaßfreudige Saite in ihm angeklungen, und er mußte gleichfalls lachen. „Ja", gab er in ungewöhnlich warmem Tone zu. „Da hast du, fürchte ich, recht, Laurie. Ich wollte nur den älteren Bruder gegenüber der jüngeren Schwester herauskehren. Offen gesagt, wir Cauders sind wohl alle miteinander nicht sehr gut erzogen, wie? Aber was kann man schon erwarten — bei einer so köstlich unmanierlichen Mutter?" fügte er spöttisch hinzu.

Bei seinen letzten Worten erstarb Lauries Lächeln. Ihr Blick verfinsterte sich, ihre Lippen wurden schmal und hart. Sie zuckte die Achseln. Sie beschleunigte wieder ihre Schritte.

Plötzlich spürte Robbie ein wildes Schmerzen in der Brust, und seine Beklommenheit wuchs. Denn jetzt sah Laurie völlig dem Bruder Bertie gleich: der geschmeidige Gang, die Haarfarbe, die Gesichtszüge, alles! Wie jemand sich an das Porträt eines Menschen klammert, der tot oder für immer fort ist, so klammerte Robbie sich nun mit blinder Leidenschaftlichkeit an seine Schwester. Er rief, und war selbst bestürzt über die unwillkürlich gesprochenen Worte: „Laurie, weißt du, daß du eine ganz große Ähnlichkeit mit Bertie hast?"

Sie verlangsamte ihre Schritte und wandte ihm den Kopf zu. Jetzt waren ihre Augen ernst und freundlich. Zu seiner maßlosen Verwunderung erkannte er in ihnen Mitgefühl und eine neue, gedankenvolle Zärtlichkeit. „Glaubst du wirklich, lieber Robbie?" fragte sie behutsam. Sie nahm freundlich seine Hand und hielt sie fest; nun gingen sie langsamer nebeneinander her.

Er konnte sich nicht länger beherrschen. Mit einer bei ihm seltenen Schlichtheit sagte er: „Ja, liebe Laurie, wirklich!"

Nach einer Weile fügte er mit leiser Stimme hinzu: „Ich ... ich habe nämlich Bertie sehr gern."

„Das weiß ich", flüsterte sie. „Ich freue mich darüber, daß ich Bertie ähnlich sehe."

Er schwieg. Ihre Hände hielten einander fest. Robbies Verstand sagte: So etwas Lächerliches! Aber die Beklommenheit wich von ihm, und er spürte die Wärme von Lauries Hand. Sie sprachen nichts mehr, bis sie Stuarts Haus erreichten.

Hier, in Flußnähe, war die Winterluft schwer und zähe, mit Kälte beladen. Grau und gekräuselt warf das Wasser das düstere Licht des dämmerigen Nachmittags zurück. Das kanadische Ufer verlor sich in dichtem Nebel. Man hörte das Rauschen der Strömung und das Stöhnen des Windes in den kahlen Bäumen. Soweit das Auge reichte, gab es nichts als graue Öde: das einförmige Band des Flusses und darüber der von dunklen Wolken überzogene Himmel. Dann und wann taumelte ein dürres, geschrumpeltes Blatt, bronzefarben oder scharlachrot, durch die schwere, drückende Luft, oder eine kläglich schreiende Möwe hob bleigraues Licht auf ihren geschwungenen Flügeln. Die Gräser waren ringsum rostbraun geworden und neigten sich knisternd im Wind. Am Ufer zischten Wellen über die Steine und ließen auf ihnen eine dünne, schilfernde Haut von Schaum zurück. Hier und dort lagen beinweiß, beinhart gefrorene Schneeflecken.

Oben am Hang stand Stuarts Haus, die ‚Narretei des Iren‘, schimmernd weiß gegen den grauen Wolkenhimmel, ein einsamer, in dieser wilden Umgebung seltsam unangebracht wirkender Tempel der Schönheit. Laurie und Robbie stiegen die steinplattenbelegten Fußwege hinauf und öffneten das eiserne Gittertor. Als sie den Türklopfer hoben, folgte dem Klang ein Widerhall, überlaut in dieser tiefen, unheimlichen Stille.

Aber die schwarz und weiß glänzende Halle war warm, von milden, feinen Düften erfüllt. Überall brannten Lampen in sanftem Licht. Eine Magd nahm den Geschwistern die Oberkleider ab. Laurie strich sich das wellige Goldhaar und das karminrote Merinokleid zurecht. Dann trat sie an Robbies Seite mit erhobenem Kopf in den großen, hübschen Salon; sie hatte alle ihre Haltung und heitere Gelassenheit wiedergefunden.

Stuart erwartete mit Frau und Kind die jungen Gäste. Auch Mr. Richard Berry war da, der ‚noble Lehrer aus New York‘, ein sehr kleiner, dunkelhaariger Mann mit feurigen schwarzen Augen und schwarzem Vollbart. Er trat vor, die engen, geglänzten Schuhe wie ein Tänzer setzend, und verbeugte sich tief. Trotz seiner unverkennbaren Yankee-Abstammung befleißigte er sich feiner ‚kontinentaleuropäischer‘ Manieren, wie sie einem Musiklehrer geziemten. Er blickte fragend Robbie an, und als Stuart die beiden bekanntmachte, verbeugte er sich wieder. Kleine Männer waren ihm von Herzen zuwider, und Robbies kühler, spöttischer Blick behagte ihm erst recht nicht.

Marvina, ein leuchtendes Traumbild aus blauem Samt, schritt graziös über die Aubusson-Teppiche und begrüßte die Geschwister Cauder. Sie küßte Laurie auf die Wange und lächelte dem Begleiter ausdruckslos zu. Ehestand und Mutterschaft hatten ihr gut angeschlagen; sie war jetzt vollschlank und hatte rundliche Formen. Aber weder Ehe noch Mutterschaft hatten ihrem schönen, ungeistigen Gesicht mit den großen, goldenen Augen Reife zu geben vermocht; es war wie eh und je das Gesicht eines Kindes.

„Ach, meine teure Laurie, du bist ja ganz ausgefroren!" rief sie mit ihrer wohltönenden, völlig ausdrucksleeren Stimme. „Und heute begleitet dich unser lieber Robbie. Was ist denn mit Angus?"

„Angus ist erkältet", antwortete Robbie höflich, schon jetzt gelangweilt. Alberne Leute mochte er nicht; aber sie waren ihm noch lieber als diese entzückende junge Frau, die nicht einmal einer Albernheit fähig schien. Sie machte ihn verlegen. Ihm war, als redete er zu einer Statue. Jede Antwort überraschte ihn, weil er sich nicht vorstellen konnte, etwas zu ihr Gesprochenes könnte in dieser vollendet schönen Brust oder hinter dieser glatten weißen Stirn Widerhall finden.

Forschend blickte er Stuart an, der mit gefrorenem Lächeln neben seiner Frau stand, und wunderte sich zum soundsovieltenmal darüber, wie dieser heftige, ungestüme Mann es mit einer solchen Frau aushalten konnte, die nur eine mechanisch plappernde Riesenpuppe war. Aber vielleicht, dachte er, wirkte sie auf ihn beruhigend.

Jetzt trippelte die kleine Mary Rose mit einem Lächeln für die heißgeliebte Laurie schüchtern herein. Sie war ein sehr schwächliches kleines Geschöpf mit einem blassen, mageren Elfengesicht. Ihr Mund war zu breit und zuckte zu empfindsam; eine Fülle glanzlosen dunklen Haares fiel über die zarten Schultern. Die Flügel ihres geradrückigen Näschens bebten ständig. Die großen, traurigen schwarzen Augen schimmerten sanftmütig. Über dem roten Wollkleidchen trug sie eine gefältelte Schürze. Sie war so feenhaft zart und gebrechlich, daß nicht einmal Robbie ungerührt blieb; er lächelte ihr kühl zu und strich ihr mit dem Finger über die Wange.

Der geräumige, vornehm eingerichtete Salon war durchwärmt und durchleuchtet. Auf dem Klavier stand eine Kristallvase mit Treibhausrosen. Auch sonst standen überall Rosen, aus Stuarts berühmtem Wintergarten. Anerkennend blickte Robbie um sich. Alles war so geschmackvoll! Jedesmal, wenn er in dieses Haus kam, wuchs seine Hochachtung für Stuart zu erstaunlichen Ausmaßen.

Stuart legte Wert darauf, bei Lauries Gesangstunden anwesend zu sein. Er setzte sich und nahm seine kleine Tochter aufs Knie. Sie bettete den Kopf auf seine Brust und lag entspannt in seinen Armen; manchmal sah sie ihn mit scheuer, strahlender Bewunderung an.

Marvina nahm mit der unbewußten Anmut einer Schauspielerin Platz. Ihr schillernd blaues Samtkleid legte sich untadelig um Hüften und Beine, ihr weißer Nacken glänzte im Lampenlicht. Schon stand das übliche hübsche, leere Lächeln anmutig erstarrt auf ihrem Gesicht.

Robbie ließ sich steif und manierlich in seinem mit hellem französischen Satin überzogenen Sessel nieder und machte sich auf eine Stunde ödester Langeweile gefaßt. Von Musik verstand er nichts, hielt er nichts. Aber er wandte den Blick höflich und erwartungsvoll seiner Schwester zu, die vor dem Klavier stand, während Mr. Berry ein paar Akkorde anschlug.

Laurie hatte noch nicht zu singen begonnen. Robbie blickte um sich und sah Stuarts düsteren, zerstreuten Gesichtsausdruck. Das war ein hartes Jahr für ihn gewesen, dachte er mit unwillkürlicher Anteilnahme. Und es war noch nicht zu Ende! Aus Mutters boshaften Bemerkungen hatte er mancherlei entnommen. Die Wirtschaftskrise war Stuart gar nicht gut bekommen und würde ihm, wenn er nicht achtgab, noch ärger zusetzen. Wahrscheinlich gingen ihm selber jetzt auch diese Dinge durch den Kopf; denn um seinen verdrossenen Mund standen tiefe Zornesfalten, seine Augen waren müde und eingesunken. Er war, dachte Robbie weiter, ein unbesonnener, törichter Mann, ein Wirrkopf. Aber er hatte etwas an sich ...

Mr. Berry wandte sich theatralisch an die Zuhörer. „Schuberts ‚Wer ist Silvia?‘ ", kündete er an. „Miß Laurie studiert dieses Lied seit einiger Zeit und wird es uns jetzt, zum allgemeinen Vergnügen, in einer eleganten Wiedergabe bringen!"

Robbie sah, wie auf Lauries Lippen ein ununterdrückbares Lächeln trat. Groß und gelassen stand die Range neben ihrem Lehrer, und so verdammt selbstsicher! Robbie fand das Bild unterhaltsam. Diese Laurie hatte einen ruhigen Gleichmut, durch den sie weit gereifter wirkte, als es ihrem Alter entsprach.

Dann öffnete sich ihr Mund, und ihre Stimme erklang, rein und mühelos, voll Kraft und Innigkeit. Jetzt war es vorbei mit dem Gleichmut. Ihr ganzer Körper wurde Teil ihrer Stimme und schien mitzuvibrieren. Sie vergaß ihre Zuhörer. Sie warf den Kopf zurück. Ihr Gesichtsausdruck wurde leidenschaftlich und verzückt. Ihr Haar glitt ihr über den Nacken. Wie beschwörend hob sie die Hände. Ihre junge Brust wölbte sich. Sie war eine Frau, kein Mädchen mehr. Sachte, wie einer unwiderstehlichen Anziehung folgend, wandte ihr Kopf sich Stuart zu.

Und Stuart erwiderte den Blick über die Weite des beleuchteten Raumes hinweg. Obwohl er unbewegt, mit dem Kind auf den Knien, eine Hand schlaff auf Mary Roses Schulter, dasaß, schien in seinem Innern alles aufs äußerste gespannt.

Robbie hatte seine Schwester zu Hause von weitem singen gehört, aber kaum darauf geachtet. Sein nüchterner, geordneter, sich sorgfältig jeder Gefühlsregung enthaltender Geist war von Musik, dieser so rein gefühlsmäßigen Kunst, nie berührt worden. Jetzt jedoch wurde auch sein kühles Herz aufgewühlt, und er spürte in Lauries herrlicher Stimme und ausdrucksvoller Miene das Walten ganz starker Leidenschaft.

Er dachte: Das Geld war also doch nicht hinausgeworfen; sie kann wirklich singen! Aber der Gedanke entfaltete sich nicht ganz. Denn außer dem vollendet schönen Gesang schwebte in diesem Zimmer noch etwas anderes, etwas Beängstigendes, fremd, ja feindlich und verderblich der Vernunft, etwas, das sie zerschellen und ihre Trümmer, wie Strandgut in brüllender Brandung, zum hilflosen Spiel der Wellen machen konnte.

Er blickte Laurie an, als läge die Erklärung für diese rätselhafte, zwiespältige Stimmung in ihr. Er sah ihr kreidebleiches, leidenschaftliches Gesicht, ihre weit aufgerissenen blauen Augen. Er sah, daß sie nur Stuart anstarrte. Behutsam wandte er den Blick seinem Vetter zu und spürte, obwohl er dessen Züge nicht genau erkennen konnte, auch hier eine Leidenschaft, die dem gleichen Gefühl in Lauries Miene und Stimme antwortete.

Robbie runzelte die Stirn. Also, diese Range war noch nicht vierzehn, wurde es erst in vier Wochen! Warum fiel ihm übrigens gerade jetzt ihr Alter ein, an das er bisher überhaupt nicht gedacht hatte? Aber die Sängerin dort war kein Kind mehr. Sie war eine Frau, die ihr Gefühl unbekümmert hinausschrie, die flehte und sich demütigte, die in unverhüllt entzücktem Heißhunger sich öffnete.

Er sah Marvina an; sie lächelte weiterhin ausdruckslos und wiegte den Kopf anmutig im Takt des Gesanges. Bei diesem Anblick schalt Robbie sich einen Narren.

Und nun war das Lied zu Ende. Laurie lächelte ihrem Lehrer zu, der mit fachmännischer Miene ein paar Stellen beanstandete und wiederholen ließ.

Und damit verlor der Raum seine beklemmende Atmosphäre. Alles wurde wieder gleichgültig und alltäglich. Robbie zog sein Taschentuch hervor und trocknete sich die Hände, die lächerlich feucht geworden waren.

Stuart spielte mit Mary Roses Locken. Er schien plötzlich erschöpft; sogar seine langen Beine sahen schlaff und müde aus. Sehr blaß geworden, flüsterte er der Kleinen etwas zu, und sie kuschelte sich näher an ihn. Marvina unterdrückte ein Gähnen und blickte sich entschuldigend um. Der Lehrer ließ Laurie noch eine Stelle wiederholen. Im Zimmer war es sehr öde und langweilig geworden. Robbie ertappte sich dabei, wie er selbst zu gähnen begann.

Mr. Berry gab seiner aufmerksam zuhörenden Schülerin Anweisungen für die nächste Übungsstunde. Robbie blickte verstohlen auf seine Uhr. Durch die halboffenen Vorhänge sah er, daß es zu schneien angefangen hatte. Das Kaminfeuer prasselte empor, offenbar von einem heftigen Windstoß angefacht. Robbie wollte heim. Plötzlich kam ihm das Haus hier leer und kalt vor.

Dann fiel ihm ein, daß er mit Stuart reden mußte. Er hatte es schon ursprünglich vorgehabt, aber durch seine lächerliche Verwirrtheit vergessen.

Mr. Berry schloß den Klavierdeckel und wandte sich an Stuart. „Sind Sie zufrieden, Mr. Coleman?" fragte er selbstgefällig.

Stuart fuhr zusammen. Er schaute auf, über Mary Roses Kopf hinweg. „Wie? Ach ja, ja. Sehr sogar. Laurie macht sich, was?"

Der Gesangslehrer schwieg bedeutsam. Er schürzte die Lippen. Eindrucksvoll ragte der Vollbart vom Kinn. Nachdem der Fachmann eine Weile mit verdrehten Augen die Zimmerdecke betrachtet hatte, sagte er: „Miß Laurie macht Fortschritte, ja. Sie wird besser, ja. Aber es wird noch geraume Zeit dauern, ehe sie in unsere New Yorker Schule aufgenommen werden kann. Ich würde ein weiteres Jahr Ausbildung empfehlen. Fleiß. Rastlosen Eifer. Keinen Firlefanz. Keine Schlampigkeiten. Eine ernstliche Hingabe, wie sie heute bei jungen Leuten kaum zu finden ist. Eine geradezu religiöse Hingabe, Mr. Coleman. Bedachtheit. Zielbewußtheit. Aber ich glaube, Miß Laurie hat alle diese Eigenschaften", fügte er rasch hinzu.

Eine Magd brachte ein Servierbrett mit allem Zubehör für den Tee. Auf dem Silber spielte rosig der Feuerschein. Anmutig und mit freundlichem Zwitschern setzte Marvina sich vor das Tablett und fing an, Tee einzugießen und kleine Butterbrote und Kuchen zu verteilen. Die Gäste setzten sich in die Nähe der Hausfrau und des Kamins. Stuart schien nur mit seiner Tochter beschäftigt. Sie ritt auf seinem Knie. Er brach ein Stück Butterbrot ab und hielt es ihr hin. Zuerst wehrte sie sich mit einem flehentlichen Blick auf den Vater; als er aber freundlich in sie drang, aß sie folgsam, ihm zu Gefallen. Ihr Appetit war gering.

Mr. Berry hatte sich begeistert auf das Thema der Opern gestürzt, die er in Berlin und Paris und London gesehen hatte. Stuart, den dieses Thema interessierte, hörte jetzt aufmerksam zu. Marvina plauderte freundschaftlich mit Laurie, die vergnügt ihren Tee trank und jetzt wieder ganz jung war, fast ein Kind. Robbie nippte an dem ihm verhaßten Tee und aß lustlos einige Kuchenstücke.

„Ja, eine ausgesprochene Wagner-Stimme", vertraute Mr. Berry dem Hausherrn an. „Eine ausgesprochene Wagner-Stimme. Ich höre Miß Laurie geradezu im ‚Lohengrin'! Eine prächtige Elsa! Sie bringt alles für diese Rolle mit. Nicht einmal eine Perücke braucht sie; das Haar paßt ideal. Sie hat das Format dazu, Sir. Ja, ganz zweifellos, das künstlerische Format! Sie wird eine Sensation sein, Mr. Coleman, eine richtige Sensation! In den Hauptstädten der Welt wird man sie mit Beifall überschütten. Gekrönte Häupter werden sie empfangen. In Amerika allerdings . . ." Er breitete bedeutsam die Arme aus. „Wer schätzt schon in Amerika die Künstler? Ein barbarisches Land, Sir, ein barbarisches Land! Hier ist Hopfen und Malz verloren."

Stuarts Miene verfinsterte sich plötzlich vor Ärger. Er schob das Kind auf seinem Knie zurecht und rief gereizt: „Wie meinen Sie das, Sir? Was paßt Ihnen nicht an Amerika? Es ist ein junges Land, ja. Aber offenbar vergessen Sie, daß jungen Ländern alle Möglichkeiten offenstehen. Wenn Amerika erwachsen ist, wird es seine eigene Art von Geistigkeit hervorbringen. Wie sie aussehen wird, weiß ich nicht. Aber es wird sie hervorbringen. Davon bin ich überzeugt. Hier ist nichts unmöglich."

Mr. Berry war verdutzt. Begütigend sagte er: „Das mag schon sein. Aber vorläufig habe ich noch keine Anzeichen dafür entdeckt."

„Es muß nicht die gleiche Geistigkeit sein wie in Europa", fuhr Stuart immer gereizter fort. „Es kann etwas ganz Neues werden. Die Anzeichen sieht man an allen Ecken und Enden. Amerika geht alles schneidig an. Sie mögen das unfein nennen. Ich halte es für Lebenskraft. Warum bloß eine einzige Art von Geistigkeit Geltung haben sollte, ist mir unerfindlich. Das wäre ebenso albern, wie wenn man — weil blaue Augen gerade beliebt sind — verlangen würde, alle Menschen müßten blaue Augen haben. Wo ist denn Ihre vielgerühmte Hochschätzung für Einzigartigkeit, für Abweichung von der Norm, für Persönlichkeit?"

Robbie war gelinde überrascht. Stuart argumentierte gut, dachte er. Aber weshalb, zum Teufel, regte er sich so auf? Gerade diese Erregung ließ seine Worte kindhaft und lächerlich erscheinen. Wenn jemand hitzig, laut und eilig redete, vielleicht gar zu stottern anfing, hörte man ihn, mochte das Gesagte noch so wahr und treffend sein, nicht mehr an, sondern belächelte nur überheblich seinen Ungestüm. Das war bedauerlich; aber die Menschen waren eben Esel.

In der Tat spielte ein überhebliches, aber verstohlenes Lächeln um Mr. Berrys Lippen. Robbie fand ihn plötzlich höchst zuwider. Mit kühler, unbeteiligter Stimme mischte er sich ins Gespräch.

„Ich bin ganz deiner Meinung, Stuart. Aber die Menschen sind allem Neuen abhold. Was sie einmal bewundert haben, scheint ihnen für immer das Beste. Ihre Ablehnung steht in direktem Verhältnis zur Neuheit einer Sache. Das kommt von einer dem Menschen angeborenen Furchtsamkeit und Scheu vor Änderungen. Jede neue Idee bedroht eine Geborgenheit, die in einer sich ständig wandelnden Welt ohnedies höchst fragwürdig geworden ist."

Ungeduldig erwiderte Stuart: „Ja, ja. Das habe ich gemeint. Ich danke dir. Deshalb sage ich, daß die amerikanische Geistigkeit anders sein wird. Sie entsteht erst. Alles ist im Fluß. Wir können nicht einmal noch die Umrisse erkennen."

Er blickte seine Frau an. Plötzlich fühlte er sich völlig erschöpft und ausgepumpt. Mit tonloser, aber freundlicher Stimme sagte er: „Liebste, willst du das Kindermädchen rufen? Die Kleine ist eingeschlafen."

Marvina lächelte unpersönlich und klingelte. Dann richtete sie die rehbraunen Augen auf das Kind. Ihr Lächeln blieb ganz vage, ohne auch nur eine Spur weicher oder zärtlicher zu werden; es war einfach da, wie das unveränderliche Lächeln eines Porträts.

Das Kindermädchen trug die schlafende Kleine hinaus, der das dichte dunkle Haar auf das weiße Ärmchen fiel. Marvina sah ihnen nach. Dann wandte sie ihre Aufmerksamkeit wieder den Gästen zu und bot frischen Tee an.

Robbie sagte zu seiner Schwester, die ins Feuer starrte: „Wollen wir nicht gehen? Draußen ist ein Schneesturm, und wir haben einen ziemlich langen Marsch vor uns."

Zuvorkommend erklärte Marvina: „Wir lassen euch in unserem Wagen heimbringen, meine Lieben." Aber in ihrer Stimme lag keine innere Anteilnahme.

Mr. Berry flüsterte seiner Schülerin rasch noch ein paar Anweisungen zu und buckelte sich dann aus dem Salon hinaus. Auch Laurie ging in die Halle, gefolgt von der anmutigen Marvina, die sie, etwas verspätet, zu ihrem Liedvortrag beglückwünschte.

Stuart und Robbie blieben allein. Nervös brannte Stuart sich eine Zigarre an, stützte den Ellbogen auf den Kaminsims und blickte von der Seite ins Feuer. Er schien Robbie vergessen zu haben.

Der junge Mann trat an seinen Vetter heran und sagte leise: „Stuart, ich möchte mit dir reden."

Stuart hob den Kopf und starrte schweigend seinen Verwandten an.

„Ich weiß nicht, ob irgendwer sich schon gehörig dafür bedankt hat, was du für Laurie tust", begann Robbie mit unsicherem Lächeln. „Jedenfalls danke ich dir jetzt. Es ist außerordentlich nett von dir."

Stuart zog die Brauen hoch. Dann zuckte er die Achseln und schnippte Zigarrenasche ins Feuer. „Eine Stimme hat das Mädel, was? Und dabei hat eure Mutter behauptet, sie könne sich einen Lehrer nicht leisten."

Robbie lachte. „Sie war ganz überzeugt davon, daß Laurie eine gute Stimme hat. Wenn du nur ein bißchen zugewartet hättest, so hätte sie das Geld für einen Lehrer ausgespuckt. Aber du hast nicht gewartet. Sie tat es. Sie ist sehr schlau."

Stuart schnitt eine Grimasse. „Ich bezweifle, daß sie das Geld, wie du es nennst, ,ausgespuckt' hätte. Sie mag das Mädel nicht. Übrigens liegt mir das Zuwarten nicht." Jetzt lächelte er ein wenig, flüchtig.

Robbie nickte. „Meine Mutter ist ehrgeizig. Sobald sie sich einmal vergewissert hatte, daß Laurie singen kann, hätte sie jeden Betrag geopfert. Das weiß ich. Schade!"

Stuart erwiderte nichts. Mit finsterer Miene blickte er ins Feuer.

Robbie fuhr fort: „Eine andere Sache! Angeblich hast du meiner Mutter geraten, Bertie noch einmal nach Saratoga zu schicken."

Stuart schwieg.

Jetzt trat Robbie dicht an ihn heran und legte ihm mit ungewohnt beschwörender Geste die Hand auf den Arm. „Ich muß dir nahelegen, Stuart, das nicht wieder zu tun. Bitte!"

Erstaunt sah Stuart ihn an. „Warum denn nicht? Glaubst du, deine Mutter wird diesmal selber das Geld für den Aufenthalt herausrücken?"

„Nein", entgegnete Robbie ruhig. „Im Gegenteil, ich weiß,

daß sie es nicht tun wird. Und zwar, weil ich selber sie davon überzeugt habe, daß es sinnlos ist."

Verwundert ließ Stuart den Arm vom Kaminsims gleiten. Der ,verdammte kleine Schulmeister' schien ja ganz aufgeregt und verbissen!

„Du hast sie davon überzeugt? Ja, weshalb denn? Hat nicht die letzte Kur dem armen jungen Narren genützt? Ein halbes Jahr lang hat er danach kein Glas mehr angerührt. Ist denn ein Rückfall eingetreten?"

Robbie wandte den Blick ab. Aber seine Stimme blieb gleichmütig, als er sagte: „Ja. Es ist alles umsonst."

Plötzlich schien er sehr müde. „Es ist alles umsonst", wiederholte er. „Früher hatte ich eine andere Vorstellung von Bertie. Zum Teil stimmt sie noch. Aber die Dinge liegen tiefer, als ich dachte. Jetzt weiß ich, daß er sich, wenn überhaupt irgendwas, nur den Tod wünscht."

Entsetzt sah Stuart ihn an. „Wie kannst du das sagen? Das ist idiotisch. Du redest daher wie ein Dummkopf."

Robbie schüttelte den Kopf, ohne Stuart anzublicken. „Ich weiß, daß ich recht habe. Und ich weiß auch, daß nichts meinem Bruder den Lebenswillen wiedergeben kann. Nicht etwa, daß ihn vor dem Leben ekelt! Er mag einfach nicht mehr."

Langsam, mit finsterer Miene wandte er sich jetzt Stuart zu. „Hast du dir schon einen Wandspiegel näher angesehen, Stuart? Er hängt ständig an seinem Platz. Manchmal beleuchtet ihn die Sonne. Dann verschwindet sie und läßt ihn im Dunkeln. Er reflektiert nur. Er hat kein Eigenleben. Vielleicht würde er", fügte er mit merkwürdig verzerrtem Lächeln hinzu, „wenn er seine Meinung kundtun könnte, darum bitten, man möge ihn von der Wand nehmen. Vielleicht würde er sagen, er habe es satt, dazuhängen und Sonnenschein oder Finsternis zu reflektieren."

Stuart starrte ihn an. Sein Gefühl begriff. Aber sein robuster Verstand wehrte sich heftig gegen etwas so Furchtbares. „Was du nur zusammenredest! So ein Quatsch! Was hat denn, um Gottes willen, dein Unglücksrabe von Bruder mit einem Spiegel zu tun? Ausgerechnet mit einem Spiegel? Hör zu, mein Lieber! Ich habe auch Augenblicke, wo ich vom Leben und von all den Problemen genug habe und lieber tot sein möchte. Aber das geht vorbei. Ernstlich habe ich nie den Wunsch zu sterben. Manchmal dreht sich einem der Magen um vor dem Leben. Aber das geht vorbei, wie jedes Magenweh. Man muß einfach weiterleben."

Kopfschüttelnd erwiderte Robbie: „Aber Bertie will nicht weiterleben." Er zögerte. Dann traf er eine für diesen Verstandesmenschen ganz ungewöhnliche Feststellung. „Es gibt Dinge, die man nicht in Worte fassen kann. Man muß sie spüren. Gefühlsmäßig, wenn du willst." Bei dem ihm widerlichen Wort ‚gefühlsmäßig' verzog sich sein Mund. „Ich spüre so manches an Bertie. Vor ungefähr zwei Monaten hatte ich eine Art Gespräch mit ihm. Er hat nicht viel gesagt. Weit wichtiger war... seine Miene. Und da wußte ich plötzlich, daß alles zwecklos ist. Nichts kann meinem Bruder den Lebenswillen wiedergeben. Es handelt sich nicht bloß um eine innere Leere, Stuart. Es ist mehr als das."

„Aber was will der junge Fant eigentlich?" schrie Stuart, und dieses Schreien war eine Auflehnung gegen das Entsetzen, das er in seinem warmen, ungestümen Herzen verspürte.

„Ich habe es dir gerade gesagt, Vetter Stuart. Er will gar nichts. Und da er nichts will, vermag er das Leben nicht zu ertragen. Ich... ich kann das nicht weiter erklären. Ich drücke mich sehr ungeschickt aus. Ich habe keine Worte dafür. Aber ich weiß, daß die Sache wie ein Alp auf seiner Seele lastet."

„Aber was steckt hinter dem allen?" fragte Stuart.

Robbie zuckte müde die Achseln. „Ich weiß es nicht", erwiderte er fast flüsternd. „Ich weiß es nicht. Vielleicht ist Bertie schon von Natur aus so. Er gibt in allem nach. Er schickt sich in alles. Er ist liebenswürdig und bezaubernd. Er ist immer lustig und mit allem einverstanden. Warum? Vielleicht, weil er nichts für so wichtig findet, daß er es bekämpfen oder verneinen sollte. Ich habe selbst gehört, wie er kopfnickend zwei völlig verschiedenen Meinungen zugestimmt hat, als wäre er von beiden aus ganzem Herzen überzeugt. Er ist nicht einmal bloß uninteressiert. Es handelt sich um etwas noch Negativeres."

Stuart bedachte diese gespenstige Möglichkeit ein paar Augenblicke lang. Dann fragte er mit gepreßter Stimme: „Was macht er jetzt?"

„Seit Wochen trinkt er fast ununterbrochen. Seit jenem Gespräch mit mir. Er ist schwer krank. Er nimmt kaum Nahrung zu sich. Er liegt bloß im Bett und trinkt. Meine Mutter wollte schließlich, daß man ihm den Alkohol fernhält. Ich habe ihr klargemacht, wie sinnlos das wäre. Er würde einen Weg finden, sich ihn zu verschaffen, und wenn er aus dem Bett aufstehen und ihn irgendwo stehlen müßte. Nichts könnte ihn hemmen. Er würde sich wie ein Rauschgiftsüchtiger oder ein Hypnotisierter verhalten, der das einzige sucht, was ihm noch im Leben etwas bedeutet. Wir können ihn nur trinken und sterben lassen. Und genau das will er. Wie dürfen wir uns anmaßen, zu entscheiden, es sei besser für ihn, am Leben zu bleiben — sobald wir einmal seinen Zustand erkannt haben?"

„Du würdest ihn Selbstmord begehen lassen?" fragte Stuart entsetzt.

Wieder zuckte Robbie die Achseln. „Er will es so. Ach, wahrscheinlich könnten wir ihn darüber hinwegbringen, für eine Weile. Aber er käme darauf zurück. Es wäre nur eine Verlängerung seines Todeskampfes." Er seufzte, und es war ein Laut, den man selten von ihm hörte. „Also, so stehen die Dinge. Ich kann ihn jetzt nicht allein lassen. Wie du weißt, wollte ich mich nach Weihnachten in Harvard melden. Ich habe das aufgegeben, vorläufig wenigstens. Ich bleibe bei Bertie."

Stuart war sehr betroffen. „Warum denn? Du hast dir das mit Harvard doch vorgenommen? Du mußt doch hin?"

Robbie blieb unbeeindruckt. „Kann sein. Aber das hat Zeit. Ich werde bei Richter Taylor weitermachen. Eigentlich muß ich ja überhaupt nicht weg. Unbedingt notwendig ist es nicht. Anwalt kann ich auch ohne Harvard werden. In weiteren zwei Jahren, hat der Richter mir gesagt, kann ich zur Anwaltstätigkeit zugelassen werden, ohne alle die anderen Vorstufen."

Mit neuerwachtem scharfem Interesse blickte Stuart ihn an. Der Junge hatte also doch menschliche Gefühle! Aber er konnte sich die spöttische Bemerkung nicht verkneifen: „Also, ist das nicht gegen alle deine berühmte ‚Vernunft‘?"

Robbie lächelte, und diesmal war es ein kindliches Lächeln. „Jetzt hast du mich drangekriegt. Leider scheint es manchmal Dinge zu geben, die stärker sind als die Vernunft."

Plötzlich verspürte Stuart tiefe Zuneigung für ihn, und ein Aufwallen von Gefühlswärme. Liebevoll legte er dem Jungen die Hand auf die Schulter. „Wie alt bist du eigentlich, Robbie? Achtzehn? Na, da hast du noch Zeit genug vor dir. Aber hör zu, wenn du irgendeinmal etwas brauchst, sagst du es mir, was?"

Robbie sah ihn fest an. „Stuart, warum machst du dir so viele Umstände mit uns allen?"

Stuart drückte dem Jungen fest die Schulter und ließ dann die Hand wieder sinken.

„Was weiß denn ich?" rief er freimütig grinsend. „Wahrscheinlich einfach, weil ich für mein Leben gern die Nase in fremde Angelegenheiten stecke. Denn wirklich lieb habe ich, meiner Seele, keinen einzigen von euch!"

Robbie lachte.

Als er zur Tür ging, begleitete Stuart ihn.

„Hör mich an, Robbie. Schlag dir diese Ideen wegen Bertie aus dem Kopf! Sie tun dir, glaube ich, gar nicht gut."

XXXVIII

Joshua Allstairs saß, über seinen Stock gebeugt, und sah seinen Besucher lange, nachdenklich an.

Die vergangenen sieben Jahre hatten den Greis zwar frömmer, aber nicht menschenfreundlicher gemacht. Seine eingetrocknete Gestalt war noch weiter zusammengeschrumpft, und er glich nun noch mehr einer alten Spinne. Sein schreckliches, finsteres und modriges, unheimliches Haus umgab ihn wie eine

Höhle, in der er beutegierig lauerte. Alles an ihm war schattenhaft, bis auf die raubgierig leuchtenden Augen, die sich jetzt unverwandt auf Sam Berkowitz richteten.

„Ach ja", murmelte er und nickte wohlwollend. „Ja, Mr. Berkowitz, Sie können rauchen, wenn Sie wollen. Ich selbst halte mich zwar aus moralischen und anderen Gründen von diesem schädlichen Unkraut fern; aber ich habe nichts dagegen, wenn andere ihre unsterbliche Seele gefährden." Er verzog das Gesicht zu einem schwachen Grinsen.

Sam zündete langsam und feierlich seine Pfeife an. Er lehnte sich in seinem Sessel zurück. Er betrachtete mit freundlicher Bedachtsamkeit den Bankier, der seinen Blick forschend erwiderte. Warum hatte der widerliche Jude ihn schriftlich um eine kurze Unterredung gebeten? Dieser Besuch versprach ja vergnüglich zu werden!

Sam seufzte leise. Er ließ sein Gesicht zu einer glatten Maske erstarren und lächelte dann seinem Gegenüber zu. „Es handelt sich um eine kleine geschäftliche Angelegenheit", entschuldigte er sich, anscheinend verlegen. „Ich werde Ihre Zeit nicht über Gebühr in Anspruch nehmen, Mr. Allstairs."

„Heute gehe ich nicht in die Bank", erklärte Joshua zuvorkommend.

„Jedenfalls werde ich Sie nicht lange aufhalten", betonte Sam nochmals. „Die Sache wird Ihnen vielleicht ungewöhnlich vorkommen, Mr. Allstairs. Aber ich muß Sie etwas fragen. Ich höre, Sie haben in Ihrem Besitz einige Wechsel über zusammen einundzwanzigtausend Dollar, die mein Teilhaber Mr. Coleman drei New Yorker Banken ausgestellt hat." Er hatte das in verbindlichem Tone gesagt. Nun hefteten sich seine braunen Augen fest auf den Bankier.

Joshua war verblüfft. Sein Gesicht verrunzelte sich derart, daß es einem eingetrockneten Nußkern glich. Seine Augen funkelten Sam feindselig an. Schließlich räusperte er sich und sagte großspurig: „Das ist allerdings eine höchst ungewöhnliche Erkundigung, Mr. Berkowitz. Wirklich, höchst ungewöhnlich. Und, wie Sie zugeben werden, auch höchst erstaunlich. Ich weiß nicht, woher Sie Ihre Informationen bezogen haben." Er unterbrach sich abwartend. Aber Sams Miene blieb verbindlich und undeutbar.

Joshua wurde wütend. „Ich verstehe das nicht, Sir! Sie werden einsehen, daß ich verwundert bin. Geschäftliche Transaktionen sind im allgemeinen nicht Gemeingut von... Unbeteiligten."

„Ich bin", berichtigte Sam in ernsthaftem Tone, „kein Unbeteiligter."

Joshua starrte ihn an. Dann grinste er. „Richtig, richtig, gewiß! Bitte, verzeihen Sie meine ungestümen Worte, Mr. Berkowitz! Natürlich berührt alles, was Ihren Teilhaber betrifft, unvermeidlich auch Sie." Er hüstelte. „Aber ich fürchte, Sie befinden sich in einem Irrtum. Nicht hinsichtlich des Bestehens der Wechsel, die Sie anscheinend in meinem Besitz vermuten, sondern mit Ihrer Annahme, ich würde Ihnen irgendwelche Auskünfte darüber geben."

Sam schmauchte langsam an seiner Pfeife und schwieg. Er baumelte mit dem einen der übergeschlagenen Beine. Er ließ sich nicht beirren. Joshua warf ihm einen giftigen Blick zu. Seine Klauenhände umklammerten den Stockknauf fester.

Dann entgegnete Sam, unverändert höflich: „Ich habe triftige Gründe zu der Annahme, daß Sie diese Wechsel besitzen, Mr. Allstairs. Fragen Sie mich nicht, wer mir das mitgeteilt hat! Ich werde es Ihnen nicht verraten. Aber ich weiß, daß Sie im Besitz dieser Papiere sind. Nur Stuart ahnt nichts davon."

Joshua preßte die Lippen aufeinander und ließ den Kopf noch etwas tiefer zwischen die gebeugten Schultern sinken. Jetzt sah er wie die Verkörperung des Bösen aus.

Sam lächelte liebenswürdig. „Ich weiß auch, daß Sie die Wechsel mit beträchtlichem Abschlag gekauft haben, weil die betreffenden Banken wegen der Wirtschaftskrise dringend Geld brauchen. Sie haben die Wechsel gekauft, obwohl sie noch nicht fällig sind."

„In zwei Wochen werden sie fällig!" entschlüpfte es Joshua, ehe er sich dessen versah.

Sam nickte nur mit ernster Miene. „Ja, ich weiß. Und zweifellos wollen Sie die Einlösung betreiben."

Joshua schwieg; aber sein ganzes verwittertes Gesicht leuchtete vor Bosheit auf.

Wieder nickte Sam. „Ich bin bereit, Ihnen diese Wechsel abzukaufen, Mr. Allstairs, mit Gewinn für Sie."

Joshua warf den Kopf zurück, so daß die Halssehnen wie Schnüre hervortraten, und schrie, ohne sich beherrschen zu können, mit heiserer Stimme: „Abkaufen? Die wird mir niemand abkaufen! Auch nicht um den doppelten Betrag! Glauben Sie denn, Sie Schleicher, ich werde die langersehnte Chance, mich an diesem gottlosen Schurken zu rächen, aus der Hand geben? Glauben Sie, ich habe so lange gewartet, damit man mich jetzt um diese Gelegenheit prellt?"

Weder seine böse funkelnden Augen und sein gerötetes Gesicht noch sein wütendes Gezeter erschütterten Sams Gleichmut. Er sah Joshua nur ruhig an, als hätte er irgendeine ganz alltägliche Bemerkung gemacht.

Diese Gelassenheit, dieses höfliche Zuwarten verfehlten ihre Wirkung auf Joshua nicht. Er keuchte ein paarmal und wurde plötzlich still. Lange starrte er Sam an.

„Wozu wollen Sie die Wechsel kaufen?" fragte er dann.

Mit fester Stimme erwiderte Sam: „Das ist meine Sache, Sir. Aber ich habe Ihnen schon gesagt: ich bin Stuarts Teilhaber. Das haben Sie doch nicht vergessen?"

Joshua biß sich auf die Lippe. Er beugte sich über den Stockknauf. Sein Kopf wackelte, wie in einem Anfall von Schüttellähmung. Dann begann er mit einemmal zu lächeln, und dieses Lächeln war boshafter denn je.

„Ach", sagte er sehr sanftmütig, „ich verstehe. Wollen Sie nicht andeuten, Sir, daß Sie Mr. Colemans Lebensführung satt haben? Seine Schulden, seine Übeltaten, die Art, wie er Ihre Firma ständig in Gefahr bringt?"

Jetzt wurden Sams Augen hart und unergründlich. Er sagte: „Sie können es so auffassen, Sir."

Joshua musterte ihn. Und dann huschte ein ganz gemeiner

Ausdruck über seine verwitterten Züge. Er fing an zu kichern. Das Kichern steigerte sich zu lautem Krächzen. Er wiegte sich in seinem Sessel vor und zurück. Er sah Sam verschmitzt an.

„Hab ich mir's doch gedacht! Hab ich mir's doch gedacht! Schon vor Jahren habe ich ihn gewarnt, daß ein Jude ein gefährlicher Geschäftspartner ist. Natürlich mache ich Ihnen daraus keinen Vorwurf, Mr. Berkowitz. Beileibe nicht! Im Gegenteil, ich bewundere Sie. Auch Sie haben Ihre Stunde abgewartet, genau so wie ich, nicht wahr?"

„Sie können es auch so auffassen, Sir", wiederholte Sam lächelnd. Sein Blick wurde freundschaftlich vertraut. „Aber das alles bleibt doch unter uns, Mr. Allstairs?"

Joshua nickte freudig. Er lehnte sich zu seinem Besucher hinüber. „Ich weiß vieles, Mr. Berkowitz, was Sie erstaunen würde. Ich kenne alle Geschäfte — und alle Schulden — des Großkaufhauses Grandeville. Ich weiß, daß Ihr Unternehmen die Wirtschaftskrise noch nicht überwunden hat. Ich kenne auch den genauen Betrag, der privat unter Ihrem Namen auf Bankkonten liegt. Mr. Berkowitz, ich bewundere Sie. Sie sind ein vorsichtiger, sparsamer, von Nützlichkeitserwägungen geleiteter Mann. Es versteht sich, daß Sie über Mr. Colemans Extratouren und sträfliche Fahrlässigkeiten aufgebracht waren."

„Das versteht sich", bestätigte Sam seufzend.

„Und Sie wünschen ihn loszuwerden?"

Sam neigte den Kopf.

Joshua lehnte sich noch näher zu ihm hinüber. „Mr. Berkowitz, als Bankier Ihres Unternehmens bewundere ich schon seit langem Ihre Geschäftstüchtigkeit. Ihr Genie. Aus dem Kaufhaus haben ja Sie, das weiß ich, das gemacht, was es ist; und Sie könnten noch mehr daraus machen, wenn Sie Ihren jetzigen Geschäftspartner los wären. Viel, viel mehr könnten Sie daraus machen, davon bin ich überzeugt. Aber Sie würden einen stillen Teilhaber brauchen. Ist das in Ihren Plänen vorgesehen?"

„Es könnte vorgesehen werden", bestätigte Sam in sehr ernsthaftem, ja beflissenem, aber auch sehr behutsamem Ton.

Joshua nickte und rieb sich die Hände. „Nichts leichter als das. Ich werde die Wechsel unserem ebenso bewundernswerten wie leichtsinnigen Freund präsentieren und ihn aus dem Großkaufhaus Grandeville hinausmanövrieren. Dann bin ich Ihr stiller Teilhaber." Er sah Sam mit vergnügter, liebevoller Verschwörermiene an. „Ich glaube, Mr. Berkowitz, das löst alle Probleme zur beiderseitigen Zufriedenheit."

Sam sprach kein Wort. Er zog gemächlich an seiner Pfeife. Seine Augen schienen jetzt schimmernde braune Steine.

Joshua wurde ungeduldig. „Damit ist alles bestens erledigt, Mr. Berkowitz." Dann grinste er. „Ich verstehe natürlich, warum Sie jetzt schweigen und nachdenken. Ursprünglich wollten Sie selber Ihrem Partner die Wechsel zur Zahlung vorlegen und ihn aus dem Geschäft hinausdrängen, so daß Sie ohne Teilhaber gewesen wären und völlig freie Hand gehabt hätten. Ist's nicht so?"

Sam wandte den Blick ab. Er schien verlegen.

Joshua drohte ihm schelmisch mit dem Finger und kicherte kehlig.

„Sie sind ja ein ganz Schlauer, Mr. Berkowitz. Aber alle Hochachtung! Wirklich alle Hochachtung! Nur kann ich leider darauf nicht eingehen. Ich muß eine Beteiligung am Kaufhaus verlangen. Falls Sie befürchten, daß ich mich in die Geschäftsführung mischen werde, so kann ich Sie beruhigen. Ich habe mir die ganze Sache schon längst zurechtgelegt. Als ich die Wechsel kaufte, geschah es schon mit der Absicht, Ihr Teilhaber zu werden. Ich verlasse mich auf Ihren Weitblick. Ich habe unbeschränktes Vertrauen zu Ihnen."

Er lachte. „Unser Freund hat auch geglaubt, daß er sich auf Sie verlassen kann. Aber dieser charakterlose Wüstling ist kein Joshua Allstairs!"

Wieder änderte sich seine Miene, wurde gemein und blutdürstig. „Er hat mir meine Tochter geraubt, das einzige, das ich auf der Welt hatte. Ist er ihr ein guter Ehemann? Schätzt er sie? Nein! Er bricht ihr das Herz. Unverfroren legt er vor ihr seine ganze Schamlosigkeit an den Tag. Seine widerlichen

Affären sind allgemein bekannt. Bedenken Sie nur, Sir, was er damit einer gutherzigen jungen Frau angetan hat, die ihm Vertrauen geschenkt und ihr Leben in seine Obhut gestellt hat!"

Sam seufzte tief. Er blickte Joshua teilnahmsvoll an. „Auch das weiß ich, Sir. Ich kann nicht sagen, wie leid es mir tut."

Joshua wurde erregt. Er preßte seinen Stock, als würgte er jemanden. Er geriet in Wut. Er hob den Stock und schüttelte ihn heftig.

„Ich werde nicht ruhen, bis ich ihn zu Fall gebracht habe, bis er vor mir auf den Knien herumrutscht und Reue erweckt für die Schmach, die er Gott und den Menschen angetan hat! Das habe ich mir geschworen. Darauf warte und dafür plane ich. Und nichts soll mich hemmen!" Er rang nach Atem. „Erst wenn er ein Bettler ist, in Lumpen gekleidet, um Gnade winselnd, nach einer Brotkrume schnappend, werde ich zufrieden sein. Erst wenn er zugrunde gerichtet ist, wenn meine Tochter wieder mir gehört und ihr Kind wohlgeborgen in meinen Armen liegt, werde ich ihm verzeihen können."

Sam hörte zu. Seine Miene war traurig und teilnahmsvoll. Wiederholt nickte er. „Ich verstehe", murmelte er. „Das ist wirklich begreiflich."

Erschöpft sank Joshua in seinen Sessel zurück. Er fixierte seinen Besucher. Er streichelte langsam den Stockknauf. Er sagte: „Sie sind an Herz und Scharfblick ein Gentleman. Sie verstehen mich."

„Ja", entgegnete Sam nachdenklich. „Ich verstehe und würdige Ihren Standpunkt. Trotzdem müssen Sie mir die Wechsel verkaufen."

Joshua setzte sich wieder auf. Zitternd schrie er: „Das werde ich nicht tun! Habe ich Ihnen meine Absichten nicht hinreichend klargemacht? Wollen Sie von mir verlangen, daß ich die Rache in Ihre Hände lege?"

„Ja", erwiderte Sam rundheraus.

„Dann sind Sie ein kompletter Narr, mein Herr, und ich muß meine Meinung über Sie ändern."

Sam verschränkte die Arme vor der Brust. „Haben Sie vergessen, Sir, daß ich selber auch ein wenig Rache zu nehmen habe? Stuart schuldet mir mehr als achtzehntausend Dollar. Dieses Geld werde ich nie mehr sehen. Überdies gibt es manches andere zu bereinigen. Deshalb muß ich Ihre Wechsel haben."

„Aber sehen Sie denn nicht ein, Sie Dickkopf, daß wir die Rache gemeinsam genießen werden?" rief Joshua. „Genügt Ihnen das nicht?"

„Nein", erklärte Sam bedächtig. „Das genügt mir nicht."

Joshua beugte sich vor und rieb das Kinn am Stockknauf. Wieder begann er zu grinsen. „Es stimmt also wirklich, daß die Rache eines Juden hemmungslos und unerbittlich ist."

In Sams Augen blitzte es seltsam auf. Aber er sagte nichts.

„Er war mit Ihnen befreundet. Er hat Ihnen vertraut. Mehr als irgendwem anderen", malte Joshua sich lustvoll aus. „Er hat sich Ihnen auf Gnade oder Ungnade ausgeliefert, mit Haut und Haaren. Und trotzdem wollen Sie so etwas tun!"

„Ja, trotzdem will ich seine Wechsel kaufen. Mit Gewinn für Sie", bestätigte Sam.

Joshua seufzte. „Ich bewundere Ihre feste Haltung, Mr. Berkowitz. Aber Sie müssen sich diese Sache aus dem Kopf schlagen. Unsere Rache wird wohl eine gemeinsame Angelegenheit sein müssen; sie wird ihn deshalb bestimmt nicht weniger hart treffen. Ich möchte sein Gesicht sehen, wenn er erfährt, daß sein lieber Freund ihm in den Rücken gefallen ist! Ja, dieses Gesicht muß ich sehen. Ich will dabeisein. Das ist mein einziger Vorbehalt."

Sam rückte sich in seinem Sessel zurecht. Es war eine ganz leise, aber sehr beredte Geste.

„Ich zahle Ihnen für diese Wechsel vierundzwanzigtausend Dollar. Sie verdienen glatt dreitausend." Er fügte hinzu: „Nein — mehr, Mr. Allstairs! Sie haben die Wechsel um siebzehntausend gekauft. Ihr Gewinn beläuft sich also auf runde siebentausend. Das ist kein Pappenstiel, Mr. Allstairs."

In einer Aufwallung von Ärger vergaß Joshua seine vergnügte Stimmung. Er stieß einigemal mit dem Stock auf den

Teppich. Er schüttelte zornig den Kopf. „Sie sind starrsinnig, mein Herr. Ich verkaufe Ihnen die Wechsel nicht. Obwohl mir dabei dreitausend Dollar an Reingewinn entgehen."

Sam heftete den Blick auf seine verschränkten Arme. „Sie müssen es tun", erklärte er überaus freundlich. „Sie müssen unbedingt. Sonst informiere ich die zuständigen Behörden über Ihre kleinen Transaktionen im ‚Untergrundverkehr'. Zum Beispiel darüber, daß sich im gegenwärtigen Augenblick zwanzig unglückliche Neger in einem Ihnen bekannten, Ihnen gehörigen Hause aufhalten und daß Sie diesen armen Kerlen viel Geld für die Überfahrt nach Kanada abpressen. Und daß Sie sich unter ähnlichen Umständen schon ein Vermögen gemacht haben. Ihre Helfershelfer, Sir, sind bekannt."

Wenn das Haus plötzlich um ihn herum in Flammen aufgegangen, wenn Wände und Decken donnernd niedergekracht wären, hätte Joshua nicht bestürzter, seine Gesichtsfarbe nicht gespenstiger, sein Blick nicht entsetzter sein können. Er sank in seinem Sessel zurück. Er starrte Sam entgeistert an.

„Ja, ich muß diese Wechsel bekommen", erklärte Sam bedauernd. „Sonst gehe ich von hier schnurstracks zur Behörde. Ich hätte gern diese Sache aus dem Spiel gelassen. Ich habe gedacht, wir könnten uns freundschaftlich verständigen."

„Sie Erpresser!" flüsterte Joshua, und dieses Flüstern war ebenso entgeistert wie sein Blick.

„Ich fürchte sehr, Mr. Allstairs, daß ich wirklich ein Erpresser bin", seufzte Sam.

Joshua schwieg. Im Kamin knurrte das kleine Feuer. Die dunklen Wände rückten näher. Der Aprilwind heulte an den Fenstern. Der alte Mann kauerte so regungslos in seinem Sessel, daß man ihn für tot hätte halten können. Selbst seine starren Augen waren die Augen eines Toten. Er begann wieder zu flüstern. Es war wie das Rascheln dürrer Blätter, wie das Wühlen einer Ratte im Stroh. Sam hörte das Geräusch; aber erst nach einer Weile verstand er die Worte.

„Ich bin betrogen worden. Man hat mich meinen Feinden, den Ungläubigen, ausgeliefert. Ein gottloser Jude, ein Mörder

Christi, hat mich in seiner Falle gefangen. Ich, ein Christ, bin in den Händen der Pharisäer, der Schlächter des Gotteslammes."

Durch diese schrecklichen, abscheulichen Worte ließ Sam sich nicht im geringsten beirren; nur sein gefurchtes Gesicht mochte eine Spur blässer geworden sein. In seinem gewohnt verbindlichen Tone sagte er: „Ich muß die Wechsel haben. Und zwar sofort."

Jetzt geriet Joshua außer sich. Er fing an zu schreien. Er schlug mit dem Stock nach Sam, der nur seinen Sessel außer Reichweite rückte. Er geiferte. Sein Gesicht war furchtbar anzusehen. Es verzerrte sich so, daß es jede Ähnlichkeit mit einem Menschenantlitz verlor. In seiner Bedrängnis keuchend, rief er: „Dafür werde ich mich rächen! Sie werden nicht ungeschoren in meinem Lande bleiben, für das meine Vorfahren ihr Leben hingegeben haben. Sie werden krepieren, wie es einem jüdischen Hund gebührt!"

Sam wiederholte: „Ich muß die Wechsel haben. Und zwar sofort." Gelassen stand er auf und schaute auf seine Uhr. „Ich habe Ihre Zeit schon über Gebühr in Anspruch genommen. Sie werden mir jetzt die Wechsel sofort ausfolgen."

Er zog sein Scheckbuch hervor. Er sah sich nach Feder und Tinte um. Dann zeigte er auf die Klingelschnur. Plötzlich hatte er etwas Beängstigendes an sich, etwas Unerbittliches, Gnadenloses. „Sie werden um Tinte und Feder klingeln. Ich stelle Ihnen einen Scheck auf vierundzwanzigtausend Dollar aus. Und zwar sofort!"

XXXIX

Sam öffnete leise die Tür von Stuarts Kontor und blieb auf der Schwelle stehen.

Stuart hatte ihn nicht kommen hören. Auch wenn Sam geräuschvoll eingetreten wäre, hätte er es übrigens nicht wahrgenommen. Denn er starrte mit den blinden, trockenen Augen eines zutiefst Verzweifelten geistesabwesend auf die gegenüberliegende Wand und hielt eine glimmende Zigarre schlaff zwischen den Fingern.

Lange betrachtete Sam ihn. Er sah das hagere, gefrorene, reglose Gesicht. Er sah die ständig zunehmenden weißen Strähnen in Stuarts Haar.

Er räusperte sich behutsam. Stuart zuckte zusammen. Langsam wandte er den Kopf. Dann trat ein schmerzliches Lächeln auf seinen Mund, nicht aber in seine vergrämten Augen. „Kommen Sie nur, Sam!" sagte er mit leiser, heiserer Stimme. Er wies auf einen Sessel. Sam setzte sich und blickte den Freund sehr traurig und verständnisinnig an.

„Sie wissen ja wohl, daß Sie diesen Monat nicht mehr als zweihundert Dollar aus dem Geschäft beziehen werden?" fragte er leise. „Ich habe gerade die Bücher durchgesehen."

Stuart antwortete nicht. Er hatte den Kopf wieder abgewendet und stierte zur Wand.

In seiner gewohnten Gebärde hob Sam Arme und Schultern und ließ sie bedeutsam sinken. „Sie haben meinen Rat nicht befolgt", sagte er.

Stuart stöhnte. Er schlug die Hände vors Gesicht. Im Kontor herrschte Schweigen. Auch jenseits der Tür war Stille, die lastende, träge Stille kundenloser Geschäftsräume. Sam hörte nur das Murmeln beklommener Verkäufer, schlurfende Schritte und das Abstauben von Ladentischen, die schon einmal an diesem Tage gereinigt worden waren. Er wußte, daß die Verkäufer nun zu den Fenstern treten und jede zufällige Passantin erwartungsvoll ansehen würden, in der jammervollen Hoffnung, die Frau könnte vielleicht doch eintreten.

Mit gepreßter Stimme murmelte Stuart: „Es hilft alles nichts. Die Leute haben kein Geld. Oder kein Vertrauen. Der Geschäftsgang wird immer flauer."

„Er ist nicht schlechter als im Vormonat. Und besser als vor einem Vierteljahr", stellte Sam seufzend fest. „Am Horizont zeigt sich ein Silberstreifen."

Stuart fuhr ihn in wütender Verzweiflung an. „Sie mit Ihrem ‚Silberstreifen‘! So schnell kann die Sonne gar nicht aufgehen, daß mir noch zu helfen wäre. Auch wenn das Geschäft sich in sechs oder fünf oder sogar vier Monaten vollständig erholen sollte, gibt es für mich keine Rettung mehr.“

Sam sagte nichts. Stuart sprang auf und stieß seinen Sessel beiseite. Er begann im Kontor auf und ab zu gehen; immer wieder fuhr er sich in die Haare und riß manchmal an ihnen. Dann blieb er vor seinem Freunde stehen und schrie: „Ihnen macht das natürlich nichts aus! Warum denn auch? Aber sitzen Sie doch wenigstens nicht so stumm da wie ein Götzenbild! Weiden Sie sich vielleicht an meinem Todeskampf?“

Völlig gelassen erwiderte Sam: „Ich habe Ihnen gesagt, Stuart, daß wir uns langsam erholen. Sehr langsam. Überaus langsam. Aber wir erholen uns. Wir zahlen Schulden ab. Wir kommen unseren Verpflichtungen klaglos, wenn auch kläglich nach. Wir machen keine neuen Schulden. In zwei Monaten sind wir über den Berg. Macht Ihnen das nicht Freude?“

Stuart schwieg. Dann warf er sich wieder in seinen Sessel. „Ja, was Sie sagen, stimmt“, murmelte er. „Aber nur für das Geschäft. Nicht für meine privaten Verbindlichkeiten. Ich bin tief verschuldet.“ Stuart lachte auf. „Dachten Sie, ich könnte meine Lebensführung aus den Geschäftseinkünften bestreiten? Wenn Sie das geglaubt haben, sind Sie ein Wirrkopf! Aber ein Wirrkopf waren Sie immer, Sam.“

Sam blickte rasch auf. Jetzt blitzte wirklicher Zorn, wirklicher Abscheu in seinen Augen. Barsch rief er: „Ich habe es satt, ein Wirrkopf geheißen zu werden. Ich mag das nicht. Schluß damit! Genug!“

Stuart wurde blaß. „Nichts für ungut! Ich rede Unsinn. Aber Sie wissen nicht . . .“

Mit seltsamer Stimme, gelassen und leidenschaftlich zugleich, unterbrach ihn Sam. „ ‚Nichts für ungut!‘ So sagen die Leute jedesmal, wenn sie Schindluder mit uns getrieben, wenn sie uns Hab und Gut und Arbeitskraft und sogar Leib und Leben genommen haben. Jedesmal, wenn sie uns geschmäht und erniedᵉrigt und ausgenützt und in Leid gestürzt und in Finsternis, Verbannung und Qual getrieben haben. Jedesmal, wenn sie uns ins Gesicht geschlagen und unseren Kindern Fußtritte versetzt haben. Jedesmal, wenn wir Opfer ihrer Tollheit und ihres Hasses, ihres Aberglaubens und ihrer Habgier, ihrer Grausamkeiten und Scheußlichkeiten geworden sind. Jedesmal, wenn sie sich an uns sattgemartert haben und des jämmerlichen Spiels müde sind und ihnen vor der eigenen Verruchtheit bange geworden ist, dann sagen sie: ‚Nichts für ungut!‘ "

Stuart drehte sich in seinem Sessel herum und starrte Sam an. Noch nie hatte er das Gesicht seines Freundes so gesehen: zutiefst bewegt, erschüttert, aber unglaublich hart und unerbittlich.

Beschwörend hob Sam die Hände und fuhr fort: „Wenn wir dieses ‚Nichts für ungut!‘ als Bitte um Verzeihung hören, so antworten wir mit einem den Beleidigern bekannten Ausspruch: ‚Vater, vergib ihnen, denn sie wissen nicht, was sie tun!‘ Aber ich sage Ihnen, Ihre Glaubensgenossen wissen sehr wohl, was sie tun! Eines Tages jedoch werden wir aufhören zu vergeben. Wir werden Gott anrufen, und Er wird uns Gerechtigkeit widerfahren lassen."

Plötzlich wurde Stuart rot und senkte den Blick. Er murmelte: „Dazu kann ich nichts sagen. Außer, daß ich mich schäme. Ich bitte Sie nicht um Verzeihung. Das hieße nur, Sie kränken."

Nach einer langen Pause zog Sam einige Papiere hervor und legte sie vor Stuart hin. „Sind es diese Dinge hier, die Ihnen Sorge machen?" fragte er fast barsch.

Vor Erschöpfung keiner Aufmerksamkeit mehr fähig, schaute Stuart auf die Papiere. Dann wurde er mit einemmal totenblaß und totenstarr. In steinernem Schweigen saß er da. Schließlich stammelte er, ohne von den Wechseln aufzublicken: „Woher haben Sie . . .?"

Kühl erwiderte Sam: „Von unserem Freunde, Mr. Joshua Allstairs."

Stuart kam zum Leben. „Von Allstairs? Von Allstairs?"

„Ja", bestätigte Sam. „Von Mr. Allstairs. Ich habe ihm die Dinger gestern abgekauft. Um vierundzwanzigtausend Dollar. Er hat sie von den Banken viel billiger bekommen."

Stuart strich sich mit der Hand über die Stirn, als wollte er einen Alptraum verjagen. Wie betäubt starrte er Sam an. Und Sam erwiderte ruhig den Blick.

Langsam ging Stuart ein Licht auf. Er flüsterte: „Er hat die Wechsel gekauft. Um mich zugrunde zu richten. Um mir den Garaus zu machen. Das bezweckte er damit."

„Zweifellos", pflichtete Sam bei.

„Und ... er hätte es durchgeführt."

„Zweifellos."

Wieder blickte Stuart verdutzt auf die Wechsel. Er nahm sie in die Hand und musterte sie, als könnte er das alles nicht glauben. Er legte sie wieder hin. Er wandte sich zu Sam und versuchte zu sprechen.

Sam nahm gemächlich die Wechsel, zerriß sie, stand auf und warf die Stücke ins Kaminfeuer. Er sah die Flammen das Papier verzehren. Augenblicke später war nicht einmal Asche geblieben.

Stuart wurde von einem heftigen, unbezwinglichen Zittern geschüttelt. Er sprang auf. „Sam", murmelte er.

Aber Sam stand noch immer über das Kaminfeuer gebeugt.

Plötzlich füllten Stuarts Augen sich mit Tränen. „Es war das Geld für die Insel", sagte er. „Für Ihre ... Landsleute."

„Ja."

Stuarts Hals und Mund wurden trocken. „Das haben Sie für mich getan", stammelte er.

Sam wandte sich vom Feuer ab. Er lächelte ein wenig, obwohl er traurig schien. „Ja, für Sie. Sie sind ein Wirrkopf, Stuart!"

Sie sahen einander an.

Sams Lächeln wurde breiter. Er schüttelte den Kopf. „Nichts für ungut!" murmelte er.

Stuart setzte sich. Er legte die Arme auf die Tischplatte und bettete den Kopf darauf. Er sprach kein Wort.

Sam zögerte. Er blickte auf den innerlich gebrochenen Mann,

den er vor dem völligen Ruin gerettet hatte, um einen Preis, der ihm ins Herz schnitt. Auch er brachte kein Wort hervor.

Ganz leise schlich er aus dem Zimmer.

XL

Unter einem strahlenden, metallisch blaugrünen Himmel, der mit einem riesigen Flachpinsel auf eine hohe, steilgewölbte Kuppel gemalt schien, erglühte River Island in Karmin, Bernsteingelb, Scharlachrot, Gold und Bronze. Die wenigen weißen Wolken standen geballt und körperhaft und still; die Ränder zeichneten sich im grellen Lichte scharf ab. Der Fluß, ein leuchtendes, durchscheinendes Jadegrün, bespülte von allen Seiten die grasigen Ufer. Die Insel selbst war flaches Waldland. Jetzt, Anfang November, prangten die Bäume in flammenden Farben. Der Winter hatte sein Kommen verzögert. Das Land schwelgte in goldenem Altweibersommer. Die von Holzrauch duftende milde Luft war voll traumhaften Dunstes, in dem sich der Fluß für das Auge in der Ferne verlor, während das Ohr noch ein leises Rauschen vernahm.

Traumhaft war auch der Friede ringsumher. Die Herbstsonne wärmte wohlig, trotz des kalten, frischen Windes. Manchmal hob sich der Dunst ein wenig, so daß man das Jadeband des Flusses sich rasch den Wasserfällen entgegenwinden sah. Das amerikanische und das kanadische Uferland waren nur verschwommene Streifen von Grün und Scharlachrot jenseits des die Insel umgebenden Gewässers.

Die Bäume raschelten leise von dürrem Laubwerk. Dann und wann flatterte ein gelbes oder braunes Blatt durch die Luft. In dem dichten Gesträuch und dem Unterholz des Waldes hasteten Kaninchen und Eichhörnchen durch das schon auf dem Boden liegende bunte Laub. Roßkastanienfrüchte lagen in dem hohen, welkenden Gras, feucht und glänzend braun in ihren aufgesprungenen grünen Fruchtbechern. Rotblühende Kletterpflanzen rankten sich über Steine hoch, und an warmen Plätzen wuchsen kleine gelbe Blumen. Die Drosseln und andere Sommervögel waren unaufhaltsam geflohen; aber Möwen mit glitzernden Flügeln strichen schwermütig rufend über den Fluß und die Ufer, und Sperlinge schilpten noch fröhlich in den farbenstrotzenden Bäumen. Gelegentlich ließ sich, von Wind und Wasser über weite Entfernungen getragen, das langgezogene Pfeifen und leise Paffen des kleinen Fährbootes vernehmen.

An diesem sonntägigen Spätnachmittag wanderten Sam Berkowitz und Vater Houlihan über die Insel. Sie gingen allein. Die Insel war sehr groß. Da und dort sahen sie die weißen Schindeln eines einsamen Bauernhofes und hörten von weitem Hundegebell oder das Rattern eines hölzernen Wagens. Aber sogar diese Geräusche verstummten, als die Wanderer in den Wald traten und auf die Nordseite der Insel gelangten, wo man nichts sah oder hörte als das kanadische Ufer und den jadegrünen Fluß. Hier stiegen sie auf einen kleinen Hügel und setzten sich.

Zwischen den beiden Freunden herrschte so gutes Einvernehmen, daß sie nicht vieler Worte bedurften. Während sie für Stuart mehr eine väterliche Zuneigung und schützende Hilfsbereitschaft empfanden, waren die beiden miteinander durch eine lange, verständnisinnige, tiefe Freundschaft brüderlich verbunden.

Der Geistliche nahm den flachen schwarzen Hut ab und fächelte sich damit Luft zu. Sein Leibesumfang hatte ja mit den Jahren nicht abgenommen; außerdem schmerzten ihn die Fußballen. Sein hoher, kahler Schädel schimmerte in dem gedämpften Licht unter den Bäumen. Auf seinem geröteten Gesicht standen Schweißperlen. Aber seine lebhaften blauen Augen hatten etwas Friedliches, Versonnenes.

Der in Sandbraun gekleidete Sam streckte die langen, dünnen Beine aus und lehnte sich mit aufgestützten Ellbogen zurück. Sein weißes Haar flatterte in der leichten Brise. Ein Eichhörnchen lief, eine glänzende Kastanie zwischen den Zähnen, vorbei, blieb stehen und beäugte scheu die beiden Männer unter den Bäumen.

„Vier Uhr!" las Vater Houlihan von seiner großen silbernen Uhr ab. „Wie lange wartet das Boot auf uns?"

„Bis fünf, Vater."

„Aha, da haben wir also eine Stunde Zeit." Er seufzte vor Wohlbehagen. „Sehr angenehm ist es hier."

Und dann wurde er traurig. Er warf einen kurzen Seitenblick auf Sam, der schweigend auf das Wasser hinausblickte. Die beiden pflegten oft hier heraus zu wandern, ganz erfüllt von Plänen, die sie miteinander erörtern wollten. Zwar formte sich nur weniges davon zu Worten. Doch im Geiste vollzog sich zwischen ihnen ein reger Meinungsaustausch, und stets verließen sie die Insel erfrischt, neu bestärkt in ihrer gegenseitigen freudvollen Zuneigung.

Aber heute war Vater Houlihan sehr traurig. Er wollte mit Sam reden und suchte nach den richtigen Worten dafür. Doch er fand sie nicht, und aus Feinfühligkeit zögerte er, das auszusprechen, was sein schlichtes, wundes Herz erfüllte.

So schaute auch er über den Fluß hinaus und betete mit zusammengepreßten Lippen. Manchmal blickte er verstohlen den Freund an, in dessen müder Miene Verzicht und Verzweiflung lagen. Schließlich räusperte er sich und sagte wie zufällig: „Im Alten Testament habe ich am liebsten die Psalmen."

Sam sah ihn höflich, aber wie geistesabwesend an. In seinen Augen zeigte sich kein Interesse.

Der Geistliche faltete die Hände auf den Knien und betrachtete nachdenklich den Fluß, der smaragdgrün leuchtete und funkelte. „Bei einem von den Psalmen muß ich immer an Sie denken, Sam."

„Ja?"

Der Geistliche lächelte scheu und kindhaft, fast flehentlich. „Haben Sie etwas dagegen, wenn ich diesen Psalm spreche? Natürlich ist er Ihnen sehr vertraut.·

„O Herr, wer darf in Deinem Zelt verweilen,
Wer darf auf Deinem heil'gen Berge Wohnung nehmen? —
Der ohne Makel wandelt und das Recht tut,
In seinem Herzen redlich denkt
Und keine Ränke schmiedet, wenn er spricht;
Der seinem Nächsten keinen Schaden zufügt
Und seinem Nachbarn keine Schmähung antut;
Der jeden Frevler mit Verachtung straft,
Die Gottesfürchtigen jedoch verehrt;
Der, wenn er auch zu seinem Schaden schwur, nicht davon
                                                      abgeht,
Sein Geld niemals auf Zinsen legt
Und nicht Bestechung nimmt zu Lasten eines Unbescholtnen.
Wer so zu handeln weiß,
Dem braucht in Ewigkeit nicht bang zu sein."

Er sprach die erhabenen Worte langsam, mit starker, beherrschter Leidenschaftlichkeit, und seine Stimme war wie ein frommes Gebet. Schließlich wurden ihm die Augen feucht, und er klopfte Sam auf die Schulter.

Sams Miene war undurchdringlich. Er sah den Geistlichen nicht an und starrte unentwegt auf den Fluß. Dann lächelte er müde. „Sehr lieb von Ihnen, Vater, daß Sie diese Worte sprachen! Aber sie treffen nicht zu. Es gibt keinen Menschen, der diese Voraussetzungen erfüllt, nirgends auf der Welt. Außer Ihnen."

Vater Houlihan wurde rot und beeilte sich, zu widersprechen: „Ach, nein, nein! Glauben Sie das ja nicht von mir! Ich bin in Wahrheit ein schlechter Mensch, ein Sünder. Ich weiß mein Herz und meine Gedanken nicht zu beherrschen. Manchmal wandelt mich sogar die Lust an, jemanden umzubringen! Sie glauben das nicht? Ach, es gibt Zeiten, da könnte ich, in Gedanken wenigstens, viel Unfug stiften, wenn ich sehe, wie grausam der Mensch zu seinem Bruder ist, wie unbarmherzig und roh und dumm. Nein, nein, Sam, denken Sie nicht zu gut von mir! Ich bin schwach und fehlbar, ich überlege mir die Dinge statt vorher erst nachher, und ich habe eine messerscharfe Zunge." Er schüttelte heftig den Kopf.

Sams Lächeln war breiter geworden. Er lachte ein wenig. Er warf dem Freund einen Blick liebevoller Anteilnahme zu.

„Ich bin so sehr damit beschäftigt, Buße zu tun", erklärte Vater Houlihan betrübt, „daß ich wirklich nicht dazukomme, meine Seele zu prüfen und wenigstens um ein ganz kleines Begreifen Gottes bemüht zu sein."

Wieder trat Schweigen ein, und wieder fühlte der Geistliche sich hilflos. Was hatte er zu tun vermocht, um seinen Freund zu trösten? Nichts. Er wurde sehr kleinmütig und niedergeschlagen.

Die Zeit verging.

Plötzlich wies Vater Houlihan auf das Wasser und die Bäume. Er sagte: „Wie wunderschön ist doch dieses Amerika! Dieses Land der Weite, dieses Land der Wälder und Gewässer und Lüfte und der wunderbaren Himmelszelte! Auch das Herz wird hier weiter, der Geist freier, die Hoffnung größer, der Glaube edler. Sie selber, Sam, haben Amerika das Gelobte Land genannt, das Gelobte Land für alle Menschen."

„Das Gelobte Land", wiederholte Sam leise. Er blickte um sich, auf die Insel, die er geliebt und für die Unterdrückten zu erwerben gewünscht hatte. In plötzlichem Schmerz schloß er die Augen. Der Geistliche sah es und fühlte das Leid innig mit. Er fragte:

„Kennen Sie Thoreaus Schriften genauer, Sam? Ein wirklich wundervoller Philosoph! Einer meiner Lieblingsschriftsteller, voll Zuneigung für Amerika und die verborgene Seele dieses Landes. Er nennt Amerika das ‚Heilige Land'. An einer Stelle sagt er ungefähr: ‚So wandern wir gemächlich dem Heiligen Lande zu, bis eines Tages die Sonne heller scheinen wird denn je. Dann wird sie uns wohl auch in Seele und Herz scheinen und wird unser ganzes Leben durchstrahlen mit dem großen weckenden Licht, so warm und heiter und golden, wie an einer Uferböschung im Herbst.' Ja, das ist Amerikas Zukunft. Dieses Land wird durch viel Kummer und Qual gehen, durch viel

Dunkel und Verzweiflung und Hoffnungslosigkeit, viel Irren und Wirren und viel Torheit. Aber schließlich kommt das ‚große weckende Licht‘. Nirgends sonst auf Erden wird dieses Licht aufleuchten. In der Alten Welt ist die Finsternis zu dicht.‟

Sam blickte ihn fest an. Die Müdigkeit wich ein wenig aus seinen Augen, und sie bekamen Glanz. „Ja. Ja. Immer habe ich das geglaubt.‟

„Wir alle sind Pilger nach diesem Amerika der Zukunft‟, sagte Vater Houlihan. „Wir alle, Menschen jeglicher Rasse, wollen uns brüderlich die Hände reichen und diese Zukunft verwirklichen. Hier sollen wahrhaft alle Menschen Brüder werden.‟

Wieder sank Schweigen herab. Wieder verfiel Sam in sein Grübeln. Da gab Vater Houlihan seine taktvollen Andeutungen und rücksichtsvollen Umwege auf und platzte einfach heraus: „Sam, Stuart hat mir erzählt, was Sie für ihn getan und welches Opfer Sie damit gebracht haben!‟

Einen Augenblick lang drückte Sams Miene nur Ärger und Unwillen aus. „Er redet zuviel‟, brummte er.

„Sie nehmen es ihm doch nicht übel, daß er mir davon erzählt hat?‟ fragte der Geistliche besorgt.

„Nein. Nein, gewiß nicht. Aber ich dachte . . .‟

„Sie dachten, er hätte schweigsamer sein können, nicht wahr?‟ ergänzte Vater Houlihan lachend. „Weder Stuart noch ich gehören zu den Schweigern. Wir reden frisch von der Leber weg, wie es uns das Herz — oder der Teufel — eingibt. Ob wir nun loben oder verdammen, lieben oder verfluchen, wir tun es mit lautem Stimmaufwand. Ja, wir sind ein lärmender Menschenschlag. Aber wir intrigieren nie. Deshalb mag Gott uns vielleicht unser lockeres Mundwerk verzeihen.‟

Als Sam nur leise lächelte, setzte der Geistliche gefühlvoll hinzu: „Es war so gutherzig von Ihnen! So gutherzig! Und Stuart weiß die Größe Ihres Opfers zu würdigen, Sam.‟

Sam zog die dicken weißen Brauen zusammen, wie vor Ungeduld. Seine Hände strichen über den Boden der Insel, und in seiner Miene malte sich jähe Qual. Mit dem geistigen Auge sah er diese schöne Insel dicht bewohnt, die hübschen weißen

Häuschen von Gärten umgeben, von bestellten Feldern, von dichten Obstbäumen, von Weiden voll grasender Rinder. Er sah, hier im grünen Gedränge hoher Kiefern, das Dach einer Synagoge aufragen, die Backsteinmauern einer Schule. Er hörte Kinderlachen, frohes Frauengeplauder, tiefere Männerstimmen, die sich aus freien Herzen zu einem freien, friedlichen Himmel erhoben. Jetzt verstärkte sich der Schmerz in seiner Miene, als quälte ihn tiefste Pein.

Er rief: „Gutherzig! Glauben Sie ja nicht, mir bereite es Genugtuung, daß ich den diversen Damen Stuarts, für die er sich derart in Schulden gestürzt hat, die Brillanthalsbänder, Equipagen und Zobelmäntel bezahlt habe! Bezahlt mit dem Leben gemarterter Menschen und den Tränen kleiner Kinder!"

Der Geistliche sah ihn bekümmert und verstehend an. Er streichelte Sams Hand, die Gras und Boden der Insel krampfhaft umfaßt hielt, jener Insel, deren Bestimmung, die Heimatlosen und Erniedrigten aufzunehmen, sich nun nie erfüllen würde.

„Ich finde keine Trostworte für Sie, Sam, nichts, was Sie aufrichten könnte. Jedes solche Wort wäre töricht. Ich kann nur eines feststellen: daß ich nie von einer gütigeren oder selbstloseren Tat gehört habe." Er nahm allen Mut und alle Kraft zusammen. „Gott wird das nicht vergessen. Gott wird — und muß — Ihnen auf irgendeine uns unbekannte Art helfen."

Aber Sam lächelte nur trübe. Die Furchen um seinen Mund vertieften sich.

In leidenschaftlichem Tone erklärte Vater Houlihan: „Sie haben das Opfer doch nicht für Stuarts Damen gebracht, sondern für ihn! Weil Sie ihn gern haben. Weil er Ihr Freund ist. Glauben Sie, daß ihm die Sache leichtfällt, Sam? Glauben Sie, daß er völlig gefühlsstumpf ist?"

„Wenn es", erwiderte Sam in heftigem Tone, „für ihn eine Lehre wäre, so stünde es dafür. Aber ich glaube nicht, daß es für ihn eine Lehre sein wird."

Der Geistliche schüttelte sorgenvoll den Kopf. „Stuart ist so, wie er geschaffen wurde. Bei all seinen Fehlern ist er der gütigste

Mensch. Sonst hätten wir ihn nicht so lieb. Auch er hat sein Bündel zu tragen, und dieses Bündel wird nicht leichter dadurch, daß er es sich selber aufgeladen hat. Er ist ein Kind; er wird nie die Grausamkeit und Bosheit der anderen durchschauen."

„Nein", pflichtete Sam traurig bei, „das wird er nie."

Sie standen auf und wanderten der kleinen Landungsstelle zu, wo das Boot wartete. Die Sonne war inzwischen tiefer gesunken; der Herbsttag lag nun in Bronzetöne getaucht. Der Dunst wurde dichter. Der Fluß, ein leuchtendes, sanftes Grün, rauschte lauter. Der Geruch von Holzfeuern verstärkte sich mit dem stärkeren Wind.

Die beiden Männer blieben an der Landungsstelle stehen, wo der Bootsführer saß und gemächlich rauchte. Sie blickten auf das Wasser und dann auf das Land hinter ihnen. Schließlich sagte Vater Houlihan, fast frohlockend:

„Wir brauchen keine Inseln und andere Zufluchtsstätten für die Bedrängten und Bedrückte...! Ganz Amerika steht ihnen offen, von Grenze zu Grenze, von Küste zu Küste! Ganz Amerika erwartet sie, voll der Verheißung Gottes, voll der Hoffnung auf Gott, von Gottes Schwingen überschattet. Das Gelobte Land ist hier."

Zur gleichen Stunde aber lasen Tausende banger Menschen ein Buch, ‚Die drohende Krise des Südens' von Hinton Rowman Helper, und lauschten aufmerksamen Ohres dem fernen Donnern gewaltiger Stahlräder, die von weit her verderbenbringend auf ihr Land zurollten.

XLI

Janie saß an Berties Bett. Der gespenstig dunkle Dezembertag stand vor dem Hause wie der Tod selbst. Dünenartige Schneehügel wanden sich über die toten Rasenflächen bis zu den Straßen, und die kahlen Baumäste waren schwer mit

Schnee beladen. Wieder hatte es zu schneien begonnen; in dämmrigem Schweigen wirbelten an den Fenstern langsam die Flocken vorbei. Trotz ihres Schals fröstelte Janie und streckte die Füße dem kleinen Kaminfeuer entgegen.

Zwei Monate lang war Friede gewesen in dem Hause an der Porter Avenue. In fröhlichem Wohlbefinden hatte Bertie sogar ein Gläschen Wein zum Essen abgelehnt und sah mit uninteressiertem Gleichmut zu, wie die besuchenden Freunde und Verwandten ihren Brandy oder Whisky tranken. Niemand bemerkte je die Gewitterwolken, die sich in seinem Innern zusammenballten, die ersten Blitze, die ersten dumpfen Donnerschläge, die ersten bösen Sturmböen. An dem einen Tage war er noch wie gewöhnlich; am nächsten verließ er die Seinen, stürzte sich in den Mahlstrom der Selbstvernichtung und schien lange wie ausgewechselt. Wenn endlich in ihm der alte Bertie auftauchte, nach Tagen, ja manchmal Wochen völligen Zusammenbruchs, war es, als kehrte ein Wanderer todmüde heim, von dessen Augen und Gehaben noch die Erinnerung abzulesen war an unsagbar Grauenhaftes, in fernen Schreckensorten Erlebtes.

Dann kam die lange Pflege, die Verzweiflung und Hoffnungslosigkeit, bis der Wanderer wieder um sich blicken, lächeln und sich an den beschwerlichen Aufstieg zu Gesundheit und Seelenfrieden machen konnte.

Heute befand Bertie sich in sehr schlechter Verfassung. Erst vor einer Woche war er von einem seiner geheimen, alptraumhaften Streifzüge zurückgekommen. Nach jeder solchen Rückkehr wurde der Aufstieg zu Gesundheit und Alltagsleben länger, beschwerlicher, gefährlicher. Die Ärzte konnten nichts verordnen als Ruhe, Bekämpfung einzelner Krankheitserscheinungen und Brom. Zu diesen Zeiten war es Janie, die ihn Tag und Nacht betreute, ihm seine Lieblingsspeisen kochte und aufdrängte, ihm vorlas, mit ihm lachte und über ihn, wenn er für kurze Zeit einschlief, nachgrübelte. Aber sobald sie sich ein wenig gehen ließ, wurde ihr Wirklichkeitssinn rege und sagte ihr, daß ihrem Liebling nun nicht mehr zu helfen war.

In einer Ecke von Berties hübschem Zimmer flackerte ein

Lämpchen und warf zitternde Schatten auf die weißen Wände. In diesem Licht sah Janie das schlafende Gesicht ihres Sohnes, die tiefliegenden Augen, den verzerrten Mund, den eher verschlossenen, strengen und herben als friedlichen, vom Wachzustand durchaus verschiedenen Ausdruck. Diesen Bertie kannte sie nicht; sie kannte nur einen lachenden, singenden, pfeifenden Bertie, der Scherze machte und umhertanzte, der stichelte und neckte und das Haus mit hellem Sonnenschein erfüllte. Das einzige, was sie von diesem Bertie jetzt noch sah, waren die rötlichen Haare auf dem Kissen; als sie die weichen, im Lampenlicht schimmernden Locken erblickte, brannte ihr ein trockener Schmerz in der Kehle, und ihre Augen füllten sich mit flüssiger Glut. Das ganze Zimmer schien in bitterer Kälte zu erstarren. Sie stand auf und schürte das Kaminfeuer. Die aufzüngelnden Flammen warfen unsteten Widerschein auf ihr blasses, sommersprossiges Gesicht und in ihre grünen Augen.

Sie ging zu dem weichen weißen Bett zurück, wo Bertie totenstill lag. Nur ein ganz flaches Atmen und ein fast unmerkliches Vibrieren der Nasenflügel bezeugten, daß er noch lebte. Sie beugte sich über ihn. Ganz sanft strich sie ihm über das Haar.

Sie setzte sich wieder neben ihn und betrachtete sein mageres Gesicht. Sie begann nachzudenken.

Lieber Gott, sprach sie zu sich, was ist mit meinem Bertie? Was habe ich falsch gemacht? Was hat sonst jemand falsch gemacht? Warum tut er solche Dinge?

Denn jetzt hatte sie erkannt, daß den unbewußten Selbstmordversuchen, als die seine Wanderzüge in das düstere Land der Blitze und Gewitterfurien gelten mußten, keine bloße Genußgier zugrunde lag, keine bloße Ausgelassenheit oder Unbesonnenheit oder Unbekümmertheit oder Torheit. Etwas trieb ihren Sohn zur Selbstzerstörung. Was war es?

Da saß sie nun, während draußen der Tag sich allmählich zur Nacht wandelte, in dem kalten Zimmer und prüfte Herz und Verstand, mit jener schmerzlichen, trauervollen Aufrichtigkeit einer Mutter, die am Totenbett ihres Kindes sitzt. Womit habe ich, fragte sie sich demütig, Bertie gegenüber versagt?

Langsam, wie ein gebrochener, weinender Büßer, schleppte sich ihr müder, gequälter Geist rückwärtsgewandt durch die bewegten Jahre von Berties Leben, hielt bei jedem Meilenstein an und suchte in dem welken Gras entschwundener Jahre nach Wegmarken. Zurück, zurück ging die Straße, bis zu dem Tage, an dem der neugeborene Bertie warm und rosig und rotgelockt in ihren Armen lag.

Und nun zogen die Meilensteine im wirklichen Zeitablauf an ihr vorbei. Bertie mit drei Jahren, wie er auf den heißgeliebten, dunkelhaarigen, mageren Robbie zuwatschelte. Bertie im Garten, die Ärmchen voll Blumen. Bertie ganz entzückt von seinem Schwesterchen. Bertie, wie er sich über den sauertöpfischen, furchtsamen Angus lustig machte. Der immer lachende und spielende, gutherzige und freundliche Bertie! Bertie, den alle liebten und bewunderten wegen seiner sanften Art und seines hübschen runden Gesichtes. Nur der wilde junge Vater hatte ihn nicht getätschelt, nicht einmal beachtet. Robin mit seinen schwarzen Augen, dem verzerrten Gesicht und der volltönenden Stimme — war er eine Wegmarke auf Janies Suche?

Sie hüllte sich fester in ihren Schal und schaute starr in die dunkelnden Schatten. Sie sah Robin wieder deutlich vor sich: so jung, so rastlos, den Kopf hochwerfend wie ein wildes Füllen, das beim Anblick Fremder scheut. Sie sah ihn vor sich, endlos streitend, endlos zornig und unglücklich. Und der kleine, vier Jahre alte Bertie stand neben dem Vater und sah ihn aus seltsam lachenden blauen Augen an, aber schweigsam — so schweigsam, wie es sonst gar nicht seine Art war.

Sie hörte sogar die seit vielen Jahren für sie verstummte Stimme Robins, so laut und frisch und deutlich, als stünde er in dem Zimmer, wo sein Sohn in tiefer Bewußtlosigkeit lag: „Du dörrst einem das Herz aus! Das Herz und die Seele. Den letzten Tropfen preßt du heraus, weil du deinen Willen haben mußt!"

Robin schwand wieder dahin, in sein Grab zurück. Man hörte nichts mehr in dem Zimmer als das Prasseln des Feuers.

Nein! rief Janie im Geiste. Nein, Berties Seele habe ich

nicht ausgedörrt! Ich habe ihm alles gegeben, was er sich wünschte! Nichts habe ich ihm abgeschlagen! Ich hätte das Leben aller andern geopfert für ihn! Er muß doch gespürt haben, daß mir an nichts und niemandem etwas lag, außer an ihm!

Und nahe diesem Meilenstein stand im welken, wehenden Gras eine Wegmarke, schwach abgezeichnet, schwach schimmernd.

Sie wanderte weiter. Ein nächster Meilenstein. Bertie zählte erst vierzehn Jahre. Eines Abends kam er zum Gutenachtkuß zu ihr, lachend, schmeichelnd. Er stand neben ihr, vom blauen Sommerabendhimmel, der durchs Fenster leuchtete, umrahmt. Eine schmale Mondsichel und ein blinkender Stern standen am Firmament; die warmen Düfte von Tau und Gras erfüllten die Luft, und die Bäume waren schattenhaft grün. Bertie beugte sich über Mutters Sessel und küßte sie. Und dann sagte er, ganz unvermittelt: „Mama, ich möchte Seemann werden."

Wie klar und lebhaft seine Augen gewesen waren! So hatte sie sie kaum je gesehen. Sie nahm seine kräftige junge Hand und tätschelte sie nachsichtig.

„Seemann? Ja warum denn, du Schlingel?"

Hatte er plötzlich gezittert, oder bildete sie sich das jetzt nachträglich ein? Jedenfalls sagte er entschieden und mit einer Art stiller Verzweiflung in der Stimme: „Ich will Seemann werden! Seit jeher liebe ich das Meer. Du erinnerst dich ja, wie ich immer Seegeschichten lesen wollte und wie gern ich das Wasser habe? Mama ... ich werde auf der See zu mir selber finden."

Sie sah ihn an, erstaunt über seine Heftigkeit, und begann zu lachen.

Da riß er sich von ihr los und schrie: „Mama, sag nicht: ‚Das ist Unsinn!', wie du es immer tust! Nenn meinen Wunsch nicht dumm und albern! Mama, ich muß mich vergewissern, ob es irgendwas Wertvolles gibt, irgendwo!"

Sie war sehr zärtlich und gütig zu ihm, neckte ihn liebevoll. Ihr Herzblättchen Bertie — ein stinkiger, schmutziger Matrose! Wer mochte schon einen Matrosen? Wie lächerlich! Sie könne nur herzlich lachen bei der Vorstellung, daß ihr Bertie Seemann werden wolle. Und was solle denn das heißen, dieser Drang sich zu ‚vergewissern, ob es irgendwas Wertvolles gibt, irgendwo‘?

Er hatte nicht geantwortet, sondern sie nur höflich geküßt und war gegangen, mit gesenktem Blick, wie betäubt und traumverloren.

Janie schüttelte immer wieder den Kopf, und es schauderte sie unter ihrem Schal. War das eine Wegmarke? Hatte der dumme liebe Bub seinen Wunsch wirklich so ernst gemeint? Hatte das Mißlingen seines Vorsatzes ihn zum Trunk getrieben? Von neuem schüttelte sie den Kopf. Das reichte nicht aus zur Erklärung. Wenn er ernstlich gewollt hätte, wäre sie, die ihm nichts abschlagen konnte, schließlich einverstanden gewesen. Aber er hatte nicht den Mut dazu aufgebracht.

Schmerzlich rang sie sich dieses Eingeständnis ab. Bertie hatte nicht den Mut aufgebracht. Er hatte nie etwas aus ganzer Seele begehrt. Immerhin wollte er damals, an jenem Abend, Seemann werden und verlangte es so heftig wie nie zuvor oder danach etwas. Er verlangte es, weil er zu spüren meinte, auf der See werde er zu sich selbst finden und den Glauben gewinnen, daß es ‚irgendwas Wertvolles‘ gab. Aber später war er nie mehr darauf zurückgekommen.

Von ihren Gedanken gequält, sprang sie auf und trat zum Bett. Über ihren Sohn gebeugt, stand sie da, in so schwerem Gram, wie sie ihn bisher nie verspürt hatte.

Jetzt wurde ihr klar, daß sie, fast von Berties Geburt an, darauf eingestellt gewesen war, er dürfe sie nie verlassen und nie ein anderes Interesse haben als ihre Liebe zu ihm. Deshalb hatte sie — nicht zornig oder halsstarrig, sondern mit liebevoll eifersüchtigem Lachen — jedesmal Einspruch erhoben, wenn er einen Wunsch äußerte, der ihn auch nur ein wenig ihrem Einfluß entzogen oder ihm den Weg in eine Welt geebnet hätte, wo die Menschen ihre eigenen Entscheidungen treffen müssen und wo er ein freies, selbständiges Lebewesen geworden wäre. Immer wieder hatte sie ihm solche Wünsche als sinnlos hingestellt. Was auch seine jungen Augen begehrend und sehnsüchtig anblickten, alle wirklichen oder erträumten Ziele, entkleidete sie sofort jeder Würde, jeden Wertes und Sinnes.

Und so hatte sie sich ihn erhalten, ja. Er war nicht weggegangen. Aber was jetzt vor ihr auf diesem Bette lag, war ein Wrack, ein Mensch, der fest davon überzeugt war, nichts auf der Welt habe Würde oder Wert oder Sinn, und der an dieser Überzeugung zugrunde ging.

War es zu spät? fragte sie sich jetzt in bitterer, herzzerreißender Angst. Konnte irgend etwas Bertie glauben machen, daß es im Leben Ziel und Zweck, Wert und Bedeutung gab? Sie selber glaubte an diese Dinge nicht. Aber sie war stark. Sie konnte auch ohne Bejahung höherer Werte leben und sich des Daseins freuen, weil sie jeden flüchtigen Augenblick genoß, mit einem Genuß, der ihr an sich als Lebenszweck genügte. Bertie jedoch war ‚schwach‘. Er brauchte den Glauben an Größe, an bleibende Werte, an einen verborgenen Sinn des Lebens. Da ihm dieser Glaube fehlte, verlor das Leben für ihn jede Bedeutung.

Hatte Bertie die Fähigkeit eingebüßt, an jene menschenfreundlichen Lügen zu glauben, die schwache Menschen zur Bemäntelung der Wahrheit erfunden hatten? Sie mußte herausbekommen, ob es da noch Hoffnung für ihn gab, ob man in ihm die falsche Meinung erwecken konnte, das Leben habe einen höheren Wert und im Himmel wohne ein Gott, der ernstlich Anteil nehme am Ergehen des Menschengeschlechts.

Sie seufzte tief auf und wischte sich die Augen. Sie wandte sich um und sah, daß Robbie bei ihr stand und sie aufmerksam betrachtete. Sie hatte ihn nicht kommen hören. Sie sah ihn kaum im Halbdunkel des Zimmers.

Lange blickte sie ihn an, und er erwiderte gelassen den Blick. Wie sehr hatte sie immer diesen ‚Waldschrat‘ gehaßt, den Bertie liebte! Wie eifersüchtig war sie in ihrer Besitzgier gewesen! Ihre Gefühle Robbie gegenüber hatten sich nicht geändert; aber sie sah in ihm eine Hoffnung für Bertie. Sie faßte ihn fest am Arm und flüsterte: „Ich muß mit dir reden, Robbie."

Nach einem letzten Blick auf Bertie verließ sie das Zimmer,

und Robbie folgte ihr. Sie ging in ihre Wohngemächer, und Robbie zündete die Lampen an und schürte das Feuer. Janie setzte sich steif in einen Sessel, in ihren Schal gehüllt. Sie sah alt aus, hager und verbraucht. Aber ihre grünen Augen funkelten entschlossen.

Robbie setzte sich zu ihr, schlug ein Bein über das andere und wartete höflich. Sie starrte ihn nachdenklich an. Ja, immer hatte sie ihn gehaßt. Aber immer auch bewundert. Unter allen ihren Kindern war er allein gescheit und vernünftig, unbetört durch Gefühle oder Leidenschaften. Er sah die Dinge klar; er sah sie vollständig. Darum geriet er nie in Erregung oder aus der Fassung. Er war stark.

Ohne Einleitung sagte sie: „Mit Bertie steht es schlecht."

„Er schläft doch, nicht?"

„Ja. Aber wenn er sich erholt, geht er nach ein paar Wochen wieder durch."

Robbie nickte nachdenklich und mit sachlichem Bedauern. „Ja. Ich weiß."

Unvermittelt stellte sie ihre Frage. „Du bist gut mit ihm, Robbie. Ich habe dich bisher nicht danach gefragt — aber können wir irgend etwas für ihn tun?"

Robbie schwieg. Sinnend sah er seine Mutter an. Sie war eine unmögliche Person, gewiß. Aber sie fragte aufrichtig und verdiente eine aufrichtige Antwort.

Er gab sie ihr. „Nein. Ich glaube nicht. Vielleicht wirst du das nicht begreifen, aber Bertie hat keine Wünsche. Er trinkt, weil er nichts findet, was Wert hätte und was er sich wünschen würde."

Zu seiner großen Überraschung senkte die Mutter nur ein wenig den Kopf und pflichtete leise bei: „Ja, ich weiß. Er ist ein Schwächling, Robbie."

Er war so verdutzt, daß er eine Weile nichts sprechen und nur die Mutter mit ganz neuer Hochachtung anblicken konnte. Schließlich sagte er: „Ja, du hast recht. Er ist ein Schwächling. Er hat nie den Verstand oder den Mut aufgebracht, dir zu mißtrauen, Mama. Er hat nie versucht, sich eigene Meinungen zu bilden. Er hat sich auf dich verlassen. Er hat nie erkannt, daß man in eigener Sache keinem anderen Menschen trauen darf. Vielleicht wollte er den Glauben an dich nicht aufgeben. Er fand es bequem, dir zu glauben."

Er war auf einen wütenden Blick, auf Schimpfworte gefaßt. Aber sein Erstaunen wuchs, als ihre grünen Augen in verzweifelter und aufrichtiger Beherrschtheit verharrten.

„Leider hast du nur allzu recht, Robbie. Wir sind uns jetzt darüber einig, daß Bertie ein Schwächling ist und daß er nichts für erstrebenswert hält. Die Zusammenhänge brauche ich dir nicht zu erläutern. Du hast als einziges meiner Kinder Grütze. Du weißt also wohl, was ich meine?"

„Ja, Mama." Plötzlich tat sie ihm sehr leid, und er spürte tiefe Zuneigung für sie.

Sie breitete die Hände aus, in einer für die sonst so robuste Janie unendlich rührenden Gebärde. „Robbie, was können wir für ihn tun?"

Er stand auf und ging mit sinnend gesenktem Kopf im Zimmer hin und her. Durch die seelische Belastung wurden seine Züge nicht verschwommen und verzerrt, wie es bei weniger starken, weniger selbstsicheren Menschen der Fall sein mochte, sondern straffer und ausgeprägter.

„Darüber habe ich schon viel nachgedacht, Mama", sagte er, als er schließlich vor ihr stehenblieb und sie mit jener Achtung und Wertschätzung anblickte, die man geistig ebenbürtigen Personen entgegenbringt. „Darüber denke ich seit Jahren nach. Ehrlich gesagt, ich glaube nicht, daß wir irgend etwas unternehmen können. Auch wenn du allen seinen Wünschen nachgegeben hättest, wäre ihm wahrscheinlich nicht zu helfen gewesen. Schwache Menschen, die alle Wünsche erfüllt bekommen, enden fast unweigerlich in Ziellosigkeit; sie laufen wie Kaninchen von einem Futterhaufen zum andern, ohne sich entschließen zu können, an welchem sie knabbern sollen. Sie wandern umher, unzufrieden, hungrig, müßig, verworren, eine Last für sich selber, eine Quelle der Ängste und Aufwendungen für die anderen."

Sie heftete die Augen auf ihn, und ein schwaches, trauriges Lächeln trat auf ihre müden Lippen. Kopfschüttelnd sagte sie: „Du hast mir zugeredet, ihn nicht wieder nach Saratoga zu schicken. Das hätte ihm ein bißchen geholfen, hätte ihm das Leben verlängert. Aber du hast gesagt, ich soll es nicht tun."

„Und ich bleibe dabei", erklärte er gelassen. „Warum sein Leiden verlängern?"

Sie blickte auf, sehr blaß. „Wie kannst du so grausam sein, etwas derartiges zu sagen?" Der Ausdruck tiefsten Kummers trat ihr wieder in die Augen.

„Das einzige, was wir tun können, Mama, ist, es ihm möglichst angenehm zu machen und ihm das Gefühl der Geborgenheit zu geben."

Mit einemmal sah er lebhaft ein Bild vor Augen: Bertie saß unter einem Baum, und grünes, wässeriges Licht spielte auf seinem Gesicht. Dieser Baum hatte inzwischen zweimal sein Laub abgeworfen. Aber das Traumbild blieb, der Baum mit immergrünem Laub, und darunter Bertie, unverändert, ‚ewig jung'.

Und plötzlich wurde in Robbie alle Vernunft fortgeschwemmt von einer Hochflut des Schmerzes. Er rief: „Mama, laß ihn in Frieden! Laß ihn von uns gehen! Ich kann es dir nicht erklären, weil ich es selbst nicht verstehe. Aber ich weiß, wir müssen ihn von uns gehen lassen. Das ist es, was er will. Es ist das einzige, und es wird auch das letzte sein, was er will."

XLII

Fünf Tage vor Weihnachten heirateten unter großem Pomp Angus Cauder und Miß Grete Schnippel. Die Hochzeit fand in der lutherischen Kirche statt, in Gegenwart eines so zahlreichen Aufgebots bräutlicher Verwandter und von Freunden des Schlachthausbesitzers, daß die Cauders und die Colemans in dieser Menge fast untergingen.

Janie war froh, als die Zeremonie vorbei war, die ihrem

Empfinden nach zu sehr an ein dem Moloch dargebrachtes Menschenopfer erinnerte.

Und dann hielt das junge Paar Einzug im Schnippelschen Wohnhause, einem riesigen, turmgekrönten, vollendet häßlichen Backsteingreuel in der Franklin Street, einem muffigen, düsteren Bauwerk mit ungemütlich großen Zimmern und schwarzmarmornen Kaminen. Das dritte Stockwerk dieses Hauses war für die Neuvermählten eingerichtet worden: schwere Nußholz- und Mahagonimöbel, mit karminrotem Plüsch überzogene, roßhaargepolsterte Schnitzsessel, rote Seidensamtvorhänge.

In diesem Hause verschwand Angus wie in einer Gruft und ließ sich drei Wochen lang, offenbar die Flitterwochen genießend, nicht blicken. Während dieser Zeit vergnügte Janie sich nachts neidvoll und boshaft mit den verschiedensten unzüchtigen Vermutungen. Als sie nachher ihren Sohn zum erstenmal wiedersah, prüfte sie seine Miene genau auf Anzeichen einer Änderung verhängnisvoller Art. Aber Angus schien ganz der gleiche wie vorher: ruhig, scheu überheblich, schweigsam, grimmig entschlossen, voll kalten, asketischen Stolzes. Janie wußte nicht, ob sie sich enttäuscht oder erleichtert fühlen sollte. Ihre brennende Neugier blieb jedenfalls unbefriedigt.

Als Dienstherr des Bräutigams war auch Stuart zur Hochzeit eingeladen worden, hatte sich aber sehr freundlich entschuldigt. Vater Houlihan fand dieses Fernbleiben herzlos.

„Haben Sie vergessen", fragte Stuart ihn ärgerlich, „daß dieser Otto Schnippel und seine Freunde die Know-Nothing-Bewegung nach Grandeville gebracht haben und daß unter deren Einfluß vor vier Wochen eine Rowdybande mitten während des Hochamts drei Ihrer schönsten Buntglasfenster eingeschlagen hat? Das kostet mich fünftausend Dollar. Und da hätte ich an dem Tisch dieser Kerle essen und mir ihre beleidigenden Bemerkungen über Sie anhören sollen?"

„Schuld ist nur die Unwissenheit der Leute", verteidigte der Geistliche sie. „Sehr schade um die schönen Fenster! Das an der Ostwand habe ich besonders gern gehabt. So etwas Hübsches!

Aber schuld ist, wie gesagt, nur die Unwissenheit der Leute, und das alles wird sich bald geben."

„Grundy", erwiderte Stuart mit liebevollem Zorn, „Sie sind ein herziger Narr!"

Darüber ärgerte Vater Houlihan sich um so mehr, als er selbst etwas ähnliches vermutete. „Und Sie sind ein rechtes Lästermaul, Stuart!" schrie er. „Haben Sie denn gar keine Achtung vor dem Priestergewand? Ein Narr! Na, hören Sie!"

Im Kontor bemerkte Stuart an Angus zunächst keinen Wandel, außer, daß er noch steifer schien und noch kühler und schweigsamer. Im Verlauf der Wochen aber kam ihm vor — er wußte nicht, ob es Einbildung war oder nicht —, daß Angus immer hagerer und blässer und verbissener wurde.

Diese Schotten! dachte Stuart. Man kann sie schinden und vierteilen oder am Scheiterhaufen verbrennen, sie werden höchstens Bibelverse oder sinnloses Zeug von sich geben! Er war auf sich selber böse, weil er nichts tun konnte, als über den jungen Mann, der ihm von Herzen zuwider war, töricht nachzugrübeln.

Im Spätsommer 1860, weniger als ein Jahr nach Angus' Heirat, erhielt Stuart von Vater Houlihan ein etwas unklares Schreiben mit der Bitte, er möge ihn besuchen.

Der Geistliche war ganz rot und aufgeregt und tat sehr geheimnisvoll. Er stellte Stuarts Geduld auf eine harte Probe. Er bestand darauf, daß seine Schwester dem Gast Tee und Kümmelkuchen vorsetzte, stopfte sich selbst den Mund mit bröseligem Kuchen voll und zwinkerte über seine Teetasse hinweg dem Freund verheißungsvoll zu. Stuart ergab sich in sein Schicksal und wartete.

„Also, heraus damit, Grundy!" sagte er schließlich. „Was zum Teufel haben Sie denn für mich auf Lager? Hören Sie endlich einmal auf, wie eine Marionette mit dem Kopf zu wackeln, und reden Sie!"

Vater Houlihan lehnte sich satt und zufrieden in seinem Sessel zurück und faltete die Hände über dem runden Bäuchlein. Er betrachtete Stuart mit aufgeregter Freude. „Sie würden es nie erraten, Stuart. Es ist wirklich unglaublich."

Stuart sah ihn finster an. „Also, was ist eigentlich los, Grundy?"

Aber der Geistliche hatte es nicht eilig. Er fing an, weitläufig von dem neuen Krankenhaus zu erzählen, das Stuart finanziert hatte, dem ‚Spital der Barmherzigen Schwestern‘, nahe bei der Liebfrauenkirche. Die von Stuart angeschaffte medizinische Ausstattung sei eben eingelangt, und Dr. Malone, der Chefarzt, sei sehr stolz darauf und dem Spender sehr dankbar. Auch Mutter Mary Elizabeth habe ihm aufgetragen, Stuart ihre Dankbarkeit auszudrücken und ihren Wunsch, er möge sich recht bald selbst die Früchte seines Edelmuts ansehen. „Für eine so verschlossene Dame wie sie ist das geradezu ein Begeisterungsausbruch", stellte Vater Houlihan fest.

„Sehr lieb von Mutter Mary Elizabeth", erklärte Stuart ungeduldig. Auch er hegte Hochachtung für die Oberin mit ihrem edlen Gesicht und ihrem hoheitsvollen, kühlen Gehaben. „Aber Sie haben mich doch nicht herbestellt, um mir von ihr und von Dr. Malone zu erzählen!"

„Irgendwie schon auch!" meinte der Geistliche aufreizend bedächtig mit einem Schmunzeln. Dann konnte er sich nicht länger beherrschen. „Stuart, ich glaube, meine Gebete werden doch Erhörung finden!"

„Und um was haben Sie denn, zum Kuckuck, jetzt wieder gebetet?" fragte Stuart seufzend.

Vater Houlihan war gekränkt. „Um gar nichts Neues, Stuart. Es ist ein altes Gebet. Für den jungen Angus Cauder."

Stuart starrte ihn müde an. „Und was ist los mit Angus, dem fahlgesichtigen schottischen Schwarzrock?"

Der Geistliche setzte sich in seinem Sessel so rasch auf, daß sein rundes Gesicht sich rötete. Seine blauen Augen funkelten freudig. „Sie würden es nicht glauben, Stuart! Angus hat vor einem Monat das Krankenhaus aufgesucht und in seiner scheuen Art Dr. Malone gefragt, ob er einigen Operationen beiwohnen und sich auch sonst dort umsehen darf!"

„Aber nein!" rief Stuart, plötzlich lebhaft interessiert.

Vater Houlihan nickte, von Stuarts Anteilnahme befriedigt. „Ja, wahrhaftig! Und seither ist er mindestens dreimal wöchentlich auf ungefähr eine Stunde erschienen, und sonntags auch. Er borgt sich von Dr. Malone medizinische Bücher aus. Er hat mehreren Operationen beigewohnt. Er besucht die Kranken. Und das Beste dabei ist folgendes: Dr. Malone hat dem jungen Mann gesagt, seine Medizinkenntnisse seien so erstaunlich, daß er beinahe schon selber praktizieren könnte. Er schlage ihm vor, bei ihm zu studieren. Dann werde er in ganz kurzer Zeit seine Diplome erwerben können!"

„Wirklich? Und was hat Angus dazu gemeint?"

Vater Houlihan schrumpfte plötzlich in sich zusammen. „Ach, das ist weniger erfreulich, Stuart. Er muß irgendwie kopfscheu geworden sein. Jedenfalls ist er danach mehr als eine Woche ausgeblieben. Dr. Malone ist sehr klug; er hat den Vorschlag nicht wiederholt. Immerhin läßt er Angus die Kranken untersuchen und ihnen seine schüchternen Ratschläge geben. Der Junge hat, so erzählt der Chefarzt, eine wunderbare Art, mit den Patienten umzugehen, und seine Anweisungen sind sehr exakt und verraten gründliches Wissen. Besonders liebreich und hingebungsvoll ist Angus zu den Unheilbaren und zu denen, die starke Schmerzen haben; diese Leute finden in seiner bloßen Anwesenheit Trost und Hoffnung. Man würde, heißt es, den Jungen im Krankenhaus nicht wiedererkennen. Sein Gesicht ist ganz verändert, glühend vor Eifer, freundlich, liebevoll und selbstsicher."

„Sapperlot!" rief Stuart. „So etwas! Ich habe allerdings bemerkt, daß er oft einen Armvoll dicker Wälzer herumschleppt. Aber wir sind nicht sehr gut miteinander, und ich habe ihn nie gefragt. Na, jetzt weiß ich, wie der Hase läuft!" Er sah den Geistlichen an. „Und was tun wir jetzt?" fragte er als Mann der Praxis.

„Nichts, Stuart. Gar nichts. Er muß, mit Gottes gütiger Hilfe, seinen Weg allein finden. Was immer man ihm sagt, würde ihn nur schrecken, aus der Fassung bringen, vielleicht für immer in die Flucht schlagen. Er soll nur selber seinen Weg suchen. Der Allmächtige wird ihm dabei helfen. In Gottes Haushalt geht nichts verloren."

Stuart hegte in dieser Beziehung sehr ernste Zweifel; aber er schwieg. Verschiedene Möglichkeiten gingen ihm im Kopf herum. Wie wäre es, wenn er mit Janie darüber spräche? Nein, das täte nicht gut. Mit Angus selber zu reden war unmöglich. Mit Robbie, den er in letzter Zeit recht hoch einschätzte? Nein, auch das hatte keinen Sinn. Robbie mißachtete seinen ältesten Bruder und war kaum je mit ihm beisammen.

„Die Vorsehung wird schon alles zum besten wenden", betonte nochmals Vater Houlihan, dessen unbedingtes Gottvertrauen manchmal lästig wurde und recht weltfremd wirkte.

Stuart, ein Mann der Tat, fand diese Einstellung aufreizend. Er fing an, im Zimmer auf und ab zu gehen, während Vater Houlihan ihn weiterhin beschwor, jede Einmischung zu unterlassen, weil sie nur alles verderben würde. Das Geheimnis müsse streng gewahrt werden. Wenn der alte Schnippel von den fragwürdigen Ambitionen seines Schwiegersohns Wind bekäme, könnte das für Angus das Ende seiner Hoffnungen bedeuten. Auch er selbst dürfe nicht erfahren, daß seine Freunde von seiner ‚Fahnenflucht' wußten.

„Was für Seelenkämpfe der Arme auszutragen haben muß!" bedauerte Stuart.

„Ja, er macht sicher viel mit, Stuart. Aber wer kann dem Ruf des Himmels widerstehen? Wenn Gott etwas will, gehorcht der Mensch, bewußt oder unbewußt."

Am nächsten Tage traf Stuart zufällig Angus im Kaufhaus und musterte ihn mit verstohlener Neugier. Wie blaß dieser Sauertopf war! Und wie mager! Aber nichts hätte steifer oder kühler oder stolzer sein können als dieses hagere Gesicht und diese scharfen grauen Augen. Stuart runzelte die Stirn. Er fragte: „Angus, hast du in der letzten Zeit etwas von Laurie gehört?"

„Nein, Vetter Stuart. Und du?"

„Ja, vorigen Samstag habe ich einen Brief bekommen. Sie

fühlt sich, schreibt sie, sehr wohl in ihrer Schule, in Gesellschaft so vieler anderer Studentinnen. Sie lernt gründlich Französisch und Deutsch und Italienisch, und ihre Stimme wird immer besser. Auch von Professor Morelli habe ich einen Brief, wonach ihre Fortschritte bemerkenswert sind; in ein paar Monaten werde sie so weit sein, daß sie in Italien und in Deutschland singen kann. Allerhand für ein so junges Ding, nicht?"

„Sie wird bald sechzehn", bemerkte Angus zerstreut. Mit sehr trauriger Miene fügte er hinzu: „Mir schreibt sie nie, nur der Mama. Und manchmal erkundigt sie sich bei Robbie über Berties Befinden."

„Na, das ist gar nicht schön von der Range", meinte Stuart, irgendwie verlegen. „Schließlich verdankt sie es doch dir, daß sie diese Chance bekam. Weiß sie denn das nicht?"

Angus blickte rasch auf, und seine Augen waren voll plötzlicher Pein. „Sie fühlt sich nur dir verpflichtet. Sie tut alles ... nur für dich, weil du es willst. Meine Fürsprache bei dir hat sie unverschämt gefunden." Er konnte den Ausdruck warmer Sympathie in Stuarts Augen nicht ertragen und wappnete sich wieder mit seinem alten Stolz und abweisenden Hochmut. „Glaub nur ja nicht, Stuart, daß ich vergessen habe, was du für Laurie getan hast. Eines Tages werde ich dir alles zurückzahlen. Übrigens kann ich schon nächsten Monat damit anfangen. Hundert Dollar. Und von da ab regelmäßige Monatsraten. Du mußt mir eine genaue Aufstellung über deine Auslagen geben."

„Scher dich zum Teufel!" schrie Stuart in einem seiner üblichen Wutanfälle. „Behalte dir dein verdammtes Geld! Hast du mir außer Beleidigungen nichts zu sagen?" Er starrte Angus an, der ganz rot geworden war. „Glaubst du, sie würde dein Geld nehmen, du eingebildeter Laffe? Laß sie bloß erfahren, daß du für ihr Studium zahlst, und sie wird es sofort an den Nagel hängen."

„Du würdest es ihr doch nicht sagen, Stuart?" fragte Angus stolz und zornig.

„Und ob ich es täte! Umgehendst sogar. Na, tu, wie du

willst; ich kann dich nicht aufhalten. Aber bei der ersten Zahlung schreibe ich deiner Schwester."

Er ging und ließ Angus stehen, der ihm betrübt und verzweifelt nachsah.

XLIII

Aber entgegen allen arglos wohlgesinnten Hoffnungen des Geistlichen fanden Angus' heimliche Besuche im Spital der Barmherzigen Schwestern aus unerklärlichen Gründen ein jähes Ende. Dr. Malone berichtete davon mit großem Bedauern.

Vater Houlihan war von Natur aus zu impulsiv und leidenschaftlich, als daß er mit einem ergebenen Seufzer die Dinge hätte auf sich beruhen lassen. Er glaubte zwar fest daran, die Vorsehung würde selbst alles zum besten wenden; aber seiner Meinung nach konnte es in gewissen Fällen nicht schaden, wenn man dem göttlichen Ratschluß sozusagen durch einen frommen Rippenstoß nachhalf. Durch gute Werke und Gebete, durch Sammlung der Gedanken und demütige Beharrlichkeit konnte, so meinte er, oft Gottes, wenn auch unwirsche, Beachtung erlangt werden, und die bloße Hartnäckigkeit der Flehenden mochte den Herrn dazu bestimmen, ein Wunder zu wirken.

Als er seinem Freunde von dem geplanten Anschlag auf die Muße des Allmächtigen erzählte, lachte Stuart. „Grundy, Sie müssen auch in alles Ihre lange Nase stecken! Lassen Sie doch Angus! Er soll, zum Teufel, im eigenen Saft schmoren!"

Vater Houlihan war empört. „Sie kennen nicht die Wirksamkeit des Gebetes, Stuart."

„Gut, beten Sie, soviel Sie wollen! Was mich betrifft, habe ich den Jungen aufgegeben. So ein habgieriger Filz! Wenn Sie sehen könnten, wie verliebt er in Geld ist, würden Sie ihn selber zum Kuckuck wünschen."

Vater Houlihan wanderte jetzt oft traurig in das Krankenhaus und verwickelte Mutter Mary Elizabeth, die ihm bisher wegen seiner lässigen Art und seines häufigen schallenden Lachens nicht besonders grün gewesen war, in fromme Gespräche überaus ernster Art. Nebenher bewog er sie bei diesen Gelegenheiten, für Angus zu beten. Wenn er sie auf so schlaue Weise als Mitstreiterin zur Bestürmung des Himmels angeworben hatte, verspürte er beträchtliche Genugtuung.

Eines Sonntagnachmittags besuchte Vater Houlihan wieder das Krankenhaus und hatte eines seiner recht bedrückenden — und manchmal nur als Opfer erfreulichen — Gespräche mit Mutter Mary Elizabeth. Die Oberin stammte aus einer alten Neuenglandfamilie und war sehr klug und niederschmetternd gebildet. Sie las und schrieb fließend sechs Sprachen, und da Vater Houlihan überhaupt nur eine Sprache annähernd beherrschte und selbst in Latein, bis auf die Gebete und Meßworte, betrüblich unsicher war, verließ er die hohe Dame jedesmal in der Überzeugung, ebenso einfältig wie ungebildet zu sein. Da er außerdem sehr dick und untersetzt, sie dagegen aristokratisch hochgewachsen und schlank war, steigerte sich noch sein Minderwertigkeitsgefühl.

Selbst sein Glaube erschien ihm sehr primitiv und schrecklich kindlich, wenn Mutter Mary Elizabeth leicht und beredsam über viele geheimnisvolle Dinge sprach und sich überdies noch als Mystikerin entpuppte. Nach solchen Gesprächen fühlte er sich regelmäßig ganz ausnehmend naiv und bedeutungslos. Deshalb konnte er die Oberin nicht recht leiden.

Auch an diesem bestimmten Sonntag war er beim Verlassen des Krankenhauses in sehr gedrückter Stimmung. Er hatte kaum die Straße betreten, als er von einer schwarzen Kutsche mit glitzerndem, silberbeschlagenem Geschirr fast überfahren wurde. Als der Kutscher rasch die Zügel anzog, bäumten die beiden Rappen sich jäh auf und standen einen Augenblick lang nur auf den Hinterbeinen. Vater Houlihan sprang auf den Gehsteig zurück und putzte den Staub von seinem Hut, der ihm heruntergefallen war. Die schon volle Schale seines Unmutes kam zum Überfließen. Mit anstößiger Vernehmlichkeit begann er zu fluchen und warf den Insassen der Kutsche einen vernichtenden Blick zu.

„Können Sie nicht aufpassen?" schrie er. „Einen Fußgänger einfach niederzustoßen! Glauben Sie denn, die Straße gehört Ihnen allein?"

Der Kutscher grinste verächtlich. Aber der junge Mann, der im Fond neben einer jungen Dame saß, schien betroffen und bestürzt. Er stieg ab und ging auf Vater Houlihan zu. Als der Geistliche Angus Cauder erkannte, wurde er rot und lächelte verlegen.

„Ach, das ist ja Angus", stammelte er. „Das wußte ich nicht."

Nach kurzem Zögern lüftete Angus mit steifer Vornehmheit den Hut. „Guten Tag, Vater Houlihan", grüßte er. „Entschuldigen Sie! Aber Sie sind ganz unerwartet auf die Straße getreten, wissen Sie. Entschuldigen Sie, bitte."

„Schuld ist meine Unachtsamkeit", sagte der Geistliche. Doch er blickte Angus ernst an.

Er hatte den jungen Mann seit seiner Heirat vor einem Jahr nicht getroffen. Wie bleich und ausgemergelt er war! Zum Erbarmen! Der Geistliche sah die eisigen grauen Augen, die geraden schwarzen Brauen, den gestrafften Mund. Durch das Leichenbestatterschwarz des Anzuges wurden die Blässe und die hageren Züge des Gesichtes noch betont. Aber die Miene war stolzer denn je; sie drückte gelassene Überheblichkeit und, trotz unpersönlicher Höflichkeit, eine kühle, wenn auch unterdrückte Abneigung aus.

„Dürfen wir Sie ... mitnehmen, Vater?" schlug Angus vor und wies auf die Kutsche.

Also, dachte Vater Houlihan in einer Aufwallung seines schlichten Gemütes, das ist ein Wink des Himmels! Voll Zuversicht schaute er zur Kutsche. Dann aber ließ er die Hoffnung wieder sinken.

Die junge Frau hatte den Blick des Geistlichen sehr abweisend erwidert. In ihren Zobelmantel gehüllt, die Hände im Zobelmuff, saß sie wie ein praller Mehlsack da. Umrahmt von der

' .aunen Krempe und den braunen Satinbändern des Hauben-
.nuts, rundete sich zwischen steifen, glanzlos blonden Locken
ein Mondgesicht, weiß und schlaff, mit kleiner aufgestülpter
Knollennase, fleischigem Mund und großen blaßblauen Augen.
Die Frau hatte die derbe Hübschheit eines Bauernmädchens
und das Gehaben einer noblen Dame. Als der Geistliche sie erstaunt ansah, zuckte sie die Achseln und wandte sich geflissentlich ab.

So, so, dachte Vater Houlihan, das ist Angus' Frau. Gott sei
ihm gnädig!

Er wandte sich zu dem jungen Mann und sagte mit schmerz-
lichem Lächeln: „Schönen Dank, Angus! Aber ich mache hier
in der Gegend Betreuungsbesuche." Er zögerte. Dann fügte er
hinzu: „Doch ich würde mich freuen, wenn Sie mich demnächst
einmal aufsuchen wollten."

Da Angus seit Jahren nicht bei dem Geistlichen gewesen war,
überraschte ihn die Einladung. Aber er antwortete gemessen:
„Ich danke Ihnen." Er sah seine Frau an. Die Höflichkeit hätte
verlangt, daß er sie mit seinem alten Mentor bekanntmachte;
als er indes ihre betont abweisende Miene bemerkte, unterließ
er es.

Vater Houlihan legte ihm die Hand auf den Arm. Angus
wich unwillkürlich zurück, beherrschte sich aber dann. „Angus,
Sie besuchen mich bald, ja? Ich freue mich darauf. Nach so langer Zeit!"

Angus schlug die Augen nieder und erwiderte mit zurückhaltender Förmlichkeit: „Ja, viel Zeit ist inzwischen vergangen, nicht wahr? Wie geht es Ihnen?"

„Mir geht es gut. Aber jünger wird man schließlich nicht."
Der Geistliche wurde rot, und sein bescheidenes Lächeln war
schmerzlich.

„Es war mir ein Vergnügen, Sie wiederzusehen, ... Vater
Houlihan", verabschiedete sich Angus. Jetzt lächelte auch er.
Doch dieses Lächeln war nur eine leere Grimasse. Er legte die
Hand auf den Kutschenschlag. „Meine besten Empfehlungen
an Mrs. O'Keefe!"

„Danke", murmelte der Geistliche. Und schon setzte die Kutsche sich in Bewegung, in der bleichen Dezembersonne schimmernd. Lange stand er da und sah ihr nach, bis sie um eine Ecke bog.

Er ging weiter. Er fühlte sich sehr elend. Sein Gang war langsam und schleppend. Seine Lippen bewegten sich im Gebet.

Es war gerade Vesperzeit, und er schlich demütig in sein schönes Kirchlein und kniete wie irgendein anderer Andächtiger vor einem Altar hin, die Hände gefaltet, den Kopf gebeugt.

Die glatten, überwölbten Kirchenwände schimmerten geisterhaft weiß im Halbdunkel. Der weiße Fußboden lag wie eine Wasserfläche im Abendlicht und spiegelte verschwommen die Bänke und die schlanken, hohen Säulen wider, die wie Baumstämme zu den prächtigen Gewölberippen aufstiegen. Die hübschen kleinen Altäre leuchteten im sternblinkenden Kerzenschein. Die Luft war erfüllt vom Duft des Weihrauchs und der aus Stuarts Glashäusern stammenden Rosen. Hier war Friede und dämmeriges Schweigen und heilige Versenkung, nur dann und wann unterbrochen von unterdrücktem Husten oder dem Schlurfen frommer Schritte.

Vater Houlihan, der nicht viel von Dialektik und Haarspalterei hielt, war mit Emerson einer Meinung: ‚Das Mehl in der Tonne, die Milch in der Pfanne, das Bänkellied auf der Straße, die Neuigkeiten vom Postschiff, der Glanz im Auge, Form und Gang des Körpers zeigen mir die Urgründe der irdischen Dinge — und die Welt liegt nicht länger als Wirrwarr und Rumpelkammer da, sondern hat Gestalt und Ordnung. Es gibt in ihr nichts Bedeutungsloses, nichts Rätselhaftes, sondern ein einziger Bauplan eint und beseelt die höchste Zinne und den tiefsten Graben.‘ Das war auch Vater Houlihans Glaube. Mochten die Philosophen ihre dunklen, gelehrten Theorien wälzen, mochten die Theologen ihre Dialektik pflegen, bis sie in einer Wolke von Worten den festen Boden unter den Füßen verloren! Das war nichts für Vater Houlihan. Er hielt sich an ‚das Mehl in der Tonne, die Milch in der Pfanne‘ als Quelle aller Erkenntnis.

Aber jetzt brach plötzlich das Chaos über ihn herein, und die Dinge erschienen ihm nicht länger so einfach.

Zum erstenmal im Leben hatte er das böse, unheilvolle Gefühl, daß die Welt zu schwierig sein mochte für die Menschen, und vielleicht sogar für Gott. In seine harmlose Seele drangen furchtbare Gedanken, vor denen er erschauerte. Er sah sich umgeben von fremdartigen Wesen, unter denen er kein einziges vertrautes Gesicht entdecken konnte.

Die Begegnung mit Angus war ihm zuerst als Tür zu einem behaglichen, von Liebe erfüllten, mit dem Hausrat der Freundschaft ausgestatteten Raum erschienen. Dann aber hatte sich unversehens die Tür geöffnet, und er blickte in eine endlose, erschreckende, nie vermutete Landschaft. Er stand auf der Schwelle, betäubt und zitternd. Gegen sein entsetztes Gesicht wehte ein unheimlicher Sturm, und selbst die Sterne waren nicht die ihm bekannten Himmelskörper. Er wußte keine Erklärung dafür. Er spürte bloß Angst und Staunen und Qual.

Er hatte die Menschenseelen für so schlicht gehalten wie seine eigene Seele, strebend und dürstend nach dem Lichte, stets bereit, auf den Ruf und die Weisung des wartenden Gottes hin, die irdischen Lasten abzuwerfen, alle Sünden und Irrtümer abzulegen. Doch nun erkannte er, daß die menschliche Seele wie der Mond war, daß sie der Welt immer das gleiche, nur künstlich je nach Umständen, Erfordernissen und Gepflogenheiten beleuchtete Gesicht zeigte, während die abgewandte Seite in ihrer ganzen geheimnisvollen Schrecklichkeit bloß erahnt, aber nicht erschaut werden konnte.

‚Das Mehl in der Tonne, die Milch in der Pfanne ...‘ Nein, so gutmütig und harmlos ließen sich die Welt der Menschen und der Himmel Gottes nicht erklären. Voll Schmerz verspürte der Geistliche tiefe Verzweiflung, Demütigung und Selbstverachtung, weil er so naiv gewesen war. Vielleicht hatte auch Gott ihm gezürnt wegen seiner allzu simplen Weltauffassung.

Er war von schwerem Kummer erfüllt. Er konnte nicht einmal beten. Demütig faltete er die Hände und schaute zum Altar hinauf. Das Ewige Licht flimmerte ihm entgegen, so fern wie der fernste Stern. Dann trübte sich sein Blick, und seine traurigen Augen wurden feucht.

Viele Jahre lang hatte er nach Erklärungen dafür gesucht, warum es Kriege, Grausamkeiten, Verrat und Herzenshärte gab — Erscheinungen, die ihm stets begegneten und ihn stets bedrückten. Aber er hatte sie für Ausnahmsfälle gehalten, nur von Verblendeten, Törichten, Unaufgeklärten begangen; er hatte den Schuldigen Zorn und Entrüstung bezeugt und war bemüht gewesen, zu lehren und zu leiten. Jetzt weiß ich, sagte er sich, daß ich ein Dummkopf war. In der Menschenseele gibt es furchtbare Abgründe und Klüfte, schaurige Steppen und Wüsten, von denen ich nichts ahnte, die ich nie für möglich gehalten hätte.

Wildes Entsetzen packte ihn. Er blickte um sich. Alles war fremd. Laut rief er: „O Gott! O Gott!"

Seine Stimme war wie der Aufschrei eines Gefolterten, und die wenigen Beter in der Kirche schraken auf und starrten ihn im weißen Dämmerlicht an.

XLIV

Ohne zu ahnen, in welch ungeheure Qual und Verzweiflung er ungewollt seinen alten Gönner gestürzt hatte, setzte Angus die Spazierfahrt mit seiner Frau fort. Er saß neben ihr in frostigem Schweigen, reglos und kalt wie eine Statue, und starrte vor sich hin.

In den letzten Jahren hielt er seine Gedanken so fest im Zaum, daß ihn fast nie mehr das frühere seelische Unbehagen, die einstige Mutlosigkeit und Angst übermannten. Wenn er die Finsternis sich ihm wie eine unsichtbare, bedrohliche Flutwelle nahen spürte, verschloß er resolut Augen und Bewußtsein davor. Er verstand es jetzt, in solchen Stimmungen klare, geordnete Gedanken in sich zu wecken, wie man in der Behausung die kleinen, vertrauten Lampen anzündet, während die Erde unerbittlich weiterrollt in die unerforschliche, beklemmende Nacht. Und ebenso wie man dann die schweren Vorhänge vorzieht, um die kalte, unheimlich sonnenleere Nachtluft fernzuhalten, so verhängte er mit dem Samt der Selbstbeherrschung die Fenster nach dem Unbewußten seiner Seele.

Auch jedes Nachdenken über seine Frau schaltete er aus. Sie war da; er hatte sie geheiratet. Sie hatte ihm die Anwartschaft auf ein großes Vermögen gebracht. Er wohnte mit ihr im Hause ihrer Eltern, einem abscheulichen und feuchten, immerhin jedoch recht bequemen Hause. Die Schwiegereltern waren zwar langweilige und rüpelhafte, aber anständige Menschen, und er hoffte, in ihren Augen ständig an Ansehen zu gewinnen.

Er war jetzt Vizedirektor im Warenhaus und bezog wöchentlich fünfzig Dollar, von denen er die Hälfte gewissenhaft als ‚Miete‘ für die eheliche Wohnung im schwiegerelterlichen Hause bezahlte. Mr. Schnippel hatte beim erstenmal etwas gebrummt, was nach Ablehnung dieser Zahlung klang. Als jedoch Angus darauf bestand, hatte der Schlachthausbesitzer ihn mit mißtrauischer Hochachtung beäugt.

Angus fragte sich nie, ob er seine Frau liebe oder nicht. Er kam ihr höflich und achtungsvoll entgegen. Er fragte nie, ob sie eine Dame, ob sie klug war, kurz, was für ein Mensch sie sein mochte. Sie begegneten einander freundlich und anscheinend ohne innere Anteilnahme.

Janie hätte sich bestimmt lebhaft dafür interessiert, was in dem riesigen, auf Karminrot abgestimmten, abgrundhäßlichen Schlafzimmer der beiden vorging. Als genießerisches, lebenslustiges Wesen wäre sie entsetzt gewesen. Denn in diesem Raum hatte Leidenschaft im frohesten Sinn, mit ihrer Erfüllung in Liebe und Zärtlichkeit und Glut, keinen Platz. Man konnte es nur so ausdrücken, daß die beiden jungen Leute sich paarten, mit dem für diesen Zweck unerläßlichen, denkbar geringen Mindestaufwand an Sinnlichkeit.

Stuart hatte den jungen Mann angewidert ein ‚Götzenbild‘ genannt.

Angus kannte jetzt nur eine Leidenschaft, auf die er mit der

Zielbewußtheit des besonnenen, gefühlskalten Menschen sein ganzes Wollen gerichtet hatte: Geld. Aber er begehrte das Geld nicht wie Stuart, weil es Vergnügen und Sicherheit und Seelenfrieden eintrug, sondern er begehrte es um seiner selbst willen, nicht als Mittel, sondern als Endzweck.

Sein Geist war wie eine Burgruine mit luft- und lichtlosen Türmen, gut instand gehalten, still und unbewohnt; nirgends in den mächtigen Hallen und Gängen ertönte eine Stimme oder ein Seufzer. Was von Jugenderinnerungen geblieben war, lag verzaubert und gefesselt in den finsteren Verliesen unter den festen Steinböden, und kein Ton klang aus diesen Kerkern.

Doch in dieser Burg gab es einen Raum, der wie Blaubarts Kammer nie betreten werden durfte; darin wohnte Laurie, seine Schwester. Er wagte nicht, die Tür weit zu öffnen und der in die Gewänder seiner Erinnerung gekleideten Schwester ins Gesicht zu sehen. Er hatte ihr gegenüber, so bestätigte er sich selber großspurig, ,seine Pflicht getan' und ihre Zukunft sichergestellt. Nur manchmal öffnete er die Tür auf einen Spalt, schloß sie aber gleich wieder.

Nicht einmal so ,aufgeschlossen' war er in seiner Haltung zu den anderen Familienmitgliedern und zu den Bekannten. Seinen Vetter verachtete er als einen unbeherrschten, liederlichen Narren, dem jede Wohlerzogenheit und jeder Anstand fehlten, den man nicht ernst nehmen konnte, dem man immer mißtrauen mußte. Übrigens fürchtete Angus ihn noch immer, obwohl er das nie zugegeben hätte. Die gleiche Verachtung wie seinem Vetter brachte er auch Sam entgegen; ihm mißtraute er noch mehr, bei aller Anerkennung für seine Tüchtigkeit, Umsicht und Sparsamkeit. Er war entschlossen, im Lauf der Zeit sie beide, Stuart ebenso wie Sam, aus dem Kaufhaus zu verdrängen, nicht aus Rachsucht, sondern aus einem ganz unpersönlichen Fremdheitsgefühl.

Für Bertie empfand Angus kühlen, Abstand wahrenden Widerwillen. Dieser Bruder war in seinen Augen so unbeschreiblich verkommen und verächtlich, daß ein intelligenter, gesitteter Mensch überhaupt nicht an einen Umgang mit ihm denken konnte. Für ihn war er tot oder so gut wie tot. Von dem eklen Schauspiel, wie Bertie sich selbst zugrunde richtete, wandte er sich bewußt ab. Er betete nur, sein jüngerer Bruder möge sich ihm nie in Erinnerung rufen; dann wollte er ihm die Ehre völligen Vergessens erweisen.

Bei Robbie standen die Dinge etwas anders, und darüber war Angus insgeheim wütend. Er mochte den jüngsten Bruder mit noch so eisiger Abgerücktheit und Interesselosigkeit behandeln, Robbies Persönlichkeit brachte sich ihm gegenüber doch unbehaglich zur Geltung. Er hegte immer den zermürbenden Verdacht, Robbie mache sich über ihn lustig und tue ihn, nachdem er ihn mit wissenschaftlicher Unbeteiligtheit und rein akademischem Interesse als Versuchsobjekt, als zufälliges Phänomen zergliedert hatte, geringschätzig ab, kurz, er sei von ihm in keiner Weise beeindruckt.

Angus fühlte sich dadurch nicht gedemütigt. Es ärgerte ihn bloß, daß sein Bruder sich so stumpf und gefühlsträge zeigte. Robbies Kühle und Nüchternheit entsprangen ja, so fand er, nicht wie bei ihm der Selbstzucht, sondern waren natürliche Auswirkungen seines Wesens. Angus redete sich ein, er verachte Robbie, weil er ein Phlegmatiker sei, fischblütig und dickschuppig mitten in allem Geschehen.

Als Robbie einmal beiläufig bemerkte, Geld sei nur ein Mittel zum Zweck und verliere, wenn man keinen bestimmten Zweck vor Augen habe, seinen Sinn, verspürte Angus eine Art frostige Freude und Genugtuung, weil jetzt seine Verachtung gegenüber dem Bruder gerechtfertigt schien. Die Tatsache, daß Robbie inzwischen als Anwalt zugelassen war und daß der alte Richter Taylor frohlockend vorausgesagt hatte, der junge Mann würde bald selbst Richter werden, beeindruckte Angus nur mäßig. Eines Tages wollte er vielleicht, so dachte er herablassend, seinen Bruder als Rechtsberater des Unternehmens beiziehen. Dieser Gedanke gab ihm das Empfinden besonderer Ehrenhaftigkeit und stimmte ihn auch dem Bruder gegenüber versöhnlicher.

So war es denn eine leblose Statue, hart wie Metall, kalt wie

Stein, die an diesem sonnigen Oktobertag durch die Stadt fuhr. Angus hatte ganz vergessen, daß seine Frau ihn begleitete. Während er bewegungslos, steif aufgerichtet, dasaß, begannen die verzauberten Gefangenen in den Verliesen sich zu regen, zu atmen, zu seufzen. Er hieß sie still sein. Sie gehorchten. Aber er spürte den traurigen Blick ihrer Häftlingsaugen. Ein schwaches Licht schimmerte unter der Tür, hinter der Laurie verborgen war.

Dann geriet er plötzlich in eine ganz seltsame Körperverfassung. Es geschah nicht zum erstenmal. Während des letzten Jahres war es ihm, wenn er so ‚aufgerüttelt‘ wurde wie heute, schon einigemal widerfahren, daß ihm plötzlich arger Schmerz das Hirn durchzuckte, mehrfach hintereinander, in Abständen von etwa zehn Sekunden. Es begann an seiner rechten Schläfe, drang ihm wie ein Messer durch den Schädel und schien an der linken Schläfe wieder auszutreten. Die ersten Schmerzstiche waren leidlich. Aber die folgenden wurden unerträglich. Er ballte dann die Fäuste, schloß die Augen, knirschte mit den Zähnen und litt in atemlosem Schweigen, ohne Ausruf, auch wenn er allein war. Denn die Schmerzen wurden so stark, daß er nicht schreien, sich nicht einmal rühren konnte. Schließlich schienen sie das Hirn entzweizubrechen wie ein Ei, und er spürte im ganzen Leibe ein Zittern wie die beginnende Auflösung des Körpers. Endlich öffnete er die Augen und sah vor sich eine nebelhaft verschwimmende Welt, unwirklich, schräggekippt. Gesicht war bleigrau und feucht, sein Herz raste, sein Atem keuchte.

Er war zu einem Arzt gegangen, der ihm eine Lesebrille verschrieben hatte und Schlaf und Ruhe und Diät. Nichts von diesen Verordnungen hatte geholfen.

Während dieser Anfälle verlor er das Bewußtsein für seine Umwelt, als wäre er tot. Auch jetzt war es so. Als er die Augen öffnete, die hoppenden Kruppen der Pferde und den strahlenden Oktobertag sah und sich verstohlen mit dem Taschentuch die Stirn trocknete, bemerkte er erst, daß seine Frau mit ihrer gedämpften, mürrischen Stimme auf ihn einredete, während sie ihn mit ihren seichten blassen Augen grollend anblickte.

„Hast du schon wieder Kopfweh, Angus?" fragte sie vorwurfsvoll. „Um Himmels willen, irgendwas müßten doch die Pillen des Dr. Schultz genützt haben!"

Angus schluckte, holte tief Atem, straffte sich. Er warf seiner Frau einen hochmütigen, verständnisheischenden Blick zu. „Mir nützen diese Mittel nichts, meine Liebe", erwiderte er mit schwacher, doch fester Stimme. „Aber Dr. Schultz versichert mir, daß mir nichts Ernstliches fehlt. Eine nervöse Störung."

„Also, mir gegenüber scheinen deine Nerven sich immer zur Unzeit zu melden", erklärte die liebebedürftige Frau rundheraus mit einem unfreundlichen Achselzucken. „Mir kommt die ganze Sache recht merkwürdig vor. Meistens kriegst du deine Anfälle, wenn wir, so wie jetzt, beieinander sind, ohne daß etwas Aufregendes vorgefallen wäre. Bin ich dir lästig, Angus?"

„Unsinn, Gretchen!" antwortete er herablassend. Ein schweres Zittern kribbelte ihm durch alle Adern; doch das ging, wie er aus Erfahrung wußte, bald vorbei. „Anscheinend kommen die Anfälle ohne bestimmte Ursache. Aber das gibt sich alles wieder." Er sah auf seine goldene Uhr, ein Geschenk des Schwiegervaters, und rief: „Fast fünf Uhr, Gretchen! Wir müssen leider wieder heim. Zum Tee um sechs."

Er gab entsprechende Weisung an den Kutscher, der die Peitsche an den Hut führte und die Pferde zur Rückfahrt lenkte.

‚Gretchen' lächelte schadenfroh. „War das ein widerlicher Kerl, dieser Geistliche! Na, Papa hat erzählt, daß die Know-Nothings bei ihrer letzten Versammlung beschlossen haben, die katholische Kirche in Amerika zu verfemen. Das war schon wirklich notwendig und wird sich sehr vorteilhaft auswirken! Aber Papa hat beanstandet, daß du nicht zur Versammlung erschienen bist, Angus."

„Du wirst dich erinnern, daß ich an diesem Abend dringende Buchhaltungsarbeiten im Kontor hatte", erklärte Angus, um eine weitere Erörterung dieses Themas abzuschneiden.

Plötzlich fühlte er sich wieder völlig erschöpft. Er lehnte sich zurück und sprach kein Wort mehr, bis sie vor dem häßlichen Haus in der Franklin Street hielten.

XLV

Die Flurhalle des Schnippelhauses war höhlenartig hoch und dunkel, geschmacklos mit türkischroten Teppichen, vergoldeten, plüschüberzogenen Schnitzsesseln und karminfarbenen Vorhängen ausgestattet. Es roch abstoßend nach Bienenwachs, und die Luft war auch an diesem strahlenden Oktoberabend eiskalt.

Während eine deutsche Magd den beiden jungen Eheleuten die Überkleider abnahm und ihnen mitteilte, Herr und Frau Schnippel erwarteten sie schon im Salon, betrachtete Angus seine Frau, deren flachsblonder Scheitel ihm bloß bis zum Kinn reichte. Ihre dicke, plumpe Gestalt wurde durch die ausladenden Reifen des braunen Samtkleides nur noch betont. Ihr Kopf saß fast unmittelbar auf den massigen Schultern, so daß der Hals nur durch einen schmalen, mit einer perlenbesetzten Kameenbrosche geschlossenen Spitzenkragen angedeutet war. Dagegen wölbte sich über der Brosche ein mehr als angedeutetes Doppelkinn hervor. Busen, Schultern und Arme waren ebenso massig wie die juwelenglitzernden Hände.

Sie blickte Angus mit dem ihr eigenen mürrischen, streitsüchtigen, bei aller Trägheit fast herausfordernden Blick an. „Wollen wir hineingehen, Angus?" fragte sie im Befehlston und schritt zu der Verbindungstür zwischen Halle und Salon. Angus folgte ihr stumm und langsam. In seiner schwarzen Gewandung überragte er die Frau wie ein hoher, frosterstarrter Baum, todgeweiht, aber unbeugsam.

Der lange, schmale Salon erstreckte sich durch die ganze Ausdehnung des Hauses. Zweieinhalb Meter hohe, schlitzartige Fenster waren von den allgegenwärtigen karminroten Vorhängen umkleidet. Ein mattgeblümter Brüsseler Teppich bedeckte den Fußboden. Die roßhaargepolsterten Nußholzsessel waren mit purpur- oder scharlachfarbenem Plüsch überzogen. Auf den goldbefransten Samtdecken der schweren Tische standen schwachleuchtende Kristallampen, deren Gestelle aus kunstvoll verflochtenem Messing, Gold oder Silber bestanden. In dem schwarzmarmornen Kamin gloste Feuer. Über dem Kaminsims hing ein goldgerahmter Spiegel, der den häßlichen, bedrückenden Raum wiedergab.

Mr. Otto Schnippel, Schlachthausbesitzer und wohlhabender, biederer Bürger, saß vor dem Feuer, blätterte im ‚Commercial‘, der Lokalzeitung, und machte über die Neuigkeiten zu seiner Frau mit rumpelnder, knurrender Stimme verdrossene Bemerkungen. Er war ein untersetzter, aufgedunsener Mann mit großem, kahlem Schädel und roten, abstehenden Ohren. Im Verhältnis zur Kopfgröße war das Gesicht auffallend klein, mit verwaschenen, flachen Zügen, mißtrauisch geschürzten Lippen und blaßblauen Äuglein hinter einer dicken Brille, die immer wieder auf die plumpe aufgeworfene Knollennase zu rutschen pflegte.

Seine neben ihm sitzende Frau war gegen ihn riesenhaft. Die Zeit hatte zwar in ihr stumpfblondes Haar graue Strähnen gelegt, aber ihre widerborstige Art nicht zu mildern vermocht. Sie sah grob, anmaßend und gefühllos aus.

Als die jungen Eheleute eintraten, warf ihnen Mrs. Schnippel einen ihrer üblichen herrschsüchtigen, argwöhnischen Blicke zu und nörgelte übellaunig: „Um eine halbe Stunde habt ihr euch verspätet. Wo wart ihr denn?“

Mr. Schnippel legte seinen ‚Commercial‘ hin und glotzte die Ankömmlinge finster an. „Spät!“ fand er.

Gretes Mieder krachte, als sie sich bückte, um die Mutter zu küssen. Sie kicherte boshaft und erklärte: „Daran bin ich unschuldig, Mama. Der widerliche alte Geistliche, dieser Mr. Houlihan, hat Angus aufgehalten und in ein langes Gespräch verwickelt.“

Angus unterbrach sie. „Verzeiht die Verspätung! Aber Vater Houlihan ist uns unvorsichtigerweise fast in den Wagen gelaufen. Es war seine Schuld, aber ich mußte ihm ein paar begütigende Worte sagen. Dann sind wir gleich weitergefahren."

„Hat er nicht wieder einmal versucht, dich zu bekehren?" fragte Mrs. Schnippel anzüglich.

Angus preßte die Lippen aufeinander und warf der Schwiegermutter einen jener kühlen Blicke zu, die sie oft zur Ruhe brachten. „Vater Houlihan hat nie versucht, mich zu bekehren, Mutter. Er ist ein guter Freund Stuarts und war in meiner Knabenzeit sehr nett zu mir."

Mr. Schnippel räusperte sich mißtönend. „Nett war er zu dir? Na, da steckt immer ein Bekehrungsversuch dahinter. Jedenfalls wünsche ich in meiner Familie keine Papisten."

Ich muß mich beherrschen, dachte Angus. Dieser Geistliche bedeutet mir nichts; er ist mir nicht einmal sympathisch. Aber in seinen Halsadern pulste plötzlich das Blut so stark, daß ihm übel wurde, und durch seine Schläfe schlängelte sich ein Schmerzfaden. Stolz sagte er: „Ich wüßte nicht, wann ich mich dem Katholizismus zugeneigt gezeigt hätte, Vater."

„Er hat dich doch zu einem Besuch eingeladen, Angus", petzte Grete. Ihre Eltern musterten den Schwiegersohn vorwurfsvoll.

„Allerdings", gab er zu. Er setzte sich in einiger Entfernung von den anderen hin und sah niemanden an.

„Und gedenkst du der Einladung zu folgen?" fragte Mr. Schnippel barsch.

Angus wandte ihm langsam den Blick zu und schien nachzusinnen, während sein Schwiegervater vor zurückgestauter Wut rot anlief. Dann erklärte Angus fest: „Ich habe es nicht vor. Später vielleicht. Vorläufig habe ich es nicht vor."

Mr. Schnippel war kalter Entschlossenheit nicht gewachsen. Er murmelte: „Recht so! Recht so. Bleib nur dabei, es nicht vorzuhaben!"

„Kaffee, Angus?" fragte leutselig und großtuerisch die Schwiegermutter.

„Bitte!" entgegnete er unbeteiligt. Mr. Schnippel schob seinem Schwiegersohn eine Schüssel mit Backwerk zu. Er empfand

Hochachtung für Angus. Er bewunderte seine noble Art und seine Rechtschaffenheit. Er fürchtete seinen eisigen Blick und seine Unentwegtheit. Jetzt schmunzelte er dem jungen Mann zu.

„Vorhin habe ich im Commercial gelesen, daß im nächsten Monat die Verlobung deines Bruders Robbie mit Miß Alice Cummings bei den Bürgermeisters mit einem Dinner gefeiert wird", sagte er freundlich. „Das hat dein Bruder gut gemacht. Geld in Sicht! Wann wird denn geheiratet?"

„Ich weiß es nicht genau, Vater. Im November, glaube ich. Übrigens soll Robbie im Januar zum Hilfsrichter bestellt werden. Wenn Richter Taylor, der uns das mitgeteilt hat, nächstes Jahr seinen Abschied nimmt, wird Robbie die Wahl zum Nachfolger anstreben."

„Gut, gut!" brummte Mr. Schnippel.

Aber seine Frau war anderer Meinung. „Er ist zu jung, viel zu jung. Und gar nicht umgänglich, sondern sehr eingebildet, trotz seines ruhigen Gehabens. Mir ist er seit jeher nicht sehr sympathisch, muß ich leider gestehen, Angus. Er hat im Verkehr nichts Ansprechendes und bemüht sich nicht einmal übermäßig, höflich zu sein. Und Alice Cummings ist eine ganz farblose Person, sehr geziert und zuckersüß. Gegen diese Art bin ich immer mißtrauisch, da steckt gewöhnlich Heuchelei dahinter."

Angus stellte ruhig fest: „Miß Cummings gilt allgemein als gute Partie, und Robbie ist glücklich."

„Für Cummings habe ich bei der Wahl nie gestimmt", erklärte Mr. Schnippel und sah Angus wieder angriffslustig an. „Er ist mir zu glatt. Offenbar unaufrichtig. Übrigens, diese Bücherei — wie heißt sie nur rasch? Ach ja, diese Grosvenor-Bibliothek! Eine öffentliche Bücherei, allgemein zugänglich! Auch für schäbige Taglöhner. Wozu brauchen diese Leute Bücher? Die sollen fest arbeiten und dann in ihren Hütten verschwinden! So ein Unsinn von Cummings, diese hochstaplerischen Ideen mit Volksbildung und so! Und dein Vetter Stuart Coleman spendet zweitausend Dollar dafür und wird Vorstandsmitglied, er mit seinen skandalösen Schulden!"

Angus sah ihn mit hartem Blick an. Ich muß mich beherrschen, dachte er wieder. Er sagte: „Ich fühle mich zu einem Urteil über die Zweckmäßigkeit einer solchen Bücherei nicht berufen."

Sein Schwiegervater wurde immer aufgeregter. Er fuchtelte mit den Händen und schrie: „Dieser Cummings! Und dein Stuart ist auch nicht besser! Sie behaupten beide, ich halte meine Arbeiter in Schweineställen! Die Wohnhütten gehören mir, nicht? Und der Boden, auf dem sie stehen, gehört auch mir, nicht? Sind wir in einem freien Land oder nicht? Solche Demagogen! Verklagen mich vor Gericht und wollen mich zwingen, meine Wohnhütten, mein Eigentum, zu ‚sanieren‘, wo doch das Pack mit den heutigen Zuständen hochzufrieden ist!"

„So geht es eben, wenn man sich mit Juden zusammentut", pflichtete seine Frau mit einer etwas dunklen Andeutung bei.

„Wirst du die Sanierung durchführen, Vater?" fragte Angus unbeirrt. Der Schmerzfaden in der Schläfe wurde zu einem glühenden Draht, der sich in die Stirn bohrte.

Mr. Schnippel schwieg eine Weile. Er lehnte wie ein großer Fleischklumpen in seinem Sessel und sah den Frager drohend an.

„Erst wenn ein gerichtlicher Auftrag vorliegt", sagte er schließlich. „Und nicht um einen Augenblick früher!"

„Den Auftrag wird man erwirken. Robbie betreibt ihn", berichtete Angus mit eisigem Lächeln.

„Ich werde mich dagegen wehren, so wahr mir Gott helfe!" schrie Mr. Schnippel und schüttelte fluchend die geballten Fäuste. „Wir werden schon sehen, wer mehr Einfluß hat — und mehr Geld!"

Angus nippte an seinem Kaffee und bemerkte: „Du hast ja ganz recht. Wenn ich kann, helfe ich dir."

Mr. Schnippel keuchte noch immer; aber seine Miene erhellte sich. „Schön, schön. Du hast wenigstens Verstand, Angus. Und schließlich", fügte er mit pfiffigem Schmunzeln hinzu, „wirst du eines Tages selber an meinem Betrieb interessiert sein."

Angus nickte würdevoll. „Ich finde es sinnlos, das gewöhnliche

Volk über jenes Niveau heben zu wollen, auf das Wesensart und natürliche Bedürfnisse es verweisen", erklärte er sehr entschieden.

Im Zusammenhang mit dieser Bemerkung fiel seinem Schwiegervater etwas anderes ein. Er warf einen verächtlichen Blick auf seine Zeitung und sagte: „Da habe ich auch gelesen, daß wahrscheinlich dieser Hinterwäldler Abraham Lincoln unser nächster Präsident werden wird. Darüber habe ich mir schon unbehagliche Gedanken gemacht. Ein ganz gewöhnlicher Kerl bewirbt sich da um die Präsidentschaft! Eine Schmach! In unserer alten Heimat wäre so etwas unmöglich gewesen. Wir legen geziemenden Wert auf gute Abkunft, Bildung und Tradition. Wenn dieser Lincoln gewählt wird, gibt's Krieg mit dem Süden. Dort sind die Bewohner Edelleute; sie werden sich das nicht gefallen lassen, sage ich euch. Und diese Nigger! Ihr werdet sehen, wegen dieser Nigger wird's noch Stunk geben."

Angus blickte auf. „Vielleicht unterliegt er. Ich kann mir nicht vorstellen, daß die Amerikaner so geschmacklos sein werden, einen Bauernknecht und Provinzadvokaten zum Präsidenten zu wählen." Er lächelte sein kurzes, eisiges Lächeln und wandte sich zu seiner Frau. „Ich glaube, es wird Zeit, daß wir uns zum Dinner umkleiden, meine Liebe."

„Noch etwas!" rief Mrs. Schnippel krittelig. „Wird niemand gegen den Bau dieser katholischen Lehranstalt in der Main Street — ‚Canisius-College' soll die Schule, glaube ich, heißen — Einspruch erheben? Schon im Landesinteresse müßte man doch dagegen einschreiten!"

„Wo sie nur das Geld dazu hernehmen?" schrie ihr Gatte. „Na, Angus, ich höre ja, dein Vetter, der ehrenwerte Mr. Coleman, trägt fünftausend Dollar bei! Und sein jüdischer Freund, dieser Berkowitz, hat sich auch eingestellt. Und Cummings ebenfalls, wenn ich nicht irre."

Angus stand auf. „Komm, Gretchen!" sagte er nachdrücklich. Zu seinem Schwiegervater gewandt, erklärte er mit fester Stimme: „Von diesem College weiß ich nichts. Wenn du versuchen willst, den Bau zu verhindern, dann nur zu! Aber wie du vorhin selbst ganz richtig gesagt hast, wir sind hier in einem freien Land."

‚Gretchen' folgte ihm widerstrebend, mit einem letzten entschuldigenden, mitempfindenden Blick auf ihre Eltern.

Mrs. Schnippel setzte sich schwerfällig in ihrem Sessel zurecht und brummte: „Oft frage ich mich, was Angus eigentlich wirklich denkt. Manchmal ist er sehr spöttisch und nimmt nicht die geringste Rücksicht auf deine Gefühle, Otto."

Aber ihr Gatte, der im Grunde Angus sehr gern hatte und stolz auf ihn war, warf ihr einen strafenden Blick zu. „Was wissen denn die Frauen schon von solchen Dingen?" entgegnete er verächtlich. „Ich kenne Angus. Er mag denken, was er will, das wird ihn nie daran hindern, seinen Weg zu gehen."

XLVI

Hätte jemand dem friedlich nichtsahnenden Stuart Coleman erzählt, welche Absichten sein Verwandter Angus Cauder planmäßig im Geiste wälzte, so wäre er zuerst verdutzt gewesen und dann in ungläubiges Lachen ausgebrochen.

Zwar empfand er in Gegenwart des jungen Mannes ein verärgertes Mißbehagen und verriet es dadurch, daß er ihm hochmütig begegnete, eine eigentlich kaum vorhandene Verachtung mit Bedacht übertrieb und ihn bei jeder Gelegenheit schnitt. Dieser Grünschnabel hat überhaupt keine Gefühle mehr außer der Geldgier! sagte er sich voll Abscheu. Vor ein paar Jahren war er noch ein Mensch. Jetzt ist er nur mehr ein Grabdenkmal seiner selbst. Aber daß er, Stuart, und Sam Berkowitz bei Angus schon als Ausschuß abgeschrieben waren, dessen sich das Unternehmen bald entledigen würde, wäre ihm wie die verleumderische Ausgeburt eines kranken Gehirnes erschienen.

Vielleicht hätte er es allerdings als leises Warnzeichen genommen, wenn er das grimmige Lächeln hätte sehen können, mit dem Angus bei Durchsicht der Bücher die hohen Summen feststellte, die Stuart zu Lasten künftiger Gewinne abgehoben hatte. Er wäre auch einigermaßen beunruhigt gewesen, hätte er gewußt, daß Joshua Allstairs und Angus heimliche, zurückhaltende Freunde geworden waren und daß Joshua mit seinem Bankkunden lange, weitschweifige Gespräche zu führen liebte, über Themen, die nur sehr lose mit dem Kaufhaus zusammenhingen.

Auf die Kunde davon hätte Stuart sicher mit dem Ausruf reagiert: ,Wo sind denn bei diesem jungen Schuft Treue und Dankbarkeit hingeraten?' Er hätte nie einen Menschen verstehen können, der in solchen Umtrieben keine Untreue und Undankbarkeit sah, sondern nur Rechtschaffenheit, und der davon überzeugt war, den ,Tugendhaften' sei die Macht übertragen, jene zu vernichten und auszuschalten, die der ,Tugend' und deshalb auch der Menschenwürde ebenso wie des Anspruchs auf Beachtung, Duldsamkeit und Gerechtigkeit seitens der ,besseren' Menschen ermangeln.

Angus glaubte ja allen Ernstes, die Auserwählten des Herrn seien dazu berufen, die Angelegenheiten jener Menschen, die sich nicht des göttlichen Wohlwollens erfreuten, zu ordnen und über solche Leute nach Gutdünken zu verfügen, ohne Barmherzigkeit oder Bedenken oder Güte. Weisere als er hätten Stuart sagen können, daß man Menschlichkeit und Edelmut eher bei ausgesprochenen Bösewichten und Schurken findet als bei Leuten, die der besonderen Gewogenheit Gottes teilhaft zu sein glauben und sich das Recht anmaßen, gnadenlos, grausam und hartherzig ihre Mitmenschen zu unterdrücken und ihnen Gewalt anzutun.

Unglücklicherweise wußte der arglose Stuart nur, daß sein Vizedirektor sehr tüchtig und klug war. Da ihm das Erteilen von Anordnungen nicht lag, übertrug er diese unangenehme Aufgabe dem jungen Mann, der sich bei den Verkäufern und anderen Angestellten zwar hohe Achtung erworben, aber auch sehr unbeliebt gemacht hatte.

Die frühere Atmosphäre der Ungezwungenheit und Arbeitsbegeisterung war, zum großen Leidwesen des scharf beobachtenden Sam Berkowitz, aus dem Unternehmen geschwunden; an ihre Stelle waren nüchterner Geschäftsgeist und mechanischer Fleiß getreten. Angus war ebenso gefürchtet wie verhaßt, und es herrschte deshalb Ordnung, die Verrechnungen wurden genau geführt, und man verließ sich auf niemanden. Damit hörte auch die Kameradschaft auf; jeder nahm nur seinen eigenen Vorteil wahr und versuchte, sich auf Kosten seiner Kollegen, mit denen ihn bisher Freundschaft und Zuneigung verbunden hatte, in den Vordergrund zu spielen. Angus hatte die Drachensaat des Mißtrauens und der Streberei gesät. Nun gab es zwar Zucht und Ordnung; aber das milde Licht der Hingabe war dem grellen Schein persönlichen Ehrgeizes gewichen. Angus kargte weder mit Belohnungen noch mit Strafen; er begünstigte ein Spitzelwesen.

Sam sah das alles. Er war bedrückt und traurig. Aber er wußte, daß es keinen Sinn hatte, darüber mit Stuart zu reden, der ihn nur verständnislos und entrüstet angesehen hätte.

Angus hatte jetzt ein eigenes kleines, ebenso sauberes wie nüchternes Kontor hinter der dritten Verkaufshalle. Die meisten Entscheidungen über das Personal wurden hier, ohne Rücksprache mit Stuart oder Sam, getroffen.

„In dem Kaufhaus herrscht jetzt trotz aller oberflächlichen Beflissenheit eine gewisse Unaufrichtigkeit", erzählte Mrs. Cummings ihrem Gatten, dem Bürgermeister. „Ich kann es nicht recht ausdrücken. Die Verkäufer sind immer höflich und ehrerbietig und flink und nett und diensteifrig. Nein, ich kann es nicht ausdrücken, Frank. Aber sobald man ihnen den Rücken kehrt, verschwindet plötzlich das Lächeln. Der Kunde ist nicht mehr ein Freund, dem man gerne einen Dienst erweist, sondern nur eine Melkkuh. Und ich vermute, daß der arme Stuart von diesen Veränderungen nichts weiß."

„Du mußt zugeben, daß die Laxheit und Bummelei verschwunden sind", gab der Bürgermeister zu bedenken. „Das hast du ja selbst gesagt, Alicia. Die Bedienung ist jetzt prompt und sachlich."

„Das stimmt, Frank. Aber es fehlt etwas Wertvolleres. Früher war es ein Vergnügen, dort einzukaufen. Hinter den Ladentischen traf man gute Bekannte. Man konnte sich hinsetzen und stundenlang plaudern und über die Waren reden. Jetzt wird man blitzschnell bedient, und wenn man zu dem Verkäufer ein paar private Worte sagt, wird der Seidenballen weggeschoben, als wollte der Mann einem zu verstehen geben, wer keine ernsten Kaufabsichten habe, solle lieber gehen und jemandem mit zahlungswilligerer Geldbörse Platz machen."

„Na ja, es geht eben jetzt geschäftsmäßiger zu", meinte Mr. Cummings unsicher.

„Aber beträchtlich unerfreulicher, mein Lieber. Gegenüber früher fehlt nichts als Gefälligkeit und Freundlichkeit. Aber mir persönlich bedeuten diese Dinge mehr als rasche und sachliche Bedienung."

Stuart, diese freundliche Seele, sah nur, daß seine Kundinnen bei einer Begegnung mit ihm verlegen weitereilten oder, wenn sie stehenblieben, ihn mit schuldbewußter, verständnisheischender Miene ansahen. Das machte ihn stutzig. Aber noch immer begriff er nicht. Er bemerkte, daß die bequemen niedrigen Sessel jetzt selten benützt wurden und hegte den unbestimmten Verdacht, es mache den Damen keinen Spaß mehr, in einer Atmosphäre von Parfüm und Lachen eine Zeitlang zu plaudern.

„Alles ändert sich und ändert sich!" brummte Stuart verärgert. „Warum bleiben die Menschen nicht so, wie sie waren? Warum placken sie sich mit albernen Dingen ab?"

Darüber grübelte er eines Vormittags wieder, als Angus anklopfte und in sein Kontor trat. Stuart hatte Sam erwartet und mit vergnügtem Lächeln aufgeblickt. Als er Angus erkannte, wurde das Lächeln sauer, und er murmelte: „Ach, du bist's? Was gibt's denn wieder?"

Angus ließ sich durch den unfreundlichen Ton und Blick nicht beirren. Er setzte sich ruhig mit übergeschlagenen Beinen hin. Seine eisig grauen Augen betrachteten Stuart leidenschaftslos und streng, aber mit jener Achtung, die ein gebildeter Mann seinem Vorgesetzten — und sei er noch so tadelnswert — schenkt. Mit finsterer Miene sah er Stuarts gerötetes, hageres

Gesicht, die Falte unter seinem Kinn, die von einem ausschweifenden Leben gezeichneten Ringe um die reizbaren schwarzen Augen. Er wußte, daß Stuart wegen seines gichtigen Fußes sich oft beim Gehen auf einen Stock stützen mußte, und mit einer gewissen Befriedigung bemerkte er, daß an Stuarts Schläfen das Haar immer grauer wurde. Ja, dieser Mann, der kaum den Vierziger hinter sich hatte, alterte sichtlich und war fast erledigt, dachte Angus bei sich.

Instinktiv spürte Stuart dieses geheime Mustern und rief plötzlich: „Zum Teufel, Angus, mit jedem Male, wo ich dich sehe, bist du stärker verändert. Früher warst du ein recht netter Bursche, und jetzt . . ." Er machte eine ärgerliche Geste.

„Ich will hoffen", erwiderte Angus kühl, „daß ich mich nicht zu meinem Nachteil ändere und daß du an meiner Arbeit nichts auszusetzen hast."

Stuart starrte ihn blinzelnd an. Dann sagte er: „Ach, lassen wir das, zum Kuckuck! Was willst du?"

Angus wandte den Blick nicht von ihm ab; als er gelassen erklärte: „Es handelt sich nicht um geschäftliche Dinge, Vetter Stuart, sondern eigentlich mehr um ein persönliches Anliegen." Er hielt inne. „Vetter Stuart, ich möchte mit dir über die Eingabe reden, die du zusammen mit andern unterschrieben hast und die bei Gericht eingereicht wurde, wegen der Arbeiterunterkünfte meines Schwiegervaters."

Stuart verzog die Lippen zu einem unfreundlichen Lächeln. „Und zwar?" fragte er mit verräterisch sanfter Stimme und begann, mit den Fingern auf den Schreibtisch zu trommeln.

Angus sah ihn vorwurfsvoll an. „Ich glaube, Vetter Stuart, du bist über den Sachverhalt nicht ausreichend im Bilde. Sonst würdest du deinen Namen auf der Eingabe streichen lassen."

„Und wie ist der ‚Sachverhalt'?" fragte Stuart noch immer sehr sanftmütig.

Angesichts dieser Umgänglichkeit wagte Angus sich entschlossener vor. „Der Sachverhalt, Vetter Stuart, ist der, daß die Eingabe sehr töricht und umstürzlerisch ist, und daß darin meinem Schwiegervater Unrecht geschieht. Sie widerspricht sogar, möchte ich sagen, der Verfassung. Sie läuft auf eine Verletzung des Eigentumsrechtes hinaus."

„Aha, in die ‚Eigentumsrechte' hast du dich also verliebt, nicht wahr?" fragte unbeeindruckt und eher belustigt Stuart. „Hab ich mir's doch gedacht, daß du dich schließlich als Verfechter der ‚Eigentumsrechte' entpuppen würdest. Aber nur weiter! Du interessierst mich."

Über Angus' blasse Wangen huschte bei dieser offenen Verspottung eine kaum merkliche Röte. Er schürzte verächtlich die Lippen. Und dann begann er zu reden, langsam und eindringlich, als müßte er einem Schwachkopf etwas klarmachen:

„Mein Schwiegervater hat diese Unterkünfte vor etwa fünfunddreißig Jahren bei seinem Schlachthaus errichtet. Kleine, hübsche, reine und zweckmäßige... Häuser. Jedes mit drei Räumen. Etwas eng aneinandergebaut, gewiß, ohne Platz für einen Garten oder Rasenfleck, aber sehr sauber. Seine Arbeiter waren zufrieden damit..."

„Weil die meisten geradewegs aus den ärgsten Pesthöhlen Europas gekommen sind", unterbrach Stuart ihn. „Da erschien ihnen auch ein dreigeteilter Schweinestall als Paradies."

Anmaßend hob Angus den Kopf, ohne jedoch sonst auf die Unterbrechung zu reagieren. „Ich behaupte nicht, Vetter Stuart, daß diese Unterkünfte Lustschlösser sind. Aber soviel man mir sagt, waren sie anfangs tadellos sauber. Leider sind die Bewohner von Natur aus unreinlich, minderwertig und niedrig geartet. Wenn die... Häuser jetzt in schlechtem Zustand sind, ist die Schuld nicht meinem Schwiegervater zuzuschreiben, sondern den schlampigen, kulturlosen Menschen, die darin wohnen. Sie sind dafür verantwortlich, daß die Unterkünfte jetzt schmutzig und verwahrlost sind."

„Warst du jemals dort, Angus?" erkundigte Stuart sich.

Unwillkürlich trat ein Ausdruck des Ekels auf Angus' Gesicht. Er sagte unbewegt: „Ja. Zugegeben, es sieht jämmerlich dort aus. Aber so wünschen sich diese Arbeiter und ihre Familien ihre Behausungen. In anderen würden sie sich gar nicht wohl fühlen."

„Woher weißt du denn das? Hast du sie gefragt?" fuhr Stuart ihn an.

Angus preßte die Lippen aufeinander. „Es steht mir nicht zu, Mr. Schnippels Untergebene auszufragen. Aber soviel ich gehört habe, beschweren sich die Arbeiter in keiner Weise über den Schmutz und Gestank."

„Einen Schmutz und Gestank, der weit ärger ist als in jedem Schweinestall", ergänzte Stuart.

„Diese Leute sind eben nicht besser als Tiere", pflichtete Angus bei, ohne die Ironie in Stuarts Worten zu merken.

Stuart sah ihn entsetzt an. So ein unverschämter, humorloser, alberner Laffe! Er sagte: „Na, ich kann zu deinem berühmten ,Sachverhalt' auch einiges beitragen, Angus. Die Leute sind auf den Schmutz und Gestank keineswegs versessen. Einige haben alles versucht, um ihre schrecklichen Quartiere reinzuhalten. Aber dein verehrter Schwiegervater läßt in regelmäßigen Abständen Haufen von Gedärmen und anderem Abfall unmittelbar hinter den Bruchbuden abladen. Und dort bleiben sie dann jedesmal wochenlang stinkend liegen, bis die Leute sie selber wegschaffen oder vergraben.

Dein Herr Schwiegervater hat mit den Leuten schimpfliche Arbeitsverträge abgeschlossen, wonach sie in diesen Buden neben den stinkigen Schlachthäusern wohnen müssen und sie nur unter sehr empfindlichen Geldstrafen verlassen können. Außerdem betreiben, scheint's, käufliche Subjekte eine Einschüchterungskampagne. Viele Arbeiter glauben, daß sie bei Vertragsbruch nicht nur Geldstrafen, sondern auch Gefängnis und sogar die Abschiebung in ihre heimatlichen Hundehütten riskieren. Ich habe da zu wenig Einblick. Vielleicht treffen diese Befürchtungen nicht zu. Jedenfalls werden sie von Einflüsterern bestärkt.

Die Abtritte sind jahrelang nicht gereinigt worden. Die Wohnbuden werden nie ausgebessert, außer, wenn die Arbeiter sich selber ein paar Bretter oder eine Glasscheibe ausborgen, erbetteln oder stehlen können. Die Dächer sind undicht; die Fußböden sacken durch. Kehricht und Schmutz häufen sich unaufhörlich. Es stinkt grauenhaft. Das Trinkwasser ist verseucht.

Fliegen und anderes Ungeziefer machen sich das ganze Jahr breit. Die Gegend ist ein Seuchenherd, eine Schmach für unser Gemeinwesen, die jedem anständigen Bürger in die Nase fährt."

Angus sah ihn unbewegt, mit kalter Verachtung an. „Vieles von dem, was du sagst, trifft zu, Vetter Stuart. Aber ich muß immer wieder betonen, daß es die Leute nicht anders wollen. Wenn man die Unterkünfte niederreißt, den Schmutz beseitigt und bessere Häuser baut, wird in weniger als zwei Jahren alles wieder genau so aussehen wie heute."

Stuart lehnte sich in seinem Sessel zurück. Er blickte Angus lange, nachdenklich, mit zusammengekniffenen Augen an. Seine Finger trommelten wieder auf der Schreibtischplatte.

„Die Leute", fuhr Angus, durch Stuarts Schweigen bestärkt, fort, „wären ganz zufrieden mit ihren bescheidenen Behausungen, wenn sie nicht von Außenstehenden aufgehetzt worden wären, die ihnen einreden, daß sie ausgebeutet werden und von ihrem Dienstgeber Besseres verlangen können."

Das Trommeln wurde heftiger und rascher. Aber Stuart lächelte. „Angus, ich will dir etwas sagen. Kein ‚Außenstehender' hat gehetzt. Die Leute haben in ihrer Verzweiflung selber einen Ausschuß gewählt, der sich den Weg zum Bürgermeister erzwungen und die Linderung ihrer Nöte verlangt hat."

Er stand auf. „Und noch etwas, Angus! Bring deinem lieben Schwiegervater folgende Botschaft! Diese Unterkünfte müssen sofort saniert werden, das heißt, es müssen die ärgsten Buden niedergerissen, die Abfälle beseitigt und in Hinkunft ferngehalten, die Abtritte geputzt, die Trinkwasserauslässe gereinigt, die Dächer hergerichtet, kurz, alle beanstandeten Mängel behoben werden, und zwar innerhalb von drei Monaten. Sonst geht die Sache zu Gericht, von den besten Anwälten des ganzen Landes vertreten, und Mr. Schnippel wird nicht nur gezwungen werden, das alles zu tun, sondern seine Arbeitsverträge werden für null und nichtig erklärt werden. Eben jetzt prüfen die Anwälte, von denen ich sprach, die ganze Sache in Washington. Sie tun es seit Tagen und sind schon zu dem Schluß gekommen, daß Mr. Schnippel und sein Klüngel die

Leibeigenschaft in Amerika ausüben, eine Art weiße Sklaverei, im Widerspruch zu allen Gesetzen der Vereinigten Staaten. Wenn dein Herr Schwiegervater nicht rechtzeitig alle Mängel beseitigt und die Arbeitsverträge berichtigt, werden wir ihn wirtschaftlich zugrunde richten. Ja, völlig zugrunde richten!"

Angus sprang auf. Mit kreideweißem, starrem Gesicht trat er Stuart gegenüber. „Du hast nicht das mindeste Rechtsempfinden, Vetter Stuart", erklärte er mit harter, ruhiger Stimme. „Du hast keine Achtung vor Recht und Ordnung. Du bist ein Umstürzler, ein Hetzer, ein Nihilist. Du bist kein wahrer Amerikaner. Dir bedeuten die Eigentumsrechte nichts — die von der Verfassung gewährleisteten und selbst von der Heiligen Schrift gebilligten Eigentumsrechte. Du trittst diese von Gott dem Allmächtigen geschaffenen Rechte mit Füßen und willst das Werk vieler Jahrhunderte zerstören. Du bist ein Gotteslästerer, Vetter Stuart."

Ungläubig blickte Stuart dem jungen Mann in die Augen. Waren darin Verschlagenheit, Heuchelei, Zynismus zu lesen? Keineswegs! In diesen Augen flammten rechtschaffene Entrüstung und tiefste Überzeugung. Stuart konnte es nicht fassen. Er war verdutzt.

„Was faselst du da, du Dummkopf?" stammelte er ganz außer sich und starrte Angus an, der wie ein rächender Engel vor ihm stand. Der Bursche glaubte ja wirklich, was er sagte! Er war allen Ernstes davon durchdrungen, daß er ein Werkzeug des göttlichen Ratschlusses und des menschlichen Rechtsempfindens war!

In seiner Verwirrung, seiner von Ekel und Bestürzung genährten Raserei schrie Stuart: „Verschwinde, bevor ich dich mit einem Fußtritt hinausbefördere, du Tölpel! Und bestelle deinem Schwiegervater, was ich dir aufgetragen habe! Sagte ich drei Monate? Jetzt sind es nur mehr zwei, und der Teufel soll dich holen, du Idiot!"

Er packte Angus an den Schultern und schleppte ihn buchstäblich zur Tür. Dann schlug er ihm ins Gesicht. Er riß die Tür auf und stieß ihn heftig in den Verkaufsraum hinaus.

Die Angestellten starrten, den Kundinnen stockte der Atem. Mit einem lauten Krach schlug Stuart die Kontortür zu und fiel keuchend in seinen Sessel.

XLVII

Stuart saß mit Vater Houlihan unter den ausladenden Ästen des Birnbaums im alten Garten des Geistlichen. Rosig und gelb hingen die Birnen über ihren Köpfen und verströmten süßen, köstlichen Duft in der warmen Herbstsonne. Der Garten war lang und schmal. Ziegelbelegte Pfade wanden sich zwischen üppigen, zerzausten Beeten gelber und roter Blumen, die hier mit einer Art herzhafter Üppigkeit wuchsen, wie man sie sonst kaum irgendwo fand. Zwischen den eingesunkenen, unebenen Ziegeln sprossen Gras und Moos. An einer Ziegelmauer klommen die Triebe der Kletterrosen hoch, die — diese Spielart gab es in der ganzen Gegend nur hier im Garten — in schweren karminfarbenen Büscheln blühten. Vater Houlihan hatte eine glückliche Hand mit Rosen. Sie prangten in allen Blütenfarben: scharlachrot, weiß, rosa und sogar ein fast schwarzer Purpurton.

Hier und dort standen an den Gartenwegen kleine fromme Statuen aus weißem Stein, von Blumenbeeten umgeben. In einem Vogelbad mitten im Garten wimmelte es von geflügelten Gästen, die sich über ihren bevorstehenden herbstlichen Abflug unterhielten. Von den Hühnerställen am Ende des Gartens drang lautes Gackern. Es gab auch einen Taubenschlag, dessen weiße oder violette Bewohner traurig gurrten und bei jedem Flügelbreiten das klare, strahlende Himmelslicht auf ihren Federn fingen. Es war erstaunlich, was alles in dem ziemlich kleinen Garten Platz fand. Außer dem Birnbaum standen da drei früchtebeladene Apfelbäume und ein wie der biblische Dornbusch brennender Ahorn.

Stuart empfand diesen zwar ungeordneten, aber in seiner Farbenpracht und Vielfalt schönen Garten als einen überaus friedsamen, glanzvollen Fleck Erde, und während er mit Vater Houlihan unter dem Birnbaum saß, spürte er, wie etwas von seiner düsteren Verzweiflung in ihm sich lichtete und erträglicher wurde.

Er und der Geistliche beobachteten liebevoll die kleine, auffallend rotwangige Mary Rose, wie sie von Beet zu Beet ging, Rosenblüten abschnitt und in ein Körbchen legte. Zwischendurch hielt sie freudige Zwiesprache mit flinken Eichhörnchen in den Bäumen oder betrachtete eine besonders schöne Blüte. Sie war ein Teil dieses Gartens, in dem wehenden weißen Kleide unter dem blauen Mantel, der blauen Haube über dem dichten dunklen Haar, den kleinen Sandalen. Sie zählte neun Jahre, wirkte aber wegen ihrer kleinen, schmächtigen Gestalt viel jünger, als wäre sie von ihrem sechsten Lebensjahr ab zeitlos geblieben und nicht mehr gewachsen. Sie war so vertieft in ihre Beschäftigung, daß sie den Vater und den alten Freund ganz vergessen hatte. Sie schob die Haube zurück, und der frische, warme Wind wehte ihr die langen Haarsträhnen ins Gesicht. Mit einem hübschen, fröhlich aufklingenden Lachen strich sie das Haar glatt und sah sich um.

„Die Kleine fühlt sich sichtlich wohler", flüsterte Vater Houlihan erfreut.

„Ja. Und sie hustet weniger. Aber vor Wintereinbruch muß ich sie mit ihrer Mutter wegschicken", erwiderte Stuart und runzelte besorgt die Stirn. „Der Winter hier tut ihr nicht gut. Keine Sonne. In den Bergen ist es besser für sie."

Plötzlich bekam Mary Rose einen Hustenanfall. Sie drückte die Hände an die Brust und beugte sich vor. Ihr Gesicht verzerrte und verfärbte sich. Stuart wollte aufspringen und zu ihr eilen. Aber der Anfall verging so rasch, wie er gekommen war. Die Kleine schüttelte die Haare zurück und trocknete sich mit dem Taschentuch die feuchte Stirn. Sie seufzte. Dann erregte ein besonders keckes Eichhörnchen ihre Aufmerksamkeit. Sie lachte müde auf und ging wieder weiter.

Vater Houlihan ergriff Stuarts Hand und drückte sie mitfühlend, tröstend. In aufgeräumtem Tone sagte er: „Ja, der

Husten ist viel besser. Kürzer. Weniger heftig. In ein paar Jahren ist sie ganz gesund."

Über ihnen wölbte sich ein strahlend blauer, ganz wolkenloser Himmel. Alles leuchtete farbig im letzten Glanz des ausgehenden Sommers. Aber Stuarts Niedergeschlagenheit hatte sich plötzlich verstärkt. Er stocherte mit dem Stock an dem Moos zwischen den Ziegeln und sagte verdrossen: „Grundy, eines Tages werden Sie mich im Kittchen besuchen müssen."

Vater Houlihan sah ihn bestürzt an. „Was heißt denn das, Stuart?" fragte er beklommen.

Stuart lachte kurz auf. Er stocherte noch grimmiger an dem Moos. „Na, gestern habe ich diesen Eiszapfen von Angus aus meinem Kontor hinausgeworfen. Ich habe ihn abgeklapst — nicht nur eine Ohrfeige, sondern gleich ein paar. Wenn ich ihn recht kenne, wird er mir das nie verzeihen. Gut, daß er mein Angestellter und mein Verwandter ist; sonst hätte er mir ein Verfahren wegen tätlicher Beleidigung angehängt."

„Ja, warum haben Sie das getan?" fragte der Geistliche besorgt. Aufgeregt strich er sich über den großen, kahlen Schädel, an dem die letzten Reste von Blondhaar über Nacken und Ohren während der letzten paar Jahre ergraut waren.

Stuart erzählte ihm die Geschichte, in derben, belustigten Worten. Aber es war deutlich zu spüren, daß er über die eigene Gewalttätigkeit erschrocken war. Er fügte hinzu: „Wenn Sie mich nicht aufgehetzt hätten, Grundy, mit Ihrem Gejammer über die Schnippelschen Schweinekoben, wenn Sie mir nicht in den Ohren gelegen wären, ich sollte Ihnen helfen, und mich nicht verrückt gemacht hätten mit Ihrem Gekeife, wäre ich nie so losgegangen. Mein Gott, warum müssen Sie sich überall einmischen? Sie haben doch Ihren Pfarrsprengel, Grundy. Genügt Ihnen das nicht?"

„Von meinen Pfarrkindern wohnt eine ganze Anzahl in diesen stinkigen Koben, Stuart. Ich habe solche Leute sterben sehen. Ich habe gesehen, wie ihre Kinder sich in Dreck und Ungeziefer zu Tode gehustet haben. Man hat mich um Hilfe gebeten." Er hielt inne. Er legte dem Freund beschwörend die Hand auf den Arm. „Stuart, Sie erinnern sich doch, daß Sie fast genau so empört waren wie ich. Nach meinem Bericht haben Sie selber die Arbeiterunterkünfte aufgesucht. Stuart, es tut mir leid, daß... Wenn ich gewußt hätte...", fügte er betreten und seufzend hinzu.

Stuart konnte das nicht auf sich beruhen lassen. Er lachte kurz auf. „Schon gut, Grundy! Sie haben recht. Verdammt, Sie haben immer recht. Aber eines Tages werde ich Sie aus einem Mobhaufen heraushauen oder Ihnen den Teer und die Federn von der Haut kratzen müssen. Sie bringen den Schlächter Schnippel gegen sich auf, und bei meinen Erfahrungen mit Menschen würde es mich nicht wundern, wenn er die gleichen Leute, denen Sie helfen wollen, dazu brächte, Sie halbtot zu prügeln oder Ihnen das Haus niederzubrennen."

Er hatte damit gerechnet, Vater Houlihan mit seiner leidenschaftlichen Überzeugung von der angeborenen Güte des Menschen würde heftig widersprechen. Aber zu seinem Erstaunen zog der Geistliche bloß den Kopf ein und seufzte einigemal tief.

„Sie haben keine neuen Drohungen erhalten?" fragte Stuart ärgerlich.

Der Geistliche schüttelte den Kopf und versuchte zu lächeln. „Nein, nur die üblichen, Stuart." Alle Fröhlichkeit und Zuversicht waren von ihm gewichen. Mit umflorten Augen verfolgte er mechanisch das Flattern von Mary Roses Kleid und Mantel. Er schien in trauriges Grübeln versunken. Wie zu sich selber murmelte er: „Unserem Angus hat man, scheint's, Böses angetan. Man zerstört seine Seele."

„Was denn für eine Seele?" zeterte Stuart. „Er hat nie eine gehabt. Sie machen sich nur lächerlich, Grundy, mit Ihrem Gerede von den Seelen. Und mit Ihrer geschäftigen Sorge um das ‚Wohlergehen' von Menschen, die selber an ihrer Lage gar nichts auszusetzen haben."

Sinnend sagte Vater Houlihan: „Gestern hat mich ein Amtsbruder besucht. Mit ausgesuchter Höflichkeit hat er mir angedeutet, durch meine ‚Kreuzzüge' für die Armen und meine ‚radikalen' Ideen bringe ich die Kirche in Verruf und errege

Mißtrauen, ja Auflehnung gegen sie bei den wohlhabenderen Gläubigen. Er empfahl mir, mich auf die reine Seelsorge zu beschränken."

Stuart platzte heraus: „So ein Tölpel! Begreift er denn nicht, daß jeder, ob Kleriker oder Laie, für Wohlfahrt, Gesundheit und Frieden in der Gemeinschaft eintreten muß?"

Der Geistliche lachte leise. Seine blauen Augen leuchteten freudig auf. Er faßte Stuart freundschaftlich an der Schulter. „Sie haben mir meine Rechtfertigung abgenommen, Stuart", sagte er liebevoll.

Stuart grinste verlegen. „Na, da haben Sie mich wieder einmal drangekriegt, Grundy, Sie Teufelskerl! Schön, tun Sie, was Sie nicht lassen können! Übrigens werden wir, wie die Dinge jetzt stehen, Schnippels Schweinekoben bald in Ordnung kriegen. Und was", fügte er spöttisch hinzu, „wird das nächste Ziel Ihrer Attacken sein? Oder wer? Ich stehe Ihnen zur Verfügung. Ich wetze schon das Kriegsbeil."

Voll gegenseitiger Zuneigung lachten sie sich an. Aber Stuart bemerkte, daß aus dem abgespannten Gesicht seines Freundes die Schatten nicht völlig gewichen waren. In seinen Zügen lag eine bisher nie gekannte Müdigkeit, Nachdenklichkeit, Qual. Er seufzte, auch wenn er lächelte. Nun begann er von den unruhigen Zeiten zu reden.

„Zweifellos wird Abraham Lincoln gewählt werden", sagte er. „Wie man hört, ist er tüchtig und hochherzig, und im Norden werden ihn die meisten unterstützen. Aber wie wird es mit dem Süden sein? Südkarolina hat für den Fall seiner Wahl mit dem Austritt aus der Union gedroht. Böse Zeiten, Stuart! Böse Zeiten!"

„Wer austreten will, soll austreten", meinte Stuart gleichmütig. Er beobachtete ängstlich seine kleine Tochter, die plötzlich zu spielen aufgehört hatte und jetzt mit geschlossenen Augen unter dem Ahornbaum lag.

Vater Houlihan wandte sich rasch seinem Freunde zu. „Aber bedenken Sie, Stuart, wenn viele Südstaaten austreten und einen eigenen Bund bilden, haben wir statt einer starken, geeinten Nation zwei kleine Staatengebilde. Ein geteiltes Amerika aber ist ein schwaches Amerika, eine leichte Beute für jeden Angreifer. Europa hofft auf eine solche Teilung und rüstet schon zum Angriff. Ich weiß es."

„Also, wir wären doch gottverlassene Narren, im Norden wie im Süden, wenn wir eine solche Teilung zuließen", meinte Stuart. „Sollen wir vielleicht wegen der Schwarzen miteinander Krieg führen?"

„Auch die Neger sind Menschen", entgegnete der Geistliche mit ruhiger Entschiedenheit. „Sklaverei ist eine abscheuliche Ungerechtigkeit, ein Verbrechen vor dem Angesicht Gottes."

„Wichtiger als die Negerbefreiung ist die Einheit Amerikas", fand Stuart. „Vor allem, zum Teufel, darf es keinen Krieg geben. Wie erginge es sonst dem Handel und Gewerbe? Auch ich kann mir eine neue Wirtschaftskrise nicht leisten", erklärte er unumwunden. „Ich stecke bis über die Ohren in Schulden. In den letzten vier Jahren habe ich Sam nur dreitausend Dollar zurückgezahlt. Was fangen wir an, wenn die Warenlieferungen aus Europa aufhören, wie es im Kriegsfall unausbleiblich ist? Grundy, das wäre mein Ruin!"

Aus Mitgefühl versagte der Geistliche sich einen Hinweis darauf, daß Stuarts mißliche Lage seiner unveränderten Verschwendungssucht entsprang. Er sah den Freund nur wohlwollend an und tröstete ihn: „Vielleicht gibt es keinen Krieg. Meinungsverschiedenheiten zwischen Verwandten sollte man doch in Frieden und Freundschaft beilegen können."

Nach einer Weile fragte Stuart: „Wissen Sie, daß Laurie nächsten April nach Europa fährt? Zu einer zweijährigen Ausbildung, glaube ich." Seine schwarzen Augen lächelten. „Eine tüchtige Person! Ich habe glänzende Berichte über ihre Fortschritte. Vor der Europafahrt kommt sie noch heim. Da gebe ich ihr als Mann von Welt ein paar Warnungen mit."

Mit einer ihm selbst nicht verständlichen Beunruhigung hatte der Geistliche bemerkt, daß Stuarts Miene, als er Lauries Namen nannte, sehr weich und geheimsinnig und versonnen geworden war. Er entgegnete: „Laurie braucht keine Warnungen.

Sie ist gegen die Welt gewappnet — mit Bitterkeit und Härte und Verachtung."

„Unsinn! Woher sollte eine Range von noch nicht siebzehn Jahren Bitterkeit und Härte und Verachtung nehmen? In New York wird sie sich diese Eigenschaften nicht beigelegt haben, Grundy."

„Nein", entgegnete der Geistliche traurig. „Die sind ihr, fürchte ich, schon in die Wiege gelegt worden. Ihr schönes Engelsgesicht ist aus metallischem Gold. Auch ihr Herz ist kalt und hart wie Gold, und nur der Finger der Liebe — oder der Finger Gottes — könnte es erweichen."

Stuart rückte unruhig hin und her. In unbegreiflicher Wehmut sah er Laurie vor sich, und es gab ihm einen Stich ins Herz.

Er zog aus seiner Westentasche zwei Zigarren und reichte eine seinem Freunde. Er strich ein Zündholz an und gab ihm und sich Feuer. Seine braune Hand zitterte ein wenig. Der blaue Zigarrenrauch kräuselte sich hoch und schwebte in der warmen Luft.

Dann sagte Stuart plötzlich: „Irgendwas stimmt mit Ihnen nicht, Grundy. Ich spüre es. Was haben Sie?"

Er rechnete mit der Auskunft, es sei gar nichts los. Aber Vater Houlihans Gesicht wurde plötzlich alt und welk. Ohne Umschweife sagte er: „Stuart, ich habe Angst. Große Angst."

„Angst? Ja, wovor denn?" Stuart war bestürzt.

Doch der Geistliche antwortete nicht. Er sah Mary Rose an, die mühsam vom Boden aufstand und sich den Mantel abputzte. Dann nahm sie ihr Rosenkörbchen und ging mit heiterer Miene auf die beiden Männer zu. Vater Houlihans Lächeln war wie die Sonne, mild und warm und strahlend. „Liebes Kind", rief er ihr zu, „bist du müde?"

Sie kam ganz heran. Aus ihren Wangen war die Farbe gewichen; ihre Augen schienen verquollen. Aber sie lächelte schüchtern. Sie blickte auf ihre Blumen und sagte: „Die sind so hübsch. Hübscher als unsere daheim, Vater Houlihan."

Sie nahm eine der Blumen in ihre gebrechlichen Finger und roch an ihr.

„Vorsicht!" warnte der Geistliche. „Die Rosen haben scharfe Dornen, mein Kind."

Sie sah ihn verwundert an. „Aber, Vater Houlihan, ich achte auf die Dornen nicht, ich sehe nur die Blüten."

Stuart lachte liebevoll nachsichtig. Doch der Geistliche hatte ihn vergessen. Ein merkwürdiger Ausdruck war auf sein Gesicht getreten. Er neigte sich zu dem Mädchen und fragte mit sanfter, eifervoller Stimme: „Wie meinst du das, Kind?"

Die Kleine wurde nicht verlegen. Sie blickte ihn unbefangen an. „Ich weiß, daß Dornen da sind, Vater Houlihan. Unter den Blättern und am Stengel. Manchmal sind auch Würmer auf den Pflanzen. Aber ich schaue sie nicht an. Ich sehe, wie schön die Blüten sind, und sie riechen gut. Ich glaube, Gott, der die Rosen erschaffen hat, hat die Würmer und die Dornen nicht gewollt, sondern nur die Blüten und ihren Duft. Und darum sollen auch wir nur die Blüten sehen und alles andere vergessen."

Fast unhörbar flüsterte der Geistliche: „Ja, und wenn wir bloß die Dornen und die Würmer anschauen, bemerken wir die Blüten nicht. Und dann erscheint uns die Welt voller Dornen und Würmer, voll Finsternis und Verwesung und Qual." Er schlang den Arm um die Kleine und zog sie an sich. Auch sie legte ihm scheu den Arm um den Nacken.

Stuart geriet völlig aus der Fassung. Was war nur mit dem alten Grundy? Warum hielt er den Kopf so gebeugt? Und warum atmete er so schwer? Der Geistliche blickte zu ihm auf; er war blaß, aber seine blauen Augen leuchteten vor Friedsamkeit und Freude.

„Stuart", sagte er, „Ihr Töchterchen hat mir den Glauben und vielleicht den Verstand gerettet. Ich habe nämlich angefangen, nur die Dornen und die Würmer zu sehen."

„Sapperlot!" murmelte Stuart verdutzt.

Aber der Geistliche fuhr mit wachsender Begeisterung fort: „Ich hatte vergessen, was ich in meiner Jugend einmal gehört habe. Es gibt einen Ausspruch des heiligen Heribert, des Abtes von Deutz — Worte, die mir durch ihre Wahrheit und ewige

Schönheit das Herz rührten. ‚Himmel und Erde und Meer und alles darin ist das Werk des Herrn; aber der Mensch ist Sein Werk in einem ganz besonderen Sinne. Bei seiner Erschaffung gebrauchte nämlich der Herr die Hände. Für alle anderen Dinge genügte Sein Wort, und durch das Wort allein wurden sie erschaffen. Für den Menschen aber nahm Er einen Erdenkloß und formte ihn mit den eigenen Händen.' Stuart, diesen Ausspruch hatte ich vergessen. Ich hatte nicht bedacht, daß etwas, was der Herr mit den eigenen Händen geformt hat, nie ganz verderbt und böse und gemein werden kann."

Einen Augenblick lang starrte Stuart ihn verständnislos an. Dann begriff er durch sein Einfühlungsvermögen, das bei ihm stets stärker war als Verstand oder Vernunft. Er lachte lärmend, aber liebevoll. „Also haben auch Sie, Grundy, Ihre Seelenkämpfe! Sie haben sich die Finger an den Dornen zerstochen, und Ihre Nase hat die Würmer gerochen! Nie hätte ich das von Ihnen gedacht!"

Noch immer lachend stand er auf und legte seiner Tochter die Hand auf den Kopf. „Gib dem Vater Houlihan jetzt einen Kuß, Mary Rose! Wir müssen heim!"

Nachdem sein Freund gegangen war, blieb Vater Houlihan noch lange auf seiner Bank sitzen. Er saß sehr still da, die Hände zwischen den Knien gefaltet. Aber auf seinem müden Bauerngesicht lag zum erstenmal seit vielen Wochen ein Abglanz strahlenden Friedens.

XLVIII

Robbie saß neben seinem Bruder Bertie in dessen Schlafraum, beim Kamin. Es war ein grauer, regnerischer Novembertag. Die feuchte Luft war scharf und kalt; der Wind rüttelte röchelnd an den Fenstern. Bleigrauer Regen ging nieder, untermischt mit schweren Schneeflocken. Am Himmel brodelten jagende graue Wolken. Im Kamin prasselte das Feuer. Robbie hatte einige Lampen angezündet; aber ihr schwaches Licht kam gegen das frühe Dunkel fast nicht auf. Er nahm sein jetzt sehr geliebtes Pfeifchen aus dem Munde und bemerkte lässig: „Schon wieder Winter, hol's der Teufel!"

Neben ihm saß Bertie in seinem Lieblingssessel, in den Schlafrock gehüllt, einen Schal um die Schultern. Höflich wandte er den Kopf und bestätigte: „Ja. Schrecklich. Mir sind diese Winter verhaßt. Kein Ende nehmen sie hier."

Er war jetzt sehr mager, fast ausgemergelt. Die Wangen waren hohl und eingesunken. Aber seine glänzenden rötlichen Locken sahen noch dicht und fröhlich aus, und die blauen Augen strahlten. Er hustete ein wenig. Nach seiner langen Trinkorgie im Oktober hatte er sich ein lebensgefährliches Lungenfieber zugezogen. Jetzt genas er. Aber seine Kräfte kehrten nur zögernd zurück.

Er sah, wie Robbie sich ein Glas Sherry eingoß, und sein sonst so lachfreudiger Mund kräuselte sich vor Abscheu. Er wandte den Kopf ab und blickte ins Feuer. Sein freundliches, heiteres, ruhiges Gesicht trug noch immer den kindlichen Ausdruck freundlicher Anteilnahme und fast eifrigen Wartens. Seine Hände lagen ruhig auf den Armlehnen des Sessels, schön, aber nichtssagend. Es waren die Hände eines Toten, dachte Robbie, aber Hände, die den Frieden nicht gefunden hatten, ihn nicht einmal entbehrten.

Auf Robbies Knien lag der „Commercial', und er blickte die Zeitung an. „Na, Lincoln ist also gewählt worden. Jetzt werden bald die Fetzen fliegen. Es gibt Krieg, ganz bestimmt. Du wirst sehen."

Bertie lächelte höflich und sagte: „Unke nicht so!" Aber seine Stimme war uninteressiert. Er wechselte das Thema. „In einer Woche bist du Ehemann, Robbie! Du wirst mir fehlen." Wieder lächelte er, ohne ein Zeichen von Bedauern.

Robbie stellte das Glas hin. Er wischte sich sorgfältig den Mund in die Serviette und faltete sie wieder. Dann erklärte er gelassen: „Fehlen? Nicht im mindesten, Bertie. Das gibt es bei dir nicht."

Bertie sah ihn ebenso belustigt wie liebevoll an. „Doch, du wirst mir fehlen, Robbie. Aber ich werde dich besuchen, so lange, bis ich dir lästig werde und du mich hinauswirfst."

Nein, dachte Robbie, du wirst unter deiner schimmernden, luftleeren Glasglocke bleiben und daraus mir und der Welt zulächeln. In der Glasglocke aber wird es nie etwas anderes geben als deine eigenen düsteren, lautlosen Krisen! Er sagte: „Ich hoffe, du erholst dich bis zum Hochzeitstag so weit, daß du dein Versprechen halten und bei der Trauung mein Beistand sein kannst. Aber wie du schon gebaut bist, überlegst du es dir bis dahin anders und findest die Geschichte langweilig." Er lachte.

Ohne den ruhig lächelnden Gesichtsausdruck zu ändern, sagte Bertie gekränkt: „Unsinn! Langweile kenne ich nicht."

Du kennst überhaupt keine Empfindungen! dachte Robbie.

„Der ehrenwerte Herr Richter!" neckte Bertie und lachte, als wäre er wirklich belustigt. „Vom ‚Waldschrat' zum Richter! Aber es paßt zu dir. Habe ich dir schon einmal gesagt, daß ich auf dich stolz bin?"

Robbie blickte ihn plötzlich sehr ernsthaft an. „Wirklich, Bertie? Wirklich?"

„Gewiß." Bertie hob undeutbar die Hand. „Es hat mir leid getan, daß ich wegen meiner Krankheit an den Zeremonien nicht teilnehmen konnte. Aber mit der Seele war ich dabei."

Du hast doch keine Seele, dachte Robbie voll Schmerz. Du gehst herum, trinkst und schläfst und lächelst; aber in deinem Innern ist nichts. Wenn jemals etwas dort war, so ist es längst tot, zu Staub verweht.

Wie so viele andere Male hätte er am liebsten Bertie an den Händen ergriffen und laut angeschrien, um diesen friedlichen, leeren Augen ein Begreifen aufzuzwingen, um in ihnen Einsicht, Erkenntnis, Schmerz und Leben zu wecken. Wenn er doch endlich stürbe! dachte er fast leidenschaftlich. Eher gibt es für mich keine Ruhe, als bis er in das Nichts, aus dem er gekommen ist, zurückkehrt und selbst zu Nichts wird. Eher werde ich keines Gefühles fähig, werde ich nie ein Menschenwesen voll Lebenskraft und Lebensdrang sein!

Er war sich selber zuwider wegen dieses tiefschürfenden Bekenntnisses, wegen seiner Hilflosigkeit und Qual. Er konnte nicht begreifen, warum er sich, solange Bertie lebte, unerfüllt vorkam. Die kleine Alice erwartete ihn. Zweifellos liebte er sie, aber er empfand nichts. Er hatte, solange Bertie lebte, niemandem etwas zu geben.

Unvermittelt fragte er: „Bertie, erinnerst du dich an Agnes Clayton, Alices Base? Sie war ganz verschossen in dich, und eine Zeitlang hast du anscheinend ihre Gefühle erwidert. Zumindest hast du ihr den Hof gemacht und später, als sie nach Syracuse zurückkehrte, mit ihr korrespondiert. Was hat euch auseinandergebracht?"

Bertie lachte freundlich und machte wieder seine bedeutungslose Geste. „Sie war zu gut für mich", antwortete er.

„Aber hast du sie nicht liebgehabt?"

„Doch, natürlich. Sie ist ein sehr netter Kerl. Ein entzückendes Mädel." Aber Berties stets wohltönende Stimme hatte keinen Unterton von Bedauern oder Traurigkeit.

„Na und?"

Bertie zuckte die Achseln. „Ich bin ganz zufrieden mit dem Leben, wie es jetzt ist. Warum soll ich es komplizieren? Außerdem war das Mädel zu gut für mich, das habe ich dir schon gesagt, nicht? Was habe ich einem so lieben Geschöpf zu bieten?"

„Du hättest schon einiges zu bieten, wenn du nur wolltest", erklärte Robbie kurzweg. Aber plötzlich erkannte er, daß alle seine Einreden sinnlos waren.

Bertie lächelte ihn bloß liebevoll an. „Ich habe keine Lust, irgendwem irgendwas zu bieten, Robbie", sagte er.

Robbie wollte das Unmögliche erzwingen und setzte nochmals widerwillig zu einer Entgegnung an. Dann sah er Berties Augen. Sie leuchteten noch immer. Aber — War es bloße Einbildung? Oder war es Wirklichkeit? — in den blauen Tiefen dieser Augen schien etwas seltsam Starres zu schweben, etwas Warnendes, Kaltes, Schmerzvolles. Wäre es doch Wirklichkeit! Wäre es doch nur Wirklichkeit! Aber schon lächelte Bertie wieder, und in seinen Augen lag bloß strahlende Leere. Erschüttert durch das — wirklich oder in der Einbildung — Gesehene, sagte Robbie mit herbem Ernst:

„Du redest albern daher, Bertie. Was heißt denn das, du hast keine Lust, irgendwem irgendwas zu bieten? Du bist ein schrecklicher Egoist, Bertie. Du hast bloß keine Lust, das Liebesverhältnis zu lösen, das du mit dir selber hast."

Bertie warf den Kopf zurück und lachte vergnügt. „Du kommst mir aber auch hinter alle Schliche, Robbie! Als Epigrammatiker könntest du dir im Akkord schönes Geld verdienen."

Doch Robbies kühle Vernunft und Gleichmütigkeit wurden nun von einer mächtigen Aufwallung weggeschwemmt. Jetzt oder nie! dachte er. Er mußte die schimmernde Glasglocke zerbrechen, in die sein Bruder sich eingeschlossen hatte. Er mußte darein eine Bresche schlagen und durch sie den Arm strecken, um jenes seltsame, flüchtige Etwas zu fassen, das er, nur sekundenlang, in den Tiefen der Augen erblickt hatte.

Er zwang seine Stimme zu einem ruhigen, unbeteiligten Ton, der aber merkwürdig eindringlich war. „Bertie, schon lange wollte ich einmal ernstlich mit dir reden."

Als er innehielt, sah Bertie ihn liebevoll an und murmelte: „Ja? Worüber denn?"

„Ich werde dich nicht fragen, Bertie, ob du mir irgendwie zugetan bist", erklärte Robbie. „Du wirst es immer behaupten." Bertie nickte freundlich. Robbie schüttelte den Kopf mit einem Nachdruck, der wirklicher Leidenschaftlichkeit so nahe kam, wie es bei ihm überhaupt möglich war. „Denk doch einmal nach, Bertie! Bemühe dich einmal, dir die Dinge klarzumachen. Wir sind einander sehr nahegestanden. Zumindest ich dir. Wir waren Freunde, Bertie. Zum Teufel, das bedeutet dir nicht das geringste, was?"

Rasch erwiderte Bertie: „Doch, doch, Robbie, natürlich! Aber wo willst du hinaus?"

Robbie schwieg. Verzweifelt biß er sich auf die Lippe und starrte seinen Bruder an. Schließlich sagte er: „Bertie, ich heirate. Wir beide werden uns auch nachher oft sehen, aber nicht mehr mit der bisherigen Vertrautheit. Meine Arbeit wird mich stärker in Anspruch nehmen . . .“

Und dann wußte er, daß alles umsonst war. Er konnte diese Hülle nicht durchbrechen. Vielleicht befand sich darin überhaupt nichts, oder der Inhalt war ihm für immer unzugänglich. In dem Schweigen, das seinen Worten folgte, stand er auf und schürte das Feuer. Dann setzte er sich wieder und schaute grimmig in die Flammen. Umsonst. Alles umsonst! Er spürte Bertie neben sich, ruhig, unbewegt, unbewegbar. Und nun hörte er Bertie reden, sehr gelassen. Erst nach einer Weile begriff er die Bedeutsamkeit dessen, was er zu hören bekam.

„Laß mich in Ruhe, Robbie!“ sagte Bertie.

Robbie fuhr auf. Wie zu Eis erstarrt, wandte er mühsam den Kopf und blickte in Berties klare Augen. Er sah das Lächeln auf den Lippen seines Bruders. Aber er sah auch mit Schreck wieder jene unerbittliche Warnung, die fast schon eine dunkle Drohung war. Er hielt den Atem an. Die Brüder blickten einander in beklemmendem Schweigen an.

„Laß mich in Ruhe, Robbie!“ wiederholte Bertie sehr sanft. „Rühr nicht an mich, Robbie! Geh und vergiß mich, Robbie!“

Und dann bemerkte Robbie zu seiner qualvollen Bestürzung, daß die Hände des Bruders sich um die Armlehnen des Sessels schlangen, sich lösten und wieder verkrampften.

„O Gott!“ flüsterte Robbie.

Bertie nickte feierlich. „Ja, ‚o Gott!‘ “, sagte er.

Etwas griff Robbie ans Herz, brach ihm das Herz. Er senkte den Kopf und murmelte: „Ich kann nicht. Ich kann nicht gehen und dich ‚vergessen‘.“

Berties Stimme war heiter und leise. „Du mußt, Robbie. Du mußt wirklich. Du darfst dich nicht weiter um mich kümmern. Vielleicht dauert es nicht mehr lange. Aber du mußt mich in Ruhe lassen.“

Der Türgriff klickte, und sie hörten Janies heisere, fragende Stimme. Robbie stand auf. Er fühlte sich sehr schwach. Er zitterte. Er sah seinen Bruder an. Berties Gesicht war wieder ausdruckslos; es wandte sich zur Tür und lächelte einen Willkomm.

XLIX

Bürgermeister Cummings wohnte in einem klassizistischen weißen Hause in der Delaware Avenue nahe der North Street. Es stand am oberen Rande eines mit vielen Bäumen und sorgsam gepflegten Blumenbeeten verschönten Rasenhanges. Alle Zimmer waren hoch, geräumig und anmutig; es gab hübsche, vornehme Treppenhäuser und riesige Kamine.

Mrs. Cummings, die frühere Alicia Clayton, war die einzige Tochter eines ungewöhnlich reich gewordenen Freibeuters. Da die Grandeviller gute Gesellschaft hauptsächlich aus Gerbern, Wurstern, Schlachthausbesitzern, Schiffern, Pferdezüchtern und Roßtäuschern, Steinbruchbesitzern und Krämern, Getreidehändlern und Kanalfrächtern bestand, hatte der inzwischen gestorbene Mr. Clayton sich als Abenteurer ein fast fürstliches Ansehen erworben. Das Grundstück und Prachthaus in der Delaware Avenue schenkte er seiner Tochter, als sie seinen einstigen Kapergefährten heiratete. Dieser Mr. Cummings hatte nicht mehr die romantische Aura des Piraten. Im Gegenteil, man hätte sich nichts solider Aussehendes vorstellen können als diesen kleinen, rundlichen, klugen Mann mit den ernsten braunen Augen, der freundlichen Redeweise und der Leidenschaft für Gerechtigkeit und Schicklichkeit. Wegen seiner braunen Gesichtsfarbe und seiner Adlernase schrieben böse Zungen ihm einen Schuß Indianerblut zu.

Er stand nun in seiner dritten Amtszeit als Bürgermeister. Da er bei den weniger käuflichen Mitbürgern sehr beliebt war, vermutete man allgemein, er würde auch zum viertenmal wieder gewählt werden. Trotz seiner unansehnlichen Statur hatte er eine gewisse Würde und Gelassenheit, die ihm Format gaben. Man konnte ohne weiteres annehmen, daß zwar viele ihn heftig haßten, aber alle ihn achteten.

Seine Tochter Alice hatte von ihm die braunen Augen und

einen gewissen aristokratischen Gesichtsschnitt geerbt. Aber sie besaß helle Hautfarbe und schimmernd kastanienbraunes Haar. Ihre Gestalt war zierlich und außerordentlich hübsch. Sie zeigte ein leises, leichtes, wohltönendes, freundliches Lachen und die rasche, zurückhaltende Intelligenz ihres Vaters. Sie war in einer bildungsbeflissenen, aber lebensnahen Atmosphäre aufgewachsen und unterschied sich deshalb sehr deutlich von den eher stumpfen Haustöchtern ihrer Bekanntschaft. Zu ihren Eigenschaften gehörten auch Bescheidenheit und Warmherzigkeit, glänzender Humor, flinke Auffassungsgabe und die selbstverständliche Anmut einer großen Dame.

Die Leidenschaft ihres Vaters war Rechtskunde, und Miß Alice wurde in diesem Fach so tüchtig, daß der Bürgermeister manchmal bedauerte, daß sie kein Mann war. Zwischen Vater und Tochter herrschte sehr zärtliches Einvernehmen, und ein besonderer Genuß für ihn war es zu beobachten, wie sich die raschen Wendungen ihres beweglichen Geistes auf ihrem hübschen Gesicht spiegelten — dem zitternden Widerschein gleich, den sonnbeschienenes fließendes Wasser auf das weniger bewegte Laub der Uferbäume wirft. Oft bemerkte Mrs. Cummings spitz, Alice sei zwar durch sie zur Welt gekommen, dann aber ausschließlich die Tochter ihres Vaters geworden.

Die junge Dame wurde natürlich sehr umworben. Doch der Bürgermeister nahm die Freier scharf unter die Lupe, und erst Robbie befriedigte ihn ganz. Alice war zwar, so hatte er sich immer wieder gesagt, sehr vernünftig und klardenkend; aber in Herzenssachen erwies sich jede Frau als unberechenbar. Deshalb fühlte er sich sehr erleichtert, als sie schließlich Robbie Cauder erwählte.

Die Hochzeit fand Ende November statt. Das mit ganzen Lauben aus Topfpflanzen, Farnen und Schnittblumen geschmückte Cummings-Haus war erfüllt von Leben und festlicher Stimmung und jener überschäumenden jugendlichen Harmlosigkeit, die dem stillen Bürgermeister so teuer war. Aus New York und sogar aus Boston waren Alices Freundinnen gekommen; es gab insgesamt fast zweihundert Gäste bei diesem, wie der ‚Commercial‘ es schwungvoll ausdrückte, ‚bedeutendsten gesellschaftlichen Ereignis der Saison 1860‘.

Aber selbst in das hell erleuchtete, warme, frohgemute Haus drangen die tiefen Schatten des unruhigen Jahres. Statt sich eifrig der Punschbowle zu widmen, standen die Männer in Gruppen beisammen und besprachen mit ernsten Gesichtern ‚die Lage‘. Ärgerlich schickte Mrs. Cummings ihren Mann von Gruppe zu Gruppe mit der Aufforderung: „Vergessen Sie doch nicht, meine Herren, Sie sind bei einer Hochzeitsfeier. Und nicht in einer politischen Versammlung!“

In den Kaminen prasselte Feuer. Große Pfeilerspiegel warfen den Feuerschein ebenso zurück wie die vielen Lampenlichter, die lachenden Gesichter der Gäste und die prächtigen Abendtoiletten der Damen. Das Brautkleid aus weißem Satin und Ripsseide kam samt dem zugehörigen Spitzenschleier aus Paris, von Worth selber. Um den schmalen Hals trug Alice eine herrliche Perlenkette, Robbies Hochzeitsgeschenk, und an ihrem rechten Handgelenk funkelte das ihr vom Vater geschenkte Brillanten- und Rubinenarmband. Über der mächtigen Glocke ihrer schimmernden Krinoline erhob sich ihr schlanker Rumpf wie ein Blumenstengel, und ihr hübscher kleiner Busen war von perlenbesäten Spitzen bedeckt.

Die Mutter des Bräutigams sah mit ihrem rotsamtenen, hermelinverbrämten und mit blauen Samtrosen verzierten Abendkleid und der blausamtenen Haube herrlich aus, wie einem Modejournal entstiegen. Von Natur aus wären die karottenfarbenen Locken der nun schon fast fünfundvierzig Jahre alten Janie von grauen Haaren durchsetzt gewesen; aber diese verräterischen Fäden hatte sie eigenhändig im verschwiegenen Boudoirkämmerlein umgefärbt. Auch ihrem Teint hatte sie künstlich nachgeholfen. Sie war die lebhafteste unter den hier versammelten Damen, und ihr heiseres, lustiges Lachen hörte man im ganzen Haus. Sie freute sich riesig über diese Heirat, an deren Zustandekommen sie, ganz zu Unrecht, ihren mütterlichen Ratschlägen einen Anteil beimaß.

Stuart, der trotz seines offenkundigen Lotterlebens eine gewisse Vornehmheit behielt, war mit seiner Gattin, der früheren Miß Allstairs, erschienen. Wo diese strahlende, makellos schöne Frau sich zeigte, verstummten die anderen Gäste meist in unwillkürlicher Bewunderung, obwohl alle spürten, daß Mrs. Coleman sie zwar mit anmutigem Lächeln ansah, in Wirklichkeit aber nichts von dem Gesehenen in sich aufnahm.

Natürlich waren auch die allgemein unbeliebten Schnippels samt Anhang erschienen, und Angus stand als Sippenangehöriger neben ihnen. Aber seine hohe, hagere Gestalt, das verschlossene blasse Gesicht, die stets, auch wenn sie weit offen standen, geschlossen wirkenden Augen schieden ihn deutlich von der stämmigen, plumpen, lärmvoll schwatzenden Schar seiner angeheirateten Verwandten.

Laurie, so berichtete Janie, sei untröstlich darüber, daß sie bei der Hochzeit ihres Bruders nicht dabeisein könne und schicke die herzlichsten Grüße und Wünsche und Entschuldigungen. Der Bürgermeisterin vertraute Janie stolz an, ihre Tochter sei von ihren Musikstudien völlig in Anspruch genommen und müsse ungeheuer viel arbeiten, um im nächsten Jahr ihr Studium in Europa fortsetzen zu können.

Niemand von den männlichen Hochzeitsgästen war so stattlich, so fröhlich und lachlustig, so bezaubernd wie der Beistand des Bräutigams, Bertie Cauder. Die jungen Damen waren ganz hingerissen von ihm. Miß Agnes Clayton, die Nichte der Bürgermeisterin, sah ihm mit verschwimmenden Augen nach und seufzte immer wieder. Selbst die streitbarsten Matronen erlagen dem starken Zauber dieses Mannes, der sich mit seiner hochgewachsenen, ebenmäßigen Gestalt in schwarzem Anzug, Rüschenkragen und geblümter Weste und mit seinem galanten, höflichen, einnehmenden Betragen von der ganzen Gesellschaft abhob. Er war sehr liebevoll zu Robbie, und nach der Trauung hatte man ihn eine Zeitlang bei dem jungen Ehemann stehen sehen, die Hand auf seiner Schulter.

Es war eine sehr fröhliche Hochzeitsfeier. In einem Durcheinander von Glückwünschen, von Lachen und Freundschaftsbezeigungen verabschiedete sich um acht Uhr abends das Brautpaar und fuhr auf den Bahnhof, zum Zug nach New York, wo es die Flitterwochen verbringen und sich auch mit Laurie treffen wollte.

Ganz still und ohne Zuschauer war dagegen vorher der Abschied zwischen Robbie und Bertie gewesen. Robbie hatte die Dinge so gelenkt, daß er mit seinem Bruder, der darauf recht willig einging, noch ein paar letzte Worte in der warmen, spärlich beleuchteten Eingangshalle wechseln konnte. Die Brüder standen neben der Lampe am Geländerpfosten des Treppenantritts und blickten einander an — Robbie blaß und ernst, Bertie mit seinem unentwegten, undeutbaren Lächeln. Aus den Gesellschaftsräumen drang gedämpftes Stimmengewirr zu ihnen.

Es war sonst nicht Robbies Art, so beharrlich ein Anliegen zu verfolgen. Er sah seinen Bruder an. Eine Weile herrschte völliges Schweigen.

Dann räusperte Robbie sich und sagte mit weicher Stimme: „Ich möchte die Gewißheit mitnehmen, daß es mit dir gut weitergehen wird, Bertie. Ich möchte, wenn ich weg bin, darüber beruhigt sein."

„Ach, sei unbesorgt! Mit mir geht's prächtig weiter", erklärte Bertie. Liebevoll klopfte er dem Bruder auf die Schulter.

Aber Robbies verschlossenes Gesicht wurde finster. Er zuckte die Achseln. Narr, der er war! Jetzt hätte er doch überzeugt sein müssen, daß hier alles vergebens war! Aber er blieb beharrlich. „Gib acht auf dich! Wenn ich heimkomme, plaudern wir wieder nett miteinander."

„Natürlich!" pflichtete Bertie begeistert bei. „Auch unsere gemeinsamen Spaziergänge nehmen wir wieder auf."

„Im Frühjahr fahren wir auf das kanadische Ufer und suchen deinen Freund, den Kapitän Willoughby, auf."

„Ja, den guten alten Joe", ergänzte Bertie liebevoll.

„Und zum Frenchman's Creek machen wir ebenfalls einen Ausflug", schlug Robbie verzweifelt vor.

Bertie nickte fröhlich. „Unsere Anglerkünste dürfen wir ja nicht verlernen", meinte er.

Wieder herrschte Schweigen. Bertie sah seinen Bruder an, und plötzlich glomm in seinen Augen ein merkwürdig mitfühlender Ausdruck auf, der aber gleich wieder verschwand.

„Sei glücklich, Robbie!" sagte er freundlich. Lag in seiner warmen Stimme eine Warnung, eine Bitte? Robbie war gerührt, schmerzlich bewegt. „Sei glücklich!" wiederholte Bertie, und die Worte klangen seltsam eindringlich. „Du hast ein neues Leben vor dir. Es gehört dir, nur dir allein. Du darfst an nichts anderes denken. Versprich mir das!"

„Ich kann mein bisheriges Leben nicht wegwischen, als wäre es nie gewesen", murmelte Robbie mit gepreßter Stimme. Er faßte seinen Bruder am Arm. Doch Bertie trat mit einer zwar freundlichen, aber entschiedenen Bewegung etwas zurück und sah Robbie wie aus ungeheurer, unüberbrückbarer Entfernung an.

„Du mußt, du mußt!" sagte er. „Es darf nichts anderes für dich geben. Denk an Lots Weib! Die Frau erstarrte zur Salzsäule, weil sie hinter sich sah." Er lächelte. „Schau nicht hinter dich, Robbie! Das darfst du nicht."

Er hob die Hand, führte sie mit lustigem Gruß zur Schläfe, drehte sich um und ging.

Nachdem Bertie in die Gesellschaftsräume zurückgekehrt war, blieb Robbie eine Weile im Flur stehen. Plötzlich empfand er eine so schreckliche, völlige Vereinsamung wie noch nie im Leben. Im Mund spürte er den bitteren Geschmack der Einsamkeit, im Herzen den dumpfen Schmerz wehmütiger Trennung. Er war von Verzweiflung erfüllt. Rings um ihn lag stumme, leere Wüste; kein Schatten unterbrach die öde, endlose Fläche. Keine Stimme, keine Regung drang hierher.

Mit zitternder Hand umfaßte er den Geländerpfosten. Kummer und Einsamkeit wurden unerträglich. Nie hatte er sich so an menschenleeres Gestade ausgesetzt gefühlt.

In diesen Augenblicken dachte er nicht an seine junge Frau.

L

Beifällig, aber zerstreut blickte Alice in den Spiegel und ließ mit einer Handbewegung die dichten kastanienbraunen Locken auf ihre Schultern gleiten. Sie musterte das rosige Oval ihres hübschen Gesichtes und entspannte die beweglichen roten Lippen zu einem Lächeln, das in Grübchen flimmerte und funkelte. Trotz des Lächelns sahen ihre braunen, so lebhaften und leuchtenden Augen sie ernst an. Plötzlich fand sie diese sorgfältige Selbstbetrachtung komisch und mußte lachen. Sie begann ihr Haar zu bürsten.

Der hellblaue Morgenrock lag ihr in Falten über den schlanken Schenkeln und Knien und bauschte sich um die Füße zu einem schimmernden Haufen Samt. Mit jeder ihrer Bewegungen änderte der Mantel Form und Beleuchtung. Im Spiegel sah Alice das Schlafzimmer des luxuriösen Hotelappartements: Vergoldung und Plüsch, Stuckwerk, Kristallüster, karminrote Wandtapeten. Auf den breiten, aber seichten Leibungen der auf die Fifth Avenue hinausgehenden Fenster lag das Sonnenlicht. Die mit blauen, goldbequasteten Kordeln gerafften karminroten Samtvorhänge bewegten sich ein wenig in dem scharfen, unter den Fenstern eindringenden Wind. Im schwarzmarmornen Kamin knisterte helles Feuer. Es war still und friedlich in dem Raum. Nur das leise Gleiten von Alices emsiger Haarbürste und das Rascheln von Robbies Zeitung unterbrachen die Stille.

Allmählich verlangsamte sich das Gleiten der Bürste und hörte schließlich ganz auf. Jetzt lag die Bürste unbewegt in der kleinen weißen Hand. Das Lächeln wich aus Alices Zügen; sie wurden ernst und starr. Sie sah im Spiegel ihren Gatten beim Fenster sitzen, mit übergeschlagenen Beinen und geglänzten Schuhen, den Kopf fast verdeckt vom Papierwall des ‚Journal'. Er blätterte um. Sein Gesicht war blaß und verschlossen wie gewöhnlich, mit ruhiger, aufmerksamer Miene.

Alice dachte: Ich liebe ihn. Niemand kann sich vorstellen, wie sehr ich ihn liebe. Von allem Anfang an. Er ist mein Herz, meine Seele. Ich habe es nie jemandem erzählt. Auch ihm kann ich es nicht sagen. Er ist mir unzugänglich. Für immer. Warum? Ach, kann mir nicht vielleicht, bitte, jemand Auskunft darüber geben, warum das so ist?

Robbie blätterte weiter und überflog teilnahmslos die nächste Seite. Dumpfer Verkehrslärm drang in die Stille. Unbeweglich lag die Bürste in der Hand der jungen Frau.

Alice sagte mit ihrer schönen, leisen Stimme: „Robbie!"

Er blickte ihren Rücken an und lächelte freundlich. „Was ist denn, Liebstes?" Er sah im Spiegel ihr junges, hübsches Gesicht, das jetzt so ernst, so reif war.

„Robbie", sagte sie mit einer Stimme, die zwar noch immer leise, aber sehr eindringlich war, „liebst du mich?"

Er zog die schwarzen Brauen hoch, als fände er die Frage etwas belustigend, und antwortete liebevoll: „Natürlich! Natürlich! Warum fragst du denn, du Närrchen? Hätte ich dich sonst geheiratet?"

Sie hob die Hand und begann wieder ihr Haar zu bürsten. Ihre Finger zitterten. Eine Zeitlang erwiderte sie nichts, und er beobachtete sie mit der ihm eigenen zurückhaltenden Belustigung. Aber irgendwie wurde ihm unbehaglich zumute. Sie legte die Bürste hin, drehte sich plötzlich auf dem gepolsterten Hokker um und blickte ihren Gatten an. Aus ihren glatten Wangen war die strahlende Röte gewichen. Ihre braunen Augen waren verdüstert. Robbie ließ die Zeitung auf die Knie sinken und sah seine Frau schweigend an.

„Robbie", fragte sie, „weißt du, daß du mir kein einzigesmal gesagt hast: ‚Ich liebe dich'?"

Er versuchte, leichthin zu lächeln. „War das nötig? Ich dachte, daß eine junge Dame Bescheid weiß, wenn ein Mann um ihre Hand anhält."

Sie antwortete nicht. Ihre Augen blieben auf sein Gesicht geheftet. Um ihren zuckenden Mund waren keine Grübchen mehr. Kopfschüttelnd sagte sie dann: „Nein, ich weiß nicht ‚Bescheid'. Allerdings muß ich gestehen, daß ich mir die Frage anfangs nicht stellte, sondern erst, als wir verheiratet waren. Erst, als wir hierherkamen."

„Wieso denn jetzt? Habe ich dich in irgendeiner Beziehung vernachlässigt?"

Wieder schüttelte sie den Kopf.

„Du bist ein herziges kleines Kindchen", fand er.

Sie hob müde die Hand. „Laß das, bitte, Robbie! Ich habe das merkwürdige Gefühl ... Natürlich fehlt mir die Erfahrung, ich war ja noch nie verheiratet. Aber ich glaube irgendeine Fremdheit zu spüren, irgendeinen Mangel."

Sie wartete ungeduldig darauf, ob er wieder lächeln würde. Aber er tat es nicht. Er ließ den Kopf sinken und sah seine Schuhe an. Dann entgegnete er mit sanfter Stimme: „Mein Liebes! Mein Liebstes! Mach dir keine Sorgen! Das ist eben so meine Art. Ich bin nicht ein Mensch, der seine Gefühle auf den Präsentierteller legt. Du mußt mich nehmen, wie ich bin, Alice."

Wieder machte ihre Hand die gleiche müde, schlaffe Geste. „Das alles weiß ich, Robbie. Galanterie habe ich von dir nicht erwartet, nicht einmal gewünscht. Du bist da meinem Vater sehr ähnlich. Er ist auch nicht galant. Er und Mama sind sehr glücklich miteinander und lieben einander sehr, ohne daß sie jemals in Gegenwart eines Dritten sich geküßt oder ein zärtliches Wort getauscht hätten. Darum geht es nicht, Robbie. Aber ich weiß, wie innig meine Eltern einander lieben. Das spürt man einfach: Wärme, menschliche Nähe, Wertschätzung." Ihr Mund zuckte, aber ihre Augen blieben trocken und klar; nur ein verzweifeltes Flehen um Beseitigung ihrer Zweifel stand in ihnen.

Und nun sagte Robbie, so leise, daß sie es kaum hörte: „Du mußt mir Zeit lassen, Liebes."

„Zeit?" fragte sie. Plötzlich begann ihr vor schrecklicher Angst das Herz stürmisch zu klopfen. „Zeit?" wiederholte sie. „Wofür, Robbie?"

Er seufzte. Die Zeitung glitt ihm von den Knien zu Boden. Er versuchte zu lächeln; es wurde ein absonderliches Lächeln. Er entgegnete: „Schau, ich bin ein neugebackener Ehemann. Wir müssen uns zusammenleben. Das geht nicht über Nacht. Das erfordert Jahre."

Sie umklammerte krampfhaft den Rand des blauen Hokkers. „Robbie", fragte sie, „warum hast du mich eigentlich geheiratet?"

Sie war totenbleich; doch ihr Blick blieb fest und klar.

Er stand auf, und sie hatte das beklemmende Gefühl, er würde sie jetzt verlassen. Aber er blieb unbewegt stehen. Langsam und gemessen erwiderte er: „Ich habe dich geheiratet, weil ich dich liebe, Alice. Ich liebe dich so sehr, wie ich überhaupt irgendwen zu lieben vermag."

Sie schüttelte den Kopf, ohne Robbie aus den Augen zu lassen. „Nein, Robbie", widersprach sie freundlich, fast nachdenklich. „Du liebst mich nicht. Nicht wirklich. Du versuchst es. Du bemühst dich sehr darum. Du möchtest mich lieben. Aber irgendwas hemmt dich. Irgendwas hindert dich daran, mich so zu lieben, wie du es wünschen würdest. Was ist es, Robbie?"

Er öffnete den Mund, brachte aber keinen Laut hervor. Er kehrte ihr den Rücken und lehnte den Kopf an die Fensterscheibe. Er entgegnete ruhig: „Du hast eine blühende Einbildungskraft, Alice. Dein weibliches Temperament verlangt zu viel und ist zu romantisch."

Sie sagte: „Du wolltest mich zur Frau, weil diese Ehe dir als Zuflucht erschien ... vor irgend etwas. Was ist dieses ‚Etwas', Robbie?"

Als er nicht antwortete, mußte auch sie, einem Zwange folgend, aufspringen. Ein jammervolles Zittern überlief ihren ganzen schlanken Leib. Ihre Kehle war trocken; ihre Augen brannten. Sie war von Entsetzen erfüllt.

„Robbie, ich bin erst neunzehn Jahre alt, aber ich begreife so mancherlei! Ich spüre so vieles im Herzen, Robbie. Darum muß ich dich nochmals fragen: Was ist dieses Etwas, das dich von mir fernhält? Oder: Wer ist dieser Jemand?"

Er wandte sich ihr langsam zu, fast gegen seinen Willen. Sie stand am anderen Ende des Zimmers wie ein schlanker Schaft eisiger Bläue, das Haar wirr auf den Schultern, die Augen überhell, verzweifelt. Er wollte auf sie zugehen. Es drängte ihn, sie in die Arme zu schließen, den Mund auf diese entsetzten jungen

Augen zu drücken. Aber er konnte nicht. Er fühlte sich wie versteinert.

„Hast du vor mir jemanden geliebt, Robbie?" fragte sie mit klarer, fester Stimme. „Jemanden, den du nicht vergessen kannst?"

Zwischen pergamenttrockenen Lippen stieß er hervor: „Teuerste, ich habe nie vorher eine Frau geliebt. Glaub es mir! Glaubst du es mir?"

Sie antwortete eine ganze Weile nicht. Ihr Blick bohrte sich brennend in seine Augen. Dann wandte sie den Kopf ab. „Ja, Robbie, ich glaube es dir. Aber war aus dem, was du mir vorhin gesagt hast, nicht zu entnehmen, daß du mich nicht mit der ganzen Kraft deines Herzens lieben kannst?"

Wie das Rascheln dürren Laubes drangen ihm die Worte aus dem Mund: „Vielleicht ist es mir nicht gegeben, irgendwen ‚mit der ganzen Kraft meines Herzens' zu lieben. Ich weiß es nicht. Vielleicht bin ich dazu nicht geschaffen, Alice. Du mußt mich nehmen, wie ich bin. Ich werde mein Bestes tun. Das verdienst du — du bist so lieb. Wie keine andere Frau auf der Welt."

Er hielt inne. Von ihrem gesenkten Kopf fielen und flossen die Locken, daß ihr Gesicht halb verdeckt war.

„Schau", fuhr er flehentlich fort und streckte ihr die Hand entgegen. „Ich war so vielfach in Anspruch genommen. Meine Studien, meine Arbeit. Und mein Bruder Bertie. Ich mußte mich um ihn kümmern." Und nun, da er den Namen ausgesprochen hatte, fühlte er sich sehr elend, sehr erschüttert. Er lehnte sich an das Fenster.

Langsam hob Alice den Kopf. Ihre Augen waren weit aufgerissen und sehr ruhig.

Und dann durchzuckte sie plötzlich die schreckliche Gewißheit, überflutete ihr waches Einfühlungsvermögen ohne Hilfe der getrübten Vernunft. Ihre Augen sahen jetzt über dieses Hotelzimmer hinaus, über New York hinaus, nach Grandeville und überschauten die Jahre, während welcher sie Robbie gekannt und geliebt hatte. Bertie! Immer war Bertie neben ihm gewesen. Der lachende, trinkende, liebevolle Bertie. Bertie, voll

Fröhlichkeit, nie fordernd, sogar einigermaßen wohlwollend verdrossen über Robbies bedingungslose Zuneigung, sogar manchmal ihm ausweichend. ‚Rotes Soll und schwarzes Haben‘ hatten scharf beobachtende Grandeviller die beiden Unzertrennlichen genannt.

Selten war Robbie allein gewesen, außer, wenn er bei den Cummings' Besuch machte, und oft nicht einmal dann. Immer, immer Bertie! Warum hatte sie das nicht schon früher erkannt? Sie hatte es ja erkannt und war von dieser innigen Zuneigung eines sonst so kühlen, verhaltenen Mannes zärtlich gerührt gewesen. Sie hatte diese Bruderliebe für bewundernswert genommen, als etwas sehr Schönes.

Ihre Lippen waren eiskalt und geschwollen. „Robbie, ist es nicht Bertie, der dahintersteckt?"

Er lehnte noch immer am Fenster. Aber sie merkte, wie er plötzlich erstarrte. Die beiden sahen sich über den Raum hinweg fest an. Dann erwiderte Robbie:

„Ja, das wird es wohl sein. Wir sind einander sehr nahegestanden, Alice." Er sprach schlicht, stockend. „Ich glaube, außer Bertie hat mir niemand in meiner Familie etwas bedeutet. Wir waren Freunde. Ich... ich mußte mich immer seiner annehmen, seit unserer Knabenzeit. Er war in gewissem Sinne mein Pflegekind. Niemand hat ihn verstanden außer mir, nicht einmal meine Mutter, die ihn vergöttert. Und sogar ich habe ihn nicht immer verstanden. Das kann wohl niemand. Ich hatte bloß kurze Blitze der Erkenntnis, und die waren fürchterlich genug. Er ist wie ein Kind. Irgendwer mußte sich seiner annehmen. Vielleicht... Alice, vielleicht bin ich so, wie ich bin, nur deshalb, weil ich mich von der Verpflichtung, mich um Bertie zu kümmern, noch nicht frei fühle."

Er wartete. Sie sprach nicht, sah ihn nur verzweifelt an.

Dann entriß er sich gewaltsam die Worte und schrie sie hinaus: „Ich werde erst frei sein, wenn er stirbt!"

Sie starrte ihn lange an.

Und dann war es, als zerbreche in ihrer Brust plötzlich donnernd eine Eisschicht; es war ein ungeheures Schwellen und

Fluten. Ihre Liebe türmte sich auf wie ein Wellenberg, zermalmte und erfüllte sie. Und in diese Liebe mischte sich ungeheures Mitleid, ein leidenschaftliches Verlangen, zu schützen, zu bergen und zu retten.

Sie breitete die Arme aus und lief zu ihm. Sie schlang ihm die Arme um den Hals, drückte ihren jungen Leib an ihn, zog seinen Kopf an ihre Brust. Sie hielt ihn, wie eine Mutter ein bedrohtes Kind hält, und murmelte wortlos, schluchzend. Sie küßte ihn, wieder und wieder.

Er legte die Arme um sie. Er schmiegte den Kopf an ihre Brust, an ihre Schulter. Sie spürte, wie müde, wie einsam, wie verzweifelt er war.

Aber in ihr war jetzt nur frohlockende, unerschütterliche Freude. Sie blickte über seinen Kopf hinweg auf das sonnbeschienene Fenster. Sie lächelte.

Ich kann warten, dachte sie. Er braucht mich so nötig, mein teurer, lieber Robbie.

DRITTES BUCH

O MORGENSTERN!

LI

Am 20. Dezember 1860 verließ Südkarolina die Union. Während sich über viele Unionsstaaten schwere Besorgnis und düstere Stimmung breiteten, wurde in Südkarolina die Sezession begeistert gefeiert und erwies sich dadurch als vom Willen der Bevölkerung getragen. Der von den Nordstaaten seit Jahren verlästerte, bedrängte und geschulmeisterte Süden blickte trotzig nach Washington, und man munkelte von weiteren Austritten. Der wirtschaftliche Zusammenbruch, der infolge des gesteigerten Tempos der Sklavenbefreiungskampagne den Baumwollpflanzern gedroht hatte, war wenigstens für eine Zeitlang abgewendet, und den Süden erfüllte wieder allgemein zuversichtliche Lebenskraft und neuerwachter Tatendrang. Viele glaubten, es werde keinen Krieg geben, der Norden werde sich dem souveränen Willen jener Staaten beugen, die sich, wie die Verfassung es ihnen freistellte, zum Austritt aus der Union entschlossen.

„Ja", meinte Vater Houlihan traurig, „der Süden hat das ‚Recht', die Union zu verlassen, und kann frei darüber entscheiden, ob er sich der Zentralregierung gegenüber zur Loyalität verpflichtet fühlt oder nicht. Aber durch die Ausübung dieses ‚Rechtes' hat der Süden dem Gedanken eines Gesamtamerika einen vielleicht nicht gutzumachenden Schaden zugefügt."

Zur Bestürzung und Verzweiflung denkender Menschen nicht nur des Nordens, sondern auch des Südens folgten andere Staaten dem Beispiel Südkarolinas mit ebenso großartiger wie angstbleicher Geste. Einer nach dem anderen sagten sie sich von Washington los, und im Weißen Haus verfinsterte sich Lincolns freundliches, häßliches Gesicht vor Enttäuschung, während seine Lippen sich in leidenschaftlicher Entschlossenheit aufeinanderpreßten. Dem Familienhaus Amerikas kehrten die stattlichsten Töchter den Rücken und traten, während Europa hämisch lächelnd zusah, hinaus in Gefahr und Bedrohung und böse Zukunft. Das breite Tor, durch das sie traten, war die Verfassung der Vereinigten Staaten, und am Tore stand Abraham Lincoln, im Gebet. Er wartete schweigend zu; er sprach noch nichts. Aber er sah sein Haus sich leeren. Und er sah nach Europa.

„Es war ein unglückseliger Tag für das Volk, als dieser Mann zum Präsidenten gewählt wurde", erklärte tiefbekümmert Stuart.

„Es ist ein unglückseliger Tag für das Volk, wenn ihm Gott in der Stunde der Verzweiflung keinen Führer erweckt", erwiderte Vater Houlihan ernst.

Die Senatoren aus dem Süden verließen Washington. Die Südstaaten beschlagnahmten das auf ihren Gebieten befindliche Eigentum der Union. Arsenale, Kasernen und Befestigungsanlagen wurden besetzt. Ohne daß noch eine Kriegsdrohung ausgesprochen worden wäre, tauchten plötzlich aus geheimnisvollem Dunkel riesige Waffenvorräte auf und wurden verteilt. Stuart dachte an den schwarzäugigen Grinser Raoul Bouchard, und ihm brannten die Wangen und das Herz. In San Antonio wurden Armeedepots und andere Besitztümer enteignet; den Marinewerften in Norfolk und Pensacola erging es ähnlich.

Im März 1861 bildeten die Sezessionsstaaten einen eigenen Bund, die Konföderation.

Berauscht von den glänzenden Anfangserfolgen, überzeugt davon, bloß ein verfassungsmäßig gewährleistetes Recht ausgeübt zu haben, voll edelmännischen, verächtlichen Zornes gegen die grobfäustigen Yankees, die ‚diese Katastrophe über Amerika gebracht' hätten, stolz auf die Ritterlichkeit und schlichte Würde des neuen Konföderierten-Präsidenten zog der Süden sich, mitten in einem Meer von Flaggen, auf sich selber und in eine Art verbissener Euphorie zurück. Nicht länger wollte er die Zielscheibe von Beleidigungen und Drohungen seitens der Yankee-Industrieritter sein, die ein Übergreifen ihres Fabrikwesens in den auf Sklavenarbeit gegründeten Süden für unvermeidlich hielten. Nicht länger wollten die Südstaaten mit Vorwürfen über ‚barbarische und heidnische Praktiken‘ bombardiert werden. Nur wenige Männer des Südens hatten ein Ohr für das hoffnungsvolle Murmeln des hungrigen, raubgierigen Europa und für das Aufatmen in den Hauptstädten des alten Kontinents, fünftausend Kilometer weit weg.

„Mit der Zeit“, erklärte ein hochstehender Südstaaten-Aristokrat, „müssen die Wege des Nordens und des Südens sich immer weiter voneinander entfernen. Der Norden wird noch vielsprachiger und überfremdeter werden als bisher, und wir werden ihn als ausländische Nation empfinden, die nichts mehr zu tun hat mit unserer angelsächsischen protestantischen Volksgemeinschaft, mit unserer altehrwürdigen britischen Überlieferung. Im Interesse der Erhaltung unserer Rasse, unserer Religion, unseres Brauchtums, müssen wir das Tischtuch zwischen uns und dem Norden zerschneiden.“

Im ganzen Lande war die Atmosphäre geladen mit Zorn, Unbehagen, Angst, Verzweiflung und Verrat. Aber noch immer glaubte niemand, daß es Krieg geben würde.

Präsident Lincoln selbst sagte, die Krise sei nur künstlich erzeugt worden; nichts liege wirklich im argen, niemand werde zu Schaden kommen. Er beschwor das Volk, ‚kaltes Blut zu bewahren‘. Wenn er aber in seinem großen Schlafgemach im Weißen Haus allein war, lag er wach auf seinen Kissen und horchte auf das mächtige Rollen von Rädern, die sich vom Himmel herab auf sein Land zuwälzten.

Grandeville nahm alle Nachrichten mit jener stumpfen Teilnahmslosigkeit und Gleichgültigkeit auf, die der ganzen Geschichte dieser Stadt ihren Stempel aufdrückte. Einzelne Bürger gerieten zwar in Aufregung und Angst; die überwiegende Mehrzahl der Städter und auch der Landwirte in der Umgebung verhielt sich jedoch abwartend. Man glaubte nicht an die Möglichkeit eines Krieges. Oder ließ sich von ihr nicht beirren. Die Probleme, um die es ging, bedeuteten den Slum-Bewohnern und den Taglöhnern nichts. Sie glotzten die Schlagzeilen der Zeitungen an und vergaßen sie gleich wieder.

Auch die Gerüchte, Präsident Lincoln werde auf einer Rundreise persönlich Grandeville besuchen, fanden außerhalb der ‚eleganten Gesellschaft' wenig Beachtung. Man wußte ungefähr, daß irgendwer irgendwo wegen der ‚Nigger' ein ‚fürchterliches Getue' gemacht hatte. Aber da die Einwohner nur selten einen Neger zu Gesicht bekamen und von der Sklaverei bloß die in Grandeville geübte Spielart und, vom Hörensagen oder aus Kindheitserinnerungen, eine zweite, in Europa geübte Form kannten, lag ihnen das Problem so fern wie der Mond.

‚Onkel Toms Hütte' hatten in Grandeville nur ein paar hundert Menschen gelesen. Und nur ein paar hundert Menschen sprachen in Salons und Schenken von dem drohenden Unheil. Bei den letzten Wahlen hatten weniger als achttausend Personen ihre Stimme abgegeben. Kaum ein Drittel der Bevölkerung wußte den Namen des Präsidenten der Vereinigten Staaten zu nennen. Die Leute waren in eine Art Bauernlethargie versunken, die nichts kannte als schwere, endlose Arbeit, gelegentliche wüste Trunkenheitsexzesse und ständiges Zeugen und Gebären. Sie waren von ihren kleinen Geschehnissen, ihren lichtlosen, kargen Freuden, ihrer entkräftenden Arbeit so ausgefüllt wie die Haustiere auf den Bauernhöfen der Umgebung. Und diese völlig abgekapselte Lebensweise beschränkte sich nicht auf die ‚Fremdstämmigen'. Auch die einheimischen Farmer, Taglöhner, Dockarbeiter und Schauerleute kümmerten sich um die Lage der Nation wenig oder gar nicht. Wenn ein aufgeweckterer Nachbar von solchen Dingen redete, begegnete man seinen Worten mit mürrischem Unwillen oder Gleichgültigkeit.

Die Tatsache, daß bei Ausbruch eines Krieges Tausende von ihnen persönlich mitzutun gezwungen sein würden, war in ihre Inselmentalität noch nicht gedrungen und beschleunigte in keiner Weise ihre trägen Pulse.

„Ach", seufzte Vater Houlihan und schüttelte traurig den Kopf, „leider wird es wahrscheinlich in unserer Mitte immer Leute geben, die für Freiheit und Güte und Wohlwollen nichts übrig haben und immer nur Grausamkeit und Wahnsinn und Mord brüten. Was sollen wir mit diesen Menschen tun? Ich meine, der Gedanke an sie muß für Amerika schrecklich sein."

Im Süden herrschte Jubel, Entschlossenheit, Mut und begeisterte Heimatliebe. In vielen Großstädten des Nordens gab es nur Groll, Trägheit, alberne Unwissenheit, Ahnungslosigkeit und kühle Uninteressiertheit. Die Kaufleute, Gewerbetreibenden und Händler waren allerdings bestürzt, ebenso wie alle von Frieden und Wohlstand abhängigen Erwerbstätigen. Sie haßten und fürchteten den drohenden Krieg. Sie murrten untereinander und verfluchten Lincoln samt seinen ‚Sklavenbefreiern' und allen denen, die so verrückt waren, den profitträchtigen Frieden aufs Spiel zu setzen.

Lincoln wußte das. Er sah die feindseligen Gesichter, die ihn auf seiner Rundreise durch die Städte des Nordens umgaben. Diese Menschen hatten ja keine Ideale, keine Leidenschaft für Recht und Billigkeit, keine Vaterlandsliebe, keinen Stolz, keinen Mut und kein zukunftsweisendes Ideal! Sie hatten bloß ihre Habgier. Nur wenn man diese Habgier ansprach, konnte man an ihre versteinerten Seelen herankommen. Man mußte ihnen klarmachen, daß im Falle eines Sieges der Südstaaten Gewerbe und Industrie aus dem Norden in die billigen Sklavengebiete abwandern würden. Durch solche Schreckgespenster wurden die geldgierigen Yankeeseelen stärker aufgerüttelt, als es wehende Fahnen oder schmetternde Trompeten je vermocht hätten. Harte Wirtschaftstatsachen waren die einzige Sprache, die der Yankee verstand.

Erst seit ein paar Monaten bemerkte Präsident Lincoln zu seinem Entsetzen, daß im Norden ein seltsames, schreckliches Phänomen Gestalt anzunehmen begann: ein Rassen- und Glaubenshaß, wie er bisher die Geschichte der Republik nicht befleckt hatte. Anfangs konnte Lincoln es nicht fassen. Wer hatte nur innerhalb einer solchen Vielfalt von Rassen und Glaubensbekenntnissen diese Kobras ausgesetzt, wer ihre todbringenden Köpfe behext, daß sie sich erhoben und im Takte wiegten? Wer war dieser Verräter? Was bezweckte er? Die Republik war vom Untergang bedroht; sie brauchte jede Hand, jedes tapfere Herz, jede feste Stimme, wenn sie überleben wollte. Aber irgendwo züngelten aus den Abgründen der Menschenseelen Schlangenzungen und beschworen Zwietracht herauf, Kampf, Haß, Gewalttätigkeit und Grausamkeit, in dem Augenblick, wo sich schon eine böse Gewitterwolke über der Nation zusammenballte. Was bezweckte der Verräter? Sah er nicht, daß solche Zwietracht den Bestand Amerikas gefährden mußte? Oder wußte er es vielleicht nur zu gut?

Langsam, aber unausweichlich, kam Lincoln zu der Überzeugung, daß der Verräter die Folgen nur zu gut kannte. Es gab also im Norden Menschen, die ihr Land haßten, die seinen Untergang wünschten, es zerstört wissen wollten. Zerstört durch den Süden? Nein. In einem solchen Falle würde ja der Süden in den Sturz des Nordens mit hineingerissen werden. Die Verschwörung richtete sich also gegen ganz Amerika, gegen den Süden ebenso wie gegen den Norden.

Lincoln sah den Schatten dieses Gespenstes. Aber sobald er die Hand ausstreckte, um es zu fassen, verflüchtigte es sich. Überall hörte man todbringendes Raunen; doch es verstummte, sobald ein Häscher nahte. Rote Augen spähten aus allen Gassen und Straßen, von allen Ecken und sogar aus dem Schatten der Ulmen auf fernen Bauernhöfen. Aber vor dem forschenden Blick des zornigen Schergen schlossen sich die Augen, verschwanden und tauchten anderswo wieder auf.

Duldsamkeit in Rassen- und Glaubensfragen herrschte, wie Lincoln sehr wohl wußte, fast nur bei einheitlichen Nationen. Der Norden war vielfältig. Die dichte Berührung ganz verschiedener Gruppen stachelte die natürliche Mißgunst gegen den Nächsten an, die in allen Menschen wohnt. Und dieses natürlichen Hasses von Mensch zu Mensch bediente sich irgendwer irgendwo, um Amerika zu zerstören.

Irgendwer hatte auch irgendwo aus doppelzüngigem, scheeläugigem Haß gegen Amerika den Zusammenschluß jener Männer zustande gebracht, die sich die Know-Nothings nannten. Zunächst richtete ihr Ingrimm sich vornehmlich gegen die römisch-katholische Kirche; später jedoch, mit dem Wachsen der Bewegung, dehnte er sich auf alle Menschen fremden Namens, fremder Abkunft oder Religion aus.

Während Norden und Süden sich über die Grenzlinie hinweg mit wilden Augen oder abwartendem Mißtrauen ansahen, erlebten die Städte des Nordens die ersten Zusammenrottungen gegen die Katholiken und die Fremden. Die Hasser Amerikas rüsteten sich zum Todesstoß gegen das Land. Dazu bedienten sie sich aller Mittel. Sie schmähten Lincoln und streuten ehrenrührige Gerüchte über ihn aus. Sie mißbrauchten sogar die geheiligten Begriffe der Vaterlandsliebe. Sie sprachen davon, man müsse ‚Amerika den Amerikanern retten‘, man müsse ‚die Fremdlinge aus unserer Mitte vertreiben‘. Zum ersten Male tauchte in den freien Gefilden der Republik die Wendung von den ‚volksfremden Elementen‘ auf.

Die Verschwörer schlichen, Mord im Herzen, auch in den Süden. Mitten unter Fahnen und Trompeten, heldischen Reden, Truppenaufgeboten und Kundgebungen der Entschlossenheit zischelten Gerüchte. Wenn der Süden dann und wann betroffen verstummte, hörte er die Stimme der Zerstörung.

LII

Es ist ein ernüchternder Gedanke — überlegte Laurie, während sie durch das Fenster ihres Eisenbahnwaggons blickte —, daß die Natur Leidenschaft und Haß der Menschen mißbilligt. Der Bestand alles Erschaffenen ist in die Natur gebettet, bildet einen Teil der Natur. Nur beim Menschen ist es anders. Er ist der ewige Paria und Ausländer, ein Fremdling auf seinem eigenen Planeten, umgeben von argwöhnischen, feindseligen Wesen, die ihn fürchten und hassen, die Flucht ergreifen, sobald sie auch nur seine Ausdünstung riechen oder seine Schritte hören.

Man behauptet, es sei der ‚Herdeninstinkt‘, der ihn dazu veranlasse, sich mit seinesgleichen, auch wenn sie sich gegenseitig hassen, zusammenzuschließen. Aber es muß etwas Tieferliegendes sein als der Herdeninstinkt, das ihn zwingt, die schrecklichen Steinwüsten der Städte zu schaffen und sich in ihnen zu verkriechen wie ein rings umstellter Mörder, ein verfolgter Verbrecher, ausgeschlossen von jeder Berührung mit dem lebendigen Herzen der Erde. Der wahre Grund ist sein Bewußtsein, daß die Natur ihn verstoßen hat, daß sie zu ihm nicht in der Weltsprache aller anderen Geschöpfe reden will, daß sie ihn aus den Reihen ihrer Kinder verwiesen hat.

Wir sind das Böse, das Finstere, das Häßliche. Wir wurden nicht so geschaffen, das weiß ich. Aber wir sind so geworden, mit unseren Kriegen, unseren Greueln, unserem Haß, unserer rastlosen Feindschaft gegen alles Lebende, mit unserer Treulosigkeit, Habgier und Ungeheuerlichkeit. Wir sind die Zerstörer, die unsagbar ruchlosen Bösewichte, verflucht von der Erde, vergessen von Gott. Wir sind aus dem Paradies vertrieben, mit dem Kainszeichen behaftet.

Obwohl es in dem Salonwagen warm war, schauderte Laurie und hüllte sich fester in ihren Zobelpelz. Dröhnend fuhr der Zug durch die stille, frühlingshafte Landschaft. Wie schön das war! Die leuchtendgrüne Erde verfloß wellig in die Ferne, wo amethystblaue, im Lichte zitternde Hügel sich von einem sanft blaugrauen Himmel abhoben. Hier und dort standen, in Weihern spärlichen Schattens, Bäume, noch unbelaubt, aber braun und kräftig, die Rinde gefleckt von dem Leben, das durch Stamm und Äste zu pulsen begann. Braunes Licht breitete sich zart um das Astwerk. Auf der bebenden Erde lagen zwischen grünen Halmen kleine blaue Tümpel, aus denen wilde Iris wuchs. Stumm zogen Vögel ihre Kreise durch die Luft. Irgendwo mochten Bauernhäuser sein; aber Laurie bemerkte nichts von ihnen. Tiefer Friede lag über der Erde, ungestört, traumvergessen.

Wenn wir uns ruhig verhalten, wenn wir uns zurückziehen, so dachte Laurie, dann entsinnt die Erde sich des Friedens und vergißt, daß es Menschen gibt. Sie liegt da in ihrer Schönheit, träumt und plant mit endloser Geduld, bildet und schafft und atmet auf vor Freude, weil sie keines Menschen Stimme hört.

Die junge Mrs. Rhinelander betrachtete Lauries Züge, die im klaren Fensterlicht noch immer wie aus Elfenbein geschnitzt aussahen. Oft wunderte sie sich darüber, wie wenig Lauries Gesicht sich änderte, und fragte sich, ob dieses Mädchen überhaupt Gefühlswärme, Leidenschaft, Heftigkeit besaß. Sie kannte Laurie seit Jahren, weil ihr inzwischen verstorbener Gatte der hervorragendste Musikmäzen New Yorks gewesen war. Zwischen den beiden jungen Frauen hatte sich eine gute Bekanntschaft entwickelt; allerdings ergründete Mrs. Rhinelander nie, wie es dazu gekommen war und was sie selber an diesem gefühlskalten Mädchen fand, das niemals erste Schritte zur Annäherung tat. Man konnte Laurie nicht als bewußte Heimlichtuerin bezeichnen; aber sie gewährte niemandem Einblick in ihre Gedanken, Wünsche oder Empfindungen.

Auch der lebhafte Beifall, den sie in der vorigen Woche nach der Rückkehr aus Europa bei ihrem amerikanischen Debüt in der New Yorker Astor-Place-Oper erntete, hatte sie nicht aus ihrer Ruhe gebracht. Sie lächelte zwar; aber es war ein Lächeln distanzierter Langeweile gewesen, und sie hatte sich nicht einmal die Mühe genommen, dem Publikum zu danken oder auf die Glückwünsche ihrer Bekannten freudig zu antworten. Ihre statuenhafte Unbeteiligtheit steigerte indes nur die Begeisterung ihrer Bewunderer.

Nach der Vorstellung hatten die junge Mrs. Elissa Rhinelander und ihr Bruder, Dick Thimbleton, sie in ihr Appartement begleitet. Aber kaum war sie eingetreten, sagte sie, während sie noch die langen Handschuhe auszog, mit ihrer gewohnten Unbekümmertheit zu ihren Begleitern: „Seid mir nicht böse, meine Lieben! Aber ich bin müde. Wenn ihr also nichts dagegen habt..."

Mrs. Rhinelander hatte die Achseln gezuckt und den Mund zu einer Grimasse verzogen. Der vernarrte Dick jedoch hatte rasch gesagt: „Natürlich, natürlich! Wir gehen schon, Laurie. Gute Nacht, Liebste!"

Aber Laurie war nicht Dicks ‚Liebste'. Elissa bezweifelte, daß sie jemals eines Mannes ‚Liebste' werden würde. Laurie hatte etwas schrecklich Versteinertes an sich; sie schien nie ihre Gesichtsfarbe zu ändern oder in ihrer Miene einer zärtlichen, freundlichen Regung Raum zu geben. Sie war kaum neunzehn Jahre alt, und ihre Schönheit öffnete ihr, zusammen mit ihrer fabelhaften Stimme, eine glänzende Laufbahn in der ganzen Welt. Wenn man ihr das jedoch sagte, wandte sie sich mit einem teilnahmslosen Starren achselzuckend ab.

Sie besaß nun einen für Amerika unerhört günstigen Vertrag, wie nicht einmal die große Jenny Lind ihn gehabt hatte, deren Stimme allerdings nach manchen Urteilen von der jungen ‚Amerikanerin‘ noch übertroffen wurde. Vorher hatte Laurie mit großem Erfolg in deutschen Opernhäusern gesungen. Als sie ihren amerikanischen Vertrag unterschrieb, geschah es mit der gleichen, Müdigkeit vorschützenden Blasiertheit, die sie den Beifallskundgebungen des Publikums entgegenbrachte. In Wirklichkeit wurde ja Laurie, das wußte ihre Freundin Elissa nur zu gut, niemals müde. Ihre kalte Vitalität schien unerschöpflich.

Elissa war zu dem erstaunten Schluß gekommen, Laurie sei von ihrer Musik, ihren Triumphen und Eroberungen innerlich völlig unberührt; sie singe zwar mit größter Leidenschaft und stärkstem Gefühlsausdruck, aber das alles sei bei ihr nur Routine und komme nicht vom Herzen. Sie sei eine wunderbare Schauspielerin; doch ihre Seele bleibe völlig unbeteiligt. Oder war das ein Fehlschluß? fragte sich Elissa, während der Zug durch die dämmernde Landschaft fuhr.

Laurie schien glatt und hart wie schimmerndes, sprödes Golderz. Dennoch konnte Elissa die Leidenschaftlichkeit ihres Gesanges nicht vergessen und auch nicht jenen merkwürdigen, versonnenen Gesichtsausdruck, den sie manchmal zeigte.

Forschend blickte sie ihre Freundin an und sah wieder den gleichen Ausdruck über ihr Gesicht huschen. Sie fragte: „Sind Sie müde, Laurie?"

Langsam wandte Laurie ihr den Kopf zu. Sie lächelte. „Nein. Sehe ich denn müde aus, Elissa?"

„Sie sind so still."

Die Waggontür öffnete sich, und Dick Thimbleton trat ein.

Er hatte auf der Plattform einen seiner, wie Elissa es ausdrückte, ,greulichen Glimmstengel' geraucht. Sein erster Blick galt, so wie immer, Laurie, und auch sie sah ihn freundlich an. Beflissen lächelnd trat er zu ihr, mit fragender Miene. Als sie ihn jedoch nur mit ihrer gewohnten herablassenden Huld betrachtete, wurde sein Gesicht wieder nachdenklich.

Er war ein stattlicher, eleganter junger Mann in den Dreißigern, wohlhabend und distinguiert, ein durchaus wünschenswerter Freier. Er kannte Laurie seit zwei Jahren und war sterblich verliebt in sie. Er hatte sie überallhin in Europa verfolgt und ihr, wie er zu sagen pflegte, ,regelmäßig an jedem Samstagabend einen Heiratsantrag gestellt'. Für einen so wohlerzogenen und beherrschten jungen Mann war er bemerkenswert hartnäckig gewesen und hatte wenigstens erreicht, daß Laurie sich mit ihm bis auf Widerruf abfand und ihm nicht mehr verbot, ihr den Hof zu machen. Elissa argwöhnte allerdings, das sei weniger auf ein Weichwerden Lauries zurückzuführen als auf ihren Wunsch, sich nicht mit der Austeilung von Körben strapazieren zu müssen. Sie war träge, aber nicht nachgiebig.

Als Laurie seinerzeit ihre Absicht kundgab, Mutter und Geschwister in Grandeville zu besuchen — „Wo um Himmels willen ist denn Grandeville?" fragte Dick damals — hatte Elissa sich und ihren Bruder zur Begleitung erboten. Vielleicht hoffte sie, Laurie würde, wenn sie von New York mit seinen Aufregungen und Lobhudeleien loskam, Dick so sehen, wie er wirklich war: als gütigen, aufrichtigen, rücksichtsvollen, freundlichen, ungewöhnlichen Menschen. In der Atmosphäre einer rauhen Grenzstadt mochten seine hervorragenden Eigenschaften erst voll zur Geltung kommen. Mitten unter Bauerntölpeln und Rüpeln würde Dicks vornehme Erscheinung sich glänzend herausheben. Auch vermutete Elissa, ihre Freundin sei, bei all ihrer Lethargie, für Geld, wenn es sich nur in entsprechender Menge darbot, nicht ganz unempfänglich. Schließlich kam ihr vor, Laurie könne Dick wirklich gut leiden und beginne mit seiner freundlichen Gegenwart zu rechnen.

Es war sein eigener Salonwagen, ganz in rotem Samt und

Plüsch, mit mattblauen, befransten Samtvorhängen und schweren, geblümten Teppichen, der an den Zug nach Grandeville angehängt worden war. Laurie hatte sich zuerst gegen diesen Luxus ärgerlich gesträubt. Aber er fragte sie: „Warum wollen Sie partout unbequem reisen, Liebste? Übrigens würden Sie ja meine Schwester und mich zwingen, Ihre Unbequemlichkeit zu teilen. Und das wäre recht selbstsüchtig von Ihnen, wie Sie doch zugeben müssen."

„Vor allem muß ich etwas anderes tun, nämlich Ihnen ins Gedächtnis rufen, mein lieber Dick, daß Ihre Reise nach Grandeville nicht auf meine Anregung zurückgeht", hatte Laurie spitz entgegnet. Aber dann lächelte sie völlig unerwartet und berührte seinen Ärmel mit der Hand. Sie schien belustigt, während er etwas verdutzt dastand. Solche Augenblicke einer unerklärlichen Belustigung hatte Laurie öfter; sie waren nicht frei von Grausamkeit und bereiteten dem davon Betroffenen schmerzliches Unbehagen.

Oft hatte Dick die Empfindung, sie blicke ihn mit verstecktem Mitleid an. Und dann wurde sie unruhig, der Pfirsichteint ihrer Wangen verblaßte, ihr Mund preßte sich zusammen. Stundenlang konnte sie so schweigend verharren, und wenn ihre Augen sich auf ihn richteten, verschatteten sie sich mit einem seltsamen Bedauern.

Elissa und Dick hatten tausend und einen Einwand zu widerlegen gehabt, ehe Laurie sich auf ihrer Heimreise von ihnen begleiten ließ. „Wir haben keine guten Hotels in Grandeville", hatte sie abgewinkt. „Und meiner Mutter geht es gesundheitlich nicht zum besten." Sie hatte Janie die Gäste brieflich angekündigt, in der bestimmten Erwartung, es würde ein wütendes Antwortschreiben kommen mit der schroffen Zurechtweisung, sie habe für diese fremden Leute weder Zeit noch Platz.

Aber zum Erstaunen Lauries, der die Wendigkeit ihrer Mutter schon halb entfallen war, erklärte Janie sich begeistert bereit, die Geschwister in ihrem Hause aufzunehmen. Laurie wußte nicht, daß ihre Mutter sich vorher sehr offen und höchst indiskret über die Thimbletons erkundigt hatte und den möglichen Folgen dieses Besuches mit größter Spannung entgegensah.

Umgekehrt allerdings konnte Elissa trotz ihrer lebhaften Klugheit nicht viel aus Laurie über deren Familie herausbekommen. Sie erfuhr nur ganz Allgemeines in den gröbsten Umrissen. Die Mutter war Witwe, eine Schottin. Einer der Brüder bekleidete ein Richteramt, ein zweiter hatte eine vermögende Deutsche geheiratet und war jetzt stellvertretender Betriebsleiter eines Unternehmens, an dem die Familie irgendwelche Interessen hatte. Noch ein dritter Bruder war da, ein sehr feiner Mann, dessen einzige Beschäftigung anscheinend darin bestand, seiner Mutter Freude zu machen. Bei der Erwähnung dieses Bruders änderte Lauries Miene sich fast unmerklich, und ihre Lippen kräuselten sich ein wenig. Sonst sagte sie nichts. Aber die stets rasch auffassende Elissa hatte bald heraus, daß Lauries Familienbeziehungen recht locker und mehr von Verachtung als von Liebe geprägt waren. Warum fuhr sie dann nach Grandeville ‚zur Erholung‘? Ihre ‚Übermüdung‘ war doch nur Pose.

Laurie mußte wohl ähnlichen Gedanken nachgehangen haben; denn Elissa bemerkte, daß die Freundin ihr rasch einen forschenden, strengen, belustigten Blick zuwarf. Es war kein angenehmer Blick, eher etwas grausam und boshaft. Elissa wurde verlegen, fast gekränkt; sie schüttelte ihre schwarzen Locken und schaute weg. Sie war eine junge Frau, Ende der Zwanziger, seit zwei Jahren Witwe, sehr elegant und modisch mit ihrem dunkelgrünen Satinkleid und den grünen Satinsandalen. Ein weißer Hermelinmantel lag ihr über den Schultern. Sie war nicht im mindesten hübsch: ihr langes fahles Gesicht war sehr schmal, ihr beweglicher Mund etwas verzogen, ihre Nase zu stark gebogen, ihre Figur zu dünn. Aber alles das wurde aufgewogen durch ihre großen schwarzen Augen, die von Spitzbüberei und schelmischem Lachen und Geistesgegenwart nur so sprühten, und durch ihr unvergleichliches Auftreten. Sie besaß jene Aura selbstverständlicher Wohlhabenheit, Kultur und Vornehmheit, die nie erworben werden, stets nur angeboren sein kann.

Auf dem rüttelnden Fußboden des Salonwagens standen an einer Längswand mit rotem Cordsamt überzogene, reichverzierte Lehnsessel und gegenüber, in den Fußboden verankert, schwere Mahagonitische, von denen jeder eine filigrangeschmückte Messinglampe trug. An einem Ende des Wagens befanden sich hinter einem dicken roten Plüschvorhang die Betten der Damen, während Dicks Liegestätte am anderen Wagenende war. Von der gewölbten Schnitzdecke baumelte ein Kristallüster. Sogar einen Bücherschrank gab es, und eine Spieldose.

Da Lauries und Elissas Zofen in dem öffentlichen Waggon unmittelbar vor dem Salonwagen fuhren, waren die beiden Damen und Dick meist allein. Nur zu Handreichungen kamen die Mägde herein, etwa jetzt, um die Lampen anzuzünden, während vor den Fenstern die Landschaft im Dunkel verschwamm. Elissa sah die Gesichter ihres Bruders und Lauries sich undeutlich in einer Fensterscheibe spiegeln, vor dem Hintergrund einer wilden Szenerie von Bergen und Tälern und endlosen Wiesenflächen.

Plötzlich wurde Laurie ihr zuwider. Solche Augenblicke kamen öfter. Dann versuchte sie sich einzureden, Laurie sei albern, träge, apathisch; aber diese Versuche scheiterten an ihrer angeborenen Wahrheitsliebe. Was wollte Laurie eigentlich? Anscheinend überhaupt nichts!

Laurie war ihr ein Rätsel. Armer Dick! dachte sie voll Zorn und ungewohnter Empörung. Er hätte sich nicht mit dieser ganz undurchschaubaren Person einlassen sollen.

Als Elissa die in einen Sessel gestreckte Laurie ansah, haßte und bewunderte sie ihre Freundin mit gleicher Hingabe, liebte sie, war von ihrer Anmut bezaubert. Nicht der geringste Makel war an den schön geschwungenen Umrissen ihrer Brüste, an der Formung ihres Halses, an der Einschnürung ihrer Taille über dem gebauschten blauen Taft der Röcke. Das goldblonde Haar mit seinem Stich ins Rötliche war glatt, wie aus Metall getrieben. Mit heiterer Gelassenheit drehte sie jetzt langsam den Kopf und lächelte Dick zu, der in mühsam beherrschter Leidenschaftlichkeit sich ihr aus seinem Sessel entgegenbeugte.

Was fesselte Dick so an Lauries flauer und lauer Gesprächsweise? Sie hatte sich doch nie durch Schlagfertigkeit oder Originalität ausgezeichnet! Aber Dick beugte sich noch weiter vor, und seine hageren, klugen Gesichtszüge leuchteten. Elissa spitzte die Ohren, um zu hören, was ihn so interessierte.

„Sie werden sich in Grandeville, fürchte ich, sehr langweilen", sagte Laurie. „Nach Stall riechende Bauern mit runden Biberfellhüten, und Scharen von Ausländern, und Schlachthäuser und Wurstereien und Getreidesilos und Hafenanlagen. Eine ganz alberne Stadt, gänzlich unkultiviert! Auch meine Leute" — und sie zuckte die Achseln — „zeichnen sich nicht durch scharfen Geist oder umfassende Interessen aus. Bis auf Robbie vielleicht. Er hat ein nettes Mädel geheiratet, die Tochter des Bürgermeisters; aber auch er hat die Ecken und Kanten des Provinzlers."

Dann überkam sie wieder ihre seltsame Unrast, und sie wandte sich von Dick ab. „Dieser schreckliche Krieg! Es hat geheißen, er würde in sechs Monaten aus sein, und jetzt dauert er schon ein volles Jahr! So sinnlos das alles! Jetzt merken die Leute, daß der Krieg kein Spaß ist, daß es dabei nicht mit Trompeten und Fahnen und schönen Uniformen abgetan ist, und auf einmal werden sie störrisch. Stimmt es, daß in New York bei den Rekrutierungskrawallen viele Menschen den Tod gefunden haben, Dick?"

Der Gesichtsausdruck des jungen Mannes wurde ernst. Er sprach rasch. Wenn der Krieg noch lange dauere, werde er sich als Offizier melden. Laurie strich sich zerstreut eine Falte ihres Kleides glatt; den Kopf hielt sie weiter abgewandt. „Die Leute lassen sich leicht von hohen Idealen begeistern und sind Feuer und Flamme", meinte Dick. „Aber wenn man sie dazu aufruft, für diese Ideale Opfer zu bringen, zu kämpfen, vielleicht gar zu sterben, dann fangen sie an zu jammern, zu nörgeln, zu zetern und sich zu sträuben. Glaubt man denn, daß Vaterlandsliebe nur ein Lesebuchstoff ist, Gerechtigkeitsliebe und Gottesfurcht sich auf bloße Katechismusfragen zu beschränken haben? Begreift man nicht, daß Dinge, für die zu kämpfen und zu sterben nicht lohnt, auch in Phrasen keinerlei Existenzberechtigung haben dürfen?"

Er sah nur undeutlich Lauries Gesichtszüge, und sie verrieten ihm nichts. Er legte die Hand auf ihre Finger. „Werde ich Ihnen fehlen, wenn ich einrücke?" fragte er leise.

Sie zog sachte ihre Finger unter seiner Hand hervor. Sie lächelte. Aber der Klang ihrer Stimme milderte ein wenig das Spöttische ihres Lächelns. „Natürlich werden Sie mir fehlen, Dick. Aber hoffentlich überstürzen Sie die Sache nicht allzusehr."

Seine Miene wurde finster. Er lehnte sich in seinem Sessel zurück.

Er redet zu einem gefühllosen Wesen! dachte Elissa mit zornigem Groll. Was schert Laurie sich um irgendwen oder irgendwas? Sie hat kein Herz. Aber warum habe ich sie dann eigentlich gern? Ich bin eine Frau, und ihre Schönheit ruft in mir keinerlei Empfindungen wach, außer höchstens manchmal eine gewisse Eifersucht. Sie bemüht sich in keiner Weise, einnehmend oder angenehm zu wirken, nicht einmal mir gegenüber. Und doch habe ich sie gern.

Laurie wandte sich zu ihr. „Ich hoffe sehr, Elissa, daß Sie sich bei meiner Mutter wohl fühlen werden. Das Haus ist wahrhaftig nicht großartig — eher unbequem und ländlich." Sie zögerte. Dann lachte sie plötzlich aus unerfindlichen Gründen auf. „Aber Mama wird Ihnen bestimmt gut gefallen!"

Während der Zug nordwärts keuchte, wich das Bergland zurück, und Ebenen lösten es ab, manchmal leere, manchmal mit Bäumen bestandene Flächen. Das Grün der Wiesen wurde spärlicher; zwischen ihnen lagen große Flecken kahler brauner Erde. Auch die Bäume waren weniger üppig belaubt; viele standen noch in Knospen. In der Luft lag ein herber Frosthauch, und die Erde starrte in öder Kälte.

Verwundert bemerkte Elissa, daß die Wasserläufe, über die der Zug hinwegdonnerte, Eisränder hatten und daß die höhergelegenen Landstriche in der Ferne Flecken von altem Schnee trugen. Durch die Ritzen der Fensterrahmen spürte sie den kalten Atem des Nordens und ließ die Öfen nachfüllen. Ein trostloses Land! dachte sie ärgerlich und überlegte, ob wohl ihr Kleidervorrat sich für dieses Klima eignen würde.

LIII

In der Nacht war Schnee gefallen, nicht der kurzlebige, fröhliche Aprilschnee der südlicheren Gegenden, der bloß das neue üppige Grün der Erde erfrischt und steigert, sondern der Aprilschnee des Nordens, der mit grimmiger Winterbeharrlichkeit aus dunklem, düsterem Himmel fällt. Die erst schüchtern knospenden Bäume waren mit harten weißen Brocken gesprenkelt und die rissigen Rinden mit Weiß geädert. Die Erde war noch braun; den grünen Schimmer, den sie stellenweise getragen hatte, bedeckten jetzt Schneeflecken, so daß nur öde Leblosigkeit sichtbar blieb.

Es war erst drei Uhr nachmittag. Aber schon hatte man die Lampen anzünden müssen. In den Kaminen brannten rot und heiß winterlich mächtige Feuer. Um das Haus heulte und stöhnte der Wind, und es wurde rasch finster.

Laurie schaute von ihrer Handarbeit auf und blickte gleichgültig durch das Fenster. Sie war an die Launen des nordischen Frühlings gewöhnt und beachtete sie nicht. Die arme Elissa jedoch lag mit einer bösen Erkältung zu Bett, und ihr Bruder betreute sie. Zwei Tage in Grandeville hatten ihr völlig gereicht. Die Terpentinwickel auf der schmerzenden Brust, die vom Schnupfen geschwollene rote Nase, die trostlose Szenerie draußen und der schmale, gewölbte Raum, in dem sie lag — das alles festigte in ihr die Überzeugung, daß sie abreisen sollte, je eher, desto besser. Laurie lächelte in sich hinein und beugte den Kopf noch tiefer über die Handarbeit.

Neben ihr, dicht beim Kamin, saß Janie. Die beiden Frauen schwiegen jetzt. Sie hatten über dies und jenes gesprochen, vor allem über Europa und New York und Lauries Triumphe. Janie beäugte ihre Tochter. Sie hätte gern geglaubt, daß Laurie aus jugendlicher Eitelkeit prahlte und übertrieb. Aber die ‚Range' hatte von allen diesen Erfolgen gleichmütig, uninteressiert gesprochen, meist nur auf Drängen der Mutter. Dennoch war ihr Lächeln so sonderbar gewesen! Und derart wortkarg, wie Janie es bei ihr gewohnt war, hatte sie sich diesmal nicht gezeigt. Gelegentlich hatte sie sogar aus eigenem Einzelheiten über sich und ihre Triumphe erzählt. War dabei in diesen kalten blauen Augen eine boshafte, belustigte Genugtuung, in dieser leisen, wohltönenden Stimme ein merkwürdiger Spott gelegen?

Janies musternder Blick wurde noch schärfer. Laurie saß beim Feuer, hochgewachsen, kräftig, zu stattlich, zu frostig, zu abweisend, in ihrem dunkelblauen Kaschmirkleid mit der dichtgefältelten kremfarbenen Rüsche um den hohen Hals und den — offenbar nach der letzten Pariser Mode — besonders ausladenden Rockreifen. Um den Hals trug sie ein blendendes Gefunkel von Brillanten, Perlen und Rubinen; das Armband am Handgelenk und die Ringe in den Ohren vervollständigten die herrliche Garnitur.

Ungläubig schüttelte Janie den Kopf. War das Laurie Cauder, Tochter von Janie Driscoll und Robin Cauder, einer obskuren bäuerischen Provinzlerin und eines wilden Hochländers?

Auch andere Juwelen und Geschmeide, alles Huldigungsgeschenke hoher Persönlichkeiten, hatte Laurie ihr gezeigt, ferner Glückwunschbriefe berühmter Männer und begeisterte Zeitungsartikel; sie ließ sich nicht zweimal bitten, zu allen diesen Beweisen ihres gewaltigen Erfolges entsprechende Erläuterungen zu geben. Wieso das? Laurie war doch immer verschlossen und geheimtuerisch gewesen, erinnerte Janie sich stirnrunzelnd. Dann setzte sie sich plötzlich kerzengerade auf und starrte ihre Tochter an. Um Gottes willen, dachte sie, diese Range haßt mich! Sie reibt mir das alles unter die Nase, nicht, um mich stolz zu machen, sondern, um mich zu demütigen und zu beschämen!

Mit herrischer Stimme sagte sie: „Aber froh bist du doch, daß du wieder zu Hause bist, was, Mädel?'

Gelassen sah Laurie von ihrer Arbeit auf und erwiderte: „Ja. Sonst wäre ich ja nicht hier."

„Du hast uns also nicht vergessen, trotz aller deiner noblen Verehrer und Gönner und Freunde?"

Laurie blickte sie fest an. Wieder lächelte sie ihr kühles, merkwürdiges Lächeln. „Nein. Ich habe nichts vergessen, Mama."

Janie setzte eine strenge, überlegene Miene auf. „Die anderen Leute können dir hundertmal Beifall klatschen, vor dir katzbuckeln und dir allen möglichen Schnickschnack schenken; ich bleibe deine Mutter, und für mich bist du nicht die berühmte Miß Cauder, sondern weiter mein kleines, unartiges Mädel in der Kinderschürze, das ich, wenn's nötig war, fest geknufft habe."

Laurie entgegnete nichts. Aber sie sah ihre Mutter unverwandt an. Und in ihrem Blick lag etwas, worüber Janie erschrak. Verlegen sagte sie: „Schau mich nicht so an, Mädel! Fast gehässig, würde man meinen."

Laurie machte sich wieder über ihre Handarbeit und entgegnete: „Ich hasse niemanden. Dazu ist mir niemand wichtig genug."

Wieder erschrak Janie. Sie sank in sich zusammen. Ihr Dünkel schwand. Unentwegt rief eine innere Stimme ihr zu: Dieses junge Ding haßt dich ja! Sie blickte auf und sah, daß Laurie sie mit seltsamem Spott und stiller Verachtung musterte. Und Janie erschrak immer heftiger. Falls ihre Tochter sie wirklich haßte, so tat sie es mit der hoheitsvollen Mißachtung der Göttin für einen Wurm!

Lauries abschätziger Blick fand die Mutter trotz ihrer mehr als fünfundvierzig Jahre zwar stark gealtert, aber noch immer sehr rüstig. Das kunstvoll gefärbte rote Haar legte sich noch immer in steifen karottenfarbenen Locken um den runzelig werdenden gelben Nacken und die fahlen, mit Rouge behandelten Wangen. Sie schien schlanker und hagerer als je, wirkte aber sehr elegant, so daß sogar Elissa angenehm beeindruckt gewesen war — übrigens nicht nur von ihrer modischen Erscheinung, sondern auch, wie Laurie halb und halb vorausgesehen hatte, von ihrer groben, derben Witzigkeit. Dick hatte sie höchst ergötzlich und interessant gefunden.

Je mehr Janie sich bemühte, dem prüfenden Blick ihrer Tochter standzuhalten, desto mehr schwand ihr Selbstbewußtsein. Sie besaß über dieses Mädel keine Macht mehr, hatte nie welche besessen, wie sie sich wütend eingestehen mußte. Dieses hochaufgeschossene blonde Persönchen da behandelte ja die eigene Mutter, als wäre sie Luft. Das war nicht ihre Tochter, war es nie gewesen! Janie erstickte fast vor Empörung und unerträglicher Demütigung. In ihr kochte es.

Selbstmitleid überkam sie. War das der Lohn für ihre Mutterliebe, ihre Opfer, ihre ‚schlaflosen Nächte', ihre ‚Gebete', ihre ‚Zukunftsvorsorge'? Wollte dieses nichtsnutzige Geschöpf sich von der eigenen Mutter, die es zur Welt gebracht hatte, lossagen? Wenn die Range berühmt geworden war, so verdankte sie das dem ‚guten Blut', das in Janie und dadurch auch in ihr floß! Und hatte sie nicht auch die schöne Stimme von ihr geerbt? Janie war sehr gekränkt über die unverdiente Herabsetzung.

Laurie erriet die Gedanken der Mutter. Sie kniff die Augen zusammen und verzog die Lippen zu einem grausamen Lächeln. Sie wandte den Blick ab.

Trotz Enttäuschung, Haß und Wut brannte in Janies Geist eine Frage: Würde Laurie diesen Prachtkerl Richard Thimbleton heiraten, der so reich und so vornehm war und mit allen Mächtigen in Amerika wie in Europa auf vertrautem Fuße stand?

Plötzlich mußte Janie vor aufgeregtem Stolz verstohlen schmunzeln. Sie hatte Fäden spinnen wollen zwischen einem, wie sie meinte, geltungshungrigen, gesellschaftlich bedeutungslosen Mädchen und einem zurückhaltenden Mann aus den höchsten Kreisen. Und siehe da! Laurie war die herablassend, abweisend Gleichgültige, und der hochnoble Mann wurde zum bescheiden, untertänig Werbenden!

„Du bist fast neunzehn, Mädel", sagte sie. „Es wird Zeit

für dich zum Heiraten. Hast du dich schon mit dieser Frage befaßt?"

Belustigt erwiderte Laurie: „Warum soll ich denn überhaupt heiraten?"

Janie war verdutzt. „Und warum nicht, sag mal?"

„Wozu heiratet eine Frau?" philosophierte Laurie mit kühler, lächelnder Unbeteiligtheit. „Um sich Wohnung, Kleidung und Verpflegung zu sichern: das ist der häufigste Grund. Daneben gibt es noch eine Reihe anderer: Um widrigen Familienverhältnissen zu entgehen. Um ein eigenes Heim zu gründen. Um vom kärglichen Gnadenbrot und lästigen Ofenwinkel beim Bruder loszukommen. Um sich eine gesellschaftliche Position zu schaffen. Um reich zu werden. Um mit dem geliebten Mann beisammen zu sein." Sie blickte die Mutter nachdenklich an. „Keiner dieser Gründe drängt mich zu heiraten."

Was Janie da zu hören bekam, erschien ihr als empörende Ketzerei und Narrheit. Aber offenbar stimmte es. Darum fiel ihr zunächst keine Antwort ein. Schließlich sagte sie schroff: „Du findest es also in Ordnung, Mädel, als ledige Person durch die Welt zu vagabundieren, unbeschützt und unbehütet, zweideutigen Anträgen ausgesetzt?"

Laurie spürte die jugendliche Stärke ihres schönen Körpers und brach in unwiderstehliches Lachen aus. „Aber, Mama, ich habe die Muskeln und die Kraft eines Mannes und kann mich durchaus jedes männlichen Annäherungsversuches erwehren! Und das unverheiratete Herumvagabundieren in der Welt finde ich ausgesprochen angenehm. Ich bin frei und brauche mich nicht mit den Launen, Kleinlichkeiten und Eifersüchteleien eines Mannes herumzuschlagen." Und jetzt verhärteten sich ihre blauen Augen zu dunkelschimmerndem, funkelndem Stein.

Janie starrte sie voll Haß und Neid an. Ach, was war das für ein herrliches Leben, in Schönheit, Umworbenheit, Reichtum und Freiheit! Weshalb war ein solches Leben ihr selber versagt geblieben, diesem gefühllosen Riesenbaby aber beschieden worden?

„Wozu ist dann dieser Zieraffe als dein Gast mitgekommen?

Warum rennt er dir nach wie ein blökendes Kalb und frißt dich mit den Augen auf?" schrie sie, vor Neid vergehend.

„Er wollte es so. Ich habe nichts dazu getan", erklärte Laurie gelassen. Sie legte ihre Arbeit beiseite. Sie streckte sich in ihrem Sessel hin, daß die schönen Fußknöchel unter der Krinoline hervorlugten, und verschränkte die Arme hinter dem Kopf. Sie begann leise vor sich hinzusummen und blickte versonnen ins Feuer.

So eine faule, schlampige Kreatur! dachte Janie. Wenn sie nicht die nette französische Zofe hätte, die jetzt zusammen mit dem Familiengesinde im Dachgeschoß haust, so wären ihre Haare wirr und ungepflegt, die Kleider schmutzig und zerknittert, die Sandalen schiefgetreten, die Strümpfe verrutscht, wie in ihren Kindertagen. Sie nahm, stellte Janie bei sich erbittert und giftig fest, das Leben hin wie eine große träge Katze, die gelegentlich ihre Sahne aufzulecken geruht, aber für die Wünsche oder auch nur die Gegenwart anderer Wesen blind und taub ist. Nur, wenn man ihr widersprach oder sie sonst ärgerte, flammte so etwas wie Leidenschaft in ihrem glattflächigen Gesicht auf!

Und alles das, so erkannte Janie mit ihrer tiefdringenden Einfühlungsgabe, kam von einem ungeheuren, kalten Haß, den Laurie gegen die Welt und alles darin hegte.

Plötzlich verspürte Janie Angst vor diesem Geschöpf, das sie geboren hatte.

Die Blicke von Mutter und Tochter begegneten sich. In dem unergründlichen Blau zwischen Lauries Wimpern blitzte ein seltsames Flackern auf. Aber sie fragte im gewöhnlichen Gesprächston: „Was ist denn mit Angus los? Hat er seine ihm angetraute Speckseite schon satt bekommen? Er schaut aus wie der leibhaftige Tod."

Unter normalen Umständen hätte Janie mit einer boshaften Suada über ihren ältesten Sohn losgelegt. Aber der Ausdruck in Lauries Augen, die Art, wie sie gleich einer großen Falbkatze nachlässig hingekuschelt dalag, verschlugen ihr die Rede. Diese Person war gefährlich! Das wußte Janie jetzt. Darum mimte sie die Betrübnis einer liebevollen Mutter und entgegnete: „Wie kannst du so daherreden, Laurie? Angus ist abgespannt, überarbeitet. Grete soll übrigens ein Kind erwarten. Lange genug gedauert hat es ja, weiß Gott!"

Laurie schwieg. Eine Weile sah sie bloß die Mutter nachdenklich an.

Janie rief gereizt: „Du und Angus, ihr wart doch immer dick befreundet! Und jetzt sprichst du so verächtlich über ihn?"

„Er verdient es nicht anders", erwiderte Laurie ruhig. Sie wandte den Kopf und schaute ins Feuer. Das rosige Licht tanzte über ihre Züge, als wären sie aus Karneol geschnitten.

„Wieso denn?" fuhr Janie wütend auf. „Er kommt vorwärts, er bewährt sich ausgezeichnet! Er genießt allgemeine Achtung. Er macht sich ein Vermögen."

Ein ganz leichtes Lächeln zitterte über Lauries Lippen. „Wie ist es denn mit seinem Kopfweh?"

Janie runzelte die Stirn. „Er setzt jetzt zum Lesen eine Brille auf. Er muß die Augen überanstrengt haben." Sie zögerte. „Vor drei Monaten ist er richtig zusammengeklappt."

Sie hielt inne, weil Laurie alle Muskeln gestrafft und sich ihr blitzschnell zugewandt hatte. „Zusammengeklappt? Was war denn los?"

„Sehr arge Kopfschmerzen. Er ist zwei Monate gelegen, und dann konnte er ein paar Wochen lang nur herumschleichen. Mr. Schnippel, der überaus nett und zu Angus wie ein Vater ist, hat aus Chikago einen berühmten Spezialisten geholt. Der Arzt hat nichts Besonderes gefunden. Hat sich nicht recht ausgekannt. Die Nerven, und die Augen, hat er schließlich erklärt."

„Die Nerven", wiederholte Laurie und lachte mißtönig. Sie setzte sich auf und strich sich das Haar glatt. „Auch Robbie macht sich, wie ich höre."

„Der alte Cummings hilft natürlich nach", brummte Janie verdrossen. „Und dieses Gänschen von Alice ist gleichfalls in der Hoffnung. Bei ihrer kleinen, mageren Statur wird es wahrscheinlich eine schwere Geburt geben. Daß man in der ganzen Stadt mit Robbie so viel Aufhebens macht, verdankt er bestimmt nur seinem Schwiegervater."

„Das glaube ich nicht, Mama. Robbie ist ein sehr heller Kopf. Er hat die bürgermeisterliche Nachhilfe nicht nötig gehabt. Vielleicht hätte er ein bißchen länger gebraucht, aber an sein Ziel wäre er auch so gelangt. Und was hast du da gestern erwähnt? Robbie will vielleicht in diesem Jahr für den Kongreß kandidieren?"

„Ach, man redet furchtbar viel herum. Herauskommen wird ja gar nichts dabei, kann ich dir sagen. Robbie hat nicht das Zeug für einen Politiker. Eine aussichtslose Sache!"

Das hoffst du nur! dachte Laurie boshaft. Sie lächelte. „Ich bin überzeugt, daß er es schafft. Robbie erreicht alles, was er sich vornimmt. Jedenfalls wünsche ich ihm viel Erfolg und werde ihm helfen, soweit ich kann."

Janie haßte sie mit neuer Heftigkeit. Sie konnte ihre anerkennenden Bemerkungen über Robbie ebensowenig hören wie den lässigen, vollen Klang ihrer Stimme, die den dunklen, warmen Raum mit ausgesprochen musikalischem Tönen füllte. Sie haßte ihre Tochter, weil ihr selber von Laurie Haß entgegenströmte, und eine machtvolle, drohende Gefahr, eine unversöhnliche Grausamkeit.

„Etwas geht mir nicht ein", meinte Laurie belustigt. „Was erhält eigentlich Bertie am Leben, trotz aller seiner Exzesse? Ausschauen tut er ja wie ein Leichnam."

Janies Herz begann in wilder Qual und Erbitterung zu klopfen. Sie blickte die Tochter durchbohrend an. Wie konnte diese Range sich herausnehmen, vom Tod und von Bertie im gleichen Atem zu reden, und mit so boshafter, böswilliger Anspielung? Was hatte Bertie ihr je getan? Aber sie starrte die Mutter mit so erbarmungslos lächelnden Augen, mit solchem Übelwollen an, als erriete und genösse sie die Seelenängste der Mutter.

Janie sprach mit zitternder Stimme, während ihre Finger sich krampfhaft schlossen und öffneten. „Du hast den armen Bertie nie leiden mögen. Du hast nie begriffen, was er durchmacht. Ich weiß, du wirst dich nicht freuen darüber, wenn ich dir sage, daß er seit einem halben Jahr ... keinen Tropfen ... angerührt hat und daß er von Tag zu Tag stärker wird."

„Im Gegenteil", erwiderte Laurie höflich. „Für dich, Mama, bin ich froh darüber, daß er sich gut aufführt."

Sie gähnte, glättete ihr verknittertes Kleid, und schob die Rockreifen zurecht. Janie konnte sie nur anstarren; ihr schwacher, welkender Körper zitterte durch und durch, als hätte ihn ein tückischer, wohlberechneter Hieb getroffen.

In ihrem unbeteiligten Tonfall fragte Laurie: „Und wie geht das Kaufhaus?"

Janie brauchte eine Weile, ehe sie sich so weit gesammelt hatte, daß sie antworten konnte. Aber das Thema lag ihr sehr am Herzen. Mit harter, frohlockender Stimme antwortete sie: „Sehr schlecht! Ich bekomme natürlich mein Geld regelmäßig. Stuart würde sich nicht trauen, es mir vorzuenthalten, auch wenn er es aus der eigenen Tasche zahlen müßte, und aus der dieses schrecklichen Juden. Er steckt bis über die Ohren in Schulden, der gute Stuart. Der Krieg schlägt ihm gar nicht an. Baumwollwaren werden selbstverständlich nicht mehr nachgeliefert. Es würde mich nicht wundern, wenn er demnächst pleite gehen sollte."

In ihrer Begeisterung merkte sie nicht, daß Laurie sich in ihrem Sessel aufgesetzt hatte und sehr blaß geworden war. Sie hörte ihre Tochter bloß sagen: „Warum freust du dich so darüber? Du hast doch Geld angelegt in dem Unternehmen."

Janie kicherte und schüttelte ihre roten Locken, „Warum ich mich darüber freue, mein teures Kind? Weil nach Stuarts baldigem Bankrott Angus ihn, und auch diesen Juden, auskaufen, hinausdrängen wird. Du mißachtest zwar aus ganzem Herzen deine Familie, Laurie; aber wir haben gute Freunde, die mit Vergnügen Angus helfen werden. Der Tag, auf den ich so lange gewartet habe, ist nahe. Endlich kracht dieser Schurke zusammen — durch seine Schulden und Ausschweifungen, und durch den Krieg. In ein paar Monaten ist es so weit."

Mit einer einzigen gelassenen, aber kraftvollen Bewegung erhob sich Laurie; mit ihren langen, freien, so ‚undamenhaften' Schritten ging sie zu einem Fenster, schob die Vorhänge beiseite und blickte in den düsteren Aprilsturm. Hinter sich hörte sie Janies frohlockende Stimme, die sich in immer heftigere schadenfrohe Raserei hineinsteigerte. Sie hörte den giftigen Haß in dieser Stimme, das Triumphgefühl. Sie faßte eine Vorhangfalte und verknüllte sie wütend.

Also war Stuart bankrott! Sie hatte ihn seit ihrer vorgestrigen Heimkehr noch nicht gesehen. Wegen Elissas Erkrankung hatten alle Pläne zurückgestellt werden müssen. Lauries Nasenflügel blähten sich; ihre Lippen waren blaß und aufeinandergepreßt. Und dann lächelte sie, und dieses Lächeln, das sich in dem glatten Schwarz der Fensterscheibe spiegelte, war nicht lieblich anzusehen.

„Lange genug habe ich gewartet", rief Janie in den hohen, scharfen Tönen äußerster Erregung. „Lange genug habe ich darauf gewartet, daß ich ihm für seine Beleidigungen und Böswilligkeiten heimzahlen kann und dafür, daß er eine arme Witwe mit ihren Kindern im Stich gelassen hat. Und für die Erniedrigungen, die er Angus und der ganzen Familie angetan hat." Sie nickte mit dem Kopf dazu, als murmelte sie irgendeine Verfluchungsformel.

Laurie unterbrach sie. „Wo ist Marvina? Und wie geht es der kleinen Mary Rose?"

Mitten in ihren Haßtiraden hielt Janie inne. Verächtlich schnob sie. „Marvina? Diese dumme Gans? Ins Gebirge ist sie gefahren, wie gewöhnlich, mit ihrem jämmerlichen Wechselbalg. Es sollte mich nicht wundern, wenn es mit der Kleinen diesmal zu Ende ginge. Hustet sich die Lungen heraus, und Stuart summt um sie herum wie eine wildgewordene Biene. Dabei könnte er doch froh sein, wenn er sie los wird! Sie hat ihn ein hübsches Sümmchen Geld gekostet, aus der Geschäftskasse sicherlich."

„Und Stuart ist jetzt allein in seinem Haus?" fragte Laurie in gleichgültigem Tone. Die Vorhangfalte in ihrer Hand war heillos verknüllt und feucht.

Janie brach in ein schrilles, boshaftes Lachen aus. „Ah, sein verdammtes Prachthaus! Das wird er nicht mehr lange haben. Ich spitze mich selber darauf, und Mr. Allstairs läßt mit sich reden. So ein Haus! Voll von Kostbarkeiten, die er nicht wert ist, und viel zu teuer für ihn! Sein Gesicht möchte ich sehen, wenn man es ihm beim Bankrott wegnimmt! Das wird ein Freudentag sein für mich, junge Dame!"

Plötzlich kniff sie die Augen schlau zusammen. „Er hat nicht verlangt, daß du ihm zurückzahlst, was er für dich ausgelegt hat, wie? Überraschen würde es mich ja keineswegs!"

„Nein", antwortete Laurie. „Er hat nichts verlangt." Ihr Tonfall war denkbar unbeteiligt. Sie verließ das Fenster und ging zum Kamin zurück. „Was meinen übrigens die Leute hier in Grandeville zum Krieg? In New York ist man sehr aufgebracht, und es gibt Krawalle. Aber die New Yorker sind immer reizbar."

Janie zuckte die Achseln. Sie war noch geschwellt von ihrem Triumph und ärgerte sich darüber, daß Laurie ein anderes Thema anschnitt. „Was die Leute zum Krieg meinen? Die Bauern werden natürlich reich dabei. Und Mr. Schnippel und seine Bekannten verdienen saftig. Heereslieferungen, Rindfleisch und Wurst. Lincolns Aufruf, sich freiwillig zu den Fahnen zu melden, hat in Grandeville taube Ohren gefunden. Mr. Schnippel und die anderen Fabrikanten und Händler haben ihre Leute gewarnt, wenn sie dem Aufruf folgen, brauchen sie nicht mehr an eine Wiederbeschäftigung nach dem Krieg zu denken. Jetzt ist die Aushebung gekommen. Aber wir tun dabei nicht mit. Viele gutsituierte Männer wollen sich Ersatzleute kaufen — das einzig Vernünftige!"

„Das nenne ich Vaterlandsliebe!" rief Laurie, verächtlich lächelnd. „Im Süden dürfte man auf so spaßige Verzwicktheiten nicht verfallen."

Sie reckte gemächlich die Arme und gähnte. „Es wird Zeit zum Abendessen, nicht? Ich mache mich, denke ich, zurecht. Vielleicht kommt Elissa auch mit hinunter. Es geht ihr viel besser."

Janie hatte noch einen glorreichen Einfall. „Hat der Krieg deine Einkünfte in Amerika geschmälert, Laurie?"

Laurie schüttelte den Kopf. „Nicht im mindesten. New York

schwimmt in Geld und ist voll Kriegsgewinner. Die Theater sind ständig ausverkauft. Es herrscht eine Fröhlichkeit, das kannst du dir gar nicht vorstellen, Mama! Und diese Moden und dieser Aufwand! Übrigens fahre ich, wenn der amerikanische Vertrag abgelaufen ist, wahrscheinlich wieder nach Europa. Mir macht der Krieg gar nichts."

Sie stieg in ihr Mädchenzimmer hinauf. Der kleine polierte Schreibtisch blinkte im Widerschein des Kaminfeuers. Sie setzte sich langsam und verharrte eine Weile regungslos. Ihre Hand lag auf der Tischplatte, groß, weiß, schön geformt, im Lampenlicht von Juwelen glitzernd. Schließlich griff sie zur Feder, tauchte sie in Tinte und schrieb auf ihrem Privatpapier:

,Ich muß Dich morgen sehen. Unbedingt. Ich komme um vier Uhr, pünktlich. Bitte, mach daraus keine große Affäre. Schreib mir nicht, daß es unmöglich ist. Ich komme auf jeden Fall.'

Sie unterfertigte: ,Laurie'.

Sie zog die Klingelschnur. Fast sofort erschien eine Magd. Laurie schob den Brief in einen Umschlag, hielt eine Siegellackstange an eine Kerze, ließ das geschmolzene Rot auf das Papier tropfen und versiegelte den Brief. Sie nahm aus ihrem gestrickten Perlenbeutel eine Goldmünze und drückte sie mit einem bezaubernden Lächeln der Zofe in die Hand.

„Trag diesen Brief sofort zu Mr. Stuart Coleman, Bertha! Aber es darf dich beim Weggehen und Zurückkommen niemand sehen. Das wirst du schon deichseln."

Sie wartete den ganzen Abend über. Während sie lächelte und zwanglos lachte, sich mit Dick neckte, mit Elissa angeregt plauderte, war sie in höchster Spannung. Immer wieder sah sie auf die Uhr. Aber niemand kam mit einer Botschaft. Um zehn zog sie sich in ihre Schlafkammer zurück und schmunzelte zu sich selber.

LIV

Mit der überraschenden, immer wieder erregenden Unbeständigkeit des Nordlandes schlug das Wetter während der Nacht um. Als Laurie erwachte, sah sie den Schnee zu funkelnden, dünnen Flecken unschuldiger Weiße zusammengeschmolzen, die wie Tierfelle über das leuchtende Grün jüngst aufgesprossenen Grases gebreitet waren. Der Himmel, reines, geschliffenes Kobalt, erschauerte von grellem, kaltem Licht. Die Fichten und anderen Nadelbäume rings um das Cauder-Haus zeigten zartgrüne Triebe, und ihre dunklen Kronen schimmerten satt von Lebenssäften. Die braunen Laubbäume reckten ihre knorrigen Äste empor. Frischer Atem wehte über eine Erde, die voll prickelnder Freude war. Auf der Straße lagen scharfe Purpurschatten, und Fenster glitzerten im schwelgerischen Widerschein von Sonne und Schneeflecken.

„Ich muß zugeben", sagte Elissa Rhinelander, die in Pelze gehüllt in der Cauderschen Kutsche saß, „langweilig ist das Wetter hier nie. Gestern glaubte man sich an den Nordpol versetzt. Ich habe fast damit gerechnet, aus meinem Fenster Eskimos zu sehen! Und heute ist alles frühlingshaft und herrlich."

Laurie blickte gelassen auf die belebten Straßen, durch die sie fuhren. „Sie sollten einmal im Winter hier sein", bemerkte sie. „Da würde man nicht glauben, daß je wieder Sommer werden kann."

Unter ihrer hellen, goldschimmernden Haut war farbiger Anhauch. Sie zeigte sich lebhafter, als Elissa sie je gesehen hatte. Sie schien eine innere Rastlosigkeit im Zaum zu halten. Als Dick Thimbleton, der die Damen begleitete, eine lustige Bemerkung machte, lachte Laurie schallend auf und hemmte sich sofort wieder, wie in heimlicher Erregung. Trotz ihrer Jugend war sie ihm bisher nie wirklich mädchenhaft vorgekommen. Jetzt aber schien sie ihm ein richtiger Backfisch, lebendig, eifrig, freundlich und voll Spannung. Am Nachmittag, nahm er sich vor, wollte er wieder einmal mit ihr reden; heute hatte sie etwas so Nachgiebiges, Weiches an sich!

Als er sie jedoch am Nachmittag suchte, war sie fort. Da auch Mrs. Cauder ausgefahren war, beschied er sich traurig, aber philosophisch damit, Laurie werde wohl die Mutter begleitet haben.

Indes eilte Laurie, in einen schwarzen Kapuzenmantel gehüllt, durch die nicht mehr sehr begangenen Straßen, den Kopf etwas gesenkt, die Mantelschöße von den langen, raschen Schritten gebauscht. Die Kapuze verbarg fast ihr Gesicht; eine einzelne Haarlocke glänzte ihr auf der Stirn.

Ungeduldig aufstampfend wartete sie in der Niagara Street, bis die Pferdebahn und ihr Gefolge von Lastwagen und flinken Kutschen vorbei wären. Als sich eine Lücke im Wagenverkehr öffnete, querte sie rasch die Straße und wandte sich flußwärts. Jetzt wehte ihr der auffrischende Wind scharf und stark gegen Gesicht und Hals, und die Krinoline schwang ihr um die Hüften. Laurie spürte den würzigen Hauch der Seen und des Flusses und hörte das wehmütige Wispern des aufgewühlten Schiffahrtskanals. Der Fluß hatte seinen Tagesglanz verloren und wurde nun grau und unfreundlich. Das purpurn verdämmernde kanadische Ufer war bloß ein Schmutzstreif unter dem heliotropen Himmel. Rings dehnte sich öde, weite Stille, die Grenzenlosigkeit von Wasser und Himmel und Erde.

Laurie blieb einen Augenblick stehen und atmete in tiefen Zügen die reine, kräftige Luft. Sie stand auf den gebleichten Steinen am Flußufer, eine hohe, schwarze, umwehte Gestalt vor all dieser bewegten Öde. Die Kapuze glitt ihr vom Kopf zurück und gab das zerzauste Lockengold frei; ihr zum Himmel gewandtes Gesicht hatte die ungezähmte, schlichte, unschuldige Wildheit eines Naturdämons. Oder einer Walküre, mit der ihre Bewunderer sie manchmal verglichen. Sie war so starr wie einer der Bäume hier, aber ebenso erfüllt von Verheißung.

Sie sah und hörte nicht, daß jemand dem Ufer entlang ihr langsam entgegenkam, ein kleiner, sehr dicker, ältlicher Mann, auch in Schwarz gekleidet. Er jedoch bemerkte die reglose Gestalt und blieb stehen, gebannt von ihrer Erscheinung, von dem wie Flügel flatternden Mantel, dem strahlenden Kopf und dem unirdischen Blick des erhobenen Gesichtes. Er hatte die bange Empfindung, das sei kein Geschöpf dieser Welt, sondern ein von einem heldischeren, wilderen Planeten gekommenes Wesen, dem vielleicht Güte und Freundlichkeit fehlten, aber stolze Einsamkeit, grenzenlose Unerbittlichkeit und schaurige Schönheit eigen waren. Sein immer dem Aberglauben offnes Herz begann in seltsamer Angst zu klopfen, und er hätte sich fast bekreuzigt. Dann erkannte er Laurie, obwohl er sie jahrelang nicht gesehen hatte. Mit einer ihm selbst unbegreiflichen Erleichterung eilte er auf sie zu und streckte ihr lächelnd die Hand entgegen.

„Das ist ja Laurie!" rief er, und seine Stimme wurde fast von der dröhnenden Stimme von Wind und Wasser verschlungen.

Sie wandte ihm den Kopf zu. Ihre Miene war freundlich und erfreut. „Vater Houlihan!" grüßte sie und gab ihm ihre weiße, heute unbehandschuhte und schmucklose Hand.

Lächelnd betrachtete sie ihn. Der Arme! Er war gealtert. Die früher so scharfen blauen Augen waren jetzt traurig und verschattet, und sein großes, rötliches Gesicht schien von ständiger Sorge gefurcht. Der schmale Haarkranz unter der Krempe des runden schwarzen Hutes war weiß und schütter. Die massigen Schultern hingen herab, als lastete eine zu schwere Bürde auf ihnen. Aber das volle, kindliche Lächeln des Geistlichen hatte noch jene liebevolle, gütige Schlichtheit, die sie im Gedächtnis trug und der offenbar nichts Abbruch tun konnte.

„Also wahrhaftig, im ersten Augenblick habe ich Sie gar nicht erkannt, Laurie!" sagte er und musterte sie, fast mit der widerwilligen Bewunderung eines Jungen. „Sie sind ja eine Prachtfrau geworden, und ich bin stolz auf Sie. Stuart hat mir schon erzählt, daß Sie heimgekommen sind, daß er Sie aber noch nicht gesehen hat. Ich komme gerade von ihm."

Er ist der Welt nicht mehr gewachsen, dachte Laurie; aber er weiß es noch nicht, der Arme! Sie hatte den Geistlichen nie besonders gemocht und war nicht oft mit ihm zusammengetroffen. Der feste Blick seiner Augen hatte sie schon in ihrer Kindheit verlegen gemacht. Jetzt sah er sie mit der gleichen redlichen Offenheit an, und ihre goldblonden Brauen zogen sich einen Lidschlag lang zusammen.

„Wie geht es Stuart?" fragte sie in ihrem entschiedenen Tonfalle, aus dem man nie klug wurde. „Ich bin eben auf dem Wege zu ihm."

Vater Houlihan war verdutzt. In seiner schlichten Art konnte er sein betroffenes Erstaunen nicht verbergen. Eine Stunde lang war er jetzt mit Stuart beisammen gewesen, und sein Freund hatte ihm kein Wort davon gesagt, daß er Laurie erwarte. Allerdings war er fahrig und gehemmt gewesen und wollte anscheinend den Besucher möglichst rasch loswerden. Der Geistliche war auch tatsächlich, verwundert und etwas gekränkt, bald gegangen. In seiner gütigen Nächstenliebe hatte er sich gesagt, Stuart sei eben müde und erschöpft und sehne sich nach Ruhe. Und jetzt wartete er dort allein in seinem leeren, sogar von den Bedienten verlassenen Hause, und dieses junge Ding hier war, unbehütet und unbegleitet, unterwegs zu ihm!

Mit ernster Miene sah er Laurie an. Sie erwiderte den Blick mit einem kalten, unerfreulichen Lächeln. Plötzlich legte sich ein leichter Schatten über den Abendhimmel; Wind und Wasser rauschten lauter, drohender, und ihr wildes Tosen schuf ein noch stärkeres Gefühl der Vereinsamung.

Der Geistliche fragte: „Soll ich mit Ihnen zurückgehen, Laurie? Die Uferstraße ist recht holprig. Und ich möchte Stuart noch etwas sagen, was ich vergessen habe."

„Nein, danke, Vater", erwiderte Laurie gelassen. Sie machte keine Bewegung, strahlte aber den leisen, ungeduldigen Wunsch aus, er möge sie allein lassen. Doch er wich nicht von der Stelle, sondern räusperte sich und sagte:

„Großartige Dinge habe ich da von Ihnen gehört! Ganz großartige Dinge! Ich konnte nicht einmal glauben, daß es sich wirklich um die kleine Laurie handelt, die ich gekannt habe. Und werden Sie tatsächlich am Samstag in der Music Hall für uns singen? Ich komme natürlich hin. Ich bin so froh und stolz."

Er lächelte ihr flehentlich zu; er versuchte, sie zu erweichen, wieder ein warmes Menschenwesen aus ihr zu machen.

Sie neigte den Kopf und spitzte belustigt, unfreundlich die Lippen. „Hoffentlich enttäusche ich Sie nicht, Vater", entgegnete sie, und sein feines Ohr hörte einen spöttischen Unterton heraus. Plötzlich bekam er Angst, nicht um sie, sondern um Stuart. Aber das war denn doch lächerlich!

„Guten Abend, Vater!" verabschiedete sie sich kühl. „Ich hoffe, ich sehe Sie noch, bevor ich wieder nach New York fahre."

Er machte eine hilflose Geste, als wollte er Laurie zurückhalten. Sie sah ihn ärgerlich an, und er bemerkte verzagenden Herzens, wie unbeugsam hart dieser Blick war, wie unnatürlich spöttisch und distanziert.

„Soll ich Sie nicht doch begleiten, ein Stückchen wenigstens?" drängte er ohne falsche Scham. „Hier beim Fluß treiben sich manchmal schlechte Männer herum; man kann nie wissen...", fügte er mit versagender Stimme hinzu und unterbrach sich, als er das belustigte Aufblitzen ihrer Augen sah.

„Ich weiß mir schon selber zu helfen. Aber auf alle Fälle schönen Dank für Ihren guten Willen!"

Sie nickte grüßend und ging ihres Weges, mit den für sie so bezeichnenden geschmeidigen, raschen Schritten. Beklommen stand er da und sah ihr nach, bis eine Baumgruppe sie an einer Flußbiegung seinem Blick entzog. Nun war er ganz allein, vom Wind umweht, mitten in der endlosen Einsamkeit von Fluß und mattpurpurnem Himmel und unheimlich stöhnenden Bäumen. War das Mädchen überhaupt hier gewesen? Nichts deutete mehr auf diese Begegnung. Unwillkürlich bekreuzte der Geistliche sich. Sein Herz krampfte sich zusammen.

Er wußte nicht, daß Laurie hinter der Baumgruppe stehengeblieben und verbissen darauf gewartet hatte, ob er ihr folgen würde. Mit aller Kraft ihres starken Willens schob sie ihn wie mit Eisenstäben auf seinen Weg. Nach langen Augenblicken trat sie hervor und sah sich die Augen nach ihm aus. Er war verschwunden. Nun hatte sie Fluß und Ufer und Himmel für sich allein. Leise lächelnd ging sie weiter.

Schließlich kam sie zu Stuarts Haus. Die ‚Narretei des Iren‘ schimmerte im Abendlicht wie ein griechischer Tempel, schwebte in der klaren, zitternden Luft; die Säulen glänzten, die Fenster waren blau im Widerschein des Himmels. Bildete sie sich nur ein, daß dieses Haus jetzt völlig verlassen und unbehütet, allein in einem Zauberkreis der Verzweiflung stand? Entschlossen, mit zusammengepreßten Lippen, öffnete sie das Gartentor und schloß es hinter sich. Leichtfüßig nahm sie die breiten, seichten Eingangsstufen und hob den Türklopfer. Der Widerhall umwogte sie unheimlich.

Stuart öffnete. Er nahm sie an der Hand und zog sie hinein auf die schwarz-weiß glänzenden Fliesen der Halle. Schwaches, jedoch scharfes Licht drang hier von draußen ein, und sie sah ihn vor sich, hager und abgekämpft, aber lächelnd und noch immer mit der mächtigen, kraftvollen Ausstrahlung von einst. An seinen Schläfen waren die Haare stark angegraut, und eine breite graue Strähne zog sich von der Stirn in die noch dichten Wellen von Schwarz. Sein Gesicht war viel zu rot, zu tief gefurcht von Ausschweifung und Erschöpfung, und sein voller, sinnlicher Mund schien trotz des Lächelns strenger, als sie ihn in Erinnerung hatte. Aber während sie ihn anblickte — und sie war so hochgewachsen, daß beider Augen fast in gleicher Höhe standen —, klopfte ihr Herz heftig, und eine erregende Woge, ein Aufruhr aller ihrer Sinne, durchlief ihren Leib. Sie fühlte sich schwach, hilflos dahintreibend, und unbändige, bebende Freude erfüllte sie.

Schweigend blickten die beiden einander an. Sie lächelten bloß. Ihre Hände waren wie von höherer Gewalt zusammengeschmiedet. Dann, nach einer — so schien es ihnen — langen Zeit, nahm er ihr den Mantel ab und legte ihn über einen Stuhl. Wieder ergriff er sie an der Hand und führte sie in den stillen, verlassenen Salon. Wie benommen blickte sie um sich. Da waren die hübschen Sessel und Vorhänge, die mattfarbenen Teppiche ihres Erinnerungsbildes, die vielen Blumen, das rötlich flakkernde Feuer im Marmorkamin. Die Luft war erfüllt mit den Düften von Treibhausrosen und Farnen und Holzglut. Die einfachen Goldrahmen der Bilder an den weißen Wänden blitzten als Streifen goldenen Lichtes auf. Nichts regte sich in dem großen Hause; kein Laut ertönte in Räumen und Gängen. Die beiden waren völlig allein.

Wieder blieben sie stehen und blickten einander an. Lauries schwarzes Mieder und die ausladenden Rockreifen hoben ihre goldschimmernde Schönheit. Stuarts harte Mundwinkel zitterten ein wenig.

Laurie trat von ihm weg und lächelte ihr rätselhaftes Lächeln. „Setzen wir uns?" fragte sie, und es waren die ersten Worte, die sie zu ihm sprach. Gemächlich machte sie es sich neben dem Kamin bequem, und auch er nahm Platz. Er beugte sich zu ihr, die krampfhaft verschränkten Hände zwischen den Knien, den Kopf vorgestreckt, die schwarzen Augen beinahe grimmig auf ihr Gesicht geheftet. Sie spielte lässig mit ihrem Spitzentaschentuch und sah ihn mit heiterer Miene an, obwohl ihre Brust fast unmerklich bebte.

„Laurie", sagte er leise.

Sie ließ das Taschentuch langsam vor dem Gesicht flattern, so daß er ihre Augen und ihren lächelnden Mund nur für Momente zu sehen bekam. „Wie geht's dir, Stuart?" fragte sie ruhig.

Seine Lippen strafften sich. Sie sah seine Nasenflügel beben. Er zuckte die Achseln, ohne zu antworten. Sein Blick löste sich von ihr und schweifte unstet durch das Zimmer. Sie runzelte die Stirn.

Wieder schwiegen sie. Das Knistern des Feuers im Kamin und das leise Flattern von Lauries Taschentuch waren die einzigen Laute im Raum. Wieder hatte Laurie die merkwürdige Empfindung der Leere, Verlassenheit dieses Hauses. Sogar die prächtigen Möbelstücke schienen sich an die Wände zurückgezogen zu haben, so daß ihr der Salon größer als erinnerlich vorkam, und frostiger. Auch Stuart mußte diesen merkwürdigen Anhauch gespürt haben; denn Laurie fühlte, daß er innerlich von ihr abrückte und selbst in die beklemmende Atmosphäre seines Hauses versank. Sie machte eine kleine Bewegung; sein Blick erfaßte den leichten Ruck und kehrte zu ihr zurück, wurde warm, fest, erwartungsvoll.

„Du hast mir noch gar nicht zu meinen ‚Triumphen‘ gratuliert, Stuart", sagte sie scherzend, indem sie das eiskalte, tote Licht, das durch die Fenster sickerte, entschlossen aus ihrem Bewußtsein verbannte. „Schließlich sind meine Erfolge, genau genommen, dein Werk."

Er entgegnete: „Ich hätte dich gern bei deinem Debüt in der New Yorker Oper gehört; aber Mary Rose war krank." Bei der Nennung des Namens verdüsterte sich seine Miene schmerzlich. „Ich mußte sie und ihre Mutter ins Gebirge bringen. Dort bleiben sie den Sommer über." Er hielt inne. Mühsam brachte er hervor: „Ich bin wirklich stolz auf dich, Laurie. Das mußt du ja wissen."

Doch sie erkannte, daß der Augenblick geheimnisvoller Verzauberung vorbei war und daß Stuart sie, wieder in seinem Kummer und seinem Elend befangen, fast vergessen hatte. Unmutig runzelte sie die Stirn. Ihr Herz klopfte noch immer stark; aber es begann zu stocken. „Das mit Mary Rose tut mir leid", sagte sie höflich, sehr bemüht, ihre Unrast zu beherrschen. „Aber etwas besser als früher geht es ihr doch, nicht? Das schriebst du mir ja nach Europa."

Er wandte sich zu ihr und versuchte zu lächeln. „So war es auch. Aber im Winter bekam sie einen bösen Rückfall, und die Ärzte haben ihr Gebirgsaufenthalt verordnet. Der letzte Brief von ihr war ganz fröhlich. Das liebe Kind! Vielleicht mache ich mir zu viel Sorgen."

Er sah sie teilnahmslos an. „Eine schöne Frau bist du geworden, Laurie. Ich bin stolz auf dich. Aber vergiß uns hier in der Stadt deiner Kindheit nicht ganz!"

Sie ärgerte sich. Was war schiefgegangen? Sie blickte ihn fest an, während sie das Zittern ihres Körpers schmerzhaft spürte. Und er begegnete dem Blick; seine Augen waren von Trauer und ohnmächtiger Pein verschattet. Schuld war dieses Haus, das ihr jetzt Grauen einflößte! Er war ein Gefangener des Hauses; in diesen Mauern konnte er kein Auge für sie haben.

„Macht dir der Krieg sehr zu schaffen, Stuart?" fragte sie mechanisch.

Es war, so erkannte sie gleich, ganz falsch gewesen, diese Frage zu stellen. Er sprang auf, mit jener hilflosen Gewaltsamkeit der Bewegungen, in der sich geheime Furcht und Qual verrieten. „Fürchterlich!" sagte er unvermittelt. „Wenn es noch lange so weitergeht, bin ich unten durch."

Auch sie erhob sich. Sie mußte ihn diesem Hause und den damit verknüpften Erinnerungen entziehen! Ihre Entschlossenheit wuchs. „Hier ist es so muffig", erklärte sie. „Gehen wir doch ein bißchen an die frische Luft, Stuart! Magst du?" Sie hörte leise, dumpfe Geräusche von den Korridoren her. Im Zimmer wurde es dunkel. Sie wollte heraus von hier.

Er blickte sie an, sah sie kaum mehr. Dann sagte er: „Ja, wenn du willst, Laurie." Sie gingen miteinander in den Flur, und er legte ihr schweigend wieder den Mantel über die Schultern. Er nahm Winterrock und Biberfellhut und öffnete die Tür. Seite an Seite traten sie wortlos in den Abend.

Von neuem hatte das Wetter umgeschlagen. Der Wind war abgeflaut. Im matten, klaren Tiefblau des Himmels leuchtete zwischen den langen, kahlen Ästen einer Pappel die heller werdende Sichel des jungen Mondes, gleich einer schwachen Lampe zwischen den Stäben eines in Spitzenmustern verschlungenen Schmiedeeisengitters. Rings um das hohe weiße Haus waren die Rasenflächen grellgrün, fast wie künstliches Bühnengras. Vögel zwitscherten und riefen einander von Baum zu Baum — in einer Stille, die so tief und lind war wie Wasser, so feierlich wie das Schweigen eines Kirchenraumes. Die Erde roch stark, wie ein lebendes Wesen, beinahe greifbar. Unter den Rasenhängen, die fast bis zum Ufer reichten, strömte mit dumpfem Murmeln der Fluß, dunkel und rastlos. Vom fernen kanadischen Ufer sah man nur ein paar blinzelnde Lichter. Die Szenerie flößte in ihrer Einsamkeit Ehrfurcht ein; ihre traurige, schwermütige Stille hatte etwas Religiöses.

Während Laurie und Stuart langsam zum Fluß hinunterschritten, wurde die Mondsichel immer heller und segelte am meerblauen Himmel dahin, während ein purpurner Schatten über die Erde lief. Laurie ging barhaupt; die ganz sanfte Brise hob zärtlich einen Lockenkringel, drückte ihn ihr an die Wange, wehte ihn ihr über die verträumten Augen. Ihre Lippen waren zusammengepreßt. Tausend Einfälle schossen ihr durch den rastlosen Geist, tausend Einleitungen zu dem, was sie sagen wollte. Aber sie verwarf alle. Sie blickte Stuart von der Seite an. Er schritt neben ihr, in Gedanken versunken, grimmig, seelisch fern von ihr.

Laurie hatte, was nur wenige an ihr vermuteten, einen besonders rasch auffassenden, wendigen Geist. Sie war über endlose Länder und Meere hinweg hierhergekommen, für diesen einen Augenblick. Über ihr ganzes Leben hinweg war sie hergekommen. Und nun stand sie schweigend neben Stuart, der wie blind auf das dumpfe, strömende Wasser des Flusses starrte und ihrer nicht achtete. Was war geschehen?

Sie wurde sich einer demütigenden Hilflosigkeit bewußt. Sie wandte sich rasch zu Stuart. Er stand neben ihr auf den breiten weißlichen Steinen des Ufers und blickte jetzt nach der gegenüberliegenden Böschung. Plötzlich konnte sie nicht länger warten. Aus purer Verzweiflung wandte sie sich jäh und legte ihm die Hand auf den Arm. Zu ihrer Freude spürte sie, wie seine Muskeln sich unter ihren Fingern unwillkürlich strafften, und sah, als er ihr langsam den Kopf zukehrte, ein banges Staunen in seinen Augen.

„Stuart", sagte sie, und ihre sonst so kräftige, volle Stimme versagte ihr kläglich, „ich habe dir nie gedankt für deine Hilfe..."

Jetzt wurden die müden Augen glänzend, warm, liebevoll. „Um deinen Dank war es mir nie zu tun, Laurie. Ich habe dir von Herzen gern geholfen. Ich kann dir nicht sagen, wie stolz ich auf dich bin. Es kommt mir wirklich ganz unglaublich vor, daß meine kleine Laurie so..."

Ihre Hand umfaßte seinen Arm stärker. Jetzt fühlte sie, wie er sich rührte, und — ohne daß sie sich erklären konnte, warum — von ihr abrücken wollte. Plötzlich brach sie los:

„Stuart! Was ich erreicht habe, ist mir ganz gleichgültig. Ich habe es nie angestrebt, mich nie darum geschert! Ich habe alles nur getan, weil du es wolltest, weil ich wußte, daß es dir Freude macht. Das muß dir doch klar sein!"

Er war wie zu Stein erstarrt. Sie sah nichts als sein Gesicht, schwer und gerötet, und seinen durchdringenden Blick. Sie spürte das Pulsen und Zucken des Armes unter ihren Fingern. Sie trat näher an ihn heran. Er bemerkte die blaue, flackernde Flamme ihrer Augen, das Zittern ihres breiten roten Mundes. All die lange Selbstbeherrschung und Teilnahmslosigkeit ihres Lebens zerfiel jetzt zu Asche, wie Stroh im Feuer. Sie rief: „Verstehst du denn nicht, Stuart? Ich liebe dich mein ganzes Leben lang! Ich habe alles getan, was du wolltest, weil ich darin einen Weg zu dir sah! Ich liebe dich, seit ich dich auf dem New Yorker Pier erblickt habe. Mein ganzes Leben lang, Stuart! Nichts anderes auf der Welt bedeutet etwas für mich."

Dann begann sie unversehens zu weinen. Die Tränen stürzten ihr über die Wangen. Noch immer hielt sie seinen steifen Arm. Sie drängte sich an ihn, daß ihre Körper sich berührten.

Er bewegte den Kopf, als müßte er ersticken. Er sagte: „Laurie, du weißt nicht, was du redest. Ich bin fast zweiundzwanzig Jahre älter als du; ich könnte dein Vater sein. Du bist ein junges Mädel. Du glaubst mich zu lieben. Aber es ist nur Dankbarkeit, Laurie." Seine Stimme wurde hart. „Sprich nicht so zu mir! Du kennst mich nicht, Laurie. In deiner Unerfahrenheit und kindlichen Verstiegenheit weißt du nicht, in welche Dinge du dich begibst. Bring mich nicht in Versuchung, Laurie!" schrie er plötzlich barsch und schob sie mit dem Ellbogen von sich. Seine schwarzen Augen rollten. „Du weißt nicht, was du tust."

Aber sie folgte seinem weichenden Schritt. Wieder hob er den Arm, mehr, um sie zu schützen, als um sie abzuwehren. Sie schmiegte ihren Leib an den seinen und schob die Hände unter seinen Mantel. Ihre Lippen waren vor seinem Mund, offen und bebend.

„Stuart", flüsterte sie mit inbrünstigem Ernst, „ich liebe

dich. Ich habe dich immer geliebt. Weshalb sonst wäre ich hierher zurückgekommen? Nichts hat mich hergezogen außer dir. Meine Studien in New York, mein Auftreten in Europa — alles war nur ein gewundener Weg, der zu dir zurückführte." Sie sah ihm in das tiefrote, noch immer versteinerte Gesicht. „O Stuart! Küß mich!"

Er schob ihre Hände zurück. Sie spürte, wie heiß und feucht seine Finger waren. Alle seine Bewegungen waren sachte. Aber er zitterte heftig. Sein Kopf stand über ihr im Dämmerlicht. Sie hatte die Empfindung, daß ihr Herz zerschmolz und auf einer unwiderstehlichen Woge des Verlangens sich zu ihm verströmte. In ihren Ohren summte und dröhnte es, dumpf und schrill. Sie hörte ihn sagen: „Nicht, Laurie! Laß mich, um Gottes willen! Laurie, du mußt mich anhören. Ich habe dir nichts zu geben, nichts zu bieten. Ich stehe vor dem Zusammenbruch. Nicht einmal heiraten kann ich dich."

Laut schrie sie: „Hältst du mich für ein Kind? Wer hat von Heiraten geredet? Ich bin eine Frau, Stuart, und ich liebe dich. Ich bin zu dir zurückgekommen, Stuart. Ich verlasse dich nie mehr. Ich bleibe immer bei dir."

Seine Augen weiteten sich und gingen ihm über. Dann hefteten sie sich auf ihr Gesicht. Eine Art Staunen, ungläubig, begierdevoll, überwältigend heiß, flammte in ihm auf. Er blickte Laurie schweigend an, als sähe er sie zum erstenmal. Das war nicht mehr die kleine Laurie, die er gekannt hatte! Jetzt glaubte er, ihr das. Ihr erhobenes Gesicht schwebte vor ihm, glühend, begehrlich, wild und leuchtend; ihre Augen glommen sanft wie die Morgenröte. Sie hatte ihm die Hände auf die Schultern gelegt; ihre Berührung brannte ihm durch die Kleider bis auf die Haut.

Ein unbestimmtes Anstandsgefühl hielt ihn noch zurück. Was wußte sie vom Leben, mit ihren neunzehn Jahren? Wie konnte sie ahnen, wem sie sich da an den Hals warf? Einem Vierziger, von den Jahren, von bösen Erfahrungen und von Lüsten verderbt! Es war gespenstig, entsetzlich! Gewiß, er konnte sie nehmen, mühelos, und konnte sich tiefes Entzücken und wilde

Wonne schaffen. Aber, so dachte er betäubt, er liebte sie! Ja, er hatte sie immer geliebt. Zum erstenmal im Leben liebte er eine Frau, und es war zu spät.

Sein ganzes Leben war unbeherrscht gewesen. Er hatte alles getan, was ihm beliebte, mit Heftigkeit, Wollust, roher Gewalt. Alles, wonach ihm der Sinn stand, hatte er gefaßt und festgehalten. Mochte manches böse ausgegangen sein, immer hatte er Genugtuung empfunden. Wenn er etwas begehrte — sei es eine Frau oder Geld oder irgendeinen Luxus — kannte er kein Erbarmen, ließ sich nie durch biedere Skrupel hemmen.

Doch nun ging es um Laurie, um die kleine Laurie, die er liebte. Sie war nicht bloß eine Frau, sondern etwas Zartes, Inniggeliebtes, Schutzloses. Nun wußte er auch, daß er sie seit jeher liebte, seit ihrer Kindheit. Sie war ihm unendlich teuer und wert. Sehnsucht und Verzweiflung kämpften in ihm, während das Blut ihm in den Ohren sauste und das Herz ihm stockend schlug.

Sie hatte ja keine Vorstellung davon, was sie tat und was daraus werden mochte! Er mußte es ihr zu spüren geben, damit sie vor Ekel und Abscheu zurückwich! Er sah ihr in die Augen; aber auf ihren Mund zu blicken wagte er nicht. Mit wohlbedachter Schroffheit riß er sie plötzlich an sich und packte mit roher Hand ihre linke Brust. Mit der anderen Hand riß er ihr den Kopf zurück, preßte mit absichtlicher Derbheit seinen Mund auf den ihren und drängte ihre Lippen auseinander. Er schmeckte die Tränen auf diesen Lippen. Für einen Augenblick, ehe seine eigene wilde Leidenschaft ihn übermannte, verspürte er ein Aufwallen von Güte und Zärtlichkeit und Mitleid. Doch was er dann tat, geschah nicht mehr, um sie mit Abscheu und Entsetzen zu erfüllen.

Es dauerte lange, ehe er in seinem rasenden Taumel gewahr wurde, daß sie nicht vor ihm zurückgewichen war, nicht aufgeschrien oder sich gewehrt oder losgerissen hatte. Noch in seiner Trunkenheit spürte er, daß ihre Arme ihm um den Hals lagen, daß sie seine Küsse mit gleicher Leidenschaft und Unbekümmertheit erwiderte, daß sie seltsame, unzusammenhängende Laute murmelte, daß sie sich wild an ihn klammerte und aus voller, entblößter Kehle brünstig lachte.

Er schob sie von sich, hielt sie aber mit den Armen fest. Sie blickten einander in die Augen. Die seinen waren rot unterlaufen, die ihren flammten.

Dann hob er sie in seine Arme und wandte sich zum Hause. Ihr Kopf lag ihm auf der Schulter. Er stieß mit dem Fuß die Tür auf und trat in den Flur. Sie blickte um sich und sah alles verschwommen. Das war nicht mehr eine öde, einsame Stätte voll düsterer Drohung, voll Bangigkeit vor der Zukunft! Hier war es wohlig und warm, zaubervoll; es leuchtete von hundert tanzenden Farben.

Als Stuart die schöne gewundene Treppe emporstieg, weiße Marmorstufen im gedämpften Licht, legte Laurie ihm wieder die Arme um den Hals und drängte seinen Mund an ihre Lippen, in verzücktem Begehren und frohlockender Freude.

LV

Janie klopfte heftig an die Tür von Lauries Schlafkammer, wartete aber kein ‚Herein!' ab, sondern trat ohne weitere Förmlichkeiten ein.

Während der Nacht war es warm geworden, recht warm für den April, und jetzt strömte eine Flut blendenden Sonnenlichts durch die Fenster auf Lauries Bett. Sie setzte sich rasch auf, als die Mutter wie eine Furie hereinstürzte. Janie öffnete zu einem Schwall von Scheltworten den Mund, ließ ihn aber wortlos offen. Denn ihre aufrecht an die Kissen gelehnte Tochter war nackt und schämte sich ihrer Nacktheit nicht im mindesten, schien sie gar nicht zu bemerken. Sie sagte: „Ja? Was ist los?"

Verdutzt starrte Janie die Tochter an, deren schimmernde Schultern und spitzen Brüste nur zum Teil von der Fülle goldblonden Haars bedeckt waren. Sie hatte Laurie als sechsjähriges Kind zum letztenmal nackt gesehen, und jetzt erst, als sie sich so plötzlich der Wirklichkeit einer voll entwickelten, voll erwachten Frau gegenübergestellt sah, begriff sie endlich, welch fremdes Wesen hier in ihrem Haus weilte. Mochte sie selbst auch noch so sittenlos und verschlagen sein, dieser Anblick bereitete ihr Ärgernis und flößte ihr merkwürdige Angst ein.

Schließlich fand sie die Sprache wieder. Sie zeigte auf ihre Tochter. „Was ist denn das für ein schändliches Schauspiel, Mädel? Wozu das? Du liegst nackt im Bett?"

Unbeirrt, etwas erstaunt, blickte Laurie ihren Körper an. Dann lächelte sie, nahm sich aber nicht die Mühe, die Bettdecke hochzuziehen. „Was ist denn? . . . Ach, ich schlafe immer so, Mama. Im Nachthemd fühle ich mich unerträglich beengt."

Sie streckte den langen, schönen Arm aus und zog die Klingelschnur. Sie lehnte sich wieder auf ihre Kissen zurück und rekelte sich gähnend wie eine Katze. Sie schüttelte ihr blondes Haar, strich es mit den Fingern zurecht und ließ es fallen, wie es mochte. Ihre Lippen waren leuchtend rot. Ihre Augen waren samtig blau. Sie blickte die Mutter belustigt, aber nicht spöttisch an.

Janie sank, ganz außer sich, in einen Sessel. Sie war so blaß geworden, daß ihre braunen Sommersprossen aus dem fahlen Gesicht hervorstachen. Sie wurde immer entsetzter. Sie vermied es, Lauries nackte Schultern und Brüste anzuschauen, konnte ihr aber auch nicht in die Augen sehen. Sie wußte nicht, wohin sie ihren giftigen Blick wenden sollte, und so heftete sie ihn auf Lauries glatte Stirn.

„Mir scheint", sagte sie mit heiserer, unsicherer Stimme, „du findest nichts Anstößiges, nichts Schamloses darin? Aber eigentlich paßt es ja recht gut zu deinem sonstigen Gehaben!"

Laurie lachte. „Schamlos? Anstößig? Warum denn? Ich schlafe ja allein." Sie zwinkerte. „Und wenn ich nicht allein schliefe, hätte mein Bettgenosse wahrscheinlich gegen meine Hüllenlosigkeit nichts einzuwenden."

Janie war entgeistert. „Was redest du da, du Fratz?"

Aber Laurie wurde ungeduldig. „Mama, was liegt schon dran, wie ich schlafe? Ich finde es so angenehm. Und nur darauf kommt es an." Sie hielt inne. „Wolltest du mit mir sprechen?"

Mit einer vor Haß und Wut bebenden Stimme erwiderte Janie: „Du hast, scheint's, um das Frühstück geläutet. Willst du, daß die Magd dich in diesem ... in dieser Verfassung sieht? Bitte, wenn es dir nicht allzu große Mühe macht, so wirf etwas um! Wir haben hier ein achtbares Haus, und ich möchte nicht, daß man Klatsch aus diesen Mauern herausträgt."

Laurie zuckte die Achseln. Sie schwang ihre langen, vollendet geformten Beine aus dem Bett. Wie gebannt mußte Janie zusehen, wie ihre Tochter lässig einen blauen Seidenschlafrock über die prächtigen Glieder legte. Dann nahm Laurie von ihrer Kommode eine Bürste und fuhr sich damit ein paarmal rasch über ihre Haarfülle, ohne in den Spiegel zu blicken. Sie bemerkte oder beachtete ihre Schönheit ebensowenig wie ein blühender Baum. Sie begann vor sich hinzuträllern, und ihre volle, starke Stimme füllte den Raum und mischte sich mit dem Hall des frischen, ungebärdigen Windes draußen. Janie schien es, als würde in ihrer mageren Brust etwas bersten; alle ihre Nerven prickelten vor unerträglicher Feindseligkeit. Wie schrecklich ungerecht waren doch die Welt und das Schicksal! Dieser einen achtlosen und schamlosen Person wurden alle Glücksgüter zuteil, und anderen Frauen gar keine!

In ihrer von Übelwollen und Neid genährten Qual schrie sie: „Willst du vielleicht mit deinem Gewinsel aufhören, du Range, und mir gefälligst ein Ohr leihen?"

Mit ehrlicher Verwunderung sah Laurie sie über die Schulter an. Sie hatte ihre Mutter ganz vergessen. „Verzeih, Mama! Um was geht's denn, bitte?"

Der Versuch, sich zu beherrschen, kostete Janie derartige Kraftanstrengung, daß sie am ganzen Leibe zitterte. Mit unverhülltem Spott kreischte sie fast heraus: „Darf ich die gnädige Dame fragen, ob die gnädige Dame weiß, wie spät es ist?"

Laurie fand die Frage erstaunlich. Sie starrte Janie an, und ihre goldenen Wimpern zuckten. „Nein. Und wie spät ist es denn?" Sie blickte zum Himmel und lachte. „Wahrhaftig, es muß ja gegen Mittag gehen!"

„Gegen Mittag muß es gehen, wie?" äffte Janie sie nach. „Und das ist alles, was dir dazu einfällt? Also, dann laß dir gesagt sein, du Kröte, daß mir bedeutend mehr dazu einfällt. Zum Beispiel, daß du dieses achtbare Haus erst gegen Morgen betreten hast. Weiters, daß ich eine schlaflose Nacht verbracht habe, zuerst in Gesellschaft deiner noblen Freunde, des Geschwisterpaars, von dem zumindest der eine Teil — weiß Gott, warum — in großer Sorge um dich war und ständig auf und ab gelaufen ist. Aber Männer sind solche verdammte Narren! Als die Gäste schließlich gingen, habe ich allein gewartet. Und dann" — sie unterbrach sich, um die dramatische Bedeutsamkeit des Kommenden wütend zu unterstreichen — „dann habe ich weit weg auf der Straße eine Kutsche fahren hören, fast unmittelbar nach dem Milchwagen. Die Kutsche hat angehalten. In einiger Entfernung. Bald danach hast du dich im Laternenschein wie eine Schlampe herangeschlichen und bist durch die Hintertür ins Haus geschlüpft."

Sie sprang auf, und auf ihrem fahlen Gesicht lag Scharlachröte. „Würde die gnädige Dame vielleicht geruhen, mir zu diesen merkwürdigen Begebenheiten Aufklärungen zu geben?"

Laurie legte die Bürste beiseite. Sie schüttelte ihr Haar zurück. Nachdenklich blickte sie die Mutter an. Dann sagte sie sehr gelassen: „Was ich tue, ist meine Sache. Im letzten halben Jahr habe ich dir zweitausend Dollar geschickt und einen Haufen Geschenke. Wenn du willst, verlasse ich dieses Haus sofort."

Über solche Unverschämtheit war Janie sprachlos. Sie griff nach der Lehne eines Sessels; aber er entglitt ihr und fiel um. Wie blind tappte sie schwankend umher. Dann sank sie auf das warme, parfümierte Bett, das ihre Tochter verlassen hatte. Laurie beobachtete sie ungerührt, ausdruckslos. Ohne Mitleid oder Teilnahme musterte sie Janies zuckendes Gesicht. Sie sagte: „Ich bin dir nichts, und du bist mir ebensowenig. Das mußt du doch begreifen."

Ein undeutbares Gefühl der Verlassenheit, vermischt mit Selbstbedauern und Hilflosigkeit, überflutete Janie. „Wie kannst du so etwas zu mir sagen, Laurie, zu deiner Mutter?" fragte sie mit schwacher, bebender Stimme. „Womit habe ich mir eine solche Grausamkeit verdient?" Völlig überrascht von dieser ihr an Laurie ganz unbekannten Eigenschaft, wiederholte sie: „Grausamkeit!" Ihre Angst wuchs, und damit auch das Gefühl der Verlassenheit.

„Ich wollte nur zum Ausdruck bringen, Mama, daß du dich nicht in meine Angelegenheiten mengen darfst", schwächte Laurie ab. „Frech oder gefühllos wollte ich nicht sein. Aber ich bin kein Kind mehr. Ich bin eine Frau und habe die Erfahrungen einer Frau. Ich genieße einen gewissen Ruf als Sängerin und bin also für Obdach und Schutz weder auf dich noch auf meine Brüder angewiesen."

„Warum bist du dann hergekommen, Laurie, wenn deine Mutter und deine Brüder dir nichts sind?" Janie war noch immer ganz gebrochen.

Laurie zog die Brauen hoch. „Ich habe mich schlecht ausgedrückt. Natürlich habe ich meine alten Anhänglichkeiten beibehalten. Wenn mich nichts hierhergezogen hätte, wäre ich bestimmt nicht gekommen. Gefühlsduselei war nie meine Sache." Ihre Lippen kräuselten sich. Ihre Züge waren über Nacht weniger scharf und herausfordernd geworden. Jetzt blickte sie die Mutter sogar mit belustigter Duldsamkeit an.

Aber Janie musterte die Tochter unerbittlich mit durchdringendem Blick. Offenbar ließ sie sich, wie Laurie widerwillig sich gestehen mußte, durch glatte Worte nicht täuschen. Sie wiederholte: „Warum bist du hergekommen?"

Dieses Verhör wurde lästig und auch gefährlich. Laurie war insgeheim gereizt und ungeduldig. Ihr selber konnte Klatsch nichts anhaben; aber sie mußte auf Stuart Bedacht nehmen. Sie sagte: „Ich habe es dir, denke ich, schon gesagt, Mama. Und ich bin darüber hinaus bereit zuzugeben, daß auch ein bißchen Empfindsamkeit dabei mitgespielt hat."

„Du bist also gekommen, um vor uns mit deinen triumphalen

Erfolgen zu paradieren?" rief Janie boshaft und vergaß in ihrer heftigen Erregung, weshalb sie eigentlich ihre Tochter aufgesucht hatte.

Laurie lachte leise. „Schließlich bin ich auch nur ein Mensch", sagte sie leichthin.

Es wurde behutsam an die Tür geklopft, und die kleine Magd, der Laurie das höchst eindrucksvolle Goldstück gegeben hatte, erschien mit dem Frühstück. Laurie bedeutete ihr huldvoll, das Tablett auf das Nachttischchen zu stellen, setzte sich lässig auf den Bettrand und beguckte mit gesundem Appetit die dampfende Hafergrütze, die Eier und den Schinken. Ihr blauer Seidenschlafrock klaffte auf und gab den Blick auf ihre runden, wohlgeformten Schenkel frei. Die kleine Magd wurde rot, konnte aber nicht wegsehen.

Beim Anblick der Zofe fiel Janie etwas ein. Hier war ein gefahrloser Blitzableiter für ihre Wut, Erniedrigung und Kränkung! Sie schrie: „Bertha, vorhin habe ich erfahren, daß du Donnerstag abends, obwohl die andere Magd krank war, knapp vor der Dinnerzeit eigenmächtig weggegangen und erst zurückgekommen bist, als das Essen fast schon zum Auftragen fertig war. Wie gedenkst du das zu erklären, du Früchtchen? War das vielleicht dein freier Nachmittag? Oder ist dir die Zeiteinteilung durcheinandergeraten?"

Bertha erschrak, vergrub krampfhaft die Hände in ihrer Schürze und warf der Tochter ihrer Dienstgeberin einen flehentlichen Blick zu. Laurie hob einen Silberdeckel und beguckte vergnügt die heißen Teekuchen. Leutselig sagte sie: „Schimpf nicht mit Bertha, Mama! Schuld bin ich. Ich wollte mit Robbie eine Rechtsfrage besprechen und habe seiner Frau durch Bertha ein Briefchen geschickt mit der Anfrage, ob ich die beiden am nächsten Abend zu einer längeren geschäftlichen und privaten Unterredung besuchen kann." Sie bestrich einen der Teekuchen mit Butter, kostete ihn und war vollauf zufrieden. „Mir scheint, ich habe dieses Haus gründlich durcheinandergebracht. Zuerst halte ich Bertha von ihren Pflichten ab, und dann zwinge ich meine teure Mama, die halbe Nacht aufzubleiben und mich zu erwarten. Der weltmännische Lebensstil, den ich draußen gelernt habe, paßt offenbar nicht ganz zu Grandeville und zu den Schicklichkeitsvorschriften von Annodazumal."

Ihre Miene war liebenswürdig; aber innerlich kochte sie. Was für ein Gewebe von Lügen und Ausreden man doch in so einer Kleinstadt für die eigenen Verwandten spinnen mußte! Es war widerlich, erniedrigend, unerträglich!

Janie starrte ihre Tochter an. Ihr Mund verlor ein wenig von seiner Verkniffenheit, ihr Blick ein wenig von seiner Giftigkeit. Ihre Stimme war etwas weniger barsch, als sie zu Bertha sagte: „Geh wieder an deine Arbeit, Mädel! Diesmal hast du also nichts angestellt. Wenn Miß Cauder dir etwas aufträgt, mußt du es natürlich tun. Aber untersteh dich ja nicht, irgendwelche Extratouren zu machen!"

Im gleichen Augenblick trat Lauries persönliche Zofe ein, jammerte, sie habe das Klingeln ihrer Herrin nicht gehört, und machte sich auf einen Rüffel gefaßt. Aber zu ihrer Überraschung erhielt sie statt dessen den freundlichen Befehl: „Bitte, fülle mir die Teekanne noch einmal, Laurette! Ich glaube, Mrs. Cauder wird eine Tasse mit mir trinken wollen."

Die beiden Mägde gingen. Mutter und Tochter waren wieder allein. Trotz ihres noch immer nachklingenden Ärgers aß Laurie mit großem Behagen. Janie beobachtete sie schweigend. Laurette kam mit frischem Tee und füllte diensteifrig Janies Tasse. Ihre Beflissenheit, ihre ausgezeichnete Bedienung besänftigten Janie, die sie schließlich mit großartiger Geste entließ. Ach, diese New Yorker Dienstmädchen hatten eine Lebensart, die man in dem bäurischen Grandeville vergebens gesucht hätte! Um eine solche Zofe war jede Herrin zu beneiden.

Janie schlürfte ihren Tee. Laurie vertilgte den ganzen Schinken, die Eier und die Teekuchen mit großem Appetit. Wie unfein, dachte Janie, derart seine Freßlust zu betätigen! Dieses Mädel war wie eine Bauerndirne, derb und genußfreudig und voll draller Robustheit! Dieser Vergleich tat ihr wohl.

Laurie lehnte sich auf ihre Kissen zurück und gähnte herzhaft. „Ein wunderbares Frühstück!" fand sie. „So frische Eier bekommt man in New York oder London fast überhaupt nicht! Ganz zu schweigen von Paris! Dort setzen sie einem eine harte Semmel und eine Tasse abscheulichen Kaffee als Frühstück vor. Mama, ich gratuliere dir zu deiner Köchin."

Janie blähte sich vor Stolz. „Ja, Gordon ist unbezahlbar. Hausmannskost, ohne alle Mätzchen, aber von bester Qualität!"

Laurie blickte zum Fenster, durch das angenehmes, ungestümes Sonnenlicht drang. „So ein herrlicher Tag, mitten im Grandeviller April!" murmelte sie versonnen. „Und morgen wird's wahrscheinlich wieder schneien." Sie setzte sich geschmeidig auf und blickte mit lächelnden Augen und Lippen die Mutter an. Ihre Miene wurde nachdenklich.

„Vor dem Frühstück bin ich immer schiefgewickelt, Mama. Sei mir nicht böse! Ich bin so gewöhnt, nach Belieben zu kommen und zu gehen, daß ich nie auf die Idee verfallen wäre, dir eine Erklärung schuldig zu sein. Es tut mir leid, wenn ich dir Angst bereitet habe."

Ihr Ton war so sanft und zerknirscht, daß Janie sofort wieder Oberwasser bekam. Sie schürzte die Lippen mit Mutterstrenge. „Es ist auch wegen der Nachbarn, Laurie. Nicht nur wegen meiner Angst; solche Sorgen muß eine Mutter möglichst gefaßt zu tragen lernen und muß sich sagen, daß die Kinder nun einmal bloß an sich selber denken. Keinesfalls aber finde ich es in Ordnung, wenn eine Frauensperson mitten in der Nacht durch die Straßen streift. Man kann nie wissen."

„Aber Robbie hat mich doch in seinem Wagen heimgebracht", entgegnete Laurie, von neuem verärgert bei dem Gedanken, daß sie jetzt — wie eklig! — ihren Bruder entsprechend unterrichten mußte. „Und die paar Schritt zu Fuß ‚gestreift' bin ich nicht so gedankenlos, wie du anzunehmen scheinst. Ich habe Robbie ausdrücklich gebeten, an der Ecke zu halten, damit dich nicht der Lärm des Wagens aus deinem leichten Schlaf weckt."

Aber die ganze Sache wurde ihr immer lästiger. Die letzten drei Jahre hatte sie es nie nötig gehabt, irgendwem schönzutun. Diese Rolle war anderen ihr gegenüber vorbehalten gewesen. Höchst widerlich, dieses Getue!

Gerade im richtigen Augenblick trat Laurette ein und erkundigte sich behutsam, was Miß Cauder zu ihrem abendlichen Auftreten in der Music Hall anziehen wolle. Laurie runzelte die Stirn. Sie hatte ganz vergessen. Diese schrecklichen Kleinstädte! Sie sagte: „Ach, zum Kuckuck! Irgendwas! Aber keine von den ausgefallenen Roben. Am besten vielleicht das grüne Satinkleid mit den Spitzen!"

Sie warf ihrer Mutter einen warnenden Blick zu und begann den Schlafrock abzustreifen. Janie geriet in Verlegenheit. Sie stand auf, schüttelte die Krumen von ihrem Kleid, murmelte etwas von ihren Haushaltspflichten und ging.

Laurie sah ihr nach und begann dann leise vor sich hinzusingen. Die Zofe hörte voll Entzücken und Bewunderung zu. Mademoiselle, dachte sie, schien heute höchst vergnügt. Das war ja die Singstimme einer liebenden und geliebten Frau! Derart singen hatte sie ihre Herrin noch nie gehört. Sehr interessant! Hatte Mademoiselle vielleicht gar endlich den so netten Monsieur Thimbleton erhört?

LVI

Laurie ärgerte sich von neuem, als ein Bote ihr die gedruckte Ankündigung ihres Abendkonzertes brachte. Darin strich das Veranstaltungskomitee die Abstammung der ‚hochverehrten Sängerin' besonders heraus und verlautbarte, sie werde ‚für ihr geschätztes Grandeviller Publikum nicht Opernarien, sondern eine der rauhen Biederkeit und Schlichtheit ihrer Zuhörer besser entsprechende Auswahl ihrer ungekünstelten schottischen Balladen singen, die dem Herzen dieser Amerikanerin keltischen Geblütes immer teuer' gewesen seien. Am Flügel begleiten werde sie Miß Rachel Ellicott, eine ‚Nachfahrin des Gründers dieser blühenden Stadt'.

Trotz ihres Ärgers mußte Laurie lachen. Diesen Provinzonkels war in ihrer ‚rauhen Biederkeit` und Schlichtheit' gar nicht der Gedanke gekommen, sie könnte ihre ‚ungekünstelten Balladen' vorher mit der berühmten Miß Ellicott proben wollen! Jetzt blieb ihr nichts anderes übrig, als sich ein entsprechendes Programm zurechtzulegen, in der Music Hall die Pianistin aufzustöbern und mit ihr rasch die Lieder durchzugehen.

Sie suchte in ihrem Notenmaterial. Keine einzige richtige ‚schottische Ballade'! Aber wahrscheinlich hatte Miß Ellicott etwas Passendes in ihrem Repertoire.

Schließlich fand sie Notenblätter, auf denen ein Pariser Bekannter, ein sehr tüchtiger Musiker, zwei einfache Lieder, ohne deren reine Schönheit und Einfachheit zu beeinträchtigen, kunstvoll in Noten gesetzt hatte. Sie hielt die Blätter in der Hand und starrte, ganz blaß geworden, mit gespanntem Blick vor sich hin. Plötzlich war ihr Herz von Qual erfüllt.

Sie dachte: Noch fünf Tage bis zu meiner Rückkehr nach New York! In dieser Zeit muß ich ihn so an mich binden, daß er mich nicht mehr vergißt. Uns ist für die Zukunft ein gemeinsames Leben beschieden. Bis jetzt war ich stärker als alle Widerstände; ich werde es auch weiter sein. Er gehört zu mir, und ich gehöre zu ihm. Das muß ich ihm ein für allemal klarmachen.

Sie brachte die Konzertankündigung zu Elissa und Dick, um mit ihnen gemeinsam darüber zu lachen. Elissas Lachen war etwas grausam. Dick schien eher gerührt, was Laurie mehr als je ärgerte. „Man liebt Sie eben hier, Laurie", erklärte er, „und ist stolz auf die Mitbürgerin."

„Ich finde diese Anbiederung fast beleidigend", meinte sie hochmütig. Dick sah sie traurig an. Manchmal, dachte er, war sie recht plebejisch und gefühllos; aber gerade diese Eigenschaften machten sie zu dem, was sie war: strotzend vor Gesundheit, unzähmbar und robust, voll Kraft und Macht. Laurie erwiderte seinen Blick. Er hatte es nicht gern, wenn sie ihn so zwischen halbgeschlossenen Lidern ansah. In dem schmalen Schlitz hatte das Blau der Augen jetzt einen Schimmer von kaltem, berechnendem Grün. Er liebte sie, gewiß; aber diese Laurie hier kannte und mochte er nicht.

Er sagte zu seiner Schwester, die sich mäkelig durch das Frühstück hindurchaß: „Liebe Elissa, es tut mir sehr leid, aber wir müssen wohl nach New York zurückfahren, ohne das Ende von Lauries hiesigem Aufenthalt abwarten zu können. Bitte, glaube mir, daß es unbedingt nötig ist."

Elissa war völlig verdutzt. Sie blickte erst ihren Bruder, dann die unbeteiligt lächelnde Laurie an, verzog den Mund und zuckte wortlos die Achseln. Sie begriff nichts davon, nahm aber an, daß Dick schon wissen werde, was er wollte.

Laurie verabschiedete sich und ging. Die Geschwister waren allein. Stirnrunzelnd herrschte Elissa den Bruder an: „Nun, ich denke, es könnte nicht schaden, wenn du dich erklärst."

Dick seufzte. „Ich merke es, wenn man mir den Laufpaß gibt. Offen herausgesagt, ich habe immer gewußt, daß die ganze Sache mit Laurie sinnlos ist. Überdies ist kürzlich etwas mit ihr vorgegangen. Ich weiß nicht, was. Aber das eine spüre ich: Seither bin ich für sie Luft. Sie wird mir dankbar sein, wenn ich mich zurückziehe. Es ist das einzige, was ich noch für sie tun kann."

Laurie saß in ihrem Zimmer und schrieb rasch. ‚Morgen erwarte ich Dich um vier Uhr am Fluß vor Deinem Haus. Ich habe Dir viel zu sagen, wofür sich gestern keine Gelegenheit bot.' Sie überlas das Geschriebene. Sogar ihr kam der Ton etwas zu entschieden, zu herrisch vor. Sie zerriß den Brief sorgfältig und schrieb: ‚Ich möchte Dich wiedersehen, morgen um vier Uhr, am Fluß vor Deinem Haus. Ich muß Dir etwas sagen, Geliebter, wofür sich gestern keine Gelegenheit bot. Mit ganzem Herzen und ganzer Seele Deine Laurie.'

Warum mußte man immerfort auf die Empfindlichkeiten anderer Rücksicht nehmen? Wenn man schnurstracks auf sein Ziel losging, den Dingen scharf zu Leibe rückte, gab es stets Unstimmigkeiten. Sie preßte die Lippen aufeinander, siegelte den Brief und schob ihn in ihr Mieder. Abends wollte sie ihn gelegentlich Stuart zustecken. Sie stand auf, erfrischt, unbeirrt, im Gefühl, die Lage voll zu meistern. Aber ihr Herz war beklommen, ihr Puls ging zu rasch. Sie blickte durchs Fenster. Das unverläßliche Frühlingswetter schlug um. Schon verfinsterte sich der Nordhimmel, und Schneekälte lag in der Luft. Trotzdem öffnete Laurie das Fenster, lehnte sich hinaus und bot ihr plötzlich sanft und heiß gewordenes Gesicht dem kalten Winde dar.

Sie dachte an Stuarts Zerknirschung, seine Güte, seine Angst um sie. Plötzlich war sie von liebendem Groll erfüllt. Er hatte ihr ja kaum geglaubt, als sie ihre Leidenschaft für ihn hinausschrie, ihre Besessenheit von ihm, ihren langen Weg zu ihm! Er hatte das alles für überspannt, für unschuldige Schwärmerei eines jungen Mädchens gehalten, die auszunützen ihm ungehörig schien. Eine Weile lang hatte zwar ihr wildes Echo auf sein unbändiges, lustvolles Verlangen ihn fast vom wahren Sachverhalt überzeugt, gleichzeitig aber zurückgehalten. Er wollte sie schonen! Ihre Hände umfaßten krampfhaft das feuchte Fensterbrett. Was wußte er von ihr? Wie konnte er die Hingabe und Sehnsucht begreifen, die sie auf eine Laufbahn gelenkt hatten, mit der sie seine Bewunderung und seinen Stolz zu erwecken hoffte?

Natürlich fiel es ihm schwer, sie zu verstehen! Ganz von ihrer Leidenschaft benebelt war ja die keineswegs naive Laurie nicht. Stuart, so sagte sie sich, war nur ein Provinzkaufmann, am Rande des wirtschaftlichen Zusammenbruchs. Er war ausschweifend, heftig, grundsatzlos, verschwenderisch und unbekümmert. Seine Ansprüche an das Leben würden immer seine Geldmittel überschreiten und ihn schließlich zugrunde richten. Er hatte zwar eine feine und scharfe Einfühlungsgabe, war aber geistig keine Leuchte. Er lebte ungeordnet und zügellos und würde immer ein derber Naturbursche bleiben, nur von seinen Lüsten und Launen und seinen ungestümen Begierden getrieben.

Warum liebte sie ihn dann? Was hatte sie in seine Arme und in den Bereich seines trostlosen Zusammenbruchs geführt, in dieses grauenhafte Provinznest, das sie verabscheute? Sie wußte keine rechte Antwort auf diese Frage. Sie wußte nur, daß sie sich immer, mit jeder Faser ihres Leibes, mit jedem Tropfen ihres Blutes, nach ihm gesehnt hatte. Wenn sie an ihn dachte, schmolz etwas in ihr, wurde wieder rein und zärtlich, weich und glühend.

Was lag an seinem Ruin? Was lag daran, wenn er dieses lächerliche Kaufhaus verlor? Sie hatte viel Geld. Und konnte noch viel mehr verdienen. Ihre Möglichkeiten waren unbegrenzt. Sie sah sich zusammen mit Stuart in Europa von einer schönen Stadt zur anderen reisen, gastlich aufgenommen von den Mächtigen und den Kunstfreunden. Ihr zuliebe würde man auch Stuart überall aufnehmen. Die feinen Leute erwarteten geradezu, daß eine berühmte Sängerin ihre Liebhaber hatte. Stuart sollte im strahlenden Hintergrund ihres Leben stehen, immer aufmunternd, immer bewundernd, immer stolz auf sie, immer voll Liebe und Leidenschaft. Nach jedem Triumph wollte sie in seine Arme zurückkehren und in diesen Armen liegen, wollte sie wieder ein Mädchen werden, schlicht und unterwürfig, sanft und demütig, bloß für ihn auf der Welt.

Wenn der unbehagliche Gedanke sie durchzuckte, es könnte Stuart nicht passen, der Nutznießer ihres Vermögens zu werden, schüttelte sie unwirsch den Kopf. So dumm würde er doch nicht sein! Geld war Geld. Ihr schon vorhandenes Vermögen, die noch zu erwartenden Reichtümer, ließen ihn bestimmt nicht kalt. Ohne es selbst recht zu wissen, setzte sie alles auf den Zug von Schwäche, den sie schon vor Jahren an ihm entdeckt hatte: er hatte sie gemacht; es war nur recht und billig, daß er den Lohn dafür einheimste.

Weder seine Lebensführung noch seine Daseinsumstände störten sie. Seine Tochter, dieses jämmerliche Würmchen? Lauries Mund wurde grausam. Sie lachte kurz auf. Sie haßte Mary Rose mit wilder Unbändigkeit, weil Stuart sie liebte. Sie, Laurie, wollte mit dieser Gefühlsduselei gründlich aufräumen! Sie spürte in sich eine Kraft und Entschlossenheit, der nichts widerstehen oder Schach bieten konnte. Sie plante nicht nur für sich, sondern auch für Stuart, und war in ihrem Machtgefühl überzeugt davon, daß er zu allem ja sagen, sich in alles schicken würde.

Dafür sollte er sie voll und ganz haben; sie wollte in seinen Armen zerschmelzen, ihr Leben und ihre ganze Seele ihm schenken. Wie konnte irgendein Mann einer solchen Aussicht, einer so herrlichen Zukunftsvision widerstehen?

Fast bis zur Unerträglichkeit verärgert und gereizt, ging Laurie zu der jämmerlichen kleinen ‚Garderobe‘ hinter der zugigen Bühne der Grandeviller Music Hall zurück. Die einstündige Probenarbeit mit der weinerlichen Miß Ellicott war ihr schwer auf die Nerven gefallen. Sie hatte die arme Person so lange tyrannisiert, bis die Begleitung der ‚ungekünstelten schottischen Balladen‘ halbwegs klappte. Wenigstens ein kleiner Trost! Hoffentlich war diese Dame jetzt nicht so eingeschüchtert, daß sie bei der Aufführung patzen würde!

Als Laurie die Garderobentür aufriß, sah sie Robbie und Alice, die auf sie warteten. Die Bürgermeisterstochter trug ein weites weißes Spitzenkleid und über den hübschen kleinen Schultern einen tief reichenden Kaschmirschal. Daß sie in anderen Umständen war, sah man deutlich; aber sie zeigte keinerlei Verlegenheit darüber. Sie umarmte Laurie mit herzlicher Begeisterung. „Wir haben deinen Brief erhalten, meine Liebe", sagte sie, „konnten aber nicht früher kommen."

Laurie nahm gelassen den Wangenkuß ihres Bruders in Empfang. Sie zitterte noch immer vor Wut, lächelte aber ziemlich friedfertig. Mit einem kurzen, heftigen Stoßseufzer setzte sie sich und musterte das junge Ehepaar, das sie zum letztenmal vor sechs Monaten in New York gesehen hatte. Sie warf einen prüfenden Blick auf Alice. „Na, wann?" fragte sie geradewegs.

Alice wurde rot. Sie sah Laurie schüchtern an. „In drei Monaten", antwortete sie und ergriff Robbies Hand. Zerstreut erwiderte er den Händedruck, während er seine berückend schöne Schwester, die ihrer Schwägerin widerwillig gratulierte, mit liebevoller, wissender Neugier betrachtete. Er schätzte sie sehr, und sein scharfer Geist las sehr viel in ihrem kräftigen, hübschen Gesicht.

„Wie man allgemein hört, machst du dich großartig, Laurie!" sagte er.

„Angeblich machst du selber dich auch nicht übel", erwiderte seine Schwester mit dem anmutigsten Lächeln, dessen sie fähig war. Sie saß auf einem primitiven Stuhl vor einem gesprungenen Spiegel; aber alles an ihr war Glanz und Pracht. Der mattgrüne Satin ihres Kleides bauschte sich um sie; ihre Rockreifen waren ausladend und mit ganzen Wasserfällen von Spitzen und Rosenknospen drapiert. Das Spitzenmieder verhüllte kaum die hübschen Brüste. Die völlig entblößten Schultern waren vollendet geformt. Das schlicht frisierte Haar war sorgsam von dem geistvollen Gesicht in einen schweren schimmernden Knoten zurückgekämmt, und über der rechten Schläfe stak ein Büschel rote Rosenknospen. Um den Hals lag eine blitzende Rubinenkette, die ihren roten Widerschein auf die weiche Haut warf. Passende Armbänder zierten die Gelenke unter den langen, nackten Armen. In diesem jämmerlichen, kalten Verschlag, der von Staub und Gerümpel starrte, nahm sich die Frau ganz unwirklich aus. In einer Ecke stand ein riesiges Arrangement von Rosen und Farnen aus Stuarts Glashäusern.

Obwohl Laurie sich sehr freundlich und liebevoll gab, war in ihrer Gegenwart die herzensgute Alice eingeschüchtert und erschauerte ein wenig.

Plötzlich wurde Laurie schweigsam und betrachtete ihre beiden Besucher mit festem Blick; ihre blauen Augen verschatteten sich und gingen schier über vor scharfem Nachdenken. Dann sagte sie unvermittelt, zu Robbie gewandt: „Natürlich ist es eine recht lästige Sache, aber ich habe euch aus einem triftigen Grund hergebeten. Robbie, gestern um vier Uhr nachmittag habe ich dich und Alice besucht. Ich wollte gewisse Rechtsfragen mit dir erörtern und ein bißchen mit deiner kleinen Frau und mit dir plaudern." Sie lachte gezwungen. „Als du mich nach Hause brachtest, ging es schon gegen Morgen. Es wurde ein ausgedehnter Besuch, weil ich dich schon länger nicht gesehen habe und viel über New Yorker Grundstücksangelegenheiten mit dir zu besprechen hatte."

„So, so!" sagte Robbie und lächelte gelassen.

Laurie sprang auf. Robbie spürte ihre ungeheure Tatkraft,

ihre Verachtung für diese Ausreden und ihren Zorn. „Ach, so eine widerliche Kleinstadt!" rief sie. „Aber dieses ganze Gelüge und Geschleiche ist hier anscheinend unumgänglich. Unsere teure Mama wird dich vielleicht ausfragen. Außerdem werde ich euch in den nächsten fünf Tagen möglicherweise öfter besuchen müssen." Sie warf rasch Alice, die sie völlig verdutzt anstarrte, einen Blick zu.

Robbie runzelte nachdenklich die Stirn. Er fühlte sich nicht berufen, seiner Schwester Vorhaltungen zu machen oder auch nur Fragen zu stellen. Er sah, daß sie eine erwachsene Frau war, achtunggebietend und stark. Er war ihretwegen weder beunruhigt noch verlegen. Sie wußte sicherlich jederzeit, was sie tat.

„Laurie", wand Alice ein, voll Entschlossenheit, trotz aller Verwirrung und Scheu, „ich weiß von allen diesen Dingen nichts. Meiner Meinung nach ist es ... deiner nicht würdig — dieses Versteckenspielen. Auf uns kannst du doch bauen."

Laurie knirschte mit den Zähnen. Doch sie erwiderte gleichmütig: „Daran zweifle ich nicht, Alice. Aber mir liegt es nicht, andere Leute ins Vertrauen zu ziehen. Ich bitte euch nur um eine Gefälligkeit, um euer Verständnis. Was ich tue, verantworte ich selber. Ich ziehe niemanden zu Rate." Sie sah Robbie an. „Hoffentlich wirst du dich nicht in der Rolle des gestrengen älteren Bruders aufspielen wollen?"

Lächerlich! dachte Robbie sehr belustigt. Sie ist einen Kopf größer und wiegt wahrscheinlich um die Hälfte mehr als ich. Sie könnte mich mit einem Finger beiseiteschieben. ‚Gestrenger älterer Bruder' — ausgerechnet! Sein starker Sinn für alles Groteske zwang ihm ein Lächeln ab. Was hatte die Range vor? Natürlich steckte ein Mann dahinter — so weit kannte er seine Pappenheimer. Aber welcher Mann? Der noble Herr im Haus seiner Mutter? Er hatte Andeutungen darüber in den Grandeviller Zeitungen gelesen. Doch warum mußte Laurie sich mit ihm in die Büsche schlagen? Es ging doch ebensogut in ihren eigenen Räumen. Wahrscheinlich, dachte er spöttisch, wünschte der noble Herr nicht, die ‚Heiligkeit' von Janies Haus zu entweihen.

Er war nicht im mindesten beunruhigt, was er vielleicht bei einer gefügigeren und weniger ‚hellen‘ Schwester gewesen wäre. Sein abschätzender Blick hatte sie als das erkannt, was sie war.

Er lehnte sich in seinem unbequemen Sessel zurück, kreuzte die Beine und betrachtete Laurie spöttisch. Während sie seinen Blick ungeduldig und unduldsam erwiderte, sagte er in mildem Tone, als spräche er über etwas ihn nur akademisch Interessierendes: „Laurie, mir kommt vor, daß du gern den Stier an den Hörnern packst. Irgendwann hast du gelernt, daß nach Euklid die Gerade die kürzeste Verbindungslinie zweier Punkte ist. Zum Pech von Leuten deines Schlages nimmt dieses Axiom nicht Bedacht auf die menschliche Natur und auf die Empfindlichkeit anderer Leute, die dagegen aufbegehren könnten, wenn du in der Luftlinie auf dein Ziel zusaust. Ich weiß nicht, ob du mich verstehst.“

Laurie blickte ihren Bruder mit plötzlichem Ingrimm an, und hoch auf ihren Jochbeinen erschien ein aprikosenfarbener Anflug. Die langen Finger ihrer weißen Hand begannen, auf die staubige Platte des Putztisches zu klopfen, und ihr Fuß folgte dem Rhythmus.

Sie sagte: „Immer der kluge Verstandesmensch, ich verstehe. Du bist die Abgeklärtheit selber geworden, Robbie. Früher hattest du nur Spott für Leute, die auf ihrem Wege zwischen zwei Punkten menschliche Empfindlichkeiten zu schonen trachteten. Soll ich dir gratulieren zu deiner Altersweisheit, oder dir mein Beileid aussprechen zu einer Einbuße an Wirklichkeitssinn?“

Robbies sonst so glatte Stirn legte sich in Falten. Er sah Laurie fest an und erwiderte: „Ich würde eher meinen, daß ich an Wirklichkeitssinn gewonnen habe.“

Er stand auf. Während seine Schwester ihm spöttisch zulächelte und noch rascher mit den Fingern auf die Tischplatte klopfte, fügte er hinzu: „Du magst das überheblich finden, Laurie, aber mir fällt ein Ausspruch Hesiods ein: ‚Denn ein solches Gebot erteilte Kronion den Menschen: Bestien zwar und Fische und flügelspannende Vögel sollten einander verschlingen; denn sie ermangeln des Rechtes. Aber den Menschen verlieh er das Recht, der Güter Bestes bei weitem.' " Er begann nachdenklich, mit gesenktem Kopf, in dem dumpfigen, engen Raum hin und her zu schreiten. „Irgendwo", überlegte er, „und unter irgendwelchen Umständen, die ich nur mit Besorgnis vermuten kann, hast du gelernt, rücksichtslos auf Beute auszugehen und sie zu ‚verschlingen'. Du hast deine eigenen Wünsche zu deinem Leitstern gemacht. Das ist traurig für dich, Laurie. Du wirst daran leiden. In gewisser Beziehung bedauere ich dich außerordentlich."

Mit lächelndem Groll und zusammengepreßten Lippen hörte sie ihn an. Dann entgegnete sie: „Bei aller pflichtschuldigen Bewunderung für deine Gelehrtheit kann ich deinen klassischen Zitaten nicht folgen. Ja, ich habe im Leben allerlei gelernt. Aber das gehört nicht hierher. Ich bin zu einem ganz bestimmten Zweck, einem für mich lebenswichtigen Zweck, nach Grandeville zurückgekommen. Ich werde bald wieder abreisen. Um was es sich dabei handelt, ist meine Sache. War es zu ungehörig von mir, daß ich dich um Hilfe bat?"

Er blieb schweigend vor ihr stehen. Aber sie sah seine scharfen schwarzen Augen auf sich gerichtet, und der Blick dieser Augen war freundlich — freundlicher, so schien es ihr, als je. Etwas regte sich schmerzvoll in ihr; unwillkürlich wurden die harten Linien um ihren Mund weicher. Er sagte: „Nein, Laurie, es war nicht ungehörig. Wie ich sehe, bist du kein Kind mehr. Wenn wir dir helfen können, brauchst du es bloß zu sagen."

Er bereitete sich zum Gehen und streckte Alice, um ihr beim Aufstehen zu helfen, die Hand hin. Bei dieser zärtlichen Geste leuchtete plötzlich ihr Gesicht auf; sie faßte seine Hand und erhob sich. Von den Höhen ihrer Liebe lächelte sie strahlend der armen Laurie zu, die nur ihrer Schönheit und ihres Ruhmes und ihres großen Reichtums wegen Anwert fand.

Laurie beobachtete die beiden; ihre Miene wurde wieder spöttisch. Auch sie stand auf. „Schönen Dank, Robbie! Und jetzt muß ich mich, glaube ich, für mein Auftreten vor dem ‚erlesenen' Publikum rüsten."

LVII

Für die Cauders waren besondere Sitze in der Nähe des Podiums aufgestellt worden. Zur Rechten Janies saß Bertie, blaß und zum Skelett abgemagert, aber wie gewöhnlich freundlich lächelnd. Sobald jedoch dieses Lächeln schwand, wurde das Gesicht unter dem dichten rötlichen Lockenhaar hager und leidend und alt. Seine Hände zitterten ständig. Zum erstenmal seit Monaten erschien er in der Öffentlichkeit, und die Zuhörer in der Nähe wisperten und schmunzelten. Er schien nichts davon zu bemerken und bedachte auch die boshaften Gesichter, wenn sein Auge sie streifte, mit seinem zerstreuten, strahlenden Lächeln. Das brachte sie zum Schweigen, obwohl es nicht im mindesten diesen Zweck verfolgte.

Zur Linken Janies hatten Angus, seine Frau und ihre Eltern Platz genommen. Angus lehnte steif da, wie ein mit künstlichen Stützen aufgesetzter Leichnam; aus seinem bleichen Gesicht starrten ausdruckslos graue Augen, kalt und matt wie glanzlose Steine. Robbie saß natürlich neben Bertie und verwickelte ihn in ein liebenswürdiges, unverbindliches Gespräch, während Alice seine Hand faßte, ohne Widerhall zu finden.

Hinter den Cauders saßen Stuart und seine beiden Freunde, Vater Houlihan und Sam Berkowitz. Sam verhielt sich ruhig und schweigsam, weil er vor kurzem seine Mutter verloren hatte. Auch der Geistliche schien, ohne ersichtlichen Grund, müde und abgespannt. Stuart selbst war hochgemut, überschäumend von Frohsinn; in seinem Blick lag eine Glut, eine Überschwenglichkeit, wie sie seine Freunde schon seit Jahren nicht an ihm gesehen hatten. Aber sie entdeckten an ihm auch eine Art wilder Berauschung, eine fiebrige Unrast. Wenn man ihn ansprach, faßte er kaum ein Wort auf, und sein Kopfnicken, seine Gebärden vollzogen sich ganz mechanisch.

Der Konzertsaal war kalt, zugig und beengt. Während des Baues waren der Stadtverwaltung die Geldmittel ausgegangen, so daß man keine Saaldecke mehr eingezogen hatte. Hoch über den Köpfen der Zuhörer schwebte drohend ein wirres Durcheinander von spinnwebigen Sparren, Säulen und Querbalken. Den staubigen, abgescheuerten Vorhang aus billigem rotem Baumwollsamt hatte man als ausgedient von einem Theater übernommen. Vom Dachstuhl hing ein beängstigend schwingender Lüster, der aus Leuchtgasdüsen zischte und blubberte; gegen seinen widerlichen Gestank kamen die Parfüms sämtlicher Damen nicht auf. Aber es handelte sich um eine Neuerung im Beleuchtungswesen, auf die sich nur bewundernde und sehr stolze Blicke richteten. Die feuchten Wände trugen eine grobe, wie vom Aussatz zerfressene braune Tünche. Der Fußboden bestand aus rohen, buckligen Bohlen. Die in aller Eile aus Kirchen und Versammlungshäusern zusammengetragenen verschiedenartigen Stühle waren unbequem und standen in krausen Reihen.

Aber in diesem Rahmen, unter dem flackernden, blinkernden, unsteten Licht, saßen pomphaft die Damen der guten Gesellschaft, ließen ihre Federfächer spielen, ihre Ziertücher flattern und ihre Haubenhüte wippen, kokettierten mit ihren Verehrern und plusterten sich auf, völlig überzeugt davon, daß hier ein hervorragendes Ereignis vor einem hervorragenden Publikum abrollen, daß die Sängerin von der weltstädtischen Aura dieses Saales und dem Urteilsvermögen der darin weilenden Zuhörerschaft geblendet sein würde. Die noblen Damen hatten beschlossen, sich von Miß Laurie Cauder nicht übermäßig beeindrucken zu lassen und mit dem Beifall zu kargen, um ihr eine Bescheidenheit beizubringen, die sie in den Prunksälen New Yorks und Europas nicht gelernt hatte.

So wurde Laurie, als sie das Podium betrat, nur mit gemessenem, schütterem Applaus begrüßt, für den sie mit einer spöttischen Verbeugung dankte. Das Rampenlicht zuckte launisch. Sie roch das Leuchtgas, den Staub, die Feuchtigkeit. Sie trat näher an die Rampe, gefolgt von Miß Ellicott, in deren Miene sich Haß gegen die berühmte Künstlerin mit Angst und Befangenheit mischte.

Laurie blickte ihr Publikum an. Mit dem feinen Empfindungsvermögen der Künstlerin spürte sie sofort die Stimmung heraus. Man erwies ihr zwar die ‚Ehre' der Anwesenheit; aber die Leute glotzten sie hoheitsvoll durch die Operngläser an und flüsterten miteinander. Offenbar tauschte man abschätzige Bemerkungen über sie aus.

Sie öffnete den Mund, und die Zuhörer waren verblüfft. Sie hatten sich eine sanfte, tremolierende Stimme erwartet, sehr hübsch und niedlich und eingänglich. Was aber an ihre Ohren drang, war eine Flut geschmolzenen Goldes, rein und strahlend und mächtig. Es war, als stiege ein großer goldener Vogel, mit weitgebreiteten Schwingen, zu einem goldenen Himmel empor. Mühelos, aber unglaublich kraftvoll erhoben sich die überirdischen Töne, schwebten zum Dach, prallten von den Wänden zurück und erfüllten den ganzen Raum, daß die Zuhörer atemlos staunten.

Auch Stuart war ganz still und reglos geworden. Ihm schien, als sänge Laurie für ihn allein. Diese sieghafte, machtvolle Stimme überwältigte ihn, erfüllte ihn mit wildem Entzücken und Stolz und bebender Leidenschaft. Laurie! Laurie! Sie blickte ihn an, lächelte ihm sogar während des Singens zu! Wie betäubt sah er ihre Brust sich heben und senken, gleich dem gemessenen Auf und Ab einer Welle.

Etwas von der Magie ihrer Stimme teilte sich auf geheimnisvollen Wegen ihr selber mit: sie schien von Helligkeit umflossen, ihr Gesicht strahlte, ihre sparsamen Gesten waren wie Glanzlichter.

Und dann verstummte sie. Man hörte keinen Laut, außer dem Summen des Lüsters. Wieder verbeugte sie sich spöttisch, mit hochgezogenen Brauen. Die Zuhörer starrten sie an, in völlige Bewegungslosigkeit gebannt, unfähig, auch nur eine Hand zu rühren.

Nach Erledigung ihres Programmes verkündete Laurie: „Und jetzt, liebe Freunde, möchte ich Ihnen zum Dank für Ihre Aufmerksamkeit noch ein Lied vortragen, das Sie nirgends gedruckt finden werden. Dieses Lied hat mein Vater in den Bergen Schottlands komponiert und gesungen. Ich habe keine Begleitmusik dazu und werde es Ihnen allein singen."

Einige Zuhörer, die inzwischen den Bann überwunden hatten, klatschten schüchtern. Aber alle übrigen waren noch erstarrt, noch betäubt — bis auf einen Mann, dessen neben ihm sitzende Frau nicht bemerkt hatte, wie krampfhaft er bei Lauries Worten aufgefahren und wie sein Gesicht verfallen war.

Und nun hob Laurie den Kopf. Das unstete Gaslicht beleuchtete ihr plötzlich die Augen, deren Höhlen von mächtigen blauen Flammen erfüllt schienen. Jetzt blickte sie nicht Stuart an. Sie suchte das Gesicht ihres Bruders, Angus' Gesicht, und hielt den Blick auf ihn geheftet.

Sie sang das Lied ihres Vaters: ‚O Morgenstern!' Sie sang die schlichten, aber ergreifenden Worte, die reine, zarte, leidenschaftliche Melodie. Ihre Stimme bebte, wurde eine Sturzflut von glitzernden Kristallen oder von Tränen, schwang sich in wilder Beschwörung empor, als stiege sie zu einem dunklen Morgenhimmel auf, in dem ein Stern mit frohlockendem Glanz brannte. Diese Stimme war wie das Erheben marmorner Beterhände, wie ein demütig, aber hochgemut zum dämmernden Himmel gekehrtes Gesicht. Diese Stimme war der Ruf einer Seele, betend, flehend, mit Gott Wechselrede führend, von Stolz erfüllt über die Gewißheit, Ihn zu kennen. Diese Stimme war der Flügelschlag eines Engels, der sich beim Werden des Tages ins Licht schwingt. Sie war süße, ehrfürchtigste Verzückung, durchscheinend und körperhaft zugleich.

Niemand sah, daß Angus sich mit fahlem, feuchtem Gesicht vorbeugte, um besser zu hören. Niemand gewahrte, daß er wie in wilder Qual die Hände zum Kopf führte. Niemand beachtete, daß er nur seine Schwester und sie nur ihn anblickte, daß sie ihm mit aller Macht und mahnenden Zärtlichkeit ihrer Stimme zurief, als erinnerte sie sich plötzlich seiner und streckte ihm in einer allerletzten flehentlichen Beschwörung die Hände entgegen.

„Bei Gott", rief Bertie, als der letzte Ton verklungen war, „das Mädel hat eine wunderbare Stimme! Wenn unser Vater sie bloß hätte hören können!"

Janie wischte sich empfindsam die Augen. „Ach, es ist schon ein herrliches Bewußtsein, daß man eine solche Stimme der

Welt geschenkt hat", seufzte sie. Robbie lächelte, sehr bewegt, seiner Frau zu. Angus aber saß wie ein Toter in seinem Sessel, die eine Hand an die Schläfe gepreßt, in der es von furchtbarem Schmerz wild pulste.

Laurie verbeugte sich nochmals lächelnd und machte, mit den grünen Rocksäumen den Fußboden streifend, ein paar Schritte rückwärts. Dann drehte sie sich jäh dem Ausgang zu und war im nächsten Augenblick verschwunden. Auf dem Podium blieb eine merkwürdige Aura zurück, leuchtender als das matte Flackern des Lampenlichts, eine Art schwach schimmernden Astralleibes.

Als die Zuhörer endlich in die Wirklichkeit zurückfanden, begannen sie leise, unzusammenhängend zu murmeln, wie in der Benommenheit vor dem vollen Erwachen. Und so dauerte es einige Augenblicke, ehe ihnen ins Bewußtsein drang, was Grete Cauder laut und angstvoll rief: „Angus! Mein Mann ist ... Mein Mann ist ohnmächtig geworden!"

LVIII

Mit verweintem Gesicht führte Grete ihre Schwiegermutter und Laurie in das verdunkelte Zimmer, wo Angus lag. Die dicken roten Vorhänge waren fest geschlossen, so daß nichts von der Lichtflut der Aprilsonne eindringen konnte. Ein heißes Feuer verstärkte den Eindruck des Abgeschlossenen, fast Erstickenden dieses Gemachs. Die Gerüche ungelüfteter Räume lasteten schwer über allem. Janie atmete keuchend und führte ihr lavendelgetränktes Taschentuch zur Nase. Laurie aber schritt zum Bett und betrachtete in kühlem Schweigen ihren Bruder. Grete war nahe der Tür stehengeblieben, rang wimmernd die Hände und warf verstohlen feindselige Blicke auf Laurie.

Angus lag auf seinen weißen Kissen, das Gesicht verzerrt und grau, die Augen eingesunken. Seine mageren Hände bewegten sich ruhelos, als wollten sie etwas fassen. Als Janie das bemerkte, flüsterte sie mit schriller Stimme: „Ach, mein Gott! Schaut, was der Junge macht!" und brach in Tränen aus.

Grete riß sich aus ihren Haßgefühlen gegen Laurie, stürzte zum Bett und beugte sich über ihren Gatten. Sie suchte nach Todesvorzeichen; aber was Angus mit seinen Händen tat, machte er schon die ganze Zeit seit gestern abend. Gretes Schreck schlug in Groll gegen Janie um, und sie sah die Schwiegermutter wütend an.

„Er zupft noch nicht an der Sterbedecke", stieß sie heiser hervor. „Er schläft und hat einen bösen Traum."

„Ja", wiederholte Laurie kühl. „Er hat einen bösen Traum."

Sie setzte sich, wie sie war, mit Mantel und Haube, an das Bett. Ein Öllämpchen brannte matt ins Halbdunkel und verwandelte die Haarlocke auf Lauries Stirn in Goldfiligran. Sie blickte den Bruder ohne sichtliche Erregung an und beobachtete dann belustigt die beiden anderen Frauen, die messerscharfe Blicke tauschten.

Laurie fand Grete abstoßender denn je. Das weite, spitzenbesetzte violette Hauskleid verbarg nicht im mindesten, daß sie in anderen Umständen war, betonte es eher noch. Ein fürchterliches Geschöpf! Aber auch bedauernswert! Offenbar liebte sie ihren Gatten innig, der jetzt dalag, ganz in die eigenen Schrecken und Qualen verstrickt.

In Lauries Seele war wenig Platz für Mitleid. Als sie jedoch Angus' Frau ansah, verspürte sie, bei aller gewohnten Kälte und Fremdheit, so etwas wie Mitgefühl. Überhaupt hatte sie in den letzten Tagen eine neue Weichheit und Wärme gewonnen, so daß mehr menschliche Empfindungen in ihr geweckt wurden. Sie lächelte der jungen Frau zu, die es inzwischen satt bekommen hatte, Janie mißgünstig anzustarren.

„Er sieht nicht so schlecht aus", meinte Laurie beschwichtigend. „Was haben seine Ärzte gesagt?"

Die freundliche Stimme und der helle Schein in Lauries Augen verblüfften Grete. Sie zerschmolz vor Selbstbedauern, und die Furcht wich von ihr. Sie begann zu schluchzen. „Es ist einer seiner Anfälle, sagen sie. Aber besonders arg. Es steckt im Kopf, weißt du. Er hat ganz starkes Kopfweh. Eine Zeitlang hat er keine Anfälle gehabt, und wir hofften schon, sie würden überhaupt nicht mehr kommen."

Janie mußte in der Hitze und Abgesperrtheit des Raumes wieder nach Atem ringen. „Was der Junge braucht, ist ein bißchen Luft und Licht", erklärte sie laut. „Es ist erstickend hier." Sie ging zu einem Fenster, zog die Vorhänge zurück und öffnete. Auf den Flügeln eines Windstoßes drang Sonnenlicht in den Raum. Die Lampe flackerte und wurde noch matter. Ein Lichtbündel traf Angus' Gesicht; er bewegte sich und murmelte.

„Oh!" rief Grete und stapfte unbeholfen zum Fenster. „Das darfst du nicht tun! Die Ärzte haben ihm Ruhe und Dunkelheit verordnet!" Aber vor Janies bösen grünen Augen sank ihr der Mut.

„Du bringst meinen Jungen um", rief Janie. „Er braucht Licht und Luft. Und solange ich hier bin, sorge ich dafür."

„Das ist unvernünftig von dir, Mutter", erklärte Grete ängstlich. „Du machst ihn nur noch kränker."

Als Laurie bemerkte, daß ihr Bruder am Erwachen war, rief sie: „Wenn ihr beide nicht zu keifen aufhört, stört ihr ihn mehr als die Luft und das Licht."

Angus drehte den Kopf auf den Kissen hin und her, als hätte er große Schmerzen. Und dann öffnete er sehr langsam die Augen. In ihren ausgeschöpften grauen Tiefen zeigte sich kein Erkennen, als er mit der leeren Müdigkeit des kranken, noch in Fieberträumen befangenen Kindes die still neben ihm sitzende Schwester anblickte. Sie beugte sich zu ihm. „Angus", flüsterte sie freundlich. „Ich bin's, Laurie. Fühlst du dich ein bißchen besser?"

Aber er antwortete nicht. Er starrte sie bloß an, als bemühte er sich, mit dem Blick eine Nebelschicht zu durchdringen. Und dann glomm endlich in seinen Augen ein schwacher, matter Funke des Erkennens auf, und seine Lippen öffneten sich zu einem Seufzer. Er versuchte zu lächeln. Seine Hand hob sich.

Laurie zögerte. Dann faßte sie die Hand und lächelte ihm strahlend zu.

„Wie ich sehe, geht es dir schon besser. Wir haben eben von deiner plötzlichen Erkrankung gehört. Aber es ist, sagt man mir, nichts Ernstes. Du mußt nur Ruhe halten."

Die Hand unter ihren Fingern war kalt und feucht und schwach. Am liebsten hätte Laurie sie losgelassen. Aber ihr zurückgestautes Mitleid durchbrach alle Dämme und überflutete sie. Sie umklammerte seine Hand, als wollte sie ihm etwas von ihrer Kraft und Gesundheit mitteilen. In ihrem sonst so kühlen Herzen flatterte flügelschlagend tiefer Schmerz. Sie spürte ein Brennen in den Augen, eine Traurigkeit, die sie ganz durchdrang.

Angus bewegte die Lippen, wollte etwas sagen. Schließlich murmelte er: „Dieses Lied, Laurie. Vaters Lied."

Die Worte waren schlicht und kindlich. Das schmerzliche Flügelschlagen in Lauries Herzen wuchs mächtig. Sie beugte sich näher zu ihrem Bruder. Sie flüsterte: „Ich habe es für dich gesungen, Angus."

Plötzlich, zu ihrem Staunen — oder verwunderte es sie nicht? — verfinsterte sich seine Miene, wurde angespannt und vorwurfsvoll, und erbittert. Er entzog ihr seine Hand. „Das ist grausam gewesen von dir, Laurie", sagte er, und seine Stimme war hart geworden.

Sie sah ihn bloß schweigend an. Dann rief sie: „Nein! Es ist nicht grausam gewesen, Angus. Es war ein letzter Versuch, an dich heranzukommen. Ich hoffte, es würde gelingen — auch um meinetwillen!"

Janie und Grete traten ans Bett und hörten bestürzt zu. Sie vergaßen ihre Feindschaft und tauschten verdutzte Blicke. Grete sagte: „Du regst ihn auf, Laurie."

Laurie erhob sich. Noch immer blickte sie ihren Bruder an. Auf ihren Wangen lag Röte, in ihren Augen Zorn, aber auch flehentliche Bitte. „Ich hätte mir die Mühe sparen können, was, Angus?" fragte sie.

Schweigend wandte er den Kopf halb ab. Sie seufzte achselzuckend. „In Ruhe lassen", sagte sie zu ihrer Mutter, „ist das einzige, was man für ihn tun kann."

Sie zögerte. Sie sah sein von trüber Vereinsamung gezeichnetes Profil auf den Kissen. Sie wollte gehen. Aber etwas zwang sie, mit zitternder Stimme zu sagen: „Angus, hast du mich ganz vergessen? Ich bin noch immer die alte Laurie, weißt du das nicht?"

Er seufzte schwer, ohne sie anzusehen. „Nein", hauchte er, „du bist nicht mehr die alte Laurie."

Trotz ihres verzehrenden Schmerzes wurde ihr Mund hart. „Dann bist auch du nicht mehr der alte Angus", erwiderte sie.

Sie wartete auf Antwort; aber er sagte nichts mehr. Sie blickte ihre Mutter an und winkte ihr. Janie beugte sich über ihren Sohn und küßte seine blassen Wangen mit ihren trockenen, rougebedeckten Lippen. Er gab kein Zeichen des Erkennens. Die beiden Frauen verließen miteinander das Zimmer.

Grete zog wieder die Vorhänge vor; Licht und Luft durften nicht länger hinein. Auf den Zehenspitzen schlich sie wieder zu ihrem Gatten. Er schien zu schlafen.

LIX

Der Fluß rann dunkel und mit fernem Rauschen unter einem hohen, grauen, gespenstig dämmernden Himmel. Alle Farben der Erde waren verbleicht und erloschen, so daß selbst das Gras in der Nähe, die grünenden Bäume, die braunen Blumenbeete verschwommen und schattenhaft aussahen, als gehörten sie einer Traumwelt oder einem fremden Planeten an. Kein Vogel sang, kein Lüftchen regte sich. Das Firmament schien eine ungeheure Höhle, die alle Töne verschluckte oder dämpfte. Selbst Stuarts Haus am Hang rückte, wie aus schwebenden Nebeln geformt, in unwirkliche Ferne.

Es war ein Bild, eine Umwelt, die Laurie bedrückten und beunruhigten. Ihr fiel der Traumgarten ein, von dem Stuart ihr vor langer Zeit erzählt hatte. Sie ging mit ihm am Flußufer, in tiefem Schweigen, das sie beide seit einer Weile nicht brechen konnten, weil sie die Empfindung hatten, körperlos in luftleerem Raum über einer Landschaft zu schweben, die nur schwach ausgeformt war und jeden Augenblick verschwinden konnte.

Sie blieben Hand in Hand stehen und betrachteten den Fluß, den sie zwar sahen, von dem sie aber nur ein dumpfes Murmeln hörten, mit dem die eine glatte, schimmernde Welle in die andere glitt, als bestünden sie aus klanglosem Glas. Das kanadische Ufer hatte sich in einen treibenden grauen Nebel aufgelöst, so daß der Wasserfläche keine sichtbare Grenze gesetzt war. Trotz des nahen Sonnenuntergangs glühte der Westhimmel nicht, sondern lag bloß in schattenhaftem Purpur, das zusehends dunkler wurde.

Laurie und Stuart fanden einen großen, flachen, weißlichen Stein und setzten sich darauf. Stuart steckte sich unbehaglich eine Zigarre an. Laurie sah den grauen Rauch träge in eine Luft zerfließen, die kaum weniger grau und träge war. Ihre Augen waren müde, ihr Blick richtete sich sinnend nach innen. Ihre Hand, um die sich Stuarts Finger legten, war das einzige Warme in dieser stillen Düsternis.

Er sagte freundlich: „Ich bin mir schon lange klar darüber, daß bei Angus Hopfen und Malz verloren ist. Du quälst dich ganz umsonst, Liebling."

Sie rückte voll Unrast hin und her. Sie seufzte, und ihre Miene wurde trauriger, finsterer. „Es war dumm von mir, auch nur den Versuch zu machen. Er hat vor vielen Jahren angefangen sich zu ändern, und ich konnte nichts tun als es mit ansehen. Weiß Gott, was gestern abends über mich gekommen ist! Vielleicht tat ich es bloß, weil ich" — und sie lachte trübselig auf — „mich nie geschlagen gebe und doch noch hoffte, zu ihm durchzudringen."

Sie schob sich unmutig das Haar zurück und warf den entblößten Kopf hoch. In dem traumhaften Dämmerlicht loderte ihr Haar leuchtend gelb; aber aus ihrem Gesicht war alle Farbe gewichen. In düstere Gedanken versunken, vergaß sie ihren Begleiter völlig. Er betrachtete aufmerksam ihr klassisches Profil, alle die deutlichen, klaren Flächen und feinen Rundungen. Welch eine Frau war das! Bisher hatte er nie eine richtige Frau kennengelernt, eine Frau voll Lauterkeit und Seelenstärke, voll Zielbewußtheit und Entschlossenheit, die dennoch so zärtlich, so voll süßer, wilder Leidenschaft sein konnte. Ihr gegenüber fühlte er sich schwach, ausgebrannt, wankelmütig. Und wiederum fragte er sich verwundert, warum sie ihn liebte. Handelte es sich um irgendeine Selbsttäuschung, die ihr Urteilsvermögen trübte? Er lächelte bekümmert. Nein, Trugbildern gab sie sich nicht hin. Manchmal war sie völlig freimütig, ja grob geworden und hatte ihm recht gegeben, wenn er erklärte, er habe sein Leben ,verpatzt und vertan'.

Sie wird bald wegfahren, dachte er, und mich — gebe es Gott! — vergessen. Der selbstlose Gedanke war ihm zwar überaus schmerzlich, gab ihm jedoch merkwürdige Kraft und Beherztheit. Er hatte ihr ja nichts zu bieten, nicht einmal seelische Frische oder Zukunftshoffnungen. Nicht einmal die zweifelhafte Ehre seines Namens. Aber sie wird mich bestimmt vergessen! beruhigte er sich. Wer bin ich, verglichen mit den Männern, die sie kennengelernt hat und noch kennenlernen wird?

Indes erfüllte ihn demütige Verwunderung darüber, daß sie überhaupt von so weit her gekommen war, um mit ihm beisammen zu sein, daß sie durch Schattenbilder hindurch bis zu seiner Wirklichkeit vorgestoßen war. Welche Zähigkeit! Welche Einbildungskraft! Mitleid mengte sich in seinen bitteren Kummer, und er hob ihre Hand zu seinen Lippen.

Sie lächelte ihm zerstreut zu. Ihre Augen waren noch verschattet von Unrast und Qual. Sie dachte noch immer an Angus.

Leise sagte sie: „Wir beiden — Angus und ich — sind oft hier am Fluß spazieren gegangen. Wir hatten einander immer so viel zu sagen. Wie könnte ich ihn vergessen, ihn im Stich lassen? Er ist ein Teil meiner Kindheit. Er war mein Freund. Wir haben uns sehr liebgehabt. Und dann hat er sich so geändert! Ich habe die Mutter wegen ihres verhängnisvollen Einflusses auf ihn gehaßt. Aber jetzt bin ich von ihrer Schuld nicht mehr so völlig überzeugt. Nur ein Schwächling läßt sich von einem anderen Menschen in Verderben und Untergang treiben."

Mit einer an ihr seltenen Heftigkeit riß sie ihre Hand aus Stuarts Fingern, ballte sie zur Faust und schlug sich damit auf das Knie. In einer Art unterdrückter Wildheit rief sie: „Ich weiß nicht, warum ich dieses Lied gesungen habe! Ich bin einem unbewußten Antrieb gefolgt. Bis zuletzt war ich unschlüssig, ob ich es tun sollte oder nicht. Dann aber habe ich sein Gesicht gesehen und seinen Körper, diesen lebenden Leichnam, und zum erstenmal seit Jahren kam es mir schrecklich vor, daß der Mann dort neben seiner stumpfen, albernen Frau, daß diese Ruine, dieser Steinhaufen eines zerstörten Lebens, Angus sein sollte, mein Bruder! Und plötzlich hörte ich den Vater ihm das Lied singen und sang es einfach mit. Der Vater streckte seinem Sohn durch mich die Hand entgegen, seine Stimme tönte in meiner."

Sie verstummte. Ihr Atem ging schwer, unregelmäßig. Dann blickte sie Stuart an, und ihre Augen waren voll Kummer und Tränen. „Es klingt lächerlich, ich weiß. Aber ich habe gesehen, wie der Vater Angus fassen wollte, um ihn zu retten. Ich ... ich glaube, daß vielleicht so manchesmal die ‚Toten' sich der Stimme und des Körpers eines lebenden Menschen bedienen, um jemanden zu rufen oder ihm die Hand entgegenzustrecken. Jedenfalls hatte ich gestern die Empfindung, daß es sich mit Vater und Angus so verhalten hat."

Stuart legte seine große, warme Hand fest auf die eiskalten, zur Faust geballten Finger auf ihrem Knie und entgegnete gelassen: „Das ist gar nicht lächerlich." Seufzend blickte er über den still dahingleitenden Fluß. „Vor einem oder zwei Jahren habe ich von meiner Mutter geträumt. Sie war ein armes, gütiges, farbloses Geschöpf. Im Traum kam sie zu mir, nahm mich an der Hand, zog mich aus dem Bett und sagte zu mir: ‚Stuart, du warst immer überzeugt, daß du Feinde hast. Und darunter vielleicht einen, der besonders gefährlich ist. Du hast recht. Es gibt einen sehr gefährlichen Feind für dich. Komm mit mir, wir wollen gemeinsam dein Leben durchschreiten, und ich zeige dir das Gesicht dieses Mannes, damit du ihn genau kennst und nie vergißt!' "

Laurie versuchte zu lächeln, zu reden, schwieg aber. Als jedoch Stuart nicht weitersprach, sondern nur mit sehr trauriger Miene auf den immer dunkler werdenden Fluß starrte, fragte sie schließlich: „Nun, Stuart? Hat sie dir das Gesicht deines Feindes gezeigt?"

Ohne sie anzublicken, erwiderte er: „Ja. Sie führte mich durch einen Dschungel, so verfilzt und überriechend, wie man es sich ärger nicht vorstellen kann, voll von Gezisch und Geraschel, von Fallgruben und Schlinggewächsen mit erschreckend roten Blüten. Es war Nacht, und ein scharlachfarbener Mond lugte durch die nach Luft ringenden Baumkronen. Endlich führte sie mich zu einem kleinen Weiher mitten im stinkenden Unkrautgewirr und zeigte auf die Wasserfläche. ,Da drinnen ist dein Feind. Laß dich rechtzeitig vor ihm warnen!' Ich blickte in den Weiher und sah mein eigenes Gesicht."

Er seufzte wieder und versuchte zu lächeln. „Eigentlich hat sie ja recht gehabt . . . Und ich bin überzeugt davon, daß sie in jener Nacht wirklich zu mir gekommen ist."

Laurie saß sehr still auf ihrem Stein. Alle Lebenskraft schien aus ihr entsickert zu sein, und nur Unrast war geblieben. Sie bemerkte: „Genauso habe ich an Angus heranzukommen versucht. Es war ein Mißgriff. Ich habe ihm nur Schmerz bereitet. Jetzt haßt er mich."

Aber Stuart erwiderte rasch: „Wie kannst du das jetzt schon sagen? Vielleicht wird er dich später einmal verstehen." Er lachte mit verzerrtem Munde. „Ich habe mich auch um Angus bemüht und es schließlich aufgegeben. Aber vielleicht habe ich in seine Seele einen Samen gelegt, der einmal, wenn man es am wenigsten erwartet, aufgehen mag. Zumindest schmeichelt dieser Gedanke meiner Eitelkeit."

Sie nahm seine Hand und hielt sie fest. Er legte den anderen Arm um sie, und sie bettete den Kopf auf seine Schulter. Sie flüsterte: „Stuart, wann fährst du wieder nach New York?"

Mit erzwungener Unbeschwertheit — aber sein um Laurie gelegter Arm wurde schlaff — antwortete er: „Das weiß ich nicht, Liebling. Wozu soll ich hinfahren? Die Lieferungen, die ich aus Frankreich und England bestellt habe, sind, um das Kriegsministerium zu zitieren, ‚auf unbestimmte Zeit zurückgestellt‘ worden. Baumwollieferungen aus dem Süden gibt es jetzt überhaupt keine mehr. Natürlich könnte ich Schmuggelware kaufen, aber das mag ich nicht. Die Phantasiepreise dafür könnte ich schon bezahlen; ich mag es nur nicht."

Sie wandte ein: „Aber Baumwolle wird doch in Neuengland verarbeitet, nicht?"

„Bisher habe ich die Baumwolle selbst gekauft und nach Neuengland geschickt, wo sie nach meinen eigenen Mustern zu sehr vernünftigen Preisen verarbeitet wurde. Das geht natürlich jetzt nicht mehr. Gewiß könnte ich von den Fabriken gewöhnliche Baumwollwaren in den handelsüblichen Mustern kaufen; aber der Preis ist derart gestiegen, daß die meisten meiner Kunden ihn nicht erschwingen könnten. Die Fabriken werden an diesem Krieg reich: man kauft zu irrsinnigen Preisen ein und schröpft dementsprechend die Abnehmer. Auch mir hat man dieses gewissenlose Rezept empfohlen. Erfreue sich nicht der Norden durch diesen Krieg einer ungeheuren Wirtschaftsblüte, während der Süden hungere? Aber eine solche mit dem Blut der Soldaten und dem Schweiß unterbezahlter Frauen und Kinder erkaufte Wirtschaftsblüte ist nicht nach meinem Geschmack. Mit diesen Schurken will ich nichts zu tun haben." Er lachte spöttisch auf. „Und außerdem verlangen sie Barzahlung."

Laurie biß sich auf die Lippe. „Geht es dir also geschäftlich schlecht, Stuart?"

„Sehr schlecht", gab er, plötzlich müde geworden, freimütig zu. „Ich wage es mir selber gar nicht auszudenken, wie schlecht. Ich lebe von der Hand in den Mund." Er ließ den Arm sinken, blickte über die Schulter auf sein Haus, und in seinen Augen spiegelte sich leidenschaftliches Wunschdenken. „Wenn ich nur mein Heim behalten kann, alles andere ist mir gleichgültig."

Er fügte hinzu: „Ich kann meine Rechnungen nicht pünktlich zahlen. Manche sind schon sechs Monate überfällig. Nur weil Sam kaum einen Pfennig dem Geschäft entnimmt, halten wir uns über Wasser. Wenn der Krieg in diesem Jahre aus ist, komme ich durch. Wenn nicht — gehe ich zugrunde. Aber er wird bestimmt bald zu Ende sein." Mit grimmiger Stimme rief er: „Er muß doch einmal ein Ende nehmen!"

„Was verkaufst du denn unter diesen Umständen?"

„Was ich gerade auftreiben kann. Viele Regale sind leer. Ich mußte fast die Hälfte meiner Angestellten entlassen. Das war das Ärgste von allem. Glücklicherweise haben einige anderswo Posten gefunden, die andern sind zum Militär gegangen. Not leidet keiner." Er vergaß Laurie für einen Augenblick und rief fast wütend aus: „Ich brauche fünfhundert Dollar im Monat! Mit weniger komme ich nicht aus. Darum schaue ich in der letzten Zeit die Geschäftsbücher gar nicht mehr an. Wenn ein Tag vorbei ist, ohne daß der Krach gekommen wäre, hole ich tief Atem und warte auf den nächsten Tag."

Ist das eine unsinnige Lebensführung! dachte Laurie. Sie fühlte vor: „Aber Angus sieht doch die Bücher. Man kann wohl annehmen, daß er dich warnen würde, wenn es wirklich gefährlich werden sollte."

„Man kann annehmen", pflichtete er erleichtert bei.

Man kann annehmen! wiederholte sie im Geist mit traurigem, bekümmertem Spott.

Und dann wuchs plötzlich ihre Besorgnis, und sie sah Angus' Gesicht vor sich. Hoffentlich konnte Stuart sich auf ihn verlassen! Hoffentlich hatte er nicht vergessen, daß Stuart ihm alle Möglichkeiten geboten, ihm vertraut, ihm nur Güte erwiesen, ihm eine Rücksichtnahme, Liebe und Fürsorge entgegengebracht hatte, wie sie ihm nie vorher zuteil geworden waren. Sie rief sich ins Gedächtnis, daß Angus zumindest einen hohen Sinn für Ehrenhaftigkeit und Rechtschaffenheit hatte, daß er nie log oder betrog, daß seine sauertöpfische Frömmigkeit ihn vor schurkischen Kniffen bewahren würde. Immer wieder schüttelte sie den Kopf, als wollte sie etwas von sich weisen. Die Mutter mochte ihre Ränke schmieden; aber Angus hatte seine sture Biederkeit. Die war ihm doch sicherlich erhalten geblieben, mochte er auch vielleicht viele andere gute Eigenschaften verloren haben!

Stuart sprach wieder. „Erinnerst du dich an River Island, Laurie? Sam sagt mir, daß er sich jetzt zehntausend Dollar erspart hat. Die Insel gehört der Stadt und ist zum Verkauf ausgeschrieben. Niemand reißt sich um sie oder hat auch nur ein Angebot gemacht — bis auf Allstairs. Mein Gott, würdest du es glauben, daß diese Giftspinne über achtzig Jahre alt und noch immer genauso bösartig ist wie früher? Der Alte glaubt, man könnte auf der Insel Bauernwirtschaften schaffen, obwohl große Transportschwierigkeiten bestehen. Jedenfalls hat er siebentausend Dollar geboten. Sam bietet zehntausend. Offenbar hat er seinen Traum noch nicht aufgegeben und sieht jetzt eine Möglichkeit, ihn zu verwirklichen. Er hat sich in den letzten Jahren praktisch alle Annehmlichkeiten des Lebens versagt, um das Geld zusammenzusparen. Vor etwa vier Jahren hat es nämlich in Polen wieder einmal Pogrome gegeben, und er ist überzeugt davon, daß andere in Kürze folgen werden, sobald es nur den Grundbesitzern und der Geistlichkeit genehm ist. Er möchte gern mindestens viertausend Juden herüberbringen und auf der Insel ansiedeln."

Stuart hielt inne. Er verzog die Stirn. „Ich muß immer daran denken, daß er jene unglücklichen Leute wirklich vor Qual oder Tod hätte bewahren können, wenn er nicht seinerzeit gewisse ... Schulden von mir bezahlt, Wechsel eingelöst hätte. Ich fühle mich ... gewissermaßen ... schuldig." Er rückte ein wenig von Laurie ab. „Vor einem Monat hat er mir wieder ein Darlehen angeboten. Aber ich kann nicht neues Blutgeld von ihm nehmen. Wollte Gott, ich hätte auch das andere nicht genommen! Von dem habe ich übrigens erst viertausend Dollar zurückgezahlt."

Er war ganz zerknirscht, als ihm jetzt seine jämmerliche Lage voll bewußt wurde. Er ließ die Hände zwischen die Knie hängen und verschränkte die Finger.

Laurie wurde ungeduldig. Sie sagte: „Aber Sam hat doch

wahrscheinlich nie darauf gedrängt, daß du ihm das Geld zurückgibst, Stuart?"

„Nein, natürlich nicht! Das tut er nie. Er hat sogar meine Rückzahlungen nur widerwillig angenommen. Aber dann kamen die Pogrome, und ich erkannte, was meine Dummheit ihn gekostet hat. Um zehn Jahre gealtert ist er in ebensoviel Tagen, als die Nachricht in den Zeitungen erschien. Auf meine Selbstvorwürfe hat er entgegnet: ‚Wenn Sie, lieber Freund, mir nicht wertvoller wären als alles andere, hätte ich Ihnen das Geld nicht gegeben. Denken Sie nicht mehr daran! Im umgekehrten Fall hätten Sie genau das gleiche für mich getan.‘ " Und wieder lächelte Stuart voll Bitterkeit.

Laurie blickte vor sich hin und erwiderte: „Stuart, wir wollen ehrlich und vernünftig miteinander reden. Wieviel hast du für mich ausgegeben?"

Mit einer Gebärde des Abscheus und der Empörung rückte er von ihr ab.

Unter Aufgebot aller ihrer Willenskraft rief sie: „Stuart! Schau mich nicht an, als wäre ich übergeschnappt! Hast du dir vorgestellt, ich würde deine Zuschüsse annehmen wollen, ohne sie bei der ersten Möglichkeit zurückzuzahlen? Bin ich eine Almosenempfängerin? Ein jämmerliches Geschöpf ohne Stolz oder Selbstachtung? Du bist zwar verwandt mit mir, aber nur sehr weitläufig. Hast du dir nie überlegt, daß die Leute mich fragen werden, wer mich unterstützt und warum? Natürlich hat man mir diese Fragen gestellt. Und ich habe den Schnüfflern geantwortet, es handle sich um Darlehen, die zu erstatten seien."

Seine Nasenflügel blähten sich, und seine Miene wurde drohend.

Laurie legte ihm die Hand auf den Arm. „Ich bin jetzt reich, Stuart. Ich verlange, daß du dir das Geld zurückgeben läßt, weil ich sonst meine Selbstachtung, meine Würde verliere." Sie lachte in trockenem Tone auf. „Wenn ich ein Mann wäre, gäbe es darüber keine Erörterungen. Die Sache verstünde sich von selbst."

Er stand auf, als wollte er davongehen. Auch sie erhob sich

„Ist dein Stolz verletzt, Stuart?" fragte sie vorwurfsvoll. „Dann denk auch an meinen!"

Er bemühte sich um Gelassenheit; aber seine Stimme war heiser. „Laurie, davon darfst du nie mehr reden. Damit ist mehr verknüpft, als du ahnst. Ich möchte dir nur eines sagen: Deine Worte gefährden den Rest von Selbstachtung, von Selbstvertrauen, von Überlegenheitsgefühl dem Schicksal gegenüber, über die ich noch verfüge." In einem Tone tiefer Aufgewühltheit fügte er hinzu: „Laß mir wenigstens etwas, worauf ich stolz sein kann!"

Lange sahen sie einander fest an. Laurie erkannte, wie erschüttert er war, wie erregt und wie gequält. Sie seufzte. Dann beugte sie sich vor und küßte ihn sehr innig auf die Wange. „Gut, Stuart. Wenn du es so willst, spreche ich nicht mehr darüber. Es tut mir weh, Liebling, daß du auf meinen Stolz nicht Bedacht nimmst. Jedenfalls kam mir vor, daß du dir in dieser besonderen Lage die Gelder hättest zurückzahlen lassen können, die von Rechts wegen dir gehören."

Sie versuchte, ihn zu seiner früheren Stimmung zurückzuschmeicheln. Doch sie hatte ihn unerklärlicherweise gekränkt, und auf dem weiteren Wege längs des Ufers war er zwar wieder voll Güte und Liebe, aber ungewöhnlich wortkarg und zerstreut. Schließlich sagte sie: „Alles, was ich in meinem Leben getan habe, Stuart, geschah dir zuliebe, nicht aus eigenem Antrieb. Ich war ein lethargischer Brocken von Mädel, uninteressiert und träge. Aber als du von meiner ‚Zukunft' sprachst, begriff ich, daß diese Zukunft dich auf mich stolz machen könnte. Ich tat alles deinetwegen."

Das war heilsamer Balsam für seine schwer verletzte Eigenliebe, und er drückte die Hand an seinem Arm mit neuerwachender Zärtlichkeit. Er sagte: „Was bin ich denn, verglichen mit dir, mein Inniggeliebtes?" Er wartete gespannt auf ihre Antwort.

Sie schmiegte einen Augenblick lang ihre Wange an die seine und erwiderte: „Aber ohne dich wäre ich nichts geworden."

Er begann, ihr von seinen Sorgen zu erzählen, und sie hörte mit größter Anteilnahme zu. Vor zwei Wochen war Vater

Houlihan, als er spät abends von einem Krankenbesuch zurückkam, in der Dunkelheit von irgendwelchen Strolchen angefallen, mit den ärgsten Schimpfnamen belegt und geschlagen worden. Am letzten Sonntag waren zwei Nonnen auf dem Weg zur Messe von zwei jungen Männern mit häßlichen Anträgen verhöhnt und belästigt worden. In der Kirche hatte man wieder ein Fenster zerschlagen und auf die Klosterpforte nicht wiederzugebende schamlose Worte gekritzelt. Aus purer Angst waren viele Gläubige dem Sonntagsgottesdienst ferngeblieben, und katholische Kinder waren auf dem Heimweg von der Schule angerempelt und bedroht worden. Sam Berkowitz und die anderen hundert Juden in Grandeville hatten Briefe erhalten, worin man ihnen androhte, sie würden geteert und gefedert werden. Auch die sonstigen ‚Ausländer' blieben nicht verschont. Die fremdenfeindliche Bewegung gewann in gefährlicher Weise Raum.

„Und dabei sind wir mitten in einem tödlichen Ringen um die Erhaltung der Republik!" rief Stuart mit wütender Erbitterung und Verzweiflung. „Übrigens handelt es sich um ein ausgedehntes Komplott. Grandeville steht da nicht allein. Der Ausländerhaß hat das ganze Land ergriffen, den Süden wie den Norden. Was steckt dahinter? Und wer, zum Teufel, entscheidet darüber, ob jemand ein schädlicher ‚Fremdling' ist oder nicht? Sind wir nicht alle Nachkommen von Europäern? Jeder Amerikaner ist mit seinen europäischen Vorfahren durch Rassenbande verknüpft. Aber seine Seele muß von diesen Bindungen frei sein. Wir müssen uns, welcher Abstammung immer wir sind, als ein einziges Volk fühlen. Das haben die Leute fast ein Jahrhundert lang begriffen. Jetzt vergessen sie es, unter den Einflüsterungen von Bösewichtern, die nur eines im Sinn haben: die Zerstörung der Republik und den Untergang Amerikas."

Nie hatte Laurie ihn so erregt gesehen, so unerbittlich, so aufgebracht. Sie wunderte sich über ihn und blieb stumm. Sie dachte: Mir hat Amerika nie etwas bedeutet — übrigens auch kein anderes Land. Ich bin einfach ein Mensch.

Zornig fuhr er fort: „Weißt du, was manche Unternehmer

hier in der Stadt getan haben, Laurie? Sie haben ihren Arbeitern allen Ernstes gedroht, wenn sie sich zum Heeresdienst melden, würden sie nach dem Krieg arbeitslos bleiben! Und viele haben sich dadurch einschüchtern lassen, aus Angst um ihre Familien. Inzwischen hat die Aushebung begonnen! Die Aushebung! Ist es nicht schandbar, daß dieses von entschlossenen, heldenhaften Männern aufgebaute Land für seine Streitmacht zur Aushebung greifen muß, statt daß sich dreimal so viel Freiwillige melden, als gebraucht werden? So weit ist es mit Amerika gekommen, daß nicht einmal die tödliche Bedrohung des eigenen Landes den trägen Puls und die toten Seelen seiner Bewohner beleben kann. Wenn ich dieses Land nicht so gern hätte, würde ich sagen: Es soll nur zugrunde gehen und in seinem Sturz diese Schweine mitreißen!"

Laurie blickte den Boden an, auf dem sie stand. Das also war Amerika! Diese Empfindung hatte sie bisher nie gehabt und auch nie gesucht. Etwas in ihrem Blute regte sich und trieb ihr die Röte ins Gesicht.

„Ich wollte mich als Freiwilliger melden", sagte Stuart erbittert. „Aber man hat mich nicht genommen. Angeblich dienstuntauglich. Mein Gott, ich bin gesund, stark und kräftig. Ein bißchen Gicht habe ich ja und ein rumpelndes Herz; aber damit wäre meine Willenskraft schon fertig geworden, davon bin ich überzeugt." Er sah Laurie an. „Wie ist es denn mit deinen Brüdern? Werden die einrücken?"

Sie lächelte verzerrt. „Ich glaube, sie haben sich alle Ersatzleute gekauft."

Stuart schnob vor Abscheu und Verachtung. „Ersatzleute! Da zahlt man also einem armen Kerl Geld dafür, daß er einen beim Sterben vertritt, während man sich an Kriegsgewinnen mästet! Mit dem Leben eines Mitmenschen erkauft man die eigene Sicherheit, damit man weiter im weichen Bett Schwächlinge, Feiglinge und Verräter zeugen kann, wie man selber einer ist!"

Laurie war etwas peinlich berührt. Sie hatte wenig Familiensinn; aber Stuarts Worte kränkten sie. Man war nicht gern verwandt mit ‚Schwächlingen, Feiglingen und Verrätern'. Sie sagte: „Vielleicht kennst du nicht alle Umstände des einzelnen Falles, Stuart."

„Umstände! Heute darf nur ein Umstand ausschlaggebend sein, und das ist die Gefahr, die der Republik droht. Alles andere ist unwichtig."

Sie gingen zum Hause zurück. Über Fluß und Land hatte sich neblig violette Dämmerung gebreitet.

Mit seiner feinen Einfühlungsgabe spürte Stuart, daß Laurie nun kühl und abgelenkt war. Sein Ausfall reute ihn. Mit trauriger Innigkeit schloß er sie in die Arme. „Habe ich dich gekränkt, mein Liebes?"

Sie zögerte. Gekränkt? Der geliebte Mensch vermochte nie so zu kränken, daß man nicht verzeihen und darüber hinweggehen konnte. Sie schmiegte sich leidenschaftlich an ihn.

„Wie könntest du mich kränken? An dir gibt es nichts, Stuart, was ich nicht vergeben oder vergessen oder verstehen könnte."

LX

In dem hübschen Speisezimmer, aus dem die Damen sich zurückgezogen hatten, saßen nach dem Essen Bürgermeister Cummings und Robbie Cauder bei ihrem Glas Porter.

Sie verstanden einander sehr gut, und deshalb hatte Robbie sich bereit erklärt, den zweiten Stock des hübschen Cummings-Hauses in der Delaware Avenue als eheliche Wohnung zu beziehen. Der Bürgermeister hatte die Empfindung, wirklich einen Sohn gewonnen zu haben in diesem kleinen, adretten, schwarzäugigen und klugen Schotten, der bei aller Schweigsamkeit und Verschlossenheit eine Art Gediegenheit und spöttischen Biedersinns bekundete, die ihm gefielen. Robbie war der Vertraute seines Schwiegervaters geworden, der es ungemein wohltuend fand, mit ihm die Aufregungen und Widerwärtigkeiten seines Amtes besprechen zu können.

Jetzt redete er von der mächtigen Oberschicht in der Grande-viller Gesellschaft und ließ keinen Zweifel daran, daß er sie nicht schätzte. „Diese Kreise haben es", sagte er, „immer zu verhindern gewußt, daß neue Betriebe sich bei uns niederlassen. Sie zwingen die Stadt zur Stagnation, sie zerstören ihre Entwicklungsmöglichkeiten. Vor allem bin ich beunruhigt über die Erscheinung, die sie jetzt mit ihrer Unduldsamkeit und provinzlerischen Engstirnigkeit hervorrufen. Man wendet sich zwar überall im Lande gegen die Katholiken und die ,Ausländer'. Aber in Grandeville ist es besonders arg. Warum? Vielleicht, weil die Leute sich über ihre begrenzten wirtschaftlichen Möglichkeiten, über ihre hoffnungslose Lage ärgern. Es liegt in der menschlichen Natur, immer irgend etwas hassen zu müssen. Aber statt diesen Haß gegen die Ungerechtigkeiten und tragischen Verstrickungen zu kehren, die den Krieg verursacht haben, und gegen die Männer, die an ihm reich geworden sind, müssen die Leute für ihren Haß anscheinend einen Gegenstand haben, der in greifbarer Nähe liegt, einen Mitmenschen, besonders, wenn er schwächer und wehrloser ist als die Hasser."

Der Bürgermeister sah Robbie bekümmert an. „Zum Beispiel mache ich mir, um von lokalen Dingen zu reden, große Sorgen wegen des alten Houlihan. Er hat mich um Beistand angehen müssen. Im vorigen Monat hat er seiner Pfarrgemeinde eine sehr eindringliche Predigt über die wahre Vaterlandsliebe gehalten. Er hat die Männer aufgefordert, nicht die Aushebung abzuwarten, sondern sich sofort freiwillig zu melden. Er hat die Raffer und die Verräter, die Drückeberger und die Lauen gegeißelt. Er sprach von den Aushebungskrawallen in New York und bezeichnete sie als Schande und als Verbrechen vor Gott, nicht nur gegen Amerika, sondern gegen die ganze Menschheit, deren Hoffnung auf Amerika beruhe. Offenbar war es wirklich eine eindringliche Predigt. So eindringlich, so leidenschaftlich, daß man ihm eines Nachts wieder auf dunkler Straße aufgelauert und ihn mißhandelt hat."

„Der arme alte Vater Houlihan!" sagte Robbie. „Er ist ein Feuergeist nach deinem Sinn! Offen gestanden, ich selber habe mir über Amerika nie viele Gedanken gemacht. Aber wenn einem ein so draufgängerischer, kampflustiger Patriot wie er unterkommt, stutzt man und wird nachdenklich. Übrigens hat er noch dazu wirklichen Mut. Kannst du ihm Beistand leisten?"

„Ich habe es versucht. Aber es sind Kräfte am Werk, die mich entsetzen. Ich werde zwar immer wieder gewählt, bin aber eigentlich nicht beliebt, das weißt du ja, Robbie."

Er lächelte und fuhr fort: „Der arme alte Geistliche macht sich nicht nur bei denen unbeliebt, die er angreift, sondern auch bei denen, die er verteidigt! Es ist das Los aller Märtyrer. Aber die bodenlose Dummheit und unglaubliche Verblendung, die sich da offenbart, überrascht und verblüfft mich immer wieder. Ich höre, daß einige seiner reicheren Pfarrkinder sogar beim Bischof um seine Enthebung angesucht haben. Ihnen ist dieser kalte Haubenstock von Billingsley lieber, der die ‚wohlerworbenen Rechte' gebührend achtet. Für Vater Houlihan, diese naive Seele, haben nur Gott und die Nation wohlerworbene Rechte — eine Fehlmeinung, für die er gebüßt hat und weiter büßen wird." Cummings seufzte. „Wenn ich nicht mein Gewissen hätte und eine Schwäche für treuherzige Hitzköpfe wie diesen Vater Houlihan, könnte ich ein glücklicher Mensch sein", sagte er in bedauerndem Tone.

Der Juliabend war heiß und schwül. Es wetterleuchtete am Westhimmel, vor dem die Bäume rastlos ihre schwarzen Helmbüsche in ungelenker, ungeregelter Folge schüttelten.

Der Bürgermeister stellte sich an eine Balkontür und atmete die windbewegte Luft tief ein. „Und dieser Stuart! Ich mache mir Sorgen um ihn. Im ganzen Land geht es bergab. Der Wohlstand schwindet. Die Leute fangen an, blaß und abgehärmt auszusehen. Um Stuart ist es schon, als das Kaufhaus noch überfüllt war, schlecht gestanden. Jetzt dürfte es um ihn noch viel schlechter stehen, wo doch die ganze Volkswirtschaft durch den weitergehenden Krieg schrumpft."

„Vielleicht ist er bald zu Ende — der Krieg nämlich", sagte Robbie und sah seinen Schwiegervater liebevoll an, der jetzt selbst ‚blaß und abgehärmt' aussah. Eine merkwürdige

Sache, das mit dem Gewissen! Anscheinend war ‚diese leise innere Stimme‘, dieses ‚Orakel Gottes‘ sehr dazu angetan, einem viel Beunruhigung, Sorge und seelische Qual zu bereiten! „Lange kann der Krieg nicht mehr dauern, Vater. Mit der Besetzung von Vicksburg und Port Hudson haben wir das ganze Mississippital bis zum Meere freigekämpft, und der Süden muß jetzt einsehen, daß die Sache für ihn hoffnungslos ist. Es verhält sich so, wie Präsident Lincoln sagt: ‚Das Gebiet der Konföderation ist mitten entzweigeschnitten. Der Vater der Gewässer bewegt sich unbelästigt zum Meer.‘ “ Er fügte hinzu: „Und wegen Stuart zerbrich dir nicht den Kopf! Er wird immer im rechten Augenblick gerettet, vor sich selber und vor dem Bankrott.“

Cummings blickte seinen Schwiegersohn über die Brille hinweg an und strich sich das Kinn. Dann fragte er: „Was macht übrigens Laurie?“

„Sie steckt bis zum Hals in Proben für die Eröffnungsvorstellung des Astor-Place-Opernhauses, die schon jetzt in den New Yorker Zeitungen groß herausgestellt wird. Eigentlich sollten wir zu diesem Anlaß auch hinfahren. Allerdings ist die Reise ziemlich weit und beschwerlich.“ Er beobachtete seinen Schwiegervater, der sichtlich verlegen war.

„Laurie wird es weit bringen“, meinte der Bürgermeister. „Hier in Grandeville hat sie ja geradezu Furore gemacht! Man redet noch immer über sie, manchmal zwar etwas abfällig. Ihre Art ist gelegentlich recht brüsk.“ Er schien noch immer verlegen. Robbie stutzte plötzlich und musterte ihn. Aber Cummings sagte nichts weiter, sondern warf bloß seinem Schwiegersohn einen besorgten, entschuldigenden Blick zu.

„Laurie“, bemerkte Robbie, „wird immer das tun, was ihr zuträglich ist. Darauf kann man sich verlassen.“

Cummings betrachtete jetzt eingehend einige Wachsfrüchte und Wachsblumen unter einem Glassturz. Sie waren ausgezeichnet gelungen; aber er hatte sie schon oft gesehen, zu oft, als daß sie nun plötzlich seine Aufmerksamkeit derart in Anspruch nehmen konnten. Er fuhr mit dem Zeigefinger über das schimmernde Glasgehäuse. Schließlich erkundigte er sich: „Wo ist Stuart jetzt, Robbie? In New York?"

Robbie kniff die Augen zusammen und entgegnete beiläufig: „Ja, ich glaube. Es hat sich für ihn die Möglichkeit ergeben, aus England eine Lieferung zu bekommen." Als Cummings schwieg, fügte Robbie in sanftem Tone hinzu: „Du willst andeuten, Vater, daß Stuart und Laurie hier bei uns im Gerede sind, nicht?"

Der alte Mann wurde wahrhaftig rot. Er trocknete sich mit dem Taschentuch Stirn und Hals. Dann erwiderte er freimütig: „Ja, Robbie, das meine ich. Bitte, mißverstehe mich nicht! Ich weiß, daß nichts... dahinter ist. Aber es wird erzählt, man habe die beiden schon hier auffallend häufig allein beim Fluß gesehen. Und am Tag vor Lauries Abreise sollen sie miteinander nach Niagara Falls gefahren und über die Nacht im Cataract House geblieben sein. Sicher eine Ente, eine gemeine Verleumdung! Das ist meine feste Überzeugung, und ich bin, so gut ich konnte, den Gerüchten entgegengetreten. Ich habe gesagt, daß, falls die Fahrt wirklich stattfand, bestimmt die Mutter mit von der Partie war."

Robbie lächelte verstohlen. „Laurie ist über alle Mißdeutungen erhaben", erklärte er. „Leider billigt die Kleinstadt Grandeville ihr das nicht zu. Übrigens war Stuart zu uns Geschwistern immer eine Art Vater." Cummings sah nicht Robbies spöttisches Lächeln. „Er ist der Vetter unserer Mutter, und ohne ihn hätte Laurie nichts erreicht. Er hat Angus einen Posten geboten und mir bei der Wahl zum Richter geholfen. Auch an Bertie hat er viel Zeit gewandt. Aber die Menschen klatschen natürlich für ihr Leben gern."

Der Bürgermeister räusperte sich. „Ja, ja, gewiß. Aber... aber aus New York schreiben Leute ihren hiesigen Bekannten, daß Stuart sich dort überall in der Stadt mit Laurie zeigt und daß die beiden sich... angeblich... wie ein Liebespaar benehmen. New York soll davon entzückt sein. Für Grandeville trifft das leider nicht zu. Und Stuart muß hier sein Leben verbringen. Er hat hier Frau und Kind, und sein Geschäft. Die Sache kann für ihn... peinlich werden."

„Hast du mit Stuart darüber gesprochen?" fragte Robbie belustigt.

„Das überlasse ich seinen Verwandten — dir zum Beispiel", erwiderte Cummings rundheraus.

„Mir?" rief Robbie lachend. „Er würde mich mit einem Fußtritt hinausbefördern. Du bist befreundet mit ihm, Vater. Willst du nicht auf den Busch klopfen?"

Cummings zuckte hilflos die Achseln.

Robbie fuhr fort: „Meiner Meinung nach sollten wir Stuart freie Hand lassen und den anderen Leuten gegenüber bei jeder Gelegenheit betonen, daß alles völlig harmlos ist. Was natürlich auch stimmt. Das wäre der beste Schutz, sowohl für Stuart wie für Laurie. Sobald wir selber über die Angelegenheit offen reden — und zwar freudig und liebevoll, als wäre es die natürlichste Sache der Welt, daß ein Verwandter in gesetztem Alter sich für die Erfolge seines Schützlings interessiert —, kann niemand viel meckern. Wenn ich bei unserer gesellschaftlichen Veranstaltung nächste Woche sehr betont öffentlich mitteile, Laurie habe geschrieben, daß Stuart in New York ihren Kavalier spielt und ebenso stolz auf sie ist wie sie ihm dankbar, wird bestimmt das Gerede aufhören oder wenigstens zu einem Gemunkel abflauen." Er fügte hinzu: „Du denkst an Alice, nicht wahr, Vater?"

„Natürlich, lieber Junge. Man muß jetzt Aufregungen von ihr fernhalten."

„Alice", erklärte ihr Gatte, „ist viel robuster, als du glaubst, Vater. Übrigens hat sie schon vor langer Zeit bemerkt, daß Laurie und Stuart... sich gut leiden können."

Als er von seiner Frau sprach, zitterte seine Stimme ein wenig, und sein Gesicht verdüsterte sich, wie vor Schmerz.

Cummings sagte: „Ich möchte deine Meinung zu der Sache mit River Island hören. Ich habe den Verkauf an Sam Berkowitz gutgeheißen. Nie hätte ich gedacht, daß sich darüber ein derartiger Sturm erheben würde. Du weißt, was vorgefallen ist. Man hat Flugblätter gedruckt und verteilt, in denen meine Entscheidung mißbilligt und Sam mit den schmutzigsten Namen belegt wird. Ich fürchte, es wird da Ungelegenheiten geben. Der alte Allstairs hat sich auf die Insel gespitzt, will aber nicht über achttausend hinausgehen, während Sam nach der Genehmigung durch die Stadtvertretung elftausend zahlen will. Über dieses Angebot kann der Gemeinderat, da triftige Gründe für eine Ablehnung fehlen, sich nicht hinwegsetzen; sonst gibt es einen Haufen Anfragen. Hinter der Agitation unter der Bevölkerung steckt klarerweise Allstairs. Er hat sogar einige Geistliche aufgehetzt, die von den Kanzeln herab wie übergeschnappte Schwachköpfe gegen ‚den Juden' wettern. In Wirklichkeit denkt der alte Geizkragen natürlich bloß an die eigene Tasche, und nur zu seinen habsüchtigen Zwecken macht er in der Stadt Stimmung gegen Sam. Was soll ich in der Sache unternehmen?"

Robbies Züge strafften sich. „Selbstverständlich bleibst du — Allstairs hin, Allstairs her — bei deiner ursprünglichen Entscheidung. Soviel ich gehört habe, will der Alte die Insel um achttausend erwerben und dann um zwanzigtausend an Sam weiterverkaufen. Deshalb hetzt er alle Leute gegen Sam auf. Wenn ihm sein Fischzug einmal gelungen ist, dann wirst du staunen, was für ein guter Kerl Sam in den Augen unseres frömmelnden Freundes plötzlich wieder wird."

„Die Gemeinheit der Menschen geht über meine Begriffe!" rief Cummings erregt.

„Die Gemeinheit der Menschen", entgegnete Robbie, „entspricht durchaus meinen Erwartungen."

Der Bürgermeister war sehr beunruhigt. „Ich werde den Gemeinderat unter Druck setzen, damit er den Verkauf genehmigt", erklärte er entschlossen. „Sam wird die Insel bekommen, und wenn es mich das Leben kostet. Diesen Allstairs hasse ich seit jeher. Er übt einen bösen Einfluß in Grandeville aus, und ich liebe unsere Stadt, mag sie auch ihre Fehler haben."

Alice und ihre Mutter erwarteten die Männer im Salon. Mrs. Cummings nähte friedlich an dem Taufkleid für das zu erwartende Enkelkind. Die glitzernden Seidenstoffe und Spitzen fielen ihr über die purpurrote Krinoline bis zum Boden. Als

Alice den Vater und den Gatten sah, erhellte sich zwar ihre Miene; aber ihr blasses Gesicht schien müde. Sie fächelte sich mechanisch Luft zu. Robbie trat zu ihr, faßte sie an der Hand und musterte besorgt ihr Gesicht.

„Das macht nur die Hitze, lieber Robbie", antwortete sie auf die unausgesprochene Frage.

Es war fast schon ihre Zeit, und die Mutter eilte sich mit dem Taufkleid. Robbie strich zärtlich die feuchten braunen Lokken am Kopf seiner Frau glatt und streichelte ihr den Nacken. Ihre Lippen waren starr und bläulich, ihre Augen eingesunken. Ihr schwerer, ungelenker Leib war in einen spitzenbesetzten weißen Seidenumhang gehüllt, und die Füße hatte man ihr auf einen Schemel gehoben.

Der Abend war sehr heiß. Der erfrischende Wind hatte sich gelegt. Im Westen wetterleuchtete es unheimlich, und jetzt hörte man auch schon fernes Donnergrollen. Die Fenster waren gegen fliegende Insekten geschlossen worden, und im Lampenlicht sah man ganze Mückenschwärme gegen die Scheiben prallen oder auf ihnen umherkriechen. Der Sommer war außergewöhnlich warm und sehr schwül. Man hatte, wie Robbie bemerkte, nur die Wahl, sich bei lebendigem Leibe von den Mücken auffressen zu lassen oder auf das bißchen frische Luft zu verzichten. Er persönlich hätte sich lieber bei verhältnismäßigem Wohlbehagen ‚auffressen‘ lassen; aber man mußte auf Alice Rücksicht nehmen, die nicht viel überflüssiges Blut hatte.

Mrs. Cummings nähte. Der Bürgermeister las seine Zeitung. Robbie saß neben seiner Frau, hielt ihre Hand und sprach liebevoll zu ihr. Nichts hätte weicher und zärtlicher sein können als seine Stimme. Die junge Frau hörte ihm lächelnd zu. Ihre müden, eingesunkenen Augen waren mit inniger Liebe auf sein Gesicht geheftet. Manchmal bewegten sich ihre Lippen, wie in traurigem, unwillkürlichem Sehnen. Doch sie sagte wenig. Ihr Herz indes schrie immer wieder: Wann wirst du wirklich mir gehören, Liebster? Du sprichst mit so viel Freundlichkeit und Zärtlichkeit zu mir; aber irgend etwas an dir hält sich fern von mir, etwas, das auch mir gehören sollte.

An diesem heißen Abend war sie zu erschöpft, als daß sie an anderes hätte denken können als daran, wie schrecklich gern sie ihren Gatten hatte. Seine Hand war zwar klein, besaß aber jene Kraft und Festigkeit, die sie brauchte. Wenn sie den Druck dieser Finger spürte, mußte sie den Kopf abwenden, um ihre Tränen zu verbergen. Doch sie zog die eigene Hand nicht zurück.

Das Gewitter kam näher. Plötzlich knarrte es draußen ungemütlich in den Bäumen; der Donner grollte lauter. Die Hitze im Salon wuchs. Der Bürgermeister ließ die Zeitung sinken; sein Gesicht war karminrot. Er stand auf. Robbie hatte begonnen, Gerichtspapiere durchzusehen, folgte aber höflicherweise dem Beispiel seines Schwiegervaters und erhob sich gleichfalls.

„Wie wär's mit einem kleinen Rundgang im Garten?" schlug Cummings vor.

Alice schüttelte leise den Kopf. Als jedoch Robbie sich anschickte, wieder neben ihr Platz zu nehmen, erklärte sie rasch: „Ich bin zu müde. Aber du, Robbie, mein Lieber, du geh nur ruhig mit Papa in den Garten, ein bißchen Luft schnappen! Mama bleibt bei mir."

Die beiden Männer gingen und schlenderten in dem dunklen Garten umher. Der Wind hatte vom Erdboden und von den Blumen Julidüfte emporgeweht, die mit betäubender Fülle die Luft durchdrangen. Im Licht der Blitze sah man die schwarzen Baumkronen schwanken. Die Erde widerhallte vom näherkommenden Donner. Jenseits der Gartenmauern flackerten die Straßenlaternen, und über das Kopfsteinpflaster ratterten einzelne Wagen eiligst heimwärts. Irgendwo bellte ein Hund. Zwischen den Donnerschlägen und den Windstößen herrschte schwere, finstere, heiße Stille.

„Wir brauchen Regen", sagte Cummings. „Alles trocknet aus."

Die beiden Männer rauchten und sprachen über Rechtsfragen. Jetzt wurde der Westhimmel fast ununterbrochen von Blitzen erhellt, in deren Schein die Gesichter immer wieder deutlich aufleuchteten. Aber es fiel kein Regen.

Plötzlich blieb Robbie stehen. „Hast du gehört? Stimmen!" rief er.

Auch Cummings hielt an und lauschte. Ja, aus dem Hause drang ein schwaches Rufen und eine merkwürdige Ausstrahlung von Erregtheit. Die beiden Männer liefen zurück und eilten die Treppe hinauf, Robbie voran, der Bürgermeister keuchend hinter ihm. Mrs. Cummings kam ihnen entgegen, sehr blaß und zitternd, aber lächelnd.

„Mir scheint, es geht los, meine Lieben", sagte sie mit bebenden Lippen. „Ich lasse gleich mit der Kutsche den Doktor holen. Wollt ihr mir helfen, Alice zu versorgen?"

Sie trugen die stöhnende, aber tapfer lächelnde Frau ins Obergeschoß. Während sie die Treppe hinaufstiegen, lag Alices Kopf auf Robbies Schulter. Ihr Vater rief in seiner Aufregung immer wieder: „Na! Na! Nur keine Aufregung, liebes Kind! Wir sind alle hier. Wir betreuen dich. Nicht schreien! Schön Stufe um Stufe! Vorsichtig! Sehr vorsichtig!" Sein Gesicht war vor Anstrengung puterrot und feucht. Aber Alice sah nur ihren Gatten an, obwohl ihre Augäpfel im Schmerzanfall hervorquollen.

Man legte sie in ihr Bett. Um ihre Herrin entkleiden zu können, schickte die Magd die Männer hinaus. Sie gingen wieder hinunter in den Salon. Robbie war blaß, aber seine Augen strahlten. Cummings glaubte in seiner Unrast offenbar, sein Schwiegersohn sei von der Panik des werdenden Vaters ergriffen, denn er wiederholte ständig: „Du brauchst dich nicht aufzuregen! Es geht rasch vorüber. Ich habe das alles schon durchgemacht. Setz dich, mein Sohn, setz dich!" Er selbst aber lief in dem Raume hin und her, während Robbie ihn verstohlen und liebevoll belustigt betrachtete. Cummings dozierte: „Der Mann ist in einer solchen Lage völlig machtlos. Wir müssen alles Gott und der Natur überlassen!"

„Das will ich gern tun", murmelte Robbie. Aber der Schwiegervater hörte ihn nicht.

Es klingelte, und mit dem Rufe: „Der Doktor!" stürzte Cummings zur Tür, ohne deren Öffnung durch die Magd abzuwarten. Aber es war nicht der Arzt, sondern eine Zofe Janies, die

Mr. Cauder zu sprechen wünschte. Robbie trat in die Flurhalle, und das Mädchen rief: „Oh, Sir ... Mit Mr. Bertie, Sir ... Mrs. Cauder ist sehr aufgeregt. Sie sollen gleich kommen! Mr. Bertie ist seit zwei Tagen spurlos verschwunden, und die gnädige Frau ist ganz außer sich!"

Der Bürgermeister rief ungehalten: „Wir bedauern lebhaft, aber Mr. Cauder kann jetzt nicht fort. Wegen einer ... sehr dringenden ... Angelegenheit ..."

Doch Robbie trat näher auf die Zofe zu. Er war sehr blaß und sehr ruhig. Er sagte: „Ich komme sofort."

Cummings sah seinen Schwiegersohn verdutzt an. Eine Weile bewegten sich seine Lippen stumm, ehe er stammeln konnte: „Aber denk doch an Alice! Sie braucht dich. Der Doktor ... der Doktor wird jeden Augenblick hier sein. Du kannst doch jetzt nicht weggehen, Robbie!"

Mit fester Stimme entgegnete Robbie: „Ich muß hin. Alice ist in guter Hut. Ich bin übrigens bald zurück."

Der Bürgermeister blickte ihn unverwandt an. Er sah das seltsam gespannte, entfärbte Gesicht, die merkwürdig starren Augen des jungen Mannes. Er erkannte ihn nicht wieder. In ihm kochte es vor ungläubiger Entrüstung. Mit belegter Stimme sagte er: „Du darfst jetzt deine Frau nicht verlassen. Deine Gattin. Sie braucht dich. Sie ist meine Tochter. Dein Bruder wird auf einer seiner unglückseligen Trinkfahrten sein. Und du willst meine Tochter, deine Frau, verlassen, damit du ihn wieder einmal aus der Gosse auflesen kannst?"

Robbie verschränkte krampfhaft die Hände. Sehr belustigt und neugierig blickte die Zofe in dem flackernden Lampenlicht von dem einen Mann zum anderen. Das Gewitter kam immer näher.

Robbie sagte: „Du faßt die Sache falsch auf. Ich habe das Gefühl, daß etwas passiert ist — etwas ganz Schreckliches. Vielleicht ist er tot. Ich muß ihn suchen. Ich kann nicht hier bleiben und mir den Kopf zerbrechen, was geschehen sein mag. Es dauert noch ein paar Stunden, bis Alice ... Ich muß gehen. Aber ich komme sofort zurück, sobald ich über Bertie etwas erfahre."

Er schritt zur Tür. Doch sein Schwiegervater, der sich inzwischen von seiner Verblüffung etwas erholt hatte, eilte ihm nach und faßte ihn am Arm. Sein Gesicht war feuerrot, seine Augen glühten. „Du darfst jetzt nicht weggehen, Mensch! Ich verbiete es dir. Ich verbiete dir, deine Frau so schändlich und gefühllos zu verlassen! Bist du denn von Sinnen?"

Robbie schob mit eiskalten Fingern die ihn festhaltende Hand weg. „Ich muß gehen", wiederholte er mit stahlharter Stimme. „Du kannst es Alice sagen, wenn du willst. Sie wird mich verstehen." Seine Augen starrten blind in Cummings' Richtung, als sähen sie ihn nicht; in ihnen lag stumme, wilde Qual. „Sie wird mich verstehen", sagte er nochmals. „Für mich geht es dabei um Leben oder Tod."

„Um Leben oder Tod?" stammelte Cummings, während er sich, von einem plötzlichen Taumel ergriffen, rasch an dem Treppenpfosten stützte, um nicht umzufallen. „Genau um das geht es bei meiner Tochter, bei deiner Frau — und du willst sie in ihrer schwersten Stunde allein lassen, deinem Bruder zuliebe?" Er holte mühsam Atem. „Nie verzeihe ich es dir, wenn du sie jetzt im Stich läßt."

„Das muß ich in Kauf nehmen", murmelte Robbie. „Aber Alice wird mir verzeihen. Sie weiß, worum es geht."

Entsetzt, noch immer ungläubig, sah Cummings ihn die weißen Stufen der steinernen Vortreppe hinunterlaufen, sah im Lichte eines Blitzstrahls die feste, schmächtige Gestalt. Und dann entschwand sie seinem Blick.

LXI

Sturm, Blitz und Donner steigerten sich zu wütender Gewalt, als Robbie in die ihm von der Mutter geschickte Kutsche stieg. Er drückte sich in eine Ecke der Lederbank, als wollte er sich bereithalten, im Augenblick, da der Wagen hielt, sofort hinauszuspringen. Er bemerkte nichts von der Zofe, die, in ihren Schal gehüllt, ihm gegenübersaß. Er hörte nichts von dem Krachen geknickter Bäume, nichts von dem Karrengepolter der durch die brodelnde Luft dröhnenden Donnerschläge; er sah nichts von den einander haschenden grellen Blitzen. Straßenlaternen flackerten auf und erloschen halb. Wolken von Kehricht und Staub jagten durch die Straßen, aus denen alle Sommerspaziergänger geflohen waren.

Robbie hatte seine jetzt in Wehen liegende junge Frau völlig vergessen. Mit zusammengebissenen Zähnen und starrenden Augen, mit Schmerzen in Kopf und Magengrube, dachte er nur an Bertie, voll leidenschaftlicher Hingabe. Seit zwei Tagen spurlos verschwunden! Er ist tot! dachte Robbie, fast überwältigt von Aufregung und Übelkeit. Was war ihm zugestoßen? Wohin war er gegangen? Hatte er sich im Rausch in den Fluß gestürzt?

Robbie versuchte sich zu beruhigen. Die Ablehnung des Lebens war nicht immer gleichbedeutend mit Todessehnsucht. Im Gegenteil, Menschen ohne Liebe zum Leben suchten selten absichtlich den Tod. Allerdings... Allerdings mochte er in den Tod geschlittert sein, weil er in einer bedrohlichen Lage nichts tat, um sein Leben zu retten. Er mochte in seiner Trunkenheit dahingetorkelt, in den Fluß gefallen und lächelnd, mit emporgestreckten Armen, untergegangen sein, so gleichmütig und so willfährig, wie er gelebt hatte.

Ich hätte ihn nie aus den Augen lassen sollen, nie! dachte Robbie. Wenn er tot ist, bin ich schuld daran. Ich hätte bei ihm bleiben sollen. Wirkliche Liebe hat er zu mir nicht empfunden; aber vertraut und gefolgt hat er mir. Übrigens, ein bißchen geliebt und geschätzt hat er mich wohl doch. Darum wird er mir so etwas nicht angetan haben!

Aber alle vernünftigen Erwägungen wurden fortgeweht von Sturmstößen der Angst. Er rief im Geiste: Bertie! Bertie, warte auf mich! Ich komme. Doch er spürte, daß seine innere Stimme den Bruder nicht erreichen konnte. Immer war Bertie ihm, wenn er ihn fassen wollte, mit einem Lächeln entwischt, und mit einem seltsam funkelnden Warnungsblick.

Zum erstenmal fragte Robbie sich: Warum habe ich ihn eigentlich so lieb? Und er fand keine Antwort, weder im Bewußten noch im Unbewußten. Es muß eine Art Besessenheit sein, dachte er. Aber woher dieses Besessensein, dieses Besessenwerden?

In Janies Hause an der Porter Avenue waren alle Fenster erleuchtet. Robbie sprang aus der Kutsche, ehe sie noch die Vortreppe erreicht hatte, und stürzte ins Haus. In der Halle kam ihm Janie entgegen, mit roten Augen und verzaustem Haar. Laut weinend und stöhnend warf sie sich ihm in die Arme. Er führte sie in den heißen Salon und fragte: „Noch keine Nachricht? Hast du die Polizei verständigt? Wo hat man ihn zum letztenmal gesehen? Wann ist er verschwunden? Hat er beim Weggehen irgend etwas gesagt?"

Sie versuchte zwischen Tränen zu sprechen, und Robbie schüttelte sie heftig in seiner wilden Ungeduld. Trotz ihrer Angst und Trübsal fiel ihr sein Aussehen, seine Heftigkeit auf. Sie riß sich von ihm los, wich ein paar Schritte zurück und befeuchtete sich die trockenen, zitternden Lippen. „Robbie", sagte sie, „du bist ja ganz außer dir. Fasse dich!"

Ohne den Blick von ihm zu wenden, griff sie hinter sich, schob einen Sessel zurecht und setzte sich. Trotz der großen Hitze schauderte sie. Nochmals sagte sie: „Fasse dich! Du bist ja wie übergeschnappt, Robbie! Schau mich nicht so an! Setz dich, und laß uns darüber reden!"

Aber er blieb vor ihr stehen und sah sie so erregt an wie noch nie. Von Furcht vor diesem Blick erfüllt, mußte sie sich mit Gewalt zwingen, ihre Stimme leise und ruhig zu halten. Bertie habe ihr, so erzählte sie, vorgestern um etwa elf Uhr vormittag gesagt, er wolle sich Krawatten kaufen. Beim Weggehen habe er sie wie gewöhnlich geküßt und nichts Auffallendes gezeigt. Sein letzter Trinkanfall sei nur zwei Monate her, und der nächste wäre erst nach mindestens einem weiteren Monat fällig gewesen. Sie habe ihm Geld gegeben und ihn gebeten, im Vorbeigehen Angus im Kaufhaus aufzusuchen und ihm zu bestellen, er möge abends zu einer geschäftlichen Besprechung kommen. Bertie habe sich dazu bereit erklärt und habe auch bemerkt, er werde zum Tee zurück sein. Wegen des schönen Wetters sei er zu Fuß gegangen, fröhlich pfeifend, offensichtlich im Frieden mit sich und der Welt, ohne das geringste Anzeichen jener bedrohlichen Unrast, Schweigsamkeit und Verlorenheit, die sich immer mindestens drei Tage vor seinen Trinkanfällen einstellten. Er habe wenig Geld bei sich gehabt und auch nicht um mehr gebeten.

Robbie hörte sehr aufmerksam zu, den Blick immer auf die Mutter gerichtet. Als sie mit ihrem Bericht fertig war, fragte er: „Er hat dich nicht so geküßt, als wollte er auf eine weite Reise gehen, oder dergleichen? Er hat nichts mitgenommen? Er hat sich nicht umgesehen, als wäre es das letztemal?"

„Was redest du da, Menschenskind?" rief Janie erbost. „Natürlich nicht! Ach, der gute Junge! Ich hätte es gespürt, wenn etwas mit ihm nicht in Ordnung gewesen wäre, wenn er ... etwas Besonderes vorgehabt hätte. Es war alles ganz alltäglich. Er hat sich nicht einmal umgesehen, als er durch die Straße ging. Wo willst du denn hinaus mit deinen Andeutungen, Robbie?"

Aber Robbie fing an, im Zimmer auf und ab zu gehen und warf ihr kurze, barsche Fragen hin. Sie antwortete, unter Tränen, ebenso kurz. Ja, die Polizei sei verständigt worden. Alle Lieblingsschenken Berties habe man abgesucht. Er sei in keiner gewesen. Anscheinend habe er überhaupt nichts getrunken. Einige Personen hätten ihn pfeifend durch die Delaware Avenue gehen sehen, oder durch die Main Street. Nein, im Kaufhaus sei er nicht gewesen. Weder Angus noch Stuart hätten ihn gesehen.

Bertie scheine verschwunden, als hätte die Erde ihn verschlungen. Wer ihn als letzter gesehen habe? Ein junger Mann, ein Infanterie-Leutnant. Mit dem habe man ihn an der Kreuzung Niagara und Hudson Street sprechen sehen, so gegen vier Uhr nachmittag. Mrs. Fiske habe von ihrer Kutsche aus die beiden bemerkt. Nein, den Offizier kenne sie nicht. Aber Bertie mache öfter Bekanntschaft mit fremden Leuten, rede freundlich und anscheinend interessiert ein paar Minuten mit ihnen und begleite sie sogar ein Stück; das sei bei ihm nichts Ungewöhnliches.

„Hat jemand den Leutnant aufgestöbert und befragt?" erkundigte sich Robbie.

Ja, die Polizei habe ihn in einer Meldestelle für Kriegsfreiwillige in der Niagara Street ausgeforscht. Es handle sich um einen gewissen John Girard aus New York City, der jetzt hier in der Stadt, in The Front, stationiert sei. Er habe sich sofort Berties entsonnen, weil er ihn selber in der Niagara Street angesprochen und sehr freundlich gefragt habe, warum er nicht in der Armee sei. Bertie habe aufgeschlossen erwidert, er sei ,gänzlich untauglich', und habe dann das Thema gewechselt. Sie hätten miteinander Tauben gefüttert und sich sehr angeregt über den Krieg unterhalten. Girard sei von seinem neuen Bekannten begeistert gewesen und habe ihn aufgefordert, mit ihm in einer nahen Gastwirtschaft das Abendessen einzunehmen. Bertie habe jedoch höflich abgelehnt, mit der Begründung, er habe noch etwas zu ,erledigen'.

Einiges von der düsteren Spannung war aus Robbies Gesicht gewichen. Seine ärgsten Befürchtungen waren zum Teil zerstreut. „Also nicht in der Nähe des Flusses!" rief er.

Plötzlich hörten die beiden, durch den Sturm und das regenlose Gewitter hindurch, das Öffnen und Schließen einer Tür. Janie sprang mit einem Schrei auf, und beide liefen sie in die Halle. Aber es war nur der steife, blaßgesichtige, schwarzgekleidete Angus, der ruhig und verhalten dastand. Etwas wie ein unwillkürlicher Fluch entrang sich Janies verzweifelten Lippen.

Angus warf Robbie seinen üblichen kühlen, distanzierten Erkennungsblick zu. Dann legte er den mageren Arm um seine Mutter, die sich der Umarmung zu entziehen versuchte, und fragte: „Also, ist er noch nicht zurückgekommen? Schrecklich! Gedankenlos, grausam, gefühllos! Aber was kann man sich anderes erwarten von so einem albernen Trunkenbold?"

Mit einem einzigen wilden Ruck riß Janie sich von ihm los und starrte ihn wütend an. „Weg von mir, du Haubenstock!" kreischte sie. „Wie kannst du es wagen, von meinem lieben Bertie so zu reden? Wer hat dich denn hergerufen, du seelenloser Kadaver eines Frömmlers? Hinaus aus meinem Hause!"

Sie war außer sich, unfähig, sich zu beherrschen. Angus trat zurück; die Blässe seines Gesichts wurde grau, die Augen blinzelten vor Qual. Janie stampfte auf, schrie ihn an, beschimpfte ihn mit Schaum vor den Lippen. Die Jahre des Hasses dampften ihr aus dem Munde und verdichteten sich zu unflätigen, unwiedergebbaren Worten. Ihre Augen waren irre vor Haß, Verzweiflung, Entsetzen und Leid.

Angus stand da und hörte sie an. Er rührte sich nicht; die Arme hingen ihm schlaff herab. Sein Gesicht hatte einen Ausdruck, dessen Anblick selbst der spöttische Robbie nicht ertragen konnte. Angus mochte noch so viele Fehler haben; diesen ungeheuerlichen Erguß von Abscheu und Verachtung und Zurückweisung verdiente er nicht. Er hatte die Mutter geliebt, ihr gehorcht und gefront, an ihr gehangen und ihr die einzige wirkliche Zuneigung seines Lebens geschenkt.

Als Janie innehielt, einfach, weil ihr der Atem ausgegangen war, sagte Angus behutsam: „Du scheinst mich allen Ernstes zu hassen, Mama, nicht wahr?" Seine Stimme war schwach, merkwürdig verwundert; seine Stirn lag in Falten.

„Scheine ich?" kreischte Janie, die sich inzwischen wieder erholt hatte. „Seit deiner Geburt hasse ich dich. Deine Frömmelei mit den Gebeten und Kirchgängen und Psalmen und glattzüngigen Bibelzitaten. Deinen ekligen Anblick, sogar den Klang deiner Stimme, deine Herumschleicherei, deine bigotten Blicke, deine Predigten und Pfaffenallüren! Du bist kein Mann. Du bist ein Haubenstock, ein Leichnam, ein Idiot. Das warst du dein ganzes Leben lang. Wie ein Hund hast du mich um Liebe angewinselt! Dich lieben? Zum Teufel mit dir, du Duckmäuser!"

Ihr Gesicht war verzerrt, ihre Zähne und ihre grünen Augen schimmerten wild, erbarmungslos im Licht der flackernden Lampe. Angus hörte nur zu, den Kopf ein wenig vorgeneigt. Sein Blick war starr auf die Mutter gerichtet; sein blasser Mund blieb still und ruhig.

„Tausendmal habe ich dir den Tod gewünscht!" schrie Janie mit neuer Wut. Plötzlich brach sie in furchtbares Weinen aus. „Warum kannst nicht du es sein, der spurlos verschwunden ist? Warum mußt du vor mir stehen, und nicht mein lieber Junge?"

Angus bewegte sich. Er holte tief, hörbar Atem, mit einem furchtbaren Laut, als zerbräche sein Herz. Er schien in seinem schweren schwarzen Anzug zu schrumpfen, dahinzuschwinden. Er hob die Hand und preßte sie an die Schläfe. Er seufzte.

Eine Welle tiefen, quälenden Mitgefühls und Mitleids durchströmte Robbie. So absurd eine derartige Behauptung im Zusammenhang mit Angus klingen mochte, man mußte doch feststellen: Er hatte sein ganzes Leben lang jemanden gesucht, den er lieben und der dafür ihn lieben würde, war aber von allen zurückgestoßen worden. Janie hatte ihm Haß und Verachtung bezeugt, Laurie spöttischen Groll; Bertie ließ ihn unbeachtet; Robbie verlachte ihn, und die eigene Frau richtete ihn zugrunde. Und zuletzt wurde er nicht nur von den armseligen, wertlosen Geschöpfen um ihn herum im Stich gelassen, sondern auch von Gott selbst.

Nun griff aber Robbie ein. Er legte seinem Bruder die Hand auf den Arm und sagte gelassen: „Hör nicht auf Mama! Sie ist natürlich über Berties Verschwinden aufgeregt. Kommt, gehen wir in den Salon!"

Angus schüttelte mechanisch die Hand des Bruders ab, folgte aber seiner Aufforderung. Sein Gang war der eines Traumwandlers. Seine grauen Augen waren verschattet, von tiefem, unsagbarem Schmerz erfüllt. Er schritt zum kalten Kamin, stellte sich neben ihn und heftete den Blick auf den Boden. Robbie führte seine heftig weinende Mutter zu einem Sessel und setzte sie hinein. Dann erzählte er seinem Bruder ruhig, Bertie sei zwar noch nicht gefunden worden, es bestehe jedoch kein Grund zur Besorgnis. Angus erwiderte nichts. Ob er überhaupt zuhörte, ließ sich nicht feststellen. Nur ein gelegentliches Zucken der Augenlider zeigte, daß in ihm Leben war.

„Wir setzen die Suche fort", erklärte Robbie. Er brannte sich eine Zigarre an, und das Entzünden des Streichholzes klang in dem Raum wie ein scharfer Knall. Angesichts der neuen Wendung der Dinge hatte sich seine eigene Erregung gelegt, und er verspürte eine merkwürdige Entspannung, fast Erleichterung und Zuversicht. „Ich bin überzeugt, daß bald Nachricht kommt.

Bertie war weder in den Schenken noch beim Fluß; und alle Leute, die ihn sahen, haben ihn als völlig normal geschildert."

Angus rührte sich; die kleine Bewegung schien ihn stark anzustrengen. Er hob die toten grauen Augen und heftete sie auf Robbie. Aber er sagte nichts. Janie weinte jetzt, auf Robbies Worte hin, leiser. Sie streckte ihm eine zitternde Hand entgegen und wimmerte: „Du bist jetzt der einzige Trost für mich, mein lieber Junge."

Robbie blickte die Hand an und dachte: Die Hand einer Mörderin! Die Hand, die Angus den tödlichen Streich versetzt, die aus Laurie ein hartherziges, herrschsüchtiges, bedenkenloses Frauenzimmer gemacht, die Bertie in seine Lebensverneinung und vielleicht in den Tod getrieben hat. Die Hand einer Mörderin! Ohne mit der Wimper zu zucken, blickte er die Hand der Mutter und dann ihr Gesicht an.

Janie erwiderte den Blick, und plötzlich kniff ihr ein Begreifen die verschwollenen grünen Augen zusammen und entzündete neuen Haß in ihnen, nun gegen Robbie. Sie fletschte die Zähne, sprach aber kein Wort.

In dieser dumpfen, gespenstigen, von Erbitterung und Frostigkeit erfüllten, tödlichen, unversöhnlichen, beklemmenden Stille hat niemand das leise Kommen eines Mannes gehört, der jetzt lächelnd auf der Schwelle stand und die drei wie versteinert verharrenden Personen anblickte, eines Mannes, dessen hagere, aber aufrechte Gestalt in der blauen amerikanischen Heeresuniform stak und dessen Kopfbedeckung das leuchtende Blau seiner Augen beschattete.

Robbie war, als er den scharfen Blick von der Mutter abwandte, der erste, der den Soldaten bemerkte, und er hatte sich derart in seine Gedanken vertieft, daß er im ersten Moment verwirrt dachte: Das ist Berties Bekannter, Girard. Dann jedoch bemerkte er, daß der so stumm, so lächelnd dastehende Ankömmling kein Fremder war, sondern Bertie selbst.

Plötzlich spürte Robbie im Herzen ein Schwellen und Pulsen, das Schmerz und Freude, Jubel und Furcht zugleich war. Leise schritt er über den Teppich auf seinen Bruder zu und hielt ihm die Hand hin. Bertie nahm und drückte sie, nicht zögernd und kühl, sondern stark und fest und warm. Jetzt lächelten die Brüder nicht.

Hinter ihnen wurde etwas laut, das wie ein schwaches, ersticktes, keuchendes Stöhnen klang. Janie erhob sich langsam und steif von ihrem Sessel. Der Schal glitt ihr von den Schultern, ihr Gesicht war stumpf vor Benommenheit, ihre Lippen bewegten sich lautlos. Und dann lief sie mit einem heiseren Schrei auf Bertie zu, die Arme ausgebreitet, die Augen voll Tränen. Robbie ließ die Hand seines Bruders los; noch spürte er das Kribbeln des festen, warmen Händedrucks. Janie schlang die Arme um ihren Sohn, drückte das Gesicht an seine Brust, umklammerte ihn leidenschaftlich und stieß zusammenhanglose Rufe aus, Beschwörungen, Segnungen. Sie griff ihn ab, als wollte sie sich vergewissern, daß er lebte und ihrem Herzen nahe war. Sie dankte schluchzend Gott, mit der gleichen Stimme, die vor wenigen Minuten Angus verflucht hatte. Sie war völlig außer sich. Bertie mußte sie festhalten, sonst wäre sie in ihrem Freudentaumel zu seinen Füßen niedergesunken. Sie faßte seine Hände und küßte sie; sie mühte sich, seine Wange zu erreichen. Sie streichelte ihn und gab ihm Kosenamen. Tränen rollten ihr über das Gesicht und zitterten über ihrem zur Grimasse aufgerissenen Mund.

Robbie wandte sich ab. Unwillkürlich tat die Mutter ihm leid, obwohl ihre verzückte Freude etwas Barbarisches, Gewaltsames, Schamloses an sich hatte. Er trat auf Angus zu, der mit starrer, tragischer Miene bewegungslos und stumm Mutter und Bruder ansah.

Bertie versuchte lachend die Mutter zu beruhigen und drängte sie in einen Sessel. Aber sie wollte ihn nicht loslassen. Immer wieder küßte sie ihm die Hände. Immer wieder umfaßte sie seine Arme. Erst als ihre Verwirrtheit ein wenig abklang, fiel ihr auf, aus welchem Tuch die Rockärmel bestanden und welche Farbe sie hatten. Dann aber versiegte mit einem Schlag ihr Rufen und Weinen und Schluchzen. Völlig entgeistert und bestürzt starrte sie die Uniform an.

Robbie kam wieder zu den beiden. Seine noch immer halbgelähmten Lebensgeister erwachten mit dumpfem Pulsen. Er stellte sich neben Bertie und legte ihm die Hand auf die Schulter.

Gelassen, mit seiner gewohnten Unbeschwertheit und beiläufigen Freundlichkeit erzählte Bertie:

„Ich habe den ganzen Nachmittag und Abend in der Meldestelle gewartet. Aber es standen so viele Freiwillige an, daß ich meinen Platz in der Reihe verloren hätte, wenn ich euch verständigen gegangen wäre. Erst um zehn Uhr kam ich dran. Und der Offizier und ich gerieten in ein derart angeregtes Gespräch, daß es plötzlich zu meinem Erstaunen Mitternacht war. Er lud mich zu sich in seine Wohnung hinter den Amtsräumen ein, und dort haben wir weitergesprochen. Ich wollte euch in der Nacht nicht mehr stören und beschloß, erst vormittag nach Erledigung aller Formalitäten heimzugehen. Es waren so viele Sachen zu überlegen . . ."

Er hielt inne und blickte lächelnd Robbie an, der das Lächeln mit steifen, kalten Lippen erwiderte. Und dann sah er Berties Augen. Sie waren nicht mehr unbelebt und nur ausdruckslos schimmernd; sie waren friedsam und strahlend. Aber wieder erkannte Robbie darin eine — diesmal nicht schroff zurückweisende, sondern sanft flehende — Warnung.

Janie hielt die Hand ihres Sohnes an die Brust gepreßt. Sie rührte sich nicht. Sie blickte ihn nur unverwandt an. Auf ihren fahlen Wangen und der langen Nase waren alle Sommersprossen deutlich hervorgetreten.

„Die Formalitäten haben den ganzen Tag in Anspruch genommen. Ich bin gründlich untersucht worden. Auf eine Offiziersstelle habe ich keinen Wert gelegt; ich wollte nur als einfacher Soldat dienen. Schließlich ließ ich mich aber umstimmen." Er hielt inne, blickte seine Mutter an und streichelte ihr mit der freien Hand die Wange. Leise, freundlich fügte er hinzu: „Ich muß noch heute abend fort, ins Ausbildungslager."

Robbie wurde sich nie klar darüber, welcher unwillkürliche Antrieb ihn veranlaßt hatte, in diesem Augenblick an die Seite seiner Mutter zu eilen und ihr mit festem, hartem Griff die

Schultern zu drücken. Sie hatte schon den Mund weit geöffnet, wie zu einem Aufschrei, blieb aber unter Robbies mahnender Berührung still, wurde bloß noch bleicher. Sie blickte Bertie seltsam durchdringend an, und ihre Züge wurden vor unterdrückter Erregung herb, fast würdevoll.

„Bertie, mußtest du das tun?" fragte Robbie mit leiser, ernster Stimme und sah dem Bruder fest in die Augen.

Bertie nickte lächelnd. „Ja, ich mußte."

Robbie schwieg. Wohnten in Bertie wirklich die Freuden und Leiden der Vaterlandsliebe? Hatte dieser Krieg irgendwelche Bedeutung für ihn? Robbie konnte sich nicht entsinnen, daß sein Bruder in den ganzen zwei Kriegsjahren jemals mit ihm oder mit irgendeinem anderen darüber gesprochen hätte. Er hatte die Zeitungen gelesen, lässige Bemerkungen über eine Schlacht gemacht, weitergeblättert und gegähnt. Was war während dieser ganzen Zeit in ihm vorgegangen? Robbie konnte sich nicht glauben machen, daß Bertie eine Gefühlsbewegung, einen geheimen Wunsch oder Entschluß vor ihm verborgen haben sollte.

Bertie blieb ein Rätsel. Er hatte die Frage seines Bruders höflich und liebenswürdig beantwortet, in herkömmlicher Form. Aber was stak hinter dieser schlicht und rasch bejahenden Antwort? Was konnte Amerika für einen Menschen bedeuten, der eigentlich überhaupt nicht auf dieser Welt gelebt hatte?

Laut sagte Robbie: „Eine ausgezeichnete Sache, Bertie! Ein höchst löblicher Entschluß! Ich habe dir noch nicht gratuliert dazu. Ich tue es jetzt." Wieder hielt er dem Bruder die Hand hin und dachte: Geh nur deines Weges! Versuche, dich selber zu finden, irgendwo, irgendwie!

Seine Gedanken zeichneten sich in seiner Miene ab, und Bertie las darin. Er schüttelte Robbies Hand mit herzhaftem Druck.

Auch Janie mußte sich ihre Gedanken gemacht haben. Sie weinte wieder, aber jetzt ganz leise. Sie stand auf, stellte sich auf die Zehenspitzen und küßte Berties Wange. „Mein tapferer Junge! Mein braver Soldat!" murmelte sie. „Mein strammer Bub! Ich bin stolz auf dich, Liebling."

Bertie sah sie mit freudigem Staunen an. Er erwiderte ihren Kuß und ließ sich nochmals umarmen. Aber über ihren Kopf hinweg sah er seinen Bruder an, der dem Blick fest und liebevoll begegnete, obwohl ihm das Herz vor bösen Ahnungen heftig klopfte.

Alle drei erschraken ein wenig, als sie Angus dastehen sahen, den sie ganz vergessen hatten. Er blickte erst die Mutter und dann Bertie an. Seine grauen Augen hefteten sich kühl und erbittert auf den jüngeren Bruder.

„Das ist also alles, was du kannst! Deine Mutter zu Tode kränken, weil sie dich schon betrunken und tot in der Gosse oder im Fluß sah. Und dann wie ein sieghafter Held daherkommen, in einer Uniform, die zu tragen du kein Recht hast! In einer Uniform, die uns allen — auch dir — nichts bedeutet. Du bist ein aufgeblasener Windbeutel, und ich verachte dich!"

Seine Stimme hallte durch den Raum, zitternd vor Leidenschaft, vor verzweifelter Erregung, vor Eifersucht und Qual. In seiner Miene malte sich so mörderischer Haß, daß sogar Bertie sein ständiges Lächeln aufgab und ernst und schweigsam wurde.

„Dein ganzes Leben lang warst du nur eine Bürde und Schmach für deine Mutter, eine Schande für deine Geschwister! Dein ganzes Leben lang hast du auf deiner Familie gelastet wie eine schwere Wolke, hast du uns vor unseren Untergebenen gedemütigt, hast unseren Namen und unsere Ehre besudelt. Glaubst du, wir werden jetzt angesichts deiner neuen Narrheit vor Bewunderung ersterben? Laß dir gesagt sein, daß du uns damit nur wiederum vor allen Leuten lächerlich machst!"

Sein hartes, immer so ausdrucksloses Gesicht hatte sich in die Fratze eines wilden Dämons gewandelt. Er war wie ein Besessener. Er bebte vor Erregung. Er starrte nur Bertie an, der kein Wort sagte.

Und ehe Janie sich noch von ihrer neuen Bestürzung erholen konnte, machte er kehrt und verließ das Zimmer, etwas schwankend, wie ein Betrunkener.

Robbie saß neben Alice im blassen Dämmerlicht. Die junge Frau schlief; ihr Gesicht war gespannt und eingefallen, aber ruhig. Vor zwei Stunden hatte sie eine Tochter geboren, die jetzt im Kinderzimmer in der Wiege lag.

Zwei Stunden lang saß Robbie nun so neben seiner Frau und sah sie an. Aber er dachte nicht an sie, auch nicht an sein Kind. Er dachte an seinen Bruder. Und er sagte sich: Bestimmt werde ich ihn nicht mehr wiedersehen. Er ist für immer von uns gegangen.

In ihm dehnte sich weithin leere Verzweiflung, durch die wie ein Gespenst die Qual umging. Unverwandt blickte er auf das schlafende Frauenantlitz und sah nur Bertie. Die Hand, die er hielt, war nicht die seiner Gattin, sondern die seines Bruders. Wenn Alice aus ihrem tiefen Schlaf aufseufzte, hörte er Bertie seufzen.

Er hatte nicht das Gefühl, in einem Raum zu sitzen, wo neues Leben ans Licht getreten war, sondern fühlte sich in einem Raum, wo der Tod lauerte.

LXII

„So?" rief Stuart in zornigem Spott. „Sie wollen die Leute nicht, was? Na, lassen Sie sich gesagt sein, Grundy, daß es überhaupt nicht darauf ankommt, ob Sie wollen oder nicht! Bezahlt werden die Burschen von mir und nicht von Ihnen."

„Ich rufe die Polizei!" schrie Vater Houlihan wütend. „Ich wünsche nicht, daß Ihre Raufbolde und Totschläger mir Schritt für Schritt folgen! Ich lasse Sie einsperren, Sie Schurke!"

„Ich glaube", sagte Sam Berkowitz langsam, „Sie sollten auf Stuart hören, Vater."

„Auf Stuart hören?" brüllte der Geistliche, in dessen blauen Augen jetzt die frühere Mattigkeit einem kampflustigen Glanz gewichen war. „Er will mir ein Rudel Halsabschneider und Klopffechter auf die Fersen setzen, als wäre ich ein Verbrecher, daß Gott erbarm! Und jetzt fällt mir die Bibelstelle ein: ‚Gott ist unsre Zuflucht, unsre Kraft.' Ich brauche keine Häscher mit Schwertern und mit Knütteln."

„Gott hat Sie nicht davor bewahrt", erklärte Stuart, „daß Ihnen dreimal fast der Schädel eingeschlagen wurde. Oder stammen vielleicht Ihre zwei großen Beulen auf der Stirn davon, daß Sie gegen ein Haustor angerannt sind? Und den Arm gebrochen haben Sie sich offenbar beim Gottesdienst? Wahrscheinlich sind Sie vor dem Altar ausgeglitten, als Sie die Hostie hoben?"

„Sie elender Gotteslästerer!" schrie Vater Houlihan und fuhr mit geballten Fäusten aus seinem Sessel hoch. „Ich dulde keinen Gotteslästerer und Heiligtumsschänder in meinem Haus! Verschwinden Sie, bevor ich Sie mit eigenen Händen hinauswerfe!"

Aber Stuart lachte bloß. Denn Vater Houlihan hatte bei seinem Auffahren den sehr nachdrücklichen Protest zahlreicher Muskeln herausgefordert, die noch von der letzten ihm durch maskierte Rowdies verabreichten Tracht Prügel her gequetscht und gezerrt waren. Er mußte sich mit einem Stöhnen rasch wieder niedersetzen. Aber sein Blick war noch immer wild und blutrünstig.

„Ich glaube", sagte Vater Billingsley mit seiner sachlichen, nüchternen Stimme, „daß Vater Houlihan mit seinen Einwänden ganz recht hat. Niemand braucht einen anderen Schutz als den Gottes."

„Finden Sie?" fragte Stuart verächtlich mit einem höchst unwirschen Blick auf den jungen Priester. „Das Zeugnis der Geschichte widerlegt Sie, Vater. Oder sind Sie in Geschichte nicht sehr sattelfest?"

Stuart wußte genau, daß der Kaplan ein Historiker von Ruf war, der mit einigen Büchern große Aufmerksamkeit in Gelehrtenkreisen erregt hatte. Vater Houlihan rief, für den Augenblick von seinem persönlichen Ärger abgelenkt, empört aus: „Na, hören Sie, das ist doch allerhand Frechheit, so etwas zu fragen! Wollen Sie vielleicht meinem Amtsbruder Nachhilfestunden in Geschichte geben?"

Stuart geriet wieder in Zorn. „Ich könnte ihm und auch Ihnen, hol Sie der Kuckuck, sehr ersprießliche Nachhilfestunden in Menschenkenntnis geben und vor allem eine tüchtige Lektion über die Zerstreutheit des Allmächtigen bei der Beschützung von Narren und Kindern, wie Sie beide es sind! Ich habe diesen Unsinn satt. Sie bekommen Ihre Leibgarde, ob Sie wollen oder nicht. Es handelt sich übrigens um ehrenwerte Leute und noch dazu um gute irische Katholiken, denen Sie es nicht einmal verwehren können, Ihnen bis an die Stufen des Altars zu folgen. Schicken Sie sich also drein!"

„Ich mag die Leute nicht!" schrie der Geistliche und fuchtelte mit geballten Fäusten.

„Sie haben sie schon", entgegnete Stuart grinsend.

Er blickte die beiden hünenhaften jungen Iren an, die achtungsvoll auf der Schwelle zum Sprechzimmer des Geistlichen standen. Sie erwiderten sein Grinsen und salutierten lässig. Vater Houlihan starrte sie an. „Und warum, wenn ich fragen darf", erkundigte er sich spöttisch, „warum sind diese strammen Burschen nicht beim Militär, statt einen armen, alten, harmlosen Geistlichen zu belästigen?"

„Sie haben schon gedient, Grundy, und wurden als Kriegsversehrte ehrenvoll entlassen. Walsh hier ist auf dem rechten Auge blind, und Cullen hat eine Kugel in der Hüfte. Aber ihre Muskeln sind noch tadellos, und mit einer Pistole wissen sie gut umzugehen. Sie schießen zuerst und fragen erst dann."

„Mörder sollen mich also bewachen! Leichname sollen meinen Weg säumen! Ich mag die Leute nicht." Er war ganz außer sich.

„Sie haben sie schon", wiederholte Stuart freundlich.

Der Geistliche schnob wütend. Mit einem wilden Blick versuchte er das Lächeln seiner neuen Leibwächter zu bannen. Aber sie sahen ihn nur höflich und achtungsvoll an.

Sam lachte leise. „Stuart hat ganz recht, Vater. Sie brauchen einen Schutz. Stuart hat nicht die Zeit, sich um Sie zu kümmern. Sie müssen ein bißchen auf ihn Rücksicht nehmen."

„Und wer soll ihnen Kost und Quartier geben?" fragte Vater Houlihan, sehr bemüht, nicht allzu nachgiebig zu erscheinen.

Stuart antwortete: „Ich habe bei Mrs. Murphy, zwei Häuser weiter, Zimmer für die beiden gemietet. Sie werden sich im Dienst ablösen. Heute nacht wird Cullen sich mit schußbereiter Pistole auf die Schwelle Ihres Schlafzimmers kuscheln, wie ein braver Wachhund. Und bei Tag wird Walsh hinter Ihnen hergehen."

Der Geistliche sah Stuart an und versuchte, seine grimmige, wilde Miene zu bewahren. Aber es war ein hoffnungsloses Beginnen. Er seufzte und lächelte. Seine Stimme zitterte ein wenig, als er sagte: „Stuart, Sie sind ein verdammter Dickkopf. Stuart, Sie sind ein lieber Kerl!" Er streckte seine Hand dem Freunde hin, der sie nahm und herzlich drückte.

Stuart brummte: „Herrliche Zustände, wenn in Amerika ein Diener Gottes bewacht werden muß! Sehr erbaulich, wenn in einer freien Republik harmlose brave Frauen nicht mehr, ohne gemeinen Beleidigungen und Drohungen ausgesetzt zu sein, ihr Kloster verlassen können und wenn kleine Kinder auf dem Schulweg angepöbelt werden! Eine Augenweide, wenn ein Mann wie Sam auf der Straße angespuckt wird und Briefe mit Morddrohungen kriegt! Solche Dinge erfüllen das Herz mit den schönsten Hoffnungen für den Fortschritt des Menschengeschlechts."

Vater Houlihan entgegnete ungehalten: „Der Aufstieg der Menschheit vollzieht sich immer zwei Schritte vor und einen Schritt zurück. Aber wir sind doch hier bei uns ein tüchtiges Stück höher gekommen und werden mit Gottes Hilfe weitersteigen. Augenblicklich haben wir eine Krisenzeit, und die menschlichen Leidenschaften sind aufgewühlt. Doch das geht vorbei."

„Ach, Sie mit Ihrer Vaterlandsliebe! Ich bin schon so weit, daß ich Ihre Aussprüche überall nachplappere wie ein Papagei." Stuart mußte trotz seiner düsteren Miene ein wenig lächeln. „Ja, das geht vorbei. Vielleicht. Aber die Sporen des Hasses und der Grausamkeit sind zählebig, und was heute in den Wind gesät wird, wird morgen auf fruchtbaren Boden fallen. Solche Sporen können lange schlummern. Doch sie werden erwachen und aufsprießen, in zwanzig, dreißig, fünfzig, hundert Jahren. Ich spüre es im Herzen."

„Der Boden ist immer mit solchen Sporen verseucht, und sie sprießen immer auf. Aber Glaube und Liebe und Barmherzigkeit und Gerechtigkeit jäten das Unkraut überall aus, wo es sich zeigt", erklärte der Geistliche. „Da habe ich keine Sorge. Einen der Männer, die mich anfielen, habe ich erkannt, aber nicht angezeigt. Er hat die Sache kaum selber angezettelt. Er gehört zu jenen Leuten in den vornehmen Häusern, die durch meine Worte ihre Lebensführung bedroht glauben: die vielbenützten Lotterbetten, die üppigen Speisen und Weine, die funkelnden Kaleschen, die prallen Bankkonti und die Wertpapiere."

Stuarts Miene verdüsterte sich weiter. „Noch etwas, Grundy! Als Sie in der Union Hall sprachen und die Schnippelschen Schlachthausarbeiter aufforderten, höhere Löhne zu verlangen und sich in einer Gewerkschaft zusammenzuschließen, da haben Sie etwas Gefährliches getan. Sie haben sich einen Todfeind auf den Hals geladen. Ja, Schnippel mußte blechen; aber es war ein Pyrrhussieg für Sie. Auch anderswo haben Sie zu den Arbeitern gesprochen, in der Wurstfabrik Zimmermann, in den Docks und auf den Dampfern, in den Stahlwerken und so weiter. Sie haben die Stadt zu einem unsicheren Aufenthalt für sich selber gemacht . . ."

„Ich habe sie zu einem angenehmeren Aufenthalt für die Arbeiter gemacht!" unterbrach ihn der Geistliche. „Um Gottes willen, gehört Ihrer Ansicht nach die Verbesserung der Lebensbedingungen seiner Gläubigen nicht ebensosehr zu den Aufgaben des Priesters wie die Obhut über die Seelen? Ich verachte jene Geistlichen, die nur von überirdischen Dingen reden und ihr Wirken auf den Altar beschränken. Der Mensch muß sich vor allem den Magen vollschlagen können; dann erst wird er seiner Seele Beachtung schenken. Wenn die Religion sich halten soll, muß auf Erden Gerechtigkeit herrschen."

Stuart betrachtete ihn liebevoll. „Alles schön und gut, Grundy. Alles schön und gut. Ich bin ganz Ihrer Meinung.

Aber hundert von diesen schlappschwänzigen Arbeitern sind zusammen nicht Ihren kleinen Finger wert. Während diese Leute sich noch an dem von Ihnen verschafften besseren Essen und den höheren Löhnen gütlich tun, sind sie, wohlgemerkt, die ersten, die sich gegen Sie wenden, die ersten, die den Verleumdungen gegen Sie ihr Ohr leihen. Während sie unter ihren neu instandgesetzten Dächern in ihren recht bequemen Betten — alles Ihnen zu verdanken! — liegen, zertüfteln sie die über Sie umlaufenden Gerüchte und grollen Ihnen."

„Das kann ich nicht glauben", stammelte der Geistliche. Doch seine gequälte Miene strafte seine Worte Lügen. Seufzend wandte er den Kopf ab. „Aber auch, wenn es stimmen sollte, muß ich tun, was ich kann. Irgendeinmal werden die Leute zu Verstand kommen."

Stuart erhob sich. Doch in diesem Augenblick erschien Mrs. O'Keefe und meldete, für die Herren sei ein kleiner Imbiß aufgetragen worden. Zufrieden musterte sie die hünenhaften Leibwächter und teilte ihnen freundlich mit, auch auf sie warte in der Küche eine tüchtige Portion Schinken und gutes Bier. Sie zwinkerte Stuart aufgeräumt zu, und er zwinkerte zurück. Vater Billingsley erhob sich mit asketischer Geste und bat seinen Vorgesetzten, sich zurückziehen zu dürfen.

Die anderen begaben sich in das kleine Hinterzimmer, wo Mrs. O'Keefe ein ausgezeichnetes Mahl gerichtet hatte. Aber Vater Houlihans sonst so gesunde Eßlust war heute schwach. Verstohlen beobachtete er Stuart. Ja, der liebe Kerl hatte sich sehr gewandelt! Er war schmächtiger und irgendwie fahrig; seine Augen glänzten vor Unrast. Er schien jünger, erregbarer und lebhafter, fast so, wie er vor zehn Jahren gewesen war. Aber er konnte nicht stillsitzen; er war nervös und angespannt. Vater Houlihan wandte den Blick ab. Die grauen Strähnen in Stuarts Haar waren auf geheimnisvolle Art verschwunden, was dem Geistlichen als das traurigste, vielsagendste Symptom erschien.

Auch in Stuarts Kleidung war an die Stelle einer gewissen Überladenheit und Prunkhaftigkeit eine schlichte Eleganz getreten, die nie seinem persönlichen Geschmack entsprochen hatte. Er trank mehr als früher, wurde aber dadurch nicht wie sonst wohlgelaunt, sondern sogar noch reizbarer und gehemmter. Gelegentlich verfiel er in düstere Nachdenklichkeit. Von seinen Fingern waren einige besonders protzige Ringe verschwunden, und seine juwelenbesetzte Uhrkette war durch ein einfaches, feines Gehänge über der betont schlichten Weste ersetzt worden.

Vater Houlihan erkundigte sich nach Marvina und Mary Rose. Im Nu änderte sich Stuarts Gesichtsausdruck. Frau und Tochter seien jetzt in Saratoga, antwortete er. Der Tochter gehe es nach Auskunft der Ärzte viel besser. Aber sie brauche die Kur dringend. In zwei Wochen würden dann die beiden wieder auf einige Zeit ins Gebirge übersiedeln, um den Kurerfolg zu festigen. Im November sollten sie heimkommen.

Der Geistliche räusperte sich. Und wie sehe es jetzt in New York aus? Merke man auch dort den Krieg stärker?

Stuart schnitt sich sorgsam eine neue Schinkenscheibe ab, obwohl auf seinem Teller noch zwei Scheiben lagen. Sam Berkowitz blickte bekümmert auf den Geistlichen und auf Stuart. Ja, in New York seien die Leute schäbiger gekleidet und hätten weniger Geld. Die Straßen seien voll Militär, und die Soldaten benützten ihren Urlaub zu ausgiebigen Trunkenheitsexzessen. Aber sonst sei die Stadt recht fröhlich. Zu kaufen gebe es nicht so viel wie früher, weil die Blockade und der Kaperkrieg die amerikanische Schiffahrt lahmlegten. Die feinen Damen seien allerdings weiterhin prächtig gekleidet, und er habe noch nie so viele Juwelen gesehen.

„Wahrscheinlich fahren Sie wieder hin, wenn Laurie in der Oper singt", bemerkte der Geistliche mit einer, wie er glaubte, sehr geschickten Beiläufigkeit.

Stuart nahm noch eine Brotschnitte. Natürlich werde er hinfahren. Eigentlich wäre es nett, wenn auch Grundy und Sam mitkämen. Es werde bestimmt ein großartiges, wunderbares Ereignis sein. Stuarts Hand zitterte ein wenig. Seine Wangen wurden rot. Seine Augen glänzten wie unter Alkoholeinfluß.

Und dann wechselte er unvermittelt das Gesprächsthema.

Es war gar nicht schwer, so überlegte der Geistliche, jemanden auf den rechten Weg zu bringen, wenn man ihm klarmachen konnte, daß der bisherige Weg falsch sei oder daß er selbst sich dabei als böser Mensch erweise. Aber Stuart war kein böser Mensch. Er war gut. Er hatte bloß die einem Übermaß an Vorzügen zugeordneten Fehler. Er mochte verschwenderisch sein; aber selbst die Verschwendungssucht auf unschicklichen Gebieten entsprach der Maßlosigkeit seiner Güte und Freigebigkeit, seiner leidenschaftlichen Warmherzigkeit und Liebesfähigkeit. Der gleiche Regen und die gleiche Sonne, die eine Fülle von Blumen, Bäumen, Gras, Obst und Bodenfrüchten gedeihen ließen, förderten auch das Wachstum von schädlichem Unkraut und lästigem Gestrüpp, von Lianen und Giftbeeren.

Was konnte er Stuart vorhalten? Daß er ein Ehebrecher sei und Höllenstrafen auf sich lade? Daß er ein junges weibliches Wesen verführt und vielleicht zugrunde gerichtet habe? Der Geistliche lächelte traurig vor sich hin. Ein ‚Ehebrecher‘ war Stuart schon seit vielen Jahren, und es erschien sehr fraglich, ob er dafür in die Hölle kommen würde. Nach Grundys Überzeugung stand die Hölle eigens für jene ‚tugendhaften‘ Menschen bereit, deren Seele keine Liebe und Güte kannte, die mit den Lippen brünstig beteten, im Herzen aber ihre Mitmenschen haßten, die fleißig in die Kirche rannten und ihr Scherflein in die Almosenbüchse warfen, aber in ihren kalten Herzen nur Bosheit gegen die Mitmenschen hegten. Allerdings war Vater Houlihan zum Unterschied von Stuart nicht davon überzeugt, daß solche Leute Heuchler waren. Sie hatten einen starken Glauben, einen viel stärkeren als die lässigen, untugendhaften Menschen, die gern ihr Leben hinzugeben bereit waren, um der Menschheit zu einer besseren Zukunft und einem freundlicheren, edleren Dasein zu verhelfen.

Der Geistliche zweifelte übrigens nicht im geringsten daran, daß, falls überhaupt eine Verführung stattgefunden hatte, Stuart der Verführte gewesen war und nicht der Verführer. Eines aber wußte er ganz bestimmt: daß Stuart zum erstenmal im Leben eine Frau liebte. Wie konnte er dann als Geistlicher behaupten, Stuart tue etwas Übles? Sicherlich, so dachte Vater Houlihan demütig, bin ich sehr ketzerisch in meinen Ansichten und völlig im Irrtum, und mein Bischof wäre entsetzt über mich; aber ich sehe nichts Schlechtes in der Liebe, wenn sie echte Liebe ist, sehe nichts Sündhaftes in einer solchen Liebe, ob sie nun eingesegnet wurde oder nicht. Die Macht der Liebe, und die Liebe selbst, kommen von Gott, und von Ihm kann nichts Böses kommen.

Als Stuart und Sam gegangen waren, saß er noch lange in Betrachtungen versunken, betete um Seelenfrieden für seinen Freund und rief flehentlich Gottes Schutz auf ihn herab. Mit kindlichem Erstaunen stellte er plötzlich fest, daß er für Stuart mehr betete als für irgendwen anderen auf der Welt. Im Banne dieser einzigartigen Überraschung und ganz benommen von ihr, ging er über die Treppe in seinen Schlafraum hinauf. Er bemerkte, daß seine tüchtige Schwester irgendwo ein Feldbett aufgestöbert hatte, auf dem jetzt der Leibwächter Cullen lag, in Decken gewickelt und hellwach. Vater Houlihan war verdutzt. Er sah den jungen Mann, der höflich aufsprang und militärisch grüßte, finster an. „Sie werden doch nicht vor meiner Tür schlafen wollen?" fragte der Geistliche.

„Doch, Vater", erwiderte der junge Mann fröhlich. „So lautet mein Auftrag."

„Sie täten besser, bei sich zu Hause zu schlafen, wie ein ehrlicher Christenmensch", brummte Vater Houlihan streng. „So ein Unsinn!"

Als er die Schlafzimmertür hinter sich schloß, hörte er, wie Cullen seine Pritsche gewissenhaft quer über den Korridor stellte; und dann ertönte bald das Knarren von Sprungfedern.

War das ein Getue! Stuart hatte einen Hang zur Dramatik. Als dächte jemand daran, in Mordabsicht in dieses stille Häuschen einzubrechen. Lächerlich!

LXIII

Stuart begleitete Sam Berkowitz nach Hause. Gemächlich gingen sie durch die milde, klare Septembernacht nebeneinander her. Der Herbstvollmond hing, riesenhaft und golden, über den schütter werdenden Bäumen, und den tiefdunklen Himmel überzog ein weiter, heller Schimmer. Die weiche, balsamische Luft war von würzigen Düften erfüllt, die über der ganzen Stadt schwebten. Die Laternen beleuchteten leere Straßen, deren Stille nur gelegentlich von einer Stimme, von Schritten, von dem Rollen eines heimfahrenden Wagens unterbrochen wurde. In allen Obergeschossen der Häuser brannte Licht und zeigte an, daß die Familien sich zum Schlafengehen rüsteten.

Eine Zeitlang schlenderten die beiden Männer in vertrautem Schweigen dahin. Sam rauchte seine übliche Pfeife, Stuart zog an seiner Zigarre. Sie begegneten einigen jungen Offizieren, die aufgeräumt ein Wohnhaus verließen, wo sie offenbar gefeiert worden waren; nun lachten und scherzten sie miteinander. Stuart musterte die Gesichter. Vielleicht war einer von ihnen Bertie Cauder? Aber Bertie befand sich nicht unter ihnen. Seine Angehörigen hatten schon fast sechs Wochen lang nichts von ihm gehört. Seine Ausbildung konnte wohl noch nicht beendet sein. Aber die schwere Kriegsmaschinerie rollte jetzt rasch. Niemand vermochte etwas Sicheres zu sagen.

Stuart warf einen Seitenblick auf den müden, mageren Mann neben sich. Es schmerzte ihn, daß Sam so gealtert, sein Haar so weiß geworden, sein scharfgeschnittenes Gesicht so gefurcht und abgespannt war. Aber seine Miene schien recht friedlich, nachdenklich. Er spürte Stuarts Blick, wandte den Kopf, lächelte ein wenig.

„Diese Woche war das Geschäft etwas besser", fühlte er behutsam vor.

Stuart hob die Hand. „Bitte, reden wir nicht vom Geschäft, Sam! Sie wissen, ich mag das nicht. Uns beiden ist klar, daß ich am Rand des Abgrunds stehe. Aber konfuserweise rede ich mir ein, daß der Abgrund mich, wenn ich ihn unbeachtet lasse, nicht schrecken wird, und daß ich ihn vielleicht sogar rechtzeitig ungeschoren umgehen kann." Er lächelte verzerrt.

Nein, dachte Sam, diesmal werden wir beide ihn nicht umgehen können. Er seufzte. Stuart sah die Geschäftsbücher überhaupt nicht mehr an! Er hielt sich in den Verkaufsräumen auf, plauderte freundlich mit den Kunden, half ihrem Kaufwillen nach. Er lebte in einer Art Fiebertraum, aus dem aufzuwachen er sich sträubte, um nicht vor schierem Entsetzen zu sterben. Sam schüttelte den Kopf. Der Zusammenbruch des Unternehmens stand vor der Tür; nur noch ein Wunder konnte ihn abwenden.

Plötzlich sah er im Geiste Angus Cauders Gesicht vor sich, und sein Mund straffte sich grimmig. Aber wie sollte er darüber jetzt zu Stuart reden? Es war zu spät.

Er, Sam, hatte getan, was er konnte. Seine Arbeit im Kaufhaus war zu Ende. Nun würde er bald selbst kein Geld mehr haben. Doch dafür sollte River Island ihm gehören! Seine Schritte wurden rascher; er fühlte sich weniger müde. Seine Augen leuchteten unter der Krempe des hohen Hutes. Endlich hatte Gott die Erfüllung des langgehegten Traumes gewährt. Innerhalb eines Jahres sollten jetzt zweitausend bedrängte, gequälte, heimatlose Menschen auf der waldigen Insel einen schützenden Hafen finden und die wunden, müden Arme wieder zur Erhaltung des Lebens regen.

Er sagte: „Stuart, morgen erlege ich den Kaufpreis für meine Insel. Meine Insel! Ab morgen gehört sie mir. Es ist alles genehmigt. Jetzt gibt es keine Verzögerung mehr."

Stuart erwiderte: „Fein! Sehr, sehr fein! Das ist eine angenehme Nachricht."

Sam lächelte. Seine Stimme zitterte ein wenig, als er bemerkte: „Eine angenehme Nachricht vor allem für die Menschen, die sich nur mehr Leiden und Tod erwarten konnten. Bald werden sie kommen: Männer und Frauen und Kinder."

„Sind Sie sicher, daß alles erledigt ist?"

„Ja. Natürlich. Heute wurde es unterschrieben. Morgen erlege ich das Geld. Ich behebe es selber in der Bank." Er hielt inne. „Ich war schon heute in der Bank. Mr. Allstairs hat mich zu sich gerufen. Wir haben uns schon ein paar Jahre lang nicht gesehen. Aber er war sehr freundlich. Er sagte zu mir: ‚Sam, jetzt ist es nicht ratsam für Sie, das zu tun. Warten Sie ein wenig! Ich kaufe die Insel auf meinen Namen, und dann können Sie sie mir abkaufen — in einigen Monaten, in einem Jahr, nur gegen Vergütung der Zinsen. Ich tue das aus Gefälligkeit für Sie, weil Sie Kunde meiner Bank sind.‘ "

Stuart blieb unvermittelt stehen, ballte die Fäuste und schrie: „Oh, dieser Hund! Dieser elende Hund! Dieser gemeine, erbärmliche Hund!"

Sam legte dem Freunde die Hand auf den Arm. „Pst! Sie wecken die ganze Straße auf. Wir müssen uns ruhig verhalten. Schauen Sie, die Leute öffnen schon die Fenster und gucken hinaus. Mr. Allstairs war sehr freundlich. Er ist alt geworden und hat, denke ich, viel von seiner bösen Art abgelegt oder bereut. Vielleicht meint er es ehrlich. Ich weiß es nicht. Vielleicht dachte er an gewisse Mitbürger, die lieber wehrlose Menschen quälen, als das Vaterland verteidigen. Ich weiß es nicht. Ich zerbreche mir darüber nicht mehr den Kopf. Wenn man älter wird, sieht man ein, daß es Dinge gibt, denen man nie auf den Grund kommen wird. Nur die jungen Leute fragen immerfort: Warum? Ich habe nicht mehr viele Jahre zu leben und will diese Zeit nicht mit solchen Fragen vergeuden. Darum habe ich ihm nur höflich geantwortet: ‚Nein, Mr. Allstairs, ich muß es jetzt tun. Aber Ihr Vorschlag war sehr nett.‘ "

Stuart starrte ihn ungläubig an: „Das haben Sie ihm gesagt, Sie Narr?"

Wieder lächelte Sam und zuckte die Achseln. „Es heißt, daß freundliche Worte zwar vielleicht nicht eine Handgreiflichkeit abwenden und die Einstellung eines Menschen ändern können, aber doch auch eine Handgreiflichkeit nicht geradezu herausfordern oder einen Menschen zur Feindseligkeit aufbringen. Der Frevler hat seine Pläne fertig, und niemand kann sie ihm ausreden. Immerhin muß ich wieder erklären, vielleicht hat Joshua viel von seiner bösen Art abgelegt."

Stuart war empört. „Sie verdammter Schwachkopf, Sie wissen doch ganz genau, daß hinter dem Kesseltreiben gegen Sie und Ihre Inselpläne ausschließlich er steckt. Das ist polizeikundig. Er hat für die Flugzettel bezahlt, auf denen es heißt: ‚Kein Judengetto bei Grandeville! Nieder mit den Juden!‘ Und für Dutzende ähnlicher Zettel. Seine bezahlten Schläger haben den alten Grundy überfallen und Ihnen das gleiche angedroht. Er hat, durch bezahlte Hände, Pflastersteine gegen Ihre Türen und durch Ihre Fenster werfen lassen. Und da können Sie sagen: ‚Vielleicht hat er viel von seiner bösen Art abgelegt!‘ Wissen Sie denn nicht, wie bösartig er ist? Er intrigiert Tag und Nacht. Er ist für Grandeville eine Aussatzschwäre, die immer größer wird und den ganzen Leib der Stadt zu zerfressen droht!“

„Jetzt kann er mir und meinen Plänen nichts mehr anhaben“, erklärte Sam mit ruhigem Nachdruck. „Alle seine Bemühungen sind fehlgeschlagen. Deshalb mache ich mir keine Sorgen. Ich denke nicht einmal an ihn.“ Er fügte hinzu: „Morgen fahre ich — das habe ich Ihnen zu sagen vergessen — nach New York. Dort wohnt ein mit mir befreundeter Rabbi. Ich muß vieles mit ihm besprechen. Darum möchte ich Ihnen bei mir zu Hause die Schlüssel zu meinem privaten Safe übergeben. Erinnern Sie mich daran!“

Grimmig dachte Stuart, im Augenblick werde wohl sehr wenig in diesem Behältnis sein.

Sam fuhr fort: „In dem Safe liegen auch Papiere für die geschäftlichen Transaktionen, die in den nächsten Tagen vorzunehmen sein werden. Bitte, besorgen Sie diese Dinge für mich! Es handelt sich um die Sache mit der Insel und um Entwürfe für meine Besprechungen mit den Landwirten auf der Insel. Lesen Sie, bitte, diese Entwürfe, wenn Sie Zeit dazu finden. Vielleicht können Sie mir Ratschläge geben, wenn ich etwas übersehen haben sollte.“

„Gehören den Betreffenden die Bauernwirtschaften?“

„Nein, sie sind nur Pächter. Wir werden uns bestimmt gütlich einigen. Ich werde die Leute natürlich nicht verdrängen. Ich möchte nur die Einzelheiten meines Planes mit ihnen erörtern.“

Sie kamen zu dem einsamen, stillen Wohnhaus Sams. Er

betrachtete es traurig. Er vermißte seine verstorbene Mutter. Aber heute wäre sie wohl auch froh über den endlichen Erfolg ihres Sohnes.

Im Licht der flackernden Laterne musterte Stuart forschend das Gesicht seines Freundes. Es war ruhig und friedlich, aber voll menschenfreundlicher Tatkraft und Erfüllungsfreude. Der erhabene, zärtlich gehegte Traum eines ganzen Lebens leuchtete aus seinen müden braunen Augen. Während Stuart ihn noch betrachtete, hob er den Blick zum stillen dunklen Himmel, wie in demütigem, dankbarem Gebet.

Stuart verabschiedete sich und ging, zerstreut vor sich hin pfeifend, seines Weges.

Sam wandte sich zur Seitenfront des Hauses und tastete in seiner Tasche nach dem Schlüssel. Den Weg säumte hier dichtes, im Frühling goldgelb und weiß blühendes Strauchwerk, an dem seine Mutter viel Freude gehabt hatte. Er fand den Schlüssel und wollte aufsperren. Da hörte er ein leises Rascheln, und im schwachen Mondlicht sah er sich zwei stämmigen Männern gegenüber, die sich wie riesenhafte Affen zu ihm beugten.

Es überlief ihn kalt; seine Lippen erstarrten. Aber er begegnete den Eindringlingen mit ruhiger Entschiedenheit. „Was wünschen Sie, bitte?" fragte er höflich, die Hand an der Tür.

Einer der beiden trat ihm bedrohlich nahe. „Sind Sie der Jude Berkowitz?" fragte er mit leiser, knurrender Stimme. Sein Gefährte stellte sich rasch und schweigend hinter ihn.

Sam zögerte. Dann sagte er: „Ja."

Für einen letzten, betäubenden Augenblick sah er die erhobene Keule über seinem Kopf. Im Mondlicht sah er das fauchende Tiergesicht. Und dann zerbarst alles um ihn zu einem Feuerstrom und zu sprühenden Sternen.

LXIV

Stuart war erst ein paar kurze Straßen gegangen, als ihm einfiel, daß er die von Sam erwähnten Schlüssel nicht mitgenommen hatte. Er fluchte leise. Wahrscheinlich mußte nun Sam, wo er doch ohnedies mit seiner Zeit so gedrängt war, ins Kaufhaus kommen und ihm die Schlüssel übergeben. Er machte kehrt und ging rasch zurück.

Er wunderte sich, daß Sams Haus im Dunkel lag. In diesen zehn Minuten konnte sein Freund sich doch nicht zum Schlafengehen vorbereitet und ins Bett gelegt haben. Außerdem kannte er die Gepflogenheiten Sams, der jeden Abend bis lange nach Mitternacht wach blieb und las. Aber in dem Häuschen war kein einziges Licht, und die Schatten der im Winde schwankenden Bäume huschten über die weiße Fassade.

Stuarts feines Ahnungsvermögen ließ sein Herz in plötzlichem Schreck heftig pochen. Er stand auf dem Gehsteig vor dem Hause und versuchte, sich zu beherrschen, das Dröhnen in seinem Kopf abzuschütteln. Unwillkürlich umklammerte er den Stock fester. Ach, Unsinn! Es war ein so schöner Abend. Vielleicht hatte Sam sich im letzten Augenblick entschlossen, vor dem Schlafengehen einen kleinen Spaziergang zu machen.

„Jedenfalls schaue ich zur Tür", murmelte Stuart. Er ging zur Seitenfront des Hauses. Nichts regte sich als das leise Rauschen der Bäume, das schwache Stöhnen des Windes. Das dichte, schwere Strauchwerk hing über den Fliesenweg und schuf darauf einen See von Dunkelheit. Die Schritte raschelten von dürrem Laub. Stuart ging zögernd; vor namenloser Angst sträubten sich ihm die Haare.

Plötzlich stolperte er. Sein Fuß war an etwas Weiches gestoßen. Wie erstarrt, von bösen Ahnungen erzitternd, hielt er inne; eiskalter Schweiß trat ihm auf die Stirn. Schließlich schob er die Hand — eine hölzerne, gelenklose Hand — in die Tasche, zog seine Streichhölzer hervor und entzündete eines. Er sah Sam zu seinen Füßen liegen, den Kopf zerschmettert, das ruhige Gesicht mit Blut überströmt, die Augen geschlossen.

Das brennende Streichholz entfiel Stuarts Hand. Er stieß einen lauten Schrei aus und kniete neben seinem Freunde nieder. Er hob ihn auf und sprach beschwörend auf ihn ein. Er warf den Kopf zurück und rief gellend um Hilfe. Überall in der Nachbarschaft flogen die Fenster auf und ertönten schrille Stimmen. „Mord!" brüllte Stuart. „Mord! Polizei!"

Alles wurde dunkel um ihn, schwankte, rollte, kippte. Seine Arme wurden schwach und schlaff. Er hielt Sam an seine Brust und redete zusammenhanglos auf ihn ein, bat ihn, flehte ihn an, ein Wort zu sagen. Zum erstenmal seit seiner Kindheit weinte er. Er spürte das Brennen und Stechen von Tränen an seinen Augenlidern; er hörte seine eigene Stimme stöhnen und schreckliche Flüche stammeln. Er merkte es nicht, daß sich rings um ihn keuchende Menschen sammelten, halbbekleidete Menschen mit Laternen in den Händen, daß sie fragten, schrien, riefen. Er merkte es nicht, daß seine eigenen Hände von Sams Blut feucht waren und troffen. Er spürte es nicht, daß die Leute ihn packten und schüttelten, daß sie ihn aufforderten, ihnen Sam ins Haus tragen zu helfen.

Er merkte nur, daß Sam in seinen Armen ächzte und sich schwach bewegte. Er umfaßte seinen Freund fester und wischte ihm das Blut aus dem Gesicht. „Sam! Sam! Sprechen Sie doch! Sie müssen es mir sagen. Wer hat es getan, Sam? Wer hat Sie niedergeschlagen?"

Das unstete Laternenlicht flackerte über dem Sterbenden in Stuarts verzweifelten Armen. Es flackerte über entsetzt vorgestreckten Gesichtern, gebeugten Schultern und raschelnden Sträuchern.

Wieder bewegte sich Sam, öffnete die Augen und sah durch dichten Nebel mit leeren Augen seinen Freund an. „Stuart", flüsterte er schließlich. „Stuart."

„Ja. Ja, ich bin's. Sam, wer hat es getan?"

Sams Kopf sank zurück. Seine Augen schlossen sich wieder. Aber die Lippen bewegten sich. Er stammelte: „Allstairs. Er wollte nicht, daß ich . . ."

Stuarts Arme erschlafften. Er blickte die Umstehenden an, bemerkte sie zum erstenmal. Und als sie ihn sahen, erschraken sie unwillkürlich vor seiner entsetzlichen Miene. Einige wichen angstvoll mit ihren Laternen zurück, als wollten sie dieses Gesicht in Dunkel tauchen.

Aber er sagte bloß: „Helft mir! Wir müssen ihn hineintragen. Und jemand soll rasch einen Arzt holen."

LXV

Die Wirklichkeit hatte das Grauen und Entsetzen eines Alps angenommen. Stuart rannte durch die stillen, mitternächtigen Straßen. Bisweilen blieb er stehen, starrte bebend zum Himmel und rief laut: „Es ist ein Traum! Es ist nur ein Traum!" Zittern erfaßte ihn, furchtbares Grauen, sinnlose Wut. Er flehte laut, er möge erwachen und feststellen, daß er geborgen zu Hause im Bett liege. Die aus dem Schlaf geschreckten Leute hörten seine schrillen, wilden Schreie und Flüche und Beschwörungen; sie verwünschten den ‚Trunkenbold', der sie so nachhaltig aufgestört hatte. Und dann hörten sie seine unregelmäßigen, eiligen Schritte durch die warme, winderfüllte Stille verhallen.

Zwei Soldaten begegneten ihm an einer einsamen, laternenumflackerten Ecke, sahen sein Gesicht und prallten unwillkürlich zurück. Mit unbehaglichen Gefühlen starrten sie ihm nach. Sie sahen seine hohe Gestalt rasch in die Dunkelheit verschwinden. Der eine tippte sich an die Stirn, der andere zuckte die Achseln. „Der ist hinter jemandem her", sagte der jüngere von den beiden. „Gnade Gott dem Betreffenden!"

Aber Stuart sah nichts als Joshua Allstairs' Gesicht. Ohne auf die Straßen zu achten, eilte er wie durch einen langen Tunnel, an dessen blindem Ende Joshua kauerte, wartend, bewegungsunfähig.

Er kam zu Allstairs' dunklem Hause, über dessen schmale, wie leere Spiegel starrende Fenster die großen muffigen Bäume ihren zitternden Laubschatten warfen. Er hob den Türklopfer und ließ ihn fallen, immer wieder und wieder, bis die enge, menschenleere Straße von dem Gepolter hallte. Und dann schlug er mit dem Stockknauf an die Tür, immer wieder und wieder. Laut und unbewegt rief er: „Sie müssen mich einlassen! Jetzt können Sie sich nicht vor mir verstecken." Schließlich hörte er gedämpfte Rufe hinter der Tür. Sie wurde auf einen Spalt geöffnet, und er sah das erschrockene Gesicht des Butlers ihn anstarren. „Was wünschen Sie?" stammelte der alte Mann. „Verschwinden Sie! Sind Sie verrückt? Wer sind Sie denn?"

Stuart setzte ohne Hast die Hand an die Tür und stieß sie einwärts. Mit einem piepsenden Schrei taumelte der Alte und wich zurück. Das schwache Mondlicht drang in den Eingangsflur und zeigte den Diener in seinem abgescheuerten Schlafrock. „Polizei!" rief er mit schwacher Stimme. „Polizei! Einbrecher!"

Stuart stieß ihn beiseite und rannte die Treppe hinauf. Die Stufen waren von Flammen gesäumt; das ganze Treppenhaus wand sich vor ihm wie eine unheimliche Schlange. Er stapfte weiter, mit festen Schritten, den erhobenen Stock in der Hand.

Droben lag alles im Dunkel. Aber aus einem der Zimmer hörte er zornige Rufe, und dann zeigte sich unter der Türschwelle der schwankende Lichtstreif einer Lampe. „Wer ist da? Was ist los?" rief Allstairs. „Judson! Judson! Wer ist denn gekommen? Um diese Stunde?"

Stuart riß an der Klinke. Aber die Tür war versperrt. Er stemmte die Schulter gegen das feste Holz. Es gab nicht nach. Er schloß die Augen und drückte mit aller Kraft, unablässig. Seine Beine knickten ein; sein Kopf versank zwischen den Schultern. In der warmen Dunkelheit spürte er, wie die Muskeln seines Rumpfes und seiner Beine anschwollen, sich wölbten, sich strafften. Leise sagte er: „Ich komme schon hinein, Joshua! Ich bringe Sie um, Joshua!"

Plötzlich wurde es in dem Zimmer ganz still. Dann schrie Allstairs auf. Stuart hörte, wie alte Füße zum Fenster schlurften. Er hörte, wie das Fenster geöffnet wurde. Er hörte Joshua rufen: „Mörder! Mörder! Polizei!"

Stuart drückte gegen die Tür. Sie begann zu krachen und zu ächzen. Sie zitterte in ihrem Rahmen. „Vorwärts, vorwärts!" redete Stuart der Tür mit der freundlichen, gedämpften Stimme eines Irren zu. „Noch ein bißchen! Nur noch ein bißchen!"

Im Zimmer schrie Allstairs weiter und klatschte, aus dem Fenster gebeugt, schallend in die Hände. Von der Straße ertönten Geräusche, eilige Schritte. Stuart hörte sie nicht. Er hörte nur Joshua schreien. Als die Tür unter seiner übermenschlichen Anstrengung wankte, lachte er laut auf.

Plötzlich gab es einen donnerähnlichen Knall, ein langes Splittern, ein Krachen. Die Tür war aufgebrochen. Stuart stürzte in den Raum, wie ein wütender Stier. Er stolperte, fing sich wieder. Joshua lehnte am Fenster, zitternd, wimmernd. Vor Schreck und Angst glich sein Gesicht einem Totenkopf. Seine Augen waren weit aufgerissen und glommen wild in dem matten Lampenlicht. Sein langes weißes Nachthemd hing ihm wie ein Leichentuch um die verwelkten Glieder. Er sah Stuart an, und dann konnte er nicht einmal mehr wimmern. Sein starrer, trockener Mund öffnete sich, von Speichel benetzt, lautlos, und die Flügel seiner Raubvogelnase sanken ein. Er schrumpfte zusammen; und sein Rumpf preßte sich gekrümmt an den Fensterrahmen.

Stuart faßte seinen Gegner ins Auge, den Mann, der ihm den Freund getötet hatte. Über die ganze Länge des Zimmers hinweg rief er ihm sehr umgänglich zu: „Beten Sie, Joshua! Ich bringe Sie um."

Die zusammengesunkene Gestalt am Fenster regte sich ein wenig. Der große graue Kopf schwankte hin und her. Allstairs murmelte: „Man wird Sie hängen, Stuart. Man wird Sie auf ein Gerüst schleppen und Ihnen die Schlinge um den Hals legen."

Stuart lächelte. „Das werden Sie nicht mehr sehen, Joshua. Da werden Sie schon im Grab sein."

Er hob den Stock und tat einen Schritt auf Allstairs zu, der seine Stimme wiederfand und schrill aufschrie. Stuart blieb stehen und lächelte wieder. „Sie haben vorhin Sam Berkowitz durch gedungene Mörder erschlagen lassen. Er hat Ihnen nichts angetan. In Ihrer unersättlichen Habgier haben Sie meinen Freund umbringen lassen. Schauen Sie mich an, Joshua! Sehen Sie das Blut an meinen Händen, an meinen Kleidern? Das ist Sams Blut. Ich habe ihn in sein Haus getragen, und er ist in meinen Armen gestorben. Aber vor seinem Tode konnte er mir noch sagen, daß . . ."

Allstairs stöhnte auf. Er rang die Hände. Er schob sich längs der Wand weiter wie ein grauer Schatten, mit angstschimmernden Augen. Er winselte: „Das ist eine Lüge. Eine heimtückische Lüge. Ich habe niemanden ausgeschickt, ihn zu ermorden. Man hat Sie angelogen, Stuart, glauben Sie mir! Ich habe nichts damit zu tun. Sie werden mich doch nicht umbringen wollen, Stuart. Ich bin der Vater Ihrer Frau. Man wird Sie hängen, Stuart. Das wird Ihr Ende sein, Stuart!"

Aber Stuart schritt langsam auf ihn zu, etwas gebeugt, den Kopf vorgestreckt. Mehr noch als dieses Näherkommen war es Stuarts Miene, die Allstairs dazu trieb, einen quiekenden Schreckensschrei nach dem anderen auszustoßen.

Er versuchte, längs der Wand zu seinem Bett zu gelangen und sich darunter zu verkriechen. Er schob kleine Möbelstücke zwischen sich und Stuart, ein Tischchen, einen Sessel, eine Kommode. Er streifte ein Wandschränkchen mit Nippsachen herab. Glas und Porzellan zerschellten, und Scherben bedeckten den Fußboden. Aber Stuart zermalmte sie unter seinen unerbittlich näherrückenden Schritten.

Nun erkannte Allstairs, daß es für ihn keine Hoffnung mehr gab. Er sank in die Knie. Er wurde ein Häuflein Knochen, von einem Nachthemd bedeckt. Er konnte nicht einmal mehr wimmern. Er legte die Arme über den Kopf und erwartete den tödlichen Streich.

Er spürte, wie Stuart ihn am Nacken packte, wie er in die Luft geschwungen wurde. Er stieß einen letzten wilden Schrei aus. Er sah, wie Stuart über seinem Kopfe den Stock hob. Dann fiel er in gnädige Bewußtlosigkeit, ehe noch ein einziger Schlag gefallen war.

Im Treppenhaus ertönten rasche Schritte und Rufe. Laternen blitzten auf. Stuart hörte und sah sie.

Er schleuderte den leblosen Körper von sich, daß er über den ganzen Fußboden glitt und an die gegenüberliegende Wand prallte. Dort lag er nun, ein wirrer, widerlicher Haufe von Knochen, regungslos und stumm.

LXVI

„Hier ist er, Vater", sagte der Schließer. Er steckte einen schweren Eisenschlüssel in die ungefüge Tür und sperrte auf. „Nur für zehn Minuten, bitte!"

Vater Houlihan zögerte auf der Schwelle der dumpfigen Steinzelle. Hoch in der feuchten Wand war ein vergittertes Fenster. Dünne Streifen von Sonnenlicht fielen in den Raum. Auf der schmalen Pritsche hockte Stuart, den zerschrammten Kopf in die Hände gestützt. Er hob den Kopf nicht; das verzauste Haar hing ihm zwischen die blutigen Finger. Sein Anzug, den er über Nacht nicht abgelegt hatte, war verknittert und besudelt. Sein Halstuch hing lose über die Weste. Wie zum Hohn glitzerte an der rechten Hand ein Brillantring im Sonnenlicht.

Vater Houlihan betrat die Zelle. Knarrend schloß sich die Tür hinter ihm. Er blieb stehen und blickte den Freund an. Stuart rührte sich nicht. Er hatte nicht einmal bemerkt, daß jemand gekommen war. Auf einem Stuhl neben ihm stand unberührt das Essen, fettiges Fleisch und Wasser und Brot. Unbenützt geblieben waren auch der ihm gebrachte Krug Wasser und das zerschlissene Handtuch. Er kauerte auf seiner Pritsche, wie versteinert, und schien nicht zu atmen.

Der Geistliche seufzte tief, aus traurigem Herzen. Er nahm das schmutzige Servierbrett vom Stuhl und setzte sich dicht neben seinen Freund. Dann sagte er mit gebrochener Stimme: „Stuart! Stuart, lieber Freund! Wollen Sie mich nicht ansehen, Stuart?"

Der Mann regte sich nicht. In Vater Houlihans müde, rot-geränderte Augen traten Tränen und rollten über die mageren Wangen. Er war ein alter Mann geworden. Er zitterte am ganzen Leibe. Schließlich klopfte er dem Freund auf die Schulter und rief: „Stuart, Sie müssen mich ansehen! Haben Sie Erbarmen mit mir, Stuart!"

Ein langes Schaudern lief deutlich merkbar durch Stuarts Schulter. Dann ließ er die Hände sinken, hob aber nicht den Kopf, sondern starrte zu Boden. Der Geistliche sah das verhärtete, ausdruckslose Gesicht, die blutige Wange, die purpurrote Beule auf der Stirn.

Mit heiserer, wie von fern her kommender Stimme murmelte Stuart: „Sam ist tot. Man hat ihn erschlagen. Aber ich habe seinen Mörder nicht getötet. Er ist gestorben, bevor ich ihn umbringen konnte." Plötzlich erhob sich seine Stimme, und er stöhnte voll Verzweiflung und Wut. „Zum Teufel! Zum Teufel mit allem! Er ist gestorben, bevor ich ihn umbringen konnte! Ich bin geprellt worden! Sam ist geprellt worden! Hol der Teufel alles!"

Der Geistliche legte ihm beide Hände auf die Schultern und versuchte, ihn aufzurütteln. „Stuart, schauen Sie mich doch an! Hören Sie zu! Ich bin's, Ihr Freund Grundy!" Seine Stimme drohte zu versagen. „Hören Sie mich, Stuart?"

Plötzlich wurde Stuart ganz still. Dann verzerrte sich seine Miene, wurde gehässig. Er schüttelte die Hände des Freundes ab.

„Sind Sie hergekommen, um mich anzuquatschen, Sie Narr? Um mir Ihre albernen, lächerlichen Sprüchlein aufzusagen? Um mir ins Gewissen zu reden?"

Er sprang auf. Er begann in der schmalen Zelle auf und ab zu gehen. Er war außer sich. Er wütete. Er fluchte. Er weinte. Er schlug mit den Fäusten gegen die Wände, wie ein Verrückter. Als seine erschreckten, unsteten Augen auf den Geistlichen fielen, stieß er gräßliche Verwünschungen aus. Wo war denn jetzt sein Gott? stammelte er mit der schwerfälligen Stimme des Irrsinns. Wo war denn jetzt sein Gott? Warum hatte Er Sam so viehisch abschlachten lassen, Sam, der niemandem etwas zuleide getan hatte? Keinen Finger hatte Gott zur Rettung eines schuldlosen Menschen gerührt! Der Freund war in seinen Armen gestorben. Das Blut des Freundes klebte noch an diesen seinen Händen!

Stuart brach in unbändiges Gelächter aus. „Aber Sie verzeihen ja den Mördern Sams, nicht wahr? Sam war doch nur ein Jude, und die Mörder waren Christen!" Wieder lachte Stuart auf. „Warum reden Sie nichts? Warum sagen Sie nicht: ‚Sie hätten gegen den Kerl nichts unternehmen sollen; er hat doch nur einen Juden umgebracht!'?"

Da stand der Geistliche langsam auf. Mit erhobenem Kopf entgegnete er, und seine Stimme war sehr ruhig, frei von Erregung: „Ich möchte Ihnen nur eines sagen: Wenn Sie nicht zu Allstairs gegangen wären, hätte ich es getan. Ich muß Ihnen also dankbar sein."

Stuart starrte ihn an. Tiefes Schweigen herrschte in der Zelle. Die beiden Männer blickten einander lange in die Augen. Der Geistliche stand da wie eine Statue, blaß, nicht zitternd. Er schien zu unerbittlicher Größe emporzuwachsen. Seine scharfen blauen Augen waren erfüllt von blendendem Licht.

„Was glauben Sie denn, daß ich in der Brust habe, Sie Tropf?" fragte er. „Einen Eisklumpen? Einen Stein? Glauben Sie, daß dieses schwarze Kleid ein fleischloses Skelett bedeckt? Sam war mein Freund, mehr als der Ihre. Wir waren Männer von gleich zu gleich. Wir kannten einander, wie Sie weder ihn noch mich gekannt haben. Wir kannten unsere Seelen. Durch seinen Tod ist auch ein Teil von mir gestorben. Ich werde nie mehr ein voller Mensch sein."

Er sprach schlicht und ohne Erregung in der Stimme. Er war sehr gelassen. Dann setzte er sich wieder und schaute vor sich hin. Seine Lippen bewegten sich stumm, in stillem, feierlichem Gebet. Dann beugte er den Kopf und schlug die Hände vors Gesicht.

„Verzeih mir Gott!" murmelte er. „In meinem Herzen wohnt Mord."

Stuart stand regungslos da. Er konnte den Blick nicht von

seinem alten Freunde wenden. Langsam wichen Qual und rasende Wut aus seiner Miene. Wie ein Blinder tappte er zu seiner Pritsche und kauerte sich hin, den Kopf zu den Knien gebeugt.

Wieder herrschte Schweigen in der Zelle. Der Geistliche flüsterte weiter seine Gebete, als wäre er allein. Stuart hörte das Flüstern. Ihm war, als durchdringe es jede Faser seines Leibes mit unerträglichem Schmerz.

Da knarrte die Tür. Der Schließer erschien, und mit ihm zwei Männer, Robbie Cauder und Ezekiel Simon, Joshua Allstairs' Anwalt, ein trockenes, mageres, kahlköpfiges Männchen mit zwinkernden blauen Augen, spöttischer Miene und lebhaftem Gehaben.

„Ja, ja", sagte er mit munterer Stimme, als die Tür sich hinter ihnen geschlossen hatte. „Eine böse Sache, eine sehr böse Sache! Aber nicht ganz hoffnungslos! Richter Cauder, Sitzgelegenheiten gibt es hier offenbar keine, Sir. Aber das macht nichts. Wir werden, denke ich, nicht lange brauchen."

Er zwinkerte Robbie zu, der mit ernster, besorgter Miene Stuart betrachtete, und wies mit einer forschen Grimasse und einer zur Tür gerichteten Kopfbewegung auf den Geistlichen. Aber Robbie schüttelte energisch den Kopf, zum Zeichen, daß der Geistliche bleiben könne. Vater Houlihan blickte erst Robbie, dann Stuart forschend an.

Robbie trat vor und reichte ihm die Hand. „Vater Houlihan, wir haben etwas zu besprechen. Wenn Sie Zeit haben, würde ich Sie bitten zu bleiben. Ich bin froh, daß ich Sie hier getroffen habe. Ich . . . ich glaube, Stuart wird Sie sicherlich brauchen."

„Wenn Sie es wünschen, Sir, und wenn ich meinem Freunde helfen kann, so bleibe ich", erwiderte der Geistliche würdevoll. Stuart war wieder in seine schreckliche dumpfe Teilnahmslosigkeit verfallen und gab nicht einmal zu erkennen, ob er die Neuankömmlinge bemerkt hatte.

Robbie zögerte, setzte sich aber dann neben seinen Verwandten und betrachtete ihn mit trauriger, strenger Gemessenheit. Mr. Simon summte vor sich hin und sah sich mit belustigtem

Mißfallen in der Zelle um. Robbie sagte: „Stuart, reiß dich zusammen, Menschenskind! Es sind sehr ernste Dinge, die wir mit dir besprechen müssen."

Stuarts steife Hände sanken langsam von seinem abgehärmten Gesicht. Mit blinden Augen starrte er Robbie an und murmelte: „Ach, du bist's. Offenbar willst du für meine Verteidigung vorbauen. Um mich vor dem Henker zu retten!" Er lächelte.

„Vor was für einem Henker?" entgegnete Robbie ungeduldig. „Hör zu, Stuart! Du bist ein Narr, aber kein Mörder. Allstairs ist nicht tot. Er ist sehr lebendig, hat allerdings einen gebrochenen Arm zu beklagen."

Stuart starrte ihn verständnislos an. „Nicht tot?" flüsterte er. „Nicht tot?" Dann änderte sich seine Miene, wurde wieder verzerrt und wild. Er sprang auf. „Nicht tot! Er lebt! Um Himmels willen!"

Der Geistliche erhob sich mit einem lauten Ausruf. Er packte Stuart am Arm. „Gott sei Dank!" frohlockte er. „Gott sei Dank, er ist am Leben! Nicht wegen dieses Ekels, sondern Stuarts wegen danke ich Dir, lieber Gott!"

„Stuart scheint Ihre Freude nicht zu teilen, Vater Houlihan", bemerkte Robbie mit einer Grimasse und rückte angewidert auf der schmutzigen Decke zur Seite.

Stuart ballte die Fäuste. Er murmelte: „Dann muß ich mich nochmals ans Werk machen."

Robbie rief in scharfem Ton: „Sei kein Narr! Nimm deine Vernunft zusammen! Denk an deine Familie!" Er machte eine verächtliche Gebärde. „Ich werde übrigens dafür sorgen, daß du zum Schutz vor dir selber so lange hier bleibst, bis du zur Besinnung gekommen bist."

Er winkte dem Geistlichen, der den zitternden Stuart freundlich nötigte, sich wieder hinzusetzen. Interessiert und vergnügt hatte Mr. Simon die Szene mit angesehen. „Ja, ja, ein Heißsporn! Es ist wirklich besser, er bleibt ein paar Tage hier. Ich bin sehr dafür. Eine kleine Haftstrafe von zehn Tagen, Sir, wegen Hausfriedensbruchs oder Körperverletzung, nicht?"

Robbie schüttelte ungeduldig den Kopf. „Das hat Zeit. Zuerst einmal wollen wir den Tatbestand feststellen."

In festem, ruhigem Tone wandte er sich an Stuart. „Es haben sich Zeugen gemeldet, ein halbes Dutzend. Nachbarn. Die Leute sind auf deiner Seite. Zu deinem Glück ist Allstairs allgemein unbeliebt. Ich muß jetzt ein paar Fragen an dich richten. Bitte, versuch, sie vernünftig zu beantworten! Allstairs ist, als du ihn packtest, ohnmächtig geworden, bevor du ihm einen Schlag versetzen konntest?"

Es dauerte einige Augenblicke, bis Stuart sich zu sammeln vermochte. Dann nickte er, wie betäubt. Er rieb sich die Stirn und murmelte vor sich hin.

„Das bestätigt die Zeugenaussagen", erklärte Mr. Simon erfreut. „Und auch Mr. Allstairs' eigene Bekundungen."

„Und dann hast du ihn weggeschleudert, an die Wand, so daß er sich den Arm brach?" fuhr Robbie fort, ohne sich, falls Stuarts Gesicht und qualerfüllte Augen ihn persönlich bewegten, etwas davon anmerken zu lassen.

„Ich dachte, er hat sich dabei das Genick gebrochen. Ich habe gehofft, daß er tot ist", flüsterte Stuart.

Robbie runzelte die Stirn. Er blickte den Anwalt an. „Was er sagt, braucht nicht über die Mauern dieser Zelle hinauszudringen, wie?" meinte er.

„Ganz recht, ganz recht. Wir haben nur den Wunsch, die Angelegenheit diskret zu bereinigen", pflichtete Mr. Simon bei.

In kühlem Tone erklärte Robbie: „Die Nachbarn und ein Polizist sind noch zum letzten Akt des jämmerlichen Schauspiels zurechtgekommen. Nach ihrer Aussage hast du den alten Mann am Nacken gepackt, und er ist ohnmächtig geworden. Dann hast du ihn weggeschleudert. Als du ihn mit dem Stock schlagen wolltest, sind die Leute dir in den Arm gefallen. Du hast dich wie ein tollwütiger Hund gewehrt, und der Polizist mußte dir einen Knüppelhieb versetzen, und man hat dich hierher gebracht. Zum Glück für dich, alles in allem."

Stuart sagte nichts. Er verschränkte die Arme über den Knien und starrte vor sich hin.

Der Anwalt räusperte sich. „Machen wir die Sache kurz! Mr. Allstairs stellt keinen Strafantrag gegen Sie. Sie sind sein Schwiegersohn. Er hat Feingefühl und, wenn ich es so ausdrükken darf, guten Geschmack. Er wünscht keinen Familienskandal. Die Angelegenheit soll auf sich beruhen bleiben. Sehr großmütig von meinem Klienten, muß ich sagen. Wirklich sehr großmütig! Was meinen Sie dazu, Mr. Coleman?"

Stuart blickte auf. „Ach, ich verstehe. Er hat Angst vor einem Gerichtsverfahren. Er hat Angst vor meinen Aussagen. Er fürchtet sich davor, daß ich ihn des Mordes bezichtigen werde."

„Aber, lieber Mr. Coleman, was ist denn das für Unsinn!" rief der Anwalt freundlich. „Was bringen Sie denn da für ungeheuerliche Anschuldigungen gegen meinen ehrenwerten Klienten vor? Welche Beweise können Sie dafür beibringen? Ich muß sagen, Sie haben eine sehr lebhafte Einbildungskraft. Mr. Berkowitz ist vor seinem Hause von unbekannten Strolchen angefallen worden, die ihn berauben, nicht umbringen wollten, aber etwas zu, sagen wir, nachdrücklich waren. Jedenfalls haben sie ihn bestohlen. Seine Geldtasche fehlt und ebenso ein wertvoller Ring, den er getragen hat."

Stuarts Augen wurden völlig ausdruckslos. Seine Lippen öffneten sich. Dann erfaßte ihn plötzlich ein wahrer Anfall von ohnmächtiger Wut und Verzweiflung.

„Also wird Allstairs für seinen Mord nicht bestraft werden? Er wird ungeschoren bleiben, so wie immer? Der Strick des Henkers wird ihm erspart bleiben? Er soll wieder weiter morden und rauben, seine Übeltaten begehen und sein schändliches Leben führen können? Nein! Nein, bei Gott! Ich verlange ein Gerichtsverfahren. Ich verlange, daß ich Gelegenheit bekomme, ihn anzuklagen! Ich weiß meinen Teil! Ich weiß, was Sam mir auf dem Heimwege erzählt hat. Ich weiß, was er vor seinem Tode gesagt hat." Er sprang wieder auf und stellte sich vor den Anwalt hin. Er wies mit dem Finger auf ihn. „Und Sie wissen, welche Folgen das für Ihren sauberen Klienten haben wird. Sie wissen es, und Allstairs weiß es auch. Deshalb hat er Sie hergeschickt!"

Mr. Simons verbindliches Lächeln erlosch. Sein kleines verschrumpftes Gesicht wurde bösartig. Kühl sagte er: „Wo sind Ihre Zeugen, Mr. Coleman? Wer wird Ihre wirren Anschuldigungen bestätigen? Wer wird Ihnen glauben? Nein, nein, mein lieber Mr. Coleman, Sie sind ganz machtlos. Sie können gar nichts unternehmen. Das weiß auch Mr. Allstairs. Dennoch hat er mir großherzigerweise aufgetragen, nicht gegen Sie vorzugehen."

Aber Stuart lachte ihm ins Gesicht. „Großherzigerweise! Ach, wie rührend! Hören Sie, wenn Ihrem Auftraggeber nicht bange wäre, hätte er Sie nicht mit dieser liebevollen Botschaft zu mir geschickt! Er wagt es nicht, sich in aller Öffentlichkeit, vor Gericht, meinen Anklagen zu stellen . . ."

Mr. Simon schob die Hände in die Taschen und lehnte sich an die Wand. Gelassen betrachtete er Stuart. „Reden wir offen miteinander, Mr. Coleman! Ich will Sie nicht hinters Licht führen. Mr. Allstairs mag sich wirklich nicht Ihren Anklagen aussetzen. Ich gebe Ihnen das zu. Sie sehen, ich bin, gegen die Stimme meiner Vernunft, völlig aufrichtig zu Ihnen. Wenn Sie schweigen, wird auch mein Klient desgleichen tun, und die ganze Sache ist erledigt.

Und jetzt, Mr. Coleman, wollen wir die andere Möglichkeit prüfen! Nehmen wir also an, Mr. Allstairs zieht seine Anzeige wegen Mordversuches nicht zurück. Als unbedachter Mensch werden Sie die Tötungsabsicht nicht bestreiten. Außerdem gibt es Zeugen. Man wird Sie vor Gericht stellen. Sie werden Ihre Beschuldigungen vorbringen. Eine Zeitlang kann dann mein Klient Unannehmlichkeiten haben, vielleicht sogar, während man Ihren Anschuldigungen nachgeht, in eine solche Zelle wie diese hier übersiedeln müssen. Aber es werden sich — das müssen Sie doch einsehen — keine Zeugen für den von Ihnen behaupteten Hergang finden. Oder erwarten Sie, daß die Rowdies sich stellen, daß sie gegen sich selber aussagen werden, oder gar gegen Mr. Allstairs? Die Polizei sucht die Leute. Ich bezweifle, daß man sie finden wird. Dazu sind solche freche Übeltäter zu geschickt. Wie wollen Sie eine Verbindung zwischen ihnen und

Mr. Allstairs beweisen? Aus den Worten eines Sterbenden? Gewiß, mein Klient war gegen Mr. Berkowitz eingestellt, und zwar aus einem sehr triftigen Grunde.

Mr. Allstairs wollte nämlich River Island in kleinen Parzellen an arme Landwirte verkaufen, mit sehr langen und günstigen Zahlungsterminen und niedriger Verzinsung. Glauben Sie nicht auch, daß die Vorlage der betreffenden Urkunden das Gericht stark beeindrucken wird, Mr. Coleman? Dagegen hatte Mr. Berkowitz die Absicht, eine Horde Ausländer auf der Insel anzusiedeln. Fremde sind hier nicht gern gesehen, Mr. Coleman, zumindest gegenwärtig nicht. Die allgemeine Volksmeinung steht dem Projekt sehr ablehnend gegenüber. Auch das wird der Gerichtshof in Erwägung ziehen.

Von dieser gegensätzlichen Einstellung meines Klienten hat Ihnen also Mr. Berkowitz erzählt. Und kurze Zeit darauf finden Sie ihn sterbend. Sie allein finden ihn. Ich komme, mit Ihrer Erlaubnis, später auf diesen Umstand zurück.

Nun behaupten Sie, daß Mr. Berkowitz knapp vor seinem Tode den Namen meines Klienten gemurmelt hat. Aber welchen Beweis hatte Mr. Berkowitz für seine Annahme? Keinen. Nicht den geringsten. Übrigens hat niemand sonst diese Namensnennung gehört. Wieder nur Sie allein.

Auf diese angebliche Behauptung eines roh mißhandelten Sterbenden hin fassen Sie einen unbegründeten, unsinnigen, pathetischen Entschluß. Sie stürzen davon mit dem Vorsatz, meinen Klienten zu töten. Aber, wie gesagt, Mr. Allstairs verzeiht Ihnen, seiner Tochter zuliebe, mit der Sie verheiratet sind."

Er hielt inne. Der Geistliche hatte sich erhoben. Seine Augen glühten. „Sir", rief er dem Anwalt mit zitternder Stimme zu, „Sie wollen einen Mord vertuschen! Und Sie wollen, daß Mr. Coleman bei dieser Vertuschung mithilft!"

Robbie warf dem Geistlichen einen abfälligen Blick zu. „Vater Houlihan", fiel er in scharfem Tone ein, „seien Sie, bitte, nicht so übersteigen! Ich meine, Sie können sich doch den vernünftigen Argumenten Mr. Simons nicht verschließen."

Der Anwalt hob versöhnlich die Hand. „Mr. Houlihan ist gefühlsmäßig für seinen Freund voreingenommen. Wir wollen auch darüber hinweggehen."

Er trat näher an Stuart heran, der völlig verdutzt zugehört hatte. Seine Stimme wurde leiser, verlor alle Liebenswürdigkeit.

„Mr. Coleman, ich muß jetzt einen anderen Aspekt der Sache erörtern. Ich bitte Sie um Ihre Stellungnahme dazu. In Ihren ersten unzusammenhängenden Aussagen bei der Polizei haben Sie erzählt, Sie hätten irgendwelche Schlüssel holen wollen, die Mr. Berkowitz Ihnen zu übergeben vorhatte. Nun, diese Schlüssel wurden merkwürdigerweise bei ihm nicht gefunden. Die Nachbarn haben, wie sie aussagen, vor Ihren Hilferufen nichts gehört. Dann aber fanden die Leute Mr. Berkowitz in Ihren mit seinem Blut bedeckten Armen, und Sie schrien, er sei ermordet worden. Nun aber, Mr. Coleman" — der Anwalt wies mit unbarmherzigem Finger auf den völlig entgeisterten Mann — „nun wurde festgestellt, daß Sie dem Mr. Berkowitz vierzehntausend Dollar schulden, für die Sie nicht einmal Zinsen bezahlt haben."

„Du lieber Gott!" rief Vater Houlihan, totenblaß geworden. „Sie werden doch nicht behaupten wollen, daß Mr. Coleman seinen Freund umgebracht hat?"

Mr. Simon lächelte grimmig. „Ich behaupte von Mr. Coleman nichts weiter, als daß er unvernünftig, verrannt, verstockt und verblendet ist. Ich will ihm nur klarmachen, daß die Dinge eine für ihn sehr unangenehme Wendung nehmen können und auch nehmen werden, wenn er auf einem Gerichtsverfahren besteht und seine haltlosen, lächerlichen Beschuldigungen bei Gericht vorbringt."

Heftig zitternd wandte der Geistliche sich an Robbie. „Sie decken diesen Vertuschungsversuch, Robbie? Sie billigen ihn?"

Robbie sah ihn kühl an. „Vater Houlihan, ich sehe keine andere Möglichkeit. Sie haben gehört, wie die Dinge stehen. Wenn Stuart bei seiner Tollheit verharrt, wird Allstairs schließlich freigehen. Aber Stuart wird nicht freigehen, sondern kann zu einer langen Kerkerstrafe verurteilt, im schlimmsten Falle sogar unter Mordanklage gestellt werden. Die Indizien sprechen alle gegen ihn. Ich bitte Sie, wenn Sie wirklich sein Freund sind, so reden Sie ihm zu, Vernunft anzunehmen."

Er blickte auf die Uhr und erhob sich. „Wir müssen jetzt gehen. In einer Stunde kommen wir zurück. Ich hoffe und würde von ganzem Herzen wünschen, daß Sie ihn bis dahin umgestimmt haben."

Er zögerte. Sehr erbittert blickte er Stuart an, der mit zuckendem, verzerrtem Gesicht und schlaff zwischen den Knien hängenden Händen wie betäubt dasaß, und holte tief Atem.

„Ich muß Stuart bitten, noch etwas zu bedenken. Wenn er bei seinem Vorhaben bleibt, wird sämtliche Schmutzwäsche in aller Öffentlichkeit gewaschen werden. Die Leute werden sich auf fremde Kosten prächtig unterhalten. Ganz belanglose Dinge werden hervorgezerrt werden. Unschuldige werden leiden, Marvina und die kleine Mary Rose. Vielleicht — und ziemlich wahrscheinlich sogar — auch meine Schwester Laurie."

Bei diesen Worten fuhr Stuart heftig auf. Seine Augen waren nicht mehr blind. Er hob sie zu Robbie, und sie waren von wildem Glanz erfüllt.

Robbie nickte. „Ja, Stuart. Man wird alles tun, um dich in den Staub zu ziehen, um deine Schuld vor Gericht glaubhaft zu machen. Ich bin vom Fach; ich weiß, wie es dabei zugeht. Man wird deinen Charakter als völlig verworfen hinstellen. Man wird vor nichts zurückschrecken. Und wenn schon du nicht auf meine Schwester Rücksicht nimmst, so tue ich es. Und ein bißchen Rücksicht nimm, bitte, auch du auf sie! Sie ist jung und hat ihr Leben vor sich. Du kannst es ihr, wenn du willst, unwiederbringlich verpatzen. Und nur deshalb, weil sie dich liebhat."

Er nahm den Arm des Anwalts und wiederholte, ohne sich umzusehen: „Wir kommen in einer Stunde wieder."

Der Schließer öffnete, und sie verließen die Zelle.

Der Geistliche und Stuart waren allein. Lange starrten sie einander in schrecklichem, bitterem Schweigen an.

Schließlich sank der Geistliche langsam auf seinen Stuhl zurück und sagte mit belegter Stimme: „Stuart, wir sind gegen die Mächte des Bösen unterlegen."

Wütend fuhr Stuart auf. In ohnmächtigem Zorn schlug er sich mit den Fäusten auf die Knie, sprach aber kein Wort. Der Geistliche hörte das Trommeln, und ihm war, als gingen diese Schläge auf sein schmerzendes Herz nieder.

Er sagte: „Wir haben keine andere Zuflucht, keinen anderen Richter als Gott. Vor sein Gericht müssen wir unseren Fall bringen. Wir selber können nichts unternehmen."

LXVII

Sie standen an dem vier Wochen alten Grab Sam Berkowitz'. Der stille Friedhof war erfüllt von freundlichem, lohfarbenem Sonnenlicht; es zerspliß sich in dem scharlachroten, grünen und goldenen Herbstlaub der Bäume, lag in blaßgelben Streifen auf dichten, duftenden Rasenstücken, flimmerte auf Kieswegen, übergoß das leuchtende Türkisblau des warmen Himmels. Vögel sangen in den Baumkronen ihre herbstlichen Abschiedslieder und schossen dann im Flug Schattenpfeile über die sich sonnende Erde. Der Wind pfiff leise seine schwermütigen Weisen und trieb das gekräuselte Karmin und Gold fallender Blätter vor sich her durch die strahlende Luft. Aber sonst erhob sich kein Laut. Die Grabhügel lagen friedlich unter dem Firmament, im Schatten der Zypressen und brennender Ahorne und dunkler Fichten. Hier und dort traf das Sonnenlicht einen rein weißen Säulenschaft oder widerstrahlte glänzendweiß von der schlichten, glatten Fläche eines niedrigen Steins.

Mit zitternder Stimme rezitierte der Geistliche:

> „Auf deinen Höhen, Israel,
> Liegt dein Adel erschlagen!
> Wie sind diese Helden gefallen!"

Seine Stimme versagte. Er neigte den Kopf. In seine Augen traten Tränen. Stuart stand neben ihm mit finsterem, von Gram gefurchtem Gesicht, in hoffnungslosem Jammer. Er blickte auf Sams im hellen Sonnenlicht braunes, klumpiges Erdgrab; Düsternis, Haß und Verzweiflung überfluteten ihn, wie die Welle einer Brandung, die für immer lichtlos bleiben sollte. Er bewegte sich, als wollte er sich gegen die sanften Klageworte des Gebetes auflehnen, und ballte die Fäuste, während der Geistliche, wie in Meditation versunken, fortfuhr:

> „Saul und Jonathan,
> Lieb und teuer im Leben,
> Nun auch im Tode nicht getrennt ...
> Auf deinen Höhen liegt Jonathan erschlagen!
> Ach, Jonathan, mein Bruder,
> Wie weh ist mir um dich!
> Du warst meine Freude!
> Wonnesamer war mir deine Minne
> Denn Frauenliebe!"

Vater Houlihan war ein alter Mann geworden, geschrumpft und gebeugt von Leid und Gram. In seinen Zügen lag Entsagung und Fassungslosigkeit. Stuart sah die Tränen, die zitternden, gefalteten Hände.

Der Grabhügel war aus Erdschollen gehäuft. Aber darüber, fast sie verdeckend, hatte Vater Houlihan die letzten Rosen aus seinem Garten gebreitet, rot, weiß und gelb. Sie verströmten betäubende Düfte in die würzige Luft.

Bete nur, traure nur über ihn! dachte Stuart rachedürstend. Aber ich bin noch nicht fertig damit. Ich finde schon einen Weg!

Der Geistliche schwieg eine Weile. Als er die Tränen niedergekämpft hatte, hob er den Blick und murmelte weiter:

> „Ich hebe meine Augen zu den Bergen auf:
> Von wo wird mir die Hilfe kommen?
> Die Hilfe kommt vom Herrn,
> Dem Schöpfer Himmels und der Erde.

Er wird nicht wanken lassen deinen Fuß;
Der dich behütet, wird nicht schlafen.
Sieh nur: Er wird nicht schlafen und nicht ruhen,
Der Israel behütet.
Der Herr behütet dich;
Zu deiner Rechten steht der Herr als dein Beschützer.
Bei Tage wird dir keine Sonne schaden,
Kein Mond bei Nacht.
Der Herr wird dich vor jedem Übel schützen;
Er wird behüten deine Seele.
Der Herr wird deinen Ein- und Ausgang schützen,
Von nun an bis in Ewigkeit."

Der Herr wird deinen Ein- und Ausgang schützen! wiederholte Stuart bei sich, voll Zorn und Verzweiflung. Aber der Herr hatte Sam nicht geschützt! Er ließ einen Unschuldigen viehisch hinmorden, zur Strafe dafür, daß er von Güte und Liebe geträumt hatte!

Stuart konnte sich nicht mehr beherrschen. Er entfernte sich, ging zu einer Baumgruppe und setzte sich darunter auf eine weiße Bank.

Es gab, dachte er, nur eine Gewißheit: den Tod. Mit ihm endete alle Liebe und Hoffnung der Menschen; nichts blieb von ihnen, nicht einmal eine Erinnerung. Sams Traum lag dort mit ihm unter der Erde, unerfüllbar — ein Edelstein, unauffindbar zwischen Lehmschollen verschüttet.

Schwere, beklemmende Müdigkeit beschlich Stuart. Er wälzte Gedanken, wie sie ihm noch nie im Leben gekommen waren, Gedanken, die ihm nichts einbrachten als Qual und Verzweiflung. Jeder Lebenswille war aus ihm gewichen. Plötzlich beneidete er seinen Freund, der nicht diesen glühenden Stein in der Brust trug.

Vater Houlihan wischte sich die Augen und sah sich nach Stuart um. Er erblickte ihn unter den Bäumen, unverwandt vor sich hinstarrend. Der Geistliche seufzte. Sam hatte Frieden gefunden; aber dieser arme Mann dort stak in der Hölle! Er ging zu seinem Freund und setzte sich neben ihn. Er begann zu sprechen, tonlos, als dächte er laut.

„Glauben Sie nicht, daß er tot ist, Stuart! Er ist lebendiger als wir. Ich weiß es, nicht durch die Religion, sondern aus innerer Überzeugung. Glauben Sie nicht, daß mit seinem Körper auch sein Traum gestorben ist! Der Traum von Freiheit und Liebe und Geborgenheit und Frieden ist eine Fackel, die jeder Sterbende an die Überlebenden weitergibt und die ihren Weg nimmt durch die Jahrhunderte, aufflammend, niederglosend, aber nie erlöschend. Denn sie ist Licht von Gottes Helle, und wer könnte solches Licht löschen? Sam wußte das; er weiß es jetzt noch besser. Glauben Sie nicht, daß sein Wirken zu Ende ist! Er hat sich nur in höhere Regionen begeben und wird dort weiter am Werk sein, unentwegt und frohgemut. Zusammen mit unzähligen anderen wird er an der Verwirklichung seines Traumes arbeiten."

Er blickte zum Himmel und lächelte zittrig. „Bleib am Werk, Sam! Wir werden dich durch unsere unzulänglichen Gebete, unsere schwachen Hoffnungen stützen. Wir werden das Licht, das du uns gabst, hüten. Wir haben dich geliebt."

Stuarts Mundwinkel zuckten. Ein Schauder überlief ihn. Er sagte: „Sie mögen es so empfinden, wie Sie sagten. Aber ich spüre, daß er völlig, endgültig tot ist." Rasch fügte er hinzu: „Ich hoffe es von Herzen. Das ist der einzige Friede, den er finden kann. Denn wenn er alles, was sich zugetragen hat, im Gedächtnis behalten müßte, könnte er es nicht ertragen... Übrigens habe ich mir für seinen Seelenfrieden etwas Besseres ausgedacht als Ihre rührseligen Gebete." Er reichte dem Geistlichen einen Flugzettel. Vater Houlihan las:

Zehntausend Dollar Belohnung für jede Mitteilung, die zur Ausforschung und Verurteilung der Mörder eines gewissen Sam Berkowitz führt, der am 18. September 1863 in Grandeville, N. Y., getötet wurde.

Stuart Coleman, River Road, Grandeville

„Ich habe fünftausend Stück davon drucken lassen, und lasse noch mehr drucken. Die Flugzettel werden im ganzen Staate, aber auch in Pennsylvania und Ohio verbreitet werden. Der gleiche Text wird in zwanzig Zeitungen in den größeren Städten verlautbart werden. Auch ich habe, wie Sie, meine ‚innere Überzeugung‘. Und zwar bin ich überzeugt davon, daß ich damit Erfolg haben werde.“

Der Geistliche rief: „Zehntausend Dollar! Wer kann einer solchen Summe widerstehen? Ja, Stuart, auch ich glaube, daß Sie Erfolg haben werden.“ Plötzlich funkelten seine verschatteten blauen Augen auf. „Ja, ja! Sie werden — gebe es Gott! — Erfolg haben.“

Stuart lächelte düster. „Zuerst, als Sams Testament eröffnet wurde und ich den Passus hörte: ‚Wenn ich vor dem Kauf von River Island sterbe, sind zehntausend Dollar an meinen lieben Freund Stuart Coleman auszubezahlen‘, dachte ich daran, Sams Pläne für die Insel auszuführen. Aber bekanntlich wurde die Insel inzwischen an diesen Gauner Allstairs verkauft.“ Er ballte wütend die Fäuste. „Der Kerl hat keine Zeit verloren. So war nichts mehr zu retten. Behalten konnte ich das Geld auch nicht. Darum habe ich es hinterlegt, und es soll ausgezahlt werden, wenn ich Hinweise auf Sams Mörder bekomme.“

Vater Houlihan wußte, wie dringend Stuart selbst die Summe hätte brauchen können, und legte ihm die Hand auf den Arm. „Sehr gut, sehr gut!“ lobte er. „Ja, Sie werden sicher Erfolg haben.“

In freundlichem Tone fuhr er fort: „Es war lieb von Sam, daß er — vergelte es ihm Gott! — je zur Hälfte uns beiden seine Geschäftsanteile hinterlassen hat. Er wußte, daß eine Erweiterung des Krankenhauses nötig ist. Ich werde die Erträge aus meinem Anteil für den Bau eines neuen Operationssaales verwenden und für das Gehalt eines erfahrenen Chirurgen aus New York.“

Stuart lächelte grimmig. Aber er unterdrückte die Bemerkung, Vater Houlihan möge auf die ‚Erträge‘ nicht allzusehr rechnen; in nächster Zeit werde es vielleicht keine mehr geben.

Wieder schwiegen sie und blickten auf Sams Grab.

Schließlich sagte der Geistliche: „In der Geschichte der Menschheit gibt es immer wieder Zeiten der Unvernunft, der Grausamkeit und Unduldsamkeit. Sie brechen herein wie Stürme aus den tiefsten Schlünden der Hölle und wehen über die ganze Erde. Aber nachher sind die Menschen zwar zerschunden und entkräftet, jedoch wieder voll Glaube, voll Hoffnung. Nichts kann den göttlichen Traum vom ewigen Frieden und von der Brüderlichkeit aller Menschen zerstören. Das müssen wir uns vor Augen halten. ,Nun sprich zum Herrn: Mein Hort und meine Burg, mein Gott, auf den ich fest vertraue!... Ein Schild und Schirm ist Seine Treue. Nun brauchst du keinen Schrecken in der Nacht zu fürchten; und keinen Pfeil, der dich am Tage trifft; auch nicht die Seuche, die im Finstern schleicht; noch das Verderben, das am Mittag schlägt.' Sam war ein Soldat in den Heerscharen des Herrn. Er ist zwar in der Schlacht gefallen. Aber sein Kampf war nicht vergebens. Sein Traum, der Traum aller guten Menschen, rückt siegreich vor. Eines Tages wird diese Sehnsucht auf Erden gestillt werden, und die ganze Welt wird ein Hort und eine Burg sein, von Verstehen und Brüderlichkeit erfüllt."

„Ich weiß nur, daß Sam tot ist", sagte Stuart mit harter Stimme.

„Ich weiß nur, daß Sam lebt", erwiderte der Geistliche mit liebevoller Zuversicht.

Langsam schritten sie miteinander zum Friedhofstor. Sie wandten sich zu einem letzten Blick auf Sams fernen Grabhügel, der, mit Rosen bedeckt, im letzten Sonnenlicht dalag.

Der Geistliche hob die Hand und sprach leise:

> „Es segne dich der Herr und schütze dich!
> Der Herr lasse Sein Antlitz leuchten über dir
> Und sei dir gnädig!
> Der Herr wende dir Sein Antlitz zu
> Und schenke dir den Frieden!"

Aber Stuart rief laut und haßerfüllt: „Ich werde nicht vergessen, Sam. Ich werde die Kerle aufstöbern. Was die Rechtspflege nicht vermag, werden zehntausend Dollar zuwege bringen!"

LXVIII

In seiner Ichbezogenheit neigt der Mensch zu der Meinung, die Natur selbst nehme an seinen Rasereien und Kriegen teil und ‚Zeichen‘ vom Himmel beschäftigten sich mit ihm. So glaubten vielfach auch die Bewohner der Nordstaaten, die furchtbare Härte des Winters von 1863 auf 1864 sei irgendwie eine Bekundung der durch menschliche Verkrampfungen selbst verkrampften Natur.

Jedenfalls erklärte man allgemein, es habe noch nie einen so grauenvollen Winter gegeben. Die Leute waren ohnedies schon beunruhigt und erregt, oft hungrig, immer in Not, entsetzt über die Aussichten auf einen endlosen Krieg, der ihnen immer mehr ihre Söhne, ihre Habe und Sicherheit, die Annehmlichkeiten und Ziemlichkeiten des Daseins rauben würde. Und nun mußten sie noch einen Winter erleben, der an Düsternis, Sonnenlosigkeit, Schnee und Verödung eine Ausweitung ihres eigenen Elends und seelischen Dunkels war.

Kohle und Nahrungsmittel waren knapp, die Läden fast ausverkauft. Auch Öl für die Lampen gab es nur wenig. Der Geldwert war auf geheimnisvolle Weise ‚geschrumpft‘. Und ständig, ständig marschierten junge Männer in ihrem derben blauen Zeug davon, ohne wiederzukehren.

Das von Stuart erbaute Krankenhaus war jetzt voll von Verwundeten und Sterbenden, und die Nonnen arbeiteten mit blassen, erschöpften Gesichtern, behutsamen Händen und geduldigen Stimmen. In der Bevölkerung waren an die Stelle der Teilnahmslosigkeit vielfach mürrischer Haß und Auflehnung getreten. Manche haßten den Präsidenten und verwünschten ihn wegen des Krieges, der dieses Leid über sie gebracht habe. Noch mehr haßte man den Süden als Ursache des Krieges. In dem allgemeinen Haß vergaß man fast die Ziele, um deretwillen der Krieg geführt wurde. Die einfachen Leute allerdings kümmerten sich weder um Politik noch um Kriegsziele; ihnen machten die eigenen Entbehrungen und der furchtbare Winter genug zu schaffen.

Diesmal war der Winter früh hereingebrochen. Schon im Oktober kamen die ersten Schneefälle, die ersten bösen Stürme von den Seen her. Im Dezember glich die Stadt schon einem knirschenden Friedhof voll riesiger Grabhügel, überweht von Windstößen, die wie Peitschenhiebe durch die Luft knallten, Schornsteine schüttelten, Bäume knickten und die Straßen durch Schneeverwehungen sperrten. Vom schwarzen Nachthimmel sprühten mächtige, flammende Sterne. Bei Tage zeigte sich die Sonne nur für Augenblicke, wenn sie durch dicke Schichten grauer Wolken durchbrach, den Schnee mit grellblauem Licht überflutete und in die Dünenmulden ebenso wie in die gezähnten Schneegrate tiefe Schatten warf.

Selbst in den Häusern an der Main Street, Delaware Avenue, Franklin Street, Porter und Richmond Avenue war es kalt. Nur ein Raum wurde geheizt, und hier versammelte sich die ganze Familie, frierend, trübselig und stumm vor Angst. Die Armen aber saßen um den Küchenherd, und wenn darin das Feuer ausging, krochen sie fröstelnd ins Bett.

Joshua Allstairs hatte genug Kohle. Sein Kaminfeuer spendete wohlige Wärme. Er dachte vergnügt an seinen Keller, wo mehr als zehn Tonnen lagerten. Reichlich genug für den Winter. Noch für einen nächsten Winter nötigenfalls. Auch sein Schlafzimmer war geheizt. Den Bedienten wurde es gnädig gestattet, sich aus dem Kamin Wärmpfannen zu füllen und in ihre eisigen Schlafräume zu tragen. Mit Dienstboten fing man sich heutzutage keinen Streit an. Gefährliche Gärungskeime schwebten in der Luft, Keime, für die Joshua nicht unempfindlich war.

Sein alter Arm heilte langsam; er trug ihn noch immer in

einer schwarzen Seidenschlinge. Ein ständiges Zittern hatte sich bei ihm eingestellt, so daß sein großer grauweißer Kopf sich ununterbrochen leise schüttelte. Der Greis konnte sich nicht mehr von dem entsetzlichen Schreck jener Nacht erholen, als Stuart es auf sein Leben abgesehen hatte. Die eine Gesichtshälfte war in einer Grimasse erstarrt, während die andere, wie zum Ausgleich, einen bösartigeren, furchtbareren Ausdruck als jemals zuvor zeigte.

Er lächelte seinen Besucher wohlwollend an. Aber dieser Besucher, der sonst die Menschen selten objektiv oder auch nur subjektiv sah, blieb nicht unbeeindruckt von dem beklemmenden Anblick, den der alte Joshua bot, und wunderte sich darüber, wie ein so alter, am Rande des Grabes stehender Mann noch einen derart gierigen Haß, eine derart unermüdliche Feindseligkeit aufbringen konnte.

Doch das war nicht seine Sache. Die starke Lebenskraft dieses Greises flößte ihm sogar Hochachtung ein. Seine eigene, nie sehr regsam und immer kühl gewesene Lebenskraft war nun ausgesprochen müde geworden. Fast ständig hatte er Kopfweh und konnte nur durch ‚Beruhigungspillen‘ seine geistigen Fähigkeiten für kurze Zeit wiederherstellen.

Mit sanftem, einschmeichelndem Tonfall sagte Joshua: „Na, da haben wir also jetzt ein klares Bild der Sachlage gewonnen, mein lieber Angus. Unser teurer Freund Stuart besitzt, dank der ihm von dem Juden vermachten Hälfte von dessen vierzig Prozent, insgesamt fünfundfünfzig Prozent der Geschäftsanteile. Ebenfalls dank dem Juden hat der widerliche Geistliche zwanzig Prozent inne. Wie die Dinge jetzt stehen, sind die Geschäftsanteile durchwegs wertlos. Leider auch Ihre fünfundzwanzig Prozent, oder, genauer gesagt, die Ihrer Mutter. Das bedaure ich von ganzem Herzen.

Wir wissen also jetzt, daß Stuarts persönliche Schulden sich auf zwanzigtausend Dollar belaufen, in Privatwechseln New Yorker und Chikagoer Banken — Geld, das er für ... hm ... leichte Damen, Juwelen und Kunstgegenstände, für sein Haus und seine verschwenderische Lebensführung hinausgeworfen hat. Nun hat Ihnen Ihr ebenso liebenswürdiger wie kluger Schwiegervater das Geld zum Ankauf dieser Privatwechsel vorgestreckt. Er hat auch die Hypothek auf das Stuartsche Haus abgelöst und Ihnen übertragen. Von dem allen weiß Stuart noch nichts. Das stimmt doch so, nicht wahr?"

„Vollkommen, Mr. Allstairs", bestätigte Angus höflich mit seiner unbeteiligten, klanglosen Stimme. Er fuhr sich an die Stirn, spürte, daß sie feucht geworden war, und trocknete sie mit seinem Taschentuch. Dann versorgte er das Taschentuch wieder mit fester, ruhiger Hand.

„Gehen wir weiter, Angus! Das Unternehmen wird Bankrott machen. Dadurch werden, wie Sie wissen, nicht nur Stuarts, sondern auch Ihre Anteile entwertet. Und da mache ich Ihnen nun einen Vorschlag: Ich borge Ihnen das Geld zur Befriedigung Ihrer, das heißt Stuarts, Gläubiger — Erzeuger, Importeure, Händler — auf der Basis eines fünfzigprozentigen Ausgleichs. Dafür werde ich Ihr Teilhaber. Der Krieg kann nicht mehr sehr lange dauern. Als stiller Teilhaber werde ich keinen Einfluß auf die Geschäftsführung nehmen. Sie werden alleiniger Leiter sein, gegen Gehalt oder Gewinnbeteiligung, die wir freundschaftlich zwischen uns ausmachen. Meine einzige Bedingung ist natürlich, daß Sie Stuart Coleman ganz aus dem Unternehmen ausschalten. Da Sie seine Privatwechsel und seine Haushypothek haben, wird Ihnen das nicht die geringsten Schwierigkeiten bereiten, teurer Freund."

Mit höchst liebenswürdigem Lächeln lehnte er sich in seinem Sessel zurück. Angus betrachtete ihn und zuckte innerlich zusammen. Doch seine Miene blieb kühl und starr, als er kopfschüttelnd entgegnete: „Es tut mir leid, Mr. Allstairs, aber so habe ich mir die Sache nicht vorgestellt. Glauben Sie nicht, daß mich Ihre Freundlichkeit unberührt läßt! Im Gegenteil, ich bewundere wirklich Ihre Großmut. Nur geht es so nicht. Ich mache Ihnen einen Gegenvorschlag."

Joshuas Miene verdüsterte sich. Er umklammerte seinen Stockknauf fester. Aber er erwiderte recht sanftmütig: „Nun, mit mir kann man reden. Machen Sie Ihren Vorschlag!"

Sinnend, mit gefurchter Stirn, blickte Angus ins Feuer. Nach einer Weile sagte er tonlos, wie im Selbstgespräch:

„Ich hänge sehr an dem Unternehmen, Mr. Allstairs; es bedeutet für mich das Leben. Etwas anderes kenne ich nicht. Seit Jahren träume ich davon, es ganz zu besitzen. Ich wünsche keine Geschäftspartner, auch nicht einen stillen Teilhaber. Das Unternehmen muß vollständig in meiner Hand sein. Für dieses Ziel habe ich viele Jahre gearbeitet."

Joshua hatte ihn anfangs ungeduldig, dann aber mit großer Aufmerksamkeit angehört. Hochachtung erglomm in seinen Geieraugen. Er legte das Kinn auf den Stockknauf und musterte unverwandt sein Gegenüber. Er nickte zittrig. So etwas! dachte er. In dieser toten Stimme war ja fast ein Anflug von Leidenschaftlichkeit! Ein Vibrieren, eine Bewegtheit, fast Lebendigkeit!

„Mein Schwiegervater", fuhr Angus fort, „ist mehr als ... liebenswürdig, Sir. Er ist überaus großherzig. Er hat sich erboten, mir für jeden Betrag gutzustehen. Immerhin hat auch ihm der Krieg zugesetzt, und mehr als die zwanzigtausend Dollar, die er mir zum Ankauf von Stuarts Privatwechseln und zu dessen Verdrängung aus dem Unternehmen geborgt hat, kann er mir augenblicklich nicht zur Verfügung stellen.

Nehmen wir nun an, Mr. Allstairs, daß Sie versuchen, auf eigene Faust vorzugehen und das Kaufhaus im Wege der Zwangsvollstreckung in Ihre Hand zu bekommen. Dann erhalten Sie nichts als Schulden, nicht einmal einen Betriebsleiter. Der kürzlich in New York zur Liquidierung des Unternehmens bestellte Kaufmännische Ausschuß wird alle Aktiven übernehmen. Wieviel schuldet Ihnen das Kaufhaus, Mr. Allstairs? Achtzehntausend Dollar, nicht wahr? Die werden Sie glatt verlieren, Sir.

Nehmen wir andererseits an, Sie nehmen, nachdem ich Stuart kaltgestellt habe, von mir Schuldscheine, die ich innerhalb angemessener Frist aus den Geschäftseinnahmen tilge und bis dahin mit, sagen wir, acht Prozent verzinse, was eigentlich gesetzwidrig ist." Der junge Mann erlaubte sich ein freudloses Lächeln. „Wie Sie selbst meinten, wird der Krieg voraussichtlich nicht mehr lange dauern. Dann kann ich für das Kaufhaus aus

New York und Chikago neue Waren bestellen und es innerhalb von sechs Monaten wieder hochaktiv machen. Vorderhand hebe ich nichts für persönliche Ausgaben ab.

Mit Ihrer finanziellen Unterstützung kann ich mich, denke ich, beim Kaufmännischen Ausschuß auf der Basis eines fünfzigprozentigen Ausgleichs arrangieren. Ich habe schon vorgefühlt; man wird die Angelegenheit wohlwollend prüfen. Man muß es tun, weil sonst alles verloren ist. Eine Liquidation unter Versteigerung des vorhandenen Fundus würde nicht mehr als fünf Prozent erbringen."

Joshua sagte nichts. Aber sein Kopf wackelte erregt.

Unbeirrt fuhr Angus fort: „Ich werde das Unternehmen vollkommen umgestalten. Ich werde es Cauder & Co. nennen. Doch ich werde der alleinige Eigentümer sein. Vielleicht ist das eine Marotte; aber ich wünsche es so. Die Ziffern liegen Ihnen vor. Sie wissen, das Kaufhaus schuldet an Banken und Lieferanten fünfundsiebzigtausend Dollar. Sie wissen, was ich will. Ich habe es Ihnen dargelegt. Jetzt liegt die Entscheidung völlig bei Ihnen."

In dem düsteren, trostlosen Raume herrschte langes Schweigen. Im Kamin glühte das Feuer scharlachrot. Joshua kauerte in seinem Sessel, den Blick bannend auf den Besucher gerichtet.

Endlich langte seine zitternde Hand nach der Klingelschnur. „Wollen wir nicht Tee trinken? Und vielleicht ein paar Bissen dazu essen?"

Angus nickte. Dann erklärte er mit fester Stimme: „Noch etwas muß ich mit Ihnen besprechen. Hören Sie mich, bitte, unvoreingenommen an, Sir! Ich glaube, auch dieser letzte Vorschlag wird Ihnen, wenn Sie sich ihn durchdenken, zusagen." Wieder lächelte er. Und dieses Lächeln war kalt, wie Mondlicht auf einer Schneefläche; aber es hatte nichts Böswilliges.

„Ich brauche einen Geschäftsleiter. Ich werde diese Stellung Stuart gegen ein Gehalt von, sagen wir, dreihundert Dollar im Monat, ohne zusätzliche Vergütungen, anbieten. Schließlich ist er mein Verwandter. Er kann nicht ablehnen. Sonst steht er ohne jedes Einkommen da. Ich fühle mich zu diesem Angebot verpflichtet, schon als gläubiger Christ. Falls er es ausschlägt, bin ich natürlich aller weiteren Rücksichten entbunden."

Joshuas Miene verfinsterte sich, hellte sich auf, strahlte, verzerrte sich vor Bosheit — im gleichen Maße, wie alle Aspekte von Angus' Vorschlag ihm durch den Kopf gingen. Fast atemlos beugte er sich vor und starrte seinen Besucher an. Dann begann er zu kichern.

„Ah", rief er, „da kommt wirklich Hochmut vor dem Fall! Was für ein Ende! Welches Strafgericht! Welche Vergeltung! Ob mir Ihr Vorschlag zusagt? Mein lieber Angus, er ist das Tüpfelchen auf dem i, die Krönung der Rache, der Höhepunkt gerechten Waltens. Und wie mir Ihr Vorschlag zusagt! Oh, könnte ich nur dabeisein, wenn Sie ihm dieses Angebot machen, das er nicht zurückweisen kann! Es wäre eine Sühne für mein langes Leiden, das mir dieser Schurke zugefügt hat, eine wahre Strafe Gottes!"

Angus erstarrte wieder. Noch aufrechter, noch hagerer saß er jetzt in seinem Sessel. Wieder fuhr er sich mit der Hand an die Stirn, und seine Augen schlossen sich in einem Schmerzanfall. Aber er entgegnete gelassen:

„Dieser Meinung bin ich keineswegs, Sir. Ich bin ein ehrenhafter Mensch. Ich strebe nach Gerechtigkeit; und ich glaube, Stuart gegenüber gerecht zu sein. Das Kaufhaus hat ihm gehört. Er war stolz darauf, hat es geliebt und dafür gelebt. Es ist sein Gedenkbau. Was ich ihm anbiete — ihm aus christlicher Nächstenliebe und Barmherzigkeit anbieten muß —, kann er nicht zurückweisen. Sonst bricht sein Unternehmen zusammen, ist sein Wohnhaus verloren und er selbst der Armut preisgegeben. Er wird das Unternehmen nicht im Stich lassen wollen. Und auch sein Haus nicht. Er wird zur Erkenntnis kommen, wie sehr er das Geschäft vernachlässigt, Fälligkeitstermine und Mahnungen unbeachtet gelassen hat. Ich weiß, er hat es aus Angst getan, aus einem feigen Widerstreben dagegen, den Dingen ins Auge zu sehen und sich mit ihnen auseinanderzusetzen. Sein Leitsatz war immer: ‚Der morgige Tag wird für sich selber sorgen. Jeder Tag hat genug an seiner eigenen Plage.' Aber er hat übersehen, daß diese Plage einmal die Kräfte des Tages übersteigen kann. Über seine Verschwendung, seine Sünden, seine Ausschweifungen, seine Narrheiten und Unlauterkeiten aber mag das endgültige Urteil Gott sprechen."

LXIX

Vater Houlihan konnte nicht schlafen. Er hörte den Schnee gegen das Fenster peitschen. Er hörte Walsh schnarchen, der sich im Flur hingestreckt hatte. Er hörte das klägliche Heulen des Sturms, das Klirren der Fensterscheiben. Bäume krachten im Winterfrost. Das Leben hatte sich aus der Welt zurückgezogen.

Dem Geistlichen war jammervoll zumute. Er konnte nicht einmal beten. Es schien, als wäre auch sein Lebensmut in Eis erstarrt. Seine Einsamkeit, seine Verlassenheit waren unerträglich. Immer wieder stand er auf und kniete vor das Kruzifix hin. Aber er fand keine Worte. Die Lippen seiner Seele waren gelähmt. Er konnte nicht weinen; er konnte nicht einmal denken. Er fühlte sich allein in einem weltumspannenden Reich des Bösen; er spürte die Stürme eines finsteren, unendlichen Raumes über sich brausen.

So litt er nun schon einige Tage und hatte sogar Stuart gemieden. Die Krankheit, die ihn ergriffen hatte, trug keinen Namen. Er wußte nur, daß er sich, wie noch nie in seinem langen Leben, den Tod wünschte.

Furcht und Angst und Verzweiflung erfüllten ihn. Er sah zu, wie die Kerze auf seinem Tisch unstete Streifen blassen Lichtes über das Kruzifix warf. Er lag starr in seinem schmalen Bett und fror trotz aller Decken. Aber in seinem Hirn brannte ein Feuer, verkohlend, versengend, verzehrend.

Selbstzergliederung lag ihm nicht. Er vermochte nicht zu ergründen, was diese tödliche Erkrankung seiner Seele ausgelöst hatte. Sams Tod? Stuarts düstere Verlorenheit? Die Lieblosigkeit seiner wohlhabenderen Pfarrkinder? Die kühle Haltung seines Bischofs? Der Krieg? Vielleicht alles zusammen. Aber warum hatte Gott ihn verlassen? Warum konnten seine Lippen kein Gebet sprechen? Er fühlte sich umzingelt vom Haß der ganzen Stadt. Für ihn gab es keine Hilfe.

Ungebeten, erschreckend, formte sich ihm vor den Augen in feurigen Lettern Hiobs Antwort an einen seiner Freunde: ‚Armselige Tröster seid ihr doch alle... Auch ich würde reden wie ihr, wäret ihr nur an meiner Stelle... Spräch' ich, so müßt' ich nicht eigen Leid stillen. Und ließ ich's, was büßte ich ein? Doch nun hat Gott mich besiegt... Sein Zorn zerriß und zerfleischte mich. Er fletschte gen mich Seine Zähne. Meine Feinde schärften den Blick gegen mich und rissen gen mich das Maul auf. Schmähend schlugen die Wangen sie mir. Sie halfen einander gen mich. Gott gab den Frevlern mich preis. Der Gottlosen Macht überliefert' er mich... Mein Antlitz ist hochrot vom Weinen; Dunkel lagert auf meinen Wimpern, obgleich kein Unrecht mir klebt an den Händen, und lauter ist all mein Gebet.'

Sein kläglicher Zustand verschärfte sich, wurde wie der Geschmack von Asche und Säure in seinem Munde. Nun erkannte er die Quelle seines Elends. Er sah den Haß der Leute, selbst jener, denen er mit eifriger Hand und empörtem Einspruch geholfen hatte. Alle umschwärmten sie ihn wie eine Wolke von Giftmücken, stachen ihn, schufen ihm Krankheit und Leiden. Er dachte an die Dutzende sudliger Briefe, die ihm, alle ohne Namensnennung, geschickt worden waren. Er sah die vielen gehässig grinsenden Gesichter, denen er auf den Straßen begegnete. Er hörte die Flüche. Er sah die allmählich leerer werdenden Bänke in seiner Kirche. Er hörte die Stimmen, sah die Hände, die sich gegen ihn erhoben. Warum? Er war sich keiner Schuld bewußt. Ich habe, so dachte er demütig, nur versucht, Gottes Willen zu tun. Weshalb dann dieser Haß?

Plötzlich setzte er sich auf, die Augen mit Tränen erfüllt. Was hatte Jesus am Kreuze gesagt? ‚Mein Gott, mein Gott, warum hast du mich verlassen?' Also hatte auch der Gottessohn solchen Jammer und Schreck, solche Hoffnungslosigkeit und Verzweiflung, solche Vereinsamung gespürt! Warum sollte dann er, die arme Kreatur, so verzagen? Wenn Christus selbst solches fühlen mußte, warum sollte er, ein kümmerlicher Geistlicher, in seiner Seelenqual ein eigenes Verschulden suchen?

Er sprang vom Bett. Er sank vor dem Kruzifix in die Knie. Er lächelte unter Tränen. Er murmelte laut. Er betete. „Vergib mir, Gottes Sohn! Ich bin ja nur ein armer, elender Mensch. Ich wollte den Haß nicht auf mich nehmen, den gleichen Haß, der Dir folgte! In meiner Torheit, meiner Eitelkeit bildete ich mir ein, ich müßte Liebe ernten, weil ich ein klein bißchen von dem zu tun versuchte, was Du tatest und wofür man Dir mit Haß lohnte. Ich wollte geliebt werden, während Du gehaßt wurdest! Welche Anmaßung von mir, welche sündige Verblendung! Bitte, vergib mir!"

Lange kniete er in der bitteren Kälte seines Zimmers, den Kopf zu den gefalteten Händen gebeugt. Aber er hatte Frieden gefunden. Reine, zitternde Freude erfüllte ihn. Die Welt war nicht mehr voll Übel, sondern als Wohnstatt Gottes voll Liebe und Sanftmut, voll unbeschreiblicher Farben, voll Wärme und Musik.

Er hörte Schreie, Rufe, Glockengeläute. Wie betäubt hob er den Kopf. Er hörte Vater Billingsley wild an seine Tür pochen. Dann ging die Tür auf, und der Kaplan stand auf der Schwelle, zitternd, totenblaß, in seinen Schlafrock gehüllt. Seine Lippen bewegten sich, aber er brachte kein Wort hervor. Vater Houlihan stand langsam auf. Ihm war wieder eiskalt; er schauderte. Der Kaplan zeigte zum Fenster, und Vater Houlihan gehorchte mechanisch. Er sah den Himmel in leuchtendrote Glut getaucht; er sah das Wirbeln von Rauchwolken.

Die Kirche! Die schöne kleine weiße Kirche, die Stuart so liebevoll und mit so unbedachter Verschwendung erbaut hatte! Die Kirche brannte. Vater Houlihan hörte gellende Rufe, das rasende Läuten von Feuerglocken, das Galoppieren von Pferden, das Knirschen von Rädern.

„Mein Gott!" flüsterte er. „Mein Gott!"

Wie in einem Alptraum wandte er sich seinem Kaplan zu.

Aber Vater Billingsley war gegangen. Seine Schritte hallten auf den leeren Holzstufen. Vater Houlihan hörte ihn die Eingangstür aufreißen und schreien: „Das Allerheiligste! Ich muß das Allerheiligste retten!"

Flammen umhüllten die weißen Kirchenwände, den weißen Schnee des Kirchendachs, und wandelten das goldene Kreuz zu einem Feuerkreuz. Jedes Fenster war ein scharlachrotes Geviert. Die Brandstifter hatten ganze Arbeit getan. An eine Rettung der Kirche war nicht zu denken. Auch nicht an eine Rettung des Kaplans, der die verdutzten Feuerwehrleute beiseitegeschoben hatte, in die lichterloh brennende Kirche eingedrungen und vor dem Altar, mit ausgestreckten Armen, gestorben war.

LXX

Stuart führte den New Yorker Schätzmeister zu seiner geliebten Boulle-Vitrine und wartete, bis sie beguckt, betastet, gründlich untersucht war. Seine Lippen preßten sich grimmig aufeinander. Die Aufmerksamkeit des Schätzmeisters galt auch einigen auserlesenen französischen Porzellanfiguren in der Vitrine, und er kniff die Augen bedachtsam zusammen. Auch einem Elfenbeinfächer aus Marie Antoinettes Nachlaß versagte er nicht seine Beachtung.

Etwas später blickte Stuart auf den Scheck über siebentausend Dollar in seiner Hand. Er blickte nicht zu der Ecke, wo die Vitrine mit ihren Kunstschätzen gestanden hatte. Er schob den Scheck in die Tasche, warf sich den Mantel über die Schultern, zog den Hut tief in die Stirn und trat hinaus. Er rief nach seinem Wagen und ließ sich zu Vater Houlihans Haus fahren.

So wie er zu Hause nicht in die leergewordene Ecke geblickt hatte, so schaute er jetzt nicht auf die ausgebrannte, halb von schmutzigem Schnee bedeckte Ruine des weißen Kirchleins neben dem Pfarrhof. Er trat in das Haus und wurde von Mrs. O'Keefe begrüßt, die in diesen Tagen alt geworden war und deren Augen vom ständigen Weinen geschwollen waren. Ihm wurde das Herz schwer; aber er tadelte mit gerunzelter Stirn: „Kalt ist es hier! Warum haben Sie mir nichts gesagt? Ich habe acht Tonnen Kohle bestellt. Sind sie noch nicht gekommen? Da hätte ich ja von meinem Vorrat etwas herüberschicken können. So ein Unsinn!"

Aber im Schlafzimmer des Geistlichen brannte ein kleines Feuer. Teilnahmslos, zusammengeschrumpft und gealtert lag Vater Houlihan auf seinen Kissen. Es war eine Anstrengung für ihn, den Kopf zu wenden, als Stuart eintrat. Er versuchte zu lächeln. Seine Hände waren noch verbunden, und eine heilende, verschorfte Brandwunde zeichnete sich fahlgelb auf seiner Wange ab. Stuart setzte sich neben ihn und lächelte aufgeräumt. „Ich habe einen ausgezeichneten Portwein gebracht, Grundy", sagte er. „Drei große Gläser im Tag — mit einem hineingeschlagenen Ei, wohlgemerkt! Das wird Sie im Nu wieder auf die Beine bringen."

„Stuart", begann der Geistliche, konnte aber durch die zusammengepreßte Kehle nichts weiter hervorbringen. Seine jetzt so matten Augen waren fast farblos, von Tränen und Qual ausgebleicht.

Ja, dachte Stuart, der schlichte, gute alte Mann wird mit der Welt nicht mehr fertig! Er zwang sich zu einer strengen Miene: „Sie müssen aufstehen, Grundy. Sie können nicht ewig so daliegen. Was wird sich Ihr neuer Kaplan denken, wenn er morgen kommt? Sie haben doch immer so viel Schneid gehabt, lieber Freund. Und Sie haben ihn noch. Malone sagt, es spricht nicht das mindeste dagegen, daß Sie aufstehen und herumgehen."

Der Geistliche erwiderte nichts. Er sah nur Stuart an, als wäre dieser Anblick allein schon belebend und tröstend.

Stuart zog den Scheck hervor und legte ihn auf die Bettdecke. „Da sind siebentausend Dollar. Das genügt für den Anfang, für den Baubeginn an einer neuen Kirche. Wir machen sie größer und schöner, Grundy. Tuffstein vielleicht diesmal, mit prächtigen italienischen Türen. Die Türen habe ich schon bestellt. Man wird Sie nicht unterkriegen, Grundy, armer alter Freund!"

Der Geistliche nahm den Scheck zwischen seine verbundenen Finger. Er starrte ihn an. Er brach in lautloses Weinen aus.

„Du lieber Himmel!" fauchte Stuart und trocknete ihm mit dem eigenen Taschentuch die Wangen. „So nimmt man doch nicht ein Geschenk entgegen! Sie haben ja die Tränen zur Hand, wie ein Trunkenbold die Flasche. Seien Sie ein Mann, Grundy! Sonst täte es mir leid, daß ich gekommen bin."

Der Geistliche versuchte zu reden. „Stuart, woher haben Sie das Geld?" krächzte er. „Ich kann es nicht nehmen. Sie brauchen es selber. Woher haben Sie es?"

„Geht Sie nichts an!" erklärte Stuart barsch. „Es handelt sich um … einen unverhofften Gewinn. Ich habe ein bißchen in Wallstreet spekuliert. Ein ganz unverhoffter Gewinn. Sie können das Geld ruhig nehmen — ich brauche es nicht, zum Teufel!"

Der Geistliche begann den Kopf zu schütteln. Sein Herz war zu voll, als daß er hätte sprechen können.

„Seien Sie kein Esel, Grundy!" rief Stuart zornig. „Hören Sie zu! Sie wollten mich immer in Ihre verflixte Kirche lotsen. Ich schließe einen Handel mit Ihnen ab. Wenn die Kirche fertig ist, bin ich der erste, der in einer Bank sitzt. Was meinen Sie dazu? Sie können mich anpredigen, und ich werde Ihnen nicht ins Gesicht gähnen. Sie können Ihren Hokuspokus machen, und ich werde lammfromm sein. Sogar niederknien werde ich, hol Sie der Kuckuck!"

Vater Houlihans Tränen flossen langsamer. Plötzlich begann er zu lächeln. Schließlich mußte er über Stuarts treuherzige Miene sogar lachen. Bei diesem seltsamen, ungewohnten Laut steckte Mrs. O'Keefe verdutzt den Kopf durch die Tür. Vater Houlihans Lachen wurde etwas hysterisch, und er schwenkte den Scheck seiner Schwester entgegen. Sie nahm ihn und warf rasch die Schürze über das Gesicht, um ihre Tränen zu verbergen.

Stuart stand auf. „Ich muß gehen, sonst ertrinke ich noch in einer Tränenflut", brummte er. „Nicht vergessen, Sarah! Drei

Glas Portwein täglich, mit einem Ei hineingeschlagen. Und, Grundy, Sie brauchen sich keine Sorgen zu machen, wegen ... gar nichts. Ich stehe Ihnen schon bei. Ich möchte Sie nur wieder raschest auf den Beinen sehen. Wir sind einen langen Weg miteinander gewandert, alter Freund. Zuerst haben Sie mich gestützt; jetzt machen wir's umgekehrt. Wir kommen über alles das hinweg, Grundy. Wenn ich morgen erscheine, erwarte ich, daß Sie unten im Wohnzimmer sind, wieder voll Schneid, und daß Sie Ihren neuen Kaplan geziemend würdevoll empfangen!"

Vater Houlihans Miene wurde wieder düster und verzweifelt. „Stuart", begann er, „ich kann nicht ..."

„Na, strengen Sie sich nicht mit dem Reden an! Sie müssen sich Ruhe gönnen. Habe ich Ihnen nicht gesagt, daß ich Ihnen beistehe? Sie werden sehen, es ist überhaupt kein Anlaß zum Verzweifeln. Sie wissen doch, Grundy, ich würde meine Seele für Sie hergeben. Allerdings viel kriegen dürfte man für meine Seele nicht. Wahrscheinlich hat schon lange der Teufel eine schwere Hypothek darauf."

Aber die Miene des Geistlichen änderte sich nochmals, wurde feierlich und zärtlich. Er hob eine verbundene Hand und winkte Stuart heran. Dann machte er sehr behutsam das Kreuzzeichen vor dem Gesicht des Freundes. „Gott segne und beschütze Sie, Stuart!" flüsterte er. „Wenn auf Ihrer Seele eine Hypothek liegt, so hat Gott die Schuld übernommen und wird sie einlösen."

Auch im Hause des Bischofs war es kalt, trotz aller schlichten Behaglichkeit und herben Würde. Er hatte seinen Kohlenvorrat zum größten Teil den Armen und Hilflosen zur Verfügung gestellt. Er selbst saß in einfacher schwarzer Soutane vor einem recht spärlichen Feuer, ein kleiner, dünner Mann mit hagerem Asketengesicht und klaren, kühlen Augen. Sein Ring blitzte im Kerzenlicht auf, als er erregt mit der Hand auf die geschnitzte Armlehne seines Sessels schlug. Er sah Stuart zurückweisend an.

„Finden Sie es nicht etwas kühn, Mr. Coleman, hierherzukommen und zu erbitten, ja zu fordern, was Sie ‚Verständnis' für Vater Houlihan nennen? Sind Sie sich nicht der Ungehörigkeit eines solchen ... Ansinnens bewußt? Ich kann mich in meiner langen Amtstätigkeit an keine ähnliche Situation erinnern. Sie sind Protestant. Ich glaube nicht, daß sogar ein Katholik sich derart anmaßend in eine Sache mischen könnte, die nur mich und Vater Houlihan angeht. Ich würde Ihr Beginnen eine Unverschämtheit nennen, wenn ich nicht wüßte, daß bloß Ihre Unkenntnis kirchlicher Formvorschriften Ihnen diese Vorsprache eingegeben hat."

„Ach ...", rief Stuart ungeduldig, unterdrückte aber den Fluch. Er hielt sich vor Augen, daß Zornworte seinem Freunde nicht helfen konnten. Er beherrschte sich. Aber sein erschöpftes Gesicht lief rot an.

„Außerdem", fuhr der Bischof streng fort, „finde ich es unangebracht, daß Sie mir eine Delegation, bestehend aus dem Herrn Bürgermeister, dem Richter Cauder — Ihrem Verwandten — und einer ganzen Schar Würdenträger und hervorragender Bürger von Grandeville, geschickt haben. In allen Ihren Aktionen liegt der unausgesprochene Vorwurf, ich sei nicht fähig, die Angelegenheiten der Diözese selbst zu erledigen. Oder vielleicht gar, ich sei persönlich gegen Vater Houlihan eingestellt. Das ist wirklich empörend. Ich muß Sie daran erinnern, Mr. Coleman, daß die Leitung der Diözese meine und nicht Ihre Sache ist. Ich würdige vollauf Ihre Güte und Liebe für Vater Houlihan. Aber Ihre Übergriffe muß ich natürlich zurückweisen."

„Übergriffe? Zum ...!" rief Stuart, der sich diesmal nicht bezähmen konnte. „Nichts als hochtönende Phrasen! Ich weiß nur, daß Sie den armen alten Pfarrer nie verstanden haben. Sie waren immer furchtbar streng zu ihm. Seine ganze Tätigkeit war Ihnen ein Dorn im Auge. Sie haben mir Dankbriefe geschrieben und mich hiehergebeten, um mir persönlich für meine ‚Freigebigkeit' Ihrer Kirche gegenüber zu danken. Ist Euer Bischöflichen Gnaden nie der Gedanke gekommen, daß ich die wenigen Dinge, die ich tun konnte, nur für Grundy tat ...?"

„Für Grundy?" unterbrach der Bischof ihn aufgebracht.

Stuart winkte ärgerlich ab. „Ja, für Grundy. Ich nenne ihn

so, aus persönlichen Gründen. Bitte, lassen Sie mich ausreden!"
Er holte tief Atem und warf dem Bischof einen zornigen Blick
zu. „Schön, also ich habe Grundy nicht deshalb geholfen, weil
er Geistlicher ist, sondern, obwohl er es ist. Ich habe ihn gern.
Er ist ein Prachtkerl. Ein wunderbarer Mensch. Ein Heiliger.
Ich liebe den Boden, auf den er seinen Fuß setzt. Alles, was ich
gestiftet habe — Kirche, Schule, Kloster, Krankenhaus —, habe
ich nur seinetwegen gestiftet, nicht der Kirche wegen. Dutzende
andere Nichtkatholiken haben, auf meinen Rat und auf mein
Betreiben hin, Ihre Kirche unterstützt. Weil auch sie den armen
alten Grundy ehren und lieben. Ich habe Ihnen meine Pläne für
eine neue Kirche dargelegt. Wenn Sie darauf bestehen, den
alten Mann von seiner Stelle zu entfernen, ziehe ich mein Angebot zurück und zerreiße den verdammten Scheck. Und ich
verspreche Ihnen, daß Ihre Kirche auch von meinen Freunden
keine Hilfe mehr kriegt. Sie stoßen jeden anständigen Menschen in der Stadt vor den Kopf, ob Protestant oder Katholik."

„Wollen Sie mir drohen, Mr. Coleman?" rief der Bischof,
puterrot geworden. „Wagen Sie es, mir zu drohen?"

„Für den alten Grundy wage ich alles", erklärte Stuart entschlossen. „Und ich mache Eure Bischöfliche Gnaden aufmerksam: Wenn Sie ihn aus ‚disziplinären Gründen' irgendwohin
ins Kloster stecken, werden Sie es bereuen. Das ist mein voller
Ernst. Ich werde mit allen Mitteln kämpfen für den armen
Kerl, dessen einzige Sünde es ist, daß er sich für ein gottver-
dammtes Menschengeschlecht in Liebe und Gläubigkeit eingesetzt hat."

Der Bischof war fast sprachlos. Er rang nach Atem. Es fiel
ihm schwer, sich zu beherrschen, seine Würde zu wahren.
Schließlich sagte er mit halberstickter Stimme:

„Ich schulde Ihnen keine Aufklärungen, Mr. Coleman. Ich
könnte Sie einfach bitten, dieses Haus sofort zu verlassen. Aber
wegen der von Ihnen bewiesenen Güte und Großherzigkeit will
ich Langmut üben und Ihnen folgendes sagen: Seit Jahren schärfe
ich Ihrem Schützling immer wieder ein, sich seiner gefährlichen

Tätigkeit auf weltlichem Gebiete zu enthalten. Es steht einem Priester nicht zu, sich in solche Dinge einzulassen; seine Aufgabe ist die Rettung der Seelen, die gute Betreuung des Pfarrsprengels. Aber Vater Houlihan hat vor buntzusammengewürfelten Arbeiterscharen Reden gehalten und die Leute aufgefordert, ,bessere Löhne und Lebensbedingungen', wie er es ausdrückte, zu verlangen. Er war ein Unruhestifter, ein Agitator in Angelegenheiten, die ihn nichts angehen können und dürfen. Er hat einflußreiche Männer in dieser Stadt, Katholiken wie Protestanten, erbost. Er hat sich lauthals gegen das gewandt, was er ,Unduldsamkeit, Haß und Bedrückung' zu nennen beliebt. Ich habe ihn wiederholt gewarnt . . .''

Stuart sprang auf. Er schrie: „Die Rettung der Seelen ist seine Aufgabe? Worin, zum Kuckuck, besteht denn diese Rettung der Seelen? Darin, daß man darbende Menschen mit Weihwasser besprengt, daß man dem Hungertode nahe Kinder mit frommen Sprüchen abspeist, daß man ausgebeutete Arbeiter ermahnt, sich geduldig unter das Joch der Ausbeuter zu beugen? Haben Sie schon etwas von Revolutionen gehört, Bischöfliche Gnaden? Trotz aller Geistlichkeiten hat es blutige Revolutionen gegeben, weil das Volk Not und Qual und die Grausamkeiten der Herrschenden nicht länger ertragen konnte. Und bei diesen Revolutionen ist auch die Kirche zu Schaden gekommen, weil sie es unterlassen hat, sich auf die Seite der Erniedrigten und Verzweifelten zu stellen, die Christus geliebt hat, und sich gegen jene zu wenden, die Christus angeprangert hat. Haben Sie sich nie überlegt, welche Macht die Kirche haben könnte, wenn sie sich entschlossen gegen die Mörder, die Tyrannen, die Bedrücker ausspräche. Die Welt ist voll von Atheisten, Ungläubigen, Glaubenshassern, weil die ,Gottesstreiter' es selten für angezeigt hielten, die Gequälten zu schützen und die Quäler in ihre Schranken zu verweisen!''

Mit verzerrtem Gesicht versuchte der Bischof aufzuspringen. Aber vor Stuarts wilder Leidenschaftlichkeit und schreienden Worten sank er wieder in seinen Sessel zurück, sprachlos, versteinert.

Stuart fuhr fort: „Wenn Sie den alten Grundy von seiner Pfarre, die er so treu und liebevoll geführt hat, entfernen, werden Sie vielleicht einem Klüngel von Schu..., von Taugenichtsen einen Gefallen tun. Aber dafür werden Sie Tausende von Grundys Freunden ‚erbosen‘. Und auch sie sind einflußreich und besitzen Macht. Haben Sie das erwogen? Haben Sie daran gedacht, wieviel Zorn dadurch gegen Sie erregt wird und gegen Ihre Kirche?"

Der Bischof schwieg. Er starrte Stuart an. Schließlich strich er sich mit zitternden Fingern über das Kinn und erwiderte fast freundlich:

„Was Sie da gesagt haben, Mr. Coleman, war sehr aufschlußreich für mich. Ich wußte natürlich, daß zwischen Ihnen und Vater Houlihan eine herzliche Freundschaft besteht. Aber ich muß gestehen, daß ich überrascht bin darüber, wie groß und fest diese Freundschaft ist. Es spricht sehr für einen Priester, wenn er so innige Gefühle erwecken kann, insbesondere bei Menschen, die nicht seiner Kirche angehören. Ich werde diesen Umstand bei meiner endgültigen Entscheidung über Vater Houlihan in Betracht ziehen." Der Bischof lächelte.

Eine Welle der Erleichterung überflutete Stuart. Er stammelte: „Vielen Dank. Vielen Dank! Und ich bitte um Verzeihung, Monsignore, falls ich zu heftig und zu ausfällig geworden bin. Aber ich war außer mir... Könnten Sie ihn bloß einmal sehen, wie ich ihn so viele Tage seit jener Unglücksnacht gesehen habe, Sie würden von Mitgefühl überwältigt sein. Wenn Sie ihm nur ein freundliches Wort schicken wollten, durch mich oder brieflich vielleicht, ein Wort des Wohlwollens..."

Der Bischof entgegnete streng: „Ich bitte Sie, Mr. Coleman! Ich brauche keine Ratschläge."

„Seien Sie überzeugt, Bischöfliche Gnaden, daß ich nicht aufdringlich sein wollte", entschuldigte Stuart sich rasch. „Aber ich weiß, welche Freude es Grundy bereiten würde, wenn er ein Wort von Ihnen erhielte, ein ganz kleines Trostwort."

Das Lächeln des Bischofs wurde eine Spur weniger düster. Einigermaßen belustigt schüttelte er den Kopf. „Sie müssen schon gestatten, Sir, daß ich die Angelegenheiten meiner Diözese so führe, wie ich es für richtig finde."

„Gewiß, gewiß. Nichts für ungut!" Stuart zögerte. „Noch etwas, Monsignore. Soviel ich höre, haben Sie öfter Grundy gefragt, ob ich nie in die Kirche komme. Zum Kuckuck, Sir, ich muß gestehen, daß ich an nichts glaube und kaum je an etwas glauben werde. Aber wenn es Sie dem armen alten Grundy gewogener stimmt, komme ich gern in Ihre Kirche..."

„Wir machen keine Geschäfte mit Seelen, Mr. Coleman", erwiderte der Bischof noch belustigter. Aber er reichte Stuart die Hand und sah ihm mit liebevoller Neugier und einem merkwürdig bedeutsamen Blick ins Gesicht. „Sie haben mir Stoff zum Nachdenken gegeben, Mr. Coleman, obwohl Sie nicht verstehen würden, in welcher Beziehung. Machen Sie sich keine überflüssigen Sorgen wegen Ihres Freundes! Mit Gottes Hilfe werde ich eine wohlwollende Lösung finden."

LXXI

Als Stuart heimkam, fühlte er sich friedsamer und hoffnungsfreudiger als seit Monaten. Er war fest davon überzeugt, daß seinem Freunde nichts Schlimmes widerfahren würde. Sein erster Antrieb war, den Geistlichen aufzusuchen und ihm die gute Nachricht zu bringen. Aber irgendein bei ihm seltenes Taktgefühl hielt ihn davon ab. Der alte Grundy würde wahrscheinlich, gelinde gesagt, entrüstet und entsetzt sein. Wie albern! Diese Kleriker hatten immer eine heilige Scheu vor dem kürzesten Wege. Sie gingen lieber zimperliche Schlängelpfade, als tanzten sie ein Menuett und müßten sorgfältig darauf bedacht sein, die richtigen Figuren einzuhalten, sich mit den richtigen Gesten zu verbeugen und zu drehen. Stuart fand das sehr erheiternd.

Marvina und Mary Rose sollten in der nächsten Woche zurückkommen. Stuart warf Stock, Hut und Mantel auf einen Sessel. Zu seiner innigen Freude fand er einen Brief seines Töchterchens vor, voll kindlicher Liebe und froher Erwartung der baldigen Heimkehr zu Papa. Es gab auch eine Anzahl bedrohlich aussehender Schreiben mit den Absenderadressen New Yorker Rechtsanwälte. Stuart schob sie wie gewöhnlich beiseite und deckte sie mit der Zeitung zu. Sobald sie außer Sicht kamen, hatten sie wenig Macht mehr über ihn, bis er zufällig wieder auf sie stieß. Auch von Laurie war ein Brief gekommen. Er riß ihn lebhaft interessiert auf und las ihn noch im Flur, im schwachen Märzlicht, das durch die Fenster sickerte.

,Liebster Stuart', hatte Laurie geschrieben, und ihre Schrift war zwar nicht ungeduldig, schien aber eckiger, härter als früher. ,Wie schon gesagt, fühle ich warm mit Dir und würde nur wünschen, ich könnte Deine Sorgen irgendwie erleichtern. Von Deinem letzten Zwölf-Seiten-Brief waren neun Seiten angefüllt mit der Beschreibung der Leiden Deines Freundes, des Geistlichen, und mit Verwünschungen gegen die Urheber dieser Leiden und gegen die Mörder des armen Mr. Berkowitz. Ich bin gerührt über diese Beweise Deiner aufrichtigen Treue und Ergebenheit Deinen Freunden gegenüber, und es tut mir leid, daß Deine Auslobung bisher keinen Erfolg gehabt hat. Aber das wird bestimmt noch werden. Wie Du gesagt hast: Wer kann einem Betrag von zehntausend Dollar widerstehen?

Auf meine Schilderung des Beifalls anläßlich meiner letzten Abende und auf die Dir mitgeschickten Zeitungsausschnitte bist Du allerdings überhaupt nicht eingegangen. Ich verstehe ja, daß Dich jetzt wichtigere Dinge beschäftigen; aber meine Eitelkeit war doch etwas gekränkt. Schließlich bedeuten mir Dein Lob, Deine Anteilnahme und Liebe mehr als der Applaus und die Bewunderung fremder Menschen. Aber das habe ich Dir schon so oft gesagt, daß es Dir langsam lästig sein muß.

Du schreibst, daß Du, wenn Du Marvina und Mary Rose abholen fährst, vorher nach New York kommst. Darauf freue ich mich ganz ausnehmend! Ich habe Dich seit Weihnachten nicht gesehen. In New York ist man völlig überzeugt davon, daß der Krieg im Frühsommer zu Ende sein wird, und dann spricht nichts dagegen, daß ich wieder nach Europa fahre. Ich habe auch nicht die Absicht aufgegeben, Dich zu überreden, daß Du mich für drei Monate begleitest. Aber darüber reden wir bei unserem nächsten Beisammensein, das hoffentlich recht bald zustande kommt. Zum Schluß möchte ich Dir noch sagen, daß ich die Brillanten- und Perlenbrosche und die Ohrringe, die Du mir zu Weihnachten geschenkt hast, ständig trage und damit Furore mache. Dein Geschmack war immer hervorragend gut.'

Mit einem Seufzer schob Stuart den Brief in seine Brusttasche. Auch Frauen wie Laurie konnten sich nicht freimachen von ihren unmittelbaren persönlichen Wünschen und Interessen! Er spürte in diesem Brief eine verletzende Kälte, eine würdevolle Frostigkeit. Plötzlich fühlte er sich verlassen, allein, in müder, schmerzlicher Vereinsamung. Auch die Liebe war anscheinend etwas Selbstsüchtiges und brachte keine zärtliche Anteilnahme für die Seelenqualen des Geliebten auf.

Eine Magd versuchte sich bemerkbar zu machen. Endlich sah er sie ungeduldig an. „Mr. Cauder erwartet Sie im Salon, Sir", meldete sie. „Mr. Angus Cauder."

„Zum Teufel!" brummte Stuart. Was wollte der fahläugige Leichnam von ihm? Ohne die geringste Vorahnung trat Stuart mit finsterer Miene in den Salon. Auf der Schwelle blieb er stehen und starrte den Besucher über den teppichbelegten Fußboden angewidert und verächtlich an. „Na, Angus", sagte er barsch. „Ich hoffe, du bringst keine unangenehmen Nachrichten."

Angus saß vor dem Feuer, das Kinn in die Hand gestützt. Er stand auf, als er Stuarts Stimme hörte, und blieb beim Kamin stehen, so wie immer in Schwarz gekleidet, das Gesicht eine schimmernde weiße Maske im Dämmerlicht des Märzabends. Er lächelte nicht. Er erwiderte: „Ich fürchte, Stuart, daß die Nachrichten recht unangenehm sind."

Stuart vergaß seine Feindseligkeit. Er schritt näher an seinen Verwandten heran und fragte in wärmerem, besorgtem Tone: „Doch nicht etwas mit Bertie? Es ist ihm doch nichts passiert, wie?"

Angus schwieg einen Augenblick. Dann entgegnete er kühl: „Nein, nicht um Bertie geht es, Gott sei Dank. Es betrifft dich, Stuart. Ich dachte, ich rede darüber mit dir lieber hier als im Geschäft. Es handelt sich um etwas sehr Dringendes, ganz Persönliches."

Um Laurie also! dachte Stuart. Er lächelte spöttisch. Seine schwarzen Augen funkelten den Besucher geringschätzig an. Er hob die Rockschöße und setzte sich lässig, zog eine Zigarre aus der Tasche und zündete sie gemächlich an. Schließlich sagte er gönnerhaft: „Na, setz dich nur, setz dich! Als Leichenbestatter bist du ja etwas verfrüht gekommen, nicht? Hier im Haus gibt es hoffentlich noch kein Begräbnis zu bestellen, wie?"

„In gewissem Sinne schon", sagte Angus gelassen und setzte sich.

„He?" rief Stuart und starrte ihn verständnislos an. „Was redest du da?"

Aber Angus saß unbewegt seinem Vetter gegenüber und blickte ihn bloß an. Auf seinen knochigen Knien hielt er eine Aktenmappe. Seine grauen Augen hatten einen merkwürdigen Glanz, eine Art unpersönlicher Schadenfreude und hochmütiger Abneigung.

Dieser Blick war es, der Stuart innehalten ließ, während er die Zigarre zum Munde führen wollte. Zum erstenmal spürte er den leisen Schauer einer Vorahnung. „Was ist denn los?" fragte er barsch. „Heraus damit! Es muß ja höchst wichtig sein." Er versuchte, seiner Stimme einen spöttischen Klang zu geben, mußte sich aber gestehen, daß der Versuch kaum gelungen war.

„Es ist wirklich wichtig", bestätigte Angus, ohne seine Worte besonders zu betonen. Er öffnete die Aktenmappe und entnahm ihr ein Bündel Rechnungen. Stuart erkannte sie gleich als solche. Warf er nicht seit Monaten diese verdammten Dinger in den Papierkorb? Er zuckte ein wenig zusammen. Heiße, dunkle Röte überflutete sein Gesicht. Aber er hob anmaßend den Kopf und nahm eine zurückweisende Haltung an.

„Das werden doch nicht gar Rechnungen sein, wie?" fragte er sehr geringschätzig.

„Ja, das sind Rechnungen", entgegnete Angus in seiner unerschütterlichen Gelassenheit. „Rechnungen, die man nicht länger ignorieren kann. Rechnungen über einen Gesamtbetrag von fünfundsiebzigtausend Dollar, einige davon mehr als ein Jahr alt, von New Yorker und Chikagoer Lieferanten. Auch dringende Bankbriefe." Er hielt inne. „Willst du vielleicht an Hand dieser Papiere hier dein Gedächtnis auffrischen, Stuart?" Und er reichte ihm das Bündel.

Aber Stuart traf keine Anstalten, es zu nehmen. Rauch ringelte sich ihm aus dem Munde. Sein Herz begann mit dem alten, störrischen Schmerz zu pochen.

Noch immer hielt Angus die Rechnungen in seiner mageren, unerbittlichen Hand. Er sagte: „In den letzten Monaten warst du derart mit anderen Dingen beschäftigt, Stuart, daß du diesen Rechnungen keine Beachtung schenktest. Ich kann das verstehen. Aber sie sind so dringend geworden, daß ich mir dachte, ich muß dich unverzüglich aufsuchen und mit dir sprechen."

Stuart sah seinen Verwandten schweigend an. Dann sagte er mit erstickter Stimme: „Das gehört ins Kontor. Plage mich nicht heute damit! Du weißt, daß ich sonntags für geschäftliche Dinge nicht zu sprechen bin."

Angus lächelte, ohne die Rechnungen wegzulegen. „Die Angelegenheit ist so dringend, daß ich den Hinweis auf den Sonntag nicht gelten lassen kann. Sie duldet keinen Aufschub."

Mühsam riß Stuart sich zusammen. „Du wirst unverschämt, mein Lieber!" rief er fluchend. „Du bist nur mein Geschäftsleiter. Ich bestehe darauf, daß die Sachen nicht heute und nicht hier in meinem Haus erörtert werden."

Angus legte das Bündel Rechnungen auf seine Knie und betrachtete es nachdenklich. Das Kaminfeuer knisterte. Ein Sturm erhob sich. Die ersten blassen Schneeflocken peitschten an die Fenster. Das Rauschen des durch morsches Eis brechenden Flusses hörte sich im Winde wie dumpfes Brüllen an. Angus sagte: „Mir sind geschäftliche Dinge an einem Sonntag auch ein Greuel. Aber da bestimmte Sachen spätestens morgen geschehen müssen, bin ich gezwungen, sie noch heute mit dir zu besprechen."

Plötzlich haßte Stuart ihn heftig. Dieser Haß vermischte sich mit dem Wunsch, zu entkommen, aus dem Hause zu laufen, der entsetzlichen Bürde dieser Tage zu entfliehen, wie er es immer getan hatte. Wenn er nur diesen Leichenbestatter samt seinen Rechnungen loswerden und die Tür hinter ihm schließen könnte, dann würde er eine Zeitlang den Schreck vergessen, der ihn immer wieder quälte und bis in den Schlaf verfolgte. Am liebsten hätte er Angus umgebracht, dieses freche Bürschchen, das so unbeweglich dort saß und ihn so merkwürdig ansah.

„Wir müssen darüber reden", erklärte Angus kaum vernehmlich. Er griff wieder in seine Aktenmappe und holte ein kleineres Bündel Papiere hervor, ohne sie jedoch Stuart zu reichen, den es in noch schrecklicherer Vorahnung kalt überlief. „Hier, Stuart, habe ich deine Privatwechsel über zwanzigtausend Dollar. Ich habe sie mit Abschlag aufgekauft. Bist du bereit, sie für zwanzigtausend Dollar einzulösen?"

Stuart setzte sich in seinem Sessel auf. Sein Atem ging schwer. Alles in dem Zimmer umtanzte ihn in weiten, verschwommenen Kreisen. Aber im Mittelpunkt dieser Kreise stand Angus' ruhiges, starres, regloses Gesicht.

Angus schob die Wechsel in die Aktenmappe zurück, mit den langsamen, präzisen Bewegungen eines Scharfrichters, der das Beil zurechtlegt. Er sagte: „Meine Frage war rhetorisch. Du hast keine Möglichkeit, die Wechsel einzulösen."

Er wagte es, sich in seinem Sessel zurückzulehnen. Nun wurde seine Stimme — wenigstens kam es Stuart in seiner jämmerlichen Verfassung so vor — lauter und klirrte merkwürdig, wie eine Blechglocke.

„Jetzt wirst du verstehen, Stuart, warum ich heute kommen mußte. Ein Kaufmännischer Ausschuß in New York betreibt deinen Bankrott. Ich will mich sehr kurz fassen. Man wird dich zur Bankrotterklärung innerhalb von zehn Tagen zwingen."

Seine furchtbare Stimme war das einzig Wirkliche in dem verschwommenen, wogenden, sich verfinsternden Raum. Stuart hörte jedes verhängnisvolle Wort, das ihn zugrunde richtete, ins Nichts schleuderte, das im langen Rütteln eines vernichtenden

Erdbebenstoßes sein Haus und sein ganzes Leben krachend zum Einsturz brachte. Angus' ruhige Stimme sprach weiter und weiter, ohne Eile oder Erregung — die Stimme eines Richters, der Stuart Coleman zum Tode verurteilte.

„Es versteht sich ja von selbst, Stuart, daß deine Anteile und die aller anderen Teilhaber völlig wertlos sind, weil im Konkursverfahren keine Aktiven bleiben werden. Von morgen an bist du praktisch ohne jedes Einkommen. Du mußt den Vorschlag, den ich dir machen will, annehmen. Du hast keine andere Möglichkeit.

Wenn du mir aus törichter Eitelkeit oder kindischem Trotz Schwierigkeiten machst, werde ich diese Wechsel einklagen und mich an deinem Haus schadlos halten. Falls du aber, was nach reiflicher Überlegung fraglos scheint, die Lage vernünftig beurteilst, wirst du erkennen, daß mein Vorschlag mehr als großzügig ist — in einem Ausmaße, wie du es von mir nie erwartet hättest.

Du hast das Unternehmen vernachlässigt. Der Ruin ist ständig nähergerückt, und du bist ständig weiter davongelaufen. Jedesmal, wenn Mr. Berkowitz seinerzeit diese Dinge mit dir besprechen wollte, hast du ihn mit unsinnigen Flüchen abgeschüttelt. Schließlich gab er es als zwecklos auf. Er wußte keinen Ausweg. Ich wußte einen. Ich tat alles, was ich konnte. Ich biete dir nun als Entgelt für die Geschäftsführung dreihundert Dollar im Monat an, so daß du dein Haus, dessen Hypothek in meinen Händen ist, dir erhalten kannst. Ich werde alles in Vernunft und in Güte mit dir ordnen, weil du mein Verwandter bist und mir Freundlichkeiten erwiesen hast."

Bei diesen Worten zuckten Angus' Lippen, ohne daß sich aber der gleichmäßige Ton seiner Stimme änderte. „Als mein Geschäftsleiter wirst du nicht gezwungen sein, dich um Kleinigkeiten zu kümmern, die dir immer lästig waren, und trägst auch nicht die Verantwortungen, denen du dich jahrelang konsequent entzogen hast. Du wirst kein Unternehmerrisiko, dafür aber nur dreihundert Dollar im Monat haben. Damit kannst du dir dein Haus erhalten. Deine Lebensführung wirst du allerdings wesentlich bescheidener gestalten müssen. Wie du das tust, ist deine Sache. Ich kann dir nur den Rat geben."

Mit einem schrillen Rascheln schob er auch die Rechnungen in seine Mappe zurück. Stuart rührte sich nicht. Er saß wie tot, wie erschlagen, in seinem Sessel.

Angus stützte die verschränkten Arme auf seine Mappe und sah den Mann an, den er mit seiner ruhigen, unerbittlichen Hand niedergestreckt hatte. Kein Anflug von Mitleid oder Bedauern oder Kummer huschte über seine starren Züge.

„Du kannst nur meinen Vorschlag zurückweisen. Das ist die einzige Möglichkeit, die dir bleibt. Ich würde das bedauern, schon, weil du mit den Kunden, wie ich gestehen muß, viel besser umzugehen verstehst als ich. Aber im Fall der Ablehnung hättest du kein anderes Einkommen, und zum Schutz meiner Hypothek müßte ich die Zwangsversteigerung deines Hauses beantragen. Mir bliebe kein anderer Ausweg. Stuart, du hast mich oft einen Geizhals geheißen, einen kaltherzigen Kerl ohne menschliche Gefühle. Aber ich hege solche Gefühle für dich als meinen Verwandten und auch für das Unternehmen; und deshalb habe ich mich um eine Lösung bemüht, die allen Teilen gerecht wird. Aus Anhänglichkeit zum Kaufhaus habe ich mir darlehensweise das Geld beschafft, das es mir ermöglicht, mich mit dem Kaufmännischen Ausschuß auf der Grundlage eines fünfzigprozentigen Ausgleichs zu einigen."

Er wartete. Aber Stuart war in seinen Sessel gesunken, unfähig, sich zu rühren.

Wieder ergriff Angus das Wort. „Noch etwas! Mr. Berkowitz hat die Hälfte seines Geschäftsanteils an ... Vater Houlihan überlassen. Der Geistliche würde alle Einkünfte daraus einbüßen, wenn ich mit meinen Plänen nicht durchdringen sollte. Aber um mir das Wohlwollen der katholischen Bevölkerungskreise und anderer Leute, die dem Geistlichen gefühlsmäßig verbunden sein mögen, zu erkaufen, will ich ihm einen großzügigen Vorschlag machen: Ich biete ihm für die praktisch wertlosen Anteile einen Betrag von fünftausend Dollar. Ich müßte das nicht tun. Das weißt du selber."

Zum erstenmal regte sich Stuart. Es war, als spürte er das Wühlen eines Messers in seinen Eingeweiden und krümmte sich vor Schmerz. Er legte die Hand an den Hals, als fürchtete er zu ersticken. Es war eine ganz schwache Gebärde. Merkwürdigerweise aber weckte gerade diese zittrige Geste Widerhall in Angus. Auch er hob plötzlich die Hände und preßte sie fest an die Schläfen. Er beugte sich vor. Sein Mund öffnete sich zu einer Grimasse. Er keuchte fast unhörbar. Seine Augen schlossen sich.

Stuart murmelte: „Darauf hast du die ganzen letzten Jahre hingearbeitet. Du hast deine Zeit abgewartet. Mit Bedacht hast du mir das alles angetan."

Angus' Finger preßten sich tiefer in die dünnen, adrigen Schläfen. Sein langer, hagerer Körper straffte sich qualvoll. Sein Atem ging jetzt lauter, zischte in der Stille. Er beugte die Brust noch näher an die knochigen Knie.

„Immer, die ganzen Jahre hindurch, hast du gegen mich konspiriert, hast du mich gehaßt. Lange hast du dir Zeit gelassen." Stuarts Murmeln wurde vernehmlicher, rascher. „Aber du brachtest es fertig zu warten. Du hattest die Ausdauer der Schlange. Du hattest die Geduld aller bösen Menschen."

Angus hob den Kopf. Sein weißes Gesicht schimmerte feucht im Feuerschein. Seine Redeweise war abgehackt, aber ruhig. „Du nennst mich ‚böse'. Dabei bist du der böse Mensch, Stuart. Du verdienst von meiner Seite keine Barmherzigkeit, kein Mitleid, keine Rücksicht, und ich erweise sie dir nur, weil ich kein böser Mensch bin. Aus deinem Wesen ergibt es sich naturnotwendig, daß du deine eigenen schlechten Eigenschaften mir unterstellst. An dir ist nichts Gutes. Du bist ein ungläubiger, von Begierden getriebener Mensch! Ein Spießgeselle verruchter, unsagbar scheußlicher Leute! Dein Name ist sprichwörtlich geworden in dieser Stadt, ein verächtliches Schimpfwort im Munde der Ehrenhaften, die vor göttlichen und menschlichen Gesetzen Achtung haben. Wenn ich wirklich ein böser Mensch wäre, würde ich die Gelegenheit ergreifen, dich völlig zugrunde zu richten, dich, mit Billigung eines ansehnlichen Teiles der Bürgerschaft, aus Grandeville zu jagen. Sei vorsichtig, Stuart! Treib mich nicht zu weit!"

Er stand auf. Aber er mußte die Sessellehne fassen; denn er taumelte ein wenig. Sein Kopfweh war wild, heftig; es machte ihn fast blind. „Ich habe an deine Frau und dein Kind gedacht, die unschuldig für deine Schlechtigkeit und Verschwendungssucht zu büßen haben. Im umgekehrten Fall würdest du bei deinem Charakter anderen nicht solche Barmherzigkeit erweisen; aber ich tue es. Ich habe dir meinen Vorschlag gemacht. Nimm ihn an oder lehne ihn ab! Ich fühle mich nicht verpflichtet, weiter in dich zu dringen."

Plötzlich stöhnte er auf und umklammerte fest die Sessellehne. Aus den Tiefen der eigenen Qual blickte Stuart ihn fest an.

Und dann geschah etwas Seltsames. Stuart begann zu lächeln. Es war kein finsteres oder grausames oder haßvolles Lächeln. In diesem Lächeln war etwas Gütiges und sehr Trauriges. Es war mit Vernunft nicht zu ergründen, weil ihn jetzt nur sein Gefühl und sein Herz trieben.

Er sagte, und seine Stimme war sehr klar und leise: „Geh, Angus! Geh deines Weges! Und möge Gott sich deiner Seele erbarmen!"

LXXII

„Demütigung?" fragte Stuart und lächelte Vater Houlihan an. „Vielleicht sollte ich mich gedemütigt und erniedrigt fühlen, sollte empört und wütend sein. Aber merkwürdigerweise ist das alles nicht der Fall. Ich weiß nicht, warum. Es muß wegen der Miene sein, die er gemacht hat. Sie hätten sein Gesicht sehen sollen. Er hat mir nur leid getan."

Aber Vater Houlihan sah seinen Freund an. Als Stuart den liebevollen, bekümmerten Blick merkte, gestand er plötzlich unwillkürlich: „Ich bin müde."

Ausdruckslos starrte er auf die Glashausrosen, die er dem

Geistlichen gebracht hatte. „Noch nie habe ich eine derartige Müdigkeit gespürt. Noch nie. Vielleicht werde ich alt. Aber mir kommt nichts mehr wirklich wichtig vor. Außer, daß Sams Mörder gefangen und hingerichtet werden." Er ballte die Fäuste. „Ja, so steht's mit mir", fügte er leise hinzu.

Er wandte sich zu dem Geistlichen. „Gucken Sie mich nicht an, als wäre ich wer weiß wie zu bedauern, Grundy! Mitleid war mir immer zuwider. Übrigens wollen wir ,die Dinge vernünftig betrachten'! Das Kaufhaus ist saniert. Ich kriege dreihundert Dollar im Monat. Ich habe keine Sorgen, keine Verantwortung, keine Bürde. Das Haus habe ich mir erhalten." Er rieb sich seufzend die Stirn. „Solange Sam gelebt hat, war alles anders. Aber jetzt fehlt mir jeder Auftrieb."

Er versuchte, über die traurige Miene seines Freundes belustigt zu lächeln. „Keine Brillantarmbänder mehr, keine Nippes, keine goldbeknauften Spazierstöcke, kein Hasard, keine Rennpferde mehr. Sie glauben, ich bin todunglücklich? Nein, ich bin nur müde." Er fügte hinzu: „Sie meinen wohl, ich habe meinen Stolz verloren?"

Aber der Geistliche fragte: „Sie hegen keinen Haß gegen Angus?"

„Haß? Mein Gott! Ich sage Ihnen, ich habe sein Gesicht gesehen!"

Vater Houlihan streckte seinem Freunde die Hand hin, und Stuart nahm sie, schüttelte sie warm und liebevoll. „Stuart, ich habe immer gesagt, Sie sind ein guter Mensch. Den Feind, der einen zugrunde gerichtet hat, zu bedauern — dazu braucht es einen Menschen, der Gott im Herzen trägt."

Stuarts Miene verdüsterte sich. „Mich hat niemand zugrunde gerichtet. Das habe ich ganz allein besorgt. Na, ich schere mich nicht darum. Ich habe das Leben genossen. Sehr genossen sogar!" Er lachte gutmütig.

Vater Houlihan traute Stuarts Worten nicht ganz. Er hatte den Verdacht, daß Stuart einer Selbsttäuschung unterlag. Er war jetzt erschöpft, starker Empfindungen unfähig. Er war von einem einzigen Ziel besessen: Sams Mörder zu finden.

„Ich fahre für ein paar Wochen weg, Grundy. Geben Sie acht auf sich! Ich bringe ganz prächtige Architekturzeichnungen für die neue Kirche mit. Neben ihr würde die alte sich wie ein Spielzeug ausnehmen. Sie werden schauen!"

Er ging hinaus und band sein Pferd los. Er ritt durch den schmutzigen, morschen Schnee, der die Straßen bedeckte. Er führte die Hand kurz an den Hut, wenn er Bekannte sah, und kümmerte sich nicht darum, daß man heimlich hinter ihm herwispelte. Er war sehr müde. Er spürte die Müdigkeit wie trockene Asche im Munde, in den Augen, im ganzen Körper.

Er betrachtete sein schönes Haus, und zum erstenmal schlug sein Herz etwas höher. Oh, er hatte noch sein Haus! Er brauchte um den Besitz seines Heimes nicht mehr zu bangen. Er wollte Angus hundert Dollar monatlich auf die verdammte Hypothek zurückzahlen. Dann blieben ihm zweihundert. Die meisten Bedienten mußten entlassen, die Ställe geräumt werden. Aber das Kindermädchen mußte bleiben, und eine Köchin. Stuarts Augen blitzten auf. Bald sollte Mary Rose wieder da sein, und er besaß noch sein Heim! Es hätte viel ärger ausgehen können.

Nachdem er die schlammigen Stiefel sorgfältig abgestreift hatte, betrat er das Haus. Dort wartete auf ihn schon mit aufgeregter Miene der Gefängniswärter. „Mr. Coleman, ich muß Ihnen etwas mitteilen. Etwas sehr Wichtiges. Und dann kommen Sie vielleicht mit mir, nicht wahr? Gilt die Auslobung noch?"

Angus saß mit Joshua Allstairs in dem prunkvoll ausgestatteten Privatkontor der Bank. Alle Papiere waren endlich unterschrieben. Joshua lehnte sich kichernd in seinem Sessel zurück.

„Der Tag, auf den ich fünfzehn Jahre lang gewartet habe, ist gekommen, mein lieber Angus. Ein herrlicher, wunderbarer Tag! Gottes Rache an einem bösen Menschen ist in meine Hände gelegt worden. Christliche Rechtschaffenheit und Frömmigkeit wurden gerechtfertigt. Ich kann in Frieden sterben."

Angus nickte. Er sammelte achtsam die Urkunden ein, nachdem er sie genau geprüft hatte. Er sagte: „Diese letztwillige

Verfügung hier ist sehr klug. Im Falle Ihres ... Hinscheidens, Sir, sollen alle Ihre Rechte in dieser Sache samt Ihrem Grundbesitz in treuhändige Verwaltung für Ihre Tochter, Mrs. Coleman, und Ihre Enkelin, Miß Mary Rose, übergehen. Aber nur unter der Bedingung, daß Mrs. Coleman innerhalb von sechzig Tagen nach Ihrem Hinscheiden ihren Gatten verläßt. Für den unwahrscheinlichen Fall, daß sie es nicht tut, soll das ganze Vermögen in treuhändiger Verwaltung für Miß Mary Rose bleiben, bis sie dreißig Jahre alt ist und heiratet. Eine ganz ausgezeichnete Regelung."

Wieder kicherte Joshua. „Marvina ist etwas einfältig. Das war sie immer. Es hat mir nicht viel Mühe gekostet, sie dazu zu bringen, daß sie mich heimlich aufsuchte. Und ihr kleines Töchterchen habe ich gern. Marvina wird diesen abscheulichen Mann verlassen, davon bin ich überzeugt. Ich habe sogar mit ihr darüber gesprochen. Sie ist mit allem einverstanden. Sie war immer mit allem einverstanden."

In Angus' Hirn rankten sich wieder von Schläfe zu Schläfe die Schmerzfäden. Er rieb sich zerstreut die Stirn. Die letzten Wochen hatten ihn blasser, magerer gemacht als je, so daß er noch mehr einem Leichnam ähnelte. Joshua beäugte ihn mit grausamer Neugier.

„Mrs. Coleman kann sich glücklich schätzen, daß sie einen solchen Vater hat, Sir", erklärte Angus schwerfällig. „Einen so großmütigen, liebevollen, verzeihenden Vater."

Joshua nickte wohlwollend. „Aber ich glaube, Sie werden auch ein sehr guter Vater sein, Angus. Sie haben ein liebes kleines Mädel." Er zwang sein boshaftes altes Gesicht zu einer bekümmerten Miene. „Wie schade, daß Ihre Frau das Heranreifen des Kindes nicht mehr erleben durfte!"

Angus' Gesichtsausdruck änderte sich. Er schob die Papiere in die Aktenmappe und schnallte die Riemen zu. Er dachte an seine Tochter Gerda, die gerade zu gehen anfing. Ihm wurde nicht wärmer ums Herz. Die Kleine hatte das grobe Flachshaar und die großen seichtblauen Augen der Mutter. Sie war das Kind ihrer Großeltern, nicht seines. Er wußte, daß sie ihn nicht einmal recht mochte. An seine vor einem halben Jahr gestorbene Frau dachte er ohne jede Gefühlsregung. Sie war, als die Tochter drei Monate zählte, jämmerlich zugrunde gegangen, angeblich an Lungenfieber, wahrscheinlich aber an Fettsucht.

Aufmerksam beobachtete Joshua das starre, unbewegte Gesicht seines jungen Bekannten. Mit geheuchelter Zuneigung fragte er: „Was machen Ihre Kopfschmerzen, lieber Freund?"

Angus lächelte ausdrucksleer. „Sie machen mir zu schaffen. Ich sollte eine Brille tragen, vergesse sie aber immer wieder. Etwas besser ist es ja geworden. Mutter läßt mir über Nacht Kräuterumschläge auflegen, und die lindern den Schmerz beträchtlich. Ich hoffe, daß die Sache mit der Zeit vergeht."

Er blickte Joshua fest an. Ein alter, aber mächtiger Mann! Dazu ein frommer, gläubiger Christ. Und er war sehr freundlich gewesen! Angus hegte große Hochachtung für ihn. Er lächelte. „Ich muß Ihnen nochmals für alles danken. Ohne Sie hätte ich die Hoffnungen und Wünsche meines Lebens nicht verwirklichen können."

Joshua reichte ihm seine Klauenhand. „Lieber Freund, ich habe mich noch nie in Menschen getäuscht. Ich wußte von Anfang an, wer Sie sind. Wir werden gemeinsam noch allerhand leisten, das ist meine feste Überzeugung."

Mit zurückhaltender Achtung tauschten sie einen Händedruck. Angus nahm Hut und Mantel.

„Sie kommen doch Freitag wie gewöhnlich zum Abendessen?" fragte Joshua. „Ich freue mich immer auf Ihren Besuch."

„Gewiß. Es wird mir ein großes Vergnügen sein." Angus verbeugte sich sehr förmlich.

Er wandte sich zur Tür. Aber diese Tür ging plötzlich jäh auf und zeigte das erschrockene Gesicht eines Angestellten, der gleich darauf von einer kräftigen Hand beiseite geschoben wurde. Auf der Schwelle standen Stuart und der Sheriff.

Joshua stieß einen schwachen Schrei aus und faßte die Armlehnen seines Sessels, als wollte er aufstehen. Sein Gesicht verzerrte sich zu einer Affenschnauze voll Haß und Angst. Angus trat, ganz rot geworden, von der Schwelle zurück.

Trotz eines unbezwinglichen Lächelns sah Stuarts Gesicht erschreckend aus. In seinen finsteren Zügen malten sich Haß, Triumph, irrsinnige Freude und wildes Frohlocken. Er trat in den Raum und wies auf Joshua. Er rief dem Sheriff laut zu: „Hier ist endlich der Mörder gefunden, Sir! Er ist Ihr Häftling! Versichern Sie sich seiner raschest!"

Joshua sank in seinem Sessel zurück. Er schrumpfte, fiel in sich zusammen, wurde ein Häuflein zitternder Knochen. Aber seine Augen waren feurige Kohlen. Er blickte Stuart an und nicht den Sheriff, der mit ernster Miene ein Schriftstück in der Hand hielt.

Der Sheriff sagte: „Mr. Joshua Allstairs, ich habe da einen Haftbefehl gegen Sie, wegen Mittäterschaft bei der Ermordung eines gewissen Sam Berkowitz. Haben Sie die Güte, gleich mit mir zu kommen!"

Im Zimmer ertönte ein lautes, schnarrendes Keuchen. Aber niemand beachtete es. Angus war gegen eine Wand getaumelt und stand dort, die Aktenmappe an die Brust gedrückt. Er blickte den in seinem Sessel kauernden Joshua an und sah die schreckliche Bosheit und Furcht in dem verstörten Gesicht des Greises.

„Was sagen Sie da?" stammelte Joshua. Dann krächzte er: „Was sagen Sie da, Sir? Sind Sie verrückt?"

Aber der Sheriff starrte ihn unbarmherzig an. „Ich bin nicht verrückt, Mr. Allstairs. Heute früh haben wir einen gewissen Will Dobson festgenommen. Er wurde bis in den Frachtenbahnhof verfolgt, wo er auf einen fahrenden Lastzug aufspringen wollte. Er kam unter die Räder und wurde grauenhaft verstümmelt. Da er Angst hatte, sterben zu müssen, und vorher seinen Frieden machen wollte, ließ er mich rufen und hat gestanden, daß er zusammen mit einem gewissen Fred Engels zu dem Anschlag auf Mr. Berkowitz gedungen wurde, und daß sie beide die Tat in der Nacht des 18. September 1863 vollbrachten. Gedungen aber wurden er und Fred Engels von Ihnen, Joshua Allstairs. Dobson hat uns gesagt, wo Engels zu finden ist, und auch der zweite Mann befindet sich in Gewahrsam, hat gestanden und sich der Gnade des Gerichtes überantwortet. Er gibt an, daß Dobson und er für dieses scheußliche Verbrechen, das allerdings angeblich nicht mit ausgesprochener Tötungsabsicht begangen wurde, von Ihnen fünftausend Dollar erhielten."

Joshua fuhr in seinem Sessel hoch. Sein Gesicht sah furchtbar aus. Er hob die Hände und schüttelte sie heftig gegen Stuart, blickte aber den Sheriff an. Er schrie: „Das ist eine Lüge, eine erbärmliche Lüge, Sir! Ich habe damit nicht das geringste zu tun! Wenn es in diesem Zimmer einen Mörder gibt, so ist es Ihr Begleiter! Haben Sie vergessen, daß er den Juden, seinen Freund, gefunden hat, er ganz allein, und daß er diesem teuren Freunde vierzehntausend Dollar schuldig war? Sir, ich verlange, daß seine Mitverschworenen bei diesem schrecklichen Anschlag gezwungen werden, den wahren Mörder zu nennen!"

„Was?" rief Stuart und ging mit geballten Fäusten auf seinen alten Widersacher los.

Aber der Sheriff packte ihn am Arm und sagte merkwürdig freundlich: „Nur ruhig Blut, Stuart! Nur Geduld!" Er wandte sich an Allstairs. „Es nützt Ihnen alles nichts. Die Männer haben gestanden und haben alle Einzelheiten geschildert. Wir besitzen ihr schriftliches Geständnis. Sie müssen sofort mitkommen."

Joshuas trockener, zahnloser Mund öffnete sich zu einem schaurigen Kreischen. Er schlug mit den knotigen Händen auf die Armlehnen des Sessels. Er fluchte. Er schäumte. Vor Entsetzen, Haß und Wut geriet er in krampfhafte Zuckungen. Der Sheriff wartete. Auch Stuart wartete und blickte seinen alten Feind an. Aber unwillkürlich erfaßte ihn Grauen. Er mußte die Augen schließen; er konnte nicht länger dieses Gesicht ansehen, das Gesicht eines Dämons.

Beherrscht, wenn auch blaß, wartete der Sheriff, bis Allstairs still wurde und zitternd, winselnd, weinend, händeringend in seinem Sessel saß. Der alte Mann war bleigrau; die starrenden Augen waren blutunterlaufen, angstvoll aufgerissen. Er blickte jetzt um sich wie eine gejagte Ratte, die nach einem Winkel, einem Loch späht, wohin sie sich verkriechen könnte.

Dann sagte der Sheriff: „Noch ein zweites, kleineres Verbrechen wird Ihnen angelastet, Mr. Allstairs. Die Niederbrennung der Liebfrauenkirche. Auch das haben die Männer gestanden. Ich hätte es Ihnen nicht zu sagen brauchen, möchte Sie aber davon überzeugen, daß Sie sich diesmal der Justiz nicht entziehen können."

Joshua wisperte wieder, und dieses Wispern war wie das Gleiten einer Schlange durch dürres Gras. „Ich verlange meinen Anwalt. Ich muß mit meinem Anwalt sprechen. Ich fordere Gerechtigkeit."

„Die wird Ihnen zuteil werden", bekräftigte der Sheriff grimmig. „Durch eine vorschriftsmäßig besetzte Geschworenenbank. Und jetzt halten Sie mich nicht länger auf, Sir! Rufen Sie sofort Ihren Wagen!"

Plötzlich herrschte in dem Raum beklemmende Stille, nur unterbrochen von Joshuas unzusammenhängendem Murmeln, das nach Sinnesverwirrung klang. Händeringend kauerte er in seinem Sessel. Seine funkelnden Augen wanderten unstet, ohne etwas zu sehen. Seine Lippen bewegten sich unaufhörlich. Er flüsterte seltsame Dinge, voll Haß, Wahnwitz und Wut.

Schließlich faßte er Stuart ins Auge. Er fuhr auf. Die beiden Männer starrten sich in der furchtbaren Stille an. Dann sagte Stuart, und seine Stimme zitterte: „Sie haben ein langes Leben der Bosheit und Schändlichkeit geführt, Allstairs. Sie haben gestohlen, zerstört, vernichtet. Sie haben getötet. Aber Sie sind ein alter gebrechlicher Mann. Sie tun mir leid. Ich bedaure Sie von Herzen."

Daraufhin stieß Joshua einen gräßlichen Schrei aus, einen schrillen, heulenden, unmenschlichen Schrei. Stuart prallte zurück und wandte sich ab. „Hol Sie der Teufel!" kreischte Allstairs. „Alle Qualen und Flammen der Hölle sollen Sie martern! Elend krepieren und verfaulen sollen Sie!"

Stuart sagte: „Möge Gott sich Ihrer Seele erbarmen! Sie sind ein alter Mann."

Und dann begann Joshua plötzlich, schreckliche Flüche und Gotteslästerungen auszustoßen. Er schlug sich wie rasend mit den Händen auf die Knie; er stampfte trommelnd mit den

Füßen. Er geriet völlig außer Rand und Band. Immer wieder heulte er auf.

„Mein Gott!" rief der Sheriff. „Ich halte das nicht aus. Ich brauche Hilfe, Stuart. Bitte, verständigen Sie die Polizei!"

Und nun wurde Joshua so plötzlich, wie er in seine Raserei geraten war, völlig still. Er starrte vor sich hin auf den Boden. Er begann zu lächeln. Er kicherte. Krampfhafte Belustigung schüttelte seinen ausgemergelten Leib. Er sank ganz in seinem Sessel zurück. Er wurde völlig reglos. Eine teuflische Grimasse trat auf sein graues, zerfurchtes Gesicht. Die Grimasse vertiefte sich. Die Stille in dem Raum wurde vollständig.

Stuart beugte sich zu dem Greis. Und dann schrie er auf: „Mein Gott! Ich ... ich glaube, er ist tot! Er hat sich der irdischen Gerechtigkeit entzogen!"

LXXIII

Stuart wurde in Angus' Schlafzimmer geführt. Unbeholfen, widerstrebend, sehr verlegen, trat er ein. Als Angus um seinen Besuch gebeten hatte, war er zuerst ungläubig, dann mißtrauisch gewesen. Na schön, nur zu! dachte er schließlich. Wenn der arme, versteinerte Narr ihm neue Unannehmlichkeiten bereiten wollte, sollte er sich täuschen. Ihm konnte kaum mehr etwas anhaben. Er hatte die Angst vor Schicksalsschlägen überwunden. Er war gefeit gegen neue Bedrängnisse!

So lächelte er denn beim Betreten des Zimmers traurig, nahm aber für alle Fälle seine Kräfte zusammen. Auch für die Widerstandsfähigkeit eines Menschen gab es, so dachte er, gewisse Grenzen.

Angus lag mit aufgerichtetem Oberkörper auf seinen Kissen. Die Pflegerin umsorgte ihn in dem unbestimmten Halbdunkel. Er lag sehr ruhig, die Hände auf der Seidendecke. So dämmerig war der Raum, daß Stuart anfangs von dem Gesicht des Liegenden nur zwei dunkle Flecken als die Augen erkannte.

„Schau, schau", sagte Stuart mit müder Rauhbeinigkeit, „da haben wir ja gar einen Maroden!"

Angus drehte ein wenig den Kopf und grüßte mit auffallend fester, beherrschter Stimme: „Guten Tag, Stuart! Miß Crump, bitte, Sie können uns allein lassen. Ich muß ein paar Privatangelegenheiten mit Mr. Coleman besprechen."

Stuart wußte nicht, was er mit Hut und Stock machen sollte, die ihm unten von dem mürrischen Dienstboten nicht abgenommen worden waren. Er balancierte sie auf den Knien. Er versuchte, Angus aufmunternd zuzulächeln. Zum Kuckuck, der arme Kerl war ja ganz fertig! Er verspürte keine Feindseligkeit gegen Angus, nur Mitleid. Wenn der Narr seinen Triumph auskosten oder ausgestalten wollte und ihm das Spaß machte, dann, zum Teufel, mochte er es ruhig tun! Er war gestraft genug dadurch, daß er in diesem schrecklichen Hause zusammen mit den Schlächtersleuten wohnen mußte. Offenbar war auch noch Allstairs' Tod ein Schock für ihn gewesen. Stuart lächelte mit plötzlich verfinsterter Miene.

Angus sah dieses Lächeln. Er sagte ruhig: „Du hegst Haß gegen mich, nicht wahr, Stuart?"

„Haß?" Stuart starrte ihn kopfschüttelnd an. „Nein, Angus. Warum auch? Du bist der Stimme deines Gewissens gefolgt." Er wartete. Dann fügte er mit gefühlsmäßiger Einsicht hinzu: „Aber du empfindest Haß gegen mich, was?"

Angus sagte nichts. Stuarts Augen gewöhnten sich an das Dämmerlicht. Er sah, daß ein sehr kranker Mann auf diesen Kissen lag, ein völlig erschöpfter, gebrochener Mann, der aber noch immer unbändige, übermenschlich starke Antriebe in seiner Seele trug.

Freimütig fuhr Stuart fort: „Ich weiß nicht, warum du mich gerade unter den augenblicklichen Umständen zu dir gebeten hast. Ich fand es recht merkwürdig. Aber mir liegt es nicht, einen Krankenbesuch abzulehnen, und es tat mir leid, als ich von deiner Unpäßlichkeit hörte. Es ... es muß für dich eine schwere seelische Erschütterung gewesen sein, als der alte Allstairs so vor deinen Augen starb." Wieder wurde seine Miene finster und hart. „Er ist gut davongekommen, Angus. Wenn er dein Freund war, mußt du froh sein über diesen Ausgang."

Angus bewegte die Hand; dann wurde er wieder ganz reglos. Mit leiser Stimme sagte er: „Ich höre, daß Marvina dich verlassen hat. Heute früh hat man es mir erzählt."

Stuart hob den Stock und musterte aufmerksam den Knauf. Sinnend erwiderte er: „Ja. Das hat ihr Vater in seinem Testament so vorgesehen. Sie hat sehr freundlich mit mir darüber gesprochen, und sehr vernünftig. Ich sehe ihren Standpunkt ein. Schließlich konnte ich — unter den gegebenen Verhältnissen — von ihr nicht erwarten, daß sie die an diese Bedingung geknüpfte reiche Erbschaft ausschlägt. Wir sind schon viele Jahre nicht Mann und Weib. Ich bin meine eigenen Wege gegangen. Sie will, so sagte sie mir, nach Philadelphia übersiedeln, wo ihre Mutter her ist und wo sie Verwandte hat." Er runzelte die Stirn. „Aber das interessiert dich weiter nicht, Angus. Hast du sonst noch unangenehme Gesprächsthemen für mich?"

Angus fragte: „Du bist also nicht traurig darüber? Und was geschieht mit Mary Rose?"

Stuart blickte ihn fest an. „Ich habe mich bereit erklärt, gegen eine Scheidungsklage Marvinas nichts einzuwenden. Dafür bleibt Mary Rose, wenn ihre Gesundheit es erlaubt, so viele Monate des Jahres bei mir, wie sie selber wünscht. Alles wird sehr freundschaftlich geregelt." Er unterbrach sich und lächelte spöttisch. „Wenn du an meinen Privatangelegenheiten Anteil nimmst, Angus, bin ich dir dankbar. Aber falls du sie zum Gegenstand von Erörterungen machen willst, muß ich das ablehnen, weil ich dir dazu kein Recht einräumen kann."

Angus bewegte wieder die Hand. „Wirst du Laurie heiraten, Stuart?"

Stuart erhob sich. Lange stand er schweigend neben dem Bett. Angus spürte, wie er sich verhärtete, versteifte. Aber seine Stimme blieb freundlich und fest, als er antwortete: „Du bist leider krank, Angus, und ich will dich nicht länger ermüden. Ich kann dir nur eines sagen: Was Laurie und ich beschließen

— und im Lauf der Zeit werden wir einen Entschluß fassen müssen —, ist ausschließlich unsere Sache."

Angus blickte ihn regungslos an. War es die Krankheit, die den jungen Mann so verfallen, zusammengesunken erscheinen ließ? dachte Stuart. Jedenfalls kam ihm vor, daß die Flächen und Winkel des blassen Gesichtes auf den Kissen weniger hart und weniger scharf waren.

„Bitte, setz dich, Stuart!" bat Angus mit schwacher, heiserer Stimme. „Sei so freundlich!"

Stirnrunzelnd, höchst verwundert, nahm Stuart wieder Platz. Was wollte der unglückliche Kerl von ihm? Plötzlich begann Stuarts Einfühlungsvermögen lebhaft zu arbeiten. Da war irgendwas anderes dahinter! Dieser Eiszapfen wollte etwas sagen und fand keine Worte dafür! Stuart beugte sich zu ihm und fragte, seiner Eingebung folgend: „Warum sollen wir um den heißen Brei herumschleichen, Angus? Was liegt dir auf der Seele? Kann ich dir irgendwie helfen?"

Ganz leise erwiderte Angus: „Sprich zu mir! Rede, was du willst! Sag mir deine Ansichten über..."

„Über was denn?" fragte Stuart. Aber dann hielt er inne. Die Stimme seines Gefühles sprach laut zu ihm, so laut, daß er nur ihr Schallen hörte und nicht ihre Anweisungen.

Angus schloß die Augen. „Du warst sehr gut zu mir. Ich erinnere mich, wie jämmerlich einsam ich als Kind war. Du hast mich und Laurie im Garten angesprochen und zu dir genommen. Laurie saß auf deinen Knien, und du hast ihr ein Märchen erzählt. Dann haben wir bei dir gegessen. Es war ein schöner Aprilabend. Wir waren ganz allein mit dir."

„Ja", bestätigte Stuart freundlich, „daran erinnere ich mich. Ich... ich habe dich sehr liebgehabt, Angus. Du warst so ein armes Kerlchen. Ich wollte, ich hätte damals mehr Feingefühl gehabt."

Aber Angus flüsterte weiter mit geschlossenen Augen. „Du warst sehr freundlich. Ich erkenne erst jetzt, wie freundlich du warst. Immer. Mir fällt es schwer, mich auszudrücken. Mir fehlen die Worte, Stuart."

Stuart spürte ein leichtes Zittern in den Knien. Er sagte: „Sprich nur weiter, Angus! Ich höre zu."

Aber er sah, als wäre es ein körperlicher Sinneseindruck gewesen, einen riesengroßen schweren Stein auf Angus liegen, der ihm die Seele belastete, ihm die Stimme benahm. Er sah, als wäre es Wirklichkeit, wie Angus gegen den Stein, der alle seine Lebenszeit über immer wuchtiger geworden war, ankämpfte, wie er ihn abzuwälzen, sich von ihm zu befreien versuchte, von ihm aber erdrückt wurde. Er sah so vieles — große, gewaltige, ergreifende Dinge. Und, was er sah, verschlug ihm die Rede, jagte ihm ehrfürchtige Schauer ein.

„Erzähl mir etwas, Stuart!" bat Angus. „Irgend etwas. Von deinen Freunden. Von deinem Leben."

„Aber in meinem Leben gibt es nur Schmutziges oder Nutzloses oder Mißlungenes", erklärte Stuart, von Mitleid verzehrt. „Nicht einmal äußerlich habe ich Erfolg gehabt. Ich kann auf nichts hinweisen als auf mein armseliges Haus."

Angus' müde Lider öffneten sich, und seine verquollenen grauen Augen blickten Stuart seltsam an. Er sagte: „Ich wußte gar nicht, wie viele Freunde du hast. Ich wußte nicht, wie viele Menschen mich jetzt deinetwegen hassen."

Stuart war verdutzt. Rasch entgegnete er: „Unsinn! Alle Leute reden davon, wie tüchtig du bist, wie sachkundig, wie bewundernswert. Wenn ich dir hinderlich wurde, so war es meine Schuld. Ich habe nichts Besseres verdient. Du hast das Unternehmen gerettet. Dafür bin ich dir ehrlich dankbar. Wirklich! Im Anfang war ich es ja nicht", gestand er. „Ein paar Stunden lang hätte ich dich am liebsten umgebracht, mit Wonne. Aber das ist vorbei." Er dachte: Ach, ist das ein armer Schlucker!

Aber wieder bat Angus: „Erzähl mir, worüber du nachdenkst, Stuart. Sag mir irgendwas davon!"

Was hat er denn, zum Teufel? dachte Stuart. Er begann zu erzählen, langsam, einfühlsam.

„Ich denke über vieles nach, Angus. Oder glaube wenigstens, es zu tun. Es sind hilflose Gedanken. Ich denke daran, wie schön es war, Sam Berkowitz zum Freund zu haben, und deinen Bruder Robbie, der menschlicher ist, als ich meinte, und den alten Grundy. Ich denke daran, wie stolz ich auf Laurie bin, und wie lieb ich mein Töchterchen habe. Ich denke an die Jahre im Kaufhaus, und wie ich es aufbaute. Ich denke an die weichen Betten, in denen ich geschlafen habe, und an die ... hübschen Damen, die ich kennengelernt, an die Musik, die ich gehört, an die Weine, die ich getrunken, an die Karten, die ich gespielt habe. Ich denke auch daran, wie oft ich gelacht habe, viel öfter als die meisten Menschen. Hol's der Teufel", fügte er seltsam verlegen hinzu, „meine Gedanken unterscheiden sich gewiß in gar keiner Weise von denen anderer Leute. Sie sind weder tief noch weltbewegend noch irgendwie bedeutsam."

Angus seufzte und flüsterte: „Und ich denke oft an die Spaziergänge, die du mit mir in meiner Knabenzeit gemacht hast. Ich denke an die Worte, die du sprachst. Ich habe sie mir alle gemerkt. Erinnerst du dich an den Abend, als du mich zum erstenmal zu Vater Houlihan mitnahmst?"

Stuart versuchte stirnrunzelnd, sich zu erinnern. Er entgegnete: „Ja, mir dämmert etwas. Du hast eine Bibel mitgehabt und tatest sehr empört über das Kartenspiel."

Er war ganz überrascht von der Andeutung eines Lautes, den er gehört hatte. Er traute seinen Ohren nicht. Das war doch nicht gar ein Lachen gewesen? Aber Angus lächelte, eine ganz leise Spur eines Lächelns. Stuart konnte es nicht glauben. Er fragte: „Was macht denn dein Kopfweh, Angus?"

Aber jetzt redete Angus, und seine Worte kamen schwach, stoßweise hervor. „Mein ganzes Leben lang hat die Mutter mir eingeschärft, Geld sei das Wichtigste auf Erden. Es regiere die Welt, bringe Freunde und Bewunderer, erzwinge sich die Hochachtung selbst der Könige, umgebe den Menschen mit einem unangreifbaren Schutzwall, mache ihn sogar Gott wohlgefällig. Der Arme aber werde vom Himmel verworfen, und er verdiene es nicht besser."

Stuart wurde wieder verlegen. Er meinte: „Na, über das Geld wäre natürlich allerhand zu sagen ..."

Angus schob sich unruhig auf seinen Kissen herum. „Es gibt

Dinge, die ich nicht aussprechen, nicht einmal in zusammen-hängenden Gedanken erfassen kann. Dinge, denen ich einfach nicht beikomme. Ich habe so starke Kopfschmerzen. Ich weiß nicht, was mit mir los ist. Ich weiß es absolut nicht. Und niemand kann es mir sagen, gar niemand. Auch du nicht, Stuart. Du könntest dich nie in mich hineindenken."

Stuart widersprach nicht. Er beugte sich nur vor und blickte dem jungen Mann in das totenblasse Gesicht. Wieder war es seine Einfühlungsgabe, die ihn antrieb zu sagen: „Angus, ich schicke dir den alten Grundy. Morgen. Warte auf ihn, Angus!"

Er stand auf. Plötzlich hatte er es ungeheuer eilig. „Ich gehe gleich zu ihm. Vielleicht kommt er noch heute. Er hat dich immer liebgehabt, Angus. Er hat immer von deiner... von deiner Opferwilligkeit geredet. Erinnerst du dich daran, wie du Arzt werden wolltest?"

Angus antwortete nicht. Aber plötzlich sah er Stuart voll an, und auf seinen Zügen lag ein Glanz, als hätten ihn die Strahlen eines großen Lichtes getroffen.

In aller Eile erzählte Stuart noch: „Grundy hat immer gesagt, du hättest einen einzigen verzehrenden Wunsch: dich für andere zu opfern, für andere zu leben. Ich weiß nicht, ob er recht hatte. Er ist manchmal so... verstiegen. Aber er ist der gütigste Mensch. Ich schicke ihn zu dir, Angus. Heute noch. Gleich jetzt."

Er zögerte. Dann legte er seine warme Hand auf die kalten, starren Finger auf der Decke. Zu seinem maßlosen Staunen legte Angus die andere Hand auf die Stuarts. Diese Geste rührte Stuart zutiefst. Seine Augen wurden feucht. Etwas schnürte ihm die Kehle zu.

Mit heiserer Stimme sagte er: „Warte auf Grundy! Nur er kann dir helfen, Angus. Und Hilfe brauchst du, weiß Gott, wirklich!"

LXXIV

„Nehmen Sie zur Kenntnis, Sir, daß Sie in diesem Haus nur unter Protest Einlaß finden", erklärte Mrs. Schnippel hoheitsvoll und sah Vater Houlihan verächtlich und entrüstet an.

„Madam", erwiderte der Geistliche freundlich, „ich fühle mich nicht gekränkt, wenn ich ungern gesehen bin in einem Hause, wo Jesus nie Einlaß gefunden hat."

Mrs. Schnippel war nicht übermäßig, ja, nicht einmal mäßig scharfsinnig. Deshalb brauchte sie zwei Stunden, bis ihr der Sinn dieser sehr klaren Bemerkung ganz aufging und ihr den Atem benahm. Aber zu dieser Zeit war der Geistliche längst schon wieder gegangen und in Sicherheit.

Jetzt, als die Bemerkung fiel, fand sie den Ton friedsam und voll nachgiebiger Milde. Deshalb geruhte sie, Vater Houlihan zu Angus' Zimmer zu führen. Sie riß die Tür auf und verkündete laut: „Mein Lieber, der ... Herr, den du sehen wolltest, ist gekommen. Denk daran, daß du lange Besuche nicht empfangen darfst! Ich komme bald wieder."

Vater Houlihan betrat den Raum, wartete, bis die argwöhnische Schwiegermutter sich zurückgezogen hatte, und ging dann zu Angus' Bett. Er verbarg seinen bekümmerten Schreck über das schlechte Aussehen und die fiebrig glänzenden, verzweifelten Augen des jungen Mannes; er lächelte ihm liebevoll zu.

„Na, mein Freund, es tut mir leid, daß ich Sie im Bett antreffe", sagte er mit zitternder Stimme. „Aber wir werden Sie ja bald wieder gesund und wohlauf sehen, was?"

„Bitte, nehmen Sie Platz, Vater", lud Angus mit einer schwachen Geste ein. Sein Kopf war in feuchte Kompressen gewickelt.

Der Geistliche setzte sich. Er seufzte, lächelte aber unentwegt weiter. „Kopfweh?" fragte er. „Wird's nicht besser?"

„Das spielt keine Rolle", erwiderte Angus in dumpfem, zerstreutem Ton und rückte die Kompressen zurecht.

Vater Houlihan zögerte. Sein müdes altes Gesicht leuchtete schwach im Halbdunkel. Seine blauen Augen waren gütig und zärtlich, von Helle erfüllt. Er sagte: „Angeblich verstehe ich mich auf die Heilung von Kopfschmerzen. Wollen Sie mich versuchen lassen, Angus?"

Der junge Mann erwiderte nichts. Er schloß die Augen. Sorgenvoll betrachtete der Geistliche das hagere, eingefallene Gesicht. Er war erstaunt gewesen, als Stuart ihn gedrängt hatte, Angus sofort zu besuchen; aber er war, ohne es recht fassen zu können, zugleich überglücklich gewesen. Stuart hatte ihn mit Gewalt in den Wagen geschoben, so daß er in einem wahren Durcheinander von Bestürzung, Gebet und Mutmaßungen hier angekommen war. Stuarts Worte waren unzusammenhängend und wenig aufschlußreich gewesen. Hatte Angus um den Besuch gebeten? Oder war die ganze Sache nur Stuarts Idee? Er wußte es nicht.

Eines aber wußte er jetzt: daß ein schwerkranker, schwer leidender Mensch vor ihm lag. Und diese Krankheit, dieses Leiden war das tiefe Unbehagen einer zerquälten Seele. Er schob seine Mutmaßungen, seine sachlichen Erwägungen beiseite. Nur mehr mit dem Herzen fühlte und dachte er. Alles Zaudern, alle Unsicherheit, alle Unbeholfenheit fielen von ihm ab.

Er wiederholte: „Wollen Sie mich versuchen lassen, Angus?"

Der Kranke nickte mit erschöpfter Unrast. Vater Houlihan stand auf, entfernte die scharfriechenden Kompressen und legte dem jungen Mann die Hände auf die Stirn. Angus ließ alles über sich ergehen, als wäre er bewußtlos. Der Geistliche strich mit geschlossenen Augen behutsam über die schmerzdurchzuckte knochige Stirn und betete stumm. Er spürte ein besonderes, ihm aber vertrautes Aufwallen in seiner Brust, als sammelte er auf geheimnisvollem Wege Kraft von außen her und lenkte sie in seine Hände und in Angus' Kopf. Er spürte, wie er selbst zitterte, vibrierte. Augenblick nach Augenblick verstrich. Das Vibrieren wurde schwächer und schwächer, hörte ganz auf. Die Kraft war versiegt. Eine leichte Schwäche überkam den Geistlichen, und er mußte sich setzen.

Angus lag regungslos auf seinen Kissen. Er schien zu schlafen. Endlich öffnete er die Augen, und sie waren starr in die

Ferne gerichtet, als lauschte er. Ein verwunderter Ausdruck spielte um seinen Mund. Voll Staunen sagte er: „Der Schmerz ist vergangen."

Vater Houlihan strich sich über die Stirn. Er lächelte zaghaft. „Gott ist barmherzig", murmelte er.

Angus fuhr auf. Er wandte den Kopf dem Geistlichen zu und sah ihn fest an. „Ich habe ganz vergessen, daß Sie hier sind, Vater."

„Aber Sie wünschten doch meinen Besuch, Angus, mein Sohn, nicht?"

Angus antwortete zuerst nicht. Dann sagte er eilends und laut: „Ja. Ja. Immer schon wollte ich mit Ihnen reden! Immer!"

Er bewegte sich auf seinen Kissen und richtete den Oberkörper auf. Ein sonderbares Gefühl der Stärke schien ihn zu durchfluten. Er stützte sich auf seinen Ellbogen. Er begann zu reden, und seine atemlos hervorgestoßenen Sätze waren unzusammenhängend. Aber der Geistliche verstand. Aus dem Gewirr von Worten, das ihm entgegendrang, setzte er sich das volle Bild einer gemarterten Seele zusammen, die ihre Fesseln brach und in wildem Jammer um sich blickte.

Er hatte viele seltsame Beichten gehört, aber noch keine so seltsame wie diese. Er hatte Beichten gehört von Männern, die im Kampf gegen die Macht des sie umgebenden Bösen und der äußeren Umstände unterlegen waren. Er hatte Beichten der Schwäche, des Betruges und Verrates, der Dummheit gehört. Aber noch nie hatte er das Bekenntnis eines Menschen vernommen, der mit eiskalter Berechnung das Böse in sich — im vollen Bewußtsein, daß es böse war — gewählt, es vernunftgemäß gerechtfertigt und hinterrücks zum Guten umgewertet hatte. Ja, dieser Mann hier hatte Habsucht, Grausamkeit, Gewissenlosigkeit und Verrat genommen und zu Tugenden ‚geläutert', zu Tugenden, an denen Gott und der Himmel ihr Wohlgefallen haben sollten, denen die Menschen Beifall spendeten und die eigene Seele zustimmte.

Der Geistliche hörte Angus' Stimme und erkannte, daß hier ein Mensch nicht seinen Schwächen oder den Mitmenschen, son-

660

dern seinen angemaßten Tugenden zum Opfer gefallen war — zur Begleitmusik tönender Phrasen, frommer Texte und starrer Biedermannsworte. Wahrscheinlich, dachte er, ist die Welt voll solcher Menschen; ich bin bloß bisher auf keinen von ihnen gestoßen. Er war bestürzt; er war entsetzt. Er sah seinen persönlichen Aufbau von Werten wie ein Kartenhaus zusammenbrechen. Konnte ein Mensch mit klaren Sinnen einer solchen Selbsttäuschung erliegen? Ja, er konnte ihr erliegen und mußte deshalb nicht von Sinnen sein. Vater Houlihan erschauerte. Gab es für solche Seelen eine Rettung? Sie trugen ja die Rüstung strengster, heiligmäßiger Tugend; sie trugen den Helm ihres ebenso verdrehten wie unerschütterlichen Rechtmäßigkeitsempfindens. Sie taten Böses und hielten es für gut; sie mußten, ihrer Meinung nach, aus dem Blickpunkt von Engeln als die lautersten Menschenwesen gelten.

Er konnte zu Angus nicht sagen: Du bist ein Lügner und Heuchler. Denn das stimmte nicht. Angus war die Aufrichtigkeit selber; er kannte keine Hinterhältigkeit. Die Macht des Bösen hatte ihn mit heiligen Worten und den Gebärden der Heiligkeit zerstört, ihn gegen Barmherzigkeit und Güte und Liebe, ja selbst gegen die Heiligkeit selber, gefeit.

„Ich bin mir völlig im unklaren!" rief Angus. „Noch immer völlig im unklaren! Und niemand kann mir Bescheid sagen! Was habe ich Schlechtes getan? Ja, ich weiß, alles, was ich tat, war schlecht und verkehrt. Ich weiß es. Aber ich verstehe nicht, warum und in welcher Beziehung! In dem Zimmer, als . . . Allstairs starb, habe ich es zum erstenmal erkannt. Gefühlt muß ich es indes schon jahrelang haben."

Nach Atem ringend, sank er auf seine Kissen zurück. Er starrte zur Decke, wie ein Sterbender im Todeskampf. „Ich habe damals Stuart reden hören. Er sagte: ‚Möge Gott sich Ihrer Seele erbarmen!' Sein Freund war von Allstairs umgebracht worden; er selber war von Allstairs erbarmungslos verfolgt und zugrunde gerichtet worden. Und doch sagte er: ‚Möge Gott sich Ihrer Seele erbarmen!' "

In fiebriger Beflissenheit wandte Angus den Kopf dem Geistlichen zu. „Warum hat er das gesagt? Bei diesen Worten sah ich die schrecklichsten Dinge vor mir. Ich sah mich selber. Warum hat Stuart das gesagt?"

Tränen standen in Vater Houlihans Augen. Mit sanfter, eindringlicher Stimme antwortete er: „Weil Stuart ein guter Mensch ist. Das verstehen Sie nicht, Angus, was? Sie können nicht begreifen, daß es eine Herzensgüte gibt, die — trotz der Handlungen eines schwachen Körpers oder den Worten einer losen Zunge — zu bestehen vermag. Manche Menschen haben eine Güte, die Christus der Herr ‚Liebe‘ genannt hat, eine Eigenschaft, von der es heißt, daß sie größer ist als die Hoffnung und größer als der Glaube, gottgefälliger als alle anderen Tugenden. Stuart ist, bei allen seinen Fehlern, voll Liebe und Mitleid und Güte. Für mich — und auch, das weiß ich im Herzen, für Gott — ist er ein guter, gesegneter Mensch. Um ihn habe ich keine Angst."

„Und ich", murmelte Angus mit unpersönlichem Gleichmaß, noch immer zur Decke starrend, „habe üble Dinge getan und sie tugendhaft genannt."

Er hob die Hand und zeigte auf eine Mappe, die neben seinem Bett auf einem Tisch lag. „Bitte, geben Sie mir das, Vater!" Der Geistliche tat es. Er konnte nicht begreifen, warum er, als gingen Wunderdinge in diesem Raume vor, zu zittern anfing.

Angus wandte den Kopf wieder dem alten Freunde zu. „Ich wollte einmal Arzt werden", sagte er mit matter Stimme.

„Ja, Angus, ich weiß", rief der Geistliche voll Eifer und beugte sich vor.

„Dafür ist es jetzt zu spät. Ich... ich habe ein bißchen studiert; ich habe im Krankenhaus mitgearbeitet. Aber jetzt ist es für alles das zu spät. Die wenigen Kenntnisse, die ich mir erworben habe, müssen genügen."

„Genügen? Wofür, Angus?"

Plötzlich füllten Angus' Augen sich mit Glanz, Lebenswillen und Kraft. „Für das, was ich vorhabe! Für den Dienst, den ich zu leisten gedenke! Vater, nur Sie können mir helfen."

Verdutzt, ungläubig, tief erschüttert, mit heftig pochendem

Herzen, hörte Vater Houlihan, was Angus rasch, aber mit steigendem Nachdruck zu ihm sprach. Immer wieder bekreuzte der Geistliche sich. Einmal sagte er im Geiste: Wie seltsam und lieblich sind Gottes Wege! Manchmal schüttelte er den Kopf und dachte: Das ist doch nicht möglich, ich träume. Dann wieder murmelte er unhörbar: Ich danke Dir, lieber Gott! Mit einem Male erfüllte ihn strahlende Freude und tiefe Demut.

Angus hatte zu reden aufgehört. Er legte sich auf seine Kissen zurück. Aber er lächelte. Sein Gesicht leuchtete, war wieder jung und liebevoll. Er reichte dem Geistlichen die Hand. „Sie weisen mich nicht zurück?" fragte er, und seine Stimme war die eines Kindes.

„Zurückweisen?" flüsterte der Geistliche. „Wer bin ich, daß ich Sie zurückweisen könnte? Gott schließt Sie in Seine Arme, mein Sohn. Ich... ich muß nachdenken. Ich muß mit dem Bischof reden... Ja, ja, es wird sich alles regeln lassen. Was Gott will, darf nicht an Menschen scheitern."

Mit ungelenken Fingern schnallte Angus den Riemenverschluß seiner Mappe auf und öffnete sie. Er hielt dem Geistlichen ein Schriftstück hin. „Lesen Sie das, Vater!" bat er demütig. „Sagen Sie mir, ob es so richtig ist!"

Der Geistliche setzte mühsam die Brille auf. Er las den langen, mit Angus' kleiner, säuberlicher Handschrift vollgeschriebenen Bogen durch. Er las, und die Buchstaben verschwammen ihm vor den Augen.

Er legte den Bogen nieder. Lange und fest blickte er Angus an. Die beiden lächelten einander zu.

Dann kniete Vater Houlihan neben das Bett hin und betete. Angus hörte zu. Als der Geistliche geendet hatte und noch immer gesenkten Kopfes auf den Knien lag, schlief Angus, so friedlich, wie er schon lange nicht geschlafen hatte.

LXXV

Mir scheint, dachte Stuart mißmutig, als er still Janies Haus in der Porter Avenue betrat, in den letzten Tagen mache ich nichts als Tröstungsbesuche. Was ist denn mit mir? Bin ich ein Pfarrer? Diese Sachen liegen mir nicht; sie sind mir höchst zuwider.

Die düstere, traurige Atmosphäre des Hauses hüllte ihn ein und verdrängte die Erinnerung an den warmen Maitag draußen. Das Haus war kalt und feucht, jedes Fenster, jede Tür trübselig geschlossen. Es war ein Haus des Todes, obwohl kein Toter darin lag. Stuart fluchte leise, weil er diese lastende Stimmung, diese bedrückte Feierlichkeit haßte.

Die Magd flüsterte ihm ein paar Worte zu. Hinter ihr stolperte er die Treppe zu Janies Räumen hinauf. Er hörte keinen Laut. Er trat in Janies Wohnzimmer und roch die scharfen Düfte von Kampfer und Lavendel. Er zwinkerte, um die Augen nach der strahlenden Sonne an das Halbdunkel zu gewöhnen. Erst nach einer Weile bemerkte er, daß Janie regungslos in ihrem Bette lag, während Robbie und seine weinende kleine Frau Alice neben ihr saßen.

Robbie stand auf und reichte Stuart die Hand. Der kleine Mann war sehr blaß; seine Augen schienen schlaflos und gehetzt. Aber sein Gehaben war zielbewußt und beherrscht, so wie immer. Seine Hand griff sich kalt und leblos an.

Stuart verbeugte sich, vor Unbehagen und Mitleid schwitzend, zu Alice und blickte besorgt Janie an. Er machte eine fragende Kopfbewegung. Robbie zuckte bekümmert die Achseln. „Es hat sie sehr hergenommen", flüsterte er. Mit einem müden Lächeln fügte er hinzu: „Schließlich war Bertie ihr Liebling."

Und dich hat es auch nicht kalt gelassen, dachte Stuart. Er sah sich verlegen nach einem Sessel um, und als Robbie ihm einen hinstellte, nahm er Platz. Er kam sich übergroß und zu massig vor in diesem Trauerraum, fühlte sich als Eindringling.

Alice wischte sich die Augen. Ihr hübsches Gesichtchen war von Tränenspuren gestreift. Robbie setzte sich wieder neben sie und schlang den Arm um sie. Seine Mutter blickte er nicht an, sondern nur seine Frau, und er tat es mit neuerwachtem Sehnen, mit schmerzlicher Leidenschaft und Hingabe, als sehe und erkenne er sie zum erstenmal. „Beruhige dich, Liebling!" flüsterte er. „Du weißt, Aufregung tut dir nicht gut." Alice hatte gerade einen Anfall von ‚Sommerfieber' überstanden und erst vor kurzem das Bett verlassen.

Sie lehnte den Kopf an seine Schulter und bemühte sich, Schluchzen und Tränen zu unterdrücken. Sie schmiegte sich an ihn, und er zog sie zu sich heran und küßte ihr die Tränen weg.

Stuarts schlichtes Gemüt fand an dieser Szene Interesse und Gefallen. Er beobachtete die beiden mit der unbefangenen Neugier eines Kindes und vergaß Janie.

Als er wieder an sie dachte, geschah es mit schlechtem Gewissen. Er erhob sich, schlich auf den Zehen zum Bett und blickte auf seine alte Verwandte, seine alte Freundin, seine Jugendgespielin, seine alte Feindin. Sie sah fast greisenhaft aus. Jetzt schlief sie, nachdem sie ein vom Arzt verordnetes Beruhigungsmittel genommen hatte. Aus ihrem dumpfen Schlummer stöhnte und murmelte sie. Ihr rotes Haar lag verzaust auf dem Kissen, ihre große Nase war spitz geworden und bebte. Ihre Augenlider waren gerötet und verschwollen.

Du arme Haut! dachte Stuart, von Mitleid überwältigt. Das ist ein schwerer Schlag für dich. Du hast nie einen anderen Menschen liebgehabt. Du hast viel mitgemacht, arme alte Janie! Wir müssen uns jetzt wieder anfreunden. Du hast sonst niemanden. Du wolltest niemand anderen als Bertie, und darum hat dich die ganze Welt verlassen und schenkt dir jetzt bloß ein paar widerwillige Tränen. Ja, wir müssen uns wieder anfreunden, zum Teufel, ob du magst oder nicht... Janie, erinnerst du dich daran, wie wir daheim im Herbstlaub Kartoffeln gebraten haben? Und wie wir Pläne schmiedeten, um uns die ganze verdammte Welt zu erobern? Und wie wir gelacht haben? Du hattest schrecklich dünne Beine, aber du warst voll Schneid und bist wie ein Affe in den Bäumen herumgekraxelt. Erinnerst du dich, wie wir über die Wiesen tollten? Einen Haufen Sachen haben wir gemeinsam erlebt, Janie, und wir wollen alle alten Erinnerungen auffrischen und herzlich darüber lachen.

Robbie und Alice begleiteten ihn hinaus, und sie schlossen behutsam die Tür hinter sich. „Jetzt schläft sie zum erstenmal seit zwei Tagen", sagte Robbie, als sie unten in dem finsteren Salon standen.

Stuart ging zu den Fenstern, schob die Vorhänge beiseite und öffnete. Die Maisonne drang in den Raum und beleuchtete Wirbel goldener Staubkörnchen. Von der Straße hörte man Kinderstimmen. Eine Magd brachte auf einem Servierbrett Wein und Gläser und Backwerk; sie schnüffelte betrübt. Stuart starrte sie an. Er goß ein, nötigte Robbie und Alice mitzuhalten. Er lächelte ihnen recht frohsinnig zu.

„Also, auf Berties Wohl! Er hat das Seine getan."

Alice sagte mit freundlicher, tränenheiserer Stimme: „Hast du den Brief des Präsidenten gesehen, Stuart? Ein so lieber Brief! Es heißt darin, Bertie sei bei einem heldenhaften Einsatz gefallen, nachdem er fünfzig Mann vor dem sicheren Tod bewahrt habe! Ein wunderbarer Brief! Wir sind so stolz auf Bertie."

Sie blickte ihren Gatten liebevoll an und fuhr fort: „Sehr stolz sind wir auf ihn, nicht wahr, Robbie? So zu sterben hat er sich gewünscht. Er war ein Prachtmensch, und wir haben ihn sehr gern gehabt." Sie reichte Robbie die Hand; er nahm sie und führte sie an seine Lippen.

Mit ruhigem, aber strahlendem Blick sah sie Stuart an. „Außerdem ist eine Medaille gekommen, eine Kongreßmedaille, ‚für Tapferkeit vor dem Feinde'. Wenn die arme Mutter aus dem Ärgsten heraus und wieder aufnahmsfähig ist, wird auch sie sehr stolz sein."

Stuart bezweifelte das. Um die arme alte Janie zu trösten, brauchte es mehr als eine Medaille. Ihr Herz lag irgendwo in Virginia und schlug für immer nur dort. Sie würde wohl nie mehr vom ‚Heimfahren' reden, sondern in Amerika bleiben, wo Bertie gelebt hatte und als tapferer Held gefallen war.

Er wunderte sich über Bertie. Aber dieser junge Mann war ihm stets ein Rätsel gewesen, und er zuckte bloß die Achseln.

Robbie hatte keine Lust, über seinen Bruder zu sprechen. Er war sehr zurückhaltend. Er sagte nur: „Ich wußte, daß wir ihn nicht mehr sehen werden. Ich wußte es von Anfang an. Darum ist es auch kein so großer Schock für mich."

Er starrte blind vor sich hin. Aber noch immer hielt er Alices Hand und küßte von Zeit zu Zeit ihre Finger — nicht zerstreut oder versunken, sondern mit inniger Zärtlichkeit.

„Vielleicht war es so am besten für Bertie", murmelte er, wie in lautem Nachdenken. „Sicher war es das beste. Ich kann darüber nicht besonders traurig sein."

Jetzt richteten seine Augen sich auf Stuart, und er konnte ein Lächeln nicht unterdrücken. „Was gibt's bei dir, Stuart? Ich höre, man darf dir gratulieren."

Stuart bemühte sich, in einem Trauerhause nicht übermäßig fröhlich dreinzusehen. „Das ist wirklich verdammt nett, erstaunlich nett von Angus. Ich verstehe es noch immer nicht. So etwas! Mir dreißig Prozent der Geschäftsanteile und die volle Leitung des Unternehmens zu überlassen! Vierzig Prozent für deine Mutter und die restlichen dreißig Prozent für die katholische Kirche. Wer hätte je gedacht, daß er den Wunsch haben könnte, Katholik zu werden? Das geht über meine Begriffe. Ich verstehe die Menschen überhaupt nicht mehr."

Robbie lächelte etwas spöttisch. „Wenn Mama wieder ihre Gedanken beisammen hat, wird sie sich mächtig ereifern. Ihr ,armer kleiner Junge', ihr Sohn Angus, geht ins Kloster und bereitet sich darauf vor, als Missionar bei den Aussätzigen zu wirken! Daran wird Mama Gesprächsstoff für ein paar Jahre haben."

„Ganz sonderbar, daß Angus so etwas tut!" bemerkte Alice. „Ich bin aus ihm eigentlich nie richtig klug geworden. Er war so seltsam. Aber wenn ihn das glücklich macht, darf ihm wohl niemand etwas dreinreden. Merkwürdig ist es für alle Fälle."

„Gar nicht so merkwürdig", entgegnete Stuart einfühlsam. „Im Grunde hat er etwas dergleichen sein ganzes Leben lang angestrebt. Er hatte immer ein starkes Bedürfnis, sich aufzuopfern. Der alte Grundy hat mir das schon vor vielen Jahren gesagt.

Aber jetzt erst fange ich an, es zu begreifen. Noch immer nicht völlig. Doch es dämmert mir."

Robbie betrachtete ihn mit achtungsvoll verstohlener Neugier. Wie alt war Stuart jetzt? Etwa sechsundvierzig, soviel er wußte. Aber er sah jünger aus als schon lange. Allerdings hatten Augen und Miene etwas Umflortes, eine weltabgewandte, beschauliche Müdigkeit und Trauer. Es war der Gesichtsausdruck eines Menschen, der viel gelitten hat und das Erlittene nicht vergessen kann. Trotzdem schien das Gesicht glatter, frischer, jünger, und die Spuren der Ausschweifung schwanden. Die Hautfarbe war lebhafter, jugendlich und gesund. Es gab Menschen, dachte Robbie, die wie Kinder immer wieder unerwartete Kraftreserven aufbrachten. War das eine Angelegenheit des guten Gewissens? Robbie verspürte eine unbestimmte, matte Belustigung. Oder eine Angelegenheit mangelnden Gewissens? Er hatte Stuart stets für einen guten Menschen gehalten, polternd und heftig vielleicht, launenhaft, aufbrausend und bedenkenlos, und ohne Selbstzucht. Aber im tiefsten Wesen gütig und freundlich. Er vermochte Bosheit und Haß zu erregen, aber nur in Menschen ohne wahre Rechtschaffenheit. Immer jedoch kam ihm in den gefährlichsten Augenblicken das Schicksal zu Hilfe, wie eine liebevolle, nachsichtige, verstehende Mutter.

Zerstreut sagte Robbie: „Bitte, sei jetzt vorsichtiger, Stuart! Halte mich nicht für naseweis; aber ich bitte dich inständig, sei vorsichtig — in deinen Geschäftsangelegenheiten!"

Stuart grinste, unterdrückte das Grinsen. Mit großer Geste winkte er ab. „Wie könnte ich anders, nachdem Angus auf so schlaue Art dich zum Rechnungsprüfer bestellt hat? Das kränkt mich, Robbie, das kränkt mich sehr!" Aber seine Stimme klang gar nicht gekränkt. „Na, in gewisser Hinsicht bin ich froh darüber. Es nimmt mir viel Verantwortung ab, besonders, weil du jeden Einkauf genehmigen und alle Rechnungen durchsehen mußt."

Robbie zögerte. Stuart stand auf. Robbie fragte: „Wie geht es denn Mary Rose?"

„Viel besser, Gott sei Dank. Endlich haben ihre Wangen

eine etwas gesündere Farbe. Bis zum Herbst bleibt die Kleine bei mir, und dann fährt sie zu ihrer Mutter nach Philadelphia. Das ist mir sehr recht. Die nordischen Winter verträgt sie ohnedies nicht." Seine Miene wurde gütig und zärtlich.

Er sagte: „Bitte, bestelle Janie, deiner Mutter, mein herzliches Beileid! Erzähl ihr, daß ich hier war und daß ich morgen wiederkomme. Sie... sie darf sich die Sache nicht so zu Herzen nehmen. Sie hat einen klugen Kopf und wird bald auf den armen Bertie stolz sein."

Robbie begleitete ihn zur Tür. Sie sahen Kutschen vorfahren, mit Janies Bekannten, die ihre Kondolenzbesuche abstatteten.

Wieder zögerte Robbie. Er faßte Stuart am Arm. „Ich freue mich, daß du so gut aussiehst, Stuart. Du machst dir also nichts aus der Scheidung von Marvina?"

„Nein. Übrigens hast du die Sache großartig geschaukelt, und ich bin dir dankbar." Stuart drückte ihm warm die Hand.

Doch Robbie weilte mit seinen Gedanken anderswo. „Stuart, sei mir nicht böse, aber schließlich... ist Laurie meine Schwester."

Stuart wandte den Blick ab. „Ich habe Laurie geschrieben. Eigentlich geht es dich nicht das geringste an, aber ich kann es dir ja sagen. Sie hat mich gedrängt, ich soll hier alles liegen und stehen lassen und mich, nach unserer Heirat, mit ihr in New York ansässig machen. Für das Kaufhaus hat sie nichts übrig. Sie will, daß ich es veräußere oder etwas dergleichen. Das Kaufhaus! Sie versteht nicht, daß ich selber auch ein Leben habe. Ich bin kein Lakai, Robbie." Er lächelte schmerzlich. „Und deshalb habe ich ihr geantwortet, daß ihre eigene Laufbahn für sie lebenswichtig ist, daß ich deren Fortsetzung wünsche, daß sie auf mich keine Rücksicht nehmen darf. Und daß ich nach unserer Heirat hier bleibe und daß sie nach jeder Tournee hierher zurückkommen soll. Das wird sie gerne tun. Und gelegentlich, wenn ich kann, fahre ich nach New York."

Seine Miene verfinsterte sich ein wenig, und er seufzte. „So muß es werden. Ob sie einverstanden ist oder nicht, bleibt abzuwarten."

Robbie nahm seine Hand und schüttelte sie fest. „Sie wird einverstanden sein, Stuart. Und wird dir das hoch anrechnen. Ich beneide dich nicht, Stuart. Sie ist ein harter Brocken. Aber sie hat dich sehr gern. Viel Glück, Stuart!"

Stuart setzte seinen hohen Hut mit zuversichtlichem Schwung auf. Er lächelte. „Schönen Dank, Robbie! Ja, ich glaube auch, daß sie wahrscheinlich zustimmen wird. Schließlich muß ein Mann auch seinen Stolz haben." Fast großtuerisch hob er die Schultern. „Eine Range ist sie schon, Robbie! Aber in ihr steckt etwas, was außer mir noch niemand entdeckt hat. Sie ist unter dem ganzen Geflitter ein warmfühlender Mensch. Sie wird sich machen."

Robbie sah Stuart die schmale Steintreppe hinuntersteigen. Der arme Kerl! In Lauries Händen noch dazu! Robbie machte sich keine falschen Vorstellungen über seine Schwester. Ein harter Brocken, und eine herrschsüchtige Person! Da würde es bestimmt oft furchtbaren Krach geben, Beschuldigungen und Gegenbeschuldigungen, Heftigkeiten, Wutanfälle. Aber sie liebten einander, diese beiden merkwürdigen Menschen. Langeweile kam sicher zwischen ihnen nicht auf. Laurie würde auf ihren Tourneen ihre eigenen Wege gehen und ihrem Mann nichts von dem erzählen, was sie erlebt oder getan hatte. Das mußte man ihr übrigens als Feinfühligkeit zugute halten. Und Stuart würde keine Fragen stellen. Ihm lag nur daran, daß sie ihn liebte. Dem Alter nach konnte er ihr Vater sein; aber sie war eine reife Frau, und er würde immer ein Kind bleiben, immer jungenhaft.

Die Beileidsbesucher kamen die Treppe hinauf, wandten sich aber mit teils neugierigen, teils warmherzigen Blicken nach Stuart um. Robbie sah sie kommen. Die düstere Stimmung, die in Stuarts Gegenwart ein wenig gewichen war, brach wieder über ihn herein.

Aber in ihm war auch eine merkwürdige, unbestimmte Friedsamkeit.

INHALTSANGABE

LXXVI

Die einsame Insel lag in purpurnen Nebeln. Grüne Wedel windbewegter Palmen tauchten aus dem Nebel, raschelten und schwankten vor dem dämmernden Himmel. Die kleine Siedlung — weiße, hingeduckte Häuser — ruhte noch still im Morgen. Der Himmel war ein tiefes, schattenhaftes Blau. Im Osten klomm eine schmächtige Mondsichel über die Wölbung des Firmaments empor, aus einem Meer, das blasser, matter Lavendelton war, mit unstetem Silber getupft. Jetzt durchbrachen Vogelstimmen die warme, leere Stille mit einem wahren Klanggetöse.

Über dem Mond stand ein Stern, ein einziger leuchtender Stern, lebendig und pulsend.

Vor der Küste ankerte in sicherer Entfernung ein Schiff. Ein Boot wurde ausgesetzt. Darin waren ein Matrose und ein Mann in der rauhen, dunklen Kutte des Missionsmönchs. Er saß am Bug des kleinen Bootes und blickte gespannt auf die Insel. Rauchfahnen erhoben sich nun friedlich aus unsichtbaren Schornsteinen. Die purpurnen Nebel leuchteten stärker, hoben sich. Die Insel wurde ein Juwel aus Heliotrop, Grün und Gold.

Das Boot landete an dem Korallenufer. Der Mönch stieg aus. Er kehrte sich dem Matrosen zu, der ihn grüßte. Er winkte lächelnd zurück. Sein Gesicht war schön und blaß im Frühlicht, und sehr gütig. Sein schütteres dunkles Haar flatterte, die Kutte bauschte sich im ersten Wind des jungen Tages.

Er sah das Boot abstoßen, zum Schiff zurückfahren. Dann wandte er sich und faßte die Siedlung ins Auge. Lange stand er da und betrachtete diesen Fleck Erde, der ihm bis zum Tode Heimstatt sein sollte. Freude blitzte plötzlich in seinen Augen auf.

Er stieg die Böschung zur Siedlung hinan. Er hob das Gesicht zum Himmel. Er begann zu singen. Der alte Geistliche, der seinem neuen Gehilfen entgegeneilte, blieb verwundert stehen und lauschte den lieblichen Tönen.

Es war Robin Cauders Lied an den Morgenstern.